KATRIN KEIL | Gold und Seide

KATRIN KEIL IM GESPRÄCH

Nach Die Bildweberin *ist* Gold und Seide *jetzt ihr zweiter Roman – wollten Sie schon immer Schriftstellerin werden?*
Aber sicher. Eigentlich habe ich früher in alle Freundschaftsbücher bei Wunschberuf »Journalistin« geschrieben. Als Romanautorin taucht man tiefer in ein Thema ein. Man kann die Handlung nach seiner Vorstellung gestalten und seine Leser für ein paar Tage in eine ganz andere Welt mitnehmen.

Was fasziniert Sie an historischen Stoffen?
Über das Mittelalter und die Neuzeit wissen wir heute schon sehr viel. Aber tausend kleine Dinge des Alltags sind uns nicht vertraut oder können nur vermutet werden. Außerdem gilt es, diese Zeit nicht als Vergangenheit zu betrachten, sondern als Gegenwart der Figuren. Ein Perspektivwechsel, der für mich viel Reiz hat.

Ihre Heldin Carla ist eine starke Frau, die sich nicht von ihrem Weg abbringen lässt. War es schwierig, nach der letzten Seite von ihr Abschied zu nehmen?
Als Autor kennt man die eigenen Figuren besser, als es einem Leser möglich ist. Immerhin begleiten sie einen über Monate hinweg sehr treu. Aber ich habe nicht das Gefühl, Abschied von Carla genommen zu haben. Es ist, als sei eine gute Freundin weggezogen, die man eines Tages wiedersehen wird. Und dann gibt es sicher viel zu erzählen.

ÜBER DIE AUTORIN

Katrin Keil, 1971 in Süddeutschland geboren, studierte Medizinwissenschaften und lebt heute als Texterin und Konzept-Entwicklerin in Hamburg. *Gold und Seide* ist nach *Die Bildweberin* ihr zweiter Roman im Diana-Taschenbuch.

KATRIN KEIL

Gold und Seide

Roman

Diana Verlag

MIX
Papier aus verantwortungsvollen Quellen
FSC® C014496
FSC www.fsc.org

Verlagsgruppe Random House FSC-DEU-0100
Das für dieses Buch verwendete
FSC®-zertifizierte Papier *Holmen Book Cream*
liefert Holmen Paper, Hallstavik, Schweden.

Taschenbucherstausgabe 11/2010

Redaktion | Eva Philippon
Herstellung | Helga Schörnig
Umschlagmotive | © The Bridgeman Art Library
Umschlaggestaltung | t. mutzenbach design, München
Satz | Christine Roithner Verlagsservice, Breitenaich
Druck und Bindung | GGP Media GmbH, Pößneck
Printed in Germany 2010

978-3-453-35472- 2

www.diana-verlag.de

FRAGEN·VND·HAT·FVR·DIE·VB
GEBETE·ESAIE·AM·LIII
Aº·M·D·XVII·HAT·DER·EHRWIRDIG·DOCTOR
WITTEMBERG·ANGEFANGEN·GOTTES
REI·3V·PREDIGẼ·BIS·ER·Aº·M·D·XLVI·DEN
CHER·BEKẼTNIS·VORSCHIDẼ·IST·IM·63
INRI
SIHE DAS IST GOTTES LAM DAS
DER WELT SVNDE TREGT DISER IST S
VON DEM ICH EVCH GESAGT HABE·IOH·I·
VND WIE MOSES IN DER WVSTEN
EINE SCHLANGE ERHOHET HAT ALSO MVS
DES MENSCHEN SON AVCH ERHOHET
WERDEN AVF DAS ALLE DIE AN IN GLEV
BEN NICHT VERLOREN WERDEN SONDERN
DAS EWIGE LEBEN HABEN·IOHAN·III·
M·D·LIIII·
MARGARETA FVRSTIN ZV
ANHALT·HER ZOGIN ZV
SACHSEN
NOMINA·ILLVSTRISSIORṼ·DVCVM·AC·PRINCIPVM·SAXONIÆ·
FRIDERIC9 3·ELECT: SAXONIÆ
IOÃES· I·ELECT: SAXONI:
IOÃES·FRID· ELECTOR· SAXONIAE·
IOANNES· ERST·DVX SAXONIÆ
IOAN·FRI· FIL·IOAN: FRI·ELEC:
IOÃ·WIL· FI·IO·FRI: ELECT:
IOÃ·FRID: FIL·IO·FRI: ELECTO:

TINI·LVTHER·ZV·
LAVTER·VND·
E BRV·CHRISTLI
SEINS·ALTERS,
DVRCH·D·IOHAN·BVGNHAGN·GEPREDICT
GEFERTIGT 1554
ZU STETIN.
DER UNIVERSITAET
ZU GREIFSWALD
DURCH ERNST BOGISLAV
HERZOG VON GROY
DEN LETZTEN UNSERES
ALTEN FÜRSTENHAUSES
1684 HINTERLASSEN.
RESTAURIRT 1893.
ILLVSTRISSIMORVM · DVCVM · AC · PRINCIPVM · POMERANIAE · NOMINA
GEORGIVS· D·G·DVX· POMERAN·
BARNIMVS· X·D·G·DVX· POMERANIAE
PHILIPPVS I·D·G·DVX POMERA·
IOAN·FRI· PHILIPPI·FI· NAT9·I·5·42
BVGSLAV9 FIL·II·PHIL· NAT9·A·44
ERST·LVD· PHIL·III·FIL· NAT9·A·45
AMALIA· FILIA·PHI· NAT9·47
BARNIM· PHI·FIL·IIII9 NA·A°·49

TEIL I

Wittenberg

Kapitel 1

Venedig, 1543

»Carla! Komm sofort herunter!«

Frankas Gesicht färbte sich rot vor Zorn, während sie zu ihrer kleinen Schwester aufblickte. Diese hatte sich auf die Zierkirsche geflüchtet, die den kleinen Patio in kühlen Schatten tauchte.

»Ich denke ja gar nicht daran.«

Carla wippte herausfordernd mit der Astgabel, auf der sie schon so manchen familiären Sturm hatte vorüberziehen lassen, und schwenkte den Brief vor der Nase ihrer großen Schwester hin und her. Sie kannte das blutrote Siegel der Familie Guiliano und wusste, dass der Brief von Rodolfo war. Frech blickte Carla auf das glänzende, schwarze Haar ihrer Schwester herab. Mit ihren blauen Augen und der feinen, weißen Haut war Franka zu einer wahren Schönheit herangewachsen. Kein Wunder, dass die jungen Männer Venedigs sie verehrten. Carla ärgerte sich über die Sommersprossen, die sich vereinzelt auf ihrer Nase zeigten, und darüber, dass sie zum blonden Haar der Mutter die braunen Augen ihres Vaters geerbt hatte. Nur zu gerne hätte sie so blaue Augen gehabt wie Franka oder ihre Mutter Sophie. Dann hätte Rodolfo sich vielleicht in sie verliebt.

»Carla!«, versuchte es Franka noch einmal mit zunehmender Verzweiflung. Sie wusste, welchen Dickkopf Carla haben konnte. Und es war nur noch eine Frage von Augenblicken, bis ihre Mutter sie bemerken würde.

»Was bekomme ich dafür?«, fragte Carla. Schließlich hatte sie ihrer Schwester schon mehr als einen Dienst in der »Sache Rodolfo«, wie sie die Angelegenheit nannte, erwiesen.

Der junge Rodolfo Guiliano entstammte einem alten, venezianischen Adelsgeschlecht und war einer der zahlreichen Neffen des Dogen. Sein Vater hatte ihn zu seinem achtzehnten Geburtstag von Carlas Vater malen lassen. Aus diesem Anlass war der junge Mann regelmäßig im Haus der Webers erschienen, was an sich ungewöhnlich war. Normalerweise pflegte Thilmann Weber seine erlauchte Klientel in deren Palazzi aufzusuchen. Irgendwann war Carla aufgefallen, dass Rodolfo immer ein wenig zu früh zu den Sitzungen gekommen war. Und dann war es ausnahmslos Franka, die ihn bewirtete und ihm Gesellschaft leistete, bis Thilmann erschien, um an dem Porträt weiterzuarbeiten. Es dauerte nicht lange, da hatte das junge Liebespaar die zehnjährige Carla als Botin entdeckt. Ständig wurde sie mit Zettelchen und Zeilen hin und her geschickt, die an Umfang zunahmen und langsam zu dicken Briefen wurden.

Während die fünfzehnjährige Franka sich nur in Begleitung ihrer Anstandsdame in der Stadt bewegen durfte, nahm sich die lebhafte Carla mehr Freiheiten heraus und war nicht selten für eine gute Weile einfach verschwunden. Oft begleitete sie ihre beiden Brüder auf deren Streifzügen und schlüpfte nicht selten selbst in die Rolle eines Jungen. Als »Carlo« lernte sie ganz andere Seiten der Stadt kennen, als es Carla je möglich gewesen wäre. Dafür setzte es zwar meistens eine gehörige Standpauke ihres Kindermädchens, das den Trick natürlich längst durchschaut hatte. Aber Carla verstand es bestens, mit reumütigem Gesichtsausdruck dem

Wortschwall auszuweichen und die Frau mit ausgesuchten Leckereien und kleinen Geschenken auf ihr Stillschweigen zu verpflichten.

Vier Monate dauerte der Briefwechsel nun schon an. Carla beobachtete interessiert die wenigen Begegnungen zwischen Franka und Rodolfo, die sich nach Fertigstellung des Gemäldes noch ergaben. Da sie dabei die eisernen Regeln der Höflichkeit, Etikette und Demut einhalten mussten, kamen die beiden Liebenden nicht recht voran. Der kleinen Carla wurde langsam langweilig. Es musste etwas geschehen. So hatte sie sich heute einer Laune folgend mit Rodolfos Brief auf den Kirschbaum geflüchtet.

»Ich mache ihn jetzt auf«, rief sie in herausforderndem Singsang zu ihrer Schwester hinunter.

»Es ist mein Brief, hörst du! Gib ihn mir sofort zurück!« Wütend stampfte Franka mit dem Fuß auf und bereute bitter, dass sie ihrer kleinen Schwester das Lesen beigebracht hatte.

»Ich meine es doch nur gut«, sagte Carla beschwichtigend. »Ich will euch helfen. Aber dazu muss ich wissen, wie vertraut ihr schon miteinander seid!«

»Das würde ich allerdings auch gerne wissen!«

Die klare Stimme hinter ihnen ließ Franka ertappt erröten und Carla rasch vom Kirschbaum gleiten. Schnell schob sie den Brief in ihr Mieder.

»Mutter!«

Sophie hatte die Hände in die Taille gestützt und sah ärgerlich von einer Tochter zur anderen.

Carla holte tief Luft für umfangreiche Unschuldsbeteuerungen, aber Sophie fiel ihrem jüngsten Kind, das seine Fantasie für Ausreden und wilde Erklärungen nur von ihr geerbt haben konnte, ins noch unausgesprochene Wort.

»Her mit dem Brief.«

»Ich wollte ihn dir gerade bringen«, flötete Carla mit einem Seitenblick auf Franka, während sie der Mutter das Schreiben aushändigte.

»Ich pflege aber nicht hier in unserer Zierkirsche zu sitzen«, entgegnete Sophie, die sich von der Zehnjährigen nicht hinters Licht führen ließ. »Ab in mein Skriptorium. Sofort.«

Folgsam setzte sich Franka in Bewegung, während Carla sich unbeteiligt davonstehlen wollte.

»Alle beide.«

Die kühle Stimme der Mutter, die schon mit einem solchen Ausweichmanöver gerechnet hatte, änderte Carlas Bewegungsrichtung augenblicklich. Aber noch bevor sie Sophies Arbeitszimmer erreicht hatten, plapperte Carla munter drauflos. Angriff war noch immer die beste Verteidigung.

»Franka will Rodolfo heiraten. Rodolfo Guiliano.«

Schlagartig blieb Sophie stehen. Franka zog unmerklich den Kopf ein und hastete in das mit herrlichen Tapisserien ausgekleidete Arbeitszimmer ihrer Mutter.

»Thilmann«, rief Sophie ihren Mann, der gerade in diesem Augenblick gut gelaunt und ein Liedchen pfeifend aus seiner Werkstatt kam, deren Tür am anderen Ende der kleinen Marmorhalle lag, in der sie standen. »Unsere Tochter will in den Adel einheiraten.«

Abrupt hielt jetzt auch Thilmann inne. Die Melodie erstarb auf seinen noch immer gespitzten Lippen, und er sah ungläubig von seiner Frau zu Carla und wieder zurück zu Sophie.

»Ich nehme nicht an, dass du von Carla sprichst?«

Sophies Brauen zogen sich gereizt zusammen. »In den Adel«, wiederholte sie pointiert.

Carla begann sich zu wundern, was ihre Mutter daran so problematisch fand. Denn begeistert klang ihre Stimme wahrhaftig nicht.

»Franka will Rodolfo Guiliano heiraten!« Sophies Stirn zeigte noch immer pure Missbilligung.

»Und er mich.« Vorsichtig erschien Franka im Türrahmen, um die Reaktion des Vaters abzuschätzen.

»Hübscher Bengel.«

»Thilmann!«

»Nun, warum nicht?«, fragte der große Mann mit dem silbergrau durchwirkten, aber noch immer vollem Haar. »Nur weil es bei dir nicht geklappt hat?«

»Thilmann!!«, tadelte Sophie ihn erneut.

Zwar hatte er ihr verschwörerisch zugezwinkert, aber offensichtlich war sie tatsächlich aufgebracht. Er dachte an Heinrich von Sternau, die Jugendliebe seiner Frau, der damals die Verlobung mit Sophie kurz vor der Hochzeit aus Standesdünkel gelöst hatte.

»Was denn?« Thilmann gab sich betont unschuldig. »Wenn sie sich lieben! Meinen Segen haben sie.«

»Papa!« Franka lief auf ihren Vater zu und flog ihm um den Hals. Seine Arme schlossen sich um dieses wunderbare Mädchen, das ihm so viel weniger ähnlich war als seine jüngeren drei Kinder.

»Werde glücklich«, flüsterte er.

»Mit einem Adeligen?« Sophie blieb skeptisch. »Freuen wir uns mal lieber nicht zu früh. Wann gedenkt der junge Mann sich denn zu erklären?«

»Sobald wie möglich.« Carla hatte inzwischen den verräterischen Brief aus den Händen der Mutter entwendet und geöffnet. Sie überflog die Zeilen. »Er schreibt, sein Vater habe seine Zustimmung schon gegeben.«

»Was immer das auch heißen mag«, murmelte Sophie missbilligend. Ihre eigenen Erfahrungen ließen sie tief daran zweifeln, dass auf derlei Versprechen Verlass war. Aber da ihre Familie sich offenbar gegen sie verschworen hatte, sollte Franka ihre Erfahrungen ruhig selbst machen. Erdolchen konnte sie das Bürschchen ja immer noch, falls es wortbrüchig werden sollte, dachte sie und seufzte.

»Nun denn, lassen wir die Sache auf uns zukommen. Franka, für dich wird so bald wie möglich die Schneiderin bestellt. Wie es scheint, werden sich in der nächsten Zeit viele Augen auf dich richten. Und du bekommst ...« Sie wandte sich nach Carla um.

»Ein Kleid aus Seide?«, fragte Carla, die den ewigen Batist leid war und auf den außergewöhnlichen Anlass spekulierte.

»... eine Woche Hausarrest«, gab Sophie scharf zurück. »Man spielt nicht die heimliche Liebesbotin für die große Schwester. Man informiert seine Mutter! Und jetzt auf eure Zimmer. Alle beide!«

Schmollend marschierte Carla hinter ihrer strahlenden Schwester her, deren Füße über die Stufen zu tanzen schienen.

Nachdenklich sah Sophie ihren beiden Töchtern nach und lehnte sich an Thilmann, der sie von hinten umfangen hatte.

»Ein Adeliger«, seufzte sie.

»Es wird schon gut gehen.« Thilmann zog sie fester an sich und küsste sie auf die Schläfe. »Es kann ja nicht jede dein Glück haben und an einen mittellosen Maler geraten.«

Seine Worte verfehlten ihre Wirkung nicht und zauberten ein Lächeln auf Sophies Lippen.

»Einst mittellos, aber von Grund auf talentiert«, gab sie zu. »Stimmt. So viel Glück kann wirklich nicht jede haben.«

Die Hochzeit zwischen Franka Luisa Weber und Rodolfo Angelo Guiliano wurde am 15. September gefeiert. Seit Wochen herrschte ein ungewöhnlich schwüles und feuchtes Klima, und am Hochzeitstag ertrank die Serenissima in warmem Regen. Der Löwe von San Marco glänzte nass im fahlen Licht der Lagune, und die Menschen liefen schnell und gebückt durch die Gassen und über die Brücken. Vielerorts hörte man rasselnden Atem und bellenden Husten, mit dem auch Sophie seit einiger Zeit zu kämpfen hatte.

Die Familie Weber glitt in einer prachtvollen Gondel über den Kanal. Sophies Augen ruhten mit gemischten Gefühlen auf der durch den Nieselregen schemenhaft erscheinenden Silhouette der Gondel vor ihr. Darin saß ihre älteste Tochter, die jetzt eine Gräfin Guiliano war. Die Hochzeit hatte entgegen ihren Befürchtungen stattgefunden. Franka war glücklich in die höheren Kreise Venedigs aufgestiegen.

Seit Sophie und Thilmann mit der einjährigen Franka in Venedig angekommen waren, schien das Glück ihnen hold. Thilmann machte sich schnell einen Namen und häufte ein kleines Vermögen an. Er traf Tizian und Tintoretto, porträtierte die Obersten der Stadt und verkehrte mit Künstlern und Philosophen. Sophie hatte sich eine Weberei eingerichtet und wieder zu arbeiten begonnen. Ihre erste, große Tapisserie in Venedig war herrlich geworden, aber der Verkauf gestaltete sich schwierig. Wie es schien, legten die noblen Venezianer keinen Wert auf die künstlerische Arbeit einer Frau aus der Gesellschaft. Zudem fehlte ein Pfalzgraf wie Ottheinrich, der für sie eintrat. Schließlich musste sie ihre Arbeit mehr oder weniger als Geschenk tarnen, um sie an den Mann zu bringen. Sophie fühlte sich gedemütigt, und eine venezianische Freundin hatte ihr den Grund für die Zurückweisung erklärt.

»Es ist nicht so, dass sie dich als Frau ablehnen. Aber sie verzeihen einem erfolgreichen und begabten Mann wie Thilmann nicht, dass er seine Frau arbeiten lässt.«

»Aber *ich* will doch arbeiten!«, hatte Sophie gerufen. »Es ist meine Entscheidung.«

»Dann besticke Deckchen für euer Heim. Aber wenn du Geld verdienst, werden alle Thilmann vorwerfen, dass er dir nicht genug zu bieten hat. Das setzt ihn in ihren Augen herab. Der Müßiggang ihrer Frauen ist Statussymbol für die Männer.«

Sophie schnaubte. Und sie hatte die Venezianer für fortschrittlich und modern gehalten! Aber Untätigkeit lag ihr nun einmal nicht. So hatte sie weiter Tapisserien produziert, sie aber unter fremdem Namen und ohne ihr Zeichen verkauft. Zufrieden hatte sie das jedoch nicht gemacht. Sie war zunehmend schmaler und blasser geworden, als sie es bei ihrer Ankunft in Venedig gewesen war. Darüber mochten auch die feinen Brokate und Seidenstoffe nicht hinwegzutäuschen, in die sie sich gleich einer Fürstin kleidete. Thilmann schrieb es der Geburt der Zwillinge Marco und Piero zu sowie der Ankunft der kleinen Carla, mit der Sophie so lange Jahre nach ihrem ersten Kind kaum noch gerechnet hatte. Heute war Carla wiederum zehn Jahre alt, und ihre ältere Schwester hatte gerade in eine der angesehensten Familien Venedigs eingeheiratet.

Der Gedanke holte Sophie aus der Vergangenheit, und sie sah, wie die Gondel des Brautpaares vor dem Palazzo Guiliano anlegte, in dem sich die Hochzeitsfeierlichkeiten während der nächsten Tage abspielen sollten. Sophie musste sich eingestehen, dass nun auch der letzte Augenblick verstrichen war, in dem die Ehe durch etwas Unvorhergesehenes hätte vereitelt werden können. Während ihre eigene Gondel auf den fackelbeleuchteten Anleger zuglitt, verschränkte sie ihre Hände mit denen Thilmanns. Die verblassten Narben auf ihrer Haut erinnerten sie an Eichstätt. An den Ort, an dem sie Thilmann begegnet war. Und an den Brief, den ihr Mann am Morgen erhalten hatte.

»Was schreibt Lucas?«, fragte sie.

»Er möchte, dass ich nach Wittenberg komme.«

Lucas Cranach, der berühmte Maler, dachte Sophie. Das Vorbild, der Mentor im Geiste. Thilmann hatte ihn in Eichstätt kennengelernt. Er selbst war damals noch ein junger Schüler gewesen, der mit seinem Meister ein Altarretabel für das Benediktinerinnenkloster St. Walburg gefertigt hatte. Lucas Cranach hatte ein doppelseitiges Tafelbild für das Bischofspalais geliefert. Er hatte es nicht mehr nötig, unter der Aufsicht seiner Auftraggeber zu malen. Ganz im Gegenteil, die Geldgeber waren froh, ein Werk des bereits berühmten Künstlers zu erlangen. Aus dem kurzen, aber respektvollen Kontakt hatte sich eine rege Brieffreundschaft zwischen dem jungen Talent und dem etablierten Maler ergeben, und so manches Mal hatte Lucas Thilmann dazu überreden wollen, in seine Werkstatt nach Wittenberg zu kommen.

»Zurück in die deutschen Länder?«, fragte Sophie zweifelnd. »Jetzt, wo wir Franka hier verheiratet haben?«

»Nun, laut deiner Prophezeiung wird die Ehe ohnehin jeden Augenblick wieder in die Brüche gehen.« Thilmanns Blick glitt über die Wasseroberfläche des Kanals, die sich im Regen kräuselte.

Sophie knuffte ihn leicht in die Seite. »Vielleicht sind die venezianischen Adeligen ehrenvoller als die in Donauwörth.«

»Sicher sind sie das.« Thilmann drückte ihre Hand. »Unsere Tochter ist in den besten Händen, glaub mir. Und sie ist ganz und gar Venezianerin. Bei unseren anderen Sprösslingen bin ich mir da allerdings nicht so sicher.«

Er wandte den Blick nach den dreizehnjährigen Zwillingen, die gerade dabei waren, die vornehmen Damen in den benachbarten Gondeln mit langen, nassen Pfauenfedern zu erschrecken. Carla saß hinter ihnen und quietschte jedes Mal vor Vergnügen, wenn es ihnen gelang.

»Sie sind offen für die Welt«, fügte er hinzu.

Sophie beugte sich vor, um in sein Gesicht zu sehen.

»Du spielst tatsächlich mit dem Gedanken zurückzukehren?«

Thilmann wandte den Blick ab. »Ich kann mir vorstellen, in Lucas' Werkstatt zu arbeiten.«

»Lucas ist ein alter Mann«, gab Sophie zu bedenken. »Er muss schon über siebzig sein. Irgendwann wird er sterben.«

»Dann wird sein Sohn die Werkstatt fortführen. Es sind bereits zu viele bedeutende Werke und Namen mit ihr verknüpft. Denk doch, ich könnte ganz neue Techniken lernen, Materialien ausprobieren. Ich könnte mich wirklich austauschen!«

So sehr leidest du darunter, dachte Sophie, dass du nur den Erfolg, nicht aber den Ruhm erreicht hast? Du wirst blendend für deine Porträts bezahlt, aber du bist nicht berühmt. Du bleibst immer den Wünschen deiner Kunden untergeordnet, dein Name erweckt keine Ehrfurcht. Du bist nicht Lucas Cranach, nicht Tizian, nicht Tintoretto.

»Sag mir, warum sind wir damals nach Venedig gekommen?«, fragte Sophie unvermittelt.

»Du wolltest herausfinden, ob der Doge wirklich so unhöflich ist, wie ich ihn dir immer beschrieben habe.« Thilmann legte ihr lächelnd den Arm um die Schulter und drückte sie an sich. »Außerdem wolltest du auf Reisen gehen. Neuburg war nicht mehr groß genug für eine Künstlerin deines Ranges.«

Es lag Ironie in seiner Stimme, doch Sophie erkannte das Körnchen Wahrheit darin. Eine Wahrheit, die ebenso für Thilmann galt wie für sie.

»Wolltest nicht auch du an einem anderen Ort erreichen, was Neuburg dir nicht zu bieten hatte?«

»Ich möchte, dass es meiner Familie gut geht«, wich Thilmann aus und bestätigte so Sophies Annahme. Er war trotz des Erreichten in Venedig nicht mehr zufrieden. Wie lange ging das schon so, ohne dass er mit ihr darüber gesprochen hatte? Sie sah auf ihre Kinder im Heck der Gondel.

»Sie sollten ihre deutschen Wurzeln kennenlernen«, sagte Sophie.

Überrascht sah Thilmann sie an. »Könntest du Franka verlassen?«

»Sie wird ihre eigene Familie gründen. Und es ist ja nicht für immer.«

»Nein, es ist nicht für immer«, wiederholte Thilmann und spürte das erwartungsvolle Kribbeln einer neuen Idee in sich. Ein, zwei Jahre bei Lucas in Wittenberg! Und Sophie war einverstanden. Sie würde sogar mit ihm kommen.

»Wie sagen wir es den Kindern?«, fragte Sophie, die sein Mienenspiel beobachtet hatte, lächelnd.

»Wir werden ihnen erklären, dass du den Dogen letztlich

ebenso unhöflich findest wie ich. Und dass ich es müde bin, dich jeden Tag auf einer anderen Brücke einzusammeln, da du es in den letzten fünfzehn Jahren nicht geschafft hast, genug Italienisch zu lernen, um nach dem Weg zu fragen.«

Sophie lachte auf. »Gib nur wieder mir die Schuld für unseren Aufbruch! Aber wir beide wissen, dass dieses Mal du der Rastlose bist, den es zu neuen Ufern drängt.«

Ihr Lachen ging abrupt in einen bösen, bellenden Husten über. Hohl und Unheil verkündend durchschüttelte er sie wie einst ihren Vater. »Sobald es wärmer wird und es mir wieder besser geht, brechen wir auf«, sagte sie, als sie sich wieder gefangen hatte.

Schwer und mühsam setzte Thilmann einen Fuß vor den anderen. Der Pass war steil und die Berggipfel nebelverhangen. Er war nicht fähig, so über sie zu staunen wie seine Kinder, die zum ersten Mal die Alpen überquerten. Im Gegensatz zu ihm schien es ihnen langsam zu gelingen, die Schmerzen des Verlustes in seine Schranken zu weisen. Venedig, die Serenissima, hatte ihm das Herrlichste genommen, das er je im Leben gefunden hatte: Sophie war tot.

Noch heute überraschte es ihn, wie schnell alles gegangen war. Franka war kaum verheiratet gewesen, da hatte Sophies Husten sich tief in ihrer Brust festgesetzt. Sie hatte seine Besorgnis stets mit einem Lächeln und aufmunternden Worten zerstreut und ihre Abreise aus Venedig vorbereitet. Zuerst hatte er sich von ihr beruhigen lassen, doch als er das erste blutbefleckte Taschentuch in ihrer Hand gesehen hatte, fürchtete er ernsthaft um seine Frau. Nur zwei Monate später hatte eine schmale, schwarze Gondel Sophies Leichnam auf die Toteninsel San Michele befördert. Fort von dem Kirschbaum im Patio ihres Hauses, fort von ihren Tapisserien und Webwerken. Fort von ihren Kindern und ihrem Mann, der sie mit schwerem und traurigem Herzen auf dieser letzten Fahrt begleitet hatte.

Geblieben waren ihm nur die Pläne, die er zuletzt gemeinsam mit Sophie geschmiedet hatte. Jetzt, im Frühjahr, hatte er sich mit seinen drei jüngsten Kindern aufgemacht, Herausforderungen und Ablenkung nördlich der Alpen zu suchen.

»Vater, sieh nur«, riss ihn die helle Stimme seiner Tochter aus seinen Gedanken, »wie blau der Schnee auf dieser Seite des Berges aussieht!«

Begeistert zeigte Carla auf den Gipfel, der sich vor ihnen erhob. Keine Miene und keine Geste verriet mehr ihre Trauer um die Mutter, von der Thilmann jedoch wusste, dass sie noch vorhanden war. Die Kinder hatten die Gabe, trotz des schweren Verlustes tagsüber den einen oder anderen unbeschwerten Moment zu genießen. Und welcher Anblick wäre besser dazu geeignet gewesen als die majestätischen Gipfel der Alpen?

»Das ist kein Schnee«, belehrte Piero seine Schwester. »Das ist ein Gletscher.«

»Was ist ein Gletscher?«

»Ein Gletscher entsteht, wenn sich mehrere Schichten Schnee übereinanderlegen und durch ihr Gewicht zu Eis werden«, erklärte ihr Marco.

»Also doch Schnee«, beharrte Carla.

Marco winkte ab, und Carla fühlte sich als Siegerin des Wortgefechtes, was selten genug vorkam. Die Zwillinge waren wissbegierige Jungen von dreizehn Jahren, die jedes Buch verschlangen, das sie finden konnten. Sie waren betrübt gewesen, Schule und Freunde zu verlassen. Aber als Thilmann ihnen von der Leucorea erzählte, der berühmten Universität von Wittenberg, waren sie Feuer und Flamme für die Reise gewesen. Eine Reise, die sie vom Tod der Mutter ablenken und vom Ort ihres Grabes fortführen würde.

»Müssen wir da rüber?«, fragte Carla nun und beäugte kritisch den gewundenen, von Maultieren und Menschen ausgetretenen Pfad, der direkt unterhalb des Gletschers in der Weite verschwand.

»Nein«, sagte Thilmann, »der Weg führt über diesen Sattel dort. Das ist der höchste Punkt unserer Reise.«

Gespannt folgte Carla dem Fingerzeig ihres Vaters. Dahinter lagen also irgendwo die deutschen Länder. Neuburg, Donauwörth, all die Orte, von denen ihr die Mutter so viel erzählt hat. Dort wohnte Onkel Thomas mit seiner Frau. Und schließlich gab es Wittenberg, das Ziel ihrer Reise.

»Also weiter«, rief sie ungeduldig und versuchte, ihr Maultier durch zappelnde Beinbewegungen und mit einer kleinen Gerte anzutreiben. Aber schon nach wenigen Schritten ließ sie sich erneut ablenken.

»Vater sieh nur! Hier oben blühen Blumen!« Carla zeigte auf eine kobaltblaue Blüte, die sich über ihren Köpfen an einer Felswand hielt.

»Ein Enzian«, stellte Thilmann verwundert fest. »So früh im Jahr.«

»Oh, den möchte ich haben«, sagte Carla.

»Ich pflücke ihn dir!« Piero war froh um die Möglichkeit, dem schmalen, harten Rücken seines Maultieres für eine Weile zu entkommen.

»Warte, ich helfe dir.« Marco blieb seinem Bruder auf den Fersen, fiel jedoch rasch zurück, als der Fels zu steil anstieg.

Piero hingegen erklomm die Höhe behände und winkte schon kurz darauf siegessicher mit der Blüte.

»Komm da runter«, befahl Thilmann mit ruhiger, aber unheilschwangerer Stimme, die Piero veranlasste, sofort zu gehorchen. Als er wieder sicheren Fußes neben dem Tier seines Vaters stand, sah dieser ihn ernst an.

»Tu das nie wieder«, meinte dieser und trieb sein Maultier an. Er steuerte die Herberge hinter dem Sattel an, wo sie die letzte Nacht auf italienischem Boden verbringen wollten.

Piero drückte Carla schnell den Enzian in die Hand und klatschte ihrem Maultier mit der flachen Hand auf das Hinterteil. Dann saß er auf und folgte seinem Bruder, wobei er feixend die rechte Hand schüttelte, als ob er sich an etwas verbrannt hätte, bis der Vater sich umsah und der strenge Blick ihn demütig die Augen senken ließ.

Sie erreichten die Herberge rechtzeitig vor Sonnenuntergang und ließen sich vom Wirt eine Mahlzeit aus warmer Suppe, Brot, Speck und Käse vorsetzen, die sie alsbald hungrig verzehrten. Das Lager war hart, aber sauber, und nach einer erholsamen Nacht setzten sie ihren Weg über die Alpen fort. In wenigen Tagen sollten sie Neuburg erreichen.

Kapitel 2

Thilmann!«

»Thomas, ich freue mich.«

Die beiden Männer umarmten einander herzlich. Und auch Thomas' Frau Sybille begrüßte die Gäste mit aller Freundlichkeit. Nach der langen Reise wollte sie den Webers alle nur erdenklichen Annehmlichkeiten bieten.

»Wir haben ein reiches Mahl für euch vorbereitet«, versprach sie. Dann fiel ihr Blick auf die beiden Jungen, und ihr Lächeln vertiefte sich. »Mit Mandelmilch und Sirupknödeln.«

»Aber wo ist das Mädchen?«, fragte Thomas und sah sich um. »Wo ist meine Nichte Carla?«

Thilmanns Blick verdüsterte sich, und auch Markus setzte eine strenge Miene auf.

»Da müssen wir Peter fragen«, sagte er. Die beiden Jungen hatten beschlossen, jenseits der Alpen ihre Namen deutsch auszusprechen.

»Die wird schon kommen«, winkte dieser unbekümmert ab. »Sie hatte noch etwas zu erledigen.«

»Was sollte sie hier zu erledigen haben?«, fragte Thilmann gereizt. »Seitdem wir das Stadttor passiert haben, erzählst du mir das schon. Man kann ein kleines Mädchen doch nicht einfach alleine durch die Weltgeschichte laufen lassen! Ich werde mich wohl unverzüglich auf die Suche nach ihr machen müssen.«

»Was ist geschehen?«, fragte Thomas.

»Carla ist seit unserer Ankunft verschwunden«, erklärte Thilmann und sah Peter mit durchdringendem Blick an. »Und der junge Herr hier sagt uns nicht, was sie geplant hat! Kannst du dir nicht vorstellen, in welcher Gefahr sie schwebt?«

Peter sah ihn mit blanken Augen an. »Ehrlich gesagt, nein. Sie ist schon in Venedig immer besser klargekommen als Markus oder ich.«

»Was soll das heißen?«, fragte Thilmann irritiert. Wann hatte Carla in Venedig alleine klarkommen müssen?

»Da hat Peter allerdings recht«, pflichtete Markus seinem Bruder bei, ohne auf Thilmanns Frage einzugehen. »Weißt du noch, als wir drei uns im Karneval unter die Menge gemischt und ein bengalisches Feuer gezündet haben?«

Peter nickte feixend.

»Das wart ihr?«

»Nein. Das war Carlo«, stellte Peter richtig.

»Karl«, verbesserte Markus.

»*Karl*?« Thilmann sah seine Söhne verdutzt an, und ein ungeheuerlicher Verdacht keimte in ihm auf. »Wer ist Karl?«

»Vater, ich lasse doch kein kleines *Mädchen* alleine durch die Weltgeschichte laufen«, sagte Peter und schüttelte vielsagend den Kopf.

Thilmann verstand, und als er auf den nächsten Schemel niedersank, stand ihm der Mund offen. Sollte sich seine Tochter auf ihren Streifzügen tatsächlich als Junge ausgegeben haben?

»Und was machen wir jetzt?«, brachte er schließlich hervor. Die Sachlage war so verwirrend, dass er jede Urteilsfähigkeit eingebüßt hatte. »Wo ist sie denn?«

»Sie wollte sich etwas ansehen«, gab Peter schließlich preis. »Mehr hat sie nicht gesagt. Als du mit der Wache am

Tor beschäftigt warst, hat sie sich meine Kappe geschnappt und ist durch die andere Tür der Kutsche verschwunden.«

»Und du hast sie einfach so gehen lassen?« Thilmann konnte es immer noch nicht fassen.

»Was hätte ich denn tun sollen?«, fragte Peter beleidigt. Immerhin hatte Carla ihn ebenfalls überrumpelt. Die Hosen musste sie schon seit dem Morgen unter ihrem Kleid getragen haben. »Eine Handvoll Flöhe ist leichter zu hüten als meine Schwester.«

»Eigentlich können wir nicht viel mehr tun, als zu warten«, sagte Markus versöhnlich.

»Das sehe ich auch so. Sie kommt immer zurück.« Peters Worte sollten die Sorgen des Vaters zerstreuen, aber Thilmann war viel zu aufgewühlt. Dennoch sah er ein, dass ihm im Augenblick tatsächlich nicht viel mehr übrig blieb, als auf die Ausreißerin zu warten. Thomas legte ihm beruhigend die Hand auf die Schulter.

»Das wird sich schon klären«, sagte er ohne rechte Überzeugungskraft. »Außerdem ist es ein gutes Zeichen, wenn die Jungs sich keine Sorgen um ihre Schwester machen, findet ihr nicht?«

»Carlas Chancen, uns zu finden, sind bei Weitem höher als unsere, sie zu finden«, stellte Sybille vernünftig fest. »Wir bleiben also hier.«

Hilflos hob Thilmann die Achseln. Wenn sie erst wieder zu Hause war, würde er ihr den Empfang bereiten, den sie verdiente. Natürlich erst nachdem er sie fest in seine Arme geschlossen hatte.

Das Donnerwetter, das Carla erlebte, als sie müde im Haus ihres Onkels eintraf, sollte sie dann auch ihr ganzes Leben lang nicht vergessen. Dennoch kam ihr kein Wort darüber über die Lippen, wo sie gewesen war. Sie hatte sich in die Kirche geschlichen, in der ihr Vater einst seine Sehnsucht nach Sophie in ein herrliches Marienbildnis gebannt hatte, und dort all die Tränen geweint, die ihr seit Venedig im Herzen brannten. Erst dort hatte sie ihrer Mutter tatsächlich Lebewohl sagen können.

»Eine Drei-Heller-Stadt, nicht wert, in Deutschland eine Stadt zu heißen«, sinnierte Thomas. Er hatte sich umgehört, seit er erfahren hatte, dass es seinen Schwager mit den Kindern in die Lutherstadt zog.

»Die Worte stammen von Johannes Cochläus«, sagte Thilmann und lächelte. »Luther nannte die Stadt einst die ›Grenze der Zivilisation‹. Aber nun schau sie dir heute an.« Er trank einen Schluck vom guten Roten, den Thomas aus dem Keller geholt hatte.

»Cranach schreibt, sie wächst und wächst! Es müssen bereits an die tausendfünfhundert Menschen dort leben. Und dazu noch einmal die Zahl an Studenten. Die neue Residenz ist ein Wunderwerk der Architektur und der schönen Künste. Maler, Bildhauer, Gelehrte. Sie alle versammeln sich dort, um die Ideale einer neuen Zeit zu stärken und zu leben.«

Auch Thomas lächelte, als er die leuchtenden Augen seines Schwagers sah. Aber er teilte dessen hohe Meinung nicht.

»Die großen Tage Luthers sind vorbei. Er ist ein alter Mann. Es ist Jahre her, dass er sich gegen Rom gewandt hat.«

»Aber seine Thesen und Ideen werden Jahrhunderte Bestand haben!«

Thomas ließ sich von Thilmanns Inbrunst nicht überzeugen. »Noch haben sie nicht viel erreicht«, sagte er, »und der Kaiser wird sich das nicht viel länger anschauen. Karl V. hat sich mit den Franzosen und den Türken geeinigt. Jetzt hat er Zeit, sich um die Querelen innerhalb seiner Grenzen zu kümmern. Die Religionsfrage wird dabei eine vorrangige Rolle spielen, jetzt, da Friedrich der Weise nicht mehr seine schützende Hand über das Nest der Protestanten hält.«

»Du klingst nach einem waschechten Katholiken«, erwiderte Thilmann leicht, doch der Tenor der Aussage war ernst. Thomas winkte ab.

»Frag mich nicht nach meinem Glauben«, sagte er. »Ich habe zu viel erlebt, um an göttliche Fügung zu glauben. Für mich gibt es nur noch Schicksal.« Er trank den letzten Schluck Wein aus seinem Becher. »Alles, was die Reformation Wittenberg jetzt noch bringen kann, ist ein Krieg. Glaub mir. Und dort willst du wirklich leben?«

»Der Schmalkaldische Bund hat viele Anhänger. Mehr und mehr Kurfürsten sind Protestanten. Der Kaiser wird sich gut überlegen, was er tut.«

»Das wird er sicher, denn kein Kaiser kann sich einen aufsässigen Adel leisten. Und kein Kaiser will Ärger mit Rom.« Nachdenklich blickte Thomas in seinen leeren Becher. Dann griff er nach dem Krug und füllte sich und seinem Schwager nach.

»Aber lass uns von anderen Dingen sprechen. Du gedenkst, deine Söhne an der Leucorea studieren zu lassen? Stell dir vor, vielleicht werden sie Philipp Melanchthon hören. Wie man sagt, unterrichtet er seine unzähligen Fächer noch immer mit Geist und Elan.« In seiner Stimme klang Bewunderung für den berühmten Gelehrten. »Wenn er stirbt, werden sie fünf Professoren einstellen müssen, um ihn zu ersetzen.«

Thilmann stimmte ihm lachend zu. »Markus wird sicher gut dort aufgehoben sein. Er hat schon die venezianischen

Lehrer mit seinen Fragen schier in den Wahnsinn getrieben. Manchmal kommt er mir vor wie ein Schwamm, so sehr saugt er Wissen auf. Peter hingegen ist eine unruhige Seele. In ihm erkenne ich viel von Sophie wieder.«

Die beiden Männer schwiegen in ihren Erinnerungen. Thomas hatte seine Schwester seit der Abreise aus Neuburg vor gut sechzehn Jahren nicht mehr gesehen. Immer war ein Besuch geplant gewesen, aber erst gab es in beiden Familien kleine Kinder oder wichtige Geschäfte, die den Zeitpunkt stets ungünstig erschienen ließen. Thilmann wusste, welche Vorwürfe Thomas sich deshalb machte.

»Für Peter könnte ich mir ein gutes Handwerk vorstellen«, fuhr er fort, um seinen Schwager abzulenken. »Zu meinem Bedauern nicht unbedingt ein künstlerisches. Aber er hat einen kreativen Geist und die verrücktesten Ideen. Es würde mich nicht wundern, wenn er eines Tages wirklich den Flugapparat erfinden würde, von dem schon der große Leonardo geträumt hat.«

Thilmanns Worte erfüllten ihren Zweck und erhellten Thomas' Blick. »Ich behalte ihn gerne als Lehrling bei mir«, schlug er ernsthaft vor.

Thilmann winkte ab. »Für den Handel und die Zahlen ist er nicht geschaffen. Schon nach wenigen Wochen wirst du ihn uns hinterherschicken. Falls er dich bis dahin nicht ruiniert hat! Nein, Peter muss etwas unter seinen Händen entstehen sehen. Auch wenn es kein Gemälde ist.«

»Und Carla?«

Thilmann seufzte tief. »Du hast sie ja erlebt. Wenn ich dir sage, dass ich sie einfach gut verheiraten will, werden diese Worte sicher in deinen Ohren seltsam klingen. Nicht nur, weil sie noch so jung ist.«

»Sie übertrifft das Temperament und den Dickkopf ihrer

Mutter bei Weitem«, gab Thomas zu. »Auch Sophie war in diesem Alter unerträglich. Ich weiß noch, wie sie unsere Schwestern mit ihrem Übermut zur Weißglut getrieben hat. Aber sie wäre nicht als Karl durch die Gegend gezogen, ohne später irgendeine Erklärung dafür abzugeben.«

»Nicht dass ich die nicht verlangt hätte!«, warf Thilmann ein.

Thomas nickte. Er erinnerte sich an die stoische Miene, mit der Carla in ihr Zimmer gegangen war, um den auferlegten Arrest abzuwarten, ohne auch nur eine Silbe zu ihrer Verteidigung zu sagen.

»Aber in einem wird sie es ihrer Mutter gleichtun«, sagte er. »Sie wird ihren eigenen Weg gehen.«

Thilmann nickte. »Ich werde auch ihr eine Ausbildung zukommen lassen. Sie hat Talent für die Bildweberei, und Sophie hat ihr noch viel von ihrem Handwerk beibringen können. Auch wenn sie die meiste Zeit damit zugebracht hat, die Farbnuancen zu mischen und sie mit den Kartons abzugleichen.«

»Du wirst sicher eine gute Weberei finden, in der du sie unterbringen kannst. Vielleicht werden Disziplin und ein hartes Tagewerk ihr Gemüt ein wenig beruhigen.«

»Vielleicht«, murmelte Thilmann, der der Zukunft seiner Jüngsten gleichermaßen mit Bangen und Neugierde entgegenblickte. »Dein Wort in Gottes Ohr.«

Kapitel 3

Oh, Vater, sieh nur die schönen Zwillingstürme! Ist das die Stadtkirche?« Carla reckte sich weit aus dem Wagen, um einen besseren Blick auf die Silhouette von Wittenberg zu erhaschen.

»Nein, das ist sicher nur der Kornspeicher.« Peter machte sich über seine Schwester und ihre Aufregung lustig, wobei er nicht ahnte, dass ihm die gleiche Begeisterung ins Gesicht geschrieben stand.

Carla funkelte ihn böse an. »Kornspeicher? Pah! Wie willst du es nur an die Leucorea schaffen?«, fragte sie spitz.

»Ich will es ja gar nicht dorthin schaffen«, äffte er ihren Ton nach.

Markus gab beiden nacheinander einen Tritt vors Schienbein, der bei Carla jedoch von ihren zahlreichen Röcken und bei Peter vom Schaft seiner neuen Lederstiefel abgefedert wurde.

»Benehmt euch doch endlich anständig!«, sagte er tadelnd. Als erstgeborener Zwilling hatte er stets das Gefühl, für seine Geschwister Verantwortung übernehmen zu müssen.

»Ja«, stimmte ihm Thilmann zu, »sonst schicke ich euch zurück nach Neuburg.«

»Aber ich darf doch nicht mehr alleine unterwegs sein«, erwiderte Carla mit scheinheiliger Miene. »Das waren deine eigenen Worte, Vater.«

Thilmann barg seufzend die Augen hinter seiner Hand

und stellte sich Carla flüchtig in einem strengen Ordenshabit vor. Aber sie eignete sich womöglich noch weniger für das Kloster als ihre Mutter.

»In Kürze sind wir in der Stadt«, sagte er. »Und ich wünsche, dass ihr drei euch von eurer besten Seite zeigt, wenn wir Lucas Cranach treffen.«

Während Carla unbeteiligt auf ihre Fingernägel sah, Peter aus dem Fenster spähte und Markus abwesend nickte, dachte Thilmann, dass er mehr Zustimmung von ihnen im Moment womöglich nicht bekommen würde.

So setzte er noch einmal an. »Ich werde in seiner Werkstatt arbeiten, und wir werden von seiner Hand leben. Ich möchte nicht, dass er das bereut.«

Doch die Kinder änderten nichts an ihrem Verhalten, und Thilmann interpretierte das Schweigen schließlich als verständnisvolle Zustimmung.

Die Kutsche folgte der staubtrockenen Straße durch das weite, ebene Urstromland, entlang der Niedrigwasser führenden Elbe. Auf der restlichen Fahrt hingen die Webers ihren Gedanken nach. Als sie die Stadtmauer passierten, erkundigte sich der Kutscher nach weiteren Anweisungen. Thilmann gab ihm zu verstehen, in Richtung des Marktes zu fahren. Die Straßen waren voll von Menschen. Obwohl Thilmann wusste, dass Wittenberg in den letzten Jahrzehnten stark angewachsen war und dass mehr Studenten an der Leucorea studierten als an den renommierten Universitäten von Leipzig, Köln oder Erfurt, war er von dem Auflauf beeindruckt. Und schon bald blieb die Kutsche stecken.

»Heda!«, rief Thilmann dem Kutscher zu. »Was geht dort vor?«

Der Mann rief ihm vom Kutschbock aus zu, dass er es nicht wisse. Schließlich sei er auch eben erst angekommen.

Sie betrachteten das Treiben und erkannten schließlich Gaukler, Marketender und allerlei fahrendes Volk, das sich an diesem sonnigen Nachmittag auf den Straßen der Stadt zu vergnügen schien. Thilmann winkte einen jungen Burschen heran.

»Was ist hier los?«, fragte er ihn.

»Wird ein Jahrmarkt gefeiert?« Carla reckte sich weit aus dem Wagenfenster.

Der Bursche lachte und zeigte zwei Reihen lückenhafter, schlechter Zähne. »Heute wird die Meiersche direkt zur Hölle fahren!«

Carla fuhr zurück, und Thilmann runzelte die Stirn.

»Sie hat's nicht besser verdient«, rief der Bursche und verschwand wieder in der Menge. Die Webers warfen sich fragende Blicke zu. Thilmann überlegt kurz, dann winkte er eine Frau heran.

»Wo finden wir Lucas Cranach?«, fragte er.

Die Frau sah ihn überrascht an. »Na, im Rathaus. Der Rat macht sich dort gerade bereit.«

Erstaunt sah Thilmann sie an. Dann folgte er ihrem Blick und erkannte am Ende der Gasse den nahe gelegenen Marktplatz, an dessen Nordseite sich das Rathaus mit seinen vier Zwerchgiebeln erhob. Davor stand eine Art Tribüne.

»Für die Meiersche, dieses Sauluder«, fuhr die Frau ungebeten fort und spuckte aus. Dann wurde sie von der Menge verschluckt.

Inzwischen hatte eine Gruppe von Männern in Ornat das Rathaus verlassen und auf der Tribüne Aufstellung genommen. In einem von ihnen glaubte Thilmann Lucas Cranach zu erkennen.

»Wartet hier«, befahl er seinen Kindern und stieg aus der

Kutsche. Mit energischen Schritten bahnte er sich einen Weg durch die Menge bis zur Tribüne, um die sich die Leute massenweise scharten. Jetzt konnte Thilmann deutlich Lucas ausmachen. Zwar hatten sie sich seit Jahrzehnten nicht gesehen, aber er erkannte den dunklen, konzentrierten Blick des Malers sofort wieder, auch wenn sein Gesicht nun ein weißer, zweispitziger Bart zierte. Noch energischer drängte Thilmann sich weiter, aber die Rücken der Menschen rückten enger und enger zusammen, je weiter er es zur Tribüne hin schaffte. Nun sprach Lucas Cranach zur Menge, die mit Johlen und Rufen auf seine kurze Rede hin reagierte. Thilmann hatte nichts verstanden, und erst allmählich kamen über ein Flüstern der Leute nach hinten die Worte Cranachs bei ihm an.

»Sie kommt gleich!«

»Hat das Gefängnis verlassen!«

»Die Teufelshure!«

Ein Aufschrei ertönte rechts von ihm am Rand der Menge. Dann sah Thilmann eine Frau über die Köpfe der Menschen gleiten. Nein, sie glitt nicht, sie stand auf einem Wagen. Mit zusammengebundenen Händen, im blutbesudelten Büßerhemd, der Körper von der Tortur gezeichnet. Die Erkenntnis fuhr Thilmann wie heißes Blei in die Adern. Sie waren mitten in eine Hinrichtung geraten.

Er wollte zurückweichen, trat auf fremde Füße und hörte plötzlich den Aufschrei einer ihm bekannten Stimme.

»Aua, Vater!«

Er fuhr herum und sah in Carlas braune Augen. Sie war ihm also gefolgt. Und dicht hinter ihr standen Peter und Markus! Hatte er denn gar keine Autorität bei seinen Kindern? Gerade als er ihnen den Befehl zur Umkehr geben wollte, tat sich der Mann neben ihm hervor.

»Die Kleine kann ja gar nichts sehen!«, rief er und hob Carla hoch, um sie seinem hünenhaften Nachbarn auf die Schultern zu setzen. Thilmann protestierte, aber seine Stimme ging in den aufbrandenden Schmährufen unter. Die Menge drängte noch weiter nach vorne, als der Karren mit der Verurteilten vorüberfuhr, und er wurde von Carla getrennt. Als Thilmann ihren interessierten Blick nach vorne sah, ahnte er, dass sie eine Art Theatervorführung erwartete, denn so etwas hatten sie in Venedig oft erlebt.

»Peter! Markus! Zurück zur Kutsche.«

Angesichts des Gedränges befürchtete Thilmann die Wirkungslosigkeit seines Befehls. Die beiden Jungen hatten längst begriffen und hätten nur zu gern auf das Spektakel verzichtet, das den Mob so zu entzücken schien. Aber die Menschenmenge hielt sie fest umschlossen.

Inzwischen hatte der Karren mit der Verurteilten eine weitere Tribüne erreicht, auf der Thilmann den Scharfrichter erkannte. Er rief mehrmals Carlas Namen und versuchte, sich einen Weg zu ihr zu bahnen. Wieder sprach Cranach zur Menge, wieder wurden seine Worte von zustimmendem Gejohle begleitet. Die Miene der Verurteilten blieb jedoch starr. Als Unrat auf sie geworfen wurde, zuckte sie nicht einmal zusammen.

Thilmann zwängte sich an den unbeweglichen Rücken vorbei. Das Arme-Sünder-Glöcklein auf dem Rathaus begann zaghaft zu läuten. Carla hatte noch immer wie gebannt den Blick nach vorne gerichtet, und sie sah, wie Lucas Cranach seine Hand hob. Daraufhin drückten die beiden Knechte des Scharfrichters die Verurteilte auf den Boden des Schafotts, denn nichts anderes war die zweite Tribüne, und schoben scharfkantige Hölzer unter ihre Gliedmaßen. Jetzt hob der Henker ein eisenbeschlagenes

Wagenrad und ließ es nach einem Blick in die Menge auf den rechten Unterschenkel der Frau fallen. Carla hörte die Knochen brechen und die markerschütternden Schreie der Verurteilten. Mit jedem geräderten Gliedmaß wurden die Schreie schriller, während der Henker sich langsam und gewissenhaft bis zum Kopf hocharbeitete. Sie sah, wie der willenlos baumelnde Körper der Frau schließlich auf ein weiteres Rad geflochten wurde, das man in die Höhe hob und der berauschten Menge präsentierte. Dann spürte sie, wie Hände sie ergriffen und ihr Gesicht am Hals des Vaters bargen.

»Sie war eine Frau.«

»Sie war eine Mörderin, Thilmann Weber.«

Lucas Cranachs Blick ruhte auf ihm. Die Kinder saßen stumm auf der langen Bank am anderen Ende des Tisches.

Nachdem die Menschenmenge sich zerstreut hatte, war es ihnen gelungen, in das Haus des bekannten Mannes zu gelangen, das in der Schlossstraße gelegen war. Genau genommen waren es sogar zwei beieinanderliegende Häuser, in denen auch die Werkstätten untergebracht waren.

»Sie hat aus niedersten Gründen dreizehn Menschen vergiftet. Ihre drei Ehemänner und deren Kinder. Balthasar zum Beispiel war erst sechs Jahre alt, August war acht. Und Elisabeth neun.« Lucas Cranach warf einen Blick auf die Kinder. »Hättet nicht auch Ihr nach Rache geschrien, wenn es die Euren gewesen wären?«

Thilmann schluckte. »Aber was habt Ihr damit zu tun? Ihr seid Maler. Ein Künstler! Ihr ehrt das Schöne.«

Lucas Cranach lächelte. »Ich danke für die hohe Meinung, die Ihr von mir habt, Thilmann Weber. Es berührt mich zutiefst. Nicht viele Leute begegnen mir heute in

Wittenberg mit einem so ungetrübten Gefühl.« Er trank einen Schluck kühles Bier.

»Ihr habt recht, ich bin Maler. Und ich liebe es zu arbeiten. Aber die Malerei ist nicht alles für mich. Ich führe auch eine Apotheke, eine Druckerei, einen Buchverlag. Ich handele mit Farben, Gewürzen, Sandstein und Wein. Ich bin Hoflieferant für allerlei Dinge, verleihe Geld. Ich vermiete Wohnungen und Häuser aus meinem Besitz. Und ich bin seit Jahren Mitglied des Stadtrates und derzeit sogar Bürgermeister von Wittenberg. Es ist meine Aufgabe, für die Vollstreckung rechtmäßiger Urteile zu sorgen. Und genau das habe ich heute getan.«

Der berühmte Maler betrachtete den aus Venedig angereisten Kollegen eingehend. »Habt Ihr dazu noch Fragen?«

Thilmann schluckte. Ihm wurde bewusst, dass er den Mann, den er für seinen Freund und Bruder im Geiste hielt, bei Weitem nicht so gut kannte, wie er gedacht hatte. Als Cranach das blasse Gesicht des jüngeren Malers sah, wurde sein Blick weicher.

»Aber was soll es Euch kümmern, Thilmann Weber? Ich habe Euch als Künstler in die Werkstatt eingeladen und werde Euch nicht zum Sozius meiner Geschäfte machen. Alles, was wir teilen, wird die Kunst sein. Auch wenn Ihr Euch vielleicht noch kein Bild davon machen könnt, wie wir hier arbeiten.«

Thilmann hielt es für klüger, nicht darauf zu antworten.

»Derzeit haben wir gut neunzehn Leute in der Werkstatt«, fuhr Cranach sachlich fort. Thilmann dachte unwillkürlich daran, dass er in diesem Ton auch über eine Ladung Wein oder einen Posten Salpeter verhandeln würde.

»Wir produzieren viel, aber gut. Denn wir haben den Anspruch, die Cranach-Schlange als Signatur nur auf Werke zu setzen, die sich durch einen hochwertigen und eigenen Stil auszeichnen. Aber wir grundieren Tafeln im Voraus, bereiten Sujets auf Standardmaß vor und warten darauf, was die Wittenberger Kundschaft sich in ihre Stuben zu hängen gedenkt. Dann arbeiten wir die Vorlagen individuell aus, sei es eine Landschaft, eine mythologische Szene, ein Akt oder ein Porträt.« Der Maler lächelte sein feines Lächeln.

»Böse Zungen behaupten, wir würden mit Schablonen der Augen und Münder von Personen arbeiten, die häufig hier porträtiert werden. Und wisst Ihr, Thilmann Weber, es stimmt. Die Gesellen können so fast das gesamte Werk allein bearbeiten. Ich oder mein Sohn legen nur letzte Hand an. Aber auf jedem dieser Werke steht die Cranach-Schlange.«

Thilmann schwieg noch immer.

»Ich will Euch darauf vorbereiten, wie in der Werkstatt der Alltag tatsächlich abläuft«, fuhr Cranach fort. »Und Euch sagen, dass ich Euch nicht in diesen Prozess einbeziehen werde. Denn dafür habe ich Euch nicht nach Wittenberg gerufen. Dafür seid Ihr viel zu talentiert.«

Thilmann gelang es nicht wirklich, sich über das Kompliment zu freuen. »Weshalb bin ich hier?«, fragte er vorsichtig. Er war inzwischen zu der naheliegenden Erkenntnis gekommen, dass Lucas Cranach nichts ohne guten Grund tat.

»Es gibt immer wieder Anfragen, die ich keinem Gesellen überlassen will«, kam Cranach direkt zur Sache. »Porträts der protestantischen Prominenz. Ein Altarbild für unsere berühmte Stadtkirche in Wittenberg, Kartons für Tapisserien.«

»Ihr wisst, ich bin kein Kartonnier.«

»Nein«, bestätigte Cranach. »Aber Ihr kennt diese Arbeit.

Und das macht Euch zum idealen Maler von Vorlagen für Tapisserien. Ihr wisst, was in den nachfolgenden Schritten noch mit Eurem Werk getan werden muss, und nehmt dadurch die Arbeit unbewusst vorweg.«

Thilmann spürte Ärger in sich aufsteigen. War es nicht doch so, dass Lucas ihn für seine Zwecke ausnutzte?

»Im Gegenzug erhaltet Ihr von mir auch etwas«, kam Cranach ihm zuvor. »Ich werde Euch persönlich in Techniken einführen, die Euch noch nicht geläufig sind. Zum Beispiel in die Arbeit mit Holz, in die Welt der Drucke. Wenn es Euch interessiert! Und wir werden sehen, ob es nicht diese Werke aus der Werkstatt Cranach sind, die Euren Namen letztendlich unsterblich machen.«

»Meinen Namen?«

»Ja, Euren Namen. Einen anderen Zweck habe ich nicht verfolgt, als ich Euch herkommen ließ. Was haltet Ihr von dem Vorschlag?«

Es war das erste Mal, dass Cranach während seiner Ausführungen nach Thilmanns Meinung fragte. Er ahnte, dass es sich dabei um eine Ausnahme handeln würde.

»Eure direkten Worte überraschen mich«, gab er zu, und Cranach quittierte den ehrlichen Einwand mit einem Nicken. »Aber ich verstehe und schätze Euer Angebot. Ich freue mich auf die gemeinsame Arbeit.«

»Gut.« Cranach schien zufrieden. Die Männer reichten sich die Hände. Dann wandte er sich geschäftig einigen Dokumenten zu, die neben ihm auf dem Tisch lagen.

»Dann lasst uns sehen, wie wir Euch und Eure Kinder hier unterbringen werden. Ich stelle Euch ein Haus zur Verfügung. Nicht groß, aber es wird reichen. Dies wird natürlich Euren Lohn schmälern, aber es wird sich für Euch rechnen. Einige Heller werdet ihr noch für die Theres aufbringen müssen. Eine gute Seele, die Euch das Haus, die Küche und das Bett in Ordnung halten wird.«

Thilmann lief gegen seinen Willen rot an. Aber Lucas Cranach fuhr schon fort, bevor Thilmann auf diese Bemerkung hin etwas sagen konnte.

»Das mag dann alles für die erste Zeit so seine Ordnung haben«, sagte er. »Wenn Ihr Euch in Wittenberg eingelebt habt, werdet Ihr an manchem etwas ändern wollen. Ganz wie es Euch beliebt.« Cranach nahm einen guten Schluck Bier aus seinem Krug.

»Was sind die Pläne für Eure Kinder?«, fragte er dann und ließ den Blick über die drei Gesichter am Ende der Tafel gleiten. Bisher hatte noch keines von ihnen auch nur einen Mucks von sich gegeben.

»Fragt sie selbst«, erwiderte Thilmann, der während der Reise viel Neues über seine Kinder erfahren hatte. »Sie neigen dazu, sich sehr genaue Vorstellungen von ihrem Leben zu machen.«

Cranach runzelte die Stirn, aber bevor er sich dazu äußern konnte, nutzte Markus seine Chance.

»Ich werde bei Melanchthon studieren«, meldete er sich klar zu Wort.

Cranach zog die Brauen hoch. »Ein gutes Ziel für einen guten Jungen«, sagte er. »Bist du seiner denn würdig?«

Markus wurde rot. »Ich habe in Venedig viel gelernt.«

Cranach lächelte. »Auch wenn du noch etwas jung bist«, erwiderte er, »verliere deine Ziele nie aus den Augen, denn sie werden dich auf geradem Wege durch ein erfülltes Leben führen. Glaube einem alten Mann.«

Der Blick des Malers wanderte zu Peter. »Und du wirst deinen Bruder begleiten?«, fragte er.

»Nein, ich will Drucker werden«, sagte Peter bestimmt.

Thilmann sah seinen Sohn erstaunt an. Wann war denn dieser Plan in ihm gereift?

»Drucker?«, wiederholte Cranach. »Eine gute Wahl, besonders in Wittenberg. Du weißt, dass hier in der Stadt die Lutherbibel gedruckt wird?«

Peter nickte eifrig. »Die Menschen müssen mehr wissen«, sagte er. »Sie brauchen Bücher.«

Der Maler schmunzelte. »Wenn ich da nicht schon den Verleger heraushöre! Aber lerne du erst einmal das Handwerk ordentlich. Ich werde für dich bei Hans Lufft um eine Lehrstelle anfragen. Wenn du dich geschickt anstellst, bist du dort am richtigen Ort.«

Dann fiel sein Blick auf das Mädchen. »Und du? Für eine Ehe bist du wohl noch zu jung.«

Carla schwieg, und ihr Blick verhakte sich mit seinem. Noch immer sah sie das eisenbeschlagene Wagenrad vor sich, wie es auf ein Zeichen Cranachs hin auf die Frau herabfiel. Noch immer hörte sie die Schreie. Sie hatte Cranachs Erklärung verstanden, aber es fiel ihr schwer, sie zu akzeptieren. Und über das Thema Ehe würde sie ohnehin nicht mit ihm sprechen.

»Hast du keine Pläne?«, forschte Cranach weiter.

»Carla kann bereits lesen und schreiben«, kam ihr Thilmann zuvor. »Und sie wird eine Lehre in einer Weberei beginnen.«

»Weben?«, fragte Cranach und zog die Stirn in Falten.

»Wie Ihr wisst, war meine Frau war eine sehr begabte Bildweberin. Sie hat Carla bereits in diese Kunst eingeführt. Jedoch stimme ich Euch darin zu, dass man ein Handwerk gut und von Grund auf lernen sollte. Daher die Idee mit der Weberei.«

»Tapisserien«, murmelte Cranach, »sehr interessant. Und

was fasziniert dich am meisten daran? Ist es das Weben selbst? Die Farben? Die Kartons?«

Carla sah ihn mit unbeweglicher Miene an, und kein Wort kam ihr über die Lippen. Die Ideen ihres Vaters waren ihr gänzlich neu. Wann hatte er diese Pläne für sie entschieden? Nachdem sie Neuburg verlassen hatten?

»Wir werden sehen«, sagte Thilmann, dem das Schweigen seiner Tochter unangenehm war. »Sie ist zudem noch sehr jung. Es wird sich zeigen, was kommen wird.«

»Dann heiße ich Euch noch einmal in Wittenberg willkommen, Thilmann Weber«, sagte Lucas Cranach und erhob sich. »Möge Eure Zeit hier erfüllt sein von guten Erfahrungen.«

Thilmann stand ebenfalls auf, machte eine ehrerbietende Handbewegung und bedeutete den Kindern aufzubrechen. Die Zwillinge verabschiedeten sich artig und liefen schnell zur Tür. Zu lange schon hatten sie still sitzen müssen.

Carla trat vor und knickste würdevoll. Kurz bevor sie den Raum verließ, drehte sie sich noch einmal zu dem berühmten Maler um. Sie deutete auf ein Porträt an der Wand.

»Habt Ihr dieses Bild gemalt?«

»Ja«, bestätigte Cranach. »Gefällt es dir?«

Carla sah ihn schweigend an. Natürlich gefiel es ihr. Aber das würde sie ihm gegenüber nicht zugeben.

»Das Licht ist nicht ganz stimmig. Wenn es wirklich von der Seite einfällt, also durch das Fenster kommt, dann müssten die Konturen des Gesichtes auf der rechten Seite eigentlich noch schärfer sein.«

Verblüfft wandte Cranach den Kopf und starrte das Porträt an. Bei allen Heiligen! Das Mädchen hatte recht. Als er nur einen Moment später herumfuhr, war Carla bereits durch den dunklen Flur ins Freie gelangt.

Kapitel 4

Wittenberg, 1546

»Peter! Halt endlich still!«

Carla war wütend. Ihr Bruder schlug mit seinem Holzschwert heftig auf die selbst gemachte Strohpuppe ein, die unter den kraftvollen Hieben des Sechzehnjährigen bereits aus der Form geraten war. Sein Atem bildete weiße Wölkchen in der kalten Februarluft, die sich auch in der Scheune, in der sie sich getroffen hatten, kaum erwärmte. Die blasse Mittagssonne fiel durch das große Loch im Dach, das die Scheune zu einer wunderbar erleuchteten, wenn auch nasskalten Werkstatt machte. Sie hatte Peter gebeten, eine Studie seiner muskulösen Unterarme anfertigen zu dürfen, weshalb er die Ärmel seines Leinenhemdes hochgerollt hatte.

Carla zupfte an ihren dünnen Handschuhen, die die klammen Finger wenigstens ein bisschen wärmten. Sie hatte nicht mehr viel Zeit, bevor sie in Holzapfels Webstube zurückkehren musste. Und wenn Peter weiterhin so herumzappelte, würde sie ihre Studie wieder nicht beenden können. Dabei hatte sie so wenig Gelegenheit zum Arbeiten nach Modell!

»Jetzt halt endlich still«, befahl sie ihm ein weiteres Mal. Ihre ganze Ungeduld lag in ihrer Stimme, und ihr Blick verhieß nichts Gutes.

»Mal doch die Theres«, schlug Peter vor, der keine Lust verspürte, für seine Schwester stillzuhalten. Er hatte den ganzen Vormittag über die Setzkästen in der Druckerei sortiert und brauchte endlich körperlichen Ausgleich.

Carla seufzte. »Die Theres sieht langweilig aus, und außerdem ist sie dumm.«

Langweilig deswegen, weil alles, was sie gerne gezeichnet hätte, bei der Haushälterin unter einer guten Schicht aus gesundem Speck verborgen war. An ihrem weichen, rundlichen Körper trat nirgendwo eine Sehne hervor, hob sich kein Muskel ab. Und die wachsweiche, flächige Haut forderte Carla schon längst nicht mehr heraus. Und dumm war die Theres, weil sie sich trotz aller Schwüre, die Carla ihr abnahm, und aller Drohungen, die sie ihr gegenüber ausstieß, in Thilmanns Anwesenheit eines Tages verplappern würde. Und Carla wollte nicht, dass ihr Vater jetzt schon davon erfuhr, dass sie zeichnete. Er würde damit zum alten Cranach gehen, und gemeinsam würden sie sie im Handumdrehen verheiraten, auch wenn sie erst dreizehn Jahre alt war.

Carla hatte längst gemerkt, dass die Freiheit der Frauen auch im reformatorischen Wittenberg ihre harten Grenzen hatten. Zwar durften sie Berufe erlernen und Handwerke ausüben, aber nicht jedes beliebige. Eine unverheiratete Frau, die zeichnete, gab es beispielsweise offiziell nicht. Und eine Frau, die *gut* zeichnete, schon gar nicht. Aus diesem Grund übte sich Carla nur an Gegenständen, die sie nicht verraten würden, oder an Menschen, denen sie vertraute. Über ihre beiden Brüder wusste sie mehr als genug, sodass sie sich im gegenseitigen Einvernehmen deckten. Wenn sie wirklich gut genug war, würde sie ihren Vater einweihen. Dann würde er es nicht mehr übers Herz bringen, ihr die Malerei zu verbieten.

Ihr Interesse für Zeichnungen und Gemälde hatte sie schon in Venedig entdeckt, wo sie als kleines Mädchen viel Zeit in der Werkstatt ihres Vaters verbracht hatte. Thilmann pflegte seiner still dabeisitzenden Jüngsten in langen Monologen mitzuteilen, warum er das jeweilige Werk so und nicht anders gestaltete. Natürlich rechnete er nicht damit, dass das kleine Mädchen ihm tatsächlich zuhörte. Er genoss schlicht und einfach ihre Anwesenheit und die Ruhe, die das sonst so quirlige Mädchen zwischen seinen Malutensilien ausstrahlte. Mit den teuren, zum Teil auch giftigen Farben hatte er sie ohnehin nie experimentieren lassen.

Um Carlas künstlerische Ausbildung hatte sich Sophie seinerzeit gekümmert. Sie hatte die Tochter sorgsam in die Bildweberei eingeführt und ihr Schritt für Schritt den Werdegang eines Werkes vom Gemälde über den Karton, die Garne bis hin zur fertigen Tapisserie erklärt. Und Carla war ihr stets eine dankbare Schülerin gewesen, wohl ahnend, dass die Malerei für sie noch unerreichbar war.

Dass sie jedoch selbst über ein außergewöhnliches Talent verfügte, hatte Carla erst in der Cranach'schen Werkstatt entdeckt. Anfangs drückte sie sich dort aus purer Neugier herum, bis sie bemerkte, wie gierig sie die Gespräche der Gesellen aufsog: die Diskussionen über die Komposition, die Kritik der Vorgesetzten, das endgültige Urteil Cranachs. Es entstanden nach und nach eigene Vorstellungen in ihrem Kopf, die sie im Stillen mit den Ansichten der Meister verglich.

Hätte man sie gefragt, hätte Carla der Meinung von Lucas Cranach dem Jüngeren den Vorzug gegenüber der Meinung seines Vaters gegeben. Zwar überstrahlten das handwerkliche Können des Älteren und seine unglaubliche Reputation nach wie vor alle anderen in der Werkstatt, ihren Vater Thilmann eingeschlossen. Aber der Sohn hatte ein untrügliches Gespür dafür, wie eine Szene gestaltet sein musste. Er fand die Worte und den Ton, um die Gesellen dazu zu veranlassen, ein Werk wirklich zu verbessern. Seine

Kritik förderte das letzte Quäntchen Talent in seinen Mitarbeitern zutage, und Carla hätte viel dafür gegeben, ein solches Gespräch mit ihm führen zu können. Längst hatte sie sich das Material für eigene heimliche Zeichenversuche zusammenstibitzt, die ihrer Meinung nach nicht schlecht gerieten. Aber sie sehnte sich nach Austausch und Gesprächen, um die beste Lösung herauszuarbeiten. Sie wünschte, neben dem dynamischen und energischen Mann zu sitzen, dem es gelang, in Gegenwart seines überragenden Vaters stark und präsent zu wirken, ohne seinen Auftritt auf die Spitze zu treiben.

Stattdessen webte sie brav Elle um Elle langweiliges Nutzgewebe bei Holzapfel, den ihr Wissen über die kunstvolle Bildweberei nicht für einen Heller interessierte. Tapisserien und Bildteppiche wurden in Torgau bei Meister Heinrich von der Hohemühl gefertigt. Hier bei Holzapfels mussten sie herstellen, was auch verkauft werden konnte. So schützte sie ihr kleines Geheimnis durch unverdächtige Demut.

Immerhin ließen die Fertigkeiten, die sie ihrer Mutter verdankte, Carla ihre Aufgaben schnell und flüssig erledigen. So blieb ihr Raum für Heimlichkeiten, für das Zeichnen. Auch wenn sie nie die Ruhe dafür hatte, die sie sich wünschte.

Mit einem Seufzer zerknüllte sie das gute Cranach-Papier mit Peters unproportional wirkenden Gliedmaßen und warf es auf den Boden.

»Ich frage mich, wo Markus bleibt«, murmelte sie. »Der würde ein Buch lesen und wenigstens stillhalten.«

Peter lachte. »Aber er hat nicht so – wie nennst du das immer? – *interessante* Arme wie ich.« Neckisch ließ er die Muskeln seiner Unterarme spielen.

Carla schnitt eine Grimasse. »Bilde dir bloß nicht zu viel darauf ein! Wenn Markus mir hilft, werde ich bald noch viel Interessanteres zeichnen können.«

»Die lassen dich nie dabei sein, wenn sie sezieren«, winkte Peter ab. »Auch nicht, wenn ihr Primus sie darum bittet. Du bist erst dreizehn! Und du bist ein Mädchen.«

»*Karl* kann alles«, erwiderte Carla mit Inbrunst.

Peter schwieg. Wenn sie sich als Karl ausgab, kam er nicht gegen sie an. »Nun gut. Wenn du unbedingt Tote malen willst«, sagte er in großzügigem Ton, »ich halte mich lieber an die Lebenden.« Er wusste natürlich, dass Carla Markus ständig damit in den Ohren lag, als Junge verkleidet einer Vorlesung an der Leucorea beizuwohnen und während des Sezierens skizzieren zu dürfen. Immerhin hatten so schon die großen Italiener sich ihre fantastisch lebensechten Körper erarbeitet.

»Vor allem hältst du dich an die weiblichen Lebenden«, stichelte Carla. »Weiß Susanne eigentlich schon von Agathe?«

»Pah, was ist schon dabei.« Peters Augen funkelten sie an. »Solange Anna nichts merkt.«

Er schwang erneut sein Holzschwert und hieb nachdrücklich auf die Puppe ein. Carla schüttelte den Kopf über ihren Bruder und war froh, seine Schwester zu sein. Allen anderen weiblichen Personen in Peters Alter und seiner Umgebung wünschte sie viel Glück und ein dickes Fell. Das würden sie brauchen, wenn sie sich mit dem charmanten Kerl einließen.

Da öffnete sich die Tür und Markus trat ein. Er trug Kappe und Umhang der Leucorea, an der er mit Fleiß und Erfolg studierte. Zwar zeigte er sich respektvoll gegenüber dem *Praeceptor Germaniae*, wie Philipp Melanchthon ehrfürchtig von seinen Studenten genannt wurde, aber eigentlich hatte es ihm vor allem die Medizin angetan. Schwerfällig ließ er sich neben seine Schwester auf den Strohballen fallen.

Eine missbilligende Falte zeigte sich auf Carlas Stirn, als sie nach dem Stand der Sonne sah. Jetzt war es zu spät für eine Skizze. Hoffentlich hatte er wenigstens gute Nachrichten für sie.

»Nun?«, fragte sie, sobald er etwas zur Ruhe gekommen war. »Kann ich am Donnerstag dabei sein, wenn ihr seziert?«

Aber ihr Bruder antwortete nicht.

»Sag schon«, drängte sie. Auch Peter wurde jetzt auf das ungewöhnliche Schweigen seines Bruders aufmerksam. Er hatte aufgehört, auf seine Strohpuppe einzuschlagen, und war neugierig nähergetreten.

»Markus«, sagte Carla ungehalten. »Rede endlich!«

Der Bruder wandte ihr sein ernstes und verschlossenes Gesicht zu, und Carla verstummte. Peter verharrte regungslos inmitten der Scheune. Die verrinnenden Sekunden weckten die Vorahnung in Carla, dass etwas Außergewöhnliches passiert war. Die Geschwister wechselten ein Blick voller Spannung.

»Martin Luther ist tot«, sagte Markus schließlich.

Lucas Cranach der Ältere seufzte und nahm einen tiefen Zug vom Starkbier. »Er war nach Eisleben gekommen, um den Erbfolgestreit des Grafen von Mansfeld zu schlichten.«

Trotz der Kälte lagen Carla und ihre beiden Brüder auf dem Dachboden über der Werkstatt, in der sich die Meister, Vater und Sohn Cranach und Thilmann versammelt hatten, und rührten sich nicht vom Fleck. Die Geschwister spähten durch die staubigen Ritzen und versuchten, die Worte und die Wärme von unten aufzunehmen. Zwar war Lucas Cranach der Ältere mittlerweile nicht mehr Bürgermeister von Wittenberg, aber als Mitglied des Stadtrates und als guter Freund und Vertrauter von Luther verfügte er über mehr Informationen als die meisten anderen in der Stadt. Aufrichtiger Gram schien den alten Maler zu beugen.

»Am Vortag seines Todes haben die verstockten Streithähne in Eisleben sich endlich geeinigt. Und zu Justus Jonas, seinem Mitstreiter, soll Luther gesagt haben, er kehre nun nach Wittenberg zurück und lege sich alsdann in einen Sarg, um den Maden einen feisten Doktor zu essen zu geben … Sollte er es tatsächlich geahnt haben?« Cranach rang sich einen müden Abglanz seines sonst so feinen Lächelns ab.

»In welchem Zustand befand er sich?«, wollte sein Sohn wissen. »War er denn kränklich oder geschwächt vom Winter?«

»Immerhin war er nicht mehr der Jüngste«, warf einer der Meister ein.

»Er war erst dreiundsechzig. Das ist doch kein Alter!« Cranach schüttelte entschieden das Haupt und seufzte. Er selbst zählte bereits vierundsiebzig Lenze und war ausnehmend frisch und gesund. »Am Nachmittag klagte er über starke Schmerzen in der Brust und ließ sich mit warmen Tüchern abreiben. Gegen Abend kam dann ein zweiter Anfall.«

»Konnte ihm denn kein Arzt helfen?«, fragte Thilmann.

»Luther wollte keinen. Er meinte, alles, was Not tue, sei sein Ruhebettlein. Mitten in der Nacht wurde dann sein Diener wach, der am Krankenlager wachte. Er ahnte, wie schlimm es um Luther stand und dass er wohl zu Eisleben bleiben würde. Nun wurden Ärzte und ein Apotheker geholt. Selbst Graf Albrecht nebst Gemahlin kam an sein Lager. Aber es ging dem Ende zu.«

Cranach verbarg die Augen in der Hand, und Carla fragte sich, ob er wohl weinte. Das markante Gesicht seines Sohnes, der mit regungsloser Miene dasaß, wurde von den Flammen der Kerzen in bizarre Schatten getaucht. Ihrem Vater konnte Carla nicht ins Gesicht sehen.

»Justus Jonas fragte ihn, ob er auf Jesus Christus und die Lehre, die er in seinem Namen gepredigt habe, schwören und so sterben wolle, und Luther antwortete: ›Ja, ich will‹.«

Die Männer schwiegen. Die Anwesenheit des großen Reformators schien durch die Mächtigkeit ihrer Gedanken fast spürbar zu sein.

»Nun ist er in der Andreaskirche zu Eisleben aufgebahrt«, sagte der alte Cranach.

»Und uns Wittenbergern obliegt es, ihn nach Hause zurückzuholen«, ergänzte sein Sohn. »Mag er auch in Eisleben geboren sein, so war Wittenberg doch seine Heimat.«

»Heute ist der Zug aus Eisleben aufgebrochen, und wir erwarten ihn morgen oder übermorgen. Es hängt davon ab, wie schlecht die Straßen sind. Dann werden sie ihn in der Schlosskirche beisetzen.«

Cranach der Ältere leerte seinen Becher. »Was hinterlässt er doch für eine Leere in unseren Herzen und unserer Stadt«, sagte er düster.

Beim Begräbnis Luthers, das drei Tage später in Wittenberg stattfand, sah Carla den Kurfürsten von Sachsen, Johann Friedrich, zum ersten Mal aus der Nähe. Mit verschnupfter Nase, eingehüllt in Kappe und Umhang der Leucorea, stand sie zwischen den anderen Studenten in der Schlosskirche. Markus hatte sie als seinen Bruder eingeschleust, und seine Kommilitonen deckten Karl, da er ihnen oft kleine Rosen und Ornamente zeichnete, die sie wiederum ihren Angebeteten gegen einen verstohlenen Kuss unten am Fluss schenkten. Dass das schmächtige, blonde Bürschlein mit seiner in die Stirn gezogenen Kappe ein Mädchen war, kam ihnen dabei nicht in den Sinn. Zu perfekt beherrschte Carla ihre Rolle als Karl.

Carla lauschte den Worten von Johannes Bugenhagen, dem Stadtpfarrer, und Philipp Melanchthon, die beide Luthers Werdegang und die unglaubliche Idee würdigten, die er in die Welt getragen hatte. Bei der feuereifrigen Rede Melanchthons fiel Carlas Blick auf das feiste Gesicht des Kurfürsten, der finster und betrübt dreinblickte. Sein dunkler Bart, der über der Oberlippe kunstvoll gezwirbelt war, zeichnete sich scharf auf der weißen Haut ab. Aber sie erkannte nicht nur Trauer in seinen Zügen. Das glatte, runde Gesicht verbarg noch etwas anderes, das Carla nicht benennen konnte. War es Sorge? Angst? Carla sah zu Markus hinüber und beschloss, ihren Bruder danach zu fragen.

Schon bei nächster Gelegenheit sprach sie ihn darauf an.

Markus raufte sich das Haar. »Natürlich macht sich Johann Friedrich Sorgen. Luther ist tot. Er ist eines gewöhnlichen und natürlichen Todes gestorben und kann nicht mehr zum Märtyrer werden. Zudem hat der Kaiser Zeit, sich um die Angelegenheiten innerhalb des Reiches zu kümmern. Rom sitzt ihm im Nacken. Er wird den Protestanten ordentlich die Meinung sagen.«

Carla war beeindruckt von dem Einblick, den Markus in die Politik Sachsens zu haben schien. Oder waren das Ansichten, die allen bekannt waren? War nur sie nicht informiert? Politik interessierte sie einfach nicht. Missmutig bildete sich eine kleine Falte zwischen ihren Brauen.

»Ja, hoffentlich tut er das«, mischte sich Peter ein und biss so heftig in ein Stück altes, hartes Brot, dass seine Kaumuskeln deutlich hervortraten, als er den Kanten zwischen seinen Zähnen zermahlte. Angewidert sahen seine Geschwister ihm zu, aber sie ersparten sich jede Bemerkung. Peter hatte immer Hunger, und er aß einfach alles. »Dann wird er von uns die Antwort erhalten, die er verdient.«

»Von uns?«, fragte Carla, und es beschlich sie ein unbehagliches Gefühl.

»Ja, von uns Protestanten!«, bekräftigte Peter mit vollem Mund.

»Peter, du bist Katholik«, erinnerte ihn Markus trocken. Schließlich waren sie in Venedig geboren und hatten das Sakrament der Taufe erhalten.

Peter sah ihn mit offenem Mund an, fast so, als sei er tatsächlich überrascht. »Aber nicht in meinem Herzen, und auf das Herz kommt es ja wohl an«, begehrte er auf.

»Nur solange kein kaiserliches Bajonett darinsteckt«, knurrte Markus mit zusammengebissenen Zähnen.

Urplötzlich standen sich die Brüder wie Streithähne gegenüber. Carla ließ ängstlich ihren Blick von einem zum anderen wandern und spürte, dass die beiden sie an einer bestimmten Sache, über die sie offenbar schon viel miteinander diskutiert hatten, nicht teilhaben ließen.

»Der Kaiser hat schon auf dem Wormser Reichstag nach Verbündeten gegen die Protestanten gesucht«, sagte Markus fast beschwörerisch. »Er hält die Schmalkaldener mit der Aussicht auf Religionsverhandlungen hin, aber das ist nichts als Augenwischerei.«

Dann aber wandte er sich abrupt ab. Markus erinnerte

sich an die Worte, die sein Onkel Thomas damals in Neuburg von sich gegeben hatte: Es würde Krieg geben in Deutschland. In Sachsen, in Wittenberg. Und auf einmal klang es nicht mehr so unwahrscheinlich in seinen Ohren wie damals. Markus wusste, wie sein Bruder darüber dachte, denn er brauchte ihn nur anzusehen. All die jugendliche Kraft in Peters Körper, die nur darauf wartete, von einem Ideal und einem mehr oder weniger fähigen Offizier in die Schlacht geführt zu werden. Aber nun war Carla bei ihnen. Die kleine Schwester mit ihrem wachen Verstand und ihrer Gabe, sofort eins und eins zusammenzuzählen. Also versuchte er, sich zu beherrschen. Seine Worte würden bei Peter ohnehin nichts bewirken, dafür hatte er es schon zu oft versucht. Aber der Bruder gab keine Ruhe.

»Luther hat nicht umsonst gelebt«, sagte Peter mit einer Überzeugung, die Markus und Carla fast befremdlich vorkam. Woher nahm ihr sonst so gedankenloser und vergnügungsfreudiger Bruder dieses Feuer in seinen Worten? »Und wenn es nicht nur sein Leben kostet.«

»Es wird nicht nur sein Leben kosten, Peter. Sieh das doch ein.«

»Ja, Markus, das sehe ich ja.« Doch wie sollte er dem Bruder vermitteln, was in ihm vorging? »Versteh doch«, sagte er, »ich habe mich entschieden.«

Die Brüder schwiegen eine lange Weile. Dann machte Peter Anstalten, Markus seine Hand auf die Schulter zu legen, nur um sie gleich darauf jedoch wieder fallen zu lassen. »Ich bin längst kein Katholik mehr, Markus.«

Peter hatte leise gesprochen. Vor Überraschung stand Markus der Mund offen. Sein Bruder war zum Protestantismus übergetreten? Und wie richtig sich dieser Schritt doch anfühlte! Ihre Eltern hatten ihnen bestimmt in besonderem Maße Freiheit und Gerechtigkeit vermittelt. Hatten sie ihre Kinder etwa katholisch getauft, aber im Herzen protestantisch erzogen? Er dachte an seine Mutter und ihre Erzählungen aus dem Kloster. Sie hatte an Gott geglaubt, aber nicht an die Regeln Roms. Und nun stand er hier in Glaubensangelegenheiten vor seinem Bruder, seinem Zwilling. Mochte er die politischen Zusammenhänge auch nicht verstehen, die Zeiten nicht richtig einschätzen, in seinem Herzen war Peter ihm viele Schritte voraus. Er wusste, was er zu tun hatte, ohne zu zaudern und abzuwägen, und folgte seinen Zielen aufrichtig. Das war mehr, als Markus von sich behaupten konnte.

Sein Blick fiel auf Carla, die kleine Schwester. Sie brauchte ihn doch, oder nicht? Aber war sie nicht fast schon eine Frau? Die kindlichen Züge wichen langsam einem neuen, reifen Antlitz. Deutlich sah er, wie schön sie eines Tages sein würde, und er lächelte. Dann würde Schluss mit Karl sein. Sie würde keine Leichen auf dem Seziertisch mehr zeichnen wollen und sich nicht mehr hinter ihren Brüdern im *Goldenen Adler* zwischen den anderen Studenten herumdrücken. Aber wusste nicht auch sie, was sie zu tun hatte? Ohne zu zaudern und abzuwägen? Warum war ihm, Markus, dieses Erbe nicht gegeben? Diese Eigenschaft ihrer Mutter?

Erschöpft lehnte er sich zurück. Was gäbe er darum, einen Tag mit dem Selbstvertrauen seiner Geschwister leben zu dürfen? Und was gäbe er darum, in ihnen für einen Moment die gleichen Einsichten zu wecken, die er in sich trug?

Kapitel 5

Carla suchte Trost bei ihrem Vater in der Werkstatt. Die angespannte Stimmung zwischen Peter und Markus legte sich auf ihr Gemüt, und sie fühlte sich machtlos und schwach. Sie ahnte, dass die Dinge ihren Lauf nehmen würden und niemand sie zurate ziehen würde. Zwar wollte sie Thilmann nichts von dem Gespräch der Brüder erzählen, aber sie konnte bei ihm sitzen und ihn bei der Arbeit beobachten. Von jedem Pinselstrich lernte sie, jede Farbmischung auf der Palette prägte sie sich in ihr Gedächtnis ein. Sie studierte aufmerksam, mit welchen Mitteln ihr Vater die Farben aufhellte oder verdunkelte, mit welcher Konsistenz er schließlich zufrieden war und wie die Farbe dann auf der Leinwand wirkte.

Carla hatte heute Glück, denn sie traf ihren Vater allein an seinem Tisch und zudem bei sehr guter Laune an. Er arbeitete an Entwürfen zu dem vierteiligen Altarbild, das gerade von der Pfarrkirche St. Marien in der Werkstatt Cranach in Auftrag gegeben worden war. Gewünscht wurde ein Altar, der den Reformationsgedanken unterstrich und die protestantische Kirche als Gemeinschaft der wahrhaft Glaubenden zeigte. Cranach der Ältere hatte seinen Mitarbeiter um erste Skizzen und Ideen zur Gestaltung des Altarbildes gebeten. Nun saß Thilmann mit Kohle und Kreide vor den Papieren und zeichnete. Carla setzte sich auf sein linkes, abgespreiztes Knie, um die Entstehung der Skizzen aus nächster Nähe zu betrachten.

»Du bist schon wieder gewachsen, meine Tochter«, murmelte Thilmann, ohne im Zeichnen innezuhalten.

»Bin ich schwerer geworden?«, fragte Carla hoffnungsfroh. Jeder Hinwies darauf, dass sie endlich erwachsen wurde, war ihr willkommen.

»Nein. Leichter.«

Carla schwieg, und Thilmann hörte es förmlich in ihrem Kopf arbeiten.

»Das verstehe ich nicht«, gab sie schließlich zurück.

»Deine Beine sind jetzt so lang, dass du dich unten an meinem Pult abstützen kannst«, erklärte er und lächelte. »Also bist du gewachsen, auch wenn du dich jetzt leichter anfühlst. Was mein Knie übrigens sehr begrüßt.«

»Oh.« Schon wollte Carla aufspringen, aber Thilmann hielt seine Tochter dort fest, wo sie saß. Es würden Tage kommen, an denen er sich nach diesem Gefühl zurücksehnen würde.

»Nein, bleib.« Noch immer glitt seine Rechte federleicht übers Papier und hinterließ eine zarte rote Kreidespur. Carla verfolgte die Arbeit ihres Vaters aufmerksam.

»Wird das der Altar?«, fragte sie ihn, denn sie wusste immer aus irgendeiner Quelle, woran ihr Vater gerade arbeitete.

»Genau.« Thilmann konzentrierte sich weiter auf seinen Schwung. Auch Carla hielt den Atem an, bis er das Stück Kreide schließlich mit einem tiefen Seufzer auf den Tisch warf. Er schien mit seinem Ergebnis nicht zufrieden zu sein.

»Lässt der alte Cranach dich die ganze Arbeit alleine machen?«, fragte Carla und klang ungewollt spitz. Sie hielt nicht viel von der arbeitsteiligen Strukturierung in der Werkstatt.

»Nein, mein Schatz. Auch wenn ich das Werk nur zu

gern im Alleingang vollbringen würde! Lucas begleitet den Kurfürsten auf der Jagd und unterhält die Gesellschaft mit seinen Skizzen.«

Jetzt rümpfte Carla erst recht die Nase. »Pah!« Sie konnte absolut nicht verstehen, warum sich der alte Meister zu so einem Dienst herabließ. Ein Schnellzeichner zum Amüsement des Adels!

Ihr Ton zauberte ein Lächeln auf Thilmanns Lippen. Seine Tochter ahnte nichts von Cranachs feinem Gespinst an politischen Bindungen und davon, wie viel Talent man für Skizzen dieser Art brauchte. Das Wesen eines Menschen mit wenigen Strichen einzufangen, war ihm selbst bisher nur gelungen, wenn er Sophie gezeichnet hatte.

Thilmann nahm ein neues Blatt und setzte die Kreide wieder an. Einen vierflügeligen Altar stellte Cranach sich vor, eine Mitteltafel mit zwei Flügeln und darunter eine Predella mit erhobener Perspektive. Was auf den einzelnen Tafeln dargestellt sein sollte, hatte der Meister sich schon überlegt. Nun galt es, Inhalte und Personen möglichst perfekt anzuordnen.

Thilmann seufzte. Die Mitteltafel sollte eine Abendmahlszene zum Thema haben, wobei sich sowohl etliche Jünger um Jesu gruppieren sollten als auch bekannte Köpfe der Reformation. So fand sich Martin Luther mit am Tisch, und Cranachs Sohn Lucas reichte ihm einen Becher. Hans Lufft, der die erste deutsche Lutherbibel gedruckt hatte und heute Peters Lehrherr war, saß ihm gegenüber. Cranach legte großen Wert auf diese symbolträchtige Komposition. Ihm war daran gelegen, dass die Botschaft Christi auch von Menschen getragen wurde, die das Volk persönlich kannte. Thilmann hingegen schien an der Idee schier zu verzweifeln.

»Ich kann machen, was ich will«, schimpfte er leise vor sich hin. »Es sieht immer aus wie auf dem Gemälde von Leonardo da Vinci.«

Carla wusste, von welchem Bild er sprach. Ihr Vater hatte es einmal in Venedig skizziert, und sie war tief beeindruckt gewesen von der Harmonie, die es schon als bloße Zeichnung ausstrahlte. Sie verstand den Missmut Thilmanns, aber die Anordnung von dreizehn Personen an einem langen, geraden Tisch würde sich immer ähneln. Ganz egal, wer sich gerade wem zuwandte. Es sei denn …

»Warum setzt du sie nicht an einen runden Tisch?«, fragte sie. »So wie bei diesem englischen König, von dem du mir erzählt hast.«

»Artus?«, gab Thilmann überrascht zurück, während er in seinem Kopf unwillkürlich die Figuren gruppierte und feststellte, dass es tatsächlich funktionieren konnte.

»Du hast recht, mein Kind! Da hast du einen wunderbaren Einfall gehabt.«

Zufrieden beobachtete Carla, wie die Kreide wieder mit der Hand des Zeichners zu verschmelzen schien. Wie sie in geübten Strichen über das Papier glitt. Es entstand vor ihren Augen eine runde Tafel, um den sich Menschen versammelt haben, das alles in einer Art Renaissancehalle, die den Ausblick in eine weite Burgenlandschaft freigab.

»Das ist gut«, sagte sie. Es war ihr nicht bewusst, dass ihr Tonfall dem von Lucas dem Jüngeren ähnelte, wie dieser sonst seine Mitarbeiter zu loben pflegte. Thilmann hielt mit erhobenen Brauen inne und wandte den Kopf hin zu Carla, um in ihrem Gesicht die konzentrierte Miene und ungeteilte Aufmerksamkeit zu erblicken. Sie schlug die Augen nieder und sah ihn kurz darauf unschuldig an. Thilmann lehnte sich zurück und verschränkte die Arme vor der

Brust. Langsam wurde Carla unter seinem prüfenden Blick unbehaglich zumute, und sie zog unmerklich den Kopf ein.

»Weißt du, was gut ist?«, fragte ihr Vater plötzlich.

Carla hielt es für ratsam, die Antwort schweigend abzuwarten.

Thilmann schob sie von seinem Knie und stand auf. Ohne seine Tochter aus den Augen zu lassen, ging er zu einem Holzregal, in dem verschiedene Arbeiten lagen. Er entnahm ihm ein Blatt, ohne dass sie das Motiv darauf sehen konnte.

Carla schüttelte den Kopf.

Er legte das Blatt vor sie auf den Tisch. »Das ist gut«, sagte er. »Sogar sehr gut.«

Carla warf einen Blick auf die Zeichnung. Das Motiv war nicht schön, eher morbide. Aber die Ausführung war gut. Sogar sehr gut. Die Erkenntnis durchlief sie wie heißes Öl. Es war eine von ihrer Haut entblößte Hand, die sie selbst während der Medizinvorlesung an der Leucorea gezeichnet hatte! Faser für Faser lagen die Muskeln offen gelegt vor dem Auge des Betrachters. Die Gelenke, die Adern. Carla wurde tiefrot und prüfte in Blitzesschnelle tausend Ausreden, von denen Thilmann ihr keine einzige abkaufen würde.

»Du meintest wohl, ich merke das nicht? Oder war das auch Karl?«

Irgendwie schon, dachte Carla, behielt es aber für sich. »Wie lange weißt du schon davon?«, fragte sie stattdessen leise.

»Hm. Seit Venedig.«

Überrascht riss Carla die Augen auf, und Thilmann lächelte. »Ich habe nie daran geglaubt, dass mein kleiner Wirbelwind nur aus Liebe zu ihrem Vater ganze Nachmittage still bei ihm in der Werkstatt verbringt.« Er nahm den Krug vom Tisch und goss sich und Carla ein wenig Wasser ein.

»Was meinst du wohl, warum ich so gesprächig war und jeden meiner Gedanken mitgeteilt habe? Ich wusste doch, dass du stets die Ohren gespitzt hast.«

»Warum hast du mir nie wirklich etwas gezeigt?«, brach es aus Carla heraus. »Warum hast du mich nie etwas versuchen lassen?«

»Weil du so bist wie deine Mutter.« Thilmanns Worte klangen ein wenig spöttisch, und sie taten ihm unerwartet weh. »Dich reizt am meisten das, was du nicht tun sollst. Dich und Karl.«

»Und seit wann weißt du, dass ich es versuche?«

»Oh, das war nicht schwer zu erraten. An einem Tag hast du mir vier Krüge Wasser in die Werkstatt gebracht. Ich dachte mir schon bald, dass das nicht der tatsächliche Grund für deine Besuche ist. Dann fehlte mal das eine, dann das andere Utensil. Ich machte mir recht schnell einen Reim darauf. Und schließlich fand ich diese Zeichnung hier in deiner Tasche.«

Thilmann hob abwehrend die Hände, als Carla protestieren wollte. »Selbst schuld. Du hattest sie wieder einmal offen hier herumliegen lassen.«

Carla lächelte schief. Und jetzt?, hätte sie beinahe gefragt. Aber dann entschied sie sich für eine andere Strategie. »Du findest sie also gut?«

Thilmann lächelte über die ungewöhnlich dünne Stimme seiner Tochter. »Ja, ich finde sie gut. Und Lucas wird sie auch gut finden.«

»Du willst sie ihm zeigen?«

»Aber natürlich.«

»Und wenn er …«, Carla brach ab.

»Wenn er dir verbietet zu malen?«

Sie nickte.

»Das kann er nicht«, sagte Thilmann ruhig. »Aber er kann sich natürlich weigern, dich zu unterrichten.«

»*Wird* er mich unterrichten?«

Thilmann schwieg. Für einen kurzen Augenblick wünschte er sich, dass einer seiner Söhne die Zeichnung gemacht hätte. Dann wäre alles viel einfacher gewesen.

»Ich weiß es nicht. Ich weiß nur, dass dein Talent so groß ist, dass du seiner würdig bist.«

»Warum unterrichtest du mich nicht selbst?«

Thilmann kratzte sich nachdenklich am Kopf. »Ich bin Maler, kein Lehrer. Ich kann dein Handwerk prüfen, aber Meister Cranach kann dein Talent zum Blühen bringen.«

»Wird er es denn tun? Ich bin ein Mädchen.« Sie hatte sagen wollen, »nur« ein Mädchen, aber sie verschluckte es stolz. Sie brauchte sich nicht zu schämen.

»Warum fragen wir ihn nicht erst, bevor wir uns unnötig Gedanken machen?«, schlug Thilmann vor.

»Niemals!«

Das Urteil von Lucas Cranach dem Älteren kam schnell und traf sie hart. Aber das konnte an der großen Enttäuschung liegen, die Carla augenblicklich durchflutete. Er würde sie nicht unterrichten. Ganz egal, welche Argumente ihr Vater jetzt noch in die Waagschale warf. Cranach hatte seine Entscheidung bereits gefällt. Seine sonst so agilen Augen blickten finster unter den dunklen Brauen. Er erschien Carla wie ein zorniger, unnachgiebiger Greis.

»Wozu auch?«, fragte er Thilmann.

Weil ich es liebe, dachte Carla. Weil ich dafür geboren

bin. Aber für einen kalkuliert denkenden und handelnden Menschen wie ihn wären diese Argumente absurd.

»Sie wird später ja wohl kaum in der Werkstatt arbeiten.«

»Warum sollte sie das nicht?«, fragte da der jüngere Lucas. Sein Vater sah ihn an, als ob er den Verstand verloren hätte.

»Weil ich mich als Mitglied des Stadtrates nicht mit den Zünften, den Kirchenmännern und den übrigen Räten anlegen werde! Soll sie weben, Garne machen oder Hüte besticken. Die Malerei steht den Frauen als Zunft nicht offen.«

»Ihr Talent…«, setzte der Sohn wieder an.

»Darum geht es nicht.« Cranachs Stimme donnerte durch den Raum. »Wenn sie die wirklich gemacht hat«, sagte er und warf einen Blick auf die Zeichnungen, die ausgebreitet auf dem Tisch lagen, »ist ihr Talent nicht zu bestreiten. Auch wenn die Auswahl der Motive recht … ungewöhnlich ist.«

Schwer atmend setzte er sich auf einen Schemel und tupfte sich den Schweiß von der Stirn. Es war erstaunlich warm für diesen frühen Tag im März. »Es geht um ihr Geschlecht«, fuhr der Maler fort. »Und daran können wir nun mal nichts ändern. Gott hat es ihr gegeben.«

»Und Gott hat ihr auch ihr Talent gegeben.«

Der Widerspruch des Sohnes war ruhig, aber fest. Er war daran gewöhnt, schwierige Themen mit seinem Vater zu diskutieren.

»Und nur der Himmel weiß, was er sich dabei gedacht hat!« Nach diesem Ausbruch verstummte Cranach der Ältere abrupt. So nah war er einer Gotteslästerung wohl selten gekommen. Dann stand er entschlossen auf. »Ich aber habe mein letztes Wort in dieser Angelegenheit gesprochen. Sie wird nicht in meiner Werkstatt arbeiten.«

Er sah seinem Sohn noch einmal fest in Augen und verließ den Raum mit ausgreifenden Schritten.

»Was bedeutet das jetzt?«, fragte Carla mit zaghafter Stimme. Würden sie ihr wirklich verbieten zu malen? Müsste sie in Zukunft bei ihren heimlichen Übungen noch vorsichtiger sein?

Thilmann sah Lucas Cranach den Jüngeren fragend an.

Der wiederum hatte den Blick auf die Zeichnungen geheftet. Dann schließlich hob er den Kopf.

»Du hast diese Zeichnungen wirklich gemacht?«, fragte er Carla.

Sie nickte.

»Noch etwas anderes? Öl vielleicht?«

Carla schüttelte den Kopf.

»Die meisten Künstler fangen mit anderen Motiven an. Bäume, Tiere, Menschen.«

»Ich habe noch eine Mappe mit Zeichnungen.«

Der jüngere Cranach zog eine Braue hoch. »Aber du warst nicht zufrieden mit deinen Ergebnissen?«

»Nicht mit den Menschen. Sie wirkten einfach nicht echt. Viel zu flächig.«

Der jüngere Cranach nickte. »Man muss verstehen, was unter der Haut geschieht, um den Körper lebensecht zu gestalten. Daran arbeitest du ja bereits. Und mit Erfolg, wie ich sehe. Aber natürlich ist die Darstellung einer Haut in Öl nicht das Gleiche wie einer Haut in Kreide. Wenn du jedoch wirklich eigene Bilder malen willst, dann musst du noch viel mehr lernen. Und nicht nur Techniken. Sagen dir die Begriffe Komposition, Achse und Gewichtung bereits etwas? Verstehst du etwas von Spannung? Von Motiven und Symbolik?«

Carla schüttelte eingeschüchtert den Kopf.

Nachdenklich nahm Lucas Cranach der Jüngere das dreizehnjährige Mädchen vor sich in Augenschein. Er hatte noch nie eine Schülerin gehabt. Andererseits, besagte Giuseppe Ripa nicht in seinem Traktat, die Allegorie der Malerei sei eine Frau?

»Es wäre schade um dein Talent«, sagte er schließlich. »Willst du es versuchen?«

»Ja, von Herzen gern!« Carla strahlte. Ja, ja und tausendmal ja!

»Aber Lucas hat es doch verboten.« Thilmanns Worte ließen Carla augenblicklich verstummen.

»Nein, das ist nicht wahr.« Der jüngere Lucas lächelte ebenso fein, wie es sein Vater tat, wenn er mit sich zufrieden war. »Er hat nur angeordnet, dass sie nicht in der Werkstatt arbeiten wird«, sagte er und betrachtete aufmerksam seine manikürten Fingernägel. »Und diesen Wunsch werden wir natürlich respektieren.«

Kapitel 6

In den nächsten Wochen begann Carla zu verstehen, was Lucas Cranach der Jüngere im Schilde führte. Er hatte ihr einen kleinen Raum hinter den Vorratskammern als Werkstatt eingerichtet und ließ sie dort arbeiten. Da die beiden weitläufigen Cranach'schen Häuser mitsamt der Werkstatt gut über achtzig Räume, drei Küchen und etliche Schuppen umfasste, fiel es nicht weiter schwer, dem malenden Mädchen etwas Abgeschiedenheit zu verschaffen. Zwar vermisste Carla die emsige Atmosphäre in der Werkstatt und den täglichen Austausch, die Blicke über die Schulter, die hingeworfenen Bemerkungen. Aber sie war froh und erleichtert, dass es zu einem Bündnis mit ihrem Vater und dem Cranach-Sohn gekommen war. Sie würden sie malen lassen. *Wirklich* malen!

Das Problem war nur, dass Carla sich noch in der Lehre bei Meister Holzapfel befand und es noch einige Jahre bis zu ihrer Lossprechung dauern würde. Zwar konnte Cranach sie bei dem Weber von einigen Verpflichtungen befreien, aber letztendlich war sie sein bestes Lehrmädchen, auf das er nicht zu verzichten gedachte. Carlas zaghaft vorgebrachter Einwand, die Lehre einfach abzubrechen, stieß bei ihrem Vater auf unerwartet heftigen Widerspruch.

»Wer weiß, wozu du das noch einmal gebrauchen kannst!«, sagte er bestimmt, und Carla wusste, dass er dabei an ihre Mutter dachte. Für sie war die Weberei einst der Weg aus dem Kloster gewesen.

Da sie also weiter an den Holzapfel'schen Webstühlen sitzen musste, bemühte sich Carla, weitestgehend Spaß am Handwerk ihrer Mutter zu haben und vernünftig zu lernen. Zu ihrem Bedauern wurden aber in der Weberwerkstatt keine Tapisserien hergestellt, wie sie es von Sophie kannte. So lieferte ihr die Lehre auch keinen Vorwand, über die Anfertigung eines Kartons ihre beiden Talente miteinander zu verbinden. Meister Holzapfel bemerkte jedoch, dass er sein Lehrmädchen nicht nur mit der Produktion von Elle über Elle gleichmäßigen Leinens langweilen durfte. Er zeigte ihr hochwertige Materialien wie Seide oder sogar Gold- und Silberfäden, die auch in seiner Weberei hin und wieder zum Einsatz kamen.

Außerdem versuchte er sie mit Musterskizzen für Reliefwebereien zu ködern, die ihr ihre Mutter bereits mit acht Jahren beigebracht hatte. Wirkliches Interesse weckte bei Carla nur der Vorgang des Färbens der Garne oder der Stoffe. Und so meldete sie sich freiwillig für jeden Gang zur Färberei. Dort, zwischen den Tiegeln und Töpfen, fühlte sie sich der Cranach'schen Werkstatt nahe, und sie war erstaunt, mit welch unterschiedlichen Methoden und Mitteln Stoffe und Garne gefärbt wurden: Waid für die blauen Töne, Wau oder Gelbkraut für die Gelben, Grünspanlösung für grüne Tönungen und Galläpfel für dunkles Schwarz.

In ihrer knapp bemessenen Freizeit eilte Carla schnurstracks in ihr kleines Zimmer, um das Licht der länger werdenden Tage bis zur eintretenden Dunkelheit auszunutzen. Cranach der Jüngere hatte ihr durch die Wahl eines Raumes mit großem Fenster eine helle Atmosphäre geschaffen, die es durchaus mit der lichten Scheune aufnehmen konnte, in die sie sich bisher mit ihren Versuchen zurückgezogen hatte. Er selbst ließ sich allerdings selten dort blicken.

In den ersten Wochen lernte Carla nicht viel mehr als das Grundieren der Leinwände. Ein pickeliger Geselle weihte sie wortkarg in die überschaubaren Geheimnisse der Arbeit ein und zeigte ihr, wie Leim, Kreide, Bleiweiß und Holzkohlenschwarz nach peniblen Rezepturen gemischt und auf die zu bemalenden Untergründe aufgetragen wurden, sei es auf Leinwand, Holz oder sogar Pergament. Mit einem Pinsel oder Spachtel trug Carla die Grundierung in mehreren Schichten auf und versuchte gemäß den Anordnungen, glatte oder plastisch leicht erhöhte Flächen zu schaffen, die später die Cranach'schen Werke tragen würden.

Diese Tätigkeit führte Carla tagelang aus, sogar wochenlang. In allen Formaten und Schattierungen. Schließlich gingen ihr die anfangs so magisch wirkenden Handgriffe und Tätigkeiten in Fleisch und Blut über und begannen, sie zu langweilen. Missmutig dachte sie, dass sie zwar nicht in der Werkstatt arbeiten sollte, aber offensichtlich hatte niemand etwas dagegen, dass sie *für* die Werkstatt arbeitete. Denn der Nachschub an unbehandelten Tafeln ebbte ebenso wenig ab wie der ständige Bedarf an fertigen Grundierungen.

Carla riss sich jedoch zusammen und verkniff sich Cranach gegenüber eine aufbegehrende Bemerkung. Ihr Vater hingegen kam zuweilen in den Genuss ihres geballten Unmutes. War Thilmann gut gelaunt und offen für eine Diskussion mit seiner Tochter, versuchte er, ihr die Notwendigkeit eines fundiert erlernten Handwerks zu erläutern. Wollte er sich darauf nicht einlassen, reichte eine einzige Bemerkung, um Carla den Wind aus den Segeln zu nehmen. »Sei froh, dass er dich überhaupt arbeiten lässt.«

So kam es, dass ihre Ungeduld Carla zu weiteren Heimlichkeiten anstachelte. Sie zweigte eine Leinwand ab, die sie nur für sich selbst grundierte. Darauf, so plante sie, würde ihr erstes Werk in Öl entstehen. Mit ihren Zeichnungen, die Cranach regelmäßig beurteilte, klappte es doch schon recht ordentlich. An einem Sonntagnachmittag, an dem sie sich unter einem Vorwand zurückgezogen hatte, machte sie sich ans wohl vorbereitete Werk. Mit Kreide hatte sie bereits die Umrisse des Motivs, das sie in Öl malen wollte, auf die Grundierung aufgetragen, so wie sie es in der Werkstatt gesehen hatte. Es sollte – gänzlich unbescheiden – ein Porträt ihrer Familie werden. Vorsichtig nahm sie sich die kleinen, fast leeren Tiegel, Töpfchen und Fläschchen vor, die sie nach und nach aus der Werkstatt entwendet hatte, und hoffte, dass diese Reste eine Weile reichen würden. Mit zitternden Händen bemaß sie die Mengen der einzelnen Zutaten, so wie sie es sich abgeschaut hatte, und verstand mit einem Mal, warum der alte Cranach eine Apotheke führte. Ob man nun Farben oder Arzneien mischte, der Vorgang und sogar die Zutaten konnten ähnlicher nicht sein. Carla mischte sparsam einige wenige Farbtöne, um nur nichts von ihren knapp bemessenen Gütern zu verschwenden. Dann begann sie, im reinen, hellen Licht der Junisonne, zaghaft die Farbe auf die Leinwand zu tupfen.

Es wurde ein Desaster. Die Farben waren in ihrer Konsistenz nicht ordentlich gemischt und verliefen ihr auf der aufgestellten Leinwand über die durch Kreide vorgegebenen Proportionen hinaus. Die Schattierung ihrer Grundierung verschluckte das Leuchten der Farben. Alles in allem konnte man von ihrem Bruder Peter, den sie zuerst auf ihrem ehrgeizigen Projekt ausgestalten wollte, nicht mehr erkennen als einige farblose Schemen. Wütend warf sie den

Pinsel auf die Palette und gestand sich ein, dass zum Talent wohl doch das Handwerk gehörte, wie es ihr sowohl der Vater als auch die Mutter so oft gepredigt hatten. Sie würde sich in demütiger Geduld üben und die Aufgaben, die ihr heimlicher Mentor Cranach der Jüngere ihr stellte, ohne zu murren übernehmen.

So vergingen die nächsten Wochen, während derer Carla für die Werkstatt des Lucas Cranach exzellent grundierte Leinwände herstellte, ohne ein einziges Wort des Missmutes zu verlieren. Mit der Zeit wurde es Herbst, und Carla Weber feierte ihren vierzehnten Geburtstag.

»Es ist Krieg!«

»Tod den Katholiken!«

»Nieder mit Karl V.!«

Die Stimmen auf der Straße überschlugen sich. Carla hing unschicklich weit zum Fenster hinaus, bis die Theres sie am Mieder wieder zurück in die Stube zog. Sie war ein furchtsames Wesen und hätte am liebsten noch die schwere Truhe aufrecht vor die Tür geschoben, wenn es ihr möglich gewesen wäre, um sich dann mit dem jungen Fräulein Weber in einen dunklen Winkel zu verkriechen. Bis zum Ende des Krieges, das nicht abzusehen war und über den die Magd nichts, aber auch gar nichts wusste.

Diese Haltung aber war nicht in Carlas Sinn. Sie wusste, was sie zu tun hatte. Beherzt schob sie die in ihrer ganzen Fülle zitternde Frau zur Seite und lief in ihre Kammer. Mit schnellem Griff hatte sie den Zopf unter ihre Kappe gestopft, die bereits zaghaft schwellenden Brüste unter einem Streifen Leinen verborgen und das Kleid gegen ein unscheinbares Wams und abgewetzte Beinkleider getauscht. Eine Handvoll Asche ins Gesicht, und schon verließ sie als

Karl das Haus. Sie machte sich auf den Weg zum Marktplatz, denn dort würde sie alles erfahren, was es zurzeit zu wissen gab.

Je näher sie ihrem Ziel kam, desto dichter wurde die Menschenmenge. Die Gerüchteküche brodelte, aufgeregtes Stimmengewirr wand sich über den Köpfen. Einige beschrieben ausgeschmückt blutige Schlachten aus den südlichen Gebieten, in denen die Kämpfe bereits seit dem Sommer andauerten; andere beschworen voller Überzeugung die ewige und unvermeidbare Vernichtung der Katholiken, die einem Irrglauben anhingen und Andersglaubende unterdrückten. Der Protestantismus hingegen wurde in höchsten Tönen gelobt und gefeiert.

Carla wusste, wo sie die meisten glaubwürdigen Nachrichten finden würde, und drängte sich vor bis zum *Goldenen Adler*. Dort waren vom Handwerker bis zum Meister, vom Studenten bis zum Professor, vom Bauern bis zum Kaufmann alle Menschen versammelt, die etwas über die tatsächliche Sachlage wissen konnten oder wollten. Und schon schnappte sie die ersten Sätze auf, die wild durch die Luft jagten.

»Für den Kaiser ist die Wiederherstellung der Religionseinheit im Reich – ob mit friedlichen Mitteln oder mit Gewalt – ein zentrales Anliegen. Die konfessionelle Zersplitterung stärkt die Reichsstände auf seine Kosten.«

»Ach, was! Karl V. ist eitel wie ein Pfau und persönlich gekränkt. Er empfindet die Ablehnung der katholischen Kirche auch als Auflehnung gegen seinen Kaisertitel.«

»Nachdem unsere Fürsten den Reichstag von Regensburg vorzeitig verlassen haben, war ja nichts anderes zu erwarten gewesen.«

»Aber sie sind doch nur fort, weil der Kaiser schon dabei

war, Allianzen gegen sie zu schmieden und sich der Söldner des Papstes zu versichern.«

»Wenn Luther das noch erlebt hätte!«

»Dummkopf, gerade weil Luther tot ist, greift der Kaiser doch durch.«

In Carlas Kopf wirbelten die Gedanken durcheinander. Geschah nicht genau das, was ihr Onkel Thomas schon in Neuburg geahnt hatte? Und was ihr Bruder im Frühjahr vorausgesagt hatte? Ein kalter Schauder kroch ihr über die Haut, als sie an den Krieg dachte. Was bedeutete das für sie und ihre Familie? Würden sie wieder aufbrechen? Sie bekam einen derben Stoß in den Rücken, und ein Bierhumpen wurde ihr an den Mund gehoben.

»Trink, Bürschchen«, grölte eine Stimme hinter ihr. »Trink aus! Wer weiß, wie lange du noch trinken kannst, bevor dir der Kaiser auf dem Feld den Garaus macht.«

Das bittere Bier rann ihr durch die Kehle. Carla verschluckte sich und schob schließlich die Hand des Mannes mit aller Kraft weg.

»Der ist ja noch nicht mal reif zum Saufen!« Die Männer ringsum lachten. »Wie soll er da eine Arkebuse halten? Der Rückstoß wirft ihn ja direkt zurück nach Wittenberg!«

Sie grölten und klopften sich auf die Schenkel.

»Dann geben wir ihm eben eine Lanze! Soll er sich ein zweites Bürschchen suchen, dann hält sie einer vorn und einer hinten!«

Das Gelächter explodierte. Rote, schwitzende Gesichter feixten miteinander. Carla rettete sich durch einen Satz aus der Menge an die Mauer der Schankstube. Die ungewöhnlich heiße Oktobersonne brannte auf die ohnehin erhitzten Gemüter. Carla fragte sich, ob es so klug gewesen war hierherzukommen. Das Bier verursachte ihr Schwindel, und der widerliche Gestank der schwitzenden Menge stieg ihr in die Nase. Wie sollte sie es aus eigener Kraft aus der Menge herausschaffen? Eingekeilt zwischen dicken Wänsten und unnachgiebigen Rücken hielt sie verzweifelt nach den bekannten Gesichtern der Studenten Ausschau.

»Karl!« Ein kräftiger Arm hakte sich unter. Es war Max, ein Kommilitone von Markus und ein Berg von einem Mann. Er zog sie mit einer Hand hinter sich her, während er mit der anderen mühelos fünf Humpen Bier über den Köpfen der Menge balancierte. »Wir sind da drüben!«

Erleichtert erkannte Carla die Umhänge der Studenten, und mitten unter ihnen entdeckte sie auch den Bruder.

»Karl!« Markus' Miene verfinsterte sich, und gerade noch war es ihm gelungen, den Namen abzukürzen. Er zog die Schwester an sich und legte beschützend den Arm um ihre schmalen Schultern.

»Was zum Himmel tust du hier?«, zischte er. »Weißt du nicht, was hier los ist?«

»Doch … doch jetzt schon.« Ihre gestammelte Antwort ging in aufbrandendem Jubel unter, als ein hochrangiger Offizier der kurfürstlichen Armee in einiger Entfernung versuchte, sich auf seinem Pferd einen Weg zum Residenzschloss zu bahnen.

»Hier, trink!« Max hielt Carla seinen Humpen an die Lippen. »Hab ja nicht gewusst, dass du auch kommst. Sonst hätte ich dir ein eigenes mitgebracht.«

Wieder rann Bier durch ihre Kehle, und wieder musste sie husten.

»Lass das!« Markus schubste Max' Hand mitsamt dem Humpen weg, dass das Bier überschwappte.

»He, was soll das?«

Markus blieb eine Antwort schuldig, als ein weiterer Würdenträger vorbeizog und die Menge aufjohlte. Die Menschen schienen noch dichter zusammenzurücken. Carla spürte derbe Stiefeltritte auf ihren Füßen, sie hatte keine Ausweichmöglichkeit, so verkeilt waren sie alle.

»Die Offiziere versammeln sich«, stieß Markus hervor.

»Unsere Antwort für Herzog Moritz«, erwiderte Max, der Markus' grobe Geste schon vergessen hatte. Er spuckte aus und verschaffte sich und seinen Kumpanen mit einigen Tritten in alle Richtungen wieder ein wenig Freiraum.

»Wie kann er sich als Protestant nur mit dem Kaiser verbünden?«, fragte Max fassungslos.

»Der Kaiser hat ihm endlich Johann Friedrichs Kurwürde versprochen«, sagte Markus und winkte ab. »Nachdem Moritz sich lange genug hat bitten lassen.«

»Und da erklärt er Johann Friedrich den Krieg, wo der doch gar nicht hier ist«, erboste sich Max, dem der Alkohol langsam zusetzte. »Das nenne ich einen feigen Schweinehund.«

»Ganz richtig, feiger Schweinehund«, echote der Mann neben Max, und die beiden stießen einvernehmlich an.

»Aber findet denn der Krieg nicht im Süden statt?«, wandte Carla zögerlich ein und versuchte, ihre spärlichen Informationen zu einem Bild zusammenzufügen.

»Seit August kracht es an der Donau«, erklärte Markus trocken. »Und damit der Kaiser nicht mit den Söldnern des Papstes nach Norden marschiert, sind Johann Friedrich und die Schmalkaldener nach Süden geeilt.«

»Und jetzt werden wir hier in Wittenberg dem Sachsen-Moritz eins überbraten«, sagte Max erfreut.

Markus schüttelte den Kopf. »Dein *Sachsen-Moritz* hat

leider noch ein paar Böhmen im Rücken. Wart's nur ab! Der alte Fuchs wird uns noch das Fell über die Ohren ziehen.«

»Soll er es doch versuchen«, feixte Max angetrunken. »Soll er nur kommen!«

»Wie kannst du dich darüber freuen?«, funkelte ihn Carla da an. »Es werden Menschen sterben.«

Überrascht sah Max auf die kleine Person hinab. »Ja, und zwar für die richtige Sache«, dröhnte er.

»Ob für die richtige oder die falsche wird wohl nur der Herr selbst wissen«, schimpfte sie weiter und starrte den Hünen wutentbrannt an. Wie konnten sich alle so auf den Krieg freuen? Krieg bedeutete immer Blut!

»Na, der Herr wird hoffentlich wissen, dass wir auf der richtigen Seite stehen. Schließlich ist das hier unsere Heimat. Wer will da schon die italienischen Söldner des Kaisers reinlassen? He, Markus, sag mal: Was heißt ›Schaff deinen Arsch wieder über die Alpen‹ auf Italienisch?«

Aber Carla konnte sich nicht beruhigen. »Es wird aber nicht dabei bleiben! Wie viele der Männer, die heute hier stehen und sich für unbesiegbar halten, werden für immer auf dem Feld bleiben?«

»Einige«, gab Max ungerührt zu. »Aber sie wissen ja, dass es sein muss.«

Carla winkte ab und suchte die Augen des Bruders, der sie überrascht musterte.

»Markus, verstehst du nicht?«

Doch der Bruder blieb reglos. Natürlich wusste er, was seine Schwester damit sagen wollte. Er selbst dachte schon die ganze Zeit an nichts anderes.

Dann wurden sie wieder angerempelt, weil neben ihnen eine Keilerei entbrannte. Carla bekam einen ordentlichen

Schlag ins Kreuz und japste nach Luft. Besorgt sah Markus sich um. Sie mussten einen Weg aus diesem Hexenkessel finden, und zwar sofort.

»Hab ich doch gewusst, dass ich euch hier finde.«

Die vertraute Stimme ließ die Geschwister herumfahren; Peter stand in voller Montur strahlend vor ihnen. Überrascht wich Carla trotz des großen Gedränges einen Schritt zurück. Auch Markus starrte seinen Bruder mit offenem Mund an, als sähe er ihn zum ersten Mal. Wie war das möglich? Der Bruder trug eine funkelnagelneue, scharf geplättete Uniform.

»Peter!« Markus wurde blass. »Was hast du da an?«

»Ich habe mich freiwillig gemeldet!«, sagte Peter stolz.

»Bist du von allen guten Geistern verlassen?«

Peter ärgerte sich über die deutliche Missbilligung. »Ja, ich habe mich freiwillig gemeldet, stell dir vor. Johann Friedrich braucht uns jetzt.«

»Und dem vertraust du?«

»Durch eure Reden an der Leucorea wehren wir die Katholiken auf jeden Fall nicht ab.«

»Aber durch dein Blut?«

»Wer sagt denn, dass es fließen wird?«

»Die Wahrscheinlichkeit ist ziemlich groß, Peter!«

Die beiden Brüder standen sich inmitten der erhitzten Menge distanziert gegenüber. Carla drängte sich mit hin und her wanderndem Blick zwischen sie. Sie hatte Peters Entscheidung kommen sehen, ebenso wie Markus. Aber jetzt, wo es so weit war, konnte sich der Bruder nicht damit abfinden.

»Hat dir Onkel Thomas nicht genug Geschichten aus dem Feld erzählt?«, fragte Markus so leise, dass es im Lärm fast nicht zu hören war.

»Natürlich, aber seine Geschichten sind nicht meine. Es fehlte ihm die Überzeugung für das, wofür er kämpfte.«

»Er tat es, weil man sein Leben vernichtet hatte. Auch das kann ein Grund sein«, sagte Markus.

Peter begriff, dass sein Bruder tatsächlich Angst um ihn hatte. »Aber wir müssen Wittenberg doch verteidigen, bis Johann Friedrich aus dem Süden kommt. Die Böhmen marschieren über die Grenze, Moritz steht vor unseren Toren. Sollen wir die Hände in den Schoß legen und die Wange hinhalten? Du wirst schon sehen, es ist vorbei, bevor es überhaupt angefangen hat. Schon in ein paar Wochen sind wir wieder da.«

Markus zog die Stirn in Falten. Auch wenn es so kommen würde, wie würden die deutschen Lande dann aussehen? In den Dörfern und an den Pulten der Mächtigen? Markus bezweifelte ernsthaft, dass dieser Krieg wirklich den Frieden für die Protestanten bringen würde. Aber er wusste ebenso, dass der Kampf nicht zu vermeiden war.

»Peter, gehst du wirklich?« Carlas Frage glich eher einer Feststellung. »Ich habe es geahnt.«

»Kluges Kerlchen.« Peters Versuch, einen Witz zu machen, verpuffte in der hitzigen Atmosphäre. Im Gegensatz zu seinem Bruder schien er sich gar keine Gedanken um die kleine Schwester zu machen, die er hier so unangemessen in ihrer Verkleidung angetroffen hatte. Seine Laune war immer noch strahlend, und warum sollte Carla nicht Anteil nehmen dürfen?

Die drei standen sich schweigend in der tobenden Menge gegenüber, bis Max mit drei neuen Humpen Bier zu ihnen stieß.

»Guter Mann!«, dröhnte er, als er Peter in der Uniform

sah. »Werd mich auch melden.« Er tastete über den Stoff. »Ob sie die auch in meiner Größe haben?«

Ehe Carla wusste, wie ihr geschah, hatte sie den schweren Bierhumpen in der Hand und an den Lippen. Das Bier schmeckte nach wie vor bitter, aber dieses Mal schlug Markus Max nicht auf die Finger.

»Das Heer sammelt sich in den nächsten Tagen hinter dem Westtor«, wusste Peter zu berichten. »Sie werden auch die Bauern aus den umliegenden Landen zusammenziehen.«

»Brauchen jeden Mann«, lallte Max, der es heute wohl kaum noch zum Rekruten schaffen würde, und schlug Carla kräftig auf den Rücken. »Wie sieht's aus, Karl?«

»Lass sie in Ruhe!«, brüllte Markus aufgebracht und schlug Max' Hand weg. Zum Glück war der Student schon so betrunken, dass er nicht genau hingehört hatte. Carla aber hatte es gehört und bekam rote Ohren. Sie musste hier weg, und zwar augenblicklich.

Schnell trank sie noch einen weiteren Schluck. Die Menge um sie herum tobte weiter, doch die Stimmen und Rufe drangen nur noch gedämpft zu ihr. Es schien sich ein Ring aus weicher Wolle um sie zu bilden. Verwirrt blickte sie sich um. Wo waren ihre Brüder? Wo die Studenten der Leucorea? Wo war überhaupt der *Goldene Adler*? Ihr wurde schwindelig.

Die Menge wurde dichter, das Gedränge drückender. Panik stieg in ihr auf. Verzweifelt versuchte sie sich in eine Richtung fortzubewegen, um den Rand der Menge zu erreichen. Aber da ihre Körpergröße nicht ausreichte, um über die Köpfe der Menschen hinwegzusehen, war sie völlig orientierungslos. Willenlos torkelte sie gegen die Menschen und wurde abwechselnd gegen verschwitzte Mieder, befleckte Wämser oder seidene Westen gepresst. Rotgesichtige Männer und keifende Frauen tauchten vor ihr auf. Riefen ihr etwas zu, schimpften, schrien, schubsten sie.

Mir wird schlecht, schoss es ihr durch den Kopf, und schwarze Punkte tanzten vor ihren Augen. Ihr wurde klar, dass sie es aus eigener Kraft nicht an den Rand schaffen würde. Und dass man sie zertrampeln würde, wenn sie jetzt zu Boden glitt.

»Jungchen, obacht.«

Der festen Stimme folgte ein fester Griff. Carla fühlte, wie Hände sie am Kragen packten und in eine Richtung schoben. Die Menge schien sich wie von Zauberhand vor ihr zu teilen, und plötzlich tauchte eine Hauswand vor ihr auf. Es dauerte eine Weile, ehe sie begriff, dass sie dem Gedränge entkommen war. Atemlos lehnte sie sich in den Schatten und versuchte, wieder zu Kräften zu kommen. Ihr war so schwindelig, dass sie kaum einen festen Punkt fokussieren konnte.

»Kenne ich dich nicht?« Carla spürte, wie Finger ihr Kinn griffen und nach oben hoben. Als sie die Augen öffnete und ihr Gegenüber ansah, wünschte sie sich sofort, sie hätte es nicht getan. Denn sie blickte direkt in die Augen von Lucas Cranach dem Jüngeren.

Schnell schlug sie die Augen nieder und dachte fieberhaft darüber nach, wie sie dieser neuen Schwierigkeit am besten entkommen konnte.

»Sieh mich an, Bürschchen.« Cranachs Stimme duldete keinen Widerspruch, und sein Blick aus dunklen Augen ruhte erstaunlich lange auf dem zarten Gesicht mit den langen Wimpern.

Er ahnt es. Er ahnt es. *Er weiß es*!, dachte Carla verzweifelt. Er hat mich erkannt! Vater reißt mir den Kopf ab.

Langsam ließ der jüngere Cranach die Hand unter ihrem Kinn sinken. »Wird es gehen?«, fragte er mit seltsam belegter Stimme.

Carla nickte und schwieg. Jetzt bloß nicht sprechen.

»Dann geh nach Hause und erledige die Aufgaben, die dort mit Sicherheit auf dich warten. Eine unberechenbare Menge wie diese ist kein Ort für …« Lucas machte eine unschlüssige Pause. »Für einen Jungen wie dich.«

Carla ließ sich das nicht zweimal sagen. Mit drei großen Sprüngen war sie um die nächste Ecke und suchte sich ihren Weg nach Hause. Unter ihrem Kinn spürte sie noch immer den warmen Griff von Lucas' Fingern.

Kapitel 7

Thilmann saß schweigend am Tisch und löffelte seine Suppe. Aus dem Augenwinkel heraus beobachtete Carla die unbewegte Miene des Vaters, die von einer steilen Falte über seiner Nasenwurzel bestimmt wurde. Er machte sich wieder Sorgen um Peter, von dem seit Wochen jede Nachricht ausblieb, so viel wusste Carla. Es war Winter geworden, und der Krieg wütete noch immer im Umland. Weihnachten stand vor der Tür, aber eine festliche Stimmung wollte sich in Wittenberg nicht ausbreiten.

Kurfürst Johann Friedrich war mit seinen Truppen vom süddeutschen Kriegsschauplatz in sein Land zurückgeeilt, um sich gegen den Verrat von Herzog Moritz zu wehren. Die Böhmen wiederum hatten sich nach ihren ersten Siegen und Plünderzügen durch das Vogtland wieder hinter die Grenze zurückgezogen. Nun nutzte Johann Friedrich die Schwäche der Kaisertreuen, gewann Halle zurück und vertrieb den Feind aus den Gebieten um Jena und Weimar. Eine Schlacht folgte der anderen, ein Scharmützel mündete im nächsten. Es herrschte das blanke Kriegschaos.

Die Stimmung in Wittenberg war lange Zeit gut gewesen. Man nahm den beiden Kirchtürmen der Stadtkirche ihre Spitzen und setzte Kanonen auf die so entstandenen luftigen Freiflächen. Diese Kanonen, die die Wittenberger stolz ihre *Kugelspucker* nannten, sollten die Kaisertreuen aus Sachsen feuern, und wenn es das Letzte war, wozu Wittenberg in der Lage war. Thilmann schüttelte den Kopf, als man begann, Probeschüsse mit den Kugelspuckern abzufeuern, und dabei zuerst einige Häuser am Stadtrand traf. Als auch noch einer der Männer durch den Rückstoß der Kanone vom Turm geschleudert worden war, begannen die übermotivierten Wittenberger über den Plan noch einmal nachzudenken.

Es dauerte nicht lange, da kehrten die ersten Verwundeten in erbärmlichem Zustand auf Karren oder zu Fuß in ihre Heimat zurück. Und erst jetzt begriffen die Bürger, was der Krieg bedeutete. Das Elend ihrer Väter, Brüder und Söhne. Das Leid ihrer Mütter, Schwestern und Töchter. Wobei diejenigen, die ihre Verwundeten pflegen konnten, noch Glück gehabt hatten. Die ersten marodierenden Söldner machten das Land und die Wege unsicher. Die Versorgung in der Stadt war schlecht, gerade jetzt im Winter. Es gab kaum etwas anderes als runzelige Steckrüben und müffelndes Sauerkraut. Fleisch war seit Wochen keines mehr zu bekommen. Die Moral sank.

Carla erinnerte sich daran, wie Peter damals im Oktober, kurz nachdem er sich freiwillig gemeldet hatte, in seiner Uniform vor dem Vater gestanden hatte. Thilmann hatte lange Momente auf seine Hand mit den Farbflecken geschaut, die sich nie ganz abwaschen ließen. Dann hatte er den Kopf gehoben und seinem Sohn fest in die Augen geblickt. Carla hatte den Kopf eingezogen und ein väterliches Donnerwetter erwartet, aber Thilmann war ganz ruhig geblieben.

»Ich kann nicht sagen, dass mich deine Entscheidung überrascht«, sagte er.

»Vater!« Ein Strahlen ging über Peters Gesicht.

Doch Thilmann hob die Hand. »Aber ich kann auch

nicht sagen, dass ich sie gutheiße.« Der Reihe nach sah er seine drei Kinder an.

»Ihr wisst, es war mein Wunsch, nach Wittenberg zu kommen, und ich habe für jeden von euch die besten Möglichkeiten gesucht. Und für mich natürlich auch. Ihr habt alle Chancen, euer Leben frei und erfolgreich zu gestalten. Das ist weit mehr, als eure Mutter und ich ehemals von uns behaupten konnten.«

Peter wollte etwas einwenden, aber wieder hielt Thilmann ihn durch eine knappe Handbewegung zurück.

»Es ist natürlich, dass Eltern ihren Kindern alles geben wollen, was in ihrer Macht steht. Für meine Eltern war es nur die einfache Schnitte Brot, für den Vater eurer Mutter war es eine hohe Mitgift. Trotzdem haben wir uns getroffen, weil wir letztendlich unseren eigenen Weg gegangen sind.«

Er ließ den Blick über Peters noch so neue Uniform gleiten. »Dein Weg führt dich in diesen Krieg. Möge Gott dafür sorgen, dass er dich auch wieder nach Hause zurückbringt. Denn es ist auch natürlich, dass die Söhne ihre Väter überleben.«

»Vater«, begann Peter, und sein Strahlen war ihm vom Gesicht gewichen. »Du weißt, dass ich es tun *muss*.«

Thilmann lächelte müde. »Nein, das musst du nicht, mein Sohn«, sagte er. »Aber du glaubst, dass du es musst.«

Peter setzte sich neben den Vater auf die Bank und legte seinen Kopf an dessen Schulter wie ein kleiner Junge. Thilmanns warme Hand legte sich auf seinen Schopf. So blieben sie lange Zeit sitzen.

Am nächsten Tag fand Peter sich beim Heer vor dem Westtor ein. Wenige Tage später war er auf und davon.

Zur Sorge um den Bruder gesellte sich für Carla noch weitere Unbill. Die Weberei Holzapfel stellte ganz auf die Produktion von festen Woll- und Leinenstoffen um, die das Heer nun in rauen Mengen brauchte. Carlas Aufgabe bestand nur noch in der eintönigen Herstellung von Elle um Elle der einfachen Nutzgewebe. Dieses unkreative und nur auf Effizienz ausgerichtete Weben ermüdete sie mehr am Geiste als am Körper und verdarb ihr die Laune und den Appetit. Am schlimmsten aber war, dass ihr die langen Arbeitszeiten und die kurzen Tage kaum noch Zeit für die Malerei ließen. Sie wurde blass und mager und sprach immer weniger. Dem Gesellen, den ihr Lucas in ihre kleine Werkstatt geschickt hatte, damit er ihr endlich die einzelnen Bestandteile und Herstellungsprozeduren der Ölfarben erklärte, hörte sie nur mit stumpfer Miene zu. Noch mehr Theorie!, dachte sie bitter, obwohl sie bei ihrem eigenen Versuch doch erlebt hatte, wie wichtig dieses Wissen für sie war.

Eines Tages saß sie wieder dumpf vor den Tiegeln und wartete auf weitere Erklärungen. Doch völlig überraschend trat statt des Gesellen plötzlich Lucas Cranach der Jüngere selbst in den Raum. Er lächelte sie aufmunternd an, als er sie so freudlos dasitzen sah.

»Was trübt dir den Tag?«, fragte er. »Der Krieg?«

»Nein, das Leben«, sagte Carla düster.

»Aber du bist doch das Mädchen, das so wunderbar malt! Wo bleiben deine Begeisterung und dein Schwung?«

»Schön wäre es ja, wenn ich malen dürfte.« Carla konnte sich das Maulen nicht verkneifen.

»So«, stellte Lucas fest, »es interessiert dich also nicht, was der Geselle dir über die Farben zu sagen hat?«

»Doch, natürlich.« Carla dehnte die Antwort etwas zu

lang. »Aber …« Sie brach ab, als sie spürte, dass Lucas ihr jede Beschwerde nur als Undank auslegen musste.

Wie sollte sie ihm sagen, dass sich jede Faser ihres Herzens und jeder Muskel ihrer Hände danach sehnte, den Pinsel mit feinen Bewegungen über die Leinwand zu schicken, wie sie es bei ihrem Vater, bei seinem Vater und all den anderen sah? Wie sehr ihr Auge danach dürstete, endlich die Bilder, die sie in ihrem Kopf bereits strahlend und lebendig sah, in einem Rahmen aus handfestem Holz zu erblicken? Ihr entwich ein Seufzer aus tiefster Seele.

»Es gibt ein Mittel gegen die Niedergeschlagenheit«, sagte Lucas und lehnte sich mit verschränkten Armen an die Wand. Carla sah ihn fragend an und wartete auf des Rätsels Lösung.

»Die Schönheit.« Der jüngere Cranach ließ seine Worte kurz auf das Mädchen wirken. »Es mag Krieg sein, deine Arbeit mag dir eintönig erscheinen. Es mag kalter, grauer Winter sein. Doch in der Schönheit findet deine Seele Zuflucht.«

Carla starrt ihn ratlos an. Worauf wollte er hinaus?

»Komm.« Er streckte die Hand aus und forderte sie auf aufzustehen.

Ihr Herz schlug schneller, als sie Lucas nach kurzem Zögern die Hand reichte. Seine warmen Finger schlossen sich fest um ihre und zogen sie hoch.

»Ich zeige dir Schönheit.«

Er führte Carla aus der Kammer und den langen, kaltdunklen Flur entlang zur Treppe. Sie stiegen hinauf zu den Privaträumen der Familie Cranach.

Carla spürte ihren Puls in den Schläfen. Wo wollte er mit ihr hin? Was hatte er vor? Ihre Finger wurden kalt vor Aufregung, aber in ihrem Bauch breitete sich warme Erwartung aus. Als Lucas sie durch eine Tür führte, hinter der sie sein Schlafzimmer erkannte, blieb sie wie angewurzelt stehen.

Lucas begegnete ihrem fragenden Blick und lächelte sie aufmunternd an. »Komm nur. Wir sind ganz ungestört.«

Carla brachte kein Wort des Widerstandes hervor, als Lucas sie schließlich über die Schwelle zog und die Tür hinter ihr schloss. Er musste doch wissen, dass sie unmöglich mit ihm allein in diesem Zimmer sein konnte! Er war ein verheirateter Mann und sie ein junges Mädchen. Es war schon unschicklich, wenn sie zu zweit im Malzimmer waren. Ihr Vater würde ihr den Kopf abreißen, wenn er Wind davon bekäme. Lucas' Schlafzimmer! Wo war seine Frau? Was würde jetzt geschehen? Tausend Gedanken wirbelten Carla durch den Kopf.

»Setz dich«, forderte Lucas sie auf und dirigierte sie zum Bett.

Carlas Blut vibrierte ihr in den Adern. Ihre Vernunft befahl ihr, sofort aus dem Zimmer zu stürzen. Was es war, das sie zurückhielt, konnte sie nicht benennen.

Lucas trat zu einem Vorhang an der Wand. Carlas Blick folgte wie hypnotisiert seinen Bewegungen, bis er sich umdrehte und sie verheißungsvoll ansah. Dann zog er den Vorhang schwungvoll zur Seite.

Carla stockte der Atem. Dahinter kam ein Gemälde von unvergleichlicher Schönheit zutage, das sah sie auf Anhieb. Ein Akt dreier Mädchen, wie er typisch für die Kunst von Lucas Cranach dem Älteren war. Eilig lief sein Sohn nun zum Fenster und schob auch dort die Vorhänge zur Seite, damit das Bild in besserem Licht erschien.

»Wie gefällt es dir?«

Carla sah ihn verständnislos an, ihre Gefühle schlugen

um wie eine Wetterfahne. Worauf wollte er hinaus? Sie starrte wieder auf das Bild und spürte dessen ungewöhnliche Ausstrahlung. Wollte er ihr tatsächlich nur das hier zeigen? Und welche Schönheit meinte er nun? Die der unbekleideten Mädchen oder die des Bildes? Konnte man das überhaupt trennen? Es waren zu viele Gedanken in ihrem Kopf, als dass sie eine Antwort für ihn parat hatte.

»Die drei Grazien«, erklärte ihr Lucas. »Aglaia, die Glänzende, Euphrosyne, die Frohsinnige, und Thalia, die Festfreude. Mein Vater hat dieses Motiv schon öfter gemalt. Aber dieses eine Bild habe ich für mich reserviert. Es ist seine gelungenste Ausführung, und in meinen Augen eines seiner besten Werke.«

Carlas Puls begann sich zu beruhigen. Er sprach tatsächlich nur von dem Bild. Sein Ton war sachlich, seine Begeisterung galt den Mädchen auf dem Gemälde und nicht seiner vierzehnjährigen Schülerin. Ein kleiner Stich durchfuhr sie, aber schon hatte sie sich wieder in der Gewalt. Sie durfte ihn ihre Verwirrung auf keinen Fall anmerken lassen. Was sollte er von ihr denken?

Carla konzentrierte sich und widmete ihre ganze Aufmerksamkeit dem Bild, das sie mit seiner eigenartigen Schönheit schnell gefangen genommen hatte.

Die drei Grazien waren von jungfräulich reinweißem Aussehen. Die mittlere hatte ihre Hände vertraut auf die Schultern der sie flankierenden Gefährtinnen gelegt. Das Mädchen rechts hielt eine goldene Kugel in der Hand. Alle waren sie unbekleidet, aber reich geschmückt, üppige Goldketten zierten ihre Hälse. Ein hauchdünner und fast unsichtbarer Schleier gab vor, die Scham der Mädchen zu bedecken.

Das Bild hatte eine einfache, aber beruhigende Wirkung auf Carla. Ihr Herz wurde leicht. Dennoch richtete sich ihr

Augenmerk – teils aus Enttäuschung über Lucas, teils aus restlichem Unmut – auf die für sie so deutlichen Makel.

»Das Mädchen links, ihr Körper wirkt ganz verdreht. So kann sie unmöglich gestanden haben«, sagte Carla frei heraus und schüttelte sich unwillkürlich.

Lucas lachte auf. »Du hast recht. Ihre Perspektive ist nicht natürlich. Es mag daran liegen, dass Vater nicht mit Modellen gearbeitet hat.« Er sah seine Schülerin aufmerksam an. »Aber das war nicht deine erste Empfindung, nicht wahr?«

Carla seufzte. »Es strahlt so eine Friedlichkeit aus«, gab sie zu. »Obwohl sie alle ganz … ganz unerhört bloß sind. Ja, es ist friedlich und harmonisch.«

»Und woran liegt das, meinst du?«

Carla überlegte. »Sie sind so unglaublich hellhäutig, fast weiß«, sagte sie. »Und der schwarze Hintergrund hebt das nur noch hervor. Sie sind …«, Carla suchte nach einem Wort, das ihre Gefühle zum Ausdruck bringen würde. »Sie sind wie Engel.«

Lucas lächelte sie zufrieden an.

»Sie sind wie Freundinnen«, fuhr Carla fort. »Sie scheinen sich zu mögen, zusammenzugehören.«

»Worauf fiel dein Blick zuerst?«

»Auf ihre Gesichter. Dieser Schleier verbirgt nun wirklich nichts, aber ich sehe ihnen ins Gesicht. Und auf die Kugel, die sie halten.«

»Du folgst ihren Blicken, verstehst du?« Lucas zeichnete die Linien mit leichtem Fingerzeig auf der Leinwand nach. »Eigentlich könnten sie auch bekleidet sein. Die Blöße folgt lediglich den Vorbildern der Antike. Und dem Geschmack der modernen Auftraggeber.« Er lachte über seine Bemerkung, aber Carla dachte, dass die Mädchen sicher auch seinem Geschmack entsprachen.

»Aber der Blick des Betrachters fällt zuerst auf ihre Gesichter. Nicht auf ihre Scham.«

Beide schwiegen eine ganze Weile und betrachteten stumm das Bild. Carla konnte Lucas' Freude an der Schönheit des Bildes spüren. Und sie teilte sie aufrichtig. Vergessen waren ihr Missmut, ihre Ängste, ihre Unsicherheit. Längst hatte sie vergessen, dass sie in Lucas' Schlafzimmer auf seinem Bett saß, und lauschte nur noch begierig seinen Worten.

»Es gibt ein sehr berühmtes Bild der drei Grazien von Raffael«, sagte Lucas. »Viele rühmen es, aber ich finde, mein Vater hat die Komposition sehr viel treffender gelöst. Bei Raffael sehen wir die mittlere von hinten, es ist eine Distanz zwischen den Mädchen spürbar. Hier wenden sich die drei Grazien uns zu. Die Gruppe ist geöffnet, der Betrachter ist so etwas wie der Vierte im Bunde. Er gehört zu ihrem Kreis. Aus diesem Grund wirkt das Bild so einladend, so beruhigend. Außerdem schauen sie sich an, das schließt den Kreis umso fester. Sie berühren sich. Das haben viele andere Maler auch so gewählt, aber sie umarmen sich nicht, sie tanzen nicht miteinander, sie halten sich nicht an den Fingerspitzen. Diese hier stehen beieinander, wie es richtige Schwestern tun.«

»Der Glanz, der Frohsinn, die Festfreude«, murmelte Carla. »Auch sie gehören zusammen wie Geschwister.«

»Sehr gut«, lobte Lucas sie. »Verstehst du jetzt, warum ich dir dieses Bild gezeigt habe?«

»Damit ich wieder bessere Laune habe?«, fragte sie vorsichtig.

Lucas lachte auf. »Natürlich, ich hatte dir ja die heilsame Wirkung der Schönheit versprochen.« Er wirkte zufrieden. »Aber du hast auch instinktiv verstanden, wie wichtig die

Komposition eines Bildes für die Darstellung des Inhaltes ist. Was zusammengehört, soll auch so dargestellt werden. Und viele kleine Dinge tragen dazu bei. Dein Vater zum Beispiel hatte für unser Altarbild eine feine Idee für die Komposition des Abendmahles. Er wählte einen runden Tisch, eine Tafelrunde. Dies unterstreicht den Bund der Personen, die mein Vater an diesem Tisch sehen will, noch deutlicher.«

Lucas beobachtete, wie seine Schülerin bis unter die Haarwurzeln errötete. »Es war deine Idee«, sagte er.

Carla senkte den Blick.

»Ich hatte es mir gedacht. Dein Vater hat die Idee auch nie für sich in Anspruch genommen. Ich schätze ihn als ausgezeichneten Handwerker. Die Fantasie besucht ihn jedoch nur an manchen Tagen. Du hingegen«, fuhr er fort, »bist reichlich damit gesegnet. Jetzt wollen wir sehen, ob wir dein Handwerk dieser Gabe gerecht werden lassen können.«

»Aber wie soll ich das lernen, wenn ich nichts tue als Grundierungen und Farben anrühren?« Schon waren ihr die vorwurfsvollen Worte über die Lippen geschlüpft, ungeduldig und voreilig.

Sofort zeigte sich eine steile Falte über Lucas' Nase. »Ich begann meine Ausbildung damit, in der Apotheke meines Vaters auszuhelfen. Als Laufbursche, als Knecht. Schließlich durfte ich die Arzneien auffüllen, abwiegen, sortieren. Dann, endlich, ließ man mich die Farben reiben, die in der Werkstatt gebraucht wurden. Ich durfte sie mischen. Ich war im zweiten Lehrjahr, bevor ich überhaupt Griffel und Kreide für eine Zeichnung in der Hand hielt. Und es dauerte noch einmal Monate, bevor ich Spachtel und Pinsel bekam. Das Grundieren war für mich wie eine Belohnung.«

Carla schluckte.

»Aber du hast von Anfang an neue Regeln gesetzt«, fuhr

der jüngere Cranach sanfter fort. »Du zeichnest längst. Alles, was ich dir beibringen kann, ist der Umgang mit den Farben, den Werkzeugen und Motiven. Also füge dich in meinen Lehrplan.«

Carla nickte demütig. »Das will ich ja tun.«

»Gut, dann sind wir uns einig. Ich werde dich in Zukunft an einem Tag der Woche nach deiner Arbeit in der Weberei selbst unterrichten. Und du wirst dich genau an meine Aufgaben halten.«

»Bestimmt«, Carla nickte begeistert.

»Und du wirst keine eigenen Versuche mehr unternehmen.«

Wieder errötete sie. Hatte er etwa ihr verunglücktes Porträt gesehen?

»Du wirst dein Malzimmer mit niemandem mehr teilen. Auch nicht mit einem gewissen Jungen, der sich zu ungeeigneter Zeit an den falschen Orten herumzutreiben pflegt.«

Er hatte sie erkannt. Er hatte sie als Karl auf dem Marktplatz erkannt. »Ich verspreche es«, murmelte sie leise.

»Dann an die Arbeit. Siehe, höre und lerne.«

Lucas Cranach der Jüngere hielt Wort. Die Stunden, die er Carla und ihrer Ausbildung regelmäßig widmete, waren die schönsten in der Woche. Während sie mit vom Weben der Drillichstoffe wunden Finger den Pinsel getreu den Anweisungen ihres Lehrmeisters über die Leinwand führte, gelang es ihr sogar, die Sorgen um Peter zu vergessen. Der Zustand hielt an, bis sie bei der gemeinsamen Abendmahlzeit ihrem Vater gegenübersaß, der, um Gelassenheit bemüht, von seinem Tag in der Werkstatt berichtete. Doch die Ruhe erreichte nicht seine Augen, die dunkel und unstet umherglitten und immer wieder zur Tür wanderten, als ob der Sohn gleich aus der Druckerei heimkommen müsste, um sich zu ihnen in die Runde zu setzen.

Auch Markus kam immer häufiger nicht zum Essen nach Hause. Carla vermutete, dass er entweder ein Mädchen hatte oder sich abends noch in der Leucorea herumtrieb und auf eigene Faust forschte. So saßen zumeist Carla und ihr Vater alleine am Tisch, und sie bemühte sich ebenso wie Thilmann, sich ihre Beunruhigung nicht anmerken zu lassen.

Da wurde die Tür tatsächlich aufgestoßen. Markus trat an diesem klirrend kalten Januarabend in Mantel und Stiefeln ein und fegte sich den Schnee von den Schultern, der vor dem Kamin sofort eine ansehnliche Pfütze bildete.

Thilmann hob die Brauen. »Hast du vor, den Boden zu schrubben? Sonst bring' deine Sachen besser gleich nach draußen und setz dich zu uns an den Tisch. Carla, sei so gut und hole eine Schüssel für deinen Bruder.«

Carla rutschte von der Bank. Aus dem Augenwinkel sah sie, wie ihr Bruder seine klammen Finger rieb und sein von der Kälte gerötetes Gesicht am Ärmel abtrocknete. Carla stellte Teller und Löffel vor ihn hin, und er griff sofort nach der Schüssel mit sämiger Milchsuppe. Mit hastigen Bewegungen begann er gierig zu essen.

»Du bist spät«, brummte Thilmann. »Was hat dich aufgehalten?«

»Die Medizin.« Er wischte sich etwas Suppe vom Kinn.

»Aber so spät sind doch gar keine Vorlesungen mehr«, sagte Carla und schob ihm den Teller mit Brot hinüber. Markus legte sich zwei der trockenen Scheiben neben seine Schüssel, eine dritte verschwand sofort zur Hälfte in seinem Mund. Er wich ihrem Blick aus. Plötzlich fühlte sich Carla an Peter erinnert, und ihr Mund wurde trocken.

»Iss langsam«, mahnte Thilmann. »Wenn du dir den ganzen Abend Zeit gelassen hast, dann wirst du es auch jetzt schaffen. Deine Schwester und ich haben nicht auf dich gewartet, um uns über deine Manieren zu wundern.«

»Ich habe seit dem Frühstück nichts mehr gegessen«, sagte Markus entschuldigend. »Wir haben den ganzen Tag operiert.«

»Du hast operiert?«, fragte Carla erstaunt. Sie wusste, dass Markus noch nicht genügend Lehrjahre vorzuweisen hatte, um tatsächlich zur Behandlung von Patienten zugelassen zu werden.

»Ich habe assistiert«, berichtigte Markus, nachdem er die zweite Scheibe Brot verschlungen hatte.

»Wobei?«

Markus hielt einen Moment inne. Fast sah es so aus, als ob er sich den Rest des Brotes in den Mund stopfen würde, um eine Antwort zu vermeiden.

»Amputationen.«

Thilmann fuhr auf. Fest sah er seinen Sohn an, der angestrengt in die Suppe blickte. Schließlich hob Markus trotzig den Kopf.

»Viele Verwundete erreichen Wittenberg. Aber sie sind so schwer verwundet, dass sie hier sterben, wo sie sich doch in Sicherheit glaubten. Es mangelt an Ärzten.«

»Und ihr könnt daran etwas ändern«? Thilmann sah ihn ungläubig an. »Du und die anderen Studenten?«

»Wir lernen es, ja.«

»Du schneidest Beine ab? Und Arme?« Carla dachte an die Invaliden, die sich jetzt immer zahlreicher auf den winddurchfegten Straßen und in den Wirtshäusern herumdrückten. Viele hatten einen Arm oder ein Bein im Feld verloren. Immerhin nicht den Kopf, pflegten die meisten zu scherzen. Aber der Spaß vermochte die Bitterkeit nicht aus ihren Worten zu vertreiben.

Markus sah seine Schwester fest an.

»Nein. Ich trenne totes Gewebe von einem sonst gesunden Körper und rette so ein Leben. Zumindest lerne ich es. Und heute habe ich es zum ersten Mal erfolgreich selbst getan.« Markus Stimme war nicht frei von Stolz.

Carla schluckte und schob ihren Teller von sich. Der Appetit war ihr vergangen. Thilmann lehnte sich zurück und verschränkte die Arme vor der Brust und betrachtete nachdenklich seinen Sohn. Ein bestimmter Gedanke schien ihm durch den Kopf zu gehen. Ein Gedanke, der ihm nicht gefiel.

»Ihr werdet auf ungewöhnliche Weise ausgebildet.«

»Die Zeiten sind ja auch ungewöhnlich.«

»Was sind deine Pläne?«

»Ich will lernen.«

»Wofür?«

Markus sah Thilmann gequält an. »Vater, du weißt es doch schon längst.«

»Ich will es aber von dir hören. Ich will es von dir hören, so wie ich es von Peter hören wollte.«

Carla erschrak. Kalter Schweiß trat ihr auf die Stirn, als sie begriff, was ihr Vater längst verstanden hatte.

»Ich werde ins Feld ziehen«, bestätigte Markus gleich darauf ihren Verdacht. »Sie brauchen uns in den Lazaretten. Die Verwundeten müssen versorgt werden. Die Krankentransporte müssen organisiert werden. Überall fehlt es an Leuten, die sich auskennen. Dann schlagen sich die Leute nicht mehr alleine nach Wittenberg durch, um hier auf den Schwellen ihrer Häuser zu krepieren. Versteht ihr das denn nicht? Ich studiere Medizin. Ich muss es doch tun.«

Die drei schwiegen eine Weile, und ihre Gedanken überschlugen sich.

»Es war Cranachs Idee, die Studenten der Leucorea heranzuziehen«, erklärte Markus dann in die Stille hinein. Es klang wie eine Entschuldigung.

»Lucas«, murmelte Thilmann leise. Er konnte nicht anders, als dem Ratsherrn für seine gute Idee Anerkennung zu zollen. Und er konnte nicht anders, als die Familie Cranach zu verfluchen, die sich eines seiner Kind nach dem anderen bemächtigte. »Immer wieder Lucas.«

»Vater. Verstehst du denn nicht, dass ich gehen muss?«

»Nein. Ich habe es auch bei deinem Bruder nicht verstanden.« Thilmann sah ihn müde an. »Eltern verstehen es nicht, wenn sich ihre Kinder bewusst einer Gefahr nähern. Die Gründe spielen dabei keine Rolle. Eure Mutter hätte euch schon längst alle nach Italien zurückgeschickt.«

War das der Vorwurf, den Thilmann sich schon den ganzen Winter machte?, fragte sich Carla. Nie hatte sie darüber nachgedacht, wie sich ihr Vater dabei fühlte, dass Lucas Cranach der Jüngere ihr Lehrer war und nicht er selbst. Und doch war dieser Gedanke so klein angesichts der weitreichenden Pläne ihres Bruders. So klein, dass sie ihn schnell wieder aus ihrem Gewissen vertreiben konnte.

Markus setzte sich wie einst sein Bruder neben den Vater auf die Bank und legte seinen Kopf an dessen Schulter, wie ein kleiner Junge. Thilmanns warme Hand legte sich auf seinen Schopf. So blieben sie lange Zeit sitzen. Wenige Tage später war auch er auf und davon.

An diesem Abend konnte Carla nicht einschlafen, bis sie sich das Bild der drei Grazien in Erinnerung rief. Und das Gefühl, dicht neben Lucas zu stehen und seine Wärme und seine Gedanken zu teilen.

Kapitel 8

Carla sah betrübt auf die Farbe, die vor ihr auf der Leinwand zu einem schlammigen Braun verlief. Wieder hatte sie die Farbe nicht richtig angerührt. Und dabei war es nicht ihr mangelndes Können, sondern ihre mangelnde Aufmerksamkeit, die immer wieder zu solchen Missgeschicken führte. Sie stellte die Palette zurück auf den Tisch und öffnete weit das Fenster. Die Aprilsonne schien warm herein und als wolle sie ihr aufmunternd das Kinn heben. Carla seufzte und warf einen Blick zurück über die Schulter auf die verdorbene Leinwand. Es war nur eine Frage der Zeit, bis Lucas die Geduld mit ihr verlieren würde, da war sie sich sicher.

Wie auch immer. Heute war Sonntag. Sie musste nicht in die Weberei, und auch hier würde sie niemand vermissen. Es war der richtige Augenblick, allem für eine Weile zu entfliehen. Carla nahm sich einen leichten Umhang und schlüpfte durch die hintere Pforte der Cranach'schen Werkstatt hinaus ins Freie. Mit wenigen Schritten hatte sie die nächste Ecke hinter sich gelassen und war bald auf den Wiesen vor der Stadt. Am Ufer der Elbe legte sie sich ins Gras und betrachtete das Sonnenlicht, das im frischen Grün der Weiden- und Birkenblätter spielte. Sie schloss die Augen und seufzte. Viel zu selten gönnte sie sich solche Auszeiten. Seit ihrem vierzehnten Geburtstag war Thilmann weitaus strenger geworden, was ihre Beaufsichtigung anging. Eigentlich sollte sie immer die Theres mitnehmen, wenn sie das Haus verließ. Aber was sollte man nicht schon alles? Sie seufzte.

Markus war nun schon gut drei Monate fort. Immerhin kamen von ihm häufiger Neuigkeiten als von Peter, aber das Gesicht des Vaters, wenn der Bote an ihrer Tür vorüberging, tat Carla weh. Die Nachrichten, die sich als Gerücht oder als bestätigte Meldung wie Lauffeuer in der Stadt verbreiteten, verhießen abwechselnd den glorreichen Sieg über die Kaisertreuen oder verheerende Niederlagen mit blutigen Verlusten. In einem waren sich allerdings alle einig: Eine Entscheidung stand unmittelbar bevor. Carla seufzte und rappelte sich hoch. Die Sonne stand bald im Zenit, und spätestens beim Mittagessen würde ihr Vater ihr Ausbleiben bemerken. Als Karl hatte sie gelernt, dass niemand Fragen stellte, wenn man einige wenige Regeln einhielt. Also machte sie sich auf den Rückweg.

Plötzlich bemerkte sie eine Staubwolke, die sich auf der Straße der Stadt näherte. Es waren Reiter. Vielleicht Boten? Carlas Schritte beschleunigten sich, als sie die Uniformen der Berittenen erkannte. Es mussten Boten sein! Und sie hatten es eilig. Welche Nachrichten brachten sie aus dem Feld?

Im Laufschritt erreichte Carla schließlich das Haus ihres Vaters. Sie hielt kurz inne, bis sich ihr Atem einigermaßen beruhigt hatte. Dann trat sie ein.

»Es sind Boten in die Stadt gekommen«, berichtete sie.

»Boten?« Thilmann sah nicht von seiner Arbeit auf. Sogar den Sonntag nutzte er heimlich hinter verschlossenen Türen zum Malen. Er war dabei, ein Buch zu illustrieren, das Peter in seiner Lehre gesetzt hatte. Es sollte ein Geschenk für ihn zum Geburtstag werden, der im Sommer anstand. Carla bewunderte die Zuversicht und Ruhe, mit der ihr Vater daran arbeitete. »Nun, wir werden schon erfahren, welche Nachricht sie bringen.«

Carla starrte ihn verständnislos an. »Aber es sah wichtig aus«, drängte sie. »Sie ritten im gestreckten Galopp.«

»Doch nicht etwa durch die Stadt?« Jetzt sah Thilmann auf, und Carla wurde rot, als sie merkte, dass er sich gerade fragte, wo sie sich herumgetrieben habe. Aber sie ging nicht weiter darauf ein.

»Darf ich zum Markt, Vater, bitte?«

Thilmann sah sie nachdenklich an, bevor er resigniert die Pinsel eintauchte und sich notdürftig die Hände an einem Tuch sauber rieb.

»Was soll's«, brummte er. »Ein kleiner Gang kann auch mir nicht schaden.«

Ungestüm zog Carla ihren Vater mit sich. An der zunehmenden Menschenmenge erkannten sie, dass die Neuigkeiten von Gewicht sein mussten. Die Menschen strömten mit besorgten Gesichtern aus allen Richtungen zusammen.

»Was ist passiert?«, fragte Carla eine Frau, die ihnen tränenüberströmt entgegeneilte, aber sie nicht weiter beachtete.

»Es hat wohl eine Schlacht gegeben«, rief ihnen ein rotgesichtiger Mann zu, dessen Bierfahne man auch gegen den Wind roch. »Bei Mühlberg. Die Entscheidung ist gefallen!«

»Sieg?«, fragte Carla atemlos. Aber der Mann war schon weitergeeilt. Sie umgriff fest den Arm ihres Vaters, und gemeinsam kämpften sie sich zum Marktplatz durch. Carla drängte instinktiv zur Mitte, aber Thilmann wusste, dass dort, wo sich die meisten Menschen befanden, nicht unbedingt die größte Klarheit herrschte. Außerdem gedachte er nicht, seine Tochter dem Ansturm auszusetzen.

So steuerte er mit Carla das Rathaus an, nicht ohne seine Schaube gestrafft und eine würdevolle Haltung eingenommen zu haben.

»Nachricht für den Rat Cranach«, donnerte er so überzeugend, dass die ohnehin überforderte Wache ihn und Carla passieren ließ. Sie eilten durch die Halle und gelangten in einen überfüllten Raum, der dem Sitzungssaal der Ratsherren vorgestellt war. Doch nach kurzer Wartezeit sah Thilmann ein, dass er im Augenblick nicht mit Cranach sprechen konnte. Die Ratsherren hatten sich zurückgezogen. Enttäuscht wollte er sich schon zum Gehen wenden, als er Hans Lufft gewahrte, der zurzeit das Amt des Stadtrichters innehatte.

»Lufft!«, rief er ihn an.

Der Drucker winkte Thilmann zu sich heran.

»Was ist passiert?«

Lufft machte ein besorgtes Gesicht und zog den Vater seines bevorzugten Lehrlings in eine Fensternische. Er wusste, dass Peter beim Heer war, und Thilmann verdiente die Wahrheit.

»Weber! Es hat eine große Schlacht bei Mühlberg gegeben.«

»Aber ich dachte, der Kurfürst steht mit dem Heer bei Meißen?«

»Er ist längst der Elbe aufwärts gefolgt, nachdem all die Verhandlungen nicht gefruchtet haben.«

Thilmann nickte. Im Februar hatten die Schmalkaldener in Sachsen einen großen Vorteil errungen und den kaisertreuen Markgrafen von Brandenburg-Kulmbach gefangen gesetzt. Aber anstatt nach Böhmen zu marschieren und dem Feind weiter zuzusetzen, war Johann Friedrich in der Gegend geblieben. Böse Zungen behaupteten aus Geldmangel, ihm Wohlgesonnene priesen seine Rolle als Friedensvermittler zum Kaiser. Dieser war im März höchstpersönlich zu seinen sächsischen Truppen gestoßen.

»Am 23. April überquerte Johann Friedrich mit gut siebentausend Soldaten die Elbe und zog gen Norden«, sagte Lufft. »Er wollte die Konfrontation nach Möglichkeit vermeiden, denn die Kaisertreuen folgten ihm mit ungefähr siebzehntausend Mann und zehntausend Reitern auf der anderen Uferseite. Johann Friedrich lagerte bei Mühlberg. Als sie sich am Morgen zum Aufbruch rüsteten, überquerten die Kaisertreuen bei einer Furt die Elbe und griffen an.«

Carla hatte ihn mit wachsendem Entsetzen angestarrt. Welche Übermacht!

Lufft rieb sich müde die Augen. »Die Wachsoldaten warnten zwar das Lager, aber der Kurfürst konnte seine Streitmacht nicht mehr ins befestigte Torgau retten. Die Niederlage war unausweichlich. Vernichtend geradezu.«

»Und der Kurfürst?«, fragte Thilmann tonlos.

»Gefangen genommen. Ungarische Husaren stellten ihn bei Falkenberg auf der Lochauer Heide und führten ihn dem Kaiser vor. Mehr wissen wir nicht.«

Mitleidig sah Lufft Thilmann an. Es gab keine genauen Nachrichten über den Verbleib der Soldaten, aber die Wahrscheinlichkeit war verschwindend gering, einen, der bei Mühlberg dabei gewesen war, lebend wiederzusehen.

»Ihr müsst mich jetzt entschuldigen. Der Rat tagt unentwegt, um über das weitere Vorgehen zu entscheiden.«

Damit verschwand der Drucker und bahnte sich seinen Weg zu der großen Flügeltür, hinter der so unermüdlich über das weitere Geschick von Wittenberg beratschlagt wurde.

Carla und Thilmann blieben wie erstarrt in der Fensternische stehen. Schließlich wandte sich Thilmann ab und vergrub das Gesicht in den Händen.

»Vater!« Carla verfluchte ihre Hilflosigkeit. Und sie vermisste selber Trost! Waren es nicht auch ihre Brüder, von denen jede Nachricht fehlte?

Thilmann setzte sich in Bewegung und verließ das Rathaus. Er achtete nicht mehr darauf, ob seine Tochter ihm folgte.

Als Carla sah, wie ihr Vater den Weg nach Hause einschlug, wandte sie sich ab. Hatte sie das nicht schon einmal erlebt? Damals, als der Ausbruch des Krieges verkündet wurde? Wie unterschiedlich war die Stimmung in Wittenberg jetzt! Die Menschen sprachen hektisch aufeinander ein, Sorge und Verwirrung stand ihnen in die Gesichter geschrieben. Was war aus ihren Söhnen und Brüdern geworden? Was würde mit ihrer Stadt geschehen? Jetzt, wo die Kaisertreuen fast schon vor den Toren standen und es keine Streitmacht mehr gab, die sie von diesem fetten Bissen abbringen würde? Carla sah, wie die Nachricht von der Niederlage bei Mühlberg sich als Wahrheit in die Herzen und Gemüter der Menschen gesenkt hatte, und spürte Wut aufsteigen. Gab es denn nichts, wirklich nichts, was sie tun konnte? Plötzlich hatte sie eine Idee.

Mit schnellen Schritten und energischen Ellenbogenstößen kämpfte sich durch die Menschenmenge zum *Goldenen Adler*. Es waren nicht alle Studenten in den Krieg gezogen. Max hatte es zwar nach Kräften versucht, aber da er fiebrig war, als er vorstellig wurde, hatten man ihn aus Angst vor einer Ansteckung abgewiesen und seinen Namen auf die Liste derer gesetzt, die nicht zum Heer zugelassen wurden.

Zutiefst betrübt darüber beschäftigte er sich seither mit organisatorischen Aufgaben und Botendiensten, denn es war ihm bis heute nicht gelungen, die Obristen davon zu überzeugen, dass er keine Gefahr für das Heer darstellte, sondern eine nicht zu unterschätzende Stütze wäre.

Carla fand Max prompt dort, wo sich die anderen verbliebenen Studenten versammelt hatten.

»Es muss nur gelingen, den Kurfürsten aus der Gewalt des Kaisers zu befreien«, sagte einer gerade. »Sobald wir wieder handlungsfähig sind …«

»Das dürfen wir nicht hinnehmen! Es ist ein Verrat ohne Beispiel!«

»Wir werden uns sammeln und dem kaiserlichen Heer nachsetzen«, meinte ein anderer.

Carla wurde übel, als sie die dummen Worte der Gelehrten hörte. Siebzehntausend Fußsoldaten und zehntausend Reiter waren angetreten gegen … Ja, gegen wen? Gegen ein Häufchen Idealisten, die nicht mehr die Zeit gehabt hatten, sich den Schlaf aus den Augen zu reiben und ihre Arkebusen zu laden. Das Elbufer von Mühlberg musste blutrot gewesen sein. Doch hier in Wittenberg floss das Wasser der Elbe wieder klar wie eh und je vorüber.

Max lauschte mit ernstem Gesicht der erregten Rede eines Kommilitonen. Sie trat hinter ihn und stieß ihm hart in die Seite. Erschrocken fuhr er herum und sah sie verwirrt an. Carla wurde klar, dass er sie meistens als Karl erlebt hatte, als kleiner Schwester der Zwillinge war er ihr höchstens ein- oder zweimal begegnet. Sie ärgerte sich über ihren Fehler, aber nun war es zu spät. Es galt, keine Zeit mehr zu verlieren.

»Komm mit«, schrie sie durch den Lärm hindurch und zog ihn fest am Handgelenk mit sich. In seiner Überraschung folgte Max dem jungen Mädchen mit nach draußen.

»Hast du Nachricht von deinen Brüdern? Wie geht es ihnen?«, fragte er, als sie an einer Häuserwand ein wenig Ruhe fanden.

»Ich weiß es nicht«, erwiderte Carla. »Darum will ich es ja herausfinden.«

Max starrte sie verdutzt an. »Wie … wie willst du das denn anstellen?«, stammelte er.

»Ich werde selbst nach Mühlberg gehen.«

Jetzt stand ihm wirklich der Mund offen.

»Und du wirst mich begleiten! Du besorgst zwei Pferde, und wir treffen uns dann vor dem Westtor.«

»Äh … wieso sollte *ich* mit?«, brachte Max hervor. »Wieso begleitet Karl dich nicht?« Er sah sich um, als ob der vermeintliche Bruder der Zwillinge gleich um die Ecke biegen müsste.

»Max, ich bin Karl«, sagte Carla und sah ihm unverwandt in die Augen.

Max schnappte nach Luft und stützte sich schwerfällig an die Hauswand der Apotheke. Nicht einen Augenblick zweifelte er an den Worten des Mädchens. Sie war sehr hübsch, und auch Karl war ein auffallend gut aussehendes Kerlchen. Aber letztendlich war es ihr Blick, der ihn überzeugte. Er war eindeutig Karls Blick.

»Jetzt hör du mir mal zu!«, sagte er und stutzte kurz, weil er nicht mehr wusste, wie er sie anreden sollte.

»Nenn mich einfach Karl.«

»Einen Teufel werde ich!« Entrüstet trat Max einen Schritt zurück. »Und ich werde dich auch nicht begleiten. Nicht nach Mühlberg oder sonst wohin. Du bist ein *Mädchen*!«

»Es ist deine letzte Chance, doch noch zum Heer zu stoßen«, forderte Carla ihn heraus.

»Das Heer gibt es nicht mehr.«

»Was sollen meine Brüder denken, wenn sie erfahren, dass du ihre Schwester alleine nach Mühlberg hast ziehen lassen?« Carla und hob herausfordernd das Kinn.

»Wer weiß, ob deine Brüder noch am Leben sind!«

»Das werden wir ja herausfinden. Bist du nun ihr Freund?«

Max fluchte leise vor sich hin. »Verdammt. Die Schlacht war vor zwei Tagen. Überall marodieren versprengte Truppen. Es ist zu gefährlich.«

»Nicht für zwei Medizinstudenten der Leucorea, die ins Lazarett abkommandiert wurden.« Carla war stolz, ihm ihre Idee kundzutun. Und auch Max schien sie nach kurzer Überlegung einzuleuchten.

»Also gut. Aber ...«

»Kein Aber. Später am Westtor. Mit den Pferden.«

Damit ließ sie Max stehen. Als sie nach Hause eilen wollte, hielt sie ein fester Griff nach wenigen Schritten zurück. Sie wandte sich um und fand sich ein weiteres Mal Lucas Cranach dem Jüngeren gegenüber.

»Wie ich sehe, befolgst du meinen Ratschlag«, murmelte er und sah ihr fest in die Augen.

»Welchen denn genau?«, fragte sie, denn sie fühlte sich etwas überrumpelt. »Mich nur am Rand einer Menschenmenge zu bewegen?«

»Dich nicht mehr als Junge zu verkleiden.« Cranach schenkte ihr sein feines Lächeln. »Ein weiser Entschluss.«

Carla biss sich auf die Lippen. Ihr Lehrmeister konnte nicht wissen, dass sie gerade auf direktem Weg zu ihrer Truhe war, um Karls Sachen zu holen. Und er sollte es nach Möglichkeit auch nicht herausfinden.

»Ich muss zurück zu meinem Vater. Die Nachrichten aus Mühlberg haben ihn sehr getroffen.«

Der jüngere Cranach nickte verständnisvoll. »Es wird einige Zeit dauern, bis ihr Bescheid erhaltet«, sagte er. »Ich schließe euch in meine Gebete mit ein. Deine Brüder, deinen Vater, und dich.«

Carla spürte seine warme Hand an ihrer Wange. Ihre Knie zitterten. Wollte er ihr Trost spenden? Sanft strich sein Daumen noch einmal über ihre weiche Wange. Dann riss sie sich los und machte sich auf den Weg nach Hause.

Kapitel 9

Der Morgen graute bereits, als Carla und Max in Torgau eintrafen. In Wittenberg waren keine Pferde mehr aufzutreiben gewesen, aber der Student hatte die gute Idee gehabt, sich auf einem Lastkahn zu verstecken, der sie die ganze Nacht über stromaufwärts gen Südwesten gebracht hatte. Die Händler und Transporteure bevorzugten in diesen unsicheren Zeiten den Schutz der Dunkelheit, und auch die beiden blinden Passagiere hatten dagegen nichts einzuwenden. Als der Schiffer seinen Kahn in Torgau angelandet und die beiden entdeckt hatte, scheuchte er sie umgehend von Bord. Max und Carla überlegten kurz, wie sie weiterreisen sollten. Beiden war klar, dass sie auch in Torgau keine Pferde mehr finden und auf der Landstraße keine Meile weit kommen würden, da es zu gefährlich war.

Durch Zufall kam ihnen zu Gehör, dass sich nur wenige Meilen flussaufwärts hinter Torgau zwei Lazarette der Protestanten befänden, zumindest seien sie am Vortag noch dort gewesen. Carla nickte Max zu und lotste ihn zurück zum Hafen. Wo, wenn nicht in den Lazaretten, sollten sie mit ihrer Suche anfangen?

Sie schlichen eine Weile um die Stege und liehen sich dann einen kleinen Kahn aus, den Max im Schweiße seines Angesichtes gegen den ruhigen Strom der Elbe bewegte. Die körperliche Ertüchtigung brachte den Studenten zum Fluchen. Er schimpfte auf Adam und Eva, Martin Luther und Karl V., und letztendlich auf die verflixten Zwillinge, die sich nicht mit einem Posten bei der Verpflegung der Truppen in Wittenberg hatten begnügen können.

»Was hast du eigentlich deinem Vater erzählt, dass er dich hat gehen lassen?«, wollte Max schließlich wissen.

Carla wurde rot. Max hatte ihr schlechtes Gewissen getroffen. Sie hatte Thilmann lediglich eine Notiz hinterlassen, dass sie sich in Begleitung eines Freundes auf die Suche nach ihren Brüdern machen würde. Inzwischen bereute sie diese Entscheidung, und zwar so bitter, wie es ihr Vater sicherlich bereute, dass er sie das Lesen und Schreiben hatte erlernen lassen. Welche Sorgen musste Thilmann sich machen, da der Krieg nun auch sein letztes Kind im Griff hatte!

»Was spielt das für eine Rolle?«, sagte sie hingegen. »Leg dich lieber in die Riemen. Wir müssen bald da sein.«

Und tatsächlich, wenige Flussbiegungen später sahen sie einige kümmerliche und verdreckte Zelte durch den Wald schimmern. Lautlos legten sie am Ufer an und schlichen sich näher, bis sie die Protestanten erkannten. Dann traten sie ans Tageslicht und gaben sich als Mediziner der Leucorea zu erkennen, die von Wittenberg geschickt worden waren. Man führte sie durch das hoffnungslos überfüllte Lazarett. Überall lagen Verwundete, denen Arme und Beine fehlten, mit aufgeblähten Bäuchen und ausgelaufenen Augen. Offene Schädel und zerborstene Knochen wohin sie auch blickten. Ein immerwährendes Stöhnen und Klagen lag über dem Platz. Carla ging auf, dass ihr Plan womöglich keine so gute Idee gewesen war. Was, wenn sie tatsächlich um medizinische Hilfe gebeten wurde?

Ihr Führer brachte sie zu einem älteren Arzt, der an einem einfachen Operationstisch unter freiem Himmel arbeitete. Sein Patient war mit Lederriemen an den Tisch gefesselt und schrie zum Erbarmen. Eben warf der Arzt ein abgetrenntes Bein in eine große Wanne neben sich, die bereits schon amputierte Körperteile anderer Menschen enthielt und sicherlich bessere Zeiten in ihrer Funktion als Pferdetränke gesehen hatte.

Obwohl sie den Seziervorgängen an der Leucorea beigewohnt hatte, ging Carla in die Knie und erbrach sich an Ort und Stelle. Auch der hünenhafte Max war grün im Gesicht. Der Arzt sah auf.

»Ein Kind und ein Bär«, stellt er trocken fest. »Als Nächstes schicken sie uns noch Weiber mit Nadel und Faden.«

Carla errötete und wischte sich den Mund an ihrem Ärmel ab. Es war nicht die Zeit für Schwäche.

»Könnt Ihr den Mann nicht wenigstens betäuben?«, fragte Max, dem das Geschrei des Patienten an den Nerven zerrte.

»Nimm dir einen Knüppel und zieh ihm eins über«, antwortete der Arzt sarkastisch. »Andere Mittel stehen uns nicht mehr zu Verfügung.«

Für einen Moment sah Max so aus, als wolle er den Worten des Arztes tatsächlich Folge leisten. Carla hatte sich inzwischen gefangen und machte sich vorstellig.

»Ich suche Markus Weber«, sagte sie. »Er ist mein Bruder.«

»Ah«, machte der Arzt, der sich längst wieder den unverschließbaren Venen seines Patienten zugewandt hatte. »Guter Mann.« Er fluchte, als erneut Blut über seine Arme spritzte. »Schafft den Mann weg. Er stiehlt mir nur meine Zeit.«

Zwei Träger griffen nach der Bahre und hoben den sich vor Schmerz windenden Patienten vom Operationstisch.

»Und ihr beide«, sagte der Arzt und zeigte auf Max und Carla, »holt mir jetzt den Nächsten.«

Carla sah sich um. Um sie herum lagen kreuz und quer verletzte Männer. Wer jetzt, vier Tage nach der Schlacht, noch lebte, hatte nur noch einen Feind: den Wundbrand.

»Welcher ist der Nächste?«, rief Max unschlüssig.

Der Arzt glitzerte sie mit funkelnden Augen an. »Der, den ihr auswählt. Ihr vertretet Gott an diesem Ort der Hölle.«

Hier gab es keinen Gott, dachte Carla. Hier gab es nichts als Schmerz, Leid und Tod. Und irgendwo in diesem Chaos waren ihre Brüder.

»Wird's bald«, schnauzte der Arzt und wusch sich die Hände in trübem Wasser. Dann nahm er einen tiefen Schluck aus einer bauchigen Flasche, die sicher etwas Hochprozentiges enthielt, und kippte sich ein wenig über die Hände. »Keinen zu wählen ist noch schlimmer als einen zu wählen.«

Ohne genauer hinzusehen, griff Max nach einer Trage. Carla versuchte ihr Bestes, die andere Seite der Bahre zu stemmen, aber der groß gewachsene Student zog sie mehr oder weniger alleine zum Tisch. Resigniert dreinschauend packte der Arzt selbst mit an und hob den Patienten auf den Operationstisch. Dann ergriff er Carlas Hand.

»Weich wie bei einem Mädchen … Damit kannst du vielleicht Verbände wechseln, aber keine Säge führen.«

»Wo ist mein Bruder?«

»Wie hieß er noch gleich?«

»Markus Weber«, wiederholte Carla und spürte Verzweiflung aufsteigen.

»Ach, Weber. Schade um ihn.«

»Was?« Carla packte den Arzt mit aller Kraft an seinem blutbesudelten Kittel.

»Schade um ihn«, spie er ihr ein weiteres Mal ins Gesicht.

»Hat erstklassig amputiert. Und etwas anderes machen wir hier ohnehin nicht mehr.«

»Wo ist er?«

»Er hat von einem Suchtrupp erfahren, der weitere Verletzte aus Mühlberg holt, und sich ihnen angeschlossen. Hätte man ihm verbieten sollen, zum Teufel. Wird hier viel nötiger gebraucht.«

Carla begriff. Markus hatte Peter noch nicht gefunden, aber er hatte die Hoffnung offensichtlich noch nicht aufgegeben.

»Wann sind sie aufgebrochen?«, fragte Max.

»Gestern Abend.«

Der Arzt musterte sie mit kalten Augen. Er griff wieder zur Flasche, und Carla begriff, dass er nüchtern nicht fähig wäre, in diesem blutigen Elend auszuharren.

»Und jetzt lasst mich meine Arbeit tun. Wenn ihr beide Medizinstudenten der Leucorea seid, dann Gute Nacht! Auf euch kann ich getrost verzichten.«

Die beiden ließen sich das nicht zweimal sagen. Sie stolperten durch das Lager, bis sie jemanden fanden, der ihnen Auskunft zum Suchtrupp geben konnte, der das Lazarett am Vorabend verlassen hatte. Dann ließen sie den Ort des Grauens hinter sich, ausgerüstet mit einem Schlauch Wasser, einem angeschimmelten Laib Brot und dem kurzen Ende einer sehr harten Wurst, und marschierten dicht am Strom entlang in Richtung Mühlberg.

»Wir finden sie nie.«

Missmutig watete Max hinter Carla durch den Morast. Sie hatten den festen Pfad bald verlassen, weil die Gefahr, auf kaisertreue Söldner oder völlig verängstigte Protestanten zu treffen, zu groß war. Das Ergebnis wäre in beiden

Fällen ihr Tod gewesen. Carla spürte, dass sie sich als Karl zu viel vorgenommen hatte. Dennoch konnte sie jetzt nicht aufgeben. Nicht bevor sie das zweite Lazarett erreicht oder zumindest Markus gefunden hatten.

Auf das Krankenlager hätten sie bereits vor einer guten Weile treffen müssen. Aber weit und breit gab es keine Zelte, keine Soldaten, nicht einmal eine Fläche, die groß genug gewesen wäre, um ein Lazarett aufzunehmen. Der Weg am Fluss entlang, der ihnen ohne Zweifel die Richtung wies, zog sich endlos. Unterwegs waren sie über einen herrenlosen, aber intakten kleinen Kahn gestolpert. Sie hatten ihn ein Stück flussaufwärts gezogen und gut versteckt, um später darin den Rückweg nach Wittenberg anzutreten. Ohne es zugeben zu wollen, bedeutete beiden dieser halbwegs gesicherte Rückzug unglaublich viel.

»Nein, hier sind sie nicht!« Carla stöhnte und schlug nach einer der abertausenden Mücken, die ihnen in der ungewöhnlichen Aprilwärme zusetzten. Ziellos sah sie sich um, und ihr Blick blieb an einem kleinen Hügel hängen, der sich unweit des Flusses erhob.

»Wir müssen da rauf!«

Max war ihrem Blick gefolgt. »Gute Idee, solange die Kaisertreuen sie nicht schon gehabt haben.«

»Das werden wir sehen.«

Gemeinsam erklommen sie den kahlen, felsigen Hügel und stellten zu ihrer Erleichterung oben fest, dass sie allein waren. Die Aussicht war überraschend. Das Lazarett mit den unzähligen Verwundeten, das sie gegen Mittag verlassen hatten, lag kaum einen Steinwurf hinter ihnen. Tatsächlich waren es einige Meilen, aber dadurch, dass sie dem Flussverlauf gefolgt waren, hatten sie sicherlich die dreifache Strecke zurückgelegt. Dahinter lag in der Ferne Torgau, von dem allerdings nur schemenhafte Umrisse zu erahnen waren.

In der anderen Himmelsrichtung erkannten sie das zweite Lazarett. Doch es brannte lichterloh! Schwere Rauchwolken wälzten sich meterhoch in den Himmel. Der Überfall – oder was auch immer das Feuer ausgelöst hatte – musste erst vor Kurzem passiert sein. Carla presste die Hand vor den Mund. Markus!

»Mein Gott!«, rief Max entsetzt. »Sie brennen ein Lazarett nieder!«

Dieser totale Verstoß gegen jegliche menschliche Ethik lähmte den Studenten und das Mädchen für einige Augenblicke. Dann folgte Carla ihren Instinkten und wollte unmittelbar losstürzen. Hinunter zu den Flammen, um zu retten, was vielleicht noch zu retten war. Doch Max warf sich mit seinem ganzen Gewicht auf sie und drückte sie schwer zu Boden. Sein Gewicht presste ihr die Luft aus den Lungen, ihr Knie schlug hart auf dem Felsen auf.

»Schluss mit dem Unfug«, zischte Max. »Wir gehen nirgendwo mehr hin. Die da unten machen Braten am Spieß aus uns, wenn sie uns in die Finger bekommen.«

Carla knirschte mit den Zähnen, schwieg aber.

»Wir warten, bis die Dunkelheit hereinbricht. Dann gehen wir zurück zum Boot und legen ab. Sollten wir Wittenberg jemals lebend wiedersehen, können wir die Stadtkirche auf bloßen Knien umrunden vor Dankbarkeit. Und ich werde es ein zweites Mal tun, wenn dein Vater mich am Leben lässt.«

Carla wusste, dass er recht hatte, und nickte ihrem Begleiter schweren Herzens zu, bis Max von ihr abließ. Dennoch konnte sie den Blick nicht von dem Geschehen in der Senke wenden. In der Nähe des brennenden Lazaretts tauchte ein Trupp Reiter auf. Allein aufgrund der Tatsache, dass sie über Pferde verfügten, kam Carla zu dem Schluss, dass es sich um Kaisertreue handeln musste. Wen verfolgten sie?

Da sah sie etwas zwischen den Bäumen aufblitzen. Nur kurz war ein kleiner Trupp zu Fuß zu erspähen. Konnten das die Überlebenden des Suchtrupps sein? Sie packte Max am Ärmel und wies ihm die Richtung. Nach einigen Momenten zeigte sich wieder etwas.

»Sie fliehen«, flüsterte Max und kniff die Augen zusammen.

»Markus …« Carla wusste in diesem Augenblick, dass ihr Bruder dort unten war und um sein Leben rannte.

Und wenn es so war, Max wollte nur noch die Zeit bis zum Sonnenuntergang überbrücken und sich dann zu dem Kahn zurückschleichen. Das war es doch, was sie tun mussten!

Carla robbte auf dem Bauch bis zum Rand der Klippe, denn am Gipfel hatte sich der Hügel als Plateau herausgestellt, das auf der Südostseite steil abfiel, wie wenn ein launischer Gott ihn in frühen Tagen mit einem gewaltigen Hieb geteilt hätte.

»Da, ich sehe sie wieder«, flüsterte sie, und ihr Blick hing an den immer wieder vereinzelt zwischen den Bäumen aufblitzenden Gestalten. Die Gruppe bewegte sich in Richtung des ersten Lazarettes, aus dem Max und sie am Vormittag aufgebrochen waren. Weshalb nur führten sie den Feind direkt dorthin? Das war Wahnsinn!

Plötzlich zupfte Max sie am Ärmel und wies auf eine Stelle im Wald. »Dort!«

Carlas Augen suchten, aber alles, was sie sah, war das vom leichten Wind bewegte Dach des Waldes. Dann sah sie es.

Eine kurze Bewegung. Waren das andere Flüchtende, die sich von der Gruppe abgespalten hatten? Sie roch den Rauch, der vom Wind angetrieben zu ihnen herüberzog. Die Fliehenden waren jetzt auf Höhe des Hügels, aber sicher eine halbe Meile weiter östlich. Carla erkannte ihren Weg nur noch an der Verfolgerschar, die ihre Pferde durch den Wald trieben und somit leichter auszumachen war. Wo waren die anderen? Sie hatten die Richtung zum Fluss und somit zum Hügel eingeschlagen. Egal, wer es war, sie mussten hinunter und ihnen helfen. »Komm«, sagte sie und griff nach Max' Arm.

Sein Herz klopfte zum Zerspringen, seine Lungen glühten, ihm brannten die Füße, und sein Rücken ächzte unter dem Gewicht, das er trug. Aber all das konnte die Bilder nicht aus seinem Kopf verdrängen, die er heute gesehen hatte. Markus hatte geglaubt, dem Wahnsinn des Krieges bereits im Lazarett begegnet zu sein. Aber er hatte sich getäuscht. Erst heute hatte er erlebt, zu welchem Grauen ein Mensch fähig war. Wenn Blut zu Blut kam. Wenn Söldner mit Verwundeten spielten, erinnerte das an kleine Kinder, die Insekten quälen. Er würde es sein ganzes Leben lang nicht mehr vergessen.

Die richtige Entscheidung hatte er bereits getroffen, denn die Verfolger waren offenbar auf der Spur der Gruppe geblieben. Markus hatte seinen Alleingang nicht geplant, er hatte sich nicht mit den anderen abgesprochen. Er war einfach an geeigneter Stelle in den Büschen verschwunden, um seine Chancen auf ein Entkommen zu verbessern. Alleine würden sie ihn kaum im Wald finden, denn sie hatten keine Hunde. Eigentlich musste er es nur bis zum Fluss schaffen, von dort würden sich sicherlich weitere

Möglichkeiten ergeben. Aber die Last, die er trug, drückte ihn nieder. An Leib und Seele.

Markus blieb stehen und sah sich um. Wo war der Fluss? Lief er überhaupt noch in die richtige Richtung? Für einen Augenblick war er versucht zu rasten. Aber er wusste, dass er sich nicht wieder würde aufraffen können. Also setzte er weiter Schritt vor Schritt in eine ungewisse Richtung, in eine ungewisse Zukunft.

Der Wald um ihn herum war frühlingshaft warm. Eine laue Brise wehte durch die Bäume, vereinzelt sangen sogar Vögel. Wären da nicht der scharfe Brandgeruch, der immer wieder zu ihm herüberdrang, und die Schwerfälligkeit seiner Schritte, hätte man den Eindruck haben können, er befände sich auf einer Wanderung durch die Auen. Er hörte, wie ein Specht in einen Stamm klopfte. Es war ein so reines und friedliches Geräusch, dass es Markus die Tränen in die Augen trieb. Wieder klopfte es, und Markus' Herz machte einen Satz. Hatte der Vogel nicht exakt auf die gleiche Weise geklopft? Wie ein vereinbartes Zeichen? Er blieb stehen und hielt seinen keuchenden Atem an, um besser lauschen zu können. Und da klopfte der Specht ein drittes Mal. Es war ein Zeichen, und er kannte es! Das Zeichen, mit dem sie sich als Kinder in Venedig verständigt hatten ... Wie war das möglich?

Schnell sah er sich nach einem Stock um, mit dem er seine Antwort gegen den nächsten Baum klopfen konnte. Er hieb den Rhythmus und wartete atemlos. Dann klopfte der Specht zum vierten Mal. Eindeutig, da war es wieder! Die Welle der Erleichterung, die über ihn kam, ließ ihn aufschluchzen. Er weinte hemmungslos, zum ersten Mal seit Wochen hatte er wirklich Hoffnung.

Markus schwankte in die Richtung, aus der die Klopfzeichen gekommen waren. Immer wieder hielt er inne, um sie erneut zu prüfen. Dann ging er weiter. Da konnte er auf einmal eine Bewegung zwischen den Bäumen ausmachen. Obwohl er sich so gut wie sicher war, blieb Markus vorsichtig und duckte sich in die jungen Fichten. Da hörte er es wieder, ganz deutlich und in seiner Nähe. Er wankte voran und trat aus dem Dickicht. Und ihm gegenüber standen Max und Karl … Carla!

»Markus!« Der Schrei, mit dem sie auf ihren Bruder zustürzte, war lauter als beabsichtigt. Ihr Ansturm brachte ihn zu Fall, und er ließ seine schwere Last zu Boden sinken. Dann nahm er seine Schwester in die Arme und schenkte Max, der ihm seine Flasche hinhielt, ein dankbares Lächeln.

Carla trat einen Schritt zurück und bemerkte den regungslosen Körper, den Markus auf den Boden hatte gleiten lassen.

»Mein Gott … Das ist Peter!«

Sie fiel auf die Knie und legte eine Hand auf seine Brust, die andere vor seinen Mund. War da ein fliegender Atem? Ein Zittern in der Brust? Er war jedenfalls nicht bei Bewusstsein, und doch drang hin und wieder ein Stöhnen über seine Lippen. Peter war also noch am Leben.

Markus nahm einen Schluck Branntwein, ohne seine Schwester aus den Augen zu lassen. Welch eine Gnade, dass er mit seiner Last nicht mehr alleine war.

»Sie haben ihm sein rechtes Bein weggeschossen, bei Mühlberg«, sagte er.

Carla schluckte. Ein blutiger und verschmutzter Verband hüllte das Knie des Bruders ein. Seine Hand war heiß, die Stirn glänzte vor Schweiß. Fragend sah sie Markus an.

»Wundbrand.« Markus nahm noch einen Schluck aus der Flasche. »Im fortgeschrittenen Stadium.«

»Was heißt das?«

»Das heißt, dass ich sein Bein ganz abnehmen muss. Wenn wir es jemals zu einem sauberen Operationstisch schaffen! Und dass seine Chancen, dann zu überleben, noch immer verschwindend gering sind. Sein Blut ist schon vergiftet.«

Markus war grau im Gesicht, als er den Gedanken aussprach, der ihm seit vielen Stunden durch den Kopf ging. »Jede andere Kreatur würde man aus Erbarmen erschießen.«

»Markus!« Carla sah in Peters kalkweißes Gesicht und suchte nach Spuren, die Hoffnung versprachen. Markus hatte ihn doch mitgeschleppt, um ihn zu retten, oder etwa nicht?

»Wenn ich eine Pistole hätte, ich hätte ihn längst erlöst«, murmelte Markus. Er war so müde. Seit er seinen Bruder in diesem von Gott verlassenen Lazarett gefunden hatte, seit er erkannt hatte, wie es um ihn stand, hatte er tausendmal überlegt, was er tun sollte. Und war doch einfach immer nur weitergelaufen. Ohne Ziel, ohne Plan, ohne Hoffnung.

Max wirkte unschlüssig. »Ich habe eine Pistole«, murmelte er dann und nestelte an seinem Bündel. Carla sah ihm überrascht zu, wie er eine etwas altmodisch wirkende Schusswaffe zutage förderte.

»Denkst du, ich hätte dich ohne Waffe begleitet?«, fragte er Carla, als er ihren Blick bemerkte.

Aber Carlas Aufmerksamkeit galt bereits wieder ihrem Bruder. »Das kannst du nicht tun, Markus.«

»Du hast recht. Ich kann es nicht tun.« Er vergrub das Gesicht in den Händen. »Er ist mein Zwillingsbruder. Ich kann ihm sein Bein nehmen, aber nicht sein Leben. Auch nicht, wenn es das ist, was wir für ihn tun müssten.« Er sah Carla in die Augen. »*Ich* kann es nicht tun«, wiederholte er, und ihr gefiel nicht, wie er das erste Wort betont hatte. Was um Himmels willen erwartete er denn von ihr? Sie warf einen hilflosen Blick auf Max, der die Pistole verlegen in der Hand drehte und wünschte, er hätte sie nie aus seinem Bündel geholt.

Carla spürte Verzweiflung in sich aufsteigen. Hatte sie ihre Brüder gefunden, um einen von ihnen endgültig zu verlieren? Womöglich durch ihre eigene Hand? Die drei schwiegen ratlos. Von Peter kam nicht einmal mehr ein Stöhnen. Leblos lag er zwischen ihnen auf dem Boden, während die Sonne all das Leid in ein idyllisches Licht tauchte.

Da fielen in der Ferne Schüsse, und Schreie folgten. Kampflärm.

»Sie haben die anderen eingeholt«, hauchte Markus. Sein ohnehin schon graues Gesicht wurde nun aschfahl. »Womöglich werden sie weitersuchen. Sie dürfen uns auf keinen Fall finden!«

Das änderte die Situation augenblicklich und entband Carla der schwerwiegenden Verantwortung: Sie konnten Peter nicht hier zurücklassen, und ein erlösender Schuss kam nicht infrage, da er die Aufmerksamkeit der Kaisertreuen auf sich ziehen und sie zu ihnen lenken würde. Alles, was nun für sie zählte, war das Erreichen des Bootes.

»Max, du kümmerst dich um Peter«, bestimmte sie und griff Markus' Hand. »Wir müssen zum Fluss, dort liegt ein Boot bereit. Komm schnell.«

Max wuchtete sich den leblosen Peter auf die Schultern, und Carla zog Markus auf die Füße. Sie hasteten und stolperten durch den Wald, dabei orientierten sie sich an dem

Hügel, auf den Max und Carla vorhin gestiegen waren. Sie wussten nicht, ob sie verfolgt wurden, dennoch liefen sie, als sei der Leibhaftige persönlich hinter ihnen her.

Es dämmerte bereits, als sie auf das Boot trafen. Sie hatten es nur wiedergefunden, weil Max den Einfall gehabt hatte, ein Stück Holz an einen hohlen Baum zu hängen, gegen den es vom Wind geschlagen wurde. Das Geräusch erkannte nur der, der darauf achtete. Sie stiegen eilig in den Kahn und hievten Peter über den Bootsrand. Ohne ein weiteres Wort zu verlieren, stießen sie sich mit einem maroden Paddel und zwei langen Stangen vom Ufer ab und trieben in die Mitte des Flusses, wo die Strömung sich ihrer annahm und sie sanft nach Nordwesten schaukelte.

Markus lehnte sich zurück und schloss zum ersten Mal seit Tagen die Augen. Er dachte an Venedig, wo ihn die Kanäle in seiner Kindheit genauso anheimelnd geschaukelt hatten wie nun die Elbe. Es schien ihm mehr als ein Leben her. Nun war sein Bruder neben ihm dabei zu sterben, und er konnte ihm mit all seinem Wissen nicht helfen.

Nach kurzer Zeit erhellten Flammen den Fluss, sodass sie sich alle auf den Boden des Kahns drückten, um ihn herrenlos aussehen zu lassen. Die Kaisertreuen hatten wohl das zweite Lazarett erreicht und ihm die gleiche Behandlung zuteilwerden lassen wie dem ersten. Sie waren im Blutrausch, und der kleine Kahn auf dem Wasser lag nicht im Zentrum ihrer Aufmerksamkeit.

Als sie das Inferno passiert hatten, herrschte wieder Dunkelheit. Max übernahm die Aufgabe, den Kahn in der Mitte des Flusses zu halten und nach Lastkähnen und Schiffern Ausschau zu halten. Sollten sie kollidieren, würde ihr morsches Boot sicher auseinanderbrechen und sinken. Carla und Markus hielten ihren Bruder zwischen sich und rieben seine Hände, die kühler und kühler wurden.

So trieben sie nach Wittenberg.

Thilmann Weber starrte auf seinen toten Sohn. Er hatte nicht gedacht, dass der Schmerz so scharf sein würde.

Im Morgengrauen waren sie zurückgekommen. Seine drei Kinder. Sie hatten den toten Bruder gemeinsam in die Stube getragen. Er war wenige Meilen vor Wittenberg gestorben, erzählten sie. Seither saßen sie stumm um den Tisch und teilten ihre Trauer.

Thilmann sah Markus an, wie er übermüdet und ausgezehrt am Tisch hockte und die dünne Suppe, die ihm Kraft spenden sollte, nicht essen konnte. Er wirkte einsam und verloren. Seine Tochter saß daneben, in Jungenkleidern. Hoch aufgeschossen und bereits mit dem sinnlichen Mund einer jungen Frau. Wie erwachsen sie geworden war! Viel zu erwachsen für ihre vierzehn Jahre. Und so begabt. Was hatte dieses Mädchen auf einem Schlachtfeld verloren? Warum hatte sie das alles erleben müssen?

Sophie, dachte Thilmann. *Meine Sophie.* Schwere Sehnsucht legte sich auf ihn. Hatte er nicht gut für ihre Kinder gesorgt? Sie alle hatten ihren Weg gewählt, und er hatte sie in den Krieg geführt. Nur zwei waren lebend zu ihm zurückgekehrt. Er schwor sich, dass er sie mit all seiner Kraft beschützen würde.

Am 19. Mai 1547 wurde die Wittenberger Kapitulation unterzeichnet. Johann Friedrich musste der dauerhaften Übertragung seiner Kurwürde sowie der Gebiete östlich der Saale an Moritz von Sachsen zustimmen. Das Todesurteil, das der Kaiser ursprünglich über den Kontrahenten ausgesprochen hatte, und das er in aller Seelenruhe beim Schachspiel vernommen hatte, wurde in lebenslange Gefangenschaft umgewandelt. Zu viele Fürsten – nicht zuletzt Moritz selbst – hatten sich bei Karl V. für ihn verwendet. Die Söldner und Soldaten des Kaisers verließen Sachsen, das sich die blutigen Wunden leckte. Die Katholiken hatten einen Sieg davongetragen.

Der Abschied vom Kurfürsten wurde auch ein Abschied von Lucas Cranach dem Älteren. Er folgte seinem Dienstherrn nach Augsburg, später nach Innsbruck. Die Leitung der Werkstatt lag nun ausschließlich in den Händen von Lucas Cranach dem Jüngeren.

Kapitel 10

Wittenberg 1550

Komm schon! Sei kein Feigling!«

Der Schneeball flog um Haaresbreite an Carlas Kopf vorbei. Das ließ sie sich nicht zweimal sagen. Mit einer schnellen Bewegung formte sie ein Geschoss und warf es zielsicher nach ihrem Gegner. Sie traf Max, der sich aus dem Staub machen wollte, hinterrücks in den Nacken und freute sich, dass ihm der feine Pulverschnee nun in kleinen Bächen unter die Kleidung rinnen würde.

»Das hast du nun davon!«, rief sie. Ihr Atem glitzerte in der kalten Februarsonne, die sich nach Tagen beinahe ununterbrochenen Schneetreibens endlich wieder zeigte. »Du solltest vorsichtiger sein bei der Wahl deiner Gegner oder deinen Schal fester umbinden!«

»Ah, nein!« Max versuchte, die kalten Rinnsale mit der Hand auf seinem Rücken zu stoppen. Der Tanz, den er dabei unfreiwillig aufführte, brachte Carla zum Lachen. Es war das unbeschwerte Lachen ihrer Kindertage, zu dem sie drei Jahre nach Peters Tod langsam zurückgefunden hatte.

»Hat dir niemand erklärt, dass man fliehenden Menschen nicht in den Rücken schießt?«, jammerte er. »Sehr ehrlos von dir!«

»Nein, das hat man mir nicht gesagt.« Carlas Augen glitzerten. Sie pirschte sich an den abgelenkten Max heran und warf sich mit ganzer Kraft gegen ihn. Er verlor das Gleichgewicht und fiel kopfüber in eine Schneewehe.

»Mir hat man nur gesagt, dass erst ein am Boden liegender Gegner tatsächlich besiegt ist«, triumphierte sie und stellte ihren Fuß auf seine Brust.

»Wenn das so ist …« Ehe Carla sich versah, hatte Max ihren Knöchel gepackt und sie neben sich in den Schnee gezogen. »… steht es jetzt unentschieden«, beendete er seinen Satz und staubte reichlich Schnee auf Carla.

»Kalt«, japste sie und schnappte nach Luft.

»Dann zieh dich wärmer an«, sagte Max und zog ihr die Mütze über die Augen. Im nächsten Augenblick nutzte er ihre Orientierungslosigkeit schamlos aus, denn er rollte sich neben sie und küsste sie fest auf den Mund.

Carlas schallende Ohrfeige wurde von ihrem dicken Wollfäustling gedämpft. Sie schob sich mit der anderen Hand energisch die Mütze aus den Augen und sah Max, der sich noch immer über sie beugte, strafend an.

»Lass das!«, rief sie, und eine steile Falte erschien zwischen ihren Brauen. Sie versuchte, ihn von sich herunterzuschieben.

Max sah auf ihr von Schneekristallen glitzerndes Gesicht und spürte, wie sein Herz einen Satz machte. Wie schön sie war! Die großen braunen Augen, die feine Haut und die unglaublich roten Lippen, die eine solche Anziehungskraft auf ihn ausübten.

»Carla, heirate mich!«

»Nein.«

Obwohl es nicht das erste Mal war, dass er diese Antwort erhielt, sah Max sie enttäuscht an.

»Wie soll ich ohne dich leben?«, fragte er ernster, als es Carla lieb war. Wieder einmal wurde ihr unbehaglich zumute.

Natürlich wusste sie, dass der Freund ihres Bruders bis über beide Ohren in sie vernarrt war. Sie mochte ihn von

Herzen, und die Erlebnisse in Mühlberg hatten sie tief verbunden. Aber sie erwiderte seine Gefühle nicht. Das hielt sie allerdings nicht davon ab, Zeit mit ihm zu verbringen und sich mit ihm zu necken. Seine Aufmerksamkeit schmeichelte ihr. In manchen Situationen gelang es Max sogar, ihr einen Kuss zu rauben, wofür sie ihn aber jedes Mal scharf zurechtwies.

Noch immer hielt er sie mit seinem Gewicht auf dem Boden. Carla befürchtete, er würde ihre Wehrlosigkeit zu einem weiteren Kuss ausnutzen. Ihre Hände griffen heimlich nach Schnee, und mit einer schnellen Bewegung warf sie ihm die kalte Ladung ins Gesicht. Die Wirkung erfolgte wie gewünscht. Er ließ von ihr ab und wich zurück, um sich den Schnee aus dem Gesicht zu reiben. Sofort sprang Carla auf und trat einige Schritte zurück. Sie klopfte sich den Schnee vom Rock und ordnete das Wolltuch, das sie über ihren blonden Locken trug.

»Ich muss jetzt weiter«, sagte sie beflissen und griff nach dem Korb, mit dem sie eben auf dem Weg zur alten Marthe war, um Holunderbeersaft und Kirschwein zu holen. Ihr Vater Thilmann hustete seit einigen Tagen, und sie wollte ihm die guten Sachen heiß zu trinken geben. Auf dem Weg zu Marthes Waldhütte war sie zufällig auf Max getroffen, wobei sie nicht mehr recht an diese unvorhergesehenen Zusammenkünfte glaubte.

»Ich begleite dich«, rief ihr Max hinterher. Aber Carla winkte ab. Marthes Hütte befand sich gleich hinter den ersten Bäumen, und Carla genoss das kleine Stückchen Freiheit, das der Gang ihr bot. Theres, die sie auf Anweisung ihres Vaters eigentlich begleiten sollte, hatte sie nicht hinter dem warmen Ofen hervorlocken können. Und sie hatte es auch gar nicht erst ernsthaft versucht.

»Geh du deiner Wege«, rief sie ihm über die Schulter zu. »Wir sehen uns beim Abendessen.«

Max hatte es sich zur Gewohnheit gemacht, ab und zu bei den Webers zu essen. Am liebsten würde er es an allen Tagen der Woche tun, aber noch war ihm das nicht möglich. Wenn er allerdings erst mit Carla verlobt wäre, könnte er jede Mahlzeit mit den Webers teilen. Aber sie ließ sich nicht auf seine Anträge ein.

Er seufzte und sah ihr noch einen Augenblick nach, wie sie durch den tiefen Schnee stapfte. Welche Frau würde bei dieser Witterung einen solchen Weg auf sich nehmen? Die Mädchen, die er sonst kannte, würden Zeter und Mordio schreien, wenn man sie durch diesen Schnee schicken würde. Aber Carla genoss es von Herzen. Für diese Lebendigkeit und Lebhaftigkeit liebte er sie besonders. Er würde sie weiter fragen, und eines Tages würde sie Ja sagen. Eines Tages.

Carla kämpfte sich weiter durch und erreichte schließlich den Wald. Sie blieb stehen, um sich in der verschneiten Umgebung zu orientieren. Weiß und glitzernd dampfte ihr Atem. Ihr war warm geworden.

Als sie die Hütte erreichte, pochte sie mit der Faust an die Tür. Wenige Augenblicke später wurde geöffnet, und das alte Weiblein sah sie erwartungsvoll an.

»Ah«, krächzte sie, »Besuch. Herrlich! Komm herein, kleine Weberin.«

Sie trat einen Schritt zur Seite, um Carla einzulassen. Die winzige Stube wurde von einem munteren Feuer gewärmt und beleuchtet. Überall in den Regalen standen Tiegel, Becher und Gefäße, aber trotz der Unordnung war das Zimmer penibel sauber. Das Bett war ordentlich gemacht und die Leinen stramm gezogen.

»Setz dich ans Feuer und wärm dich auf«, sagte Marthe. »Was gibt es Neues in der Stadt?«

Carla runzelte die Stirn. Sie hatte keine Ahnung, womit sich die Redseligkeit der Leute gerade beschäftigte. Aber die Alte sah sie so begierig an, dass sie sich ein paar Geschichten zusammenreimte, die zu den Gesprächsfetzen passten, die sie hier und da aufgeschnappt hatte.

Marthe brühte einen feinen Tee auf, der zart nach Wildapfel roch, und goss sich mit fröhlichem, aber zahnlosem Grinsen einen guten Schuss von dem Branntwein hinein, den Carla ihr im Gegenzug für die erwarteten Gaben mitgebracht hatte. Nach kurzem Zögern ließ sie sich auch davon einschenken, und bald war Carla wärmer, als ihr lieb war.

Die alte Marthe plapperte von diesem und jenem und entlockte Carla weiteren Klatsch aus der Stadt, den sie während des schlechten Wetters vollständig entbehren musste. Als Carlas Antworten sich zu wiederholen begannen, fragte Marthe sie gnädig nach ihren Wünschen. Carla trug ihre Liste vor, und die Alte nickte bei jedem Punkt. Vor sich hinbrummend packte sie zügig die verschiedenen Gefäße in Carlas Korb. Dazu streute sie Erklärungen ein, wofür der jeweilige Inhalt gut war und wie sie ihn hergestellt hatte. Carla bewunderte ihr Heilwissen und war froh, dass sie und ihre Lieben davon profitieren konnten. Sie selbst war gerade mal fähig, Tee aufzubrühen und einen Umschlag zu machen, und damit erschöpften sich auch schon ihre medizinischen Fähigkeiten. Das ganze Talent der Familie war eindeutig bei Markus gelandet, der bald schon seinen Abschluss an der Leucorea machen würde.

»Diese Salbe ist für die Cranach«, sagte die alte Marthe schließlich. Sie meinte Barbara Cranach, die Frau von Lucas Cranach dem Jüngeren. Sie war schon fast den ganzen

Winter bettlägerig, und es wurde und wurde nicht besser. Carla verzog unwillkürlich das Gesicht; sie mochte Barbara nicht.

»Ich werd's überbringen«, sagte sie kurz und nahm sich einen zweiten Becher Tee. Dieses Mal goss sie den Branntwein selbst dazu. Noch hatte sie einige Augenblicke, bevor sie wieder nach Wittenberg aufbrechen musste, und es lockte sie nicht wirklich auf ihren kalten Heimweg. Nach einigen Schlucken fühlte sie, wie ein leichter Schwindel sie ergriff.

Die alte Marthe beobachtete sie aufmerksam und versuchte, den Stimmungsumschwung einzuschätzen. Eine Schönheit mit sinnlichen Lippen, die geküsst werden wollten, und einem Herzen, das gewonnen werden musste. Sie nahm die Hand des Mädchens und beugte sich im flackernden Licht des Feuers darüber.

Carla zuckte instinktiv zurück, denn sie ahnte, dass die alte Marthe tatsächlich darin lesen konnte. Jedenfalls erzählte man sich das heimlich in der Stadt. Aber sie war zu neugierig auf die Worte, die sie nun hören würde.

Die alte Marthe schnalzte ein wenig mit der Zunge und besah sich die Linien auf Carlas Hand. »Du hast bereits einen weiten Weg hinter dir«, murmelte sie. »Mit großen Verlusten, aber auch mit beachtlichen Gewinnen. Es mag schon für ein Leben reichen.«

Carla sah die Alte mit großen Augen an und wartete darauf, dass sie fortfuhr. Ihre Vergangenheit kannte sie doch bereits selbst! Sie wollte wissen, was die Zukunft für sie bereithielt. »Aber?«, fragte sie ungeduldig.

Die Alte schnalzte noch ein paarmal mit der Zunge.

»Aber es liegt noch viel vor dir«, sagte sie. »Ein langer Weg. Ein weiter Weg.«

Himmel, dachte Carla, ich bin siebzehn. Natürlich liegt noch viel vor mir. »Wohin führt er mich? Werde ich die Liebe finden?«

Marthe lächelte über diese Frage. Wie viele Male hatte sie sie nicht schon in dieser Stube aus den unterschiedlichsten Mündern gehört? Aber dieses Mädchen würde stark sein müssen, das fühlte sie. Sie würde Hindernisse beiseiteschieben und Enttäuschungen verwinden müssen. Die Alte schob Carlas Hand weg und lehnte sich zurück. Sie war bereit, ihr eine kleine Hilfe zu geben.

»Ja, das wirst du«, antwortete sie und freute sich über das augenblickliche Strahlen, das über das hübsche Gesicht glitt. »Aber nicht dort, wo du sie jetzt suchst.«

Carlas Gesicht wurde schlagartig ernst, ihre Wangen färbten sich rot. Obwohl die Alte schon von ihrer Hand abgelassen hatte, zog sie sie noch weiter zurück und ballte beide Hände zu Fäusten. Als ob sie es nicht gewusst hätte! Sie hätte der Alten überhaupt gar nicht erst zuhören dürfen.

»Denke daran, dass du noch immer auf deinem Weg bist«, sagte Marthe. »Und vergiss nie, dass du es bisher immer verstanden hast, dir verschlossene Türen zu öffnen.«

Ach, was sollte die alte Frau schon wissen? Die sagte doch nie etwas ganz Genaues, sondern immer nur Dinge, die alle irgendwie stimmten. So sagte man sich jedenfalls hinter vorgehaltener Hand in Wittenberg. Der Gedanke an die Stadt erinnerte Carla an den Aufbruch.

»Ich weiß nicht, wovon du redest«, murmelte Carla und nahm sich einen dritten Becher Tee, in den ihr diesmal wirklich etwas zu viel Branntwein geriet. »Aber ich muss jetzt aufbrechen. Sonst überrascht mich die Dämmerung noch.«

Sie leerte den Becher in einem Zug und stand hastig auf.

Sofort drehte sich ihr alles im Kopf, und sie musste sich abstützen.

»Einen guten Heimweg wünsche ich dir«, sagte die alte Marthe vielsagend und sah Carla tiefgründig an. »Wo immer dein Heim auch ist.«

Sie bedankte sich für die Gaben und die Münzen, die sie von Carla erhalten hatte. Die wiederum dankte für die Säfte und Salben und verabschiedete sich.

Für die Weissagung bedankte sie sich nicht.

Als sie ins Freie trat, empfing der Winter sie mit einer eisigen Umarmung. Im Februar dämmerte es früh, und sie würde sich beeilen müssen.

Dass dies leichter gedacht war als getan, wurde Carla schon nach wenigen Schritten klar. Sie fiel zweimal auf die Knie und fluchte wie ein Bierkutscher über ihr Ungeschick. Dann riss sie sich zusammen und setzte konzentriert einen Fuß vor den anderen. Leicht taumelnd stapfte sie Wittenberg durch den hohen Schnee auf kürzestem Weg entgegen. Ihre Gedanken drehten sich dabei jedoch im Kreis.

Diese dumme Alte, was konnte sie schon wissen? Sie liebte ihn doch gar nicht. Sie bewunderte ihn! Sie lauschte ihm, sie lernte von ihm. Was war daran falsch? Nichts. Gar nichts.

Und dennoch. Wenn sich ihre Hände berührten, wenn er bei einer Erklärung die Hand auf ihre Schulter legte, wenn sie sich gemeinsam über ein Werk beugten und sie seinen Atem spürte, war es da nicht ihr Herz, das raste? Waren es nicht seine Augen, die leuchteten, wenn er sie mit einem Seitenblick bedachte? Das konnte sie sich nicht alles einbilden. Sie waren wie für einander gemacht. Das war doch ganz offensichtlich. Nein, die Alte hatte wirklich unrecht. Sie hatte die Liebe bereits gefunden. Und zwar hier in Wittenberg.

Es war nur schwierig, denn er war ein verheirateter Mann. Und um so viele Jahre älter als sie. Er gehörte zu den angesehensten Bürgern der Stadt. Und er saß im Rat! Er konnte sich nicht mir ihr einlassen, ohne seinen Ruf zu riskieren. An ihren eigenen Ruf wollte sie gar nicht erst denken.

Carla schüttelte sich, als ob sie dadurch die Vernunft der Gedanken in ihrem Kopf verstummen lassen konnte. Viel lieber wollte sie wieder an seine sanfte Stimme denken. An sein großes Wissen. Seine warmen Hände, wie sie langsam über ihre Schultern hinab zu ihren Brüsten glitten …

Der Gedanke löste ein warmes Kribbeln in ihrem Bauch aus. Noch nie hatte Lucas sie so berührt. Aber was wäre wenn? Carla stieß einen lustvollen Seufzer aus. Sie sah nach oben und wunderte sich, dass sie schon Sterne am samtblauen Abendhimmel sah. Wo waren denn die so schnell hergekommen? Wie wunderschön sie waren, so klar und golden in der Winterluft. Sie würde sie besser sehen können, wenn sie sich kurz hinlegte. Nur einen Augenblick. Der Schnee war weich wie ein Bett, und sie fror überhaupt nicht. Eine kurze Rast mit Blick ins Himmelszelt konnte nicht schaden.

Lucas. Der Gedanke an den geliebten Mann machte sie glücklich. Seit drei Jahren schon unterrichtete er sie in der Malerei. Lucas Cranach der Ältere war ja seinem Fürsten in die Gefangenschaft beim Kaiser gefolgt, die sich aber als so großzügig und locker erwies, dass Johann Friedrich schon den Bau eines Jagdschlosses beauftragt hatte, das er »Fröhliche Wiederkunft« nannte. Seither waren Carlas Freiheiten im Hause Cranach gewachsen. Seit ihrer Lossprechung in der Weberei Holzapfel konnte sie sogar mehrmals in der Woche mit dem jüngeren Lucas über ihre Aufgaben und Fortschritte sprechen, die in der Tat beachtlich waren. Ihre Arbeiten in Öl waren beinahe so gut wie die ihres Vaters, auch wenn sie einen anderen Stil hatte. Ihre Farben waren lebendiger und wirklichkeitsnäher. Sie verließ sich weniger auf die Symbolik als auf das Auge des Betrachters, weshalb sie sich schon mehrfach mit Lucas und Thilmann gestritten hatten. Ihr Gespür für die Harmonie der Farben war einzigartig. Aber ihr Lehrmeister und ihr Vater sahen in ihrer Arbeit einen Verstoß gegen die Regeln der Malerei. Das Ergebnis mussten sie jedoch klaglos anerkennen. Carlas Bilder waren gut.

Plastisch und lebensecht traten die Figuren auf ihrer Leinwand hervor. Die langen Studien mit dem Skizzenblock hatten sich gelohnt. Sobald Carla die Farbe und den Pinsel technisch besser beherrschte, entfalteten sich ihre Kreativität und ihre sehr genaue Beobachtungsgabe. War das Blatt der Sonnenblume noch frisch und golden vom Feld oder hatte sich schon ein Hauch des Verwelkens darauf gelegt? Wo genau zeigte sich die zarte Röte auf den Wangen eines Kindes? Welche Muskeln traten hervor, wenn die schwere Fleischplatte auf die Schulter gehoben wurde? Die Dinge selbst verloren ihre Sachlichkeit auf Carlas Leinwand. Sie bedurften der Malerin, um sie durch Falten, Schatten, Wölbungen und Winkel wiederzuerwecken.

Der einzige Vorwurf, den Lucas Carla machen konnte, war ihre endlose Sorgfalt. Thilmann erkannte hier eine Eigenschaft seiner Frau wieder und begegnete ihr viel nachsichtiger. Während Lucas die Hände rang, amüsierte es ihn, dass es einen ganzen Vormittag dauern konnte, bis

Carla mit einer gemischten Nuance zufrieden war. So konnte sie Tage an einem Arm, einem Blick, einem Schatten arbeiten. Zudem hatte sie bereits mehrmals ein weit gediehenes Bild zerstört, weil es ihrem Anspruch nicht mehr gerecht wurde. So waren ihre Bilder zwar ungewöhnlich gut, aber es gab nicht sehr viele vollendete Werke von ihr.

Bisher hatte sie alle behalten dürfen. Carla wusste, dass Lucas davor zurückschreckte, die Arbeit einer Frau mit dem Schlangenzeichen der Cranachs zu versehen. Und ein eigenes Zeichen hatte sie nicht. So zierten die unsignierten Werke die Wände der Weber'schen Stube und trotzten Markus' zynischen Bemerkungen. Zwar gönnte er seiner Schwester das Talent von Herzen, aber er ahnte, dass ihr als Frau nur ein Erfolg im Stillen beschert sein konnte, und versuchte daher, diesen Dorn mit den zwischen ihnen üblichen Sticheleien zu mildern.

Was die Komposition anging, gelang es Carla, Menschen kreativ zu gruppieren. Auch Stillleben und andere Gegenstandsmalereien gelangen ihr zufriedenstellend. Sollte sie jedoch ein Panorama anfertigen, wurden schon die Entwürfe so flächig und unecht, dass sie sich auf den tatsächlichen Versuch in Öl gar nicht mehr einlassen wollte. Die Zentralperspektive, mit der zuerst die Italiener ihren Bildern eine räumliche Tiefe verliehen hatten, wollte sich ihr einfach nicht erschließen. Lucas zog sie immer wieder damit auf, dass sie das Einzige, was sich in der Malerei auch ohne Talent berechnen ließ, einfach nicht beherrschte. Dass sie diesen Fehler auch in Werken von Lucas Cranach dem Älteren fand, wagte sie nicht zu sagen. Aber sie begann zu verstehen, dass Perfektion und Ruhm nicht unbedingt Hand in Hand gehen mussten. So versuchte sie sich unbeirrt weiter in der Landschaftsmalerei, wobei sie sich vorerst wieder auf das Zeichnen verlegte. Den ganzen Herbst über hatte sie Ausflüge in die umliegenden Wälder und auf die Hügel unternommen, um dort ihre Übungen zu machen. Der Erfolg würde sich schon einstellen.

Carla wusste jedoch, dass ihre Freiheit zu malen in Gefahr war. Sie war im heiratsfähigen Alter. Ihr Vater würde sie über kurz oder lang mit einer Haube sehen wollen. Er hatte schon deutliche Bemerkungen zu dieser Angelegenheit gemacht, und Carla hatte missmutig den Mund verzogen. Sie wollte keinen anderen als Lucas! Ihn liebte sie. Und er würde sie malen lassen. Aber sie wusste, er war unerreichbar. Ihre Gedanken wanderten zu Max. Ihn könnte sie haben, und auch er würde sie malen lassen. Aber ihn liebte sie nicht! Es war zum Verzweifeln.

Dann rief sie sich wieder zur Vernunft, denn ihr Vater würde sie nicht zu einer Ehe zwingen. Er würde ihr keinen Ehemann zumuten, dem es zuwider war, dass sie Lesen und Schreiben konnte und ein Talent für die Malerei hatte. Es gab also keinen Grund, sich zu beunruhigen.

Beunruhigend war jedoch, dass plötzlich ein blanker Vollmond über den Baumwipfeln auftauchte. War denn das Stadttor überhaupt noch offen?, fragte sie sich. Vage appellierte ihre Vernunft an sie, sie möge doch aufstehen. Aber die Nacht war so herrlich. Wenn doch nur Lucas käme! Sie könnten zusammen über das Mondlicht sprechen und vielleicht, vielleicht würde er sie dann küssen.

Das Gesicht, das sich jetzt zwischen sie und den Mond schob, war aber ein anderes.

»Ich habe sie gefunden! Sie liegt hier!« Max' laute Stimme klingelte ihr in den Ohren.

»Lebt sie? Ist sie verletzt?« Die Angst in Markus' Stimme

wunderte Carla. Was regte er sich nur so auf? Sie hatte sich doch nur einen Moment ausgeruht.

»Ich weiß es nicht. Carla, hörst du mich? Carla!«

Jetzt wurde Max' Gesicht von Markus verdrängt.

»Carla. Antworte mir!«

»Wss iss loss?«, fragte Carla mürrisch und wunderte sich nun darüber, dass sie so zischelte.

»Großer Gott, Dank sei dir«, murmelte Markus. »Sie lebt.«

»Aber sie ist völlig durchgefroren!«, stellte Max fest. »Bist du gestürzt?«

Mein Gott, was sprachen sie schnell! Wer sollte da eine Antwort geben? Carla versuchte, sich zu konzentrieren.

»Ess geht mir gutt«, brachte sie mit schwerer Zunge hervor. »Mache nur eine winzzige Pausse …«

Die beiden Männer starrten sie entgeistert an.

»Sie ist sturzbetrunken!«, sagte Max entsetzt.

»Und stocksteif«, ergänzte Markus, der inzwischen versuchte, seine Schwester aufzurichten. »Himmel, wie lange liegst du denn schon hier?«

»Nur ganzz kurzz«, versuchte Carla noch einmal, die Aufregung zu besänftigen. »Ganzzz kurzzz.«

Sie klapperte mit den Zähnen, aber sonst schien ihr nichts zu fehlen. Markus und Max wechselten einen Blick, dann begannen sie laut loszuprusten.

»Voll wie eine Haubitze«, kicherte Max, dem jetzt die Angst um Carla vom Herzen wich. »Was hat sie nur getrunken?«

»Tee«, antwortete Carla kurz wie ein Peitschenknall.

»Wer's glaubt«, murmelte Markus und klopfte ihr den Schnee von den Kleidern. »Immerhin reagiert sie noch. Nimm du ihren Korb. Nur gut, dass sich sonst niemand hier draußen herumtreibt.«

Max schüttelte sich unwillkürlich bei dem Gedanken, welch leichte Beute Carla für herumstreunendes Gesindel gewesen wäre. Das Mädchen brauchte eindeutig jemanden, der auf sie aufpasste. Ihr Vater ließ die Zügel offensichtlich viel zu locker. Max griff den Korb, und sie nahmen Carla in ihre Mitte. Immerhin gab ihm der Heimweg die Gelegenheit, seinen Arm um ihre Taille zu legen und sie dicht an sich zu pressen. Auch wenn ihn ihr Atem stark an die Luft im *Goldenen Adler* erinnerte.

Zu Hause angekommen steckte Markus Carla gleich ins Bett, und Theres legte ihr erhitzte Backsteine mit hinein. Thilmann war zum Glück nicht daheim, und so gab es auch keine unangenehmen Fragen zu beantworten. Später erzählte Markus ihm nur, dass Carla sich auf ihrem Rückweg von Marthe verspätet hatte und dass ihr ordentlich kalt geworden war. Die Geschwister konnten sich wie eh und je blind aufeinander verlassen, und dem Vater blieben so Sorge und Kummer erspart.

Ihre Strafe blieb Carla jedoch nicht erspart. Schon am nächsten Tag kam zum heftigen Kater, der Markus den Spott auf die Zunge trieb, eine ausgewachsene Erkältung. Sie mündete nach einigen Tagen in eine heftige Bronchitis, die Thilmann sehr besorgte. Seit Sophies Tod traf ihn jeder Husten im Mark, und so wich er, der selbst kaum genesen war, nicht von Carlas Bett. Er flößte ihr den Holunderbeersaft ein, den sie eigentlich für ihn geholt hatte, und beobachtete, wie Theres auf Anweisung des Arztes kalte Umschläge um Carlas Waden wickelte, um das heftige Fieber zu senken. In ihren häufigen Rufen nach Lucas Cranach vermutete er schlicht ihre Sehnsucht, an die Staffelei zurückzukehren.

Nach acht Tagen erwachte Carla geschwächt, aber mit klarem Blick und kühler Stirn. Sie fand ihren Vater mit umschatteten Augen, auf einem Stuhl neben dem Bett eingenickt. Da sie schrecklichen Durst hatte, machte sie ihn auf sich aufmerksam.

»Carla, mein Gott!« Thilmann fuhr aus seinem leichten Schlaf auf. »Wie geht es dir?«

Ihr taten alle Glieder weh, aber sie lächelte ihn zaghaft an. »Ich glaube besser. Ich habe Durst.«

Thilmann reichte ihr einen Becher Wasser.

»Dem Herrn sei Dank«, murmelte er. »Du hast es immerhin geschafft.«

Carla trank den Becher in langen Zügen leer. Danach bat sie um einen weiteren. Als sie sich erleichtert zurücklehnte, fiel ihr die seltsame Formulierung auf, die Thilmann gewählt hatte.

»Wieso *immerhin* ich?«, fragte sie matt. »Denkst du an Mutter? Oder was ist geschehen?«

»Barbara Cranach«, sagte Thilmann düster. »Sie ist vor zwei Tagen gestorben. Lucas ist untröstlich.«

Kapitel 11

Wie blass und schmal er war. Carla fiel zum ersten Mal auf, das sein Haar schütter wurde und sich etwas über die seitliche Stirn zurückzog. Dennoch war er immer noch Lucas. *Ihr* Lucas.

Seit dem Tod seiner Frau waren fast zwei Wochen vergangen. Vor gut sieben Tagen hatte man sie in der gefrorenen Erde des Friedhofs an der Wittenberger Stadtkirche beigesetzt. Thilmann hatte Carla die Teilnahme an der Beerdigung aus gesundheitlichen Gründen verboten. Ihr Husten war noch immer hohl, und ihr Vater hielt sie streng aus der kalten Winterluft. Doch Carla war dankbar dafür gewesen, denn sie wollte so wenig wie möglich mit all dem zu tun haben. Als die Glocken der Stadtkirche ihre Bassstimmen erhoben, zog sie sich die Decke über den Kopf. Sie wollte sich nicht einmal vorstellen, was gerade auf dem Friedhof geschah. Sie wollte nicht daran denken, wie sie über den Tod von Lucas' Ehefrau dachte, und es sich im Grunde nicht einmal selbst eingestehen. Durch ihren Tod war Lucas ein freier Mann.

Inzwischen hatte neuer Schneefall eingesetzt und in kürzester Zeit ein kaltes, weißes Tuch über das frische Grab von Barbara Cranach, geborene Brück, gelegt. Nur zweiunddreißig Jahre war sie alt geworden.

Lucas hatte sich nach der Beisetzung in seine privaten Räume zurückgezogen und sich tagelang nicht in der Werkstatt blicken lassen. Er wusste, dass die Arbeit eine

Weile ohne ihn fortgeführt werden konnte, und nahm sich die Freiheit. Cranach der Ältere war nicht nach Wittenberg gekommen. Offenbar sah er im Tod der Schwiegertochter keinen Anlass, den Fürsten Johann Friedrich in der Gefangenschaft zu verlassen, die immer milder wurde. Man munkelte sogar, dass es gar nicht mehr lange dauern würde, bis der Kaiser seinen teuren Gefangenen und dessen kostspieliges Gefolge, zu dem sich sogar der Hoftapezierer gesellt hatte, loswerden würde. Es war nur eine Frage der Zeit, bis Johann Friedrich nach Wittenberg zurückkehren würde. Möge sein Jagdschloss bis dato fertiggestellt sein, dachte Carla. Ihre Interessen galten jedoch anderen Dingen.

Sie hatte angestrengt nach einer Möglichkeit gesucht, Lucas zu treffen. Sie wollte ihm eine treue Schulter und wärmende Arme bieten, danach musste er sich doch jetzt sehnen! Aber sie hatte nicht einmal den Zipfel seines Mantels erspäht. Lucas Cranach der Jüngere hatte seine Räumlichkeiten lange nicht verlassen. Umso größer war die Überraschung, als er schließlich doch in der Werkstatt aufgetaucht war. Er stellte sich sogar selbst an die Staffelei, um an einem Porträt seines Vaters zu arbeiten, das er im Auftrag des Stadtrates aus seiner Erinnerung heraus anfertigte. Nachdem ihn die Meister, Gesellen und Burschen begrüßt und ihm noch einmal ihr Beileid ausgedrückt hatten, hatten sie sich respektvoll zurückgezogen und ihn verstohlen aus den Augenwinkeln heraus beobachtet. Nicht ein Scherz, nicht eine Bemerkung war an diesem Tag in der Werkstatt zu hören gewesen. Die Köpfe der Mitarbeiter waren schweigsam und fleißig über die Arbeit gebeugt.

An diesem Tag war Carla mit einem neuen Bild in ihrem Malzimmer beschäftigt, in dem sie noch immer in Ruhe und Abgeschiedenheit arbeiten konnte. Schließlich fasste sie sich ein Herz und sprach Lucas an. Sie brannte darauf, seine Meinung zu ihrem Werk zu hören. Das Gemälde zeigte eine noble Gesellschaft beim Mahl vor malerischer Landschaft. Die verteilten Bäume erlaubten Carla, das Problem der Zentralperspektive auf ein Minimum zu reduzieren, verbargen sie doch den Großteil des Hintergrundes.

»Ihr müsst es Euch ansehen«, bat sie Lucas mit leuchtenden Augen, denn sie erwartete insgeheim sein volles Lob angesichts ihrer Fortschritte. »Kommt gleich mit, wollt Ihr?«

Der Maler sah sie ein wenig erstaunt an. Dann aber lächelte er matt über das Ungestüm des Kindes – nein, ein Kind war sie ja eigentlich gar nicht mehr – und versprach, in der Mittagszeit vorbeizukommen, sofern die Wintersonne ausreichend Licht für eine Begutachtung spenden sollte.

Und dann war er gekommen. Kritisch hatte er das Bild betrachtet und die Komposition gelobt. Den Lichteinfall, die natürlichen Farben. Die räumliche Tiefe hatte er jedoch bemängelt.

»Sieh her«, sagte er mit der sachlichen Stimme, die Carla so an ihm mochte. »Hier, an dieser Stelle, stimmt es nicht. Die Gegenstände, die sich in der Nähe befinden, überlappen zwar mit denen, die in größerer Entfernung zum Betrachter liegen. Du hast auch daran gearbeitet, die Größenverhältnisse so anzupassen, wie ich es dir erklärt habe, und die entfernten Dinge stärker verkleinert. Aber die Verhältnisse reichen nicht aus, sie müssten noch kleiner sein.«

Er kniff die Augen zusammen und betrachtete abwägend die Bäume, Häuser und Felsen im Hintergrund. Carla spürte, wie leiser Ärger in ihr aufstieg; hatte sie doch mit seinem uneingeschränktem Lob und seiner Begeisterung gerechnet. Stattdessen fand er wieder etwas zu bemängeln! Diese ewige Kritik war ja kaum auszuhalten.

»Außerdem musst du die Gegenstände ein Stück zur Mitte der Flucht hin versetzen«, fuhr er fort. »Es ist ein Sehkegel, kein Sehzylinder, den du abbilden musst. Nach hinten läuft er spitz zu. Jetzt wirkt dein Bild, als ob auf einer halben Meile ganze Städte stehen können. Hier zum Beispiel, diese Häuser haben nicht genug Raum.«

»Aber es sind doch nur ein paar«, sagte Carla.

Lucas sah sie mit erhobenen Brauen an. »Diese Worte aus deinem Mund?«, wunderte er sich. »Bist nicht du es, die die Arbeit einer ganzen Woche aufgrund einer einzigen mangelhaften Falte verwirft?«

Carla errötete. Natürlich hatte Lucas recht. In den Bereichen, in denen sie von Grund auf gut war, verlangte sie Perfektion von sich. Aber gegenüber dieser verfluchten Perspektive begann sie eine fürchterliche Gleichgültigkeit zu entwickeln. Dann würde sie die Landschaftsmalerei eben anderen überlassen!

Lucas hatte ihr Mienenspiel beobachtet. »Lass dich nicht entmutigen«, sagte er. »Erinnerst du dich an das Bild der Madonna mit Kind, das du vor zwei Jahren gemalt hast?«

Carla nickte und blickte zu Boden. Sie mochte das Bild nicht. Es war eines der eindrucksvollsten Zeugnisse dafür, wie schlecht sie am Anfang gemalt hatte.

»Halte es in Ehren«, verlangte Lucas. »Es wird dir immer zeigen, was du gelernt hast. Damals hätte man den Hintergrund auch einfach mit einer einzigen Farbe anstreichen können, so wenig Tiefe hatte das Bild. Heute hingegen entsteht der Eindruck eines Raumes, auch wenn das Auge noch an dem einen oder anderen Punkt hängen bleibt. Du hast viel gelernt.«

Da war es, das Lob, das Lucas so selten aussprach. Carla strahlte ihn an, und für einen Moment verschlug es ihm den Atem, so fasziniert war er. Dann wandte er jedoch schnell seine Aufmerksamkeit wieder ihrem Bild zu.

»Was die Gegenstände selbst betrifft, sie sind ausgezeichnet. Die Äpfel zum Beispiel sind ganz herrlich geworden. Man möchte am liebsten hineinbeißen.« Er war aufrichtig begeistert. »Wunderbar, Carla«, lobte er noch einmal. »Du wirst eine große Malerin.«

Diese Perfektion sucht ihresgleichen, dachte er. Selbst mein Vater hätte die Äpfel nicht besser treffen können. Zu schade, dass sie ein Mädchen ist …

Carlas Blick suchte seine Augen und blieb an seinen Lippen hängen. Hätte sie sich selbst in diesem Moment sehen können, wäre sie erschrocken gewesen, wie deutlich ihr ihre schwärmerischen Gefühle ins Gesicht geschrieben standen. Verwirrt erwiderte er ihren einladenden Blick. Und plötzlich war er eigentlich ganz froh, dass da ein Mädchen vor ihm stand. Ihre Haut war milchweiß, ihre Lippen schimmerten sanft. Versuchte sie, ihn zu betören?

Der Gedanke kam ihm so unerwartet, dass Lucas Cranach tatsächlich ein wenig errötete. Carla bemerkte es entzückt. Zum ersten Mal hatte er sie angesehen wie eine Frau und nicht wie eine Schülerin.

Aber der Maler rief sich schnell zur Ordnung. Er hatte seine Frau erst vor wenigen Tagen beerdigt, und Gedanken dieser Art durfte er sich einfach nicht gestatten!

Sein Stimmungsumschwung blieb Carla nicht verborgen. Sie spürte eine Möglichkeit, ihm näherzukommen.

»Ihr müsst Eure Frau sehr vermissen.« Damit traf sie tatsächlich, denn er zuckte bei diesen Worten etwas zusammen.

»Sie hat mir vier Kinder geschenkt«, murmelte er. »Nur den Johannes hat der Herr schon zu sich genommen. Und jetzt auch sie.«

Carla nickte ihm verständnisvoll zu. Sie kannte die anderen Kinder, Lucas, Barbara und Christian, gut. Lucas, der Älteste, war zehn Jahre alt und damit nur sieben Jahre jünger als sie selbst. Sie konnte nachvollziehen, wie sich der Verlust der Mutter anfühlte. Seit sie von Barbara Cranachs Tod erfahren hatte, hatte ihr Beileid eigentlich vor allem den Kindern gegolten. Lucas jedoch war überrascht von dem Ausdruck aufrichtiger Anteilnahme, den er auf Carlas Gesicht wahrnahm und fühlte sich eingeschlossen.

»Du bist ein außergewöhnliches Mädchen, Carla«, sagte er gerührt. Es hätte nicht viel gefehlt, und er hätte die Hand gehoben, um über ihre Wange zu streichen. »Du hast einen wachen Verstand und eine große Begabung. Ich bin sicher, du wirst viel in deinem Leben erreichen.«

Carla freute sich. Der Verlauf, den das Gespräch nun nahm, behagte ihr. Sie wurde mutiger. »Aber es liegt doch auch noch so viel von Eurem Leben vor Euch. Ihr seid kaum fünfunddreißig Jahre alt.«

Doppelt so alt wie du, dachte Lucas Cranach, ohne recht zu wissen warum, und seufzte. »Im Augenblick aber ist alles trübe.« Er rieb sich die Augen, und sie verstand, dass er wahrhaftig um Barbara trauerte.

Carla hatte keine Ahnung, ob die Cranachs eine gute Ehe geführt hatten, oder nicht. Sie hätte nicht einmal sagen können, was denn zu einer guten Ehe gehörte. Aber sie verstand, dass Lucas Cranach noch eine Weile brauchen würde, bis er sich von dem Verlust erholt hatte. Und anders als ihr Vater Thilmann würde er eines Tages wieder auf Brautschau gehen. Bis dahin musste sie ihre Position gefestigt haben.

»Wenn ich Euch irgendwie helfen kann?«, bot sie sich an. »Vielleicht Korrespondenz? Ich habe eine gute Handschrift. Oder wenn die Kinder etwas brauchen?«

Lucas war ergriffen. Wie offen und unverstellt sie doch war! »Nein«, sagte er. »Ich danke dir, aber es ist für alles gesorgt.« Und doch wusste er, dass sein Bett sich in kurzer Zeit leer und kalt anfühlen würde. Er wusste aber auch, dass Carla Weber die denkbar ungeeignetste Lösung für dieses Problem darstellen würde.

»Es ist für alles gesorgt«, wiederholte er daher, nicht ohne ein leises Bedauern zu verspüren.

In den folgenden Tagen und Wochen verbrachten Carla und Lucas wieder ihr gewohntes Maß an Zeit miteinander. Lucas ließ sie unermüdlich Perspektiven zeichnen, bis sie es vollkommen leid war. Immer wieder zeigte er ihr, wie sie das Blatt in ein Raster einteilen sollte, in dem schräge Linien auf einen einzigen Punkt hin zuliefen. An diesen Linien sollte sie sich orientieren, um die Gegenstände in der richtigen Größe und an die richtige Stelle zu setzen.

Der Vorteil, den diese mühseligen Übungen hatten, war, dass sie häufig zusammen Ausflüge in die Umgebung unternahmen. Als im April die Sonne wärmer schien und das erste zarte Grün die Bäume schmückte, nahm Lucas Carla an verschiedene Orte mit, die alle eines gemeinsam hatten: Sie hatten eine wunderbare Aussicht. Während Lucas las oder selbst malte, zog Carla ihr Raster und begann, die Ansichten mit Kreide auf Pergament zu bannen. Hätte nicht die Theres mit einer Handarbeit neben ihr gesessen, um über ihre Tugend zu wachen, es wäre der Himmel auf Erden gewesen.

Der Einzige, der begann, misstrauisch zu werden, war Max. Er wäre von alleine nie darauf gekommen, in Carlas Umgang mit Lucas Cranach etwas anderes zu sehen als den Respekt einer Schülerin gegenüber ihrem Lehrer. Auch die gemeinsamen Frühlingsausflüge wunderten ihn nicht. Was ihn letztendlich stutzig machte, war Carlas Blick, als sie sich in seiner Gegenwart nach einer Fahrt an die Elbe von Lucas verabschiedete. Ihre Augen leuchteten warm, und ihr Lächeln war einfach wundervoll. Nie hatte sie ihn so angelächelt. Ein Blick auf Cranach bestätigte ihm, dass der ältere Mann die Schwärmerei seiner Schülerin in vollen Zügen genoss. Es mochte rein und unschuldig sein, aber Max spürte in diesem Moment, dass Carla für ihn unerreichbar war, solange Lucas Cranach im Weg stand. Der Erste, dem gegenüber er Andeutungen auf sein Unbehagen fallen ließ, war Markus.

»Ich habe nichts dagegen, dass euer Vater Carla viele Freiheiten lässt. Aber muss all diese Zeit mit Cranach sein? Ist das nicht unschicklich? Ich meine, er ist immerhin kein verheirateter Mann mehr.«

»Du meinst, es wäre schicklicher, wenn er noch verheiratet wäre?«, machte sich Markus über ihn lustig. Er war auf dem Weg in die Praxis von Doktor Melchior Bessermann, einem eigensinnigen, aber angesehenen Arzt in Wittenberg, dem er bei der Behandlung seiner Patienten assistierte. Markus war begierig darauf zu lernen, denn zwischen Theorie und Praxis lagen Welten. Das wusste er nicht erst seit Mühlberg.

»Nein«, wehrte Max ab, als er merkte, dass Markus seinen Einwand überhaupt nicht ernst nahm. »Aber Carla sollte auf ihren Ruf achten. Es könnte Gerede geben, an dem auch Lucas Cranach nicht besonders interessiert sein dürfte.«

»Ach was«, sagte Markus und machte eine wegwerfende Handbewegung. »Die Theres ist doch immer bei ihnen. Und Cranach wird schon auf das Geschwätz in der Stadt Acht geben.«

»Aber jetzt, wo seine Frau tot ist«, versuchte Max ein weiteres Mal, Markus auf seine Seite zu ziehen.

»Lucas fürchtet vielmehr den Ärger, den er bekommen könnte, weil er ein Mädchen in der Malerei unterrichtet«, erwiderte dieser. »Noch mucken die Zünfte nicht auf und lassen dem alten Meister sein Steckenpferd.«

»*Steckenpferd* nennst du sie also«, Max' Stimme klang bockig. »Ich nenne sie immer noch deine Schwester.«

»Du bist ja nur eifersüchtig, weil Carla keine Zeit mehr für dich hat«, stellte Markus fest. »Aber da wird dir niemand helfen können. Sie hat ihren eigenen Kopf und ist damit störrischer als zehn Esel. Die Malerei ist nun einmal ihr Leben, und ich kann sie gut verstehen. Ich wollte auch nicht ohne meinen Beruf sein.«

Max sah auf seine Stiefelspitzen. Er hatte nach seinem Studium eine Stelle bei einem Advokaten angetreten und langweilte sich entsetzlich in dessen Schreibstube.

»Lassen wir ihr doch die Freude, solange sie es noch genießen kann.« Sie waren angekommen, und Markus öffnete das Gartentürchen zu Doktor Bessermanns Häuschen.

»Wie meinst du das?«

»Solange Carla nicht offiziell in der Werkstatt arbeitet oder Bilder verkauft, halten die Zünfte still. Sollte sich daran etwas ändern, werden sie aufbegehren.« Markus sah Max schulterzuckend an. »Verstehst du? Der ganze Spuk hat ohnehin bald ein Ende.«

Damit verabschiedete er sich von seinem Freund und wandte sich der Praxis zu, um Menschen zu behandeln, die seiner Meinung nach ernsthafte Probleme hatten.

Max sah ihm nachdenklich hinterher. »So siehst du das also«, murmelte er vor sich hin. »Nun, ich werde es jedenfalls nicht auf die leichte Schulter nehmen.«

Damit machte er sich missmutig auf den Weg in die Lange Gasse, um den schönen Tag in dem halbdunklen Skriptorium des Advokaten zu verbringen. Womit hatte er das nur verdient?

Nachdem Markus ins Haus getreten war, lehnte er sich für einen Moment an die geschlossene Tür. Max hatte recht. Ihr Vater ließ Carla in dieser Angelegenheit zu viel Freiheit. Er war blind vor Stolz auf das Talent seiner Tochter und ihren berühmten Lehrmeister. Und er verehrte den jüngeren Cranach so sehr, dass er ihn nie einer schlechten Tat für fähig halten würde. Es war also an ihm, Markus, seiner Schwester das Bild einer Zukunft aufzuzeigen, die sie für sich selbst besser vermeiden sollte. Und er wusste auch schon wie …

Das Hausmädchen Theres war ein schläfriges Wesen. Vor allem, wenn sie gut gegessen hatte, fielen ihr erst die Augen zu und dann das Kinn herab. Also achtete Carla tunlichst darauf, dass die Magd bei ihren Ausflügen dem Picknickkorb kräftig zusprach. Bei einem der nächsten Streifzüge mit Lucas überredete sie Theres sogar zu einem Schluck Wein, den sie extra zu diesem Zweck eingepackt hatte. Und er tat seine Wirkung. Theres schnarchte, dass die Kirschblüten zitterten, und Carla konnte sich, in einiger Entfernung wohlgemerkt, ungestört mit Lucas Cranach unterhalten.

»Habt Ihr Nachricht von Eurem Vater bekommen?«, fragte sie ihn so beiläufig wie möglich. Sie hatte beschlossen, mehr Anteil an Lucas' Leben zu nehmen, und wollte nicht immer nur über Malerei mit ihm sprechen.

Er nickte. »In dieser Woche kam tatsächlich ein Brief. Der Kaiser weilt mit seinem Gefolge noch immer in Augsburg. Sie halten dort einen Reichstag ab.«

»Worum geht es?«

»Karl V. erhebt wieder den Gemeinen Pfennig. Sie sind recht fleißig, dieses Mal. Er verlangt heuer, dass alle Zigeuner das Land innerhalb von drei Monaten verlassen sollen. Außerdem setzt er die Todesstrafe auf das Fälschen von Safran aus. Und es wird eine neue Münze geben«, fügte er hinzu, »den Kreuzer. Vier Pfennige sind ein Kreuzer und sechzig Kreuzer ein Gulden.«

Carla überlegte kurz. »Bis auf den Steuerpfennig sind das nicht wirklich die Probleme des Volkes, oder täusche ich mich?«

Lucas lachte auf. »Nein, ich glaube auch nicht, dass die Bauern ihre Milchsuppe mit Safran würzen. Meinethalben können die Händler den Adel ruhig um ein paar der neuen Kreuzer erleichtern, indem sie den Safran mit Färberdistel strecken. Mir ist er eh zu bitter.«

»Was schreibt Euer Vater noch?«

»Er war sehr ungehalten, denn der Kaiser hat sich zu Pferde malen lassen. Als herausragender Sieger der Schlacht bei Mühlberg. Von Tizian höchstpersönlich. Er hat somit den Fürsten und meinen Vater über die Kunst auf ihre Ränge verwiesen.«

»Aber das kann doch nicht alles sein«, hakte Carla nach, der es behagte, dass Lucas mit ihr über derartig wichtige Themen sprach. Wie gerne wäre sie bei einem solchen Reichstag zugegen! Sie würde aufmerksam dem Kaiser und den Fürsten lauschen, wie sie die Geschicke des Reiches lenkten. »Was wird auf einem Reichstag noch besprochen?«

Lucas Cranach lächelte müde. »Reformation und Gegenreformation«, sagte er. »Damit werden sie sich wohl noch eine Weile beschäftigen.«

»Aber der Schmalkaldische Bund hat den Krieg doch

verloren.« Carla presste die Lippen zusammen; Peter war dafür gestorben.

»Der Krieg hat einigen protestantischen Fürsten dazu gedient, ihre Besitztümer und Titel neu zu ordnen«, sagte Lucas Cranach. »Erst jetzt geht es wirklich um die Religion. Das Augsburger Interim war nur ein Zwischenspiel, auch wenn der Kaiser gedacht hatte, mit diesen sechsundzwanzig Artikeln beide Seiten zu befrieden, bis ein Konzil entscheidet.« Er seufzte. »Stattdessen waren beide Seiten beleidigt, was meiner Meinung nach nur beweist, wie ähnlich sich Protestanten und Katholiken letztendlich sind. Heute, keine zwei Jahre später, sitzen dem Kaiser seine ehemaligen Verbündeten schon frech gegenüber. Vorneweg Moritz von Sachsen.«

»Der Verräter!«, entfuhr es Carla.

Lucas sah sie interessiert an. »Ja, der Verräter. Jetzt setzt er sich wieder für die Rechte der Protestanten ein und dafür, dass Philipp von Hessen aus den Niederlanden zurückkehren darf.«

»Der Bigamist«, schimpfte Carla weiter.

»Na, du hast ja eine feine Meinung von den erlauchten Fürsten.«

»Ist es etwa nicht wahr?«

»Doch, doch«, gab Lucas zu. »Philipp ist zu Lebzeiten seiner Frau eine Ehe zur linken Hand mit seiner siebzehnjährigen Geliebten Margarethe von der Saale eingegangen. Melanchthon war bei der Vermählung dabei.«

Carla spitzte die Ohren. Sie selbst war ebenfalls siebzehn und kein Kind mehr. Aber sie wusste auch, dass eine solche Ehe nur einer Frau von niedrigerem Stand angeboten wurde. Einer nicht ebenbürtigen Zweitfrau. Wie demütigend!

»Es ist eine Schande, die Herkunft einer Frau so auszunutzen«, empörte sie sich.

»Nun«, meinte Lucas, »Fürstenehen sind politische Entscheidungen. Da kommt das Herz meistens zu kurz.«

»Und diese Margarethe liebt er?«

»Ich nehme es an. Sie haben jedenfalls neun Kinder.«

»Und seine Frau?«

»Christine von Sachsen? Sie hatte Philipp seit seinem Abschied zu den Schmalkalden nicht mehr gesehen; sie starb im vergangenen Jahr.« Er hielt kurz inne und lächelte bedeutungsvoll. »Übrigens haben sie zehn Kinder miteinander gezeugt.«

»Das mag tröstlich für Christine gewesen sein«, gab sie zu. »Aber was hatte sie schon davon außer lebenslang einen dicken Bauch?«

»Nun, die älteste Tochter ist immerhin mit Moritz von Sachsen verheiratet. Mit ein Grund, warum er sich jetzt so beim Kaiser für Philipps Freilassung einsetzt.«

»Davon hat Christine auch nichts mehr.«

»Aber Margarethe.« Lucas Cranach prüfte einen Apfel von allen Seiten und biss hinein. Dann ließ er sich auf einer sonnenbeschienenen Bank nieder und lehnte sich behaglich zurück. »Für uns in Wittenberg ist das aus einem ganz anderen Grund spannend. Wenn sie Philipp laufen lassen, wird wohl auch Johann Friedrich zurückkehren.«

Carla hatte nun genug vom Geschichtsunterricht. Sie interessierte sich für etwas ganz anderes.

»Welche von beiden hatte den besseren Stand?«, fragte sie unvermittelt.

Lucas Cranach hielt im Kauen inne und sah sie verwundert an.

»Christine oder Margarethe? Die Ehefrau oder die Geliebte?« Sie sah ihm in die Augen. »Welche Rollen würdet Ihr einnehmen wollen?«

»Bei Männern spielt das doch gar keine Rolle«, wehrte Lucas etwas zu heftig ab. »Was für ein Unsinn!«

Er biss noch einmal in den Apfel und schüttelte den Kopf. »Eine solche Frage kann nur eine Frau stellen.«

»Natürlich. Männer denken über so etwas ja bekanntlich nicht nach.« Carla nahm sich ebenfalls einen Apfel und ließ sich neben Lucas auf der Bank nieder. »Aber Ihr schuldet mir noch eine Antwort.«

Lucas sah nachdenklich über die Wiese, über die der leichte Wind weiße Kirschblütenblätter wehte.

»Schwer zu sagen«, gab er schließlich zu. »Ich denke, die Ehefrau ist versorgt und anerkannt. Sie hatte alle Rechte. Aber die Geliebte verfügt über mehr Einfluss. Jeder wird sich an sie wenden und ihr schmeicheln, wenn er etwas vom Fürsten will. Sie hat also die Macht.«

»Aber sie kann sie auch wieder verlieren«, ergänzte Carla.

»Stimmt. Die Rechte der Ehefrau werden erst durch den Tod beendet.«

»Aber der Mann kann seine Geliebte doch heiraten. Sogar, wenn er schon verheiratet ist.« Carla sah Lucas von der Seite an.

»Die wenigsten tun das.«

»Warum?«

»Weil sie dann nicht mehr seine Geliebte ist, sondern seine Ehefrau wird.«

»Kann sie nicht beides sein?«, fragte Carla.

»Mir fällt kein Beispiel ein.«

»Es muss welche geben. Glauben Männer denn nicht an die wahre Liebe?«

»Oh doch«, sagte Lucas und lachte auf. »Aber nicht daran, dass sie so lange dauert, wie Frauen meinen.«

»War es bei Euch und Barbara eine Liebesheirat?« Die Frage war ihr entschlüpft, bevor sie darüber nachgedacht hatte.

»Sie war eine gute Frau«, kam es direkt zurück. Doch dann verschloss sich Lucas' Miene, und Carla befürchtete, zu weit gegangen zu sein. Dennoch nahm sie ihren Mut noch einmal zusammen. Sie musste sich jetzt nur noch ein wenig weiter vorwagen.

»Das habe ich nicht gefragt.«

»Du nimmst dir zu viel heraus, Kind.«

»Ich bin kein Kind mehr.«

Er sah sie lange an. »Das stimmt, du bist fürwahr kein Kind mehr.« Und sein Blick glitt über ihr Gesicht, ihren Hals und den Ansatz der Brust, die ihr züchtiger Ausschnitt wohl verbarg. Er sah das Leuchten ihrer Augen und das Blitzen ihrer Zähne und spürte die Verlockung, die von ihrem warmen Körper ausging.

»Barbara war die Tochter von Gregor Brück«, sagte er. »Einem unserer Kanzler.«

»War sie wichtig?«

»Ihr Vater war wichtig. *Sie* war eine gute Frau.«

Carla lehnte sich zurück und sah Lucas von unten herauf an. »Ich bin die Tochter eines Malers.« Ihre Stimme klang ein wenig kokett.

Lucas wandte sich ihr zu und legte den Arm auf die Lehne der Bank. Wie zufällig berührte seine Hand ihren Arm.

»Du bist selbst Malerin.« Seine Stimme hatte einen anderen Ton angenommen, und Carla wusste nicht, was sie mehr berührte. Das Lob oder die Verheißung. Sie zwang sich, ihm fest in die Augen zu blicken, obwohl sie am liebsten fortgerannt wäre. Sie spürte ihren flatternden Puls in der Halsbeuge und versuchte, ruhig zu atmen.

»Das ist nicht wirklich schicklich für mich.«

»Wer sagt das?« Lucas beugte sich vor.

»Alle. Zumindest denken sie es.«

»Es gibt viele Dinge, die nicht schicklich sind. Meistens sind es aber die besten Dinge, die das Leben zu bieten hat.«

»An was denkt Ihr noch?«

»An das zum Beispiel.« Lucas beugte sich die letzte Spanne zu ihr herüber und küsste sie auf den Mund. Warm lagen seine Lippen auf ihren, fest legte sich sein Arm um ihre Schultern und hielt sie umfangen. Die andere Hand legte sich um ihre Taille, knapp unter der Brust. Als er spürte, wie ihre Lippen weich und nachgiebig wurden, glitt diese Hand langsam nach oben, und Carla überließ sich seiner Erfahrung mit einer Mischung aus Verzücken, Neugierde und Triumph. Endlich, dachte sie. Endlich liebt er mich.

Als Theres schließlich mit einem letzten Schnarcher erwachte, saß Carla wieder brav an ihrer Staffelei, während Lucas Cranach ein Stück weiter auf der Wiese zwischen den Bäumen spazierte. Dass Carla nicht einen Pinselstrich an ihrem Bild gearbeitet hatte, fiel der tumben Magd nicht weiter auf. Alles, was sie interessierte, war nun ein Krug frisches Wasser. Sie verspürte einen unglaublichen Durst.

Lange vor Sonnenuntergang waren sie wieder in der Stadt.

Kapitel 12

Carla? Carla, wach auf!«

Jemand rüttelte an ihrem Arm und gab auch nicht auf, als Carla im Halbschlaf nach ihm schlug.

»Carla! Reiß dich jetzt zusammen. Ich brauche dich!«

Mühsam öffnete sie ein wenig die Augen. Im flackernden Licht einer einzelnen Kerze erkannte sie ihren Bruder, der dabei war, ihr die Decke wegzuziehen.

»Was um alles in der Welt willst du mitten in der Nacht von mir?«, brummte sie ärgerlich und wollte sich wieder einrollen.

»Komm schon, Schwester. Ich brauche dich.«

»Wozu um Himmels willen?«

»Erkläre ich dir später. Bitte komm jetzt, wir haben keine Zeit mehr zu verlieren.«

Mit einem langen Seufzer setzte Carla sich auf und schwang die Beine über die Bettkante. Wenn er so eindringlich ihr Aufstehen verlangte, musste es wirklich wichtig sein. Sie spritzte sich etwas kaltes Wasser aus ihrer Waschschüssel ins Gesicht, zog ein einfaches Kleid über und schlang sich ein Tuch um Kopf und Schultern. Dann folgte sie ihrem Bruder hinaus auf die nächtlichen Gassen von Wittenberg.

Carla schätzte, dass es weit nach Mitternacht war. Kein Mensch war auf den Straßen zu sehen, von der Nachtwache fehlte jede Spur. Dennoch hielt Markus sich im Schatten der Häuser. Er wollte offensichtlich nicht gesehen oder erkannt werden, und Carla hatte es aufgegeben, ihm Fragen zu stellen. Sie liefen durch Gassen und in Winkel, die Carla nicht einmal bei Tag betreten hätte. Selbst als Karl war sie nie hier gewesen. Die Gegend wurde ärmlicher, die Häuser waren kleiner, windschief und einfach gezimmert. Sie war überrascht, als Markus jetzt vor einem der Häuser stehen blieb und rhythmisch an die Tür klopfte. Nur kurz darauf wurde ihnen geöffnet.

Carla blieb der Mund offen stehen, als sie die bunt gekleidete Frau sah, deren Busen üppig über dem Mieder herausquoll und nur von einem Schleier bedeckt war. Die Augenschminke aus Kohle war verlaufen und das aufgetragene Koschenillerot der Lippen über deren Konturen hinaus verschmiert. Waren sie etwa in einem Freudenhaus gelandet?

»Wird auch Zeit«, brummte sie mit einer kehligen Stimme. Carla entdeckte große Zahnlücken, durch eine von ihnen schob sich die Frau jetzt den Holm einer Pfeife. »Macht's nicht mehr lange, die Kleine.«

Markus fluchte und rannte die Treppe hinauf, wobei er zwei Stiegen auf einmal nahm. Carla hatte Mühe, ihm so schnell zu folgen, da sie von der Umgebung zu sehr abgelenkt war. Das gesamte untere Geschoss schien aus einem einzigen großen Raum zu bestehen, der Sitz- und Liegegelegenheiten in jeder erdenklichen Form bot. Bunte abgenutzte Brokatkissen, von denen viele einmal bessere Boudoirs geschmückt haben mochten, waren teils drapiert, teils wahllos im Raum verteilt. In einer Ecke ragte ein Paar Soldatenstiefel hervor, während ihr gesichtsloser Träger unter der Decke schnarchte.

Als Carla an einer Wand eine Tapisserie von imposanter Größe entdeckte, blieb ihr vor Staunen der Mund offen stehen. Die Arbeit war fein, das konnte sie sofort erkennen. Kleinteilige Flächen, aufwendige Nuancierungen, glatte

Übergänge. Hier waren Meister am Werk gewesen. Das dargestellte Motiv trieb ihr allerdings die Schamesröte ins Gesicht. Vier nackte Frauen wurden dort auf verschiedenste Weisen von gleich mehreren Männern beglückt. Carla starrte verblüfft auf die Abbildungen. Das war etwas ganz anderes als das, was sie vor wenigen Tagen auf der Kirschwiese kennengelernt hatte.

Die Hure war ihrem Blick gefolgt und stieß sie jovial in die Seite. »Na, Püppchen«, sagte sie, »neugierig? Das sind noch lange nicht alle Möglichkeiten.«

Carla schluckte und rang um Fassung. »Auf jeden Fall ist es eine ausgezeichnete Webarbeit«, brachte sie hervor. »Und wohl ein Vermögen wert.«

»Ah«, machte die Frau, »davon verstehst du also was. Willst du das andere auch lernen? Oder warum hat der junge Doktor dich hergeschleppt?«

Das wollte Carla auch gerne wissen. Ihr Bruder hatte sie mitten in der Nacht in ein Bordell gebracht und war mit großen Sprüngen nach oben verschwunden.

»Ist er dein Liebster?«, fragte eine andere Stimme neugierig. Jetzt erst bemerkte Carla zwei weitere Frauen, die gemeinsam auf einem der Sofas lagen. Unbekleidet, wie Carla zu ihrem Entsetzen feststellte.

»Er ist mein Bruder«, gab Carla zurück.

»Ah«, machte das Mädchen, und es klang übertrieben sachlich. »Natürlich.«

Die beiden Frauen auf dem Sofa brachen in kreischendes Gelächter aus. Auch die Hure, die neben Carla stand, konnte nicht mehr an sich halten.

»Ihr Bruder«, wiederholte sie gackernd. »Das hätte ich nicht von unserem kleinen Doktor erwartet. Hier gibt es doch genug hübsche Schwestern für ihn.«

Carla sah ein, dass sie keine weiteren Antworten auf ihre Fragen erhalten würde. Sie wandte sich ab und folgte Markus die Treppe hinauf. Auf halbem Weg hörte sie ihn bereits nach ihr rufen.

»Carla!« Er klang ärgerlich. »Wo bleibst du denn?«

Eilig lief sie die restlichen Stufen hinauf und folgte seiner Stimme zu einer halb offenen Tür. Sie trat in eine winzige Mansarde und spürte, wie ihre Beine unter ihr nachzugeben drohten. Auf dem schmalen Bett lag ein engelsgleiches Mädchen in einer Lache aus dunkelrotem Blut. Auf dem Boden zwischen ihren Beinen kniete Markus. Seine Hände waren ebenfalls rot von Blut, ebenso wie die Tücher und Lappen. In den Schüsseln um ihn herum sah Carla rotes Wasser. Seltsame Instrumente lagen unwirklich blank neben ihm auf einem ehemals weißen Tuch. Markus hantierte hektisch mit ihnen.

»Was … was tust du da?«, brachte Carla endlich heraus.

»Ich versuche, ihr Leben zu retten«, antwortete Markus mit zusammengebissenen Zähnen. »Was meinst du denn?«

Carla war am Türrahmen stehen geblieben und starrte auf die sich ihr darbietende Szenerie. Das konnte doch nicht wirklich vor ihren Augen geschehen! War das alles nur ein unschöner Traum?

»Carla, geh nach unten und sieh nach, wo dieses Frauenzimmer mit dem heißen Wasser bleibt.« Markus' Gesicht war grimmig. »Sie hat dem armen Mädchen fast das Leben genommen. Es würde mich nicht wundern, wenn sie sich davongemacht hätte.«

Carla stolperte aus dem Zimmer und die Treppe hinunter. Was um alles in der Welt ging hier vor?, fragte sie sich, obwohl sie es in ihrem Innersten bereits ahnte. Am Fuß der Treppe blieb sie verwirrt stehen.

»Schon fertig?«, fragte eine der Nackten, die noch immer schläfrig beieinander auf dem Sofa lagen.

»Die Küche?«, fragte Carla barsch.

Die Hure hob erstaunt die Brauen.

»Wo ist die Küche?«

Eine weiße Hand wies matt in Richtung eines Vorhanges. Carla schob ihn beiseite und fand eine Tür. Dahinter war eine erstaunlich geräumige Küche, die verlassen schien. Ein Feuer brannte jedoch im Herd, und irgendjemand hatte zumindest einen Kessel Wasser aufgesetzt. Carla hob den Deckel und wartete noch wenige Augenblicke, bis das Wasser ordentlich kochte. Dann schleppte sie das Wasser hinauf in das Mansardenzimmer.

Markus nickte ihr zu. »Kipp das aus dem Fenster und fülle frisches Wasser hinein.« Er zeigte auf die beiden Schüsseln, während er Wolle und Gaze um eine schmale Zange wickelte. »Aber behalte etwas zurück und wische ihr die Stirn ab. Du kannst ihre Hand halten und mit ihr sprechen. Es ist wichtig, dass sie das Bewusstsein nicht verliert.«

Carla warf einen Blick auf das wächserne Gesicht und fragte sich, ob es dafür nicht schon zu spät war. Dann wechselte sie das Wasser und reinigte die Instrumente, die Markus gerade nicht brauchte. Dabei vermied sie sorgsam, einen Blick in Richtung des Mädchens zu werfen, und zu der Schüssel, die sie auf der anderen Seite des Bettes erspäht hatte. Ein blutgetränktes Tuch verdeckte ihren Inhalt.

Sie nahm die Hand des Mädchens, die entsetzlich kalt war, und streichelte sie mechanisch. Mit der anderen wischte sie die Schweißperlen von der ebenfalls kühlen Stirn und betrachtete das stille Gesicht. Sie war jung, jünger als sie selbst. Und wunderschön. Wie schwarze Bögen zogen sich feine Brauen über die geschlossenen Augen. Die Lippen waren noch immer rot, obwohl sie mehr und mehr Blut verlor. Carla hielt die Hand vor Mund und Nase und suchte nach dem Atem, den sie flatternd und unregelmäßig zu spüren glaubte. Aber sie erkannte, was Markus noch nicht zuzugeben bereit war. Das Mädchen würde den Morgen nicht mehr erleben.

»Weißt du, wer sie ist?«, fragte sie.

»Ihr Name ist Marie.«

»Sie ist so jung.«

»Sie ist fünfzehn.«

Carla schluckte. Sie legte die Hand auf Maries Halsbeuge und suchte ihren Puls. Plötzlich erinnerte sie sich daran, dass Lucas sie eben an dieser Stelle geküsst hatte, und wie herrlich es sich angefühlt hatte. Jetzt war da nichts. Maries Hals war kühl und unbewegt. Carla warf einen ängstlichen Blick auf Markus, der jetzt ebenfalls seine Hand an ihren Hals legte. Dann fühlte er prüfend den Puls an ihrem Handgelenk. An beiden Stellen hinterließen seine Finger blutige Male auf der weißen Haut. Schließlich hielt er eine kleine Glasscheibe vor ihr Gesicht. Die Scheibe blieb klar.

Markus stieß einen Fluch aus und warf die Zange auf den Boden. Erschöpft und enttäuscht setzte er sich auf den Boden und lehnte sich gegen die Wand. Er fuhr sich mit den blutigen Händen über das Gesicht und durchs Haar. Sein Blick traf den seiner Schwester, die erschrocken war über all die Verzweiflung, Wut und Ohnmacht, die sie darin las.

»Sie ist tot«, murmelte er.

Eine Ewigkeit später saßen sie in der Weber'schen Küche. Carla hatte Feuer gemacht und einen Tee aufgesetzt, den sie von der alten Marthe bekommen hatte, und schenkte

Markus und sich eine Tasse ein. Sie warf einen Blick aus dem Fenster und wusste, dass es bald dämmern würde. Die Frühlingstage wurden länger, und bald würde es Sommer sein. Aber nicht für Marie. Carla setzte sich ihrem Bruder gegenüber.

»Erzähle mir ihre Geschichte«, forderte sie ihn auf.

Erstaunt sah er auf. Der Tee dampfte unberührt vor ihm.

»Das ist es doch, was du wolltest, oder? Dass ich ihre Geschichte erfahre.«

Markus wandte den Blick ab. Seine Finger schlossen sich um den Becher.

»Du hättest die Huren bitten können, dir zu helfen«, sagte Carla.

»Die sind zu dumm oder zu betrunken«, murmelte Markus. »Oder es kümmert sie einfach nicht.« Er nahm einen Schluck. »Vielleicht wollen sie einem Mädchen wie Marie es auch einfach ersparen zu überleben. Denn sie wissen, welches Schicksal dann auf sie warten würde.«

»Was ist passiert?«

»Die Engelmacherin hatte offenbar keinen guten Tag. Sie hat gepfuscht.«

»Marie war schwanger?«

Markus nickte. »Diese dummen Weiber. Hätten sie mich früher gerufen, dann würde sie noch leben.«

Carla fragte sich einen Moment wofür. Für das Schicksal, das Markus eben noch erwähnt hatte?

»Kein ehrenwerter Arzt würde eine Hure behandeln«, sagte Markus. »Oder ein ungewollt schwangeres Mädchen. Es sei denn, ihre Familie ist reich und kann seine Dienste und sein Schweigen entsprechend belohnen.«

»Und Marie war arm.«

Markus lachte bitter auf. »Nicht richtig arm, nein. Aber

ihre Familie hat sie für ihren Fehltritt verstoßen. Sie würden keinen Pfennig für sie ausgeben. Sie sind der Meinung, dass sie dort im Freudenhaus gerade richtig aufgehoben wäre.«

»Und die Huren?«

»Schicken ein ahnungsloses Weib zu ihr, das sie tötet. Das ist barbarisch.«

Carla spürte, dass hinter Markus' Wut mehr steckte als nur die Vorkommnisse dieser einen Nacht. »Was weißt du über sie?«

»Über Marie? Nichts.«

Carla runzelte die Stirn. »Aber wieso kannst du all meine Fragen zu ihrer Herkunft beantworten?«

Markus lachte bitter auf. »Weil es immer die gleiche Geschichte ist«, sagte er. »Es macht keinen Unterschied, ob das Mädchen, das da in seinem Blut liegt, Marie, Marianne oder Magdalena heißt. Es ist immer die gleiche Geschichte.« Er biss die Zähne aufeinander. »Sie sind jung, sie sind schön. Und sie kommen aus Familien, die nicht genug auf sie Acht geben.«

Markus trank von seinem Tee. Dann sah er nachdenklich auf die dampfende Oberfläche. »Und es ist fast nie ihr Liebster, der sie in diese schreckliche Situation bringt. Es ist meist ein alter, reicher Mann, der ihr den gesellschaftlichen Aufstieg in greifbare Nähe rückt, der ihr Seide und Schmuck verspricht. Und vielleicht sogar die Ehe. Aber letztendlich ist alles, was er will, ihr junger Leib. Bis er sich zu wölben beginnt. Dann nämlich lässt er sie fallen.«

Carla schluckte. Sie fühlte sich seltsam betroffen. »Aber wenn die Mädchen wirklich verliebt sind?«

Markus sah seine Schwester aufmerksam an. »Einige wenige von ihnen mögen es sein«, sagte er. »Aber das macht es für sie nur noch schlimmer.«

Carla senkte den Blick, sie wollte nichts mehr darüber hören. »Warum haben sie denn doch nach dir geschickt?«

»Bessermann behandelt die Huren schon länger. Er nimmt nur einen mageren Lohn von den Mädchen, nicht mehr, als irgendwelche Quacksalber oder Kräuterweiblein nehmen würden.«

»Und warum rufen sie ihn dann nicht gleich? Warum lassen sie erst ein unfähiges Weib an sie heran?«

Markus rieb sich die Augen. »Wenn ich das wüsste. Wahrscheinlich vertrauen sie einer Frau mehr. Vielleicht erpresst sie die Huren auch, damit sie uns nicht statt ihrer rufen. Wenn bekannt wird, dass die Huren ihre ungeborenen Kinder töten, werden sie im besten Fall aus der Stadt gejagt.«

»Aber das wissen doch alle«, sagte Carla erstaunt.

Markus lächelte sie matt an. »Ich sagte ja auch, wenn es bekannt wird. Wenn es einer öffentlich ausspricht. Dann geht sie los, die Hetzjagd. Und die eifrigsten Freier werden ihre eifrigsten Verfolger.«

»So wie der alten Marthe nachgestellt wurde«, überlegte Carla. Zuerst waren die Frauen heimlich um Rat gekommen und hatten sich aus der Hand lesen lassen. Dann hatten sie die alte Frau aus der Stadt gejagt. Jetzt kamen sie sie wieder besuchen.

»Die alte Marthe krümmt nicht einen Finger für die Huren«, sagte Markus. »Und ich kann es ihr nicht verargen. Sie ist immer in Gefahr, dass eine vom Liebestrank enttäuschte Bürgerin oder ein Kaufmann, dessen Haar nun doch nicht nachwachsen will, sie als Hexe anzeigt. Sie würde ihre Kundschaft sofort verlieren, wenn bekannt würde, dass sie sich mit den Huren einlässt. Außerdem ist ihr Weg in die Stadt zu weit, und nachts sind die Stadttore geschlossen.« Er trank noch einen Schluck Tee. »Und es ist fast immer Nacht, wenn die Huren Hilfe brauchen. Ein prügelnder Freier, ein heimlicher Schwangerschaftsabbruch. Das alles geschieht nicht zur Mittagsstunde.«

»Aber Marthe …«

»Lass gut sein.« Markus legte seine vom Becher gewärmte Hand auf Carlas. »Ich weiß, welche Stücke du auf sie hältst. Sie versorgt Bessermann mit Kräutern und Arzneipflanzen, mehr kann sie nicht tun. Und sie tut gut daran.«

Carla schwieg. So viele Gedanken gingen ihr durch den Kopf. »Ist das der Grund, warum du zu Bessermann in die Praxis gegangen bist?«

Markus nickte. »Der Doktor wird alt. Und ich möchte mein Wissen einsetzen, um den Unschuldigen zu helfen«, sagte er. »Jenen, die nur durch die Umstände in ihr Leid geraten sind.«

»Wie in Mühlberg.«

Markus schwieg. Aber Carla ahnte, dass sie richtig vermutete. Peters Tod hatte auch Markus verändert.

»Wie oft rufen sie dich?«

»Nicht oft genug. Und meistens zu spät.« Markus rieb sich müde die Augen. »Aber sie werden es häufiger tun. Das hoffe ich zumindest.«

Carla sah ihn aufmerksam an. »Würdest du …«, begann sie zögernd, »würdest du ein Kind wegmachen?«

Markus erwiderte ruhig ihren Blick. »Womöglich.«

Carla schwieg erschrocken. Wenn man die Antwort nicht vertragen kann, sollte man nicht fragen, dachte sie. Wie oft hatte ihre Mutter ihr das früher gesagt. Ihre schöne, kluge Mutter. Wie sehr fehlte sie ihr nun!

Carla seufzte. Die Nacht war lang gewesen, sie fühlte Müdigkeit. Plötzlich waren Schritte im Gang zu hören, und Theres öffnete verschlafen die Tür zur Küche.

»Ja, da soll mich doch der Schlag treffen!«, entfuhr es ihr, als sie die Kinder des Malers am Tisch sitzen sah.

»Lieber nicht, Theres«, sagte Markus matt, während Carla den Kopf senkte. »Lieber nicht.«

»Aber was macht ihr in aller Herrgottsfrühe hier in der Küche?«, fragte die verdutzte Magd.

»Carla hatte Leibesschmerzen.« Carlas Kopf fuhr bei der Lüge ihres Bruders hoch. »Und ich habe ihr einen Tee gekocht.«

»Ah«, machte Theres und rührte sich noch immer nicht. »Ist es denn besser jetzt?«, fragte sie dann und sah Carla fürsorglich an. Die nickte unbeholfen.

»Vater wird bald herunterkommen«, sagte Markus. »Mach uns ein gutes Frühstück, Theres. Mit heißer Milch und Honig, ja?«

»Wird's denn dem Fräulein bekommen?«, fragte die Magd.

»Glaub mir, Theres. Es ist genau das, was sie jetzt braucht. Und danach etwas Bettruhe.«

»Jawohl, Herr Doktor«, stimmte Theres zu und wandte sich dem Herd zu, um das Feuer anzufachen. Sie schrie auf, hatte sie sich doch die Finger an der heißen Ofenklappe, hinter der das Feuer bereits lustig loderte, verbrannt.

»Da soll mich doch der Schlag treffen«, entfuhr es ihr schon zum zweiten Mal an diesem Morgen.

»Lieber nicht«, sagte Markus wieder und zog Carla mit sich zur Tür. »Wer soll denn sonst auf meine Schwester aufpassen, wenn sie wieder einen Ausflug mit dem Malermeister macht?«

Kapitel 13

Die Erlebnisse der Nacht, in der Marie gestorben war, hatten Carla tief berührt. Sie wurde das Gefühl nicht los, dass ihr Bruder sie nicht nur gerufen hatte, weil er eine Assistentin brauchte. Vielmehr ahnte sie, dass noch ganz andere Gedanken dahintersteckten.

Sie war besorgt.

Die Erlebnisse brachten Carla aber nicht von ihrer Liebe zu Lucas Cranach ab. Schon drei Tage später besuchte dieser sie zur gewohnten Zeit im Malerzimmer. Er zog sie an sich und küsste sie unter zärtlichen Worten. Dann setzte er sie jedoch auf den Tisch und schob schon ihre Röcke mit fordernden Bewegungen hoch. Der Zauber der Kirschwiese war einer Selbstverständlichkeit gewichen, die Carla nachdenklich machte.

Zwar wusste sie, dass Lucas sie liebte, denn er hatte es ihr versichert, als sie ihn danach fragte. Aber sie wusste auch, dass sie vorsichtig sein musste. Sie hatte Maries Bild deutlich vor Augen. So wandte sich Carla dorthin, wo sie sich Hilfe versprach. Sie besuchte die alte Marthe.

Die Kräuterfrau öffnete Carla fast in demselben Augenblick, in dem sie an die Tür klopfte. Sie sah dem Mädchen forschend ins Gesicht. »Ich habe dich schon erwartet, kleine Weberin«, sagte Marthe und bat Carla herein.

Die winzige Stube war auch jetzt bei strahlendem Sonnenschein nicht viel heller als im Winter, bei Carlas letztem

Besuch. Wieder brannte ein großes Feuer im Kamin. Die alte Marthe schwenkte den Wasserkessel darüber.

»Oh, lieber keinen Tee«, wehrte Carla ab. Die Erinnerung an ihren Kater und ihre Unterkühlung, die sie sich auf dem Heimweg zugezogen hatte, waren ihr nur zu bewusst.

Marthe lächelte verständig. Carla fiel auf, dass die alte Frau fast noch alle Zähne hatte, die ebenmäßig und weiß hervorstachen, und sie fragte sich, wie alt die Kräuterfrau wohl tatsächlich war.

»Keine Sorge«, sagte sie und kicherte. »Er wird dir nicht schaden.«

Carla stellte ihre beiden Körbe auf den Tisch. Sie hatte reichlich Geschenke und Gaben mitgebracht. Marthe warf einen kurzen neugierigen Blick hinein. Dann sah sie Carla herausfordernd an.

»Nun, was macht die Liebe?«, fragte sie geradeheraus.

Carla wurde rot. Sie war darauf gefasst gewesen, dass Marthe erst wieder nach all dem Klatsch in Wittenberg fragen würde. Dass sie sofort das Thema anschnitt, wegen dem sie gekommen war, verwirrte Carla.

»Willst du denn gar keine Neuigkeiten aus der Stadt wissen?«, fragte sie, um Zeit zu gewinnen.

Marthe winkte ab. »Du bist eine schlechte Erzählerin, Carla Weber. Man merkt dir an, dass dich die Geschichten einfach nicht selbst interessieren.« Sie drückte Carla einen Becher Tee in die Hand und setzte sie auf die Bank vor dem Feuer. »Außerdem war vorgestern erst die Frau Bürgermeisterin hier. Daher bin ich sicherlich besser informiert als du. Möchtest du, dass ich dir ein bisschen was erzähle?«

Carla nickte und schnupperte zögerlich an dem Tee. Er duftete gut, nach Fenchel, Anis und – konnte das schon die erste frische Minze des Jahres sein? Sie nahm einen Schluck und verbrannte sich prompt die Zunge.

»Der Kurfürst soll bald aus der Gefangenschaft zurückkehren«, erzählte die Alte und lächelte wissend in ihren Tee. »Ach nein, Kurfürst ist er ja nicht mehr.« Carla wurde das Gefühl nicht los, dass die alte Marthe auch Johann Friedrich dieses Schicksal vorhergesagt hatte. »Außerdem erwartet Line Stanz, die Schwiegertochter des Richters, wohl Zwillinge. Ich meine aber, dass sie nur zu oft beim Bäcker Liebermann einkaufen war. Solch einen Leibesumfang verursachen nicht einmal Zwillinge! Thilmann Weber hat ein ganz wunderbares Retabel für die Marienkapelle gemalt. Mit einer Madonna, so weiß wie Milch und so süß wie Honig.«

Carla kannte selbstverständlich das Bild. Thilmann, der sich wie am ersten Tag nach Sophie sehnte, hatte in der Figur der Maria seine verstorbene Frau gemalt. Das hatte er seit Jahren nicht getan, und Carla sorgte sich etwas um den Vater. Er war auffällig ruhig geworden und nahm weniger Anteil am Leben seiner Kinder. Oder waren sie zu sehr mit ihrer eigenen Geheimniskrämerei beschäftigt? Die alte Marthe plapperte weiter.

»Lucas Cranach der Jüngere soll den Tod seiner Frau langsam verwinden. Man sagt, er sei so guter Dinge, dass dahinter sicher eine neue Liebschaft steckt. Womöglich sogar mit dem Mädchen, das er wider aller Vernunft so eifrig in der Malerei unterrichtet.«

»Das sagt man nicht!« Carlas Kopf fuhr in Höhe, und sie blitzte Marthe an. In Wittenberg konnte niemand von Lucas und ihr wissen. Das war einfach unmöglich! Marthe lächelte sie zufrieden an.

»Nein, das sagt man nicht«, gab sie zu. »Aber da es offensichtlich stimmt, wird es nicht mehr lange dauern, bis alle davon wissen.«

»Es stimmt aber nicht.«

»Warum bist du dann hier?«

Carla biss sich auf die Lippe. »Ich wollte nach dir sehen.«

»Niemand will einfach nur nach mir sehen, Kindchen. Die Leute kommen aus ganz bestimmten Gründen zu mir.« Marthe sah sie kritisch an. »Ich weiß zwar viel und denke mir einiges dazu. Aber erzählen müssen es mir die Menschen schon selbst.«

Carla schaffte es endlich, den Blick der alten Frau zu erwidern. »Ja, ich habe die Liebe gefunden«, sagte sie und ihre Augen strahlten. »Ich habe sie gefunden, und es ist wunderbar.«

»Ist es denn Liebe? Wahre Liebe?«

Carla nickte heftig.

Marthe rieb sich das Kinn. »Junge Mädchen, die ihre wahre Liebe gefunden haben, sitzen eigentlich beim Pfarrer oder bei der Schneiderin. Und nicht bei einem Kräuterweiblein wie mir.«

Carla errötete. »Es ist nicht so einfach«, gestand sie.

»Hm«, machte Marthe, »das höre ich nicht zum ersten Mal. Aber es ist fast nie der Beginn einer glücklichen Geschichte.«

»Warum soll ich denn erzählen, wenn du gleich alles verurteilst?«, fuhr Carla auf.

»Kindchen, Wahrheiten bedürfen keines Urteils«, beruhigte sie Marthe. »Sie stehen für sich selbst. Und jetzt erzähle mir alles von Anfang an.«

Carla zögerte nur einen Moment, aber dann sprudelten die Worte nur so aus ihr heraus. Endlich konnte sie sich jemandem anvertrauen, und es erleichterte sie unendlich, über ihre Gefühle zu sprechen. Als sie der alten Marthe von der Kirschwiese und den Annäherungen im Atelier erzählte, bildete sich eine missbilligende Falte auf der Stirn der Alten.

»Kind, warum kommst du nicht früher zu mir?«, fragte sie. »Jetzt mag es doch schon zu spät sein! Wann hast du zuletzt geblutet?«

Carla zuckte ratlos mit den Schultern. Sie war immer heilfroh, wenn diese sie beeinträchtigenden Tage vorüber waren.

»Komm mit«, befahl Marthe. Sie wusch sich die Hände in heißem Wasser und führte Carla in ihre kleine Schlafkammer. »Öffne dein Mieder.«

Mit schnellen, geübten Bewegungen untersuchte sie Carla, die sich mit angstvoll klopfendem Herzen fragte, wie viele Mädchen hier schon vor ihr gelegen hatten. Nicht einen Augenblick ließ sie Marthes Gesicht aus den Augen, aber die Miene des Kräuterweibleins zeigte keine Regung. Schließlich ging sie zurück in die Stube und wartete, bis Carla ihr angekleidet folgte. Wieder wusch sie sich die Hände. Dann sah sie Carla lange an.

»Du hast Glück«, sagte sie schließlich. »Es mag noch etwas früh sein, es mit Sicherheit zu sagen, aber du hast wohl Glück.«

Mit einem kleinen Stich begriff Carla, dass ihr Glück wohl darin bestand, nicht schwanger zu sein. Andere Frauen erhofften sich hier wohl auch eine andere Nachricht. Dennoch war sie erleichtert. Die Furcht, die ihr unbemerkt im Herzen gesessen hatte, wich langsam von ihr. Sie setzte sich wieder auf die Bank vor dem Feuer, und Marthe gab ihr einen Becher. Es war ein anderer Tee, dieser roch wenig einladend und schmeckte streng. Sie schob ihn mit angewidertem Gesicht von sich.

»Diesen Tee trinkst du von nun an täglich«, sagte Marthe in einem Ton, der keine Widerrede duldete. »Und nun unterhalten wir beide uns eine Weile, da dir mutterlosem Wesen offenbar noch niemand erläutert hat, wie das ewige Spiel gespielt wird. Aber erst erzählst du mir noch ein bisschen.«

Eine gute Weile später gab es fast nichts mehr, was Marthe nicht wusste. Carla hatte ihr sogar von der Nacht im Freudenhaus erzählt. Zuerst von der unsittlichen Tapisserie, dann zögerlich von dem toten Mädchen.

»Ich verstehe nur nicht, warum die Huren Markus nicht früher gerufen haben«, sagte sie, und noch immer sah sie Maries bleiches Gesicht vor sich. »Er hätte sie dann womöglich retten können.«

»Würdest du deinen Bruder denn um Hilfe bitten, wenn ich dir heute eine andere Nachricht überbracht hätte?«, fragte Marthe ernst.

»Niemals.« Obwohl sie tiefrot geworden war, klang Carlas Stimme entschieden. »Wie könnte ich ihm das antun?«

»Siehst du, genau das denken die Huren auch. Sie rufen ihn, wenn es um Wunden geht, um Schläge, Stiche oder Krankheit. Aber sie würden ihn nie als Engelmacher rufen. Sie würden es sich nicht verzeihen, seine Seele so in Gefahr zu bringen.«

Carla verstand.

»Sicher, die Mädchen hätten bessere Überlebenschancen, wenn dein Bruder sie rechtzeitig behandeln würde. Aber sie rufen ihn nur, wenn es nicht geklappt hat. Sie lassen ihn nur Leben retten und keine zerstören.« Marthe leerte ihren Becher. »Sie sind klug, diese Frauen. Das Leben hat es sie gelehrt.«

»Das hat es mich auch«, murmelte Carla.

»Kindchen«, winkte Marthe ab, »du bist erst siebzehn Jahre alt. Das Leben hat dir gerade mal eine Lektion erteilt, und auch die war noch harmlos. Ich wünschte, ich hätte in meinen jungen Jahren eine erfahrene Frau wie mich gekannt.«

Carla betrachtete das runzelige Gesicht und fragte sich, welche Lektionen das Leben die alte Frau gelehrt hatte. Sie nahm ihre Hand und drückte sie fest, ohne zu wissen, dass diese aufrichtige Geste der reichste Lohn war, den Marthe seit langen Jahren erhalten hatte.

»Wie geht es nun mit Lucas Cranach weiter?« Marthe wusste, dass ihr Tee seine Wirkung nicht verfehlen würde; er würde Carla eine ganz besondere Freiheit und Unabhängigkeit schenken. Aber wie würde das Mädchen damit umgehen? Wie würde sie sich vor anderen Verletzungen schützen, die ihr drohten?

»Lucas wird mich heiraten«, sagte Carla bestimmt. »Wir sind füreinander gemacht. Wenn das Trauerjahr vorüber ist, wird er mich heiraten.«

Die alte Marthe sah sie unergründlich an. Wer war sie, dem Mädchen eine andere Zukunft vorauszusagen? Ihre Weissagungen konnten nur helfen, wenn ihre Worte gewünscht wurden. Langsam begann sie das Bündel zu schnüren, das sie Carla Weber mitgeben würde.

»Wenn du es sagst, Kindchen. Wenn du es sagst. Gib dich nur nicht mit zu wenig zufrieden.«

In den nächsten Tagen ging Carla Lucas aus dem Weg. Sie hätte nie gedacht, dass sie so etwas tun könnte. Aber die Freiheit, die sie verspürte, seit sie Marthes Teemischung trank, erschien ihr wie Betrug. War es nicht so, dass sie ihren Liebsten täuschte? Andererseits wollte Lucas jetzt bestimmt selbst noch kein Kind mit ihr zeugen. Sie beschloss, die Entscheidung selbst zu treffen, und brühte sich den Tee gewissenhaft jeden Morgen und jeden Abend auf.

Zum Glück herrschte in Wittenberg allgemeine Aufregung. Es schien, als solle Johann Friedrich tatsächlich aus der Gefangenschaft zurückkehren. Die Ratsherren flatterten in ihren schwarzen Umhängen um das Rathaus und erinnerten Carla an eine Schar aufgescheuchter Fledermäuse. Sie hatte nicht viel zu tun und fühlte sich einsam. Nicht einmal die Malerei lockte sie, da ein neues Werk anstand und sie es mit Lucas besprechen sollte. Doch aus unerfindlichen Gründen war sie dazu nicht bereit.

So kam es, dass ihre Schritte sie eines Morgens in eine Gegend lenkten, in der sie bisher nur einmal gewesen war, vor eine Tür, durch die sie nur einmal gegangen war.

Das Gesicht der Frau, die ihr heute öffnete, war blass und ungeschminkt und wirkte erschreckend alt in der morgendlichen Maisonne. Carla trat unwillkürlich einen Schritt zurück.

»Ich suche …«, erst jetzt wurde Carla klar, dass sie keinen Namen hatte, nach dem sie fragen konnte. Beschämt stotterte sie vor sich hin und versuchte, der Frau über die Schulter zu spähen, um irgendwo die bunt gekleidete Hure mit ihrem verwischten Lippenrot zu sehen.

Die blassen Augen der Frau sahen sie aufmerksam an. »Suchst du vielleicht mich?«, fragte sie. »Kaum scheint mir ein wenig Tageslicht ins Gesicht, und du erkennst mich nicht wieder … Komm rein. Es ist nicht gut, wenn man dich vor dieser Tür stehen sieht.«

Carla hoffte, dass es dafür nicht schon zu spät war, und trat ein. Es war anscheinend dieselbe Frau, die ihnen in jener Nacht geöffnet hatte. Peinlich berührt blieb sie im

Eingangsbereich stehen. Der winzige Raum büßte bei Tageslicht einiges seiner verruchten Atmosphäre ein. Die Kissen wirkten nicht mehr opulent, sondern zerschlissen, die Sessel und Sofas schienen nicht mehr verrucht, sondern abgenutzt.

Der einzige Gegenstand, der Carlas Urteil auch bei Tage standhalten konnte, war der Bildteppich. Carla trat ohne Umschweife dicht vor ihn hin und untersuchte die Arbeit. Die Kettfäden waren fest und vollständig vom Schussfaden verdeckt, der gut durchgefärbt und von hoher Qualität war. An einigen Stellen schien sogar glänzende Seide und etwas Silber in den Schuss eingezwirbelt zu sein, was einen interessant schimmernden Effekt erzielte, der fast plastisch wirkte.

»Wolltest du dir noch ein paar Anregungen holen?«, fragte die Frau hinter ihr spitz. Carla bemerkte, dass die Glanzeffekte, die sie gerade aus nächster Nähe betrachtete, hauptsächlich dazu dienten, die geheimsten Körperteile der dargestellten Frauen und Männer hervorzuheben. Puterrot drehte sie sich um und lief ziellos einige Schritte in den Raum. Dabei stieß sie gegen eine kleine Statue auf einer halbhohen Säule, die kippte und ihr direkt in die Arme fiel. Entsetzt erkannte sie, dass sich die steinerne Unbekleidete gerade etwas Längliches zwischen ihre Beine führte. Die Frau trat neben sie und nahm ihr die Figur aus den Händen. Sorgsam stellte sie sie wieder auf den Sockel, von dem sie gerade gestoßen worden war. Dann nahm sie Carla bei den Schultern und drückte sie auf einen weichen Diwan.

»Bleib hier sitzen, bevor du unsere erlesene Einrichtung noch ruinierst.«

»Verzeihung«, murmelte Carla leise.

»Schon gut.«

Die Frau setzte sich neben sie und begann, sich eine kleine Holzpfeife zu stopfen. »Und?«, fragte sie.

»Wie bitte?« Carla verstand nicht.

»Warum bist du hier?« Die Frau zündete sich das Pfeifchen an. Der Duft, den sie Carla entgegenblies, reizte ihre Lunge und regte ihre Sinne zugleich an. »Willst du es doch noch lernen?« Sie deutete mit der Pfeife auf den Teppich.

Carla folgte ihrer Geste und wehrte erschrocken ab. »Nein! Nein, bestimmt nicht.«

»Schade«, sagte die Frau und sog mit ungeschminkten Lippen am Mundstück. »Du wärst sicher eine Sensation geworden.«

Carla wusste nicht, ob die Bemerkung sie beleidigte oder ihr schmeichelte. Der einzige Ausweg war, nicht weiter darauf einzugehen.

»Ich wollte Euch danken«, entschlüpfte es ihr stattdessen.

»Wofür?«, fragte die Frau verblüfft.

»Dafür, dass Ihr meinen Bruder erst so spät ruft.«

Die Frau zog die Brauen hoch und atmete ein kleines Rauchwölkchen aus. Der Duft war intensiv und süßlich und stieg Carla zu Kopfe.

»Er ist also wirklich dein Bruder«, stellte sie fest.

»Was dachtet Ihr denn?«, entrüstete sich Carla, was der Frau nur ein mildes Lächeln entlockte.

»Wir haben zu danken«, sagte sie. »Dafür, dass Doktor Weber zu uns kommt. Er hat schon viel für uns getan.«

Doktor Weber. Es störte Carla nicht, dass sie Markus' Titel zum ersten Mal aus dem Mund einer gefallenen Frau hörte. Es lag viel Anerkennung in ihren Worten.

»Warum bist du wirklich hier?«, fragte die Frau.

Carla sah auf ihre Finger, die die Borte eines der Brokatkissen zerpflückten. Verlegen schob sie das Kissen beiseite, als sie dies bemerkte. Sie holte tief Luft, hielt aber inne, bevor die Worte ihre Lippen verließen.

Die Frau verzog spöttisch den Mund. »Ein weiter Weg, um im entscheidenden Augenblick zu schweigen«, stellte sie lapidar fest. »Du kannst von Glück sagen, dass ich dir meine Zeit nicht berechnen werde.«

»Wie erkenne ich, ob ein Mann mich wirklich liebt?« entfuhr es Carla auf einmal.

Jetzt blieb der Hure der Mund offen stehen. »Das fragst du ausgerechnet mich?«, sagte sie.

Carla zog den Kopf ein. Was um alles in der Welt tat sie hier eigentlich? Schon wollte sie aufspringen und zur Tür laufen, da legte ihr die Frau beschwichtigend die Hand auf den Arm.

»Du bist verliebt.«

»Ja.«

»Hast du mit ihm geschlafen?«

Carla nickte.

»Hat er sich darum gekümmert, dass es dir gefällt?«

Sie sah die Frau verständnislos an. »Wie meint Ihr das?«

Die Frau seufzte. »Er hat sich also nicht darum gekümmert«, sagte sie und massierte sich die Schläfe mit der Hand. »Hat es dir denn gefallen?«

Carla wurde rot und die Frau lächelte zufrieden.

»Immerhin«, sagte sie und schmauchte genüsslich. »Das ist schon viel. Hat er dich gefragt, ob du ihn liebst?«

»Nein.«

»Hast du ihn gefragt, ob er dich liebt?«

»Ja.«

Die Frau hob ein wenig die Brauen. »Und sicherlich hat er es dir beteuert. Ist er älter als du?«

Carla nickte vorsichtig. Ein ungutes Gefühl breitete sich in ihr aus.

»Ist er von höherem Stand?«

Wieder nickte Carla.

Die Frau seufzte erneut. »Kindchen«, sagte sie, und Carla zuckte zusammen. So hatte die alte Marthe sie auch genannt. Sah denn niemand, dass sie bereits eine Frau war? »Ich geb dir den Rat: Such dir einen anderen. Mehr kann ich dazu nicht sagen.«

Das Gesicht der Frau verdunkelte sich auf eine Art und Weise, die Carla verriet, dass sie sehr wohl noch mehr dazu hätte sagen können. Wie war sie nur in einem Bordell gelandet?, fragte sich Carla unvermittelt.

»Nur eines noch«, fuhr die Hure sachlich fort. »Nimmst du etwas, damit du nicht schwanger wirst?« Carla schnappte nach Luft, und die Frau lächelte beruhigt.

»Wie ich sehe, hast du dir dazu bereits Hilfe geholt. Gut. Dann habe ich keinen weiteren Rat für dich. Und jetzt lass uns zusehen, dass wir dich hier ungesehen wieder hinausbringen.«

Als Carla nach einer Weile über den von braven Bürgern belebten Marktplatz von Wittenberg ging, überlegte sie, warum sie das Hurenhaus tatsächlich aufgesucht hatte. Welche Antwort hatte sie denn erwartet? Nicht die, die sie bekommen hatte, dachte sie missmutig. Aber es war die ehrlichste Antwort, die sie hatte bekommen können.

Als Carla fast schon wieder zu Hause war, fiel ihr auf, dass sie auch bei diesem Besuch nicht nach dem Namen der Frau gefragt hatte.

Kapitel 14

Diesmal ist es gut, Vater. Komm und schau es dir an!«

Eifrig zog Carla ihren Vater zur Staffelei. Sie hatte eine Sommerlandschaft gemalt, und zum ersten Mal war ihr die räumliche Tiefe wirklich gelungen. Die Zentralperspektive stimmte durch das ganze Bild. Carla war stolz auf sich.

Thilmann trat vor das Gemälde und studierte es mit verschränkten Armen. Carlas Blick wechselte aufgeregt zwischen der Leinwand und ihrem Vater hin und her. Thilmann hatte schon lange keines ihrer Bilder mehr beurteilt, denn meistens war es Lucas gewesen, der diese Aufgabe übernommen hatte. Er freute sich, dass seine Tochter heute auch ihn um seine Meinung bat. Carla konnte den väterlichen Stolz spüren, als Thilmann zufrieden nickte.

»Sehr gut, mein Kind.«

Carlas Wangen glühten. Sein Lob wog mehr, als sie gedacht hatte. »Nicht wahr, Vater? Endlich habe ich es geschafft!«

Die Inbrunst in ihrer Stimmer ließ Thilmann hell auflachen. »Du meinst, nun wäre die Lektion auf alle Ewigkeit gelernt? Da muss ich dich enttäuschen. Es werden dir immer wieder Bilder misslingen. Sogar Motive, die du im Schlaf zu beherrschen glaubst, können plötzlich falsch wirken. Jedes neue Werk ist eine neue Herausforderung. Glaube es mir!«

Carlas Freude erhielt mit diesen Worten einen kleinen Dämpfer.

»Es wird sogar der Tag kommen, an dem du so weit bist, ein Werk, mit dem du eigentlich unzufrieden bist, trotzdem abzuliefern.«

»Du meinst, ich werde meine Bilder verkaufen können?«

Thilmann wurde bewusst, dass er mit seinen Worten die Hoffnung seiner Tochter heraufbeschworen hatte. Und das war gefährlich. »Mag sein«, wich er also aus. »Darüber habe nicht ich zu entscheiden.«

»Warum nicht? Du bist mein Vater!«

»Aber ich bin nicht dein Ehemann. Eines Tages werde ich nicht mehr für dich verantwortlich sein.«

Carlas Hochstimmung sank nun gänzlich in sich zusammen. »Aber ich möchte von niemandem abhängig sein!«

Thilmann lächelte und strich ihr zärtlich über die blonden Locken. »Ich weiß, schließlich bist du die Tochter deiner Mutter.« Sie war Sophie so ähnlich, dass es ihn immer wieder überraschte, seine braunen Augen in dem geliebten Gesicht zu sehen. Es war Peter, der Sophies helle Augen geerbt hatte. *Peter.*

»Du kennst die Geschichte deiner Mutter«, sagte Thilmann, »und du weißt, dass es möglich ist, selbst Verantwortung zu übernehmen. Aber es wird seinen Preis haben, wie immer dieser auch aussehen mag.«

Das wird davon abhängen, wer mein Ehemann sein wird, dachte Carla. Auch ihre Mutter hatte geheiratet, um ihren Traum vom eigenen Handwerk ausleben zu können. Mit dem richtigen Mann würde ihr das auch gelingen. Sie würde sich einen Namen machen! Oder würde sie dem Namen Cranach alle Ehre machen? Carla seufzte und schmiegte sich in einer spontanen Geste eng an den Vater. Es war lange her, dass sie dies zuletzt getan hatte.

»So, wie du es sagst, weiß ich nicht, ob es ein Fluch oder ein Versprechen ist«, sagte sie.

Thilmann lächelte. »Wer soll dir diese Frage auch beantworten können? Sind wir nicht deshalb auf der Welt, um es herauszufinden?«

Carla atmete den Duft des Vaters tief ein. »Wer wird mein Ehemann?«, fragte sie ihn schließlich.

»Wer soll es denn werden?«

Carla zögerte. Sie war kurz davor, ihrem Vater ihr Verhältnis mit Lucas Cranach zu beichten. »Der, den ich liebe«, sagte sie.

»Und der, der dich liebt«, ergänzte Thilmann. »Vergiss das nie.«

Als Carla gerade zum dritten Mal in kurzer Zeit gehört hatte, dass eine Liebe erwidert werden musste, trat Lucas Cranach der Jüngere in das Malzimmer seiner Schülerin.

»Seht her, Lucas«, sagte Thilmann und sah versonnen auf die Landschaft, die den Betrachter förmlich in sich aufzunehmen schien. »Schaut Euch ihr Bild an. Es ist perfekt.«

Carla vernahm noch einmal mit Freude den Stolz in der Stimme ihres Vaters.

»Seht Euch die Proportionen an«, fuhr er fort. »Wie harmonisch alles ist. Das Licht, hier in den Bergen. Es weckt den Wunsch, ein Pferd zu satteln und dorthin zu reiten. Man könnte vor Sonnenuntergang schon dort sein.«

»Ich werde mich gleich damit befassen«, wiegelte Lucas ab. »Euch möchte ich bitten, mir die Porträts des Rates herauszusuchen, denn wir werden darüber entscheiden müssen, welche wir nach Torgau senden.«

Thilmann warf seiner Tochter noch einen letzten liebevollen Blick zu, bevor er sich von ihr verabschiedete. Carla bedauerte es, dass er ging, war aber ebenso ungeduldig, das

Urteil ihres Lehrmeisters zu hören. Würde er sie loben? Sie seine Anerkennung spüren lassen?

Doch Lucas warf kaum einen Blick auf das Bild. »Komm her«, sagt er nur und zog sie an sich. Seine Finger begannen schon, die Schnüre ihres Mieders zu lösen, um die weiche, runde Brust zu entblößen, nach der ihm so verlangte. Carla fühlte sich unbehaglich. Schließlich hatte ihr Vater eben erste den Raum verlassen.

»Was hältst du von dem Bild?«, versuchte sie die Lorbeeren zwischen zwei Küssen einzufordern. »Teilst du die Meinung meines Vaters?«

»Dein Vater ist nicht hier«, murmelte Lucas an ihrem Hals, »und das ist im Augenblick alles, was mich an ihm interessiert.«

Carla hielt inne und versuchte, Lucas von sich zu schieben. »Was redest du da?«, fragte sie.

»Dein Bild ist wundervoll«, erwiderte Lucas, als seine Hand ihre Brust fand. »Herrlich.«

»Aber du hast kaum hingesehen.«

»Bei wahrer Schönheit bedarf es keines zweiten Blickes, um sie zu erkennen«, sagte der Maler und küsste sie so lange, dass sie glaubte, der Atem müsse ihr knapp werden.

»Lucas!«

»Ja, meine süße Carla …«

Die Hände des Malers bahnten sich den Weg unter ihre Röcke. Gleich würde er sie auf den Tisch heben, die Röcke beiseiteschieben. Und in kurzer Zeit schon wieder zur Tür hinaus sein …

»Lucas!« Carlas Stimme klang nun eindringlicher. So viele Fragen schwirrten in ihrem Kopf herum, so viele Versprechen begehrte sie, die alle letztendlich nur auf die eine Antwort hinausliefen. »Wann heiraten wir?«

Der jüngere Cranach erstarrte in ihren Armen. Verwirrt sah er sie an. Dabei dauerte es eine Weile, bis Carla das Gefühl hatte, dass er sie tatsächlich sah.

»Möchtest du mich denn heiraten?«, fragte er, bemüht, ehrliches Interesse zu zeigen.

»Was denkst du denn?« Ihre Gegenfrage klang überrascht. Was meinte er nur, warum sie sich ihm hingab? »Bin ich etwa nur ein amüsanter Zeitvertreib für dich?«

Lucas Cranach verbarg seine Verunsicherung hinter einem Lächeln. »Aber nein. Da hätte ich leichter etwas in den Gassen hinter dem Rathaus finden können.«

Vielleicht war es diese Bemerkung, die Carla daran zweifeln ließ, einmal die zukünftige Frau Cranach zu sein. Wie konnte er so antworten, wenn sie ihn doch wissen ließ, dass er einen besonderen Platz in ihrem Herzen einnahm. Wenn sie von einer Ehe sprach! Sie seufzte, und Lucas Cranach bewies in diesem Moment, dass er auch nur ein Mann war. Er versuchte, dem Konflikt aus dem Weg zu gehen.

»Wenn das Trauerjahr vorüber ist, heiraten wir«, sagte er leichthin, um das Strahlen auf das hübsche Gesicht seiner Geliebten zurückzuzaubern. Vorwürfe und Ansprüche hörte er an anderer Stelle schon genug. Jetzt stand ihm der Sinn nach etwas ganz anderem.

»Wirklich?« Carla wollte inständig seine Worte glauben. »Im nächsten Frühjahr?«

»Sobald die Krokusse und Narzissen blühen, meine Schöne.« Er zog sie wieder an sich und kehrte zu dem zurück, was er jetzt so sehr begehrte. Was kümmerten ihn im Moment die Frühlingsblumen?

Als er Carla kurz darauf verließ, um seinen Geschäften in der Werkstatt nachzugehen, fiel ihr auf, dass er das Bild tatsächlich nicht länger als ein paar Augenblicke betrachtet hatte. Verletzt biss sie die Zähne zusammen. Vielleicht sollte sie damit anfangen, unbekleidete Damen zu malen, um seine Aufmerksamkeit auf ihre Kunst zurückzulenken, dachte sie wütend und wollte nicht wahrhaben, wie viel Ernst in diesem Gedanken verborgen lag.

Und dabei sollte sie doch glücklich und beschwingt sein! Lucas hatte ihr versprochen, sie zu heiraten. Sie waren verlobt.

Am nächsten Morgen machte sich Carla in die Werkstatt auf. Lucas hatte ihr erlaubt, ihre Farbvorräte aufzufüllen, und sie gebeten, vor den Meistern und Gesellen in der Werkstatt zu sein. Sie würde sie sonst nur von ihrer Arbeit abhalten, befürchtete er. So ging Carla schon zu früher Stunde zur Werkstatt, um sich in Ruhe den Töpfen und Tiegeln zu widmen, in denen sich die zum Teil sehr wertvollen Pulver, Salben und Zutaten befanden, aus denen die Farbe für die Cranach'schen Gemälde hergestellt wurde.

Schwungvoll öffnete sie die Tür und trat in die Werkstatt, die durch die Morgensonne fein erleuchtet war, und blieb wie angewurzelt stehen. Am Tisch ihres Vaters saß ein Mann, den sie noch nie zuvor gesehen hatte, und betrachtete interessiert die Arbeiten, die dort lagen. Die Sonne leuchtete in seine blonden, zerzausten Haare, und seine langgliedrigen Hände hielten behutsam eine Skizze hoch. Überrascht durch ihr plötzliches Eintreten zuckte er zusammen, das Blatt entglitt ihm und segelte zu Boden. Hastig bückte er sich danach.

»Erwischt«, sagte er mit einem sonderbaren Akzent, den Carla nicht einzuschätzen wusste, und lächelte sie charmant an.

»Wobei?«, fragte sie verdutzt.

Jetzt wiederum sah der Mann sie verblüfft an. Dann verstand er das Missverständnis. »Ah, nicht mich. Das Blatt. Ich habe das Blatt noch erwischt.«

»Oh.« Carla kam sich ziemlich dumm vor, ohne recht sagen zu können, warum. Wer war der Fremde, der sich hier so vertraut niedergelassen hatte? Sie reckte das Kinn. »Wer seid Ihr, und was tut Ihr am Tisch meines Vaters?«

Schnell legte der Mann die Studie auf den Tisch und kam in federnden Schritten auf Carla zu.

»Peter Heymanns«, stellte er sich vor. »Teppichwirker bei Heinrich von der Hohemühl in Torgau.«

Peter, dachte sie irritiert, und auch der Akzent verwirrte sie nach wie vor. Sprach man so in Torgau? Sie ergriff seine ausgestreckte Hand. »Carla Weber«, stellte sie sich vor. »Malerin bei Lucas Cranach dem Jüngeren in Wittenberg.«

Heymanns Augen wurden schmal, während Carla sich am liebsten auf die Zunge gebissen hätte. Was hatte sie nur geritten? Die Selbstverständlichkeit, mit der er seinen berühmten Lehrmeister nannte, galt noch lange nicht für sie! Er musste sie für eine Lügnerin halten.

»Ihr seid das«, sagte Peter Heymanns hingegen und betrachtete sie voll Interesse. »Ich habe schon viel Lob über Eure Arbeit gehört.«

Carla schnaubte und legte den Kopf schief. Er machte sich ganz offensichtlich lustig über sie, denn wer wusste schon, dass sie malte?

»Das kann ich kaum glauben«, entgegnete sie daher kühl. »Warum sollte man in Torgau ausgerechnet über mich sprechen?«

»Über eine schöne Frau spricht man immer«, sagte Peter Heymanns und lächelte sie fröhlich an. Carla beschloss, diesem dahergelaufenen Weber keine Elle über den Weg zu trauen.

»Eben meintet Ihr noch, Ihr hättet von meiner Malerei gehört, nicht von meinem Gesicht.«

»Stimmt«, gab er zu, »aber man spricht auch von Euch selbst, schönes Fräulein Weber. Ganz gewiss.«

Carla hatte genug von den süßen Worten. »Und?«, fragte sie. »Was haltet Ihr *selbst* von meiner Malerei?« Sie hatte erkannt, dass die Studie auf dem Tisch ihres Vaters ein Entwurf zu der Leinwand mit der Sommerlandschaft war, die wiederum im Hintergrund auf der Staffelei stand.

Heymanns sah sie fragend an. »Ich verstehe nicht?«

»Die Studie. Das Gemälde«, sagte Carla und trat verwundert mit prüfendem Blick an die Staffelei. Warum stand ihr Bild am Platz ihres Vaters? »Sie sind von meiner Hand.«

Ehrliche Verblüffung zeichnete sich nun auf Peter Heymanns markantem Gesicht ab und verschaffte Carla ein gutes Maß an Genugtuung. Damit hatte der Kerl nicht gerechnet!

»Von Eurer Hand?« Er beugte sich neben Carla über die Staffelei und besah sich die Landschaft genau, Zoll um Zoll. »Es ist wunderbar!« Dann stutzte er. »Aber warum trägt es Cranachs Zeichen?«

»Was?« Carla beugte sich so schnell nach vorne, dass sie beinahe mit den Köpfen zusammengestoßen wären. Sie starrte auf die untere Ecke, in der klein, aber eindeutig die Cranach-Schlange prangte. Lucas Cranach dem Älteren war einst die Schlange mit Fledermausflügeln als Wappen verliehen worden, und nach dem Tod seines Sohnes Hans verwendete er sie mit herabhängenden Flügeln. Sein Sohn Lucas hatte sie schließlich mit Vogelflügeln versehen und damit für sich geändert. Und genauso fand Carla das Zeichen nun auf ihrem Bild. Auf *ihrem* Bild! Was ging hier hinter ihrem Rücken vor?

»Und dennoch bleibt es mein Bild«, murmelte sie. Und hätte sie nicht Peter Heymanns seltsamen Blick wahrgenommen, wäre ihr entgangen, dass sie ihren Gedanken laut ausgesprochen hatte. »Ob Ihr es nun glaubt oder nicht!«, fuhr sie ihn an. Er war da, und ihr Zorn brauchte ein Ziel. »Es ist mein Bild!« Sie richtete sich auf und verschränkte die Arme vor der Brust.

»Ich glaube es Euch«, sagte Heymanns, und es klang aufrichtig. »Und ich fühle mich geehrt, die Bekanntschaft einer so talentierten Malerin machen zu dürfen.«

Carla sah ihn skeptisch an. »Wer hat Euch von mir erzählt?«, fragte sie.

»Euer Vater.«

»Mein Vater?«

»Er erstellt die Porträts für einen Bildteppich des erlauchten Rats von Wittenberg«, erklärte Heymanns. »Ich bin hier, um die Vorlagen abzuholen, damit in Torgau mit dem Karton und dem Wirken begonnen werden kann. Es eilt. Man möchte fertig sein, wenn der Kurfürst aus der Gefangenschaft wiederkehrt.«

Carla nickte. Plötzlich hatte sie ein schlechtes Gewissen, weil sie gar nicht genau wusste, woran ihr Vater gerade arbeitete. Aber das würde sie diesem Heymanns sicher nicht auf die Nase binden. Außerdem würde ihr Vater ihr auch einiges zu erklären haben: die Cranach-Schlange auf ihrem Bild!

Peter Heymanns hatte sich wieder dem Gemälde zugewendet. »Wirklich wunderbar«, sagte er. »Ich habe in Amsterdam einst Bilder von Hieronymus Bosch gesehen. *Der verlorene Sohn* hatte das gleiche feine Licht in der Ferne.«

Er lächelte Carla zu, und ihr Herz machte einen Satz. Dieser Mann meinte sein Lob ehrlich, das konnte sie förmlich spüren. »Hieronymus Bosch hatte jedoch auch kleine Schwierigkeiten mit der Perspektive«, fuhr er fort.

Carlas Lächeln erstarb auf ihren Lippen. »Was für Schwierigkeiten?«, fragte sie kühl.

»Größenverhältnisse«, sagte Heymanns. »Der Sohn geht vom Haus seiner Eltern fort, und kaum ist er über den Hof, ragt sein Körper fast schon über den Giebel. Aufgrund der Größenverhältnisse müsste er so weit vom Hof entfernt sein, dass man nicht mehr erkennen kann, wer im Türrahmen steht. Man kann es jedoch.«

Carla biss die Zähne aufeinander. Der Mann wusste, wovon er sprach. Er hatte erkannt, wie komplex die Perspektive war und wie viel Aufmerksamkeit sie verdiente, um eine realistische Ansicht und kein künstliches Tableau zu erreichen, wie es so viele Künstler lieferten.

»Und was stört Euch an meinem Bild?«

Er warf ihr einen schnellen Blick zu. »Ich habe Euch erzürnt, das tut mir leid«, sagte er.

»Falsches Lob erzürnt mich«, versuchte Carla sachlich zu bleiben. »Also erklärt Euch, damit ich Euer Lob einzuschätzen weiß.«

Heymanns sah sie zerknirscht an, was ihm erstaunlich gut stand. »Wie kann ich nun Eurem Unmut ausweichen?«

»Gar nicht. Entweder Ihr weist mir einen Fehler nach, oder Ihr enttarnt Euer voreiliges Lob.«

»Aber ich stehe zu meinem Lob! Ich hätte nur diese Gruppe hier ein wenig verrückt, etwa nach dort, und ihr eine kühlere Farbnuance verliehen. Es hätte der Perspektive gedient. Findet Ihr nicht? In der Ferne wirken die Dinge schattig.«

Carla schüttelte sachte den Kopf. Der Mann hatte einfach recht. »Warum malt Ihr nicht selbst, wenn Ihr Euch so wunderbar auskennt?«

Heymanns lacht laut und entwaffnend. »Ich kann nicht. Mir wurde leider nicht eine Unze Talent in die Wiege gelegt. Ich mag wohl jedes große Werk in seine kleinsten Teile zersplittern, aber zusammenfügen könnte ich sie niemals.« Er sah Carla aufmerksam an. »Ich stelle fest, dass es durchaus schwieriger ist, eine Arbeit mit einer Frau zu diskutieren.«

Carla zog scharf den Atem ein. Das wurde ja immer besser. »Es ist vor allem leicht zu kritteln, wenn man selbst nichts auf den Prüfstein legt«, fuhr sie ihn an.

Heymanns wollte etwas erwidern, überlegte es sich anders und machte auf dem Absatz kehrt. Jetzt hab ich ihn vergrault, dachte Carla, und spürte eine seltsame Enttäuschung aufsteigen. Aber Heymanns schnappte sich ein umfangreiches Bündel, das neben der Tür lag, und kam zu Carla zurück. Er warf es auf einen leeren Tisch, schnitt die Hanfseile mit seinem Messer durch und entfernte drei Lagen mit Wachs beschichtetes Leinen. Was immer er darin transportierte, es musste wertvoll sein.

»Mein Gesellenstück«, sagte er und warf ihr einen durchdringenden Blick zu. »Ich bitte um Euer Urteil.«

Carla stockte der Atem, als er einen kleinen Bildteppich vor ihr ausrollte. Die Vorlage war eindeutig eines der Paradiesbilder des älteren Cranachs gewesen. Aber das, was ihr an den Werken in Öl nicht gefiel, machte das Werk in Seide wett. Die Proportionen der vielen Figuren und ihrer Gesichter wirkten harmonischer, da man sie in der Webarbeit nicht im gleichen Detail wie in Öl darstellen konnte. Als Betrachter trat man einen Schritt zurück und ließ das Auge im Sinne der Realität arbeiten. So bekam die Szene eine natürliche Lebendigkeit und Echtheit, die Carla in der Malerei oft vermisste. Zudem waren die Farben von einer ungeheuren Brillanz und die Flächen so kleinteilig, dass sie Carla viel Respekt vor dem Weber abverlangten.

»Herrlich.« Zaghaft streckte sie die Fingerspitzen aus und ließ sie sanft über den Teppich gleiten. Der Schussfaden war opulent, das Werk hatte Substanz. Aber sie konnte erkennen, welche Bereiche er zum Ende hin gearbeitet hatte. Der Schuss war weniger aufwendig, die Nuance nachlässiger gewählt, die Flächen eine Spur zu großzügig.

»Ein ausgezeichnetes Werk«, lobte sie und beobachtete Heymanns Miene. »Nur hat Euch zum Ende hin die Zeit gefehlt, wie mir scheint.«

Die Genugtuung, die sich auf seinem Gesicht abzeichnete, verschwand augenblicklich.

»Hier, die äußeren Bereiche des Waldes und die Felder unter dem Himmel. Ihr habt ihnen nicht die gleiche Aufmerksamkeit und Sorgfalt geschenkt wie dem Mittelpunkt Eures Werkes. Habt Ihr geglaubt, man würde nur auf die Figuren sehen?«

Nun war es Heymanns, der die Zähne aufeinanderbiss. Er hatte das Mädchen einfach unterschätzt, denn sie hatte die einzige Schwachstelle seines Werkes auf Anhieb entdeckt.

»Wie kommt es, dass Ihr ein Webwerk so gut beurteilen könnt?«

»Meine Mutter war eine Bildweberin. Sie unterrichtete mich schon in früher Kindheit.«

»Trotzdem habt Ihr die Malerei gewählt.«

»Zum Weben fehlt mir – wie Euch anscheinend auch – die Geduld.«

Jetzt war Heymanns beleidigt. »Was nehmt Ihr Euch heraus?«, fragte er erbost. »Ihr habt ja keine Ahnung, unter welchen Umständen das Werk entstanden ist. Außerdem könnt Ihr nicht wegen einzelner Stellen die ganze Wirkung eines Werkes infrage stellen!«

»Aber Ihr könnt es mit meinem Bild tun?« Carla funkelte ihn wütend an und konnte ihre Zunge wieder nicht im Zaum halten. »Nun, wer nicht einstecken kann, der sollte auch nicht austeilen.«

»Kratzbürste.«

»Besserwisser.«

»Ah, wie ich sehe, habt ihr euch schon kennengelernt.« Thilmanns Stimme ließ sie beide herumfahren. »Heymanns! Wie schön, Euch zu sehen!« Er ging auf den Bildwirker zu und schüttelte ihm herzlich die Hand. Carla erkannte das einladende Lächeln an ihm wieder, mit dem er seinerzeit in Venedig die bekannten und unbekannten Maler in seiner Werkstatt und seinem Salon begrüßt hatte.

Jetzt hatte er den Teppich entdeckt. »Oh!«, rief er voller Begeisterung aus, »Euer Gesellenstück!« Eifrig begutachtete er die Wirkerei. »Lucas wird begeistert sein. Er will den Bildteppich zu seinem Vater nach Augsburg schicken.« Thilmann sah auf. »Der ältere Cranach braucht ein wenig künstlerische Aufmunterung. Es behagt ihm dort nicht mehr sehr.«

»Dabei ist er doch erst ein paar Monate dort«, bemerkte Carla spitz, die ihre Wut noch immer nicht im Griff hatte.

Thilmann sah sich verwundert nach ihr um. »Nun, immerhin hat er den Kurfürsten in die Gefangenschaft begleitet. Ich halte das für ein Zeichen großer Treue.« Dann wandte er sich an Heymanns.

»Möchtet Ihr schon einmal einen Blick auf die Porträts

werfen?«, fragte er. Carla erkannte am Klang seiner Stimme, dass er zufrieden mit seinem Werk war. Sie merkte, wie sie in Gegenwart ihres Vaters wieder zu ihren guten Manieren zurückfand.

»Vielleicht möchte Herr Heymanns auch zuerst etwas essen? Wir wissen ja nicht, wie er die Nacht verbracht hat.« Sie hatte es gut gemeint, aber sobald sie die Worte ausgesprochen hatte, bemerkte sie, wie anzüglich sie klangen. Sie errötete.

Heymanns ließ sich jedoch nichts anmerken. »Danke«, sagte er höflich, »ich hatte tatsächlich erstaunliche Gesellschaft in der vergangenen Nacht.«

Carla schnappte nach Luft.

»Es waren drei ungewaschene Tischlerburschen auf dem Weg nach Meißen, die auch in der Nacht nicht vom Sägen lassen konnten. Sie schnarchten nämlich so fürchterlich um die Wette, dass ich schon vor Sonnenaufgang nach Wittenberg aufbrach. So habe ich mein Frühstück verpasst und würde mich sehr über eine Einladung freuen.«

Thilmann nickte schmunzelnd. Bis zum gemeinsamen Frühstück der Gesellen würde es noch eine Weile dauern.

»Carla«, wandte er sich an seine Tochter, »frag in der Küche nach, was wir unserem Gast anbieten können.«

»Wenn du mir danach ebenfalls deine Porträts zeigst«, sagte sie und machte gehorsam auf dem Absatz kehrt.

Als sie wenig später mit einem Tablett, das die für die Werkstatt zuständige Köchin ihr zubereitet hatte, zurückkehrte, hörte sie die Worte ihres Vaters bereits im Gang.

»Ich wünschte nur, dass ihr Dickkopf nicht so groß wäre wie ihr Talent«, stellte Thilmann gerade resigniert fest.

»Sie ist noch jung«, erwiderte Heymanns in einem Ton,

der Carla augenblicklich wieder zur Weißglut brachte. »Sie wird ihren Weg schon finden.«

Du bist doch kaum älter als ich, grollte Carla. Achte du nur auf dein eigenes Temperament! Kritik jedenfalls kannst du ebenso wenig vertragen wie ich.

»Ich zumindest bin beeindruckt von ihrem Werk«, fuhr der Bildwirker fort. »Sie schien sich nur sehr aufzuregen, als sie die Cranach-Schlange darauf abgebildet sah.«

»Sie hat sie gesehen?«, fragte Thilmann wachsam.

Carla spitzte die Ohren.

»Sagen wir, wir haben sie gemeinsam entdeckt.«

Thilmann murmelte etwas vor sich hin.

»Sie wird die Ehre darin schon erkennen«, sagte nun eine dritte Stimme, und Carla bekam eine Gänsehaut. Es war eindeutig Lucas Cranach. Er musste während ihrer Abwesenheit dazugekommen sein.

»Das Bild hat der Werkstatt einen guten Preis gebracht. Hätten wir vielleicht darauf verzichten sollen?«

Wieder sagte Thilmann etwas, das Carla nicht verstand.

»Ihr Einverständnis?«, fragte Lucas und seine Stimme klang ungehalten. »Warum sollten wir ihr Einverständnis dafür einholen? Sie benutzt meine Materialien. Sie benutzt mein Haus, und sie benutzt mein Wissen. Es ist an der Zeit, dass sie der Werkstatt etwas zurückzahlt. Jeder andere Geselle wäre stolz darauf, dass ich mein Zeichen auf sein Werk setze. Da soll sich ein kleines Mädchen nicht so aufspielen.«

Carla wurde blass. Zitternd stand sie mit dem Tablett im dunklen Gang. So also dachte Lucas über sie? Sie war in seinen Augen ein kleines Mädchen, das sich aufspielte? Kalte Wut fuhr ihr durch die Glieder.

Einen Moment lang war Carla versucht, in die Werkstatt zu stürmen und Lucas Cranach dem Jüngeren das Frühstückstablett vor die Füße zu werfen. Aber sie würde ihm vielmehr beweisen, dass sie eine talentierte, besonnene Frau war, die sich nicht unterwürfig beugte, sondern eine eigene Meinung hatte und diese auch kundtat. Sie stellte das Tablett kurzerhand auf ein Tischchen, wo es ihr Vater später erkaltet fand, machte auf dem Absatz kehrt und verließ die Werkstatt. Früher oder später würde Lucas Cranach schon wieder nach ihr verlangen. Sollte er sie dann ruhig suchen, wo der Pfeffer wächst.

Kapitel 15

Doch es war nicht Lucas Cranach, der Carla an dem entlegenen Ort aufspürte, an den sie sich zurückgezogen hatte, sondern Max. Er fand die Freundin am Nachmittag hinter der Stadtmauer an einem ruhigen Plätzchen an der Elbe. Sie saß mit ihrem Skizzenblock am Wasser und zeichnete. Das Licht war herrlich, und auch die schnellen Bewegungen des Flusses, die Carla sich zum Motiv erkoren hatte, stellten eine Herausforderung dar. Aber noch immer waren ihre Bewegungen heftig und fahrig, und ihre Gedanken rasten zu schnell, um sich wirklich auf das Gesehene konzentrieren zu können. Dementsprechend präsentierten sich auch die Ergebnisse.

Als sie Schritte hinter sich hörte, drehte sich Carla nicht einmal um. Sollte doch kommen, wer wollte!

»Hier bist du also.«

Carla war zugegebenermaßen überrascht, Max' Stimme zu hören. »Alle suchen dich.«

»Wirklich alle?«, fragte Carla spitz. Es gab sicher einen feinen Herrn in Wittenberg, der sich nicht um ein aufmüpfiges, kleines Mädchen scherte!

Max, der ihre schlechte Laune sogleich spürte, war auf der Hut. Thilmann hatte ihm erzählt, dass Carla sich geärgert hatte und fortgelaufen war. Er wusste jedoch nicht, was tatsächlich vorgefallen war. Aber jeder Grund, aus dem sie sich mit Cranach überworfen haben konnte, war ihm recht.

»Warum bist du nicht in der Werkstatt?«, fragte er.

»Das Licht ist hier besser«, erklärte Carla knapp.

»Hm.« Max schwieg und blieb ratlos neben Carla stehen.

Sie sah wieder zu ihm auf. »Und du?«, fragte sie. »Warum bist du nicht in der Schreibstube?«

»Ich hatte einen Sonderauftrag. Musste Verträge zu Cranach bringen, und dein Vater bat mich, dich zu suchen.«

Dann hatte sich Thilmann also zusammengereimt, dass sie das Gespräch belauscht hatte. Und Lucas? Kümmerte es ihn gar nicht, wo sie war?

»Seit Cranach die Werkstatt von seinem Vater übernommen hat, ist er recht tatkräftig in die Geschäfte eingestiegen«, erklärte Max.

Carla verstand, Lucas hatte sich also um wichtigere Dinge zu kümmern. »Setz dich, Max«, forderte sie ihn unvermittelt auf und zeigte neben sich. »Ich werde dich zeichnen.« Sie brauchte jetzt ein vernünftiges Motiv, um sich von ihrer schlechten Laune abzulenken.

Überrascht und etwas ungelenk setzte sich Max ins Gras. Er war froh über diese besondere Art der Aufmerksamkeit. Carla hatte ihn noch nie gemalt, nicht einmal zu Studienzwecken, aus denen sie damals das Muskelspiel Peters festgehalten hatte. Kerzengerade saß er vor ihr und sah sie erwartungsvoll an.

»Nicht so direkt von vorne«, murmelte Carla, während ihre Fingerspitzen sein Kinn einmal in die eine, dann wieder in die andere Richtung wandten, bis sie eine Perspektive fand, die ihr gefiel. Seine Wangenknochen traten in diesem Winkel stärker hervor, und seine Nase wirkte nicht gar so lang, wie sie tatsächlich war.

Carlas Berührung sandte Schauer über Max' Haut. Dann lehnte sie sich zurück und zeichnete schweigend. Jeder Versuch, den Kopf ein wenig in ihre Richtung zu drehen, wurde mit einem scharfen Zischen abgewehrt, und so verflog Max' Erwartung ebenso schnell, wie sie gekommen war. Schon nach kurzer Zeit begann er unruhig hin und her zu rutschen.

»Halt endlich still«, sagte Carla, während sie mit gerunzelter Stirn an seinem Profil arbeitete.

Aber Max dachte nicht daran, reglos auszuharren. Langsam veränderte er seine Position und stützte sich auf eine Hand, um sich so näher zu Carla vorlehnen zu können.

»Du kannst nicht einfach immer weiter vorrücken«, tadelte sie ihn. »Wie soll ich denn dabei die Perspektive einhalten?«

»Man muss ja nicht immer alles einhalten.«

Carla ließ den Skizzenblock sinken. »Was soll das denn bedeuten?«

Max beugte sich rasch zu ihr vor und legte eine Hand um ihren Nacken. »Diesen Abstand müssen wir zum Beispiel nicht einhalten.« Seine Lippen legten sich weich auf ihre, und er überraschte sie mit einem Kuss. Verwirrt hielt Carla inne. In Gedanken war sie noch immer bei ihrer Skizze, bei Cranach.

Da sie ihn nicht direkt von sich schob, wie sie es sonst immer tat, wurde Max mutiger. Er rückte noch näher an Carla heran, und seine Arme umfingen sie erst zaghaft, dann fester. Ihre Hände hielten noch immer Kreide und Block, während Max' Nähe sie umgab, und auf einmal hatte diese eine ganz andere Wirkung auf sie.

Carla roch seine warme Haut und spürte mit einem Mal Erwartung in sich aufsteigen. Zu ihrer und seiner Überraschung wurden ihre Lippen nachgiebig und öffneten sich unter seinem Drängen. Er ließ sich nicht lange bitten und legte sie mit festem Griff zurück auf die Wiese.

Carla staunte über sich selbst, als Block und Kreide ihren Händen entglitten und sich ihre Arme wie selbstverständlich um Max' Hals legten. Was tat sie nur? Sie verriet Lucas! Was würde er sagen, wenn er es herausfände? Doch der Gedanke an Lucas ließ wieder ihren Widerwillen aufsteigen. Er hatte ihr gar nichts zu sagen! Welche Ansprüche hatte er schon auf sie? Sie trug noch immer keinen Verlobungsring und war es müde, danach zu fragen. Sollte er nur das kleine Mädchen in ihr sehen, andere sahen in ihr offensichtlich eine anziehende Frau.

Sie war sich durchaus bewusst, dass sich ihre Gefühle für Max nicht durch ihre Wut auf Lucas geändert hatten. Aber er war hier, und seine Wärme lud sie ein, dass sie ihn mit dem Vorsprung der Erfahrung an sich zog. Sie spürte seine Hand auf ihrem Mieder und schmiegte sich in seine Berührung. Ihre Küsse wurden fordernder und ihre Hände mutiger. Als sie ihren Weg unter sein Hemd gefunden hatten und ihn näher zogen, hielt Max inne. Er rückte ein Stück von ihr ab und sah sie erstaunt an. Ihre Augen waren fast schwarz vor Verlangen, und um ihre Lippen spielte ein Lächeln, das er noch nicht an ihr gesehen hatte.

»Es ist falsch«, sagte er.

Erstaunt zog sie die Brauen hoch. »Es fühlt sich aber richtig an.«

»Nein, das meine ich nicht. Ich meine, natürlich fühlt es sich gut an. Aber es ist falsch. Ein Mann sollte das nicht mit einem Mädchen tun, mit dem er nicht verheiratet ist und das ihm nicht gleichgültig ist.«

Die Bemerkung versetzte Carla einen Stich, und ihre schlechte Laune kehrte zurück. »Warum plötzlich so prüde?«, fragte sie spitz. Es verletzte sie, dass Max sich von ihr gelöst hatte. War sie so wenig Verführerin, dass sie nicht einmal einen Grünschnabel verlocken konnte? War Lucas ebenfalls gelangweilt von ihr? »Bist du nicht Manns genug?«, fuhr sie ihn an.

Max sah sie gekränkt an, und sofort taten ihr die Worte leid. Er hatte das nicht verdient. Sie richtete sich auf und ordnete ihre Kleider. Dann strich sie ihm leicht über die Wange.

»Such dir ein nettes Mädchen«, murmelte sie. »Eines, das dich verdient.«

»Aber du bist es doch, die ich liebe.«

Carla lächelte matt. »Ich bin nicht nett. Ich bin nur dumm und verliebt. Aber leider nicht in dich.«

Er sah sie dumpf an, während ihre Worte in sein Bewusstsein drangen. »Du wirst mich nicht heiraten, nicht wahr?«

»Nein.« Jetzt wurde Carlas Lächeln wieder wärmer. »Ich werde dich nicht heiraten. Und glaube mir, ich weiß, wie sich Enttäuschung anfühlt.«

»Lucas?«, brauste Max plötzlich auf. »Wenn sich dieser Pinselschwinger dir genähert hat, dann …«

Carla legte ihm schnell den Finger auf die Lippen. »Noch können wir Freunde bleiben«, sagte sie. »Und ich werde Freunde brauchen.«

Max biss sich auf die Lippe. Was war er nur für ein Trottel! Sie hatte endlich in seinen Armen gelegen und sich nicht gewehrt. Sogar seinen Kuss erwidert! Und er hatte Gewissensbisse bekommen. Das würde er sich den Rest seines Lebens nicht verzeihen. Er mochte zwar ihre Brust berührt haben, nicht aber ihr Herz. Das wusste er nun.

Wortlos stand er auf und klopfte sich ein paar Grashalme von der Hose.

»Nun …«, sagte er unschlüssig, »dann gehe ich also.«

Zaghaft hob er die Hand zum Gruß, drehte sich um und trottete zurück zum Tor.

Carla sah ihm eine Weile nach, dann fiel ihr Blick auf die Zeichnung im Gras. Sie war nur zur Hälfte fertig, aber die wenigen Linien und Schattierungen, die sie gemacht hatte, waren gelungen. Es war eindeutig Max' Porträt, er schien nervös und angespannt. Hoffentlich würde er seine Ruhe wiederfinden und ihr Freund bleiben.

Carla saß gedankenverloren in der beginnenden Dämmerung am Tisch der Weber'schen Stube und flickte einen Rock. So selten sie häuslicher Arbeit nachging, so genau nahm sie sie dann. Daher zuckte sie erschrocken zusammen, als plötzlich die Tür aufgerissen wurde und Lucas Cranach hereinpolterte.

»Hol mir Wein«, befahl er der verdutzt dreinblickenden Theres und schmiss die Tür hinter ihr zu, als sie ihm gehorchte.

Dann fiel sein durchdringender Blick auf Carla, die sich mit in Falten geworfener Stirn den Blutstropfen vom Finger saugte, den der Stich ihrer Nadel hinterlassen hatte, als sie voller Schreck zusammengezuckt war.

»Was denkst du dir eigentlich?« Cranachs drohende Stimme erinnerte Carla an ein Raubtier, das seine Beute einschüchtern wollte. Über zwei Wochen hatten sie sich nun nicht gesehen. Sie hatte keinen Fuß mehr in die Werkstatt gesetzt, seit Lucas über ihr Bild verfügt hatte, ohne sie zu fragen. Seit sie seine abfälligen Worte gehört hatte. Tagsüber war es ihr gelungen, Stolz und Selbstbewusstsein zu zeigen, nachts jedoch hatte sie sich unruhig auf ihrem Lager hin und her geworfen.

»Wie schön, dass dir einfällt, dass ich denken kann«, gab

sie jetzt jedoch spitz zurück. Noch war die Distanz zwischen ihnen viel zu groß, als dass seine Nähe auf sie gewirkt hätte. »Ich verfüge nämlich über einen eigenen Verstand und bin nicht nur ein kleines, aufsässiges Mädchen.«

Überrascht hielt der Maler inne, als ihm die Bedeutung ihrer Worte aufging. Dann fasste er sich wieder. »Du benimmst dich aber so.«

Carla konnte sich des Gefühls nicht erwehren, dass er recht hatte. Dennoch würde sie keinen Zoll von ihrer Überzeugung abweichen.

»Nur weil ich mich von der Werkstatt fernhalte? Du hast doch immer betont, dass ich nicht dazugehöre! Dass ich eine besondere Stellung am Rande habe. Es gibt keine Regeln für mich, Lucas. Man kann also mein Verhalten nicht aufmüpfig nennen.«

»Und was ist das?« Mit drei großen Schritten stand er vor ihr und donnerte mit flacher Hand einen Bogen auf den Tisch.

Theres war hereingekommen, nachdem niemand ihr Klopfen gehört hatte. Im Handumdrehen war Lucas bei ihr und riss ihr Krug und Becher aus der Hand. »Und nun mach mir etwas zu essen«, herrschte er die Magd an und schickte sie wieder hinaus.

Während er sich einschenkte und hastig trank, warf Carla einen Blick auf das Papier. Es war ihre halbfertige Zeichnung, die sie von Max angefertigt hatte.

»Wer ist das?« Lucas Stimme klang scharf wie ein Peitschenknall. Erstaunt hob Carla den Blick, sie konnte seine Wut förmlich fühlen. Plötzlich wurde ihr bewusst, dass Lucas Cranach eifersüchtig war. Eifersüchtig bis in die Fingerspitzen seiner begabten Hände!

Sie reckte selbstsicher das Kinn und lehnte sich auf ihrer

Bank zurück. »Max Meerhahn, ein Freund meines Bruders.«

Die Sachlichkeit ihrer Antwort reizte Cranach bis aufs Blut. »Und warum ist die Skizze nicht beendet?«

»Weil ich unterbrochen wurde.«

»Wodurch?«

Carla fixierte Cranach aus schmalen Augen und überlegte, wie weit sie den Bogen noch spannen konnte. »Was meinst du, Lucas?«

Mit einem Schritt war Cranach direkt vor ihr, außer sich vor Wut. »Carla, ich warne dich!«

Sie stand auf und sah ihm fest in die Augen. »Wovor? Ein uneheliches Kind zu empfangen? Etwas spät, findest du nicht?«

Lucas hielt überrascht inne. Mit einem Mal kam er sich lächerlich vor. Stand er wirklich vor einem siebzehnjährigen Mädchen, das er sich ins Bett zu nehmen pflegte, und benahm sich wie ein liebeskranker Ehemann? Es war doch seine Carla, die da vor ihm stand! Carla, die seine Zuneigung, seine Gedanken und schließlich sein Bett erobert hatte. Die er mehr brauchte, als er geahnt hatte und als ihm lieb war. Die beiden Wochen ohne sie waren ihm endlos und ohne Freude erschienen. Er wollte sie wieder bei sich haben, sie sollte in seiner Reichweite sein. Dafür war er bereit, einen gewissen Preis zu zahlen. Seine Sprachlosigkeit ließ Carlas Wut noch heller lodern.

»Wie kannst du es wagen, so mit mir zu reden? Mit welchem Recht entscheidest du über meinen Kopf hinweg?« Sie stand auf und atmete tief ein.

Da trat Theres ein und stellte ein Tablett mit Brot und Käse und einen weiteren Becher für Carla auf den Tisch. Dann verschwand sie freiwillig wieder. Sie würde in der

Küche bleiben, das war nahe genug an dem rasenden Meister, befand sie.

Inzwischen hatte Lucas sich jedoch wieder gefangen. »Es ist das Recht des Älteren, der auf seine jüngere Freundin Acht gibt.« Auge in Auge standen sie sich nun gegenüber.

»Es kann so nicht weitergehen, Lucas«, sagte Carla, »auch wenn dir das nicht gefällt.«

Der Maler wandte sich ab und schenkte sich Wein ein, den er in einem Zug austrank. »Ich will nicht, dass es aufhört«, sagte er.

»Was genau meinst du?« Carla verschränkte die Arme vor der Brust. »Die Malerei? Unsere Beziehung?«

»Du weißt es.«

»Ich will es von dir hören.«

Lucas sah sie unverwandt an, und Carlas Herz klopfte zum Zerspringen. Stand denn nicht alles in diesem Moment auf dem Spiel? Jetzt und hier?

»Ich brauche dich«, sagte Cranach schließlich, und Carla sah ihn erwartungsvoll an. »Philipp von Pommern, der Schwager unseres Fürsten, plant einen Bildteppich, der alle bisherigen in den Schatten stellen soll. Er wird ein Geschenk für Johann Friedrich, wenn der Fürst aus der Gefangenschaft beim Kaiser zurückkehrt.«

Carla atmete hörbar aus. Wieder wich Lucas ihr aus, wieder wählte er ein anderes Thema. Zudem hatte Carla langsam ihre Zweifel, ob der Fürst überhaupt jemals aus der Gefangenschaft zurückkehren würde, hatte sie inzwischen doch oft gehört, dass es nun bald so weit sein müsste.

»Ich bin keine Bildwirkerin«, erklärte sie kühl. »Da müsst Ihr schon in Torgau nachfragen.« Ihre distanzierte Ansprache entging Lucas nicht.

»Ich brauche keinen Bildwirker, und der Teppich wird

auch nicht in Torgau gewirkt. Ich brauche Porträts der fürstlichen Familie.«

»Dann fragt doch Euren Vater. Er sitzt dem Fürsten in Augsburg doch geradezu gegenüber.«

»Es geht um Johann Friedrichs zweite Frau und die jüngsten Söhne. Du sollst sie malen.«

Carla schluckte. Die Überraschung war Lucas gelungen, er hatte seinen Köder klug ausgelegt. Sie spürte, wie die Versuchung ihren Widerstand brach. Einen so wichtigen Auftrag konnte sie doch nicht ablehnen! Sie warf einen Blick auf ihren Lehrer und Liebhaber. Beide wussten, dass ihr Schweigen bereits zu lange dauerte für eine überzeugte Absage. Du willst es doch auch, schien Lucas Blick zu sagen, und er dachte sicher an mehr als nur die Porträts. Aber so leicht war Carla nicht zu haben.

Sie nahm einen Schluck Wein. »Nur unter der Voraussetzung, dass ich mein eigenes Zeichen auf die Bilder setzen darf.«

Lucas lächelte sie an. »Auf den Bildern wird die Cranach-Schlange stehen«, sagte er und beobachtete mit Genugtuung, wie sich Carlas Blick verdüsterte. »Die hoffentlich bald auch dein Zeichen sein wird.«

Es dauerte eine Weile, bis Carla die Bedeutung hinter Lucas' Worten begriff. Die Cranach-Schlange sollte auch ihr Zeichen werden? Sie sollte eine Cranach werden? Lucas meinte es tatsächlich ernst mit der Hochzeit?

Sie konnte nicht anders, sie glaubte ihm.

»Lucas«, flüsterte sie.

»Mein Mädchen«, er nahm sie fest in die Arme und sog ihren vertrauten Duft ein, fast prüfend, ob er nicht einen anderen Mann an ihr wahrnehmen konnte. Ihre Instinkte warnten sie, aber Lucas' Nähe siegte schließlich über Carlas

Vernunft. Sie überließ sich seinem Kuss und seinen Händen, die noch fordernder waren als sonst. Hatten sie doch zum ersten Mal unfreiwillig etwas entbehren müssen, nach dem ihnen verlangte.

Als Thilmann nach Hause zurückkehrte, schlugen die Herzen der beiden noch immer schnell, und ihre Blicke erzählten einander von den Zärtlichkeiten, die sie gerade ausgetauscht hatten. Carlas Vater war zwar überrascht, den Meistermaler zur Abendstunde in seiner Stube anzutreffen, aber es freute ihn, dass er und seine Tochter sich offensichtlich ausgesöhnt hatten.

Carla berichtete ihm voller Freude über den Auftrag, den Lucas ihr zugeteilt hatte, und Thilmann freute sich mit ihr. Die Porträts der Fürstenkinder wären eine außerordentliche Auszeichnung für jeden Maler gewesen, und so wunderte er sich insgeheim darüber, dass Lucas die Aufgabe seiner einzigen Schülerin übertragen wollte. Er hatte etliche begabte Gesellen und wäre sicher selbst an der Arbeit interessiert, aber es sollte tatsächlich Carla sein, die die Bilder anfertigte? Zwar musste Thilmann zugeben, dass ihr Talent gerade in der Darstellung von Personen wirklich seinesgleichen suchte, aber mittlerweile zerriss sich ganz Wittenberg das Maul darüber, dass das Mädchen in der Werkstatt der berühmten Künstlerfamilie malte. Ob Lucas Cranach das nun gefiel oder auch nicht. Thilmann konnte sich des Gefühls nicht erwehren, dass es etwas Besonderes mit diesem Angebot auf sich hatte, aber er hielt geflissentlich den Mund und sprach keinen der beiden darauf an.

Noch mehr aber als ihn das Angebot von Lucas Cranach an seine Tochter überraschte, wunderte sich Thilmann über die Versöhnungsbereitschaft seiner Tochter. Wie hatte Cranach sie dazu gebracht, ihm zu verzeihen? Dass er sein

Zeichen auf ihre Landschaft setzte und das Gemälde teuer verkaufte, war sein gutes Recht gewesen. Er tat es so mit all den Werken seiner Schüler und Gesellen, manchmal sogar mit Thilmanns Bildern. Die Regeln der Wirtschaftlichkeit galten viel im Hause Cranach und hatten immer schon viel gegolten. Aber Carlas Ausbildung war immer besonders gewesen, und nun sollte sie gerade in diesem Punkt so gewöhnlich abgefertigt werden? Thilmann wusste, dass Carla in ihrem Stolz gekränkt war. Sophie hätte getobt, hätte man ihre Werke so behandelt; nur zu gut erinnerte er sich an ihre Abneigung gegen den Hoftapezierer De Roy. Aber Sophie hatte auch eine andere Position innegehabt. Unvermittelt kam Thilmann der Gedanke an Carlas Ehefähigkeit. Wie lange wollte sie die Wahl eines geeigneten Ehemannes noch hinausschieben? Plötzlich kam ihm eine Idee. Wenn jemand Carla in diese Richtung bewegen konnte, dann sicher Lucas Cranach.

»Lucas«, sagte er, »mein Freund. Ihr seid Carla ein guter Lehrer und steht ihr mit viel Rat zur Seite. Meint Ihr, Ihr könnt ihr auch einen Rat außerhalb der Malerei geben?«

Überrascht sah ihn Lucas an. Thilmanns Anwesenheit machte ihm, kurz nachdem er dessen Tochter in diesem Zimmer geliebt hatte, durchaus zu schaffen. Er zuckte mit den Schultern. »Ich verstehe nun mal am meisten von der Malerei. Und auf Geld und Geschäfte wird Eure Frage sicher nicht zielen.«

»Nun, in gewisser Weise vielleicht schon. Aber das kommt erst an zweiter Stelle.« Thilmann machte eine Pause. »Eigentlich dachte ich an Carlas Vermählung.«

Fast hätte Lucas sich an seinem Wein verschluckt. Nur mühsam stellte er den Becher mit einer beherrschten Bewegung wieder zurück auf den Tisch. »An Carlas Vermählung«, wiederholte er mit belegter Stimme und räusperte sich. Sein Blick suchte Carla, die stocksteif auf der Bank saß. »Ich wusste gar nicht, dass Carla mit Euch über ihre Vermählung gesprochen hat.«

»Hat sie auch nicht.« Thilmanns Blick ruhte nun auf seiner Tochter. »Aber es wird Zeit, Carla. Du bist im heiratsfähigen Alter. Du bist klug, gebildet und schön. Es haben schon einige angesehene Familien ihre Fühler bei mir ausgestreckt.«

»Wer?«, kam es fast gleichzeitig von Carla und Lucas.

Überrascht sah Thilmann von einem zum anderen. Das Gespräch kam ihm langsam seltsam vor.

»Nun, die Luffts, die Wiesmanns, die Pfarrs ...«

»Die alte Pfarr tratscht doch am meisten darüber, dass ich Carla unterrichte«, stieß Lucas hervor.

»Ihren Sohn August scheint das aber nicht weiter zu stören«, entgegnete Thilmann.

»Vater.« Carla sah Thilmann entgeistert an. Sie war sich nicht sicher, ob ihr die Wendung des Gespräches behagte. »Warum hast du mir nie etwas davon erzählt?«

»Ich habe immer darauf gewartet, dass du mir eines Tages einen Namen nennen würdest. Du bist ein junges Mädchen, und es ist ja wohl zu erwarten, dass du dich eines Tages für jemanden interessieren wirst.«

Carla errötete.

»Aber dieser Tag liegt womöglich jenseits des Alters, in dem die allermeisten Mädchen schon verheiratet sind.«

»Ich bin siebzehn.«

»Eben. Deine Schwester war fünfzehn.«

»Das war in Venedig.«

»Na und?«

»Dies hier ist Wittenberg! Wir leben in einer modernen

und fortschrittlichen Gesellschaft. Die Freiheit ist das höchste Gut der Menschen, Freiheit im Glauben und im Herzen.«

Thilmann seufzte ob Carlas leidenschaftlichen Worten, die ihm reichlich naiv erschienen. »Ich will nicht, dass du aus gesellschaftlichen Gründen heiratest.«

Carla sah ihn überrascht an. »Warum dann?«

»Ich will, dass du es aus Liebe tust. Damit du eine Familie gründen kannst und im Alter nicht alleine bist. Glaub mir, das ist nicht erstrebenswert. Und Lucas stimmt mir sicher zu.«

Carla war natürlich klar, dass sie hier zwei Witwern gegenüberstand. Die Ehe hatte sie beide nicht davor bewahrt, alleine zu sein. Allerdings hatte ihr Vater ihr unbewusst das Stichwort gegeben.

»Habt Ihr nicht daran gedacht wieder zu heiraten, Meister Cranach?«, fragte Carla, und ihre Stimme klang ganz beiläufig. Was brauchte er noch, um endlich bei Thilmann um ihre Hand anzuhalten? Es war doch alles so offensichtlich, und der Moment schien ihr geeignet!

Lucas machte unwillkürlich eine abwehrende Handbewegung. »Ich bin noch kein Jahr Witwer«, sagte er kühl. »Diese Dinge haben Zeit. Wie steht es mit Euch, Meister Weber?«

Thilmann zuckte die Schultern, während Carla sich enttäuscht zurücklehnte. »Ich werde nicht wieder heiraten. Das ist für mich unvorstellbar.«

Carla legte ihrem Vater die Hand auf den Arm.

»Ich wünsche dir, dass auch du eine solche Liebe findest«, sagte Thilmann und legte seine Hand auf ihre. »Das habe ich all meinen Kindern immer gewünscht.«

Carla sah auf, und ihr Blick wanderte zu Lucas. »Vielleicht finde ich ja bald den Richtigen, Vater«, sagte sie. »Ich bin mir sicher, dass es nicht mehr lange dauert. Gib mir nur noch etwas Zeit.« Bis zum Frühjahr, dachte sie, dann wird er mich heiraten. Lucas hat es versprochen.

Thilmann tätschelte ihr abwesend die Hand. Er dachte nicht gerne an seine Ehe, da die Erinnerung immer wieder überraschend wehtat. Besonders, wenn sie so plötzlich kam wie an diesem Abend. »Ist gut, Kind. Ist gut.« Dann schien ihm etwas anderes einzufallen.

»Ich soll dir übrigens Grüße bestellen von Peter Heymanns aus Torgau«, sagte er beiläufig. Der junge Mann gefiel ihm, doch Carla blickte nicht einmal auf. Sie schenkte noch einmal Wein nach und sah Lucas an. Thilmann glaubte Enttäuschung in ihrem Blick zu lesen. Als warte sie darauf, dass er etwas Bestimmtes sagen würde.

»Mit dem Bildteppich geht es wunderbar voran. Der alte Heinrich hat die Überwachung der Arbeit ganz in seine Hände gelegt.«

Lucas nickte. »Natürlich, er ist sein bester Mann.«

»Es werden sicher noch weitere Anfragen nach Porträts und sogar Kartons aus Torgau eingehen«, fuhr Thilmann im Plauderton fort, um die merkwürdige Stimmung zwischen Carla und Lucas zu übertönen.

»Nicht nur aus Torgau«, sagte Lucas, und es schien, als dachte er an einen bestimmten Auftrag. Aber er verlor kein weiteres Wort darüber.

Thilmann seufzte. Weder der Meister noch seine Schülerin interessierten sich anscheinend für ein weiteres Gespräch, und auch Thilmann war die Lust vergangen. Er wartete geduldig, bis Cranach seinen Becher gelehrt und sich verabschiedet hatte.

»Beehrt uns bald wieder, Meister Cranach«, sagte er.

»Ja, tut das«, pflichtete Carla ihm bei. »Es gibt sicher wieder wichtige Dinge zu besprechen.«

Lucas Cranach zog eine Braue hoch und verabschiedete sich mit einer knappen Verbeugung. Carla sah ihm etwas länger in der Dämmerung nach, als eigentlich angemessen gewesen wäre. Dann trat sie in die Stube und schloss die Tür hinter sich.

Kapitel 16

Die Arbeit an den Porträts der Fürstensöhne wurde immer wieder verschoben. Mal war die Rückkehr Johann Friedrichs aus der Gefangenschaft unklar, mal hielten sich die jungen Prinzen gar nicht in Wittenberg auf. Dann war Carla zwei Wochen im Oktober krank und fürchtete insgeheim schon, dass sie trotz des regelmäßig getrunkenen Tees der alten Marthe schwanger sein könnte. Aber es handelte sich letztendlich doch nur um eine Magenkrankheit, die immerhin so ansteckend war, dass Theres und Thilmann sich ebenfalls ins Bett legen mussten. Markus pflegte die Kranken mit Hingabe und Strenge, da er zu Beginn befürchtete, die Krankheit könnte sich weiter in der Stadt ausbreiten. Aber die drei blieben die einzigen Fälle. Es war wohl doch nur ein verdorbener Eintopf gewesen.

Das Wetter war mies, die Ernte verhagelt, der Fürst und sein Gefolge weilten noch immer in Augsburg, und die Stimmung in der Stadt konnte allgemein als sehr gedämpft beschrieben werden.

Nach ihrer Genesung verbrachte Carla die Zeit bis Anfang November damit, ihre Zentralperspektive zu perfektionieren. Da Licht und Wetter keine Ausflüge mehr zuließen, beschränkte sie sich darauf, andere Bilder zu kopieren. Lucas Cranach bekam sie immer seltener zu Gesicht. Auch wenn er in diesem Jahr nicht dem Wittenberger Rat angehörte, so nahmen ihn seine Geschäfte voll in Anspruch.

Carla nahm sich jedoch fest vor, ihm für die Anfertigung der Fürstenkinderporträts eine letzte Frist zu setzen. Zwar wusste sie, dass auch er selbst vom Wankelmut der erlauchten Prinzen abhängig war, aber über drei Monate Verzögerung waren nicht zu entschuldigen. Jedenfalls nicht für Carla.

»Wie stellst du dir den weiteren Verlauf vor?«, fragte sie ihn, als sie das nächste Mal unter vier Augen zusammentrafen. Sie gebrauchte die vertraute Anrede, die ihr weit mehr Mut verlieh als das übliche »Ihr«. Lucas hatte sie eilig geliebt und war schon fast wieder aus der Tür. »Ständig vertröstest du mich, und nicht einmal für die Begutachtung meiner Werke nimmst du dir Zeit. Es ist so wie im Sommer«, sagte sie aufgebracht. »Nichts hat sich geändert.«

»Stimmt«, erwiderte Lucas und sah sich nach ihr um, die Hand schon an der Klinke. »Ich höre nichts als Vorwürfe von dir.«

»Wofür sollte ich mich auch bedanken?«, fragte sie und stellte sich mit verschränkten Armen ihm gegenüber. »Du kannst dein Versprechen nicht einfach brechen.«

»Welches Versprechen denn? Dass sich die Porträts so verzögern würden, konnte ich schließlich nicht ahnen. Immerhin ist der Auftrag für dich reserviert, sonst hätte ich dir nie davon erzählt.«

Carla biss sich auf die Lippe. Er hatte recht; es malte schließlich auch kein anderer an diesen Bildern. Unwillkürlich fiel ihr Blick auf ihre Hand, die noch immer kein Ring zierte.

»Was ist mit unserer Verlobung?« Sofort bereute sie jedoch die direkte Nachfrage.

»Die werden wir schon zur rechten Zeit bekannt geben«, kam es kühl zurück.

»Was ist, wenn ich schwanger werde?« Carla war nicht gewillt, sich mit dieser Ausrede abspeisen zu lassen.

»Bist du schwanger?«, fragte Lucas prompt.

»Nein.«

»Warum solltest du auch jetzt auf einmal ein Kind erwarten? Es ist ja bisher auch nicht geschehen.«

Weil ich aufgepasst habe, dachte Carla wütend. Deshalb! Sonst hätten wir schon längst ein kleines Problem mehr, und was wäre dann?

Lucas betrachtete sie nachdenklich. »Vielleicht kannst du ja gar nicht schwanger werden.«

Carla erbleichte. »Wie kannst du so etwas sagen?« Sie war fassungslos vor Wut. »Würde ich jetzt ein Kind erwarten, wären mein und dein Ruf in Gefahr. Statt zufrieden zu sein, dass es bisher nicht geschehen ist – was sicher nicht dir zu verdanken ist –, machst du es mir nun zum Vorwurf?«

Lucas Cranach der Jüngere rieb sich die Augen. Er hatte ganz offensichtlich nicht die geringste Lust, sich noch weiter mit diesem Thema zu befassen. »Und was soll ich deiner Meinung nach tun? Dich nicht mehr sehen?«, fragte er in aggressivem Tonfall.

»Wir sollten unsere Verlobung einfach öffentlich bekannt geben. Dann könnten wir rechtzeitig heiraten, falls eine Schwangerschaft eintreten sollte. Somit wäre unser Kind zumindest kein Bastard.«

Lucas sah sie befremdlich an. »Einer mehr oder weniger, was soll's.«

Carla blieb die Luft weg. Das konnte er nicht wirklich meinen! Das sagt man nicht zu einer Frau, die man liebt.

Lucas erkannte die Wirkung seiner Worte. Schnell küsste er Carla auf die Stirn. »Lass uns nicht streiten. Es wird alles gut, ja?«

Als er sich anschickte zu gehen, hielt sie ihn zurück. »Lucas, ich gebe dir eine Woche Zeit.«

Er wandte sich um und sah sie fragend an.

»Eine Woche für die Porträts *und* die Bekanntmachung der Verlobung.«

»Ist es wirklich dein Wunsch?« Seine Stimme klang düster, und die Tatsache, dass er die Verantwortung mit dieser Frage wieder Carla zuschob, machte sie wütend.

»Ja. Es ist mein Wunsch.«

Eine Weile ruhte sein Blick auf ihr. Dann nickte er knapp und verließ das Malzimmer.

Carla atmete aus und sank erschöpft auf einen Stuhl. So sollte es sich nicht anfühlen, so wollte sie nicht in eine Ehe gehen. Wo war die Liebe geblieben, die Leichtigkeit des Sommers, das romantische Glück? Warum schlug ihr Herz schwer und nicht schneller, wenn sie Lucas sah? Warum genoss sie seine Anwesenheit nicht mehr? Warum nicht mehr die Gespräche?

Weil sie nicht mehr stattfanden, gestand sie sich ein. Lucas kam fast nur noch zu ihr, um ein anderes Bedürfnis zu stillen. Es fehlt noch, dass er mir Geld auf den Tisch legt, dachte Carla und wurde rot, obwohl sie allein im Raum war. Sie erkannte, dass die Hure und die alte Marthe sie gut beraten hatten. Wäre sie jetzt schwanger, wäre sie mit dem Problem offenbar ganz auf sich gestellt. Sie legte den Kopf auf den Tisch und brach in heftiges Schluchzen aus. Lucas Cranach konnte zum Teufel gehen! Carla wusste jedoch nicht, dass er bereits ganz woanders ein- und ausging und sie ihn erst am Neujahrstag wiedersehen sollte.

Der erste Tag im Jahr 1551 war strahlend und kalt. Eine silbrige Wintersonne ließ die wunderschön überfrorenen

Häuser und Sträucher wie einen Zauberwald glitzern. Carla war am Vormittag mit Markus Schlitten gefahren. Zwar waren sie mit Abstand die Ältesten auf dem Rodelberg hinter der Stadtmauer, aber sie hatten nicht weniger Spaß als die Sechs- und Siebenjährigen, die sich im pulverigen Schnee balgten. Carla genoss den Vormittag aus ganzem Herzen. Sie hatten eine herrliche Weihnachtszeit gehabt, in der sie ganz unter sich gewesen waren.

Nur Max war einige Male vorbeigekommen und hatte mit ihnen gegessen. Es war Carla und ihm gelungen, einen vertrauten, freundlichen Umgang miteinander zu pflegen. Kurz vor Weihnachten hatte Max sie fest umarmt und ihr beim Abschied ins Ohr geflüstert, dass es jetzt eine Anna in seinem Leben gab und sich alles ganz vielversprechend anließ; und Carla hatte ihm mit strahlenden Augen das beste Glück gewünscht. Als er den gleichen Wunsch an sie richtete, hatte sie den Blick gesenkt und flüchtig genickt. Ihr Glück, von dem sie so überzeugt gewesen war, hatte sich so zerbrechlich wie ein Schneekristall erwiesen. Sie hatte Lucas seit Wochen nicht gesehen und war fast ebenso lange nicht mehr in ihrem Malzimmer gewesen. Stattdessen war sie zu Meister Holzapfel gegangen und hatte sich einen freien Platz am Webstuhl erbeten, um Weihnachtsgeschenke zu weben. Der Abstand von der Malerei erleichterte ihr den Abstand zu Lucas.

Heute jedoch würde sie Lucas Cranach den Jüngeren wiedersehen. Beim traditionellen Neujahrsmahl würde er den Angestellten der Werkstätten ein gutes Neues Jahr wünschen und ihnen persönlich eine Sondermünze auszahlen. Thilmann hatte Carla zu verstehen gegeben, dass es eine unentschuldbare Unhöflichkeit wäre, sollte sie bei diesem Festmahl nicht dabei sein. Er hatte die Malpause seiner Tochter mit Aufmerksamkeit, aber nicht mit Besorgnis wahrgenommen. Thilmann wusste, wie enttäuscht sie darüber war, dass die Prinzenporträts sich immer wieder verzögerten, aber er hatte selbst die Erfahrung gemacht, wie wankelmütig Auftraggeber sein konnten. Und so verstand er auch, dass die Arbeit nicht begonnen werden konnte, bevor nicht eine Anzahlung aus Stettin eingetroffen war. Immerhin würden die Porträts letztendlich dort gebraucht. Also verlangte er von seiner Tochter, sich zusammenzureißen und ihrem Lehrer den Respekt zu erweisen, den sie ihm seiner Meinung nach schuldete.

So fand Carla sich rechtzeitig in einem feinen blauen Wollkleid in der Stube der Webers ein und wartete auf ihren Vater. Missmutig hatte sie sich das Haar im Nacken zusammengesteckt und sogar ein Paar Ohrringe ihrer Mutter angelegt. Mit dem einfachen weißen Schleier über dem Haar wirkte sie mit einem Mal so erwachsen, dass Thilmann vor Überraschung in der Tür innehielt. Stolz bot er ihr den Arm, und sie begaben sich in die Werkstatt.

Cranachs Mitarbeiter waren bereits um eine lange Tafel versammelt und sprachen dem Mahl bereits reichlich zu. Neben dreierlei Sorten Brot gab es einfache Speisen wie Wildpasteten, gebackenes Hirn im Eierteig und heidnische Kuchen. Nusspudding und ausgebackene Äpfel rundeten das Angebot ab. Dazu floss reichlich roter Wein, der von annehmbarer Qualität war und schon dem einen oder anderen zu Kopfe gestiegen war. Carla blickte über die ganze lange Tafel, aber sie konnte Lucas nicht entdecken. Sie setzte sich neben ihren Vater und langte kräftig zu. Warum sollte sie sich von den Launen eines Mannes den Appetit verderben lassen?

Als die dargebotenen Speisen langsam zur Neige gingen,

und die Stimmung dank des Weines immer ausgelassener wurde, erschien er endlich. Carla staunte darüber, wie fein sich Lucas Cranach der Jüngere gekleidet hatte. Seine Schaube, die für die Stube eigentlich viel zu warm war, war pelzverbrämt und an den opulenten Ärmeln reich bestickt.

Die Gesellen und Meister stießen Hochrufe auf ihren Arbeitgeber aus, von dem sie sich nun ihre Anerkennung in klingender Münze erwarteten. Phrasen wurden gedroschen, Lucas' Talent und Kunstsinn gepriesen und auf das Wohl des noch immer abwesenden Vaters getrunken. Auch wenn die meisten nicht wussten, wo genau sie Augsburg zu finden hatten, taten sie kund, er möge recht bald und wohlbehalten heimkehren, was natürlich nicht bedeutete, dass man ihn, Lucas Cranach den Jüngeren, etwa nicht achte und liebe.

Lucas beruhigte die Gemüter mit einer ausladenden Bewegung seiner ausgebreiteten Arme und wartete geduldig, bis die letzten Zurufe verstummten.

»Meine Helfer«, begann er leutselig, »meine Kollegen, meine Freunde. Wieder ist ein Jahr für uns vorübergegangen. Wirtschaftlich war es ein Erfolg für die Werkstatt. Aber es hat uns Menschen genommen, die uns lieb und teuer waren. Unser Mentor und mein Vater, Lucas Cranach der Ältere, ist endlich dem Ruf unseres lieben Fürsten Johann Friedrich dem Großmütigen gefolgt und zum Kaiser gestoßen. Und meine liebe Frau Barbara hat der Herr schon gleich zu Beginn des Jahres zu sich genommen.«

Allgemeines Gemurmel zeigte noch einmal das Beileid der Anwesenden. Carla saß kerzengerade da und wartete darauf, dass Lucas' Blick auf sie fiel. Aber er tat es so geflissentlich nicht, dass Carla schließlich ahnte, dass es Absicht war.

»Und nun stehe ich vor euch, ein Mann im besten Alter mit kleinen Kindern, die eine Mutter brauchen.«

Wieder erhob sich zustimmendes Gemurmel.

»Was also soll ich tun?«

»Verheiratet Euch wieder!«, wurden wie erwartet die ersten Rufe laut. »Nehmt Euch ein neues, junges Weib.«

Lucas lächelte. Carla fühlte, wie ihr plötzlich der Schweiß in ihrem Wollkleid ausbrach. Was führte Lucas im Schilde?

»Seht«, rief Lucas, »das habe ich mir auch gedacht. Aber es ist nicht einfach, ein geeignetes Mädchen zu finden.«

Die Runde, die bis auf Carla nur aus Männern bestand, amüsierte sich köstlich über die Wendung, die die Rede ihres Meisters nahm.

»Die eine ist zu dumm, die andere zu hässlich«, fuhr Lucas in unterhaltsamem Ton fort und die Männer lachten. »Die eine versteht nichts von Kunst, die andere redet wie ein Waschweib. Und habe ich, Lucas Cranach, nicht eine feine Gemahlin verdient?«

Zustimmendes Gejohle war der Lohn für seine sorgsam vorbereiteten Worte. Carla rutschte unruhig auf ihrem Stuhl hin und her. Das würde er jetzt nicht tun … Ihre Verlobung einfach so zu verkünden, ohne sie einzuweihen! Auch nicht, wenn es ihr Wunsch gewesen war. Er konnte ihr nicht sein Zeichen aufdrücken, wie er es mit ihrem Bild getan hatte! Dennoch spürte sie eine freudige Spannung in sich aufsteigen, ihre gesamte Aufmerksamkeit richtete sich atemlos auf Lucas' Worte.

»Welche Erwartungen habe ich also? Sie muss jung und schön sein«, resümierte er und griff den Daumen seiner rechten Hand. »Sie muss gebildet sein sowie Verstand und Sinn für die Kunst haben.« Er hielt den zweiten Finger. »Und sie muss mich glücklich machen, am Tag und in der

Nacht!«, rief er jovial und ließ sich den dritten Finger durch viel Gelächter absegnen. Carla spürte, dass ihre Wangen sich röteten. War sie hier auf dem Viehmarkt? Hatte Lucas vergessen, dass sie mit an der Tafel saß? In diesem Augenblick trafen sich ihre Blicke, und sie wusste, dass er es ganz und gar nicht vergessen hatte.

»Stellt euch vor, ich habe ein solches Zauberwesen gefunden«, rief er, und sein Blick hielt Carla fest. »Hier mitten in Wittenberg.«

»Wer ist es?«

»Lasst uns nicht länger warten!«

»Raus damit, wer wird die neue Frau Cranach?«

Ein Glitzern lag in Lucas' Augen, als er Carla einen letzten Blick zuwarf. Ein Glitzern, bei dem es ihr eiskalt den Rücken herunterlief.

»Magdalena Schurff!«, rief Lucas. »Melanchthons Nichte. Denn eines muss meine Zukünftige noch mitbringen: Anstand, Demut und eine vorteilhafte Herkunft.«

Das Gejohle der Gesellen klang gedämpft in Carlas Ohren. Wie betäubt saß sie neben ihrem Vater, der verhalten applaudierte, und betrachtete aufmerksam das blaue Blumenmuster der Tischdecke. Er hatte sich mit einer anderen verlobt! Viel schlimmer noch, er hatte sie mit seiner ganzen albernen Rede grausam gequält. Er hatte sie dafür bestraft, dass sie ihren eigenen Willen hatte und sich ihm nicht länger beugen wollte. Carla spürte, wie eine kalte Wut in ihr aufstieg. Was bildete sich dieser Geck ein? Sich hier in seiner teuren Kleidung hinzustellen und ihr vor aller Welt zu sagen, dass sie nicht gut genug für ihn war?

»Im Mai«, rief Lucas gerade und stieß mit den anderen an. »Wir werden im Mai heiraten.«

»Und zum nächsten Neujahr ist die Taufe«, johlte eine andere Stimme und erntete viel Echo dafür.

Ihre Wut stieg weiter. Schuft, dachte Carla. Berechnender Schuft. Nie hätte er mich diese Porträts malen lassen. Nie hätte er mich geheiratet. Er hat recht, ich bin einfach zu dumm für ihn. Und meine Herkunft ist zu einfach. Ich bin keine Nichte Melanchthons, aber ich bin die Tochter von Sophie Ballheim. Und dir werde ich jetzt zeigen, dass man so nicht mit mir umspringt! Sie stand auf, ohne auf Thilmanns Hand zu achten, die sie zurückhalten wollte, und nahm ihren Becher. Lächelnd ging sie auf Lucas zu, als ob sie ihm gratulieren wolle. Alle klatschten.

»Einen Kuss!«, forderten sie. »Einen unschuldigen Kuss für gutes Glück.«

Das ist das Letzte, was du von mir bekommst, dachte Carla und blieb dicht vor Lucas stehen. Schluss mit den Küssen. Gespannte Stille breitete sich aus. Carla erkannte die Unsicherheit in seinem Blick. Er hatte Angst vor ihr. Und Ehrfurcht. Und plötzlich wusste sie auch, warum Lucas' Liebe sich so gewandelt hatte.

»Ehrlicher hättest du nicht zugeben können, dass ich besser male als du«, sagte sie klar und deutlich, damit alle es hören konnten. »Auf die zweite Wahl.« Dann hob sie den Becher an die Lippen und leerte ihn in einem Zug.

Carla Weber wandte sich um und verließ endgültig die Cranach'sche Werkstatt.

Kapitel 17

Carla saß beim Frühstück in der Weber'schen Stube und rührte freudlos in ihrer Milchsuppe.

»Du könntest weitermalen«, schlug Markus schließlich vor, nachdem sie eine ganze Weile schweigend nebeneinandergesessen hatten. »Es ist das, was du liebst. Du musst es ja nicht hier in Wittenberg tun.«

»Wir wissen beide von Vater, wie schwer es Wandermaler haben. Und wer würde schon einem Mädchen einen Auftrag geben? Wenn ich mich gestern nicht so hätte hinreißen lassen, könnte ich hier in Wittenberg weitermalen.«

»Nein, das könntest du nicht.« Markus sah seine Schwester von der Seite an, doch sie wich seinem Blick aus. Er hatte recht. Sie konnte nicht neben der neuen Frau Cranach leben und Bilder malen. Auch nicht, wenn ihre Bilder schöner waren als die von Lucas Cranach.

Am gestrigen Abend hatte Carla sich ein Herz gefasst und ihrem Bruder die Geschehnisse des letzten Sommers gebeichtet. Obwohl er bereits seine eigenen Vermutungen gehegt hatte, so erschrak er doch darüber, wie weit Carlas Verhältnis mit Lucas Cranach gegangen war. Und nach dem Schock folgte die Erleichterung, dass Carla nicht schwanger geworden war.

»Wenigstens etwas«, sagte er.

Carla lächelte matt. »Das war doch der Sinn unseres nächtlichen Ausflugs, oder etwa nicht?«

»Der Sinn war eigentlich, dass du dich gar nicht erst mit

Cranach einlassen solltest«, stellte er richtig. »Aber wie ich sehe, hast du deinen eigenen Weg gefunden, um mit der Sache fertig zu werden.«

»Und ich habe trotzdem teuer bezahlen müssen«, murmelte Carla.

»Hat er dir so wehgetan, kleine Schwester?«

Carla überlegte. Zu wissen, dass Lucas und sie keine gemeinsame Zukunft haben würden, tat weh. Aber nicht so schmerzlich, wie es sie noch im Sommer getroffen hätte. Zu sehr hatte sich ihre Beziehung zu Cranach bereits verändert. »Ich werde es vermutlich überleben«, sagte sie und lächelte schief.

»Weiß Vater davon?«

Carla seufzte. »Wahrscheinlich reimt er es sich zusammen, so wie du. Aber ich werde es ihm nicht erzählen. Er wird bei Cranach bleiben. Wie könnte er das, mit all dem Wissen?« Carla ließ ihren Löffel über dem Teller pendeln. »Er wird es ohnehin schwer genug haben. Die Wittenberger werden sich nach dem gestrigen Tag das Maul über Lucas und mich zerreißen.«

»Aber das tun sie doch längst.« Markus nahm ihr den Löffel aus der Hand und legte ihn auf den Tisch. »Du hast ihnen gestern allerdings den Beweis dafür geliefert. Du hast zwar nicht gesagt, dass ihr bereits …« Er stockte. Einen solchen Satz über die eigene Schwester zu sagen, fiel ihm erstaunlich schwer.

»Dass ich bereits ein gefallenes Mädchen bin«, ergänzte Carla und lachte bitter auf. »Und dennoch werden sie mich dafür halten.«

»Wenn Lucas den Gleichmut hat, das Gerede an sich abprallen zu lassen, werden sie es bei der Schwärmerei einer Schülerin belassen. Er wird sich ein ums andere Mal anhören müssen, dass er eben keine Frauen unterrichten sollte. Und daran wird er sich wohl in Zukunft auch halten. Vater gegenüber wird er es nicht an Respekt mangeln lassen. Und spätestens nach der Hochzeit wird man dich vergessen haben.«

Er hatte den Satz unbedacht dahergesagt. An Carlas Miene erst merkte er, dass er sie verletzt hatte. »Ich meine … ich wollte nur…«

Carla winkte ab. »Ich verstehe dich schon. Nur leider hast du recht. Ich werde nichts weiter sein als die kleine Schülerin, die für ihren Lehrmeister geschwärmt und sich eingebildet hat, in seine Kreise aufsteigen zu können. Das werden sie von mir denken.«

»Spielt es eine Rolle, was sie von dir denken?«

»Nicht, wenn ich Wittenberg verlasse.«

»Wo willst du denn hin?«

»Tja«, machte Carla, »das weiß ich noch nicht.«

Es war dunkel und bitterkalt, als Carla an das Fenster von Max Meerhahn klopfte. Sie musste ordentlich pochen und fürchtete schon, die Nachbarn zu wecken, bis sie sein erschrockenes Gesicht hinter der Scheibe wahrnahm.

»Carla! Um Himmels willen, was machst du hier? Du erfrierst ja …« Er äugte hinab auf den Boden, der gefährlich tief unter ihnen lag. Wie war sie nur hier heraufgekommen? »Oder du stürzt dich zu Tode!«

Schnell zog er sie in sein Zimmer und hoffte, seine Wirtin nicht zu wecken.

»Erinnerst du dich daran, dass ich gesagt habe, ich würde dich noch als Freund brauchen?«

Max nickte unbehaglich. Was immer nun folgen würde, würde ihm weniger gefallen als die Tatsache, dass Carla Weber ihn mitten in der Nacht in seinem Zimmer aufsuchte.

»Dann zieh dich an und komm mit.«

Er reagierte nicht und sah sie nur verdattert an.

»Beeil dich, Max. Es dämmert bald.«

»Was gibt es denn so Dringendes, dass du mitten in der Nacht vor meinem Fenster auftauchst?«, brachte er endlich hervor.

»Ich kann am hellen Tag nicht in deine Schreibstube kommen.«

»In meine Schreibstube?«

»Ja, denn da gehen wir jetzt hin.«

»Warum das denn?«

»Erkläre ich dir, wenn wir dort sind.«

»Carla«, sagte Max, »bist du verrückt geworden? Hat Cranach dir einen Zaubertrank eingeflößt?«

Die Bemerkung brachte Carla zum Lachen. »Den braucht er wohl eher für seine Magdalene Schlurf oder wie sie heißt. Mich würde übrigens interessieren, was *sie* davon hält, die zweite Frau Cranach zu werden. Wahrscheinlich hat man sie nicht mal danach gefragt, diese Nichte Melanchthons.« Ihre Stimme hatte boshafter geklungen, als Carla es beabsichtigt hatte.

»Also darum geht es«, stellte Max fest und bemerkte, dass er ein wenig enttäuscht war. Für einen kleinen Moment hatte er eine hauchdünne Hoffnung gehegt.

»Nein, darum geht es überhaupt nicht«, entgegnete Carla. »Es geht um mich. Und nur um mich.«

Max war endlich in Hose, Stiefel und Wams gekleidet. Leise schlichen sie die Treppe hinunter und liefen durch die Gassen zum Advokaten, in dessen Schreibstube Max angestellt war. Er verdunkelte die Fenster und entzündete dann einige Kerzen. »Was willst du von mir?«, fragte er schließlich, als er Carla an seinem Schreibtisch gegenübersaß.

Sie fingerte in ihrer Ledertasche herum und zog schließlich eine Pergamentrolle hervor. Diese reichte sie Max, der sie mit geübten Händen entrollte. Im Schein der Kerzen las er aufmerksam.

»Das ist die Beurkundung deiner Ausbildung bei Holzapfel«, sagte er erstaunt. »Was soll ich damit?«

»Ändere sie.«

»Was ist daran falsch?«

»Der Name. Er muss lauten *Karl Weber.*«

Verständnislos sah er sie an. »Was hast du vor?«

»Und diesen Brief schreibst du bitte einmal ab«, sagte sie statt einer Antwort.

Max besah sich das zweite Schriftstück. »Hiermit empfehle ich, Lucas Cranach zu Wittenberg, Euch, Heinrich von der Hohemühl, Karl Weber zur Wirkarbeit in Eurer Weberei …« Seine Stimme erstarb.

»Das ist Urkundenfälschung, Carla! Er wird mich umbringen.«

»Du hast die Wahl, entweder er oder ich.«

»Bitte sei doch vernünftig!«

»Das bin ich ja. Ich habe es genau durchdacht. Ich werde Wittenberg verlassen. Und ich werde selbst für mich aufkommen. Ich kann noch etwas Unterricht im Wirken gebrauchen, also setze ich meine Zeit sinnvoll ein.«

»Aber deine Familie! Dein Vater!«

Carlas Miene verdüsterte sich. Sie wusste, dass sie Thilmann mit ihrem Weggang wehtun würde. Aber sie würde ihm nicht das Herz brechen wie Peter. Andernteils würde sie sich auch nicht seinen Vorstellungen unterwerfen.

»Wenn mein Vater weiß, wo ich bin, wird er mich zurückholen, um mich zu verheiraten. Das wird ihm als die beste Lösung erscheinen.«

Max nickte, denn er fand die Lösung auch nicht schlecht.

»Das ist aber nicht das, was ich will, Max! Mein Vater darf nicht wissen, wo ich bin. Aber er soll wissen, dass es mir gut geht. Er soll mir schreiben können und ich ihm. Und du wirst unser Mittelsmann sein.«

»Warum ich?«, fragte Max gequält.

»Weil du mein Freund bist, vergessen?« Carla lächelte ihn an. »Ich schreibe euch jede Woche. Wenn ihr nichts mehr von mir hört, wisst ihr, wo ihr mich zu suchen habt.«

»Wenn wir nichts mehr von dir hören? Markus spießt mich auf!«

»Nein, das wird er nicht. Du gibst ihnen diesen zweiten Brief von mir. Und den brauchst du auch nicht abzuschreiben.«

»Aber du willst doch nicht wirklich als Junge dorthin? Sie werden es dir einfach nicht glauben! Niemand wird es dir glauben!«

Carla stand auf. »Tatsächlich, werden sie nicht? Als Student war ich doch auch nicht schlecht, oder?«

Sie zog ein kleines, scharfes Messer aus ihrem Stiefel und zog es mit einer festen Bewegung durch ihren Zopf. Das Haar fiel schimmernd und üppig über ihre Hand.

Max starrte sie mit offenem Mund an. »Du bist doch verrückt!«

»Verrückt?« Carla lachte befreit auf und warf ihren Zopf auf Max Schreibtisch. »Nein, nur entschlossen. Man wird mir und meiner Arbeit nicht wieder die Tür vor der Nase zuwerfen, nur weil ich ein Mädchen bin.« Sie stopfte die restlichen Locken unter eine einfache Kappe.

Max, der jetzt erst bemerkte, dass sie bereits als Junge gekleidet war, staunte nicht schlecht, als sie sich durch einige Änderungen in ihrer Haltung und einige Gesten, die sie sich seit Jahren angeeignet hatte, in einen waschechten Kerl verwandelte. Schmächtig zwar und milchgesichtig. Aber es war ein Junge.

»Weine mir nicht nach, Kleine«, sagte sie rau. »Ich bin heute hier und morgen dort. Zum Ehemann tauge ich nicht, da musst du dir schon einen Besseren suchen.«

Max starrte sie entgeistert an. »Du tust es tatsächlich.«

»War ich in Mühlberg oder nicht?«

Er seufzte, schien klein beizugeben. »Wann willst du denn aufbrechen?«

»Ich warte nur noch auf meine Papiere. Mein Kahn geht im Morgengrauen.«

Max sah sie lange an. »Warum schreibst du sie dir nicht selbst?«, fragte er schließlich ausweichend.

»Weil ich bei Hohemühl womöglich auch etwas schreiben muss. Und wie sieht das denn aus, wenn mein Zeugnis und meine Empfehlung in der gleichen Handschrift verfasst sind?« Sie sah Max ungeduldig an. »Glaubst du wirklich, ich würde dich sonst um all das bitten?«

Verflixt, warum waren Carlas halsbrecherische Ideen immer so stringent durchdacht?, dachte er. Erwies er ihr denn damit wirklich einen Freundschaftsdienst? Schließlich schickte er ein Stoßgebet zum Himmel und machte sich daran, ihr die gewünschten Dokumente auszustellen.

Als die Kähne in aller Früh ablegten, sprang Carla im letzten Moment an Bord. Sie verließ Wittenberg als junger Bursche und mit einem Liedchen auf den gespitzten Lippen, ohne sich noch ein einziges Mal umzusehen. Ihr Herz jedoch lag schwerer in ihrer Brust, als ihr lieb war.

TEIL II

Stettin

Kapitel 18

Wittenberg, 1553

Die Kappe über die blonden Locken gestülpt, stand sie in Wams und Beinkleidern am Bug des Lastkahns und sah über den Fluss. Es mussten nur noch ein oder zwei Windungen sein, bis die Silhouette von Wittenberg im Morgennebel auftauchen würde. Knapp zweieinhalb Jahre war es nun her, dass sie die Stadt auf demselben Weg heimlich verlassen hatte. Nun kehrte sie ebenso heimlich zurück.

Carla räusperte sich und zwinkerte in Männermanier dem drallen Mädchen zu, das sich einige Schritte weiter an die Reling gestellt hatte und sie nicht aus den Augen ließ. Es kicherte errötend und wandte sich scheinbar verlegen ab. Sie seufzte. Lernten diese dummen Hühner denn nie dazu? Sollte sie selbst einmal eine Tochter haben, wüsste sie sie auf jeden Fall zu warnen. Dass man junge Mädchen nicht vor einem hübschen Gesicht warnen konnte, kam ihr dabei nicht in den Sinn.

Sie richtete ihre Aufmerksamkeit wieder auf den Fluss. Der Morgen war kühl, aber der Tag versprach heiß zu werden. Da, jetzt konnte sie Wittenberg erkennen. Überraschend wurde Carla von Heimweh durchflutet. Von Vorfreude auf den Vater, den Bruder. Sie klimperte mit der Geldbörse, die sie fest verschnürt unter ihrem Hemd auf der Brust trug. Sie war gut gefüllt, hatte sie doch viel gearbeitet und wenig ausgegeben in Torgau. Sie würde zur Feier des Tages auf dem Markt zwei fette Rebhühner kaufen. Das würde den Vater sicher erfreuen.

Als Carla breitbeinig vom Kahn stieg, rempelte sie einer der Lastenträger an, die an Bord kamen, um für ein Handgeld die Kähne zu entladen. Der bullige Mann überragte sie um eine gute Haupteslänge.

»Bürschchen«, grollte er wütend, »pack dich schleunigst beiseite.«

Schnell legte sie ihm beschwichtigend die Hand auf die Schulter, nicht ohne einen gewissen Druck auszuüben. Das Lächeln dazu war hingegen offen und freundlich, die Stimme warm. »Mein Freund, verzeih mir. Aber schau, die Sonne scheint, und der Tag ist zu schön für Ärger. Hier, nimm einen Pfennig als Entschuldigung und lade dir nachher ein Liebchen ein. Ist das nicht viel besser?«

Der Bullige sah in seine Hand, in der nun wie von Zauberhand ein funkelnder Pfennig lag. »War ja meine Schuld«, grummelte er, während er das Geld in seine Tasche gleiten ließ, und trollte sich.

Nicht einen Augenblick sah ihm Carla nach. Sie hatte schnell gelernt, dass sich Ärger vermeiden ließ, indem man ihm einfach keine Angriffsfläche bot. Denn in einem Faustkampf würde sie immer den Kürzeren ziehen.

Sie schlenderte mit festem Gang den Weg hinauf zum Marktplatz, wo sie die Rebhühner kaufte, und genoss die erste Zeit in Wittenberg. Erinnerungen überkamen sie. Dort hatte sie immer Zuckerkringel gekauft, dort mit ihren Brüdern dem betrügerischen Metzger aufgelauert und ihn mit einem Eimer Schweineblut begossen. Und dort hatte man seinerzeit bei ihrer Ankunft in der Stadt die Meier'sche hingerichtet, die Mörderin, die unter dem Rad starb. Kurz zögerte Carla auf dem Marktplatz, ob sie den Umweg an der Werkstatt des Lucas Cranach vorbei einschlagen sollte. Aber dann zuckte sie die Schultern und machte sich mit länger werdenden Schritten auf den direkten Weg zum Haus ihres Vaters.

Das Anwesen hatte sich nicht verändert, und sie klopfte laut an die Tür. Als sich eine Weile lang nichts regte, trat sie ein und zuckte sogleich zusammen. Eine Furie von einer Magd schoss auf sie zu.

»Was fällt dir ein, du Lümmel! Raus hier! Ich werd dich lehren, einfach so in fremde Häuser zu spazieren.«

Die Theres hatte sich auch nicht verändert, dachte Carla und duckte sich geschickt unter dem Schrubber, der nun auf ihre Schultern niederfuhr, bis eine Stimme der wild gewordenen Magd Einhalt gebot.

»Lass gut sein, Theres! Es ist nur der Karl.«

Sie hob den Kopf und sah ihren Bruder auf der Treppe stehen. Markus. Doktor Weber! Er sah unverändert aus, vielleicht nur ein wenig reifer.

»Der Karl!«, hauchte Theres, die dieses Familienmitglied bis heute für einen Cousin des Doktors hielt. »Nein, den haben wir aber lange nicht mehr hiergehabt.« Sie ließ schnell den Schrubber in einer Ecke verschwinden und trocknete sich die Hände an der Schürze ab. Beflissen trat sie auf den Gast zu.

»Geh in die Küche und bereite uns etwas Gutes zu essen, Theres«, bat Markus die Magd.

Carla hielt ihr bei diesem Stichwort wortlos die beiden Rebhühner hin, und die Magd trollte sich, um das Geflügel in der Küche ordentlich zu rupfen. »Nein, der Karl. Der Karl«, murmelte sie dabei leise vor sich hin.

Die beiden Geschwister wechselten belustigt einen Blick.

»Mein Gott, Carla«, entfuhr es Markus dann, und mit wenigen Schritten kam er auf sie zu. »Ich hätte dich auf der Straße nicht wiedererkannt.«

Sie nahmen sich fest in die Arme.

»Ich dich schon, mein Bruder.«

»Ich bin ja auch nicht verkleidet und trage keine Röcke und lange Locken.«

Sie lachte.

»Lach nicht«, sagte Markus ernst. »Für mich ist deine Veränderung mindestens ebenso wunderlich.«

»Aber du kennst Karl doch.«

Markus schüttelte den Kopf. »Ich kannte mal einen vorlauten Bengel. Aber jetzt ist er ein Mann! Etwas glatt ums Kinn, aber ein richtiger Mann.«

Fasziniert betrachtete Markus seine Schwester. Die Tarnung wirkte so echt! »Komm, Vater wird sich freuen.«

»Weiß er, dass ich komme?«

Markus schüttelte den Kopf. »Woher hätte ich wissen sollen, dass du wirklich kommst? Ich wollte ihm nicht unnötig Hoffnung machen.«

Carla knirschte schuldbewusst mit den Zähnen. Langsam folgte sie ihrem Bruder die Stiegen hinauf zur Kammer des Vaters. Mit klopfendem Herzen und Angst vor dem Ungewissen nahm sie die Kappe ab und trat durch die Tür.

Thilmanns Haar war grau geworden und die Wangen tief eingesunken. Aber seine Augen blickten wach. Sie richteten sich neugierig auf die Eintretenden und weiteten sich dann vor Überraschung. Er hob einen erschreckend dünnen Arm zum Gruß. »Carla!«

»Vater!« Sie kniete sich neben das Bett und legte die Stirn auf seine Hand. »Vater, bitte verzeih mir.«

»Was soll ich dir verzeihen?«, fragte Thilmann verwundert.

»Dass ich fortgelaufen bin.«

»Aber du bist nicht fortgelaufen! Du bist aufgebrochen und neue Wege gegangen!«

Tränen liefen ihr über die Wangen, sie konnte nichts dagegen unternehmen. »Ich war so lange fort.«

»Wahrscheinlich hast du deine Zeit gebraucht, mein Kind.«

»Du hast mich sofort wiedererkannt.«

Thilmann lächelte seine Tochter an. »Natürlich. Ich habe dich doch mehrmals in Torgau besucht.«

»Du hast was?« Verblüfft schaute Carla ihn an.

»Ich war alle paar Monate in Torgau, um nach dir zu sehen.«

»Wirklich?« Sprachlos sah Carla ihren Vater an, der auf einmal ganz zufrieden mit sich selbst zu sein schien.

»Weißt du, auch ich habe meinen Willen«, erklärte Thilmann amüsiert. »Ich gestatte dir zwar aufzubrechen, aber ich erlaube mir auch, dich wiederzusehen.«

»Warum hast du nichts gesagt? Warum habe ich es nicht gemerkt?« Carla konnte es kaum glauben. Wie oft hatte sie sich nach ihrer Familie gesehnt? Vielleicht war ihr Vater dann nur ein paar Schritte von ihr entfernt gewesen.

»Es war an dir, dich zu melden. Es war an dir, uns zu sagen, dass du uns sehen willst.« Thilmanns Blick wurde streng. »Es war die ganze Zeit über deine Entscheidung.«

Carla nagte an ihrer Lippe. Er kannte sie so gut. »Jetzt bin ich da.«

»Und das ist gut so.« Thilmann legte ihr die Hand auf den Kopf.

Carla betrachtete ihn genau. »Wie geht es dir?«

»Wie sehe ich denn aus in deinen Augen?«

Sie zögerte. Sein Anblick hatte sie erschreckt. »Älter.«

Thilmann sah sie aufmerksam an. »Das war zu erwarten«, sagte er, bevor ein Hustenanfall ihn unterbrach. Carla wusste, dass das Tuch blutbefleckt war, bevor er es vom Mund nahm. Husten. Wie einst ihre Mutter. Immer wieder war es der Husten.

»Markus, reich mir meine Kleider«, sagte Thilmann, als er sich wieder gefangen hatte.

»Vater, du sollst doch …«

»Ich weiß, ich weiß. Ich soll nicht aufstehen. Ich muss mich schonen. Ihr Ärzte könnt sterbenslangweilig sein.« Thilmann freute sich über seine Bemerkung. Dann sah er, dass er seinen Sohn gekränkt hatte, und lenkte ein. »Meine Kinder sind es hingegen nie. Setzen wir uns also mit dem verlorenen Sohn einträchtig an einen Tisch und erzählen uns die Geschichten der vergangenen Jahre. Die Freude lass ich mir nicht nehmen.«

Die Rebhühner dufteten herrlich, und das gesottene Gemüse, das Theres dazu bereitet hatte, war das beste, das Carla seit zweieinhalb Jahren gegessen hatte. Sie langte kräftig zu.

»Nun, wie ist es dir ergangen?«, fragte Thilmann schließlich neugierig. »Hast du unter Peter Heymanns gewirkt?«

Fast hätte Carla sich verschluckt. Ihr gelang es gerade noch, den Bissen zurück auf den Teller zu spucken. Da war er wieder, dieser vermaledeite Name!

»Heymanns! Heymanns! Ich kann es nicht mehr hören!«, platzte es aus ihr heraus.

Vater und Bruder wechselten einen ratlosen Blick.

»Seit ich den Fuß in die Teppichwirkerei von Heinrich von der Hohemühl gesetzt habe, verfolgt er mich.«

»Peter Heymanns?«, fragte Markus irritiert.

»Nein. Sein Geist.«

»Ist er tot?« Thilmann schien ehrlich betroffen.

»Nein«, erwiderte Carla und pikste Bohnen auf, als

hegte sie einen Hass gegen jede einzelne von ihnen. »Er ist fort.«

»Oh, welch ein Verlust für den Meister!«

»Das kann man wohl sagen. Der alte Herr von der Hohemühl ist selbst halb blind, und die Gicht hat seine Finger gekrümmt. Als Wirker taugt er nichts mehr mit seinen sechzig Lenzen.«

»Nun, so viele zähle ich auch«, sagte Thilmann ein wenig pikiert.

»Vater«, Carla legte ihm die Hand auf den Arm, »das kannst du nicht vergleichen.«

Thilmann schüttelte nachdenklich das Haupt, während die Worte seiner Tochter in ihm nachklangen. Wie lange konnte er noch den Pinsel halten?

»Zurück zu Heymanns, Carla. Was ist denn nun mit ihm?«

»Er hat eine Stelle als Hoftapezierer angenommen. Just zwei Tage bevor ich eintraf, ist er abgereist.«

»Eine Stelle als Hoftapezierer? Bei welchem Fürsten denn?«

»Hat er nicht gesagt. Er hat sich mit dem alten Meister wohl überworfen und verkündet, er sei zu Höherem berufen. Da hat von der Hohemühl ihm natürlich gesagt, er solle sich doch auch dementsprechend einen Höheren suchen. Er konnte ja nicht wissen, dass er wirklich geht. Der Alte hat immer spekuliert, Heymanns würde seine Tochter Grete heiraten und die Werkstatt übernehmen. Aber die hätte ich auch nicht genommen. Die Grete, meine ich.«

Carla schob sich ein enormes Stück Rebhuhn in den Mund. Mein Gott, konnte die Theres gut kochen …

»Und die Stelle hatte er in dem Moment schon?«

»Sieht so aus. Anscheinend hat er noch geschwankt, aber

der Streit hat wohl den Ausschlag gegeben. Ist mit Sack und Pack auf und davon. Nur eine Notiz hat er zurückgelassen, dass er einen höheren Dienst bereits gefunden habe und nur noch einem Fürsten gehorchen würde.«

»Großmaul«, murmelte Markus.

»Wer mag das wohl sein?«, sinnierte Thilmann.

»Mir ist's jedenfalls gleich«, erklärte Carla mit vollem Mund. »Weil er weg war, haben sie mich mit Kusshand genommen. Vor allem, als ihnen bewusst wurde, dass ich weiß, wie man einen Bildteppich herstellt. Die haben vielleicht gestaunt, als sie meine ersten gewirkten Gesichter gesehen haben! Einen ganzen Gulden mehr hat mir Hohemühl da angeboten.«

Thilmann sah seine Tochter voller Stolz an. Die Elemente eines Teppichs waren unterschiedlich schwer zu wirken. Während einfache Ornamente und Muster leicht zu fertigen waren, verlangten Gesichter und Kreise einem Wirker viel mehr ab. Wer zudem noch durch Schraffungen und Farbverläufe eine Räumlichkeit erzeugen und schließlich eine glatte einfarbige Fläche ebenfalls sorgfältig und gleichmäßig wirken konnte, zählte zu hoch bezahlten und viel gesuchten Künstlern dieses Kunsthandwerks. Sophie, dachte Thilmann, deine Geduld mit dem Kind war nicht umsonst.

»Und warum verfolgt dich Heymanns?«, wollte Markus nun doch wissen.

Carla spülte das Huhn mit einem halben Becher Wein hinunter. »Weil ich mir zweieinhalb Jahre anhören musste, wie der unfehlbare Peter Heymanns wohl die Sache angepackt hätte«, schimpfte sie. »Nicht dass ich jemals versucht hätte, seinen Platz einzunehmen. Ich wollte nur brav meine Arbeit machen und in Ruhe gelassen werden. Aber immer, wenn ich mir selbst etwas ausgedacht habe oder eigene

Ideen umsetzen wollte, hat irgendjemand gewusst, was Heymanns dazu gesagt hätte.«

»Und?«, fragte Markus amüsiert. »Hätte er dich gelobt?«

Carla suchte den Tisch nach Soße ab. »Das ist mir gleich«, erklärte sie und griff nach der Schüssel. »Zumindest haben sie mich schließlich an die interessanten Werke gelassen.« Sie tunkte Brot in die Soße und stopfte es sich in den Mund. Markus sah ihr mit gerunzelter Stirn zu.

»Ich muss schon sagen, dass deine Verwandlung wirklich perfekt ist. Leider sind auch deine Tischmanieren die eines Kerls.«

Carla grinste und wischte sich mit dem Handrücken die Soße vom Kinn. »Habe lange nicht mehr so gut gegessen«, entschuldigte sie sich mit vollem Mund und setzte sich dann aufrecht hin. »Aber du hast recht, gerade deshalb kann ich mir ja Mühe geben.« Sie kaute und schluckte den Bissen hinunter, bevor sie ihrerseits begann, Fragen zu stellen.

»Was hast du gemacht, während ich nicht da war, Bruder?«, fragte sie. »Oder bist du auch alle Weile nach Torgau gefahren?«

Sie wusste noch immer nicht, ob sie sich geschmeichelt oder gegängelt fühlen sollte ob der väterlichen Aufsicht.

»Ich habe mittlerweile eine eigene Praxis.« Markus lehnte sich zurück, und Carla spürte, wie sein Stolz auf sie übersprang.

»Und die Klientel?«

Markus zog die Brauen hoch, mutmaßte er doch, Carla würde auf die Huren im Bordell anspielen. »Gemischt, aber solvent«, sagte er. »Als die Pest im letzten Jahr in Wittenberg wütete, hatte ich jede Menge zu tun. Es ist nicht zuletzt mir zu verdanken, dass sich diese Geißel der Menschheit nicht weiter in den Süden ausgebreitet hat.«

Carla schluckte. In Torgau hatte sie um ihre Familie gezittert, bis Max ihr geschrieben hatte, dass Thilmann Lucas Cranach den Jüngeren in dieser Zeit nach Weimar begleitet hatte, wo dieser bei seiner Schwester Quartier bezog. Dass Markus seine Kranken in Wittenberg nicht im Stich gelassen hatte, wunderte Carla wenig. Ihr Bruder folgte zielstrebig weiter seinem Weg, und das war gut so. Gott schien es ihm mit unantastbarer Gesundheit und viel gerühmten Erfolgen bei seinen Patienten zu danken.

»Wie geht es Max?«, fragte sie dann.

Markus lachte. »Herr Meerhahn hat seine Anna geheiratet und ist bereits zweifacher Vater.«

»In so kurzer Zeit! Wie ist das möglich?«

»Zwillinge. Sie sehen beide so aus wie er und heißen Klaus und Karl.«

»Oh, wie schön!« Carla freute sich wirklich. »Den kleinen Karl mag ich jetzt schon.«

»Max ist gerade weniger gut auf ihn zu sprechen, da er es offenbar ist, der jede Nacht das ganze Haus zusammenbrüllt.«

Gemeinsam lachten sie herzlich, bis Carlas Blick auf Thilmanns Teller fiel. »Vater«, sagte sie. »Du hast kaum etwas gegessen. Schmeckt es dir nicht?«

»Doch, doch«, sagte Thilmann, dem das Lachen seiner Kinder Nahrung genug war. »Ich bin nur nicht hungrig.«

Carla wechselte einen schnellen Blick mit ihrem Bruder. »Dann trink wenigstens mit uns. Hier, nimm einen Schluck Wein. Oder soll ich dir ein Starkbier holen?«

»Nein, danke«, wehrte er ab. »Ich denke, ich werde mich noch ein wenig hinlegen.«

Markus stand sofort auf. »Ich helfe dir.«

»Lass' gut sein, Markus«, lehnte Thilmann sein Angebot

ab. »Dieses Mal werde ich es noch alleine schaffen. Unterhaltet euch nur weiter. Morgen werde ich wieder mit neuen Kräften dabei sein.«

Carla stand auf und umarmte ihren Vater. Sie spürte, wie mager der Körper unter den Kleidern war und wie trocken die Lippen, die jetzt innig ihre Stirn küssten.

»Mein wunderbares Mädchen«, flüsterte er. »Ich danke Gott, dass er mich dich noch sehen ließ.«

Als Thilmann die Stube verlassen hatte, sank Carla ernüchtert auf ihre Bank zurück. »Du hast also nicht übertrieben«, sagte sie.

»Warum sollte ich?« Markus leerte seinen Becher. »Er ist sehr krank. Wer weiß, ob er den nächsten Winter überlebt.«

Carla stützte den Kopf auf die Hände. »Ich will ihn nicht verlieren.«

»Bist du deshalb von zu Hause weggegangen? Um einem Abschied vorzugreifen?« Markus' Ton war härter, als er es beabsichtigt hatte.

»Ich musste meinen Weg finden«, sagte sie.

Markus nickte. »Du hast recht. Inzwischen weiß Vater sicherlich, dass seine Kinder eben tun, was sie tun müssen. Franka heiratet einen Adeligen, Peter zieht in den Krieg, du führst dein Leben als Karl.«

»Und du kümmerst dich um die Huren.«

Markus lachte kurz auf. »Geradlinig sind unsere Lebenswege wirklich nicht. Aber wenn Vater stirbt, sind nur noch wir beide übrig. Und Franka.«

»Franka«, murmelte Carla. »Ich weiß schon gar nicht mehr, wie sie aussieht. Wann hast du das letzte Mal von ihr gehört?«

»Sie schreibt Vater immer noch regelmäßig.« Markus beobachtete die Wirkung seiner Worte auf Carla.

»Tatsächlich? Die Gute. Franka war schon immer die Zuverlässigste von uns.« Carla spürte ihr schlechtes Gewissen. War sie denn immer nur mit sich selbst beschäftigt? »Wie geht es ihr?«

»Ihr Leben im Palast scheint nach wie vor herrlich zu sein. Ihr Ehemann verehrt sie, sie hat Perlen und Juwelen im Überfluss, und ihr Ältester, Lorenzo, hat offensichtlich viel deutsches Erbe in sich. Neulich hat er seinen Hauslehrer aus der Gondel gekippt, als der ihn schon wieder Dinge abfragte, die Lorenzo längst wusste. Die drei Mädchen hingegen scheinen wahre Engel zu sein. Das müssen sie vom Vater haben.« Markus grinste.

»Und das alles in Venedig …«, ergänzte Carla träumerisch. »Erinnerst du dich?«

Markus nickte und schauderte. »Da wäre es jetzt so heiß, dass wir das Haus bis zum Abend nicht verlassen könnten.«

»Der Sommer war die beste Zeit, um auf Streifzug zu gehen«, widersprach Carla. »Ich wusste immer, dass mich an den heißen Tagen niemand suchen würde. Man musste nur vorschützen, eine lange Mittagsruhe halten zu wollen, und schon war man frei.«

Sie hingen beide eine Weile ihren ganz eigenen Erinnerungen nach.

»Können wir denn gar nichts für Vater tun?«, brach Carla schließlich das Schweigen.

»Nein.« Auch Markus schien gedanklich zu diesem Thema zurückgekommen zu sein. »Du hast ihn heute schon an einem seiner besseren Tage erlebt. Deine Rückkehr hat seine Kräfte zweifelsohne geweckt. Aber schon morgen wird er den Preis dafür zahlen. Wie gesagt, keiner weiß, ob er den Winter übersteht.«

Carla senkte betroffen den Kopf.

»Versteh mich nicht falsch. Es ist gut für ihn, dass du gekommen bist. Gut für seine Seele und sein Herz. Ich freue mich, dass du es beizeiten noch geschafft hast.«

»Nicht zuletzt aufgrund deiner Briefe.«

»Die Briefe«, wiederholte Markus, als habe er sich gerade erst wieder daran erinnert. »Hat Max sie dir alle geschickt? Die treue Seele.«

Er zögerte ein wenig, bevor er weitersprach. »Es gibt noch einen anderen Grund, aus dem Vater dich sehen wollte. Er will dich für ein bestimmtes Anliegen gewinnen.«

»Worum geht es?« Carlas Neugier war geweckt.

»Es geht um seinen letzten Auftrag. Du sollst ihn übernehmen.«

Kapitel 19

Carla saß auf dem Fensterbrett in der Schlafkammer ihres Vaters. Auf ihren angezogenen Knien lehnte der Zeichenblock, und die Rötelkreide glitt zügig über den Bogen. In feinen Linien entstand unter ihrer Hand Thilmanns Porträt. Schnell und zielsicher wechselte ihr Blick vom Vater, der im hellen Sonnenmittagslicht saß, zum Papier und wieder zurück. Hin und wieder verwischte sie die Kreide etwas mit dem Finger, fluchte leise, korrigierte und zeichnete schließlich weiter.

»Ich bin noch nie porträtiert worden«, stellte Thilmann fest.

Carla lächelte. »Das habe ich mir gedacht, und ich fand, es sei höchste Zeit.«

»Noch dazu von meiner eigenen Tochter.«

»Zugegeben ein Genuss, in den nur die allerwenigsten Väter jemals kommen!«, scherzte Carla.

»Ich fühle mich geehrt.«

»Halt still, Vater!«

»Könntest du dir denn vorstellen, wieder zu malen?«

Carla spürte sofort, dass Thilmann mit seiner Frage ein bestimmtes Ziel verfolgte. Aber saß sie nicht genau deswegen hier?

»Du meinst, nachdem ich jetzt alles weiß, was Peter Heymanns über die Bildwirkerei denkt?«

Thilmann musste lachen. »Da haben sie dich ja wirklich geärgert, in Torgau.«

Erst runzelte Carla missbilligend die Stirn, dann stimmte sie in sein Lachen ein. »Ja, das haben sie. Der arme Mann. Ich empfinde so viel Schlechtes für ihn, ohne dass er etwas dafür kann. Wir sind uns doch nur einmal kurz begegnet.« Sie warf ein paar schnelle Striche auf das Papier. »Aber stell dir nur vor, was es bedeutet, wenn man deiner Arbeit keine Chance gibt, nur weil ein anderer vor dir da war.«

Thilmann schmunzelte. »Wie kommst du darauf, dass diese Erfahrung nur dir vorbehalten ist? In meinem Fall hieß der andere Lucas Cranach, und ich erbebte schon vor Ehrfurcht, bevor ich überhaupt den Pinsel in die Hand nahm. In Eichstätt war das.«

Carla sah auf. »Als du Mutter kennengelernt hast?«

Thilmann schüttelte den Kopf. »Nein, früher. Lucas hatte ein wunderbares Altarbild für den Bischof gefertigt. Ach nein, zu diesem Zeitpunkt hat er es natürlich schon liefern lassen. Und dann wollten die Benediktinerinnen auch eines, und mein Meister nahm den Auftrag an.«

»Aber er konnte ihn nicht beenden«, vollendete Carla den Satz. »Also hast du es getan. Weil Mutter dich dazu ermuntert hat.«

»Ja, so ungefähr. Immerhin kam ich so in Kontakt mit Lucas. Ich meine, dem Älteren.«

Carla senkte den Blick. Der Name des jüngeren Lucas Cranach stand unausgesprochen zwischen ihnen. Thilmann räusperte sich verlegen, als er den Stimmungsumschwung seiner Tochter spürte. Jetzt wird sie mich nach seiner Frau fragen, dachte er. Bis in die letzte Kleinigkeit wird sie alles wissen wollen.

»Wer hat die Prinzen gemalt?«

Überrascht starrte Thilmann sie an. Carlas Gedanken

waren in eine ganz andere Richtung gewandert, als er angenommen hatte. »Wie bitte?«

»Na, die Söhne des Kurfürsten. Ach, jetzt ist er ja nur noch Fürst. Wer hat die Porträts gemacht, die Lucas mir seinerzeit auftragen wollte?«

Thilmann verstand. Der Stachel saß ganz woanders.

»Du wirst mit seiner Wahl zufrieden sein«, sagte er, um sie noch ein wenig hinzuhalten. Carla ließ den Bogen sinken.

»Wer war es?«

»Ich.«

»*Du*?«

Thilmann nickte. »Lucas, ich meine jetzt den jüngeren Cranach, hat den Auftrag einige Monate nach deiner Abreise an mich übergeben, und ich konnte ihn recht zügig fertigstellen.«

Carla atmete tief aus und nickte. »Das ist gut so.«

»Das wird sich Lucas auch gedacht haben. Ich war die einzige Wahl, die er vor dir würde rechtfertigen können.«

»Falls er überhaupt damit gerechnet hat, dass er dies tun müsste. Hat er eigentlich jemals nach mir gefragt?«

»Ja, das hat er.«

Carla sah ihren Vater eindringlich an. »Und?«

»Ich habe ihm erzählt, dass du in den Süden gereist bist, um deine Bildwirkerei zu vervollkommnen.«

»In den Süden?«

»Nun, das war doch die volle Wahrheit«, verteidigte sich dieser. »Lucas konnte natürlich nicht wissen, dass ich damit nur Torgau meinte. Er musste wohl annehmen, dass du weiter weg bist, nach Neuburg zum Beispiel. Aber er hat nie nachgehakt, und so musste ich ihm keine Geschichten auftischen.«

Die lange Rede hatte Thilmann ermüdet, und ein heiserer Husten schüttelte ihn. Carla legte den Block beiseite und hielt ihrem Vater einen Becher mit dem Tee an den Mund, den sie schon am frühen Morgen bei der alten Marthe besorgt hatte.

»Ruh dich aus«, sagte sie. »Wir können später weitermachen.«

»Nein, bleib«, brachte Thilmann hervor. »Es gibt noch etwas, worüber ich mit dir sprechen muss.«

»Aber du bekommst doch kaum Luft, Vater!«

»Öffne das Fenster ein wenig, dann wird es schon gehen.«

Carla sah, dass das Fenster bereits weit offen stand. »Deine Lunge kann ich nicht öffnen«, murmelte sie.

Thilmann drückte ihre Hand. Carla nahm etwas Salbe und rieb sie ihm auf die Brust. Die lindernden Aromen würden so durch seine Körperwärme freigesetzt, und er konnte sie direkt einatmen.

Nach einer Weile hatte Thilmanns Husten sich so weit beruhigt, dass er wieder sprechen konnte.

»Carla, was die Porträts der Prinzen angeht … Der Auftraggeber ist ein anderer.«

»Herzog Philipp von Pommern hat sie geordert«, kam ihm Carla zuvor.

Thilmann hob erstaunt die Brauen. »Ah, du weißt von dem Teppich?«

»Ich habe davon gehört. Aber das ist auch schon alles.«

»Philipp will seinem Schwager Johann Friedrich einen Bildteppich schenken, der seinesgleichen sucht. Er will die beiden fürstlichen Familien und die wichtigsten Köpfe der Reformation abbilden, und das Werk dem Fürsten übergeben. Jetzt, da er endlich aus der Gefangenschaft beim Kaiser entlassen ist.«

»Sind sie nicht alle in Weimar? Der Fürst, der alte Cranach und sein Gefolge?«

»Seitdem Kaiser Ferdinand, der Bruder von Karl V., im letzten Jahr den Passauer Vertrag unterzeichnet und den Protestantismus anerkannt hat, gibt es keinen Grund mehr für seinen Arrest. Also ist das gesamte Gefolge zurückgekehrt, und Cranach ist bei ihm als Hofmaler geblieben. Nun, für einhundert Gulden im Jahr, Sommer- und Winterbekleidung und Verköstigung am Hofe hätte ich es wohl auch getan«, setzte Thilmann augenzwinkernd hinzu. »Nur hat mich niemand gefragt.«

»Fürsten sind nicht immer klug«, tröstete ihn Carla.

Thilmann winkte ab. »Dieser ist es. Außerdem ist der jüngere Cranach inzwischen hier in Wittenberg etabliert. Die Stadt ist zu klein für zwei Cranachs.«

»Dennoch war es ein schöner Schlag ins Gesicht der Wittenberger, dass er nach Weimar gegangen ist.«

»Wer, der Fürst oder Cranach?«

»Beide. Ist der Fürst jetzt zufrieden?«

»Zuerst hat er sich noch eine Weile mit Moritz von Sachsen um die Kurwürde gezankt.« Thilmann lächelte. »Er nutzte das Kurwappen weiterhin und trieb Moritz damit zur Weißglut.«

»Das sieht ihm ähnlich. Ich frage mich, woher er den Beinamen *der Großmütige* hat.«

»Moritz hat ihm schließlich gewährt, sich ›geborener Kurfürst‹ zu nennen.«

Carla schüttelte ungläubig den Kopf. Männer und ihre Kompromisse!

»Und jetzt ist Moritz von Sachsen tot. Er wollte den

marodierenden Markgrafen Albrecht zur Räson bringen und hat sich dabei vor einem Monat selbst eine Kugel eingefangen.«

Wieder einmal wunderte sich Carla, wie gut informiert ihr Vater war.

»Wie dem auch sei. Philipp hat offensichtlich ein schlechtes Gewissen, weil die Pommern sich seinerzeit im Krieg durch neunzigtausend Gulden in Silber einer Strafe durch den Kaiser entzogen haben. Wohingegen ihr Verbündeter Johann Friedrich Jahre im Arrest verbracht hat.« Thilmann schloss für einen Moment die Augen. Die lange Rede erschöpfte ihn sichtlich. Aber es war wichtig, dass Carla die ganzen Hintergründe kannte, bevor sie sich entscheiden sollte.

»Nun, es wird schon nicht so hart gewesen sein«, sagte Carla. Lucas Cranach hätte sich niemals mit in ein kaltes Burgverlies gesetzt. Die Herren hatten es sicher bequem. »Dennoch, das Verhalten der Pommern soll jetzt ein Bildteppich wiedergutmachen?«

Thilmann nickte. »Johann Friedrich wird einen guten Teppich wohl zu schätzen wissen. Immerhin hat er sogar seinen Hoftapezierer in die Gefangenschaft nachkommen lassen.«

»Na, da werden sie ja eine lustige Zeit verbracht haben, alle miteinander«, mutmaßte Carla. »Aber was haben die Politik und dieser Teppich mit mir zu tun? Die Prinzen sind bereits porträtiert.«

»Die sächsischen Prinzen wohl, nicht aber die Kinder Philipps.«

»Stettin!«, entfuhr es Carla.

»Und Wolgast.«

»Wo um Himmels willen liegt das? Am Ende der Welt?«

»Am Meer.«

»Ich sag es ja, am Ende der Welt.«

»Du weißt, was ich von dir will?«

»Ich weiß nur, dass du nicht allein nach Stettin willst.«

Thilmann wirkte auf einmal wieder müde. »Ich *kann* nicht, Carla. Ich brauche dich als Begleitung.«

Sie biss sich auf die Lippe und schwieg.

»Denk darüber nach«, sagte Thilmann, der wusste, dass seine Tochter seine Bitte nicht vergessen würde. »Und jetzt zeig mir deine Skizze.«

»Aber sie ist nicht fertig.«

Als Thilmann ungeduldig mit der Hand winkte, reichte ihm Carla den Skizzenblock und sah scheinbar unbeteiligt aus dem Fenster. Sie fühlte sich stets unbehaglich, wenn Menschen, auf deren Meinung sie viel gab, ihre Werke beurteilten. Und kein Urteil schätzte sie höher als das ihres Vaters.

»So also siehst du mich.«

Carla wandte sich ihm zu. »Ich hoffe, dass die anderen dich auch so sehen. Ich jedenfalls habe versucht, wahrheitsgetreu zu sein. Und ehrlich.«

Thilmann schüttelte langsam den Kopf, ohne den Blick von der Skizze zu wenden. »Ich fürchte, das ist dir gelungen.«

»Du magst es nicht?«

»Nein, ich mag es nicht.«

Carla runzelte die Stirn.

»Aber es ist wirklich gut«, fuhr Thilmann fort. »So gut, dass ich es nicht mag. Verstehst du?«

Carla schüttelte irritiert den Kopf.

»Sagen wir es so, als Künstler bin ich begeistert, als Modell nicht. Warte ab, bis du ein wenig in die Jahre kommst.

Je älter man wird, desto mehr neigt man dazu, sich selbst als einen Jüngeren zu sehen. Irgendwann bleibt die Zeit im inneren Spiegel einfach stehen. Ich zum Beispiel halte mich noch immer für einen Mann im besten Alter, dessen Haar nicht grau geworden ist und … Sind meine Wangen wirklich so eingefallen?«

»Vor zweieinhalb Jahren waren sie es noch nicht.«

Thilmann seufzte. Dann gab er Carla den Block zurück. »Sieh ihn dir an! Würdest du diesen Mann mit einem wichtigen Auftrag allein nach Stettin schicken?«

Carla hob die Schultern und sagte nichts.

»Lucas Cranach wird es sicher nicht tun. Er wird einen Jüngeren wählen. Schließlich müssen die Porträts der Sachsen ja auch noch in Weimar abgeholt werden, und der Karton für den Teppich muss gemacht werden. Es gibt nicht viele, die sich in beiderlei Handwerk auskennen.«

Carla schwieg hartnäckig. Der Name Lucas Cranach löste bei ihr noch immer Unbehagen aus.

»Aber Vater, Lucas würde mich nie beauftragen.«

»Das stimmt, weil er keine Kenntnis davon hat, dass du wieder in Wittenberg bist.« Thilmann beobachtete seine Tochter aufmerksam. »Ich weiß, dass er darauf brennt, dich wiederzusehen.«

»Tatsächlich?«, fragte Carla ungläubig. »Das letzte Mal, als ich ihn sah, tat er alles, damit es nie wieder dazu käme. Oder langweilt ihn seine Ehe schon?«

»Magdalena liegt zurzeit im Wochenbett mit Magdalena, dem ersten gemeinsamen Kind.«

Carla hatte noch nie viel für die Sitte übrig gehabt, Kindern den Vornamen der Eltern zu geben, ließ sich aber nicht zu einer Kritik hinreißen. »Schön für Lucas. Er liebt Kinder.« Sie wechselte schnell das Thema. »Waren der alte

Cranach und sein Fürst nicht sogar in Innsbruck mit dem Kaiser? Ich musste erst auf einer Karte nachsehen, wo das nun wieder liegt.«

»Du wusstest ja auch nicht, wo Stettin liegt.«

Carla funkelte ihren Vater an. Er mochte sterbenskrank sein, aber seine Zunge war noch immer wendig.

»Er hat Tizian getroffen«, sagte Thilmann.

»Wirklich? Der alte Cranach? Hat er ihm das Porträt Karls V. bei Mühlberg verziehen?«

Die Erwähnung des Namens Mühlberg hinterließ noch immer Spuren der Trauer in Thilmanns Miene, und Carla verfluchte sich, dass sie ihn so leichtfertig genannt hatte. »Wenn es gut war, wird er ihm verziehen haben«, fuhr sie eilig fort.

»Wenn es Tizian gemalt hat, wird es gut gewesen sein«, entgegnete Thilmann. »Ich hatte auch schon die Ehre, diesem großen Meister in Venedig zu begegnen.«

»Ich auch.«

»Du warst fünf Jahre alt, Carla!«

»Ich kann mich aber gut an das Gemälde mit der nackten liegenden Frau erinnern.« Unwillkürlich entstanden vor ihrem inneren Auge drei weitere Akte in Öl, die Lucas Cranach der Jüngere ihr einst zeigte und die sie maßgeblich beeindruckt hatten.

»Du hast seine berühmte Venus gesehen?« Thilmann sah seine Tochter erstaunt an, die daraufhin prompt errötete.

»Als ihr alle beim Essen wart, habe ich mich noch einmal in deine Werkstatt geschlichen. Ihr habt so geheimnisvoll getan, da wusste ich, dass sich etwas Besonderes dort drin befinden musste.«

»Und? Hat sie dir gefallen?«

»Ich glaube, ich habe mich hauptsächlich darüber gewundert, dass sie nichts anhatte.« Damals war ihr Blick noch nicht offen für die Schönheit der Grazie gewesen.

Thilmann lächelte. »Alle meinten, dass die *Venus von Urbino* Sophies Gesicht trage.«

»Mutter wird sich gefreut haben, dass sie mal keine Madonna verkörperte.« Carla spielte auf Thilmanns einstige Vorliebe an, seine Frau in Kirchenfresken als Mutter Gottes zu verewigen. »Nun, ich denke jedenfalls, die beiden alten Männer werden sich sicher viel zu erzählen gehabt haben. Cranach und Tizian, meine ich. Zwei Leben voller Kunst.«

»Möchtest du nicht auch einmal viel zu erzählen haben?« Gespannt sah Thilmann seine Tochter an.

»Du meinst über meine Zeit in Stettin?«

»Ja, warum nicht?«

»Vater, Cranach wird niemals einem Mädchen den Auftrag geben.«

Thilmann rieb sich das Kinn. »Offiziell erteilt er den Auftrag ja auch mir. Du begleitest mich als fürsorgende Tochter.«

»Ich weiß nicht, ob ich diese Rolle so gut spielen kann.«

»Oh, du bist begabt, du schlüpfst in jede Rolle. Aber du bist vor allem auch sehr talentiert, Carla. Ich werde vielleicht die Konterfeis der Stettiner Prinzen erstellen, aber ich werde den Karton nicht alleine beenden können. Ich brauche deine Hilfe. Wärst du mein Sohn, ich würde dich alleine nach Stettin schicken.«

»Dann schick doch Karl«, erwiderte Carla bockig.

»Du weißt, dass das nicht geht. Carla, ich bitte dich, mich zu Lucas zu begleiten. Er kann dir viel mehr über das geplante Werk berichten als ich. Bitte hör es dir wenigstens an! Dann kannst du für dich entscheiden, ob du die Reise nach Stettin mit mir antreten willst.«

Carla seufzte. Sie verspürte wahrhaftig keine besondere Lust, ihren einstigen Lehrmeister wiederzusehen.

Andererseits … ein Fürstenteppich! Ihre Mutter wäre begeistert gewesen. Aber Sophie hatte auch keine Affäre mit dem Auftragsmittler gehabt. Carla wusste nicht, wie sie sich entscheiden sollte.

Die Zeit war auch an Lucas Cranach dem Jüngeren nicht spurlos vorübergegangen. Er war jetzt achtunddreißig Jahre alt und übte zum wiederholten Mal ein Amt im Wittenberger Stadtrat aus. Die Geschäfte blühten, seine Familie wuchs, und seine Bilder wurden mit denen seines Vaters verglichen. Man sprach ihm sogar zu, dass die farbige Behandlung seiner Themen noch reichhaltiger als die des Vaters sei und seine Kompositionen zwar ohne Regeln, jedoch seltsam anmutig wirkten. Aber er wusste, dass der Glanz seines Vaters immer den seinen überstrahlen würde. Und er wusste, dass dieses Mädchen, das nun nach Jahren wieder vor ihm saß, noch immer eine merkwürdige Anziehungskraft auf ihn ausübte.

Carla hatte eines ihrer alten Kleider übergezogen, das hoffnungslos aus der Mode war, und kam sich völlig fehl am Platze vor. Die kurzen Haare lockten sich unter dem Leinenschleier um ihr apartes Gesicht. Zu einer Haube hatte Theres sie nicht überreden können. Unruhig rutschte sie auf ihrem Stuhl hin und her.

Sie hatte sich über zwei Jahre lang bemüht, sich in Wortwahl und Gesten wie ein Mann zu benehmen. So wirkten ihre Bewegungen auch im Rock noch maskulin, was ihre Erscheinung umso reizvoller machte. Die sanfte Schülerin, die sie zu Beginn ihrer Lehrzeit bei ihm gewesen war, suchte Lucas Cranach vergeblich.

Carla stellte erstaunt fest, dass sie keine Gefühle mehr für den Meistermaler hegte. Puls und Atem blieben ruhig, ihr Herz setzte nicht einmal einen Schlag aus. Lucas Cranach war für sie ein älterer, leicht untersetzter Mann, dessen Haaransatz sich weiter zurückgezogen hatte, als gut für sein Aussehen war.

Nachdem sich die beiden begrüßt und eine Weile schweigend gemustert hatten, räusperte sich Thilmann verlegen. »Nun, Meister Cranach«, begann er das Gespräch, »was gibt es Neues aus Stettin?«

Lucas Cranach zuckte unmerklich zusammen und wandte den Blick von Carla ab. »Philipp ist voller Erwartung. Er wünscht, dass ich ihm meinen Mitarbeiter so schnell wie möglich schicke, damit der Karton noch in diesem Winter erstellt werden kann. Seine Wirker können sich ab dem kommenden Frühjahr mit dem Werk befassen, und bei einem Teppich dieser Größe und dieses Motivreichtums …«, er warf einen schnellen Blick auf die Skizze, die vor ihm lag, »werden die Arbeiten sich sicherlich über mehrere Jahre erstrecken.«

»Woher plötzlich diese Eile?«, wollte Carla wissen. »Wie Ihr wisst, Meister Cranach, haben wir die ersten Arbeiten zu diesem Teppich bereits vor über zwei Jahren besprochen.«

Lucas runzelte die Stirn ob Carlas Anrede. »Nun«, sagte er ein wenig pikiert, »damals ist es ja nun nicht zur Auftragserteilung gekommen.«

Carla strich sich unbewusst mit dem Daumen über die Lippen. Die selbstsichere Art, in der sie es tat, betonte den weiblichen Reiz dieser Geste.

»Ich nehme an, der Herzog wollte seine Schatullen nicht übereilt strapazieren«, bemerkte sie. »Schließlich war damals nicht abzusehen gewesen, wann und ob überhaupt Johann Friedrich aus dem kaiserlichen Arrest entlassen werden würde.«

»Die Beweggründe des Herzogs sind mir nicht in Gänze bekannt«, erklärte Cranach gestelzt und rutschte unruhig auf seinem Stuhl herum. Dieses jungenhafte Mädchen reizte ihn durchaus immer noch. »Ich kann nur sagen, dass er jetzt, da der Fürst frei ist und der Protestantismus seine rechtmäßige Gültigkeit erlangt hat, das Werk vollendet sehen will.«

»Noch hat Karl V. keinen Religionsfrieden unterzeichnet«, gab Thilmann zu bedenken, aber Cranach ließ sich von diesem Einwand nicht beirren.

»Philipp hat sogar recht kreative Ideen bezüglich der Komposition des Teppichs übersandt. Ich habe sie hier zu einer Skizze verarbeitet.«

Carla schluckte, als sie einen Blick auf die dargelegten Ideen warf. Der Entwurf des Auftraggebers zeigte fast zwei Dutzend Menschen! Zwei Fürstenfamilien, die sich unter einer Kanzel versammelt hatten, auf der Martin Luther predigte, daneben ein großes Kruzifix, das etwas unglücklich direkt neben einer Säule platziert war. Über beiden Familien prangte opulent das jeweilige Wappen. Der ohnehin ungeheuer beleibte Johann Friedrich stach prominent aus seiner Familie hervor. Es lag auf der Hand, dass er, der Führer der Schmalkalden, eine Sonderstellung innerhalb der Komposition erhalten sollte. Etliche Spruchbanner säumten die Gruppe.

Kein Wunder, dass der Herzog die Komposition selbst gestalten wollte, dachte Carla. Hier ging es um Macht und wem wie viel Anerkennung zuteilwerden sollte. Die Komposition war ganz eindeutig politisch motiviert, und dem

Kartonnier würde es einzig obliegen, ihr künstlerisches Leben einzuhauchen.

»Was denkst du?« Lucas war unbewusst in die vertraute Anrede gefallen und beobachtete gespannt Carlas Miene.

»Gut zehn auf fünfzehn Ellen«, mutmaßte sie. »Wenn das überhaupt reicht! Dazu Gold über Gold. Und die Ornamentik! Hier in den Gewändern und dort in den Wappen. Und das ist ja erst die Skizze.«

Carla studierte den Bogen weiter und las die Inschriften, die Cranach auf einem weiteren Blatt gesondert angefertigt hatte. »Sihe das ist Gottes Lam das der Welt Sünde tregt, dieser ists von dem ich euch gesagt habe«, sollte neben dem Kruzifix platziert werden. Eine weitere würde über Johann Friedrich zu stehen kommen: »Er ist den Übelthetern gleich gerechnet und hat vieler Sünde getragen.« Sie sah auf. »Eine feine Parallele für unseren Fürsten, nicht wahr? Johann Friedrich als Lamm Gottes.« Sie sagte es ohne böswilligen Unterton, denn Johann Friedrich der Großmütige hatte viel für seine Untertanen und ihre Religion getan.

»Das Werk ist ihm zu Ehren«, bestätigte Cranach, »und Philipp lässt es sich einiges kosten.«

Carla stellte sich vor, wie man von diesem Teppich noch in Hunderten von Jahren sprechen würde. Menschen würden eigens kommen, um ihn zu sehen. Es war verlockend, den eigenen Namen mit einem solch bedeutenden Werk in Verbindung zu sehen. Ihr Blick schweifte über die zahlreichen Figuren, die nicht viel mehr als Umrisse waren und denen Cranach in seiner säuberlichen Buchhalterschrift ihre Namen beigefügt hatte.

»Liegen denn bereits alle Porträts vor?«, fragte sie.

Cranach nickte. »Bis auf die der Söhne Philipps und seiner ältesten Tochter. Er wünscht, dass sie von einem Mitarbeiter der Cranach-Werkstatt porträtiert werden.«

»Wer wird den Teppich wirken?«

»Philipps Hoftapezierer, nehme ich an«, antwortete Cranach vage. »Mit diesem Metier kenne ich mich nicht aus, das überlasse ich ganz ihm. Wir werden die letzten Porträts und den Karton erstellen, und darin soll unser Ruhm in diesem Werke bestehen.«

Darum ging es ihm also! Sein Name sollte in Zusammenhang mit diesem Werk auftauchen, auch wenn Cranach selbst mit Bildteppichen nichts weiter zu schaffen hatte. Carla dachte nach. Auch ihr war daran gelegen. Es war noch ein anderes Gefühl in ihr aufgekeimt, das sie selbst überraschte. Der Reiz der anspruchsvollen Wirkarbeit lockte sie. Sie konnte sich tatsächlich vorstellen, an diesem Werk zu arbeiten, am Teppich der Herzöge mitzuwirken. Warum sollte sie sich mit ihren Referenzen nicht beim Stettiner Hoftapezierer verdingen können? Gewachsen war sie dem Anspruch allemal. Aber diese Überlegungen musste sie hier nicht kundtun. Dennoch hatte sie sich entschieden.

»Wann sagtest du, möchtest du aufbrechen, Vater?«

Thilmann lächelte zufrieden. »Du begleitest mich also?«

»Aber natürlich! Ich bin doch deine Tochter. Wer sonst sollte dich auf dieser Reise pflegen und versorgen? Du bist schließlich nicht mehr der Jüngste.«

Cranach sah Carla durchdringend an. Diese demütige Fügsamkeit passte einfach nicht zu ihr! Er wurde den Verdacht nicht los, dass sie sich ganz eigene Pläne zurechtgelegt hatte. Zudem konnte er sich des Gefühls nicht erwehren, dass er sie aus ganz persönlichen Gründen unter keinen Umständen aus der Stadt lassen wollte. Hatte er sie nicht gerade erst wiedergefunden?

»Meister Cranach«, riss Thilmann ihn aus seinen Gedanken. »Wie Ihr sagtet, eilt die Angelegenheit. Wir bitten Euch, uns mit den notwendigen Papieren auszustatten.«

»Wir werden unsere Abreise sofort vorbereiten«, fügte Carla in einem geschäftigen Ton hinzu, der ihm gar nicht gefiel. Lucas Cranach sah seine ehemalige Schülerin kurz an. War er für sie nur noch der Meister?

Sollte tatsächlich seine Hochzeit mit Magdalena das endgültige Ende ihrer Beziehung bedeutet haben? Carla war doch immer unkompliziert und für alles zu begeistern gewesen. Warum sollte es nicht wieder möglich sein?

»In vier Tagen«, hörte er sich stattdessen sagen, »habe ich die Papiere bereit und das Material verpackt. Doch vorab sende ich Boten nach Weimar und Stettin, die Euer Kommen ankündigen, Meister Weber.«

»Wir sind uns also einig«, sagte Thilmann und reichte Lucas Cranach dem Jüngeren die Hand. Nach einem kurzen Zögern schlug dieser ein, während Carla ihrem ehemaligen Lehrherrn lediglich zunickte.

Kapitel 20

Nach zwei ermüdenden Wochen im Dauerregen hatten sie die Stadt Weimar schließlich auf schlammigen Straßen über Leipzig, Naumburg und Jena erreicht. Den Umweg über Jena mussten sie in Kauf nehmen, da aufgrund der außerordentlich schlechten Wetterbedingungen die direkte Straße ab Naumburg über Meilen einfach weggespült war. Etliche Karawanen und Fuhrwerke steckten dort bereits im Matsch fest; Räuber und versprengte marodierende Soldatentruppen umkreisten die hilflosen Reisenden wie Aasvögel. Den Soldaten des Fürsten gelang es nicht, erfolgreich durchzugreifen.

Es war fast dunkel, als sie in Weimar eintrafen, und gerade noch rechtzeitig, um die Stadttore zu passieren. Carla seufzte erleichtert. Eine weitere Nacht in einer lausigen Schenke am Wegesrand war ihnen somit erspart geblieben. Sie warf einen Blick auf ihren Vater, der bleich und matt in seiner Kutschenecke lehnte. Markus hatte ein letztes Mal versucht, seinem Vater die Reise auszureden, aber Thilmann hatte nicht auf ihn gehört. Er wusste, dass er die Reise jetzt oder nie mehr tun würde. Und der Auftrag drängte. Bereits nach zwei Tagen waren sie auf dieses leidlich gefederte, nicht sonderlich bequeme Transportmittel ausgewichen, da Thilmann den Strapazen eines Rittes nicht mehr gewachsen war. Carla hatte gehofft, wenigstens die erste Etappe der Reise, in der sie noch mit leichtem Gepäck unterwegs waren, schneller auf ihren Pferden zurückzulegen. Doch sie hatte die Zähne zusammengebissen und war mit in die Kutsche gestiegen.

Der Kutscher fuhr sie direkt zu Cranachs Haus am Markt. Hoffentlich würden sie dort auf jemanden treffen, der auf ihre Ankunft vorbereitet war, denn immerhin waren sie etliche Tage zu spät. Aber sie hatten Glück. Lucas Cranach der Ältere hatte genaue Anweisungen erteilt, und der Lakai, der mit ihrer Betreuung betraut worden war, brachte sie in ein kleines, aber anständiges Gemach, das aus zwei aneinandergrenzenden Zimmern bestand. Carla ließ ihre Truhen hereintragen und bat um heißes Wasser für einen Tee, den sie sogleich braute. Sie brachte ihn ihrem Vater und trank selbst auch eine Tasse davon. Dann krochen sie müde und erschöpft bis in die Knochen in die mit frischem Linnen bezogenen Betten.

Vor Sonnenaufgang wurde Carla jedoch schon vom Husten ihres Vaters geweckt. Sie flößte ihm erneut den Tee ein, den Markus ihr mitgegeben hatte, aber sein Atem ging schwer und rasselnd. Carla war froh, dass sie heute nicht wieder in ihrer Kutsche über die unwirtlichen Straßen jagen mussten. Da jedoch Lucas Cranach ihren Besuch erwartete, kleideten sie sich zum ersten Mal seit ihrer Abreise aus Wittenberg wieder sauber und ordentlich. Carla war sogar dazu bereit, ihre kurzen Haare unter einem züchtigen Schleier zu verbergen, den Theres ihr ins Gepäck gepackt hatte.

»Thilmann Weber! Mein alter Freund.«

Wenn Lucas Cranach über den Anblick seines ausgezehrten Freundes erschrocken war, so ließ er es sich nicht anmerken. »Es tut gut, Euch nach all den Jahren wiederzusehen.«

»Lucas, welch eine Freude!« Auch Thilmanns Augen strahlten. »Ich hatte es kaum noch zu hoffen gewagt.«

Die beiden Maler ließen sich am Feuer nieder und tauschten bei heißem und gut gewürztem Wein Erzählungen und Anekdoten aus. Carla saß schweigend und mit gespitzten Ohren dabei und störte sie mit keiner Silbe. Zu interessant waren die Geschichten über berühmte Orte, Werke und Meister, die die beiden Männer aus ihren reichen Leben schöpften. Schließlich fiel Cranachs Blick auf Carla.

»Und das also ist die Meistermalerin«, sagte er so unvermittelt, dass Carla zusammenzuckte und bis unter die Haarwurzeln errötete.

»Das habe ich nie gesagt«, wehrte sie sich gegen dieses ihr unpassend erscheinende Lob.

»Aber andere sagen das über Euch«, sagte Cranach, und die Augen unter den noch immer dunklen Brauen blieben auf ihr haften. »Mein Sohn Lucas zum Beispiel.«

»Ihr wisst, dass er mich unterrichtet hat?«

Der ältere Cranach sah sie amüsiert an. »Aber natürlich! Wir haben keine Geheimnisse voreinander.«

Carla schwieg betreten.

»Auch Euer Vater ist voll des Lobes.«

»Sie hat mich erst kürzlich sehr getreu gezeichnet, und die Skizze spricht für sich«, ergänzte Thilmann.

»Ich habe ihren Werdegang aus der Ferne verfolgt und einst ein ausgezeichnetes Werk in Öl von ihr gesehen«, bestätigte Cranach. »Lucas hat es mir übersandt.«

Er ließ die Bemerkung ohne Kritik stehen, was Carla als weitere Anerkennung auslegte. Dennoch ärgerte es sie, dass die beiden über sie sprachen, als sei sie nicht anwesend.

»Auch Heinrich von der Hohemühl hat mich viel gelehrt«, platzte sie heraus, bevor ihr einfiel, dass Cranach gar nicht von ihren Jahren als Bildwirker in Torgau wissen konnte.

Prompt hob Cranach fragend die dunklen Brauen und lächelte sein feines Lächeln. »Tatsächlich?«

Carla biss sich auf die Lippen.

»Schon ihre Mutter lehrte sie die Kunst der Bildwirkerei«, sprang Thilmann für sie in die Bresche.

»Ich verstehe. Ihr beherrscht also zwei anspruchsvolle Handwerke. Und welches würdet Ihr bevorzugen?«

Carla zögerte keinen Augenblick. »Die Malerei.«

»Natürlich.« Lucas Cranach schmunzelte. »Die richtige Antwort, wenn man mit zwei Malern am Feuer sitzt.«

»Nein. Es ist vor allem die richtige Antwort, wenn ich ganz alleine am Feuer sitze.«

Der Meistermaler sah das junge Mädchen aufmerksam an. Ihre Bestimmtheit vermisste er an so manchem Mann. »Langsam verstehe ich, warum Ihr Eure Tochter als Begleitung gewählt habt, Thilmann Weber«, sagte er. »Zur Vaterliebe kommt der väterliche Stolz. Und etwas Ehrgeiz?«

Thilmann wich Cranachs Blick aus. »Ich bin krank, Lucas. Ich brauche ganz einfach ihre Hilfe. Wer weiß, wie weit ich diesen Auftrag überhaupt erfüllen kann.«

Cranach sah ihren Vater schweigend an, und Carla spürte, dass die beiden Maler sich wortlos verständigten. Thilmann hatte seinem Mentor zu verstehen gegeben, dass er Carla unter seinem Deckmantel und im Schutz des Namens Cranach auch in Stettin ihre künstlerische Freiheit lassen würde. Unwillkürlich hielt sie den Atem an. Dann nickte Cranach der Ältere, und sie spürte, dass er sein Einverständnis gegeben hatte. Ihr wurde warm vor Stolz. Ein größeres Lob als sein Vertrauen konnte sie nicht von ihm erwarten.

In den nächsten Tagen kümmerte sich Carla um die ordnungsgemäße Verpackung der Porträts der sächsischen

Fürstenfamilie. Dabei studierte sie eingehend anhand der Prinzenbildnisse die Arbeit ihres Vaters bis in den letzten Pinselstrich. Sie schätzte seine leichte Technik sehr und bemerkte schmunzelnd, dass Thilmann sich ihrer natürlichen Farbharmonie angenähert hatte. Seine früheren Bilder waren stärker dominiert von satten Blau- und Rottönen. Heute verwendete er die Farben zwar noch immer gemäß ihrer Symbolik, aber er ließ sie nur dort leuchten, wo sie es in Natur auch taten.

Während Thilmann die Tage nutzte, um sich gründlich auszuruhen, streifte Carla heimlich in Karls Kleidern an den Ufern der Ilm entlang oder einfach ziellos durch die Gassen. Dass Johann Friedrich die Stadt nach seiner Gefangenschaft zur Hauptstadt seines Herzogtums Sachsen-Weimar gemacht hatte, zeigte sich an vielen Stellen. Überall wurde gebaut und gewerkelt, und man pferchte auch auf den letzten Grund innerhalb der doppelten Stadtmauer noch Gebäude und Stallungen. Auf dem Marktplatz vor dem Cranach-Haus herrschte tagtäglich eifriger Handel. Die Weimarer schienen den lang ersehnten Frieden mit aller Zuversicht zu nutzen und freuten sich in diesem Jahr über eine reiche Ernte, die vor dem noch immer andauernden Regen glücklich in die Schober gebracht worden war.

Thilmann schien sich langsam zu erholen. Als Carla jedoch am fünften Tag ihres Aufenthaltes in Weimar zurück in ihr Gemach kam, fand sie ihren Vater mit Schüttelfrost und glühender Stirn im Bett vor. Er hatte so hohes Fieber, dass er sie kaum erkannte.

Erschrocken ließ sie seine Hand los und lief sofort zu Lucas Cranach. Der schickte nach seinem Leibarzt, und schon kurz darauf beugte sich der betagte Mann ratlos über den fiebernden Maler.

»Was ist denn nur mit ihm?«, fragte Carla besorgt. »Es schien ihm doch schon viel besser zu gehen!«

Eine böse Ahnung begann in ihr zu nagen. Unwillkürlich fühlte sie sich erinnert an die unheilvollen Tage vor vielen Jahren in einer anderen Stadt. Damals hatten die Ärzte mit der gleichen Hilflosigkeit am Krankenbett ihrer Mutter gestanden. Sie packte Cranachs Leibarzt am Ärmel, dem die Geste sichtlich unangenehm war.

»So sagt schon!«, fuhr sie ihn an.

»Was soll ich denn sagen?« Der Arzt schien resigniert. »Dass ich keinen Heller mehr auf sein Leben wetten würde?«

Sofort bereute er seine Worte, als er Carlas entsetzte Miene sah. Aber es war nun der vierte Patient in dieser Woche, für den er nichts mehr würde tun können, und die Machtlosigkeit zermürbte ihn. Zu Beginn hatte er schon ein Aufflackern der Pest befürchtet, aber es schien eine andere Art von Krankheit zu sein, die sich tief in der Lunge festsetzte. Mochte sein, dass es sogar dieser Wittenberger gewesen war, der sie eingeschleppt hatte. Dennoch schienen die übrigen Bewohner des Hauses bei bester Gesundheit zu sein.

»Wir werden sehen, wie er die Nacht übersteht«, sagte er beschwichtigend. »Sollte es ihm zum Morgen hin besser gehen, haben wir Grund zur Hoffnung.«

Lucas Cranach begleitete den Arzt hinaus. Carla nahm die heiße Hand ihres Vaters und versuchte, mit ihm zu sprechen. Aber als Antwort vernahm sie nur den schweren Atem, der kaum frische Luft in die kranken Lungen zu bringen schien. Tränen liefen ihr über die Wange, als sie seine Hand an ihre Lippen hob.

»Bleib noch ein wenig bei mir, Vater«, flüsterte sie. »Ich bin doch gerade erst zurückgekehrt.«

Am nächsten Morgen starb der Maler Thilmann Weber, den man in keinem Geschichtsbuch jemals finden sollte, im Haus des bereits zu Lebzeiten berühmten Lucas Cranach des Älteren.

Carla war untröstlich. Sie schrieb einen Brief an Markus und machte sich Vorwürfe, dass sie ihn nicht längst über den Zustand des Vaters benachrichtigt hatte. Ihr kam gar nicht in den Sinn, dass ein Brief den Bruder gar nicht mehr rechtzeitig erreicht hätte. Markus hatte gewusst, dass die Kräfte des Vaters schwanden, so wie dieser es selbst ahnte, hatte er doch versucht, den Vater von seinem Vorhaben abzubringen. Carla ahnte, dass nicht einmal die alte Marthe ihren kranken Vater hätte retten können. Seine Zeit war gekommen. dachte Carla tieftraurig.

Nach Thilmanns Tod hatte sie mit Lucas Cranach dem Älteren am Sterbebett ihres Vaters gestanden. Carla schenkte seinen aufrichtig gemeinten Beileidsfloskeln kaum Aufmerksamkeit, bis eine ganz andere Bemerkung des Meistermalers sie zusammenzucken ließ.

»Er wollte, dass Ihr den Weg nach Stettin fortsetzt«, sagte er.

Carla hielt inne. Sie hatte gerade ihren Vater verloren, wie konnte sie sich jetzt um solche Dinge sorgen? Aber der Cranach'sche Geschäftssinn ließ offenbar wenig Raum für Pietät. Die Stettiner warteten auf die Porträts und die Ankunft des Künstlers. Sie hatten sich ohnehin schon verspätet. Sie schluckte.

»Ist das auch Euer Wunsch?«

»Ich werde einen Brief nach Wittenberg schicken und um Ersatz für Euren Vater ersuchen«, erklärte der ältere Cranach. »Ihr werdet Euch von Weimar aus auf den Weg machen und den Gesandten meines Sohnes vor Stettin treffen. Ich stelle Euch zwei Mann zur Begleitung ab.«

Thilmann hatte also gewollt, dass sie an dem Bildteppich arbeiten würde, dachte Carla. Aber was sollte sie in Stettin, wenn ein anderer Künstler als ihr Vater den Auftrag ausführen würde? Niemand sonst würde sie in die Arbeiten einbinden. Carla war sich im Moment selbst nicht klar darüber, was sie eigentlich wollte. Ihr Impuls sagte ihr, zu ihrem Bruder nach Wittenberg zurückzukehren und sich über ihr Leid zu trösten. Aber sie kannte sich selbst gut genug, um zu wissen, dass sie diese Entscheidung schon bald bereuen würde. Aber Cranach überraschte sie mit einem weiteren Vorschlag.

»Ich biete Euch an, in meinem Haus zu bleiben, bis sich ein geeigneter Ehemann für Euch findet«, fuhr der berühmte Mann fort. »Ihr seid weit im heiratsfähigen Alter. Da Euer Vater sich dieser Aufgabe nicht mehr widmen konnte, biete ich Euch meine gesellschaftlichen Verbindungen für das Arrangement einer vorteilhaften Ehe an. Wir müssten dazu natürlich Euren Bruder in Wittenberg um Auskunft über die Höhe Eurer Mitgift bitten.«

Carla glaubte nicht recht gehört zu haben. Sollte Markus in einem Zuge über den Tod des Vaters informiert und um Auskunft über ihren Marktwert gebeten werden? Natürlich würde Cranach eine ganz vorteilhafte Partie für sie finden, daran war nicht zu zweifeln. Zum Verzweifeln allerdings fand sie es, dass Männer die Ehe für den beste Lebensweg einer Frau ansahen, gleich vor dem Kloster womöglich. Immerhin hatte der ältere Cranach ihr noch einen Strohhalm gereicht, und Carla war beflissen, ihn zu ergreifen.

»Ich danke Euch für Euer großzügiges Angebot«, sagte sie leise, aber mit fester Stimme. »Ich könnte sicher keinen besseren Vertreter finden als Euch. Aber ich denke, dass ich dem letzten Wunsch meines Vaters folgen werde. Er wollte mich in Stettin sehen, also werde ich dort auch hingehen.«

Cranach zog die dunklen Augenbrauen hoch und sah sie abschätzend an. Warum hatte er von diesem freigeistigen Mädchen eine andere Antwort erwartet? Vom ersten Tag in Wittenberg an hatte sie sich genommen, was sie wollte. Der Meistermaler konnte nicht anders, als ihr dafür Respekt zu zollen.

»Wie Ihr wünscht«, sagte er und deutete eine leichte Verbeugung an. »Wir werden Eurem Vater ein würdiges Begräbnis bereiten. Danach werdet Ihr umgehend nach Stettin aufbrechen. Gleichzeitig sende ich den Boten nach Wittenberg.«

Das Begräbnis des Thilmann Weber war schlicht gewesen. Lucas Cranach war für einen einfachen Sarg und ein nüchternes Grab aufgekommen, und außer ihnen beiden hatten noch der Priester, der Totengräber und zwei Knechte Cranachs am Grab gestanden. Noch am gleichen Tag saß Carla vor einem Bogen Papier, den sie mit ihrer feinen Handschrift füllte. Sie versuchte ihrem Bruder das Begräbnis zu beschreiben und die weiteren Pläne genau zu erklären, aber wenn sie sich mit dem Pinsel auch gewandt auszudrücken verstand, mit der Feder lag es anders. Ihre Worte kamen ihr schwerfällig und träge vor. Nichts von ihren Gefühlen fand sich tatsächlich in diesem Brief wieder. Sie schloss mit dem Versprechen, sich aus Stettin zu melden, sobald sie eine Bleibe gefunden hatte. Dann faltete sie den Bogen zusammen, versiegelte ihn und übergab ihn Cranach. Er wurde gemeinsam mit der Botschaft des Meistermalers an seinen Sohn Lucas einem Reiter übergeben, der direkt nach Wittenberg aufbrechen würde.

Im Anschluss machte sich Carla reisefertig. Mit den Utensilien des Vaters, ihren Truhen und den Bildnissen der sächsischen Fürstenfamilie stieg sie in den Wagen, der sie nach Stettin bringen sollte. Cranach hatte ihre Börse aufgefüllt und auch den beiden wortkargen Burschen, die Carla begleiten sollten, Geld mitgegeben.

»Die beiden haben Anweisung, mit Euch nur in guten Gasthöfen zu logieren«, sagte Lucas Cranach der Ältere. »Sie werden gut bezahlt und sind mir treu ergeben. Ihr werdet Stettin sicher erreichen und alsbald auf den Gesandten meines Sohnes treffen. Wartet auf ihn am bezeichneten Treffpunkt. Alles Weitere wird sich finden. Viel Glück, Carla Weber.«

»Habt Dank, Lucas Cranach.« Carla hob die Hand und winkte dem alten Mann noch einmal zu. Der schnelle Abschied von Weimar würde ihr die Trauer um den Vater erleichtern.

Was sie nicht ahnen konnte, war, dass der berühmte Maler selbst nur einen knappen Monat später im Alter von einundachtzig Jahren sterben sollte. Im Gegensatz zu Thilmanns schmuckloser Grabplatte sollte sein Grab von einem flachen Relief geschmückt werden, das ihn würdigte als »den schnellsten Maler und Wittenberger Ratsherrn, der durch seine Tugend drei sächsischen Kurfürsten sehr teuer war«.

Und es gab noch etwas, das Carla nicht ahnen konnte: Der Bote, den Lucas Cranach der Ältere mit den beiden Briefen nach Wittenberg gesandt hatte, sollte sein Ziel nie erreichen …

Kapitel 21

Das Meer war kühl und grau und ganz anders, als sie es aus Venedig in Erinnerung hatte. Der Wind blies heftig, und die Schaumkronen tanzten auf den Wellenkämmen. Wütend tosten die Wellen auf den weißsandigen Strand, der sich lang und rein am Ufer der schäumenden See entlangzog. Carla stemmte sich gegen den Wind, der an ihrer Kleidung zerrte, und atmete die salzige Luft tief ein. Sie musste einen freien Kopf bekommen und endlich eine Entscheidung treffen.

Seit drei Wochen wartete sie nun in Ueckermünde auf den Gesandten von Lucas Cranach dem Jüngeren. Ihre eigene Reise aus Weimar mit dem schweren Gepäck war schon zäh verlaufen, ein einzelner Reiter mit leichtem Gepäck hätte längst hier sein müssen. Inzwischen kannte sie die kleine Stadt mit dem vom Pommerschen Herzog erbauten Schloss wie ihre Rocktasche, und sie begann sich fürchterlich zu langweilen. Sie hatte keine Aufgabe, und außer den ausgiebigen Spaziergängen am Strand hatte ihr das Städtchen nichts mehr zu bieten.

Carla bohrte ihre Schuhspitze in den Sand. Sie wollte endlich Stettin erreichen und ihrem Bruder die versprochene Nachricht zukommen lassen. Zudem wurde ihr Geld langsam knapp, und der Herbst schritt unerbittlich voran. Der Zustand der Straßen wurde nicht besser, und wenn sie vermeiden wollte, dass die Porträts durch die zunehmende Feuchtigkeit Schaden nahmen, musste sie sie in eine vernünftige Werkstatt bringen. Abgesehen davon, dass die beiden Knechte von Lucas Cranach dem Älteren, die er als so treu gelobt hatte, die letzten Heller beim Würfeln verspielten und keinen Abend ohne einen Besuch in der Schenke verstreichen ließen. Es musste dringend etwas geschehen.

Carla hob ihr Gesicht dem Wind entgegen und dachte nach. Und wie jeden Tag kam sie immer wieder zur gleichen Lösung. Heute beschloss sie jedoch, sie tatsächlich auszuführen. Zuerst würde sie die beiden Gesellen ihrer Wege ziehen lassen; sollten sie ruhig nach Weimar zurückkehren und ihr nicht weiter in die Quere kommen. Dann würde sie zwei andere Knechte anheuern, die ihren Wagen nach Stettin brachten. Diese Knechte würden aber keine Carla Weber kennenlernen … Carla dachte an das Empfehlungsschreiben von Lucas Cranach dem Jüngeren, das sie inzwischen auswendig kannte. Darin kündigte er einen Meister Weber an, und diesen sollten sie in Stettin auch bekommen. Nur dass sein Vorname eben nicht Thilmann lauten würde, sondern Karl. Sie seufzte. Karl würde wieder einmal ihr Mittel zum Zweck sein, um ihr Leben so zu führen, wie sie es wollte. Im Geiste sah sie ihre Eltern vor sich, wie sie besorgt die Stirn runzelten. Aber sie selbst kannte ihre eigene Stärke und vertraute ihr. Als Karl Weber konnte sie Großes vollbringen, das wusste sie. Es war schließlich nicht ihre Schuld, dass man sie als Carla lediglich verheiraten wollte.

Sie straffte die Schultern und richtete sich auf. Ab morgen würde es Carla Weber nicht mehr geben.

Das neue Wams zwickte unter den Achseln. Das war wohl die Quittung dafür, dass Carla den Schneider bei der Bestellung ihrer neuen Kleider immer wieder darauf hingewiesen hatte, bloß die Schultern nicht zu weit zu machen, sie stattdessen aber gut auszupolstern. Der feste Samt gab nun keinen Deut nach und engte ihre Bewegungsfreiheit ein. Im Gegensatz zu den Röcken und Miedern, die sie als Frau tragen musste, fühlte Carla sich in den neuen Kleidern jedoch frei und beweglich. Was sie begeisterte, waren aber die Stiefel. Obwohl sie neu waren, war das Leder so weich gegerbt, dass Carla das Gefühl hatte, nur dickere Strümpfe zu tragen. Sie hoffte jedoch, dass die teuren Fußkleider auch den ersten Schnee erfolgreich würden abhalten können. Zuletzt hatte sie sich noch einen warmen Umhang bestellt, der mit feinem Wieselpelz gefüttert und verbrämt war. Er hatte sie zwar ein Vermögen gekostet, aber er würde sie auch gut vor der kommenden Winterkälte schützen, die an der Küste sicher beißender war als im Landesinneren. Zufrieden betrachtete sie ihr neues Erscheinungsbild als etablierter, selbstbewusster Meister, in dessen Schöpfung fast ihr gesamtes Geld geflossen war. Sollte sie in Stettin keine Anstellung finden, stünde sie zu Beginn des Winters mittellos in der Kälte.

Schon seit dem Aufbruch am Morgen folgten ihnen dunkle, regenschwere Wolken. Carla trieb die angeheuerten Burschen zur Eile an. Eine zweite Nacht wollte sie nicht in einer Herberge auf dem Weg nach Stettin verbringen. Wenn sie nicht vom Regen aufgehalten wurden, konnte sie vielleicht noch heute beim Herzog vorsprechen. Dann wäre sie auch die beiden tumben Burschen los, deren kauderwelschen Dialekt sie kaum verstand und die sich nicht viel schneller bewegten als die Ackergäule, die den Wagen zogen.

Carla bereute inzwischen, sich zwei eher schlichte Gemüter ausgesucht zu haben. Einen flinkeren Burschen hätte sie jetzt schon voraus an den Hof schicken können, um ihre Ankunft mit den Bildern anzukündigen.

»Legt euch ins Zeug«, trieb sie sie an, und es war nicht eindeutig, ob sie Mensch oder Tier oder beide meinte. Eine Reaktion zeigte niemand.

Als sie endlich in der Dämmerung die sternförmigen Umrisse der wehrhaften Stadtmauer Stettins ausmachten, seufzte Carla erleichtert auf. Die Schiffe auf der Oder hatten bereits festgemacht, und es war nur noch eine Frage der Zeit, bis die Stadttore schließen würden. Carla konnte sehen, wie die Karren und Reiter vor ihnen zielstrebig zu den wenigen Einlässen zogen. Einer der beiden Burschen drehte sich zu ihr um und zeigte mit breitem Grinsen seine zwei Reihen schlechter Zähne.

»Da!«, brummte er nur und war offensichtlich hochzufrieden mit sich.

»Genau«, sagte Carla. »Wir haben es geschafft.«

Heute Abend würde sie die beiden auszahlen. Ob und wie sie es jemals nach Ueckermünde zurückschaffen würden, sollte nicht mehr ihre Angelegenheit sein.

Im letzten Augenblick passierten sie das Tor und fuhren über eine kleine Vorinsel in die von Wassergräben umgebene Stadt. Carla liebte Stettin auf den ersten Blick. Die Straßen waren erstaunlich weitläufig und sauber, ihre Anordnung ordentlich und strukturiert und die Häuser von schlichter, schöner Bauart. Im verwinkelten Wittenberg hingegen hatte sie sich immer eingeengt gefühlt.

Sie trieb den Wagen bis zum Marktplatz und quartierte sich in der ersten Herberge ein. Dass der *Goldene Anker* wohl auch die beste Herberge zu Stettin sein musste, bemerkte Carla an den saftigen Preisen, die ihr die letzten Heller aus der Tasche zogen, nachdem sie die beiden Ueckermünder ausgezahlt und fortgeschickt hatte. Dafür war die Schlafstatt sauber, und die Bilder standen sicher untergebracht. Müde kroch sie ins Bett und träumte in ihrer ersten Nacht in Stettin von einem Teppich, der so unendlich groß war, dass die Wirker darauf tanzen konnten. Es war warm und frisch und die Luft roch nach Frühling. Plötzlich stand Peter Heymanns vor ihr und sagte, dass er besser wüsste, wie es ging. Er nahm sie bei den Händen und wirbelte sie im Kreis. Seine weißen Zähne blitzten übermütig, und der Griff seiner Hände war fest und warm. Sie tanzten, bis Carlas Füße den Teppich nicht mehr berührten und sie mit dem Gefühl zu fallen erschrocken aufwachte.

In ihre Decke gewickelt saß Carla neben dem Bett und rieb sich den schmerzenden Hintern. Sie kroch verwirrt zurück in die Wärme ihres Bettes und schüttelte den Kopf über sich selbst. Wie kam sie dazu, ausgerechnet von Peter Heymanns zu träumen? Lag es etwa daran, dass sie kurz vor dem Beginn einer großartigen Wirkarbeit stand?

Reiß dich zusammen, Karl Weber, schalt sie sich. Du kannst es schaffen. Du hast Großes vor, und nichts wird dich davon ablenken!

Am nächsten Tag machte sie sich in ihren guten Kleidern auf den Weg zum Schloss. Sie nannte ihr Begehr, und man bat sie, sich auf eine lange hölzerne Bank zu setzen. Carla wartete eine ganze Weile, und langsam fragte sie sich, ob man sie vergessen hatte. Behandelte man so einen ehrbaren Mann? Einen Mitarbeiter der Cranach-Werkstatt in Wittenberg? Einen herbestellten Künstler und Meister, der die herzoglichen Söhne persönlich porträtieren sollte? Gerade als sie aufspringen und bei einem livrierten Diener nachfragen wollte, wurde Karls Name gerufen. Zuerst reagierte sie nicht, aber dann fiel ihr ihre Rolle wieder ein, und der Mantel der Tarnung legte sich wie ein gut sitzendes Kleidungsstück um sie. In ihren Gesten und Bewegungen wurde sie zu einem selbstsicheren Mann, der sich umwandte und sich von einem Pagen durch die langen, kühlen Korridore des Schlosses führen ließ. Sie landete in einem weiteren Wartezimmer, aus dem sie ein noch besser gekleideter Diener abholte und in ein reich ausgestattetes Amtszimmer führte. Carla bestaunte die schweren Teppiche und Bildnisse ebenso wie den opulenten Kamin, in dem ein hübsches Feuerchen brannte.

Die Tür öffnete sich, und ein Mann von kleiner Statur mit blankem Haupt und spitzem Bart trat ein. »Meister Weber, endlich«, begrüßte er Carla überschwänglich und trat mit einladend erhobenen Händen auf sie zu. »Ich freue mich. Ihr …«, er stockte, »Ihr seid so jung!«

Er schien irritiert, doch Carla ließ sich nichts anmerken. Sie schüttelte ihm tapfer die Hand und wartete nun ihrerseits darauf, dass er sich vorstellen würde. »Hieronymus Blankenfels«, sagt er schließlich und zupfte verlegen an seinem Bart. »Der Kämmerer seiner Durchlaucht, Herzog Barnims IX.«

»Herzog Barnim?«, fragte Carla erstaunt. »Hat nicht Philipp den Auftrag erteilt?«

Blankenfels nickte. »Aber ja, hat er. Gewirkt wird das fürstliche Werk jedoch in Stettin.«

Carla runzelte die Stirn. »Lebt denn Philipp nicht in Stettin?«

Hieronymus Blankenfels erbleichte und setzte sich. »Wie ich sehe, hat Herr Cranach der Jüngere Euch nicht in die politischen Gegebenheiten unseres Landes eingewiesen«, brachte er hervor.

Cranach der Ältere hatte es ebenfalls versäumt, fügte Carla im Stillen hinzu. Aber war es nicht letztendlich einerlei? Sie sollte einen Karton erstellen und keine Politik betreiben. Auch wenn bei diesem Werk die Grenzen ein wenig zu verwischen schienen.

»Herzog Philipp ist Regent des Herzogtums Pommern-Wolgast und der Neffe von Herzog Barnim IX. zu Pommern-Stettin«, erläuterte der Kämmerer. »Die Wirkerei und der Hoftapezierer, die verantwortlich für dieses erhabene Kunstwerk zeichnen werden, sind aber Herzog Barnim verpflichtet.«

Carla nickte verständnisvoll. »Verzeiht mir mein politisches Unwissen«, sagte sie, und Hieronymus Blankenfels schien drauf und dran gnädig abzuwinken. »Aber welcher Herzog war es denn nun, der sich seinerzeit für die neunzigtausend in Silber beim Kaiser freigekauft hat, nachdem der Schmalkaldische Bund besiegt war?«

Hieronymus Blankenfels wurde noch bleicher. »Dergleichen haben sie nie getan«, zeterte er. »Die Pommern sind durch und durch Protestanten. Sie stimmten den Kaiser durch das Geld milde gegenüber allen reformierten Mitstreitern. Und das beweist ja auch das Motiv des Teppichs.«

So wird es sein, dachte Carla, und alle versammeln sich einträchtig unter Martin Luthers predigender Hand. Ein solches Gruppenmotiv war typisch für die Cranach-Werkstätten, auch wenn Philipp das Arrangement in Gang gebracht hatte.

»Das bringt mich zu einer weiteren Frage«, sagte sie und zog geschäftig die besagte Skizze Lucas Cranachs des Jüngeren hervor. »Um welche Person handelt es sich hier? Leider ist die ursprüngliche Bezeichnung auf der Skizze verwischt.«

Hieronymus Blankenfels folgte ihrem Finger und verglich dann die übrigen Namen. »Dabei muss es sich wohl um Johannes Bugenhagen handeln!«

»Johannes Bugenhagen ist hier in Stettin?«

Der Kämmerer nickte. »Aber selbstverständlich! Er mag zwar in Wittenberg studiert haben, aber er wurde hier geboren. Er hat die *Pommerania* verfasst, die erste pommersche Geschichtsschreibung, und war ein großer Reformator und auch ein Freund Martin Luthers. Bugenhagen hat ihn mit Katharina Bora getraut und all seine Kinder getauft.«

Und seine Grabrede hat er auch gehalten, dachte Carla, die sich an Luthers Begräbnis erinnerte, dem sie doch als junger Karl in Wittenberg beigewohnt hatte. Die beiden Männer schienen sich wirklich nahegestanden zu haben.

»Nun ja, Ihr seid ja in erster Linie Künstler …«, sagte Blankenhagen versöhnlich und blätterte in einigen Akten. »Lasst uns nun zum Geschäftlichen zurückkehren.

Ihr werdet beauftragt, den Karton für einen Bildteppich anzufertigen, dessen Beschreibung in diesem Dokument enthalten ist.« Er sah auf. »Aber wie ich sehe, habt Ihr bereits eine Skizze von Lucas Cranach dem Jüngeren erhalten. Ihr seid Euch also über den Umfang bewusst.«

Carla nickte.

Hieronymus Blankenfels blätterte in seinen Unterlagen. »Wenn Eure Lieferung vollständig ist, müssten alle Personen, die auf dem Teppich festgehalten werden sollen, auch als Bildnisse vorliegen. Bis natürlich auf die Kinder Philipps.«

»Die Lieferung aus Weimar ist vollständig, dafür kann ich mich verbürgen. Und die Bildnisse der Kinder werde ich erstellen.«

»Genau. Laut Absprache mit Herrn Cranach zu Wittenberg erhaltet Ihr dafür fünf Gulden. Abgezogen ist natürlich schon dessen Anteil.«

Carla starrte ihn sprachlos an. Dass der Vertrag schon fertig war, hatte sie nicht gewusst. Sie fragte sich, ob ihr Vater davon Kenntnis gehabt hatte. Und Cranach sollte seinen Anteil zum jetzigen Zeitpunkt auch schon erhalten haben? Das war ja interessant.

Im Geiste überschlug sie die Zeit, die sie für die Arbeiten brauchen würde. Gut zwei bis drei Monate sollte sie schon beschäftigt sein. Die Entschädigung war knapp bemessen, aber entsprang auch nicht geizigen Händen.

»Wo werde ich arbeiten?«, fragte Carla.

»Die Porträts der Kinder sollen direkt an Philipps Hof in Wolgast gefertigt werden. Dort werdet Ihr während dieser Zeit auch verköstigt und untergebracht. Was den Karton angeht, so hat der Hoftapezierer von Barnim IX. einen sehr lichten Raum in seiner Werkstatt hier im Schloss dafür bereitgestellt. Es liegt ihm sehr viel daran, die Arbeiten von Anfang an mitverfolgen zu dürfen.«

Carla knirschte mit den Zähnen. Das Angebot war so formuliert, dass es unhöflich gewesen wäre, es abzulehnen. Und doch ahnte sie, was dahintersteckte. Der verantwortliche Wirkmeister wollte von Anfang an die Kontrolle über das Werk behalten. Andererseits konnte sie es ihm nicht verübeln. Sie selbst hätte an seiner Stelle kaum anders gehandelt, und so hatte sie es in der Werkstatt von der Hohemühls bereits erlebt.

»Wie steht es mit der Verpflegung?«

»Auch dafür hat der Herr Hoftapezierer gesorgt. Ihr werdet in der Werkstatt unterkommen und auch gemeinsam mit den Angestellten Eure Mahlzeiten einnehmen.«

Na, das war doch schon einmal etwas. Auch wenn sie

Stettin nicht als reiche Frau verlassen würde, so würde sie doch gutes Geld sparen können. Und sie hatte bereits eine Adresse, die sie ihrem Bruder in Wittenberg sofort mitteilen konnte. Dieser Hoftapezierer schien ja ein vorbildlicher Meister zu sein, wenn er sich so um seine Mitarbeiter sorgte.

»Wer ist der Hoftapezierer zu Stettin? Herr Cranach hat mich darüber nicht informiert.«

»Ich bin mir auch nicht sicher, ob Herr Cranach selbst davon weiß, obwohl er den Künstler wohl kennen wird. Immerhin hat er einige Jahre in der Nähe von Torgau ...«

Es klopfte laut und vernehmlich an der Tür.

»Ah!«, machte Hieronymus Blankenfels. »Das wird er wohl sein. Ich ließ ihn zu unserem ersten Treffen rufen, damit Ihr gleich Bekanntschaft schließen könnt. Schließlich soll in Eurem künstlerischen Einverständnis ein Werk entstehen, das dem Ruf des Herzogs Philipp und des ganzen Greifengeschlechtes über Zeit und Raum hinweg gerecht werden soll.«

Während Carla bei diesen erhabenen Worten unwillkürlich eine Gänsehaut bekam, sprang der Kämmerer behände auf und umrundete den Schreibtisch. Sie folgte seiner Bewegung und wandte sich um, gespannt, den Mann kennenzulernen, mit dem sie vom heutigen Tag an Monate, vielleicht Jahre zusammenarbeiten würde.

Ein Diener öffnete die Tür und kündigte den Wirkmeister an. Im nächsten Moment lief es ihr kalt über den Rücken. Sie sah in ein paar unglaublich blaue und sehr freundliche Augen, denen sie bereits in Wittenberg begegnet war. Wieder streckte sich ihr eine offene, einladende Hand entgegen, wieder wurde das Gesicht von einem Lächeln überstrahlt, dessen Charme ihren Mund trocken werden ließ.

Carla schluckte mühsam. Vor ihr stand niemand anderes als Peter Heymanns.

»Der Besserwisser!« Carla war zu überrascht, als dass sie diesen Ausruf hätte verhindern können.

Der Wirkmeister hob eine Braue. »Wie bitte?«

Hieronymus Blankenfels überging den spontanen Ausruf geflissentlich. »Wie schön, Herr Heymanns, dass Ihr es einrichten konntet.«

Peter Heymanns schien seine Fassung sofort wiedergefunden zu haben. »Herr Blankenfels«, sagte er, »wenn Ihr nach mir rufen lasst, eile ich sofort.«

»Darf ich Euch Karl Weber aus Wittenberg vorstellen?«, fuhr Hieronymus Blankenfels fort. »Er wird im Namen der Cranach'schen Werkstatt die Porträts der Herzogkinder anfertigen und auch den Karton für unseren herrlichen Teppich.«

Heymanns Augen richteten sich prüfend auf Carla, die den Hals einzog und immer tiefer in ihr Wams zu rutschten schien. »Kenne ich Euch, Meister?«, fragte er.

Carla linste ihn vorsichtig über ihren Kragen hinweg an. »Ich … ich glaube kaum, dass wir uns schon begegnet sind«, brachte sie hervor. Das war zumindest keine volle Lüge, denn Peter Heymanns war auf sie in Karls Aufmachung tatsächlich noch nicht gestoßen.

»Ich könnte schwören, dass ich Euch kenne.«

Na, da hatte sie ja einen bleibenden Eindruck auf den Mann gemacht, der noch immer mit einem seltsamen Akzent sprach, den Carla nicht einzuordnen vermochte. Sie entschloss sich zur Offensive.

»Vielleicht seid Ihr meiner Cousine Carla Weber begegnet?«, fragte sie scheinheilig. »Sie hat in der Werkstatt unter Cranach dem Jüngeren gelernt.«

»Aber ja!« Heymanns Gesicht entspannte sich. »Die Kratzbürste!«

Carla biss sich auf die Lippen und ärgerte sich. Wie konnte es dieser Kerl wagen, sie vor Zeugen so zu nennen? Das war die Höhe! Besaß der Mann denn keine Manieren?

»Ich kenne sie als sehr talentierte und liebenswerte Frau«, brachte sie hervor, ihre Wut mühsam im Zaum haltend.

Heymanns lachte. »Ehre über Euch, dass Ihr nichts auf Eure Verwandte kommen lasst! Zumal Ihr ihr wirklich außerordentlich ähnlich seht.« Wieder studierte Heymanns interessiert ihr Antlitz, sodass Carla sich gezwungen sah, naserümpfend zur Seite zu blicken.

»Aber Ihr habt recht, Meister Weber, wenn ihr das Talent Eurer Cousine lobt. Sie hat Meister Cranach wirklich alle Ehre gemacht.«

»Wenn er sie denn offiziell als seine Schülerin anerkannt hätte«, murmelte Carla.

»Wie bitte?«, rief Blankenfels, der die Worte vernommen hatte, entsetzt. »Eine Frau in der Cranach-Werkstatt? Was es alles gibt! So etwas würde uns in Stettin niemals unterkommen.«

Carla bedachte ihn mit einem mitleidigen Seitenblick, der Peter Heymanns nicht entging.

»Uns würde noch interessieren«, sagte er, »warum der geschätzte Kollege erst mit solcher Verzögerung in Stettin eingetroffen ist? Eigentlich hatten wir Euch vor Wochen schon erwartet.«

Carla stockte. Wie dumm von ihr, sich auf diese Frage nicht vorzubereiten. »Ich … ich konnte Wittenberg nicht früher verlassen«, stotterte sie, »da … nun, meine Cousine hat geheiratet.«

»Tatsächlich?« Heymanns strahlende Miene hatte sich

ein wenig verändert. »Wer ist denn der Glückliche? Ich hoffe, er hat starke Nerven.«

»Er hat vor allem die Kraft, einer Frau mit den Qualitäten meiner Cousine die Freiheit zu lassen, die sie braucht.«

Die beiden Männer starrten sie erstaunt an, und Carla merkte, dass sie wohl etwas zu viel Leidenschaft in ihre Worte gelegt hatte.

»Ich wollte nur sagen, sie passen ausgezeichnet zueinander«, fügte sie schnell hinzu.

»Lebt sie noch in Wittenberg?«

»Nein, sie ist nach Neuburg gezogen. Dort lebt auch mein Vater.« Langsam kam Carla ins Schwitzen ob all ihrer abenteuerlichen Lügen. Doch Heymanns war noch nicht am Ende seiner Fragen.

»Meister Weber, sicher könnt Ihr mir auch sagen, wie es Eurem Onkel geht.«

Verständnislos sah Carla ihn an. »Meinem Onkel?«

»Thilmann Weber. Carlas Vater.«

Sie schluckte. Natürlich! Sie erinnerte sich, dass die beiden Männer sich sehr freundschaftlich gegenübergestanden hatten und sich Thilmann sicher gefreut hätte, Heymanns hier anzutreffen. Die Trauer um den Vater überkam Carla so unvermittelt, dass es einen Augenblick dauerte, bevor sie dem Wirkmeister antworten konnte.

»Er ist tot.«

Heymanns wirkte aufrichtig betroffen und zuckte ohnmächtig mit den Schultern. »Es betrübt mich sehr, das zu hören.«

»Er starb vor wenigen Wochen in Weimar, zu Beginn unserer Reise.«

»Ihr seid gemeinsam gereist?« Blankenfels sah sie irritiert an und Carla erkannte ihren Fehler. Sie entschloss sich kurzerhand zur Wahrheit. »Er wurde ursprünglich von Lucas Cranach dem Jüngeren entsandt. Ich sollte ihn begleiten und ihm assistieren, da es mit seiner Gesundheit nicht zum Besten stand.«

»Dann seid Ihr gar nicht der Meister, den uns Cranach geschickt hat?« Blankenfels klang nervös.

»Doch, doch«, sagte Carla mit fester Stimme, »das bin ich. Lucas Cranach der Jüngere persönlich entsandte mich aus Wittenberg. Und ich soll Euch aus Weimar die besten Grüße von seinem Vater übermitteln. Er war es, der mir nach dem Tod Thilmann Webers die Porträts der sächsischen Prinzen übergeben hat und Euch die besten Grüße entbietet. Ich habe hier noch eine Empfehlung von ihm.«

Die beiden Männer sahen sie eine Weile schweigend an. Was war los, was stimmte nicht?

»Lucas Cranach der Ältere ist vor zwei Wochen verstorben«, sagte Peter Heymanns schließlich.

»Wir haben die Nachricht erst gestern erhalten«, fügte Blankenfels hinzu und rieb sich ergriffen die Augen. »Ein berittener Eilbote hat sie dem Herzog überbracht. Wir trauern um einen unserer größten Künstler.«

Carla fühlte sich wie betäubt. Sie trat einen Schritt zurück und setzte sich auf ihren Stuhl. Während sie in Ueckermünde auf einen Boten aus Wittenberg gewartet hatte, war Lucas Cranach gestorben. Welch ein Verlust!

Dann wirbelten die Gedanken in ihrem Kopf durcheinander. War das der Grund, warum der jüngere Cranach keinen anderen Maler geschickt hatte? Hatte der Bote mit den Briefen sein Ziel nicht erreicht? War Cranach gestorben, ohne die Angelegenheit noch einmal mit seinem Sohn erörtert zu haben? Wusste Markus überhaupt, dass ihr Vater tot war?

»Wie ich sehe, nimmt Euch diese Nachricht sehr mit.« Die Stimme von Peter Heymanns klang mitfühlend. »Glaubt mir, so geht es uns allen. Immerhin hattet Ihr das Glück, ihn noch einmal gesehen zu haben.«

Carla nickte schweigend.

»Nun, wenn es auch der Wunsch des älteren Cranachs war, dass Ihr diese Aufgaben übernehmt, ist es uns umso lieber. Immerhin hat er Euch die Bildnisse der Sachsen überlassen. Welche anderen Empfehlungen kann man erwarten, als die der beiden Cranachs?« Blankenfels schien beruhigt und setzte sich wieder hinter seinen Schreibtisch. »Wollt Ihr den Vertrag denn nun unterzeichnen, Meister Weber?«

Carla griff nach dem Blatt und der Feder und holte tief Luft. Schwungvoll setzte sie ihren Namen darunter und machte Ihre Anstellung in Stettin amtlich. Den Vornamen kürzte sie dabei auf die Initiale »K« ab.

Kapitel 22

Carla folgte dem Wirkmeister in ihre neue Werkstatt. Stolz zeigte Heymanns ihr die Räume, die ihr im Vergleich zu denen in Torgau lichterfüllt und ordentlich vorkamen. Sie lagen neben der Remise der herzoglichen Residenz und waren erst vor wenigen Jahren eingerichtet worden, als Heymanns von Torgau nach Stettin gekommen war. Zwei Hochwebstühle standen dort, die neuwertig und solide schienen. Der Herzog hatte augenscheinlich investiert! Dann zeigte Heymanns ihr den Raum, in dem sie später den Karton fertigen sollte.

»Er ist kein Wunderwerk der Architektur, aber dafür sehr hell«, sagte er, und Carla musste ihm zustimmen. Im Vergleich zu ihrem kleinen Malzimmer in der Cranach-Werkstatt schien ihr der Raum wie eine Offenbarung.

»Zu gegebener Zeit werde ich natürlich die übrigen Porträts der fürstlichen Familien bringen lassen«, sagte Heymanns. »Vielleicht könnt Ihr auflisten, wann Ihr welches Konterfei zur Arbeit wünscht. Ansonsten wird es hier doch etwas beengt zugehen, mit all den erlauchten Damen und Herren.«

Carla sah sich um. »Wo wird der Teppich gewirkt?«

»Hier. Sobald Ihr Eure Arbeiten am Karton beendet habt, werde ich einen neuen Stuhl aufstellen lassen.« Seine Stimme klang stolz. »Einen Flachwebstuhl. Daran werden gut vier oder fünf Wirker gleichzeitig arbeiten können. Ich eingeschlossen.«

Carla staunte. Der Wirkmeister schien sich sehr auf das große Werk zu freuen. Sie hatte von diesen großen Webstühlen gehört, aber nicht einmal bei von der Hohemühl hatte sie einen gesehen. Sie stammten aus den niederländischen und flämischen Ländern, wo die Bildwirkerei seit Jahrzehnten in effizienten Manufakturen betrieben wurde.

»Dann werdet Ihr auch für ein Werk von dieser Größenordnung nicht ungebührlich viel Zeit brauchen«, mutmaßte sie.

»Ich habe den Stuhl bereits bei meinem Schwager in Brüssel bestellt.«

»In Brüssel?«

»Meine Heimatstadt«, erklärte Heymanns lächelnd. »Ich dachte, das hört man.«

Das tat man tatsächlich, wenn man seinen Akzent einzuordnen wusste! »Aber in Brüssel blüht die Teppichwirkerei! Was führt Euch nach Pommern?«

Heymanns blaue Augen verdunkelten sich ein wenig.

»Es gibt zwar dort viel zu tun, aber auch zu viele Meister. Wer keine eigene Manufaktur besitzt und sein Leben nicht als Handlanger fristen will, muss sich mit allen anderen um die wenigen guten Stellen bei Hofe balgen, die zu besetzen sind. In Pommern hingegen bitten sie mich inständig, Ihnen einfach nur meinen Preis zu nennen.«

Dieses Argument leuchtete Carla ein. Sie hatte aber gleichzeitig das Gefühl, dass er ihr nicht die ganze Wahrheit erzählte.

»Vermisst Ihr Eure Heimat nicht? Eure Familie?«, fragte sie. »Mir fällt es schwer, von der meinen getrennt zu sein.«

Heymanns schien wie ausgewechselt und funkelte sie wütend an. »Was erlaubt Ihr Euch?«, fuhr er sie an. »Kümmert Euch um Eure Arbeit und mischt Euch nicht in Angelegenheiten, die Euch nichts angehen!«

Mit diesen Worten rauschte er aus der Werkstatt und ließ die vollkommen verdutzte Carla stehen. Ratlos machte sie ein paar Schritte zur Tür, um zu sehen, ob Heymanns zurückkehren würde. Dann aber sah sie ihn mit ausgreifenden Schritten über den Residenzhof eilen. Was um alles in der Welt war in ihn gefahren? Womit hatte sie ihn derart verärgert?

Carla stand noch eine Weile unschlüssig herum, bevor sie sich zwei Knechte suchte, die ihr halfen, die Weimarer Porträts in ihre neue Werkstatt zu schaffen. Als alle Bildnisse ausgepackt waren und Carla feststellte, dass sie unversehrt waren, atmete sie erleichtert auf. Da sie noch nicht wusste, wo man sie selbst unterbringen würde, ließ sie ihre beiden Truhen auch in den Raum stellen und wartete.

Als sie sich nach einer Weile auf die Suche nach Heymanns machen wollte, holte sie ein junger Kerl von kaum fünfzehn Jahren zur gemeinsamen Abendmahlzeit ab. Fritz, so hieß er, war seit einigen Monaten Lehrling in der Bildwirkerwerkstatt. Carla vermutete, dass Heymanns ihn speziell für die Arbeit am herzoglichen Bildteppich eingestellt hatte, und freute sich, da er ein netter Kerl zu sein schien.

Nach dem Mahl aus Brot, hartem Käse und Grütze zeigte ihr eine Magd schließlich den Weg zu einer geräumigen Kammer, die über ihrer Werkstatt gelegen war. Hier sollte sie also die nächsten Monate wohnen. Die Magd knickste kurz und verschwand wieder ohne ein weiteres Wort.

Fluchend machte Carla sich daran, mit feuchtem Holz und klammen Fingern ein Feuer zu entfachen, ihre Truhen nach oben zu schleppen und das Bettzeug mit abgenutztem, aber sauberen Leinen zu beziehen, das die Magd ihr mitgegeben hatte. Das Auspacken verschob sie getrost auf den nächsten Tag, und bald streckte sie die müden Glieder in ihrer neuen Bettstatt aus.

Peter Heymanns blieb verschwunden. Es sollten Wochen vergehen, bis Carla ihm wieder begegnete.

Am nächsten Tag stand ein Laufbursche des Kämmerers vor Carlas Tür und überreichte ihr eine Botschaft. Die Kinder Philipps sollten umgehend porträtiert werden, entnahm sie diesem. Und wie angekündigt in Wolgast.

Carla runzelte die Stirn, als sie die Nachricht noch einmal las. Der Bote stand währenddessen mit unbeweglicher Miene vor ihr. Als Carla nicht reagierte, zappelte er unruhig von einem Fuß auf den anderen.

»Ich melde ergebenst, dass der Herr Kämmerer um Meldung bittet, wann der Herr Maler wohl abzureisen bereit sei.«

»In einigen Tagen«, sagte sie vage. »Zuerst muss ich mich noch einrichten. Ich gebe dann Bescheid.«

Der Bote trat verlegen von einem Fuß auf den anderen. »Melde ergebenst, dass der Herr Kämmerer um Abreise am morgigen Tag bittet.«

Carla zog die Brauen hoch. Hieronymus Blankenfels, dachte sie, du führst ja ein ganz strenges Regiment.

»Richte dem Herrn Kämmerer aus, dass ich mich übermorgen um die Mittagszeit zur Abreise bereit finde. Ich werde bis dahin meine Utensilien vorbereiten.«

»Erlaube mir einzuwenden, dass die Utensilien doch bereits gepackt sind.«

Der Bote war gut instruiert, dachte Carla. Das konnte ja lustig werden, wenn man sie einen Tag nach ihrer Ankunft bereits wieder auf die Straßen Pommerns jagte.

»Übermorgen gegen Mittag«, beharrte sie und wandte sich um. Der Herr Kämmerer würde lernen, sich in Geduld zu fassen.

Der Bote klappte den Mund noch einmal auf und wieder zu, dann machte er auf dem Absatz kehrt und verschwand.

Kurze Zeit später tauchte er wieder auf; mit dem Kämmerer im Schlepptau. Hieronymus Blankenfels strich ein wenig durch die Werkstatt und fragte, ob der Herr Maler denn gut untergekommen sei. Er warf einen interessierten, aber wenig fachkundigen Blick auf die Porträts der sächsischen Prinzen.

Carla wartete darauf, dass der Mann auf sein eigentliches Anliegen kommen würde. Das tat er dann auch ziemlich abrupt. Er habe erheblich früher mit dem Eintreffen von Meister Weber gerechnet und ihn entsprechend für Ende Oktober in Wolgast angekündigt; nun warte man dort schon ungeduldig auf ihn. Und, meinte der Kämmerer und reckte sein spitzes Kinn empor, das Licht sei ja noch besonders schön um diese Jahreszeit. Zudem sei die Hansestadt recht fein gelegen, nämlich direkt am Meer, und das Residenzschloss der Herzöge von erlesener Schönheit. Der Weinkeller sei gefüllt, die Tafel reichlich. Carla seufzte. Gleich würde der Kämmerer ihr womöglich noch unmoralische Angebote machen. Da zog sie es vor, sich seinem Willen zu beugen. Es würde ihr somit zumindest einmal Packen erspart bleiben.

Kurzum, am nächsten Morgen saß Carla in einer gut gefederten Kutsche aus den Beständen des Herzogs und fuhr nach Wolgast, ohne sich von Peter Heymanns verabschiedet zu haben. Sie ließ ihm über Fritz die besten Grüße bestellen und über ihren Verbleib unterrichten.

Die Reise war herrlich, der Oktober klang jetzt mild und golden aus. Die Straßen waren fest, und die Kutsche kam gut voran. Die Luft roch nach Salz, und die Möwen glitten gemütlich über die Böen.

Der Anblick des Residenzschlosses nahm ihr für kurze Augenblicke den Atem. Der weiße Prunkbau lag auf der dem Festland vorgelagerten Schlossinsel und erhob sich fragil aus den beeindruckenden Befestigungsanlagen, die Philipp erst vor wenigen Jahren hatte errichten lassen. Die Lage am Meer schien auch in Pommern nicht sicherer zu sein als anderswo, dachte Carla. Kein Wunder, dass sich der Herzog den Rücken vom Kaiser freikauft, wenn er die Ostsee vor sich hat.

Die Eile des Hieronymus Blankenfels erwies sich jedoch als völlig unbegründet, da der Herzog zur Jagd weilte und nicht so rasch zurückerwartet wurde. Stattdessen wurde Carla von seiner Gemahlin, der Herzogin Maria von Sachsen, empfangen, die auch die Schwester von Johann Friedrich war.

»Meister Weber«, rief sie erfreut und reichte Carla die Hand zum Kuss.

Eine solche Situation war neu für Carla, und sie stutzte. Etwas linkisch ergriff sie schließlich die dargebotene Hand und beugte sich dicht vor die Borte des langen Ärmels. Verlegen richtete sie sich wieder auf und bemühte sich, ihre Pose als stattlicher Maler einzunehmen.

»Wie schön, einen Künstler aus Wittenberg bei uns zu haben«, fuhr Maria begeistert fort. Sie hatte seinerzeit nach der Hochzeit in Torgau viele Künstler an den Wolgaster Hof berufen. Auch war ihrem Betreiben der rege Austausch an Studenten und Professoren der Universität von Greifswald und der Leucorea in Wittenberg zu verdanken.

Sie verwickelte Carla in ein langes Gespräch über die Stadt, die Cranachs, ihren Bruder Johann Friedrich und natürlich den Teppich, der nun für ihn in Pommern entstehen sollte.

»Wir schätzen uns überglücklich, einen Wirker vom Range Peter Heymanns zu haben, dem wir das Werk vertrauensvoll in die Hände legen können«, sagte Maria, und Carla wurde plötzlich bewusst, dass die Herzogin großen Anteil an dem Werk haben musste. War es letztendlich sogar ihre Idee? »Er hat in der Wirkerei bei Heinrich von der Hohemühl gearbeitet.«

»So wie ich«, entschlüpfte es Carla, die bei all dem vertraulichen Klatsch große Mühe hatte, ihre männliche Fassade aufrechtzuhalten. Die Herzogin war charmant, aber der harmlose Plauderton täuschte nicht darüber hinweg, dass die Frau klug und gut informiert war.

»Tatsächlich?« Marias dünne Brauen wölbten sich. »Wie ist das möglich? Ihr seid noch so jung! Seid Ihr nicht bei Cranach ausgebildet worden?«

»Meine Mutter war Bildweberin und unterwies mich schon früh in dieser Kunst«, sagte Carla. »Und nachdem meine Ausbildung bei Lucas Cranach beendet war, ergänzte ich meine Fähigkeiten in Torgau.«

»Eine Bildweberin ... Sie muss eine glückliche Frau gewesen sein.« Maria schien nachdenklich. »Weiß denn Meister Heymanns von Eurem Können?«

Carla hielt kurz inne. Sie hatte ihm bei ihrer ersten Begegnung von ihrer Mutter erzählt. Von Karl Weber wusste Heymanns noch so gut wie nichts. Sie schüttelte den Kopf. »Ich habe ihn nur kurz in Stettin gesehen«, sagte sie. »Dann wurde ich gleich zu Euch beordert.«

»Wir müssen ihn dringend darüber in Kenntnis setzen«,

sagte sie. »Wie könnte er auf solch wertvolle Hilfe verzichten?« Sie lächelte warm. »Lasst mich nur machen.«

Carla senkte den Kopf und legte eine Hand auf ihre Brust, wie Lucas Cranach es immer getan hatte, um seine Zustimmung gegenüber Geschäftspartnern auszudrücken. Auch wenn sie sich im Moment der Entwicklung der Dinge nicht so sicher war.

»Vorerst liegt meine Aufgabe ja noch im Gebiet der Malerei«, fügte sie bescheiden hinzu. »Wer weiß, ob Meister Heymanns weiteren Bedarf an meinen Talenten hat.« Gleichzeitig kam ihr ein anderer Gedanke. Hier bot sich die Möglichkeit, mehr über ihren Kollegen zu erfahren.

»Ihr sprecht von Torgau. Hat Meister Heymanns nicht sein Handwerk in Brüssel gelernt?«, fragte sie.

Maria lächelte ein Lächeln, das Carla sofort die kleine Schwäche verriet, die die Herzogin für den hübschen Wirkmeister hegte. »Das hat er in der Tat. Er wurde auch dort geboren.«

»Wie kam er dann nach Sachsen?«, hakte Carla mutig nach.

Marias Lächeln fror ein wenig ein. »Ich fürchte, wir verdanken seine Anwesenheit der blutigen Verfolgung der Protestanten in Frankreich und Flandern«, sagte sie bekümmert. »Man erzählte mir, seine ganze Familie sei von Katholiken ausgelöscht worden.«

Carla biss sich auf die Lippe. Das erklärte Heymanns schroffe Reaktion auf ihre Worte, als sie nach seiner Familie fragte.

»Ich hörte von ihm, als er in Torgau weilte, und berief ihn nach Pommern. Zu meinem persönlichen Bedauern blieb er aber in Stettin am Hofe Barnims.« Maria zuckte die Achseln. »Man muss die Künstler nehmen, wie sie sind.

Und nun seid Ihr an den Hof gekommen, Meister Weber. Aus der berühmten Werkstatt des Lucas Cranach, Gott habe ihn selig.« Sie blinzelte Carla zu. »Anscheinend geht hier ohne die Sachsen gar nichts.«

Carla wiederholte ihre kleine Verbeugung, kam aber nicht zu Wort.

»Ich kann es kaum erwarten, Euch bei der Arbeit zuzusehen. Das darf ich doch, oder? Ich habe sonst so wenig künstlerische Anregung.«

»Wie Ihr wünscht, Durchlaucht. Es wäre mir in jedem Fall eine große Ehre.«

Das entsprach zwar nicht der Wahrheit, denn Carla konnte es nicht leiden, bei der Arbeit beobachtet zu werden, aber die Herzogin freute sich aufrichtig. Dann erhob sie sich.

»Aber was rede ich hier die ganze Zeit. Kommt, Meister Weber. Ihr müsst meine Kinder kennenlernen. Ernst Ludwig ist schon ganz ungeduldig.«

Die Vormittagssonne fiel durch das Fenster auf das ernste Bubengesicht. Dunkle Augen schauten ruhig unter den glatt geschnittenen Stirnfransen hervor. Die unbewegte Miene wirkte bei einem Kind fast befremdlich.

Carlas Kreide glitt über den Bogen. Sie arbeitete an ihren Studien zum Porträt Ernst Ludwigs. Das Kind war der viertgeborene Sohn von Maria und Philipp und offenbar der Liebling seiner Mutter. Mit seinen acht Jahren verfügte Ernst Ludwig über eine erstaunliche Altklugheit, die Carla schon ein-, zweimal ein Lächeln entlockt hatte. Aber sie riss sich zusammen und arbeitete konzentriert an ihrer Skizze. Insgesamt sollten fünf Kinder des Herzogpaares auf dem Teppich abgebildet werden. Die gerade erst vor wenigen Wochen geborene Margareta würde nicht mit aufgenommen werden. Der Erstgeborene Georg war bereits im zarten Alter von zwei Jahren verstorben.

Nachdem Carla also bereits Tage damit verbracht hatte, den selbstsicheren und etwas überheblichen ältesten Sohn Johann Friedrich zu studieren und danach seinen Bruder Bogislaw, der ebenfalls eine herablassende Würde zeigte, entspannte sie sich bei den Studien zu Ernst Ludwig zum ersten Mal. Das Kind scheute nicht davor zurück, sich in den Pausen offen mit ihr zu unterhalten. Zudem war Maria selbst oft anwesend und brachte auch die kleine Margareta mit. Das verlieh den Sitzungen eine fast familiäre Stimmung, wie Carla sie aus der Werkstatt ihres Vaters in Venedig kannte.

Außerdem interessierte sich Ernst Ludwig tatsächlich für die Kunst. Während die beiden älteren Söhne sich darauf beschränkten, in teuren Kleidern zu posieren, wollte er immer wieder Carlas Skizzen sehen.

»Seid Ihr fertig, Meister Weber? Darf ich gucken?«

»Ernst Ludwig!« Marias Stimme klang sanft tadelnd. »Meister Weber wird es sagen, wenn er uns etwas zu zeigen hat.«

Carlas Augen ruhten lange auf dem Kindergesicht, während ihr Hände fast blind über das Papier glitten. Sie mochte den kleinen Prinzen und studierte seine Gesichtszüge ausnehmend gern. Sein Blick war intensiver und wacher als der seiner Brüder. Er hatte die dunklen Augen seiner Mutter geerbt und offensichtlich auch ihre hervorragende Intelligenz.

»Aber ich möchte doch Meister Weber etwas zeigen«, quengelte der Prinz.

»Halte Maß.« Der Ton der Mutter war unerbittlich, ohne

laut zu werden. Carla senkte den Kopf und verbarg ein Schmunzeln angesichts der Ungeduld, die sich auf dem kleinen Gesicht zeigte.

»Nur noch einen Augenblick, Prinz«, murmelte sie. »Gleich ist die Skizze fertig, und Ihr dürft sie Euch ansehen.«

Als Carla schließlich die Kreide beiseitelegte und den Bogen ins Licht rückte, leuchteten die Bubenaugen auf. »So, jetzt dürft Ihr es betrachten.«

Ernst Ludwig schoss auf sie zu, während Maria sich würdevoll erhob. Sie standen nebeneinander am Tisch und betrachteten die Skizze eingehend. Etwas versonnen sah der Junge im Halbprofil am Betrachter vorbei, unter den vollen Kinderlippen wölbte sich ein rundes Kinn.

»Das bin ich«, stellte Ernst Ludwig voller Stolz fest. »Da habt Ihr mich aber wirklich gut gemalt, Meister Weber.«

Carla verbeugte sich leicht vor dem kleinen Prinzen; sie freute sich aufrichtig über das Lob. »Ihr habt mir auch sehr geholfen.«

»Weil ich so schön still gehalten habe?«

»Nein. Weil Ihr einfach Ihr selbst geblieben seid.«

Im nächsten Augenblick bemerkte Carla, dass ihre Worte ein schlechtes Licht auf die beiden älteren Prinzen warfen, und sah sich verstohlen nach Maria um. Die Herzogin nickte zustimmend, wenn auch zögerlich.

»Ernst Ludwig ist anders als seine Brüder«, sagte sie. »Und Eure Skizze, Meister Weber, ist wahrhaft kunstvoll. Ich bitte Euch, mir später diese besondere Studie für mein Visierungsbuch zu überlassen.«

Carla sah sie überrascht an; darum hatte die Herzogin bei den anderen Skizzen nicht gebeten. Da sie nun noch weitere Studien des Kindes anfertigen würde, kam Carla der Bitte, die Maria als Mutter und nicht als Herzogin ausgesprochen hatte, gerne nach. Sie erkannte das große Lob, das darin lag.

»Meister Weber!«, rief da der kleine Ernst Ludwig. »Ich habe auch etwas gezeichnet!« Er zog umständlich ein gefaltetes Papier aus seiner Tasche und glättete es vorsichtig. Dann legte er es mit großer Geste auf den Tisch.

Carla hob gespannt die Brauen, und auch die Herzogin beugte sich über die Zeichnung. Sie war recht einfach gehalten und zeigte ein kleines Pony auf der Weide. Aber für einen Achtjährigen war sie erstaunlich gut gemacht und von feinem Charme.

»Ernst Ludwig!« Marias Ton war Anerkennung genug. »Wie wunderbar.« Freudig sah sie ihren Sohn an.

Carla, die jetzt auch ahnte, wo ihre fehlende Kreide hingekommen war, zeigte sich ebenfalls tief beeindruckt. Der kleine Herzog verfügte über ein ganz besonderes Talent.

»Wirklich sehr gut, Prinz«, lobte sie und rieb sich nach Männerart das glatte Kinn. »Ihr habt Euer Motiv ausgesprochen gut getroffen.«

»Das ist Ferdinand«, erklärte der kleine Prinz, »mein Pony. Ich wollte eigentlich nur seinen Kopf zeichnen, aber er hat immer nur gefressen.«

Carla nickte. »Da habt Ihr schon eine ganz wichtige Lektion gelernt«, sagte sie. »Der Maler darf das Motiv nicht immer nach seinem Wunsch formen, er muss sich auch vom Motiv lenken lassen.«

»Habe ich Euch auch gelenkt, Meister Weber?«

»In gewisser Weise, ja. Vielleicht habt Ihr es nicht mit Absicht getan, aber bei einem Porträt fließt immer auch die Natur der dargestellten Person mit ein. Sonst ist es kein gutes Porträt.«

»Und Ferdinands Natur ist es eben zu fressen.« Ernst Ludwig sah zufrieden auf seine Zeichnung. Carla lachte ein etwas zu helles Lachen, das Maria irritiert aufblicken ließ. Schnell räusperte sie sich und senkte den Blick.

»Wenn Ihr es so ausdrücken möchtet, Euer Durchlaucht«, sagte sie wieder mit bemüht tiefer Stimme.

Die Herzogin entließ mit einem letzten Blick auf die Skizze den Jungen in die Obhut seines Kindermädchens, die den jungen Prinzen zum Unterricht ins Studierzimmer bringen sollte.

Nachdem Ernst Ludwig sich artig verabschiedet hatte, wandte sich die Herzogin Carla zu. »Was meint Ihr, Meister Weber?«

»Ein großes Talent.« Carla fragte sich, ob sie in diesem Alter schon so gut gezeichnet hätte, wenn denn Gelegenheit dazu gewesen wäre. Aber zu dieser Zeit hatte sie sich in Venedig noch auf das Beobachten ihres Vaters beschränken müssen. Carla hatte erst später Raum und Zeit dafür gefunden, ihr Talent zu entdecken. Bei Ernst Ludwig stellte sich die Frage anders herum: Würde er in Zukunft die Zeit haben, sich der Malerei zu widmen?

»Werdet Ihr ihn unterrichten?«, hörte sie Maria fragen.

Carla sah die Herzogin überrascht an.

»Natürlich nur solange Ihr noch in Wolgast weilt«, ergänzte Maria. »Ich verstehe, dass Ihr zur Anfertigung des Kartons wieder nach Stettin fahren werdet. Aber es wird noch eine Weile dauern, bis Ihr die fünf Porträts meiner Kinder angefertigt habt. Vielleicht möchtet Ihr die Zeit nutzen, Ernst Ludwig ein wenig zu unterrichten. Ihr werdet selbstverständlich dafür entlohnt.«

Fast hätte Carla frühzeitig abgewunken. Sie war nicht an

einem zusätzlichen Lohn interessiert, ihr gefiel ganz einfach der Junge, und sie schätzte seine Gegenwart und seinen Charakter. Aber sie wusste von ihrem Vater, dass einflussreiche Auftraggeber das Gefühl haben mussten, sich gute Leistung teuer zu erkaufen. Sonst begannen sie, das Werk herabzuwürdigen.

»Wird die Kunst in seinem Leben denn Platz finden?«, fragte Carla. Sie wusste, dass ihr Einwand der Herzogin unverschämt erscheinen mochte, aber Maria sah sie nur nachdenklich an.

»Ernst Ludwig ist mein dritter noch lebender Sohn«, sagte sie dann. »Die meiste Last und Verantwortung für das Greifengeschlecht wird später auf den Schultern seiner Brüder ruhen. Ich möchte, dass er diese Freiheit als Vorteil und nicht als Makel empfindet. Dass er sich den Künsten und Geisteswissenschaften widmen kann und in Greifswald auf die Universität geht. Sich mit Künstlern austauscht, lernt, vergleicht.«

Du möchtest, dass er das tut, was man dir verweigert hat, dachte Carla und sah Maria eingehend an. Was man im Übrigen auch mir verweigert hat. Aber ich habe es mir dennoch genommen …

»Eure Mutter ist Euch sicher ein leuchtendes Vorbild gewesen, Meister Weber. Mein Stand erlaubt es mir nicht, meinem Sohn ein ebensolches Vorbild zu sein. Die Freiheit des Herzens müssen andere ihm beibringen. Ich denke, Ihr seid ein wunderbarer Lehrer für diese Lektion.«

Plötzlich wurde Carla heiß. Lag eine gewisse Doppeldeutigkeit in den Worten der Herzogin? Ahnte sie, dass sie kein Mann war? Und wählte sie sie dennoch als Lehrer für ihren Sohn?

Zaghaft erwiderte sie den Blick der Herzogin. »Ich

würde mich glücklich schätzen, Durchlaucht, Eurem Sohn mein Können und Wissen anzubieten.«

Maria lächelte. »Er wird sich ebenfalls glücklich schätzen, Meister Weber.«

Die Art, in der die Herzogin ihren Namen aussprach, ließ Carla erschauern.

Maria dankte ihr noch einmal und verabschiedete sich. Die Zeichnung ihres Sohnes ließ sie zurück. Carla betrachtete sie noch eine Weile in Ruhe, dann wandte sie sich den Skizzen der Fürstenkinder zu und begann eine Liste der Dinge, die sie für die Ausführung der Porträts brauchte. Im Anschluss schrieb sie einen Brief nach Stettin, der die Verzögerung ihrer Rückreise erklärte. Da sie sich nicht schlüssig war, ob sie den Brief an Hieronymus Blankenfels oder an Peter Heymanns schicken sollte, fertigte sie eine Kopie davon an und schickte zwei Exemplare.

Für die Anfertigung der fünf Kinderporträts brauchte Carla noch bis in den Dezember hinein. In dieser Zeit unterrichtete sie auch den kleinen Ernst Ludwig täglich. Die Aufgabe bereitete ihr eine besondere Freude, und oft dachte sie daran, wie ihre Mutter sie früher selbst unterrichtet hatte. Hin und wieder stellte sie sich sogar vor, dass es ihr eigenes Kind sein würde. Dann wurde sie sich wieder ihrer Männerkleidung bewusst, und sie fragte sich, ob ihr dieses Glück jemals gewährt sein würde. Als Karl Weber sicher nicht, und ihre Erscheinung würde sie noch eine gute Weile beibehalten. Wann und ob sie überhaupt jemals eine Familie gründen würde, war völlig ungewiss.

Kapitel 23

Carla erwachte aus einem bleischweren Schlaf und hatte Schwierigkeiten, sich zu orientieren. Dann fiel es ihr wieder ein: Stettin, ihre Kammer über der Werkstatt. Das unausgeräumte Gepäck und die sorgsam verpackten Gemälde.

Sie hatte schlecht geschlafen und noch schlechter geträumt. In ihrem Traum war sie winzig klein gewesen und über eine riesige Leinwand gelaufen; dabei hatte sie ein lächerliches Pinselchen geschwungen. Auf der Leinwand standen Hunderte von Menschen, die Carla einzeln mit einem Strich roter Farbe markierte. Da die Menschen aber nicht an ihrem Platz stehen blieben, sondern wild durcheinanderliefen, verlor Carla die Übersicht. Ihr wurde bewusst, dass sie ihrer Aufgabe nicht gewachsen war. Panik stieg in ihr auf, und als sie gerade schreiend fliehen wollte, nahm ein Kind ihre Hand. Es war Ernst Ludwig, der sie mit seinen dunklen Augen ernst ansah. »Ich helfe dir«, sagte er. »Aber du musst so lange auf mein Pony aufpassen. Es frisst gern Gras.«

Carla meinte noch den Geruch des Pferdes zu riechen. Aber es war nur ihre Reisekleidung, die sie gestern spät am Abend vor dem Bett ausgezogen hatte und einfach zu Boden hatte fallen lassen.

Erschöpft rieb sie sich die Augen und massierte ihre Schläfen. Warum träumte sie in Stettin immer solch einen Unsinn? Sie stand auf und stellte fest, dass weder in ihrer Waschschüssel noch in dem Krug Wasser war. Seufzend strich sie sich mit der Hand das Haar nach hinten und bemerkte, dass es reichlich lang geworden war. Bald würde es sich weich locken, und ihre Tarnung wäre geschwächt. Kurz entschlossen nahm sie ein Messer und schnitt es sich Strähne um Strähne wieder kurz. Dann stülpte sie sich ihre Kappe über und zog sich die verdreckte Reisekleidung vom Vortag wieder an.

Müde schlurfte sie die Treppe hinunter, und beim Betreten der Wirkerei musste sie sich kaum Mühe geben, wie ein Mann zu wirken. Mürrisch setzte sie sich an den langen Tisch, an dem die übrigen Gesellen bereits eine Milchsuppe löffelten. Ihr übernächtigtes Aussehen war Anlass für zotige Bemerkungen, die sie dank ihrer schlechten Laune an sich abperlen ließ. Natürlich wusste jeder, dass der Wittenberger Maler spät am gestrigen Abend aus Wolgast zurückgekehrt war und dass die Reise bei den sintflutartigen Regengüssen, die der ungewöhnlich milde Dezember mit sich brachte, eine Katastrophe gewesen sein musste. Sie schoben ihr einen Teller Suppe und einen Krug Bier hinüber und widmeten sich anderen Themen.

Carla aß schweigsam ihre Milchsuppe und schnupperte an dem Bier. Es roch stark, aber es roch auch genau wie das, was sie jetzt brauchte. Sie hob den Krug, wobei sie darauf achtete, nicht wie ein Mädchen die zweite Hand zur Hilfe zu nehmen, und nahm einen tiefen Zug. Dabei hörte sie, wie die Tür geöffnet wurde und Peter Heymanns Stimme erklang.

»Meister Weber, Ihr seid also wohlbehalten wieder in Stettin eingetroffen!«

Carla stellte den schweren Krug hart auf den Tisch zurück. Peter Heymanns stand aufrecht und sauber gekleidet vor ihr. Sein blondes Haar schimmerte, und seine blauen

Augen strahlten wie die Ostsee an ihren besten Tagen. Carla starrte ihn an. Sie war sich bewusst, dass Bierschaum ihre Oberlippe zierte, und verschluckte sich an dem Bier, das sie noch im Mund hatte. Als sie endlich zu einer Antwort ansetzen wollte, entschlüpfte ihr ein lautes Rülpsen. Erschrocken legte sie mit einer weibliche Geste die Hand an den Mund und wurde rot.

»Na, na, Meister Weber«, stimmte Peter Heymanns in das Gelächter der anderen mit ein. »Wenn ich es nicht besser wüsste, würde ich glauben, dass Ihr die Nacht in einem Wirtshaus durchgezecht habt.«

Carla riss sich zusammen. »Das wäre sicher angenehmer gewesen, als zwei Meilen vor Stettin mit einem gebrochenen Rad liegen zu bleiben«, gab sie zurück. »Hätte ich mir nicht zwei Maultiere besorgt und die Bilder umgeladen, stünde ich wahrscheinlich immer noch im Regen.«

Jetzt war Heymanns ein wenig verlegen. »Verzeiht mir die Bemerkung auf Eure Kosten«, entschuldigte er sich. »Ich habe eben erst von Eurer Rückkehr gehört. Eine Magd wird nachher in Eurer Kammer für Ordnung sorgen. Und was Euch angeht«, er musterte sie von oben bis unten, »braucht Ihr zuerst einmal ein Bad.«

Carla nickte dankbar.

»Und da Eure Kammer ungeheizt ist, lasse ich Euch die Wanne in meine Stube schaffen.«

Oh nein! Das brauchte sie jetzt nicht. Sie konnte sich doch nicht in Peter Heymanns Zimmer ausziehen!

»Sehr zuvorkommend, aber das ist wirklich nicht nötig«, wandte Carla zaghaft ein, aber Heymanns hatte seine Hand schon schwer auf ihre Schulter fallen lassen.

»Kommt, ich kann es kaum erwarten, Eure Erlebnisse aus Wolgast zu hören. Und ihr«, er wandte sich an die übrigen

Wirker, die mit gespitzten Ohren dasaßen, »macht euch an die Arbeit. Bevor wir mit dem großen Bildteppich beginnen, müssen die Satteldecken für den Herzog und die Tapisserie für den Möller raus.«

Die Männer standen polternd auf und begaben sich an ihre Webstühle. Carla bemerkte wieder, dass auch in Heymanns Wirkerei keine Frau arbeitete. Schon bei von der Hohemühl war die Werkstatt allein mit Männern besetzt. War es Zufall oder hatten die Herren etwas gegen weibliche Bildwirker? Carla blieb jedoch keine Zeit, weitere Vermutungen darüber anzustellen.

»Kommt mit«, forderte Heymanns sie erneut auf. »Jetzt kümmern wir uns um Euer Bad.«

»Ich kann wirklich in meiner Kammer baden«, versuchte Carla noch einmal das unerwünschte Angebot abzuwenden.

»Bei der Kälte? Kommt gar nicht infrage. Ich kann keinen Kartonnier gebrauchen, der mit Fieber im Bett landet. Und eins noch, Weber …« Heymanns war unvermittelt stehen geblieben und drehte sich zu ihr um. Carla prallte gegen seine Brust und trat überrascht einen Schritt zurück.

»Mein Verhalten vor Eurer Abreise«, sagte er und machte eine kurze Pause, als suchte er nach den richtigen Worten. »Ich wollte Euch nicht brüskieren. Es war unhöflich von mir, Euch bei Eurer Ankunft so einfach stehen zu lassen. Ich bitte Euch um Verzeihung.«

Schau an, dachte Carla, da ist er ja in sich gegangen. Nach all den Wochen denkt er noch daran, sich bei mir zu entschuldigen.

»Ihr werdet Eure Gründe gehabt haben«, sagte Carla großmütig, da sie nun über ein in Wolgast erworbenes Hintergrundwissen zu seiner Person verfügte. »Wir wollen nicht mehr davon reden, Meister Heymanns. Ich werde mich so schnell wie möglich an den Karton machen und mich hier schon einleben.«

Heymanns nickte knapp und klopfte ihr auf die Schulter. »Gut, gut.« Dann rümpfte er die Nase. »Aber jetzt besorgen wir Euch wirklich Wasser und Seife. Ihr riecht wie ein Trupp Stallknechte.«

Carla biss die Zähne zusammen und folgte dem Wirkmeister in seine privaten Räume.

Peter Heymanns hatte seine Zimmer mit einem Geschmack eingerichtet, der Carla überraschte. Die wenigen Möbel waren von exquisiter Qualität und fein anzusehen; an den Wänden hingen hervorragende Gemälde. Carla erkannte einen Cranach und tippte auf den älteren Meister. Dann interessierte sie sich besonders für einen Holzschnitt, der ein seltsames Fabelwesen darstellte, das sie an einen Drachen erinnerte. Nur hatte der Drache keine Flügel, sondern er stand auf vier dicken, kurzen Beinen und trug ein imposantes Horn auf der Nase. Unwillkürlich beugte sie sich näher, um die schuppige Haut zu betrachten, die der Künstler meisterhaft gearbeitet hatte.

»Was ist das?«, fragte sie.

Heymanns sah sie verwundert an. »Ein Rhinozeros. Man sagt, diese Tiere leben in Indien, einem Land, das unvorstellbar weit von hier im Osten liegt.«

Carla sah sich verblüfft um. Wollte er sich lustig über sie machen? »Ihr meint, dieses Ungetüm gibt es tatsächlich?«

»Aber natürlich«, sagte Heymanns amüsiert. »Sonst hätte Dürer es kaum so detailliert darstellen können. Er war Realist, kein Phantast.«

Dürer. Das erklärte natürlich die künstlerische Handschrift. Aber dieses Tier?

»Man sagt, sein Horn habe magische Kräfte«, fuhr Heymanns fort. »Als Pulver eingenommen heilt es jede Krankheit und steigert die Manneskraft.«

So, so, dachte Carla. Spendete es womöglich auch ewige Jugend? An welchen Humbug Männer glaubten, während sie die Frauen, die ihnen mit einfachen Heilpflanzen aus den hiesigen Wäldern halfen, als Hexen verbrannten.

»Hat Dürer dieses Wundertier denn wirklich gesehen?«

»Er selbst nicht. Es war wohl ein Geschenk an den König von Portugal, und ein Augenzeuge hat es Dürer beschrieben und ihm eine Skizze überreicht.«

Carla musste zugeben, dass sie gerade den Glauben an dieses Wundertier verloren hatte. »Dürer mag Realist gewesen sein, aber vielleicht war dieser Augenzeuge ein Phantast.«

Heymanns lächelte. »Können wir uns darauf einigen, dass die tatsächliche Existenz dieses Tieres unerheblich für den künstlerischen Anspruch des Werkes ist?«

»Ja«, gab sich Carla versöhnlich, »darauf können wir uns einigen.«

»Wie war Euer Aufenthalt in Wolgast?«, fragte der Wirkmeister.

»Länger als geplant.« Carla steckte die Hände in die Taschen und stapfte mit schweren Schritten umher. Aus irgendeinem Grund hatte sie in Heymanns Gegenwart das starke Bedürfnis, eindeutig männlich zu wirken. Zudem gab sie sich wortkarg.

»Was hielt Euch auf?«

»Ich habe die Porträts vor Ort fertiggestellt.«

»Warum das denn?«

»Es war ein Wunsch der Herzogin.«

»Ah, die Herzogin«, sagte Heymanns, ohne dass Carla seine Gedanken einordnen konnte. »Wie geht es ihr?«

»Sie ist bei bester Gesundheit. Ebenso wie das jüngste Kind.«

»Und Ihr habt wirklich fünf Porträts in …«, er rechnete im Kopf nach, »in knapp fünf Wochen erstellt?«

Carla nickte. »Mitsamt den Studien. Und sie sind gut geworden«, fügte sie stolz hinzu. Männer schafften lieber eine Meinung, als dass sie um eine baten.

»Ihr seid wahrhaftig durch die Schule Cranachs gegangen. Ich bin gespannt. Wir werden sie uns nachher gemeinsam ansehen, wenn es Euch beliebt. Was meint Ihr, wie lange Ihr für den Karton brauchen werdet?«

Carla fiel ihr Traum von letzter Nacht wieder ein, und sie zögerte. War sie dieser Aufgabe überhaupt gewachsen? »Zwei bis drei Monate«, sagte sie vage. »Wenn alle Porträts jetzt vorliegen.«

Heymanns nickte. »Wir werden sehen. Ah, Euer Bad.«

Zwei Knechte schleppten einen mit einem Laken ausgekleideten Zuber herein, der halb mit Wasser gefüllt war. Drei Mägde folgten ihnen mit dampfenden Krügen. Die dritte brachte zudem Seife und ein Leinentuch zum Abtrocknen.

Carlas Puls beschleunigte sich. Wie sollte sie dieser Situation nur entkommen?

»Hierher, vor den Kamin«, wies Heymanns an. »Schließlich sollt Ihr Euch keine Lungenkrankheit holen.«

Carla runzelte die Stirn, als Heymanns es sich an seinem Schreibtisch bequem machte. Hatte er etwa vor, die ganze Zeit über anwesend zu sein? Er sah auf und begegnete ihrem bestürzten Blick.

»Beruhigt Euch, ich habe schon andere Männer nackt gesehen. Und ich fühle mich nicht zu ihnen hingezogen.«

Das ist nicht das Problem, dachte Carla. Wie um alles in der Welt sollte sie in die Wanne kommen, ohne ihr Geheimnis preiszugeben?

Offenbar zeigte sich ihre Bestürzung deutlich, denn Heymanns lachte amüsiert auf. »Natürlich werde ich Euch gleich alleine lassen«, sagte er. »Oder habt Ihr gedacht, das Bad sei nur ein Vorwand gewesen, um Euch in meine Kammer zu locken?« Er sammelte einige Dokumente zusammen und stand auf. »Ihr habt alle Zeit der Welt. Wenn Ihr fertig seid, findet Ihr mich in der Werkstatt. In der Zwischenzeit lasse ich Euch frische Kleidung aus Eurem Zimmer bringen, wenn Ihr damit einverstanden seid. Die Magd soll dort inzwischen einheizen und Ordnung schaffen.«

Blitzschnell überlegte Carla, ob sie irgendwelche verräterischen Dinge in ihrem Zimmer hatte liegen lassen. Aber die Binden, die sie für ihre monatlichen Blutungen nutzte, und jene, mit denen sie sich die Brust umband, waren sorgsam in einem Bündel versteckt.

Heymanns stand auf und nickte ihr freundlich zu. »Mein Haus ist Euer Haus«, sagte er mit einladender Geste und verließ das Zimmer.

Carla seufzte erleichtert auf, als die Tür ins Schloss fiel. Dann sah sie sich nach dem Zuber um; darauf freute sie sich jetzt wirklich! Zuerst aber warf sie das Stück Seife ganz ins Wasser und rührte ordentlich mit den Händen darin herum, bis es laugig weiß war und sich etwas Schaum gebildet hatte. Dann zog sie sich aus und glitt wohlig in das noch ziemlich heiße Wasser. Entspannt lehnte sie sich zurück und genoss die Umarmung des Wassers. Was war ein Bad für ein Genuss!

Plötzlich wurde die Tür wieder aufgerissen, und Heymanns Kopf erschien in der Stube.

»Oh, verzeiht«, entschuldigte er sich, während er mit großen Schritten zum Schreibtisch ging. »Ich dachte, Ihr wäret vielleicht noch nicht im Bad. Ich will Euch nicht stören, aber ich habe noch ein Dokument vergessen. Und natürlich ist es das Einzige, das wirklich wichtig …«

Er brach abrupt ab. Carla spürte seinen Blick förmlich in ihrem Nacken und rutschte vor Schreck bis zum Kinn ins Wasser. Gleichzeitig zog sie sich das Laken, mit dem der Zuber ausgekleidet war, über den Körper, schloss die Augen und wartete auf Heymanns Anklage. Eine Frau!

Aber der Wirkmeister überraschte sie vollkommen. »Himmel noch eins, welchem Barbier seid Ihr denn unter die Klinge gekommen? Ihr seht aus wie ein schlecht geschorenes Schaf! So könnt Ihr unmöglich in Stettin herumlaufen. Ihr vergrault uns ja alle Mädchen! Lasst mich einmal sehen.«

Schon zog er sich einen Schemel heran und setzte sich hinter Carla. Sie sah aus dem Augenwinkel, wie er nach dem Rasiermesser griff, das man ihr hingelegt hatte. »Nicht bewegen!«, befahl er, als sie den Kopf herumreißen wollte.

Dann spürte sie schon seine Hände im Nacken, und die Berührung sandte einen Schauer über ihren gesamten Körper. Sie schnappte nach Luft.

»Ich bin ein ausgezeichneter Barbier, keine Sorge«, beruhigte Heymanns sie mit konzentrierter Stimme. »Zumindest kann ich es kaum schlimmer machen.«

Carla dachte daran, wie sie sich unausgeschlafen und zu früher Stunde die Haarsträhnen abgeschnitten hatte. Heymanns machte sich nun ans gleiche Werk, seine Klinge war jedoch erheblich schärfer. Außerdem sah er, was er tat.

Mit klopfendem Herzen hielt sie still und war heilfroh, dass das Wasser dank der Seife so trüb war, dass die Konturen ihres Körpers nicht zu erkennen waren.

»Ihr habt ein Haar wie ein Mädchen«, hörte sie Heymanns hinter sich. »Weich und glatt. Man bekommt es kaum zu fassen.«

Carla schluckte trocken. Gleich würde er noch viel mehr Weiblichkeit an ihr entdecken, dachte sie verzweifelt und klammerte das Laken über ihrer Brust fest.

Aber Heymanns schien ganz vertieft in sein Tun. Er schnitt Locke um Locke und betrachtete schließlich offenbar zufrieden sein Werk. Seine Hand lag schwer auf Carlas Schädel und drehte ihr Gesicht mal zur einen mal zur anderen Seite. »So sieht das doch manierlich aus. Müssen wir Euch noch rasieren?«

Seine Hand glitt kurz über ihre Wange, bevor Carla den Kopf wegducken konnte.

»Nun ist es aber genug«, knurrte sie. Langsam war sie sich nicht mehr so sicher, ob Heymanns nicht doch eine gewisse Vorliebe für Männer hatte.

Verdutzt ließ Heymanns die Hand sinken, und Carla glaubte, ihn hinter seinem markant gestutzten Bart erröten zu sehen. Er legte die Klinge ab und stand schnell auf.

»Verzeiht, wenn ich Euch zu nahe getreten bin«, sagte er knapp. »Ich wollte nur behilflich sein. Früher habe ich meinen Brüdern sehr oft die Haare geschnitten. Wir hatten nicht viel Geld und …« Er unterbrach sich. »Wenn Ihr noch etwas braucht, müsst Ihr nur die Magd rufen.«

Der Wirkmeister machte auf dem Absatz kehrt und ging zur Tür. Kurz wandte er sich noch einmal um, als wolle er etwas sagen, dann stürzte er hinaus. Dabei stieß er mit besagter Magd zusammen, die Carlas Kleidung brachte und ihrem Herrn verwundert nachblickte. Das Dokument vergaß er erneut.

Carla wies die Magd an, die Kleidung hinzulegen und das Zimmer sofort wieder zu verlassen. Sobald das Mädchen fort war, sprang sie aus dem Wasser und schlüpfte nass wie eine Katze in Wams und Beinkleider.

So viel zu einem entspannten Bad, dachte sie. Aber um nichts in der Welt bliebe sie nur noch einen Augenblick länger nackt in Peter Heymanns Zimmer.

Kapitel 24

Als Carla in ihrer Männerkleidung die Stiege hinunterging, fühlte sie sich wieder einigermaßen sicher. In den festen Lederstiefeln fiel ihr das schwere Auftreten leichter. Die gut gepolsterten Schultern kaschierten ihren zarten Körperbau und die wieder sorgsam eingebundene Brust. Baden würde sie nur noch in ihrer eigenen Kammer und mit von innen verschlossener Tür, schwor sie sich.

Sie überquerte den Hof und überlegte kurz, ob sie Heymanns in der Werkstatt aufsuchen sollte. Dann entschied sie sich dagegen. Der Mann war so verlegen gewesen, dass er sicher noch keine große Lust verspürte, ihr schon wieder zu begegnen.

Stattdessen ging sie in ihre Werkstatt, um die fünf herzoglichen Kinderporträts zu enthüllen. Zum Glück war der Kamin schon gut befeuert, und es war angenehm warm. Draußen kühlte es ab, und der Sprühregen würde bald in Graupelschauer übergehen. Zu ihrer Überraschung traf sie in der Werkstatt auf Peter Heymanns, der gerade dabei war, weitere Porträts aufzustellen.

Als sie mit ihrer Last eintrat, griff er beherzt zu, und gemeinsam befreiten sie die in Wolgast angefertigten Werke von ihren schweren Wachstuchumschlägen.

Heymanns rückte sie ins spärliche Tageslicht und betrachtete sie neugierig.

»Fein«, sagte er leise und trat einen Schritt zurück. »Sehr fein.« Dann sah er sich nach Carla um. »Ich nehme an, dass die Herzogin die Porträts zurückwünscht, sobald wir mit dem Karton fertig sind?«

Carla nickte und behielt die Distanz von gut drei Schritten zu Peter Heymanns bei. Seine Berührungen im Zuber hatten sie bereits so durcheinandergebracht, dass sie weitere Verwirrungen auf jeden Fall vermeiden wollte.

Heymanns schien ihren eingehaltenen Abstand zu bemerken, denn er seufzte und stellte das Bild von Ernst Ludwig, das er gerade aus nächster Nähe betrachtet hatte, wieder ab.

»Meister Weber«, sagte er, und Carlas Blick wurde wachsam. »Ich muss mich bei Euch entschuldigen, fürchte ich.« Er räusperte sich. »Ich habe Euch vor Eurer Abreise einfach so stehen lassen. Und heute bin ich Euch offenbar zu nahe getreten. Wir kennen uns noch nicht gut, und ich möchte Euch eine kurze Erklärung für all das geben.«

Carla beobachtete gespannt sein Gesicht. Er wirkte unruhig, nicht heiter wie sonst, als ob er gleich etwas preisgeben würde, was ihm schwerfiel.

»Ich bin in Brüssel geboren. Meine Familie war arm. Ich hatte vier kleine Brüder, und keiner von uns hatte je genug zu essen. Dass ich eine Lehre als Weber beginnen konnte, war ein großes Glück. Und dass man mich weiter zum Bildwirker ausbildete, ebenfalls. Die flämischen und niederländischen Manufakturen haben stets Bedarf an Arbeitskräften, und Tapisserien scheinen immer Saison zu haben.«

Er rieb sich nervös das Kinn und bereitete sich darauf vor, was er eigentlich sagen wollte. »Wir waren schon immer Protestanten, und deshalb wurden wir auch schon immer verfolgt. Ich war siebzehn, als meine gesamte Familie bei einem Übergriff der Katholiken ausgelöscht wurde.

Sie starben alle auf grausame Weise. Sie verbrannten bei lebendigem Leib in unserem eigenen Haus, nachdem man die Tür verschlossen und das Dach angesteckt hatte. Mein jüngster Bruder war gerade fünf Jahre alt und meine Mutter hochschwanger.«

Wieder machte er eine Pause. Carla spürte, wie sehr er sich zusammenreißen musste, um seinen Bericht abzuschließen und die Bilder, die er selbst in seinen Kopf gerufen hatte, wieder loszuwerden.

»Ich floh in die deutschen Lande und fand Anstellung in Torgau. Von dort rief mich die Herzogin nach Pommern. Jetzt wisst Ihr, warum mich Eure unverhoffte Frage nach meiner Familie so erschüttert hat. Meistens kann ich mich mit diesem Schicksal abfinden, aber eben nicht immer. Wir hatten ein gutes Verhältnis untereinander. Ich war schon früh für meine Brüder verantwortlich, wenn meine Eltern in der Manufaktur waren. Aus diesem Grund schien es mir vorhin wohl so selbstverständlich, Euch das Haar zu schneiden. Ich habe es Hunderte von Malen bei meinen Brüdern getan.«

Carla schluckte. Sie war sich unsicher, wie sie ihm gegenüber mit all diesem Wissen umgehen sollte. Ihr Impuls, ihn zu umarmen und zu trösten war ebenso stark wie unangebracht.

»Ihr fragt Euch jetzt sicher, warum ich Euch das erzähle?«, fragte Heymanns und lächelte matt. »Ich mag Euch, Karl Weber. Wir kennen uns kaum, aber ich mag Euch sehr gern. Wir werden eine gute Weile an einer herrlichen Aufgabe miteinander arbeiten. Und ich möchte nicht, dass falsche Annahmen uns diese Zusammenarbeit verderben.«

»Ich weiß Euer Vertrauen zu schätzen, Meister Heymanns, und ich danke Euch dafür«, brachte Carla schließlich hervor. Sie verspürte arge Gewissensbisse. Musste sie ihm nicht sagen, dass sie eine Frau war und sie sich schon einmal begegnet waren. Wenn das keine falsche Annahme war, dass er sie für Karl Weber hielt, was dann?

Aber diente ihr Status nicht dazu, dass die Zusammenarbeit überhaupt stattfand? Als Frau hätte man sie niemals nach Stettin und Wolgast geschickt. Sie hatte gesehen, wie Heymanns und wie Maria von Sachsen ihre Porträts der Fürstenkinder betrachtet hatten. Sie hatte den kleinen Ernst Ludwig unterrichtet. All das wäre ihr als Frau niemals möglich gewesen. Sie würde das hier jetzt nicht aufgeben, nur weil Peter Heymanns so aufrichtig war und seine Berührungen ihr Schauer über die Haut sandten. Sie würde sich zusammenreißen und sich auf ihren geschäftlichen Vorteil konzentrieren. An dieser männlichsten aller Eigenschaften sollte sich ihre Tarnung messen.

Carla nickte deutlich und verbeugte sich leicht mit auf die Brust gelegter Hand. Es war, entsprechend ihrer Rolle, ihre Geste des Einverständnisses. »Euer Vertrauen ehrt mich und berührt mich tief.« Sie sah Peter Heymanns fest an. »Und ich weiß, dass wir gemeinsam Großes schaffen werden.«

Sie verbrachten den Tag in Carlas Werkstatt und begutachteten die Porträts aller Personen, die auf dem Teppich dargestellt sein sollten. Viele der Vorlagen stammten aus der Cranach'schen Werkstatt, andere waren von Albrecht Dürer, Hans Krell und Anton de Wida. Es war eine ansehnliche Kunstsammlung, die man hier für den Karton zusammengetragen hatte. Mit roten Ohren saßen die beiden Künstler beisammen und diskutierten die einzelnen Porträts, deren Machart und Meisterhaftigkeit.

»Eure Arbeiten können durchaus mit den großen Namen mithalten«, sagte Heymanns schließlich. »Darauf könnt Ihr Euch etwas einbilden.«

Carla nickte kurz mit vor Stolz trockenem Mund. Es stimmte. Ihre Werke stachen zwar aus der Reihe der übrigen Werke heraus, aber nicht, weil sie etwa schlechter geraten waren. Vielmehr war es wieder die getreue und wahrhaftige Verwendung der Farben, die ihre Porträts blasser, aber dennoch eindrucksvoller erschienen ließen. Sie hatte ein untrügliches Gefühl dafür, wo sie die Lichtakzente setzen und die Nuancen gegeneinander abwägen musste.

»Es wird ein sehr großes Werk werden«, sagte Carla. »Wie sollen wir vorgehen? An welche Größe soll ich mich bei der Erstellung des Kartons halten?«

»Philipp wünscht eine Darstellung der Personen in Lebensgröße.«

Carla blieb für einen Moment der Mund offen stehen. Sie kramte Cranachs Skizze hervor und hielt sie Heymanns unter die Nase. »Das sind gut zwanzig Menschen! Wisst Ihr, wie riesig der Teppich dann wird?«

Heymanns nickte. »Um Eurer nächsten Frage zuvorzukommen: Wir werden ihn in einem Stück wirken. Der zur Verfügung stehende Flachwebstuhl, den wir in einigen Monaten hier aufstellen, wird genau auf die Maße des Kartons abgestimmt sein.«

»Wir sprechen hier sicher von fünfzehn auf zehn Ellen. Ein immenses Werk!«

Heymanns nickte. »Wir haben nicht viel Spielraum. Herzog Philipp selbst hat Cranach mit seinen Ideen und Anweisungen zu dieser Skizze gebracht. Ich würde jedoch vorschlagen, die Bordüre oben und unten getrennt zu wirken. Es ist fast nur Schrift«, sagte er, und sein Finger zeichnete unsichtbare Linien auf das bereits recht abgegriffene Papier. »Ihr wisst, dass Ihr die Schrift für einen Flachwebstuhl spiegelverkehrt erstellen müsst?«

Carla rümpfte die Nase. »Selbstverständlich.« Sie wusste, dass bei einem Flachwebstuhl die Wirker die Rückseite des Werkes vor sich hatten und die Schrift wie durch einen Spiegel sahen. Damit hier keine Fehler passierten, wurde schon der Karton entsprechend gefertigt.

Heymanns lächelte angesichts ihrer Empörung. Offenbar schien er ihr gute Arbeit zuzutrauen.

»Warum trennt Ihr den Teppich nicht noch in weitere Teile? Die Gruppen selbst würden sich doch zum Beispiel anbieten.«

»Philipp ist sehr kunstsinnig und ausgesprochen anspruchsvoll. Ebenso wie sein Onkel Herzog Barnim, bei dem ich angestellt bin. Mein Vertrag legt exakt fest, wie viel an dem Teppich genäht, gestickt oder gemalt werden darf. Wie viel Metall verarbeitet und wie viele edle Garne wie Seide verwendet werden sollen. Seid beruhigt, Meister Weber. Die Greifenherzöge legen höchsten Wert auf die Wirkarbeit dieses Teppichs. Immerhin wird er für einen Kenner gefertigt.«

Carla schwieg beeindruckt; sie war mit Heymanns Vorschlag einverstanden. An den Bordüren würde sich der Teppich später unauffällig zu einem Ganzen zusammenfügen lassen. Und den imposanten Mittelteil würde sie auf dem Karton noch feilen können.

»Ich werde zunächst genaue Skizzen des Kartons anfertigen«, sagte sie, »doch müssen wir genau wissen, wie die Figuren stehen. Das bringt uns übrigens bereits zum nächsten Problem. Wir haben fast nur Brustbilder als Vorlagen.«

»Nun, denkt Euch etwas aus, Meister Weber. Ihr seid der Maler.«

Carla seufzte. Das würde ein langweiliger Wald von Beinen werden, dachte sie. Wenn sie wenigstens die Damen mit ihren opulenten Röcken anders verteilen dürfte! Aber die waren meist brav hinter ihren Männern versteckt. Nur Sibylle von Jülich, die Frau Johann Friedrichs, sollte gut sichtbar im Vordergrund stehen.

»Die das Bild oben und unten eingrenzenden Spruchbänder werden die gesamte Breite des Teppich einnehmen«, sagte sie. »Wir könnten dafür aber die seitlichen Bordüren, die eigentlich nur aus Blumenornamenten bestehen, etwas schmaler halten.«

Heymanns nickte. »Bei der Ansammlung von erlauchten Herrschaften wird sich ohnehin kaum jemand für Blumengirlanden interessieren.«

»Oh, sagt das nicht. Die Blumenwirker standen bei von der Hohemühl immer hoch im Kurs.«

Heymanns sah sie überrascht an. »Woher wisst Ihr das?«

Carla biss sich auf die Lippe. Aber nachdem sie sich schon wieder so verplappert hatte, konnte sie jetzt die Katze auch ganz aus dem Sack lassen. Zumindest würde sie so Maria von Sachsen zuvorkommen, und Heymanns hatte ihr ja immerhin auch viel über sich erzählt.

»Ich habe selbst bei von der Hohemühl gelernt.«

»Das ist doch nicht möglich«, entfuhr es Heymanns.

»Doch, so wahr ich hier stehe.«

»Was für eine glückliche Vorsehung!«

»Es gibt keine Vorsehung.«

»Vorsicht, mit so etwas landet Ihr landet noch auf dem Scheiterhaufen.«

»Im protestantischen Pommern?«

»Man kann nie wissen.«

Sie sahen einander an. Carla holte tief Luft. »Nachdem

meine Ausbildung in den Cranach-Werkstätten in Wittenberg abgeschlossen war, habe ich das Handwerk der Bildwirker in Torgau erlernt.«

»Wie kam es dazu?«

»Meine … meine Tante war Bildwirkerin.« Carla hatte sich gerade noch rechtzeitig an die von ihr neu geschaffenen Verwandtschaftsverhältnisse erinnert. »Sie hat früher Tapisserien für Ottheinrich von Neuburg gewirkt und war selbst Webmeisterin.«

»Die Kunst scheint in Eurer Familie weitverbreitet zu sein. Ihr könnt Euch glücklich schätzen, in solch einer Umgebung aufgewachsen zu sein. Welches Handwerk liegt Euch mehr am Herzen?«

Carla hatte geahnt, dass diese Frage kommen würde. »Die Malerei«, sagte sie ohne Umschweife.

»Warum?«

»Sie ist mir geschenkt worden.«

Heymanns runzelte die Stirn. »Sind nicht nur die Dinge wertvoll, die wir uns selbst erarbeitet haben?«

Carla legte nachdenklich den Kopf zur Seite. »Vielleicht ist es einfach Glück, wenn die eigenen Träume mit dem eigenen Talent übereinstimmen.«

Heymanns lachte. »Meister Weber, Ihr seid unbezahlbar. Und nicht nur, weil Ihr auch noch das Handwerk der Wirkerei versteht. Dieses Wissen beruhigt mich sehr in Bezug auf unseren Karton! Aber nun wird es Zeit für ein Abendessen. Lasst uns zur Feier des Tages und des Beginns unserer Zusammenarbeit auswärts essen. Ich lade Euch ein.«

Carla nickte. Im Besuch einer Schänke war sie bereits erprobt. Sie hatte in Torgau häufig in welchen verkehrt, und immerhin konnte sie dort ihre Kleidung anbehalten.

»Bürschchen, dich mach ich platt!«, dröhnte die Stimme in Carlas Ohren, und ein Schlag traf Nase und Wange, dass es nur so klingelte. Tränen schossen ihr in die Augen, die Knie wurden weich, sackten weg, und sie ging zu Boden. Verschwommen sah sie Peter Heymanns entsetztes Gesicht, das plötzlich zur Seite kippte. Tatsächlich war es natürlich sie selbst, die umgekippt war. Aber das sollte ihr erst viel später klar werden.

Der Abend hatte ganz wunderbar begonnen. Während sie mit Peter Heymanns durch die Gassen von Stettin zum *Frischen Fisch* ging, fiel die Temperatur weiter, und die Graupelkörnchen verwandelten sich langsam in feine Schneeflocken. Carla liebte diesen Schnee, der langsam und leicht vor Kälte zu Boden schwebte. Der Tag, der so verquer begonnen hatte, schien schließlich angenehm auszuklingen. Sie hatte in Peter Heymanns einen künstlerisch interessierten Kenner mit gutem Auge entdeckt. Fröstelnd schlug sie den Kragen ihres teuren Mantels hoch, der sich nun endlich seines Preises würdig erwies, und hätte sich beinahe bei dem Wirkmeister untergehakt. Aber sie war Karl, nicht Carla.

Mit festem Gang erreichten sie bald ihr Ziel. Peter Heymanns wurde vom Wirt freundschaftlich begrüßt, und Carla ahnte, dass er zu den gern gesehenen Stammkunden gehörte, die gut aßen und tranken und noch besser zahlten.

»Der Jacob sitzt hinten am runden Tisch«, fügte der Wirt seiner Begrüßung hinzu.

Heymanns nickte und wandte sich nach Carla um. »Dann werde ich Euch gleich einem weiteren wichtigen Mitarbeiter in meiner Werkstatt vorstellen. Jacob Husen. Ich kenne ihn noch aus meiner Zeit vor Torgau. Er wird zu uns stoßen, wenn die Wirkarbeiten am Teppich beginnen.«

Heymanns schritt durch das feucht muffelnde Gedränge in der Schänke, und Carla klebte an seinem Rücken, um sich den Weg nicht erneut freikämpfen zu müssen. Bei dem schlechten Wetter drängten sich die Menschen im *Frischen Fisch*. Heymanns strebte einem großen, runden Tisch zu und schob genug Platz frei, damit auch Carla sich setzen konnte.

»Husen«, rief er lauthals über den Tisch zu einem dunkelhaarigen Mann, der vor einer dampfenden Schüssel Suppe saß. »Rutsch rüber, ich will dir jemanden vorstellen.«

Jacob Husen sah von seinem Essen auf. Er signalisierte sein Einverständnis und hob sich samt Schüssel aus seiner Ecke heraus. Derweil bestellte Heymanns bei der drallen Bedienung, die ihre Brüste im Mieder mehr zur Schau stellte als verbarg, drei Krüge warmen Würzwein.

»Jacob, das ist Meister Karl Weber aus Wittenberg. Er hat eben die Fürstenkinder zu Wolgast gemalt und wird nun mit unserem Karton beginnen.«

Carla kam es vor, als sähe der andere sie griesgrämig an. Es konnte aber auch sein, dass nur seine dunklen Augen unter dichten, in der Mitte zusammengewachsenen Brauen diesen Eindruck erweckten. Er hielt ihr eine Pranke hin, die Carla nie im Leben einem Bildwirker zugesprochen hätte. Sie versuchte, fest einzuschlagen.

»Hat Cranach also endlich jemanden geschickt?«, fragte Jacob Husen und löffelte seine Suppe weiter. Er roch nach Schnaps, und Carla nahm an, dass er schon eine Weile in der Schänke saß.

»Stell dir vor, er hat.« An Heymanns genervtem Ton erkannte Carla, dass die beiden darüber anscheinend unterschiedlicher Meinung waren. Verstanden sie sich etwa nicht gut? Das waren ja schöne Aussichten!

»Und?«, brummte Jacob zwischen zwei Löffeln. »Taugt das Kerlchen etwas?«

»Es taugt eine ganze Menge«, blaffte Carla ihn an. Sie hatte in ihrer Aufmachung als Mann gelernt, dass schwierige Situationen am besten von Anfang an geklärt werden mussten. »Darf ich das Gleiche von Euch annehmen?«

Husen ließ verblüfft den Löffel sinken. Dann nickte er langsam und zeigte eine Reihe gelber Zähne. »Gut«, sagte er und nickte.

»Mein Name ist also Karl Weber. Ihr dürft auch Meister Weber sagen.« Sie sah dem anderen fest in die Augen.

Jacob Husen erwiderte ihren Blick, dann nickte er wieder. »Gut, Meister Weber. Ich werde es tun, bis ich zu dem Schluss komme, dass es nicht angemessen ist.«

»Sehr verbunden.«

Heymanns hatte den Wortwechsel interessiert verfolgt und zollte Karl Weber Respekt. Es war sicher nicht einfach, sich mit einem solchen Milchgesicht und der geringen Körpergröße Ansehen zu verschaffen. Aber er würde nicht den Fehler machen und den Maler aus Wittenberg unterschätzen. Die Bedienung knallte die Weinkrüge vor ihnen auf den Tisch und stellte zwei Teller Panfisch dazu. Noch war die Oder nicht zugefroren.

»Das habe ich nicht bestellt«, bemerkte Carla, die kein großer Freund von Fisch war. Weder in Venedig noch in Wittenberg war sie je auf den Geschmack gekommen.

»Er mag keinen Fisch«, feixte Jacob Husen.

»Solange wir überhaupt etwas auf die Teller bekommen, kann jeder mögen, was er will«, bestimmte Heymanns und schaufelte sich einen großen Happen Fisch in den Mund. »Köstlich! Ihr müsst es probieren!« Er wies mit seinem Löffel auf den Teller, der vor Carla stand.

Vorsichtig nahm sie einen Bissen, und tatsächlich, Himmel, war das gut! Die krosse Haut knisterte auf ihrer Zunge; das weiche Fleisch zerfiel ihr im Mund, und die sich entfaltenden Aromen waren unbeschreiblich. Frisch, würzig und ein bisschen herb, was sicherlich auf die Kräutermischung zurückzuführen war, mit der der Fisch gewürzt war. Carlas Augen weiteten sich genussvoll. Bisher hatte sie immer nur Fisch gegessen, der unwesentlich besser als das brackige Wasser schmeckte, in dem er gefangen worden war.

»Sag ich doch, köstlich.« Heymanns Portion war bereits zur Hälfte verschwunden. Er trank reichlich Wein dazu und stieß immer wieder mit Carla und Jacob an. »Der Wirt hat vier Söhne, die alle Fischer sind und täglich die Oder flussabwärts zur Ostsee fahren.«

»Wenn man irgendwo frischen Fisch bekommt, dann im *Frischen Fisch.*« Jacob Husen lachte brüllend und prustete dabei etwas Suppe über den Tisch. »Solange der Fluss nicht zufriert.«

Carla wischte sich unauffällig ein paar Tropfen aus dem Gesicht. Wie Männer sich derart bei Tisch benehmen konnten, würde ihr immer ein Rätsel bleiben. Jacob Husen krähte bereits nach dem nächsten Krug.

»Hast nicht langsam genug, alter Junge? Was meinst du?« Heymanns klopfte seinem Wirker auf die Schulter.

»Mein ich ja gar nicht«, nuschelte der. »Ich geh heut eh allein ins Bett. Die Lene macht mir sicher nicht mehr auf.«

»Hat sie dich wieder rausgeworfen?« Heymanns Augen ruhten besorgt auf dem angeheiterten Mann.

»Rausgeworfen, rausgeworfen«, äffte Jacob ihn nach. »Sie kann mich nicht rauswerfen, weil ich ja gar nicht bei ihr wohne! Ich besuche sie einfach nicht mehr. Fertig, aus.«

Heymanns zwinkerte Carla zu. »Das wie vielte Mal ist das nun, Jacob?«, fragte er dann seinen Wirker.

Jacob Husen blinzelte ihn verständnislos an.

»Das geht doch schon seit Monaten so, mit dir und der Lene. Hüh und hott. Rinn in die Rüben, raus aus den Rüben.«

Jacobs Blick war glasig. »Sagt, sie kann es ihrer Herrschaft nicht länger antun, diese Heimlichkeit. Ich weiß auch nicht, was sie will.«

»Einen Antrag.«

Die beiden Wirker fuhren herum und starrten Carla überrascht an, die zufrieden ihren Fisch kaute.

»Was meint er?« Husen hob die dichten Brauen.

»Sie will ge-hei-ra-tet wer-den!«, erklärte Carla und betonte jede einzelne Silbe. »Welche Sicherheit hätte sie denn sonst? Wenn sie schwanger wird, sitzt sie auf der Straße.« Carla kratzte den restlichen Fisch von ihrem Teller zusammen.

»Darüber habe ich noch gar nicht nachgedacht.« Jacob Husen kratzte sich am Schädel, und Carla rollte mit den Augen. »Welch Wunder! Wärst ja auch der Erste.«

Sie schwiegen eine Weile.

»Ja, dann«, sagte Peter Heymanns, »solltest du dir das mal überlegen, Jacob.«

»Überlegen«, echote der Wirker, und Carla dachte, dass für diesen Prozess nicht mehr genug von seinem Gehirn funktionierte. Zumindest nicht heute Abend. Aber sie täuschte sich. Plötzlich griff der Wirker nach dem Arm des Mannes, der rechts neben ihm saß.

»Ich werde heiraten!«, rief er dem Fremden ins Gesicht,

der sich bei der plötzlichen Attacke heiße Suppe über den Ärmel gegossen hatte. Sein finsterer Blick verhieß nichts Gutes.

»Aber nicht so schnell«, brummte er und versetzte Jacob Husen einen Kinnhaken, dass die Zähne klapperten.

»He!« Peter Heymanns erhob sich und auch Husen rappelte sich auf.

»Was ist?«, fragte der Fremde und stand ebenfalls auf. Er überragte die Wirker um eine gute Haupteslänge und hätte beide auf einmal umarmen können. Die drei stierten einander in die Augen und versuchten offensichtlich, die Situation abzuschätzen. Zeit für eine kleine Taktik, dachte Carla.

»Nichts für ungut, mein Freund.« Sie sprang auf und legte dem Fremden die Hand freundschaftlich, aber mit festem Druck auf die Schulter. »Verzeih meinem liebeskranken Freund. Schau, der Schnee fällt, und der Abend ist zu schön für Ärger. Den Ärmel lass dir waschen. Hier, nimm einen Pfennig als Entschuldigung und lade dir auch ein Liebchen ein. Ist das nicht viel besser?«

»Mit der Fresse kriegt der nie eine ab«, tönte da Jacob Husen neben ihr.

Die buschigen Brauen des Fremden rückten so dicht zusammen, dass sie sich berührten. »Du schmutziger, kleiner Wurm«, fuhr er Jacob an, und seine großen Hände legten sich wie Eisenringe um den nicht gerade zierlichen Hals des Wirkers. Jacob begann zu röcheln. Seine Hände krallten sich um die zupackenden Handgelenke, ohne sie auch nur einen Fingerbreit zu lösen.

Er bringt ihn um, dachte Carla entsetzt.

»Halt ein, um Himmels willen! Du bringst ihn ja um«, rief auch Peter Heymanns und hängte sich erfolglos an die würgenden Arme.

Jacob Husen lief blau an. Carla versuchte verzweifelt, die Umstehenden auf das Geschehen aufmerksam zu machen. Aber diejenigen, die es bemerkten, sahen nur interessiert zu, ohne einzugreifen.

Heymanns Bildwirker verdrehte die Augen. Gleich ist er tot, dachte Carla und sah dem Fremden ins schwitzende Gesicht. Es erinnerte sie an einen der Männer auf der Tapisserie im Bordell zu Wittenberg. Jene Tapisserie, auf der sämtliche Freizügigkeiten der Liebe dargestellt waren. Die Idee kam plötzlich und ließ sie gegen ihre Regel, niemals impulsiv zu handeln, verstoßen.

»Und das nur, weil er die Wahrheit gesagt hat«, rief sie wagemutig. »Deinen Schwanz würde ein Weib doch nicht einmal in den Mund nehmen!«

Die erste Reaktion war wie gewünscht, denn der Fremde ließ von Jacob Husen ab, der sich sogleich an den Hals griff und seitlich auf die Bank kippte. Was dann kam, hatte sie nicht gewollt.

»Bürschchen, dich mach ich platt!«

Carla sah die Faust nicht kommen. Sie hatte nur plötzlich das Gefühl, als stecke ihr ganzer Kopf in einem Kissen. Sie hörte ein unheimliches Knirschen, spürte aber nichts. Dann vernahm sie nur noch gedämpft, wie Peter Heymanns sich mit einem Wutschrei auf den Fremden stürzte. Endlich mischten sich andere ein, und sie überwältigten den Fremden, der hinaus in die kühle Nachtluft befördert wurde, wo er sich fluchend davonmachte.

Als Peter Heymanns sich wieder Carla zuwandte, lag diese blutend wie ein angestochenes Schwein am Boden und hielt sich die Nase.

Kapitel 25

Verdammter Mist«, schimpfte Peter Heymanns, als er den vermeintlichen Maler aus Wittenberg endlich auf die Straße gezerrt hatte.

Es waren die ersten Worte, an die sich Carla wieder erinnern konnte. Wie sie aus der Schänke gekommen war, blieb ihr ein Rätsel. In ihren Ohren toste nach wie vor das Blut, und ihre Nase war gefühllos.

»Jacob, kannst du stehen?«

»Ja, kann ich.« Die krächzende Stimme passte so gar nicht zu dem robusten Wirker, fand Carla. Dann erinnerte sie sich wieder an die Hände, die sich wie ein eiserner Ring um seinen Hals gelegt hatten. Aber was war dann geschehen?

»Hilf mir, verdammt. Der kleine Weber hier kippt mir immer wieder um.«

Der kleine Weber? Dir werd' ich's zeigen, von wegen klein, dachte Carla. Aber seltsamerweise gehorchten ihre Arme ihr nicht, um diesem hochnäsigen Wirkmeister eine ordentliche Ohrfeige zu verpassen.

Ohrfeige. Das Stichwort weckte Erinnerungen. Carla sah diese Keule von Hand auf sich zukommen und erinnerte sich wieder an das Unheil verkündende Knirschen. »Meine Nase«, heulte sie auf, »meine Nase ist gebrochen.«

»Vermutlich«, stellte Peter Heymanns trocken fest.

»Hilfe! Ich brauche einen Arzt. Markus? Markus, wo bist du?«

Irritiert sahen Heymanns und Husen auf Carla hinunter, die jetzt mit allen vieren um sich schlug.

»Gleich heult er nach seiner Mama«, sagte Jacob Husen.

»Sei froh, dass du nicht nach deiner Mama heulst«, rief Heymanns wütend. »Einen Krug Wein und eine Handvoll Worte weniger, und Meister Weber säße jetzt satt und zufrieden in einer warmen Schänke und hätte keine Steckrübe als Nase.«

»Steckrübe?«, echote Carla entsetzt.

Jacob senkte schuldbewusst den Kopf.

»Wo kriegen wir denn jetzt bloß einen Arzt her?«, überlegte Heymanns.

»Ach wo, so schlimm wird das gar nicht sein«, sagte Jacob Husen und machte sich daran, selbst die Diagnose zu erstellen. »Lasst mal sehen.« Er ergriff Carlas Kopf mit beiden Händen und drehte ihr Gesicht ins Licht, das durch ein Fenster des *Frischen Fisches* auf sie fiel.

»Oh mein Gott«, entfuhr es ihm. »Was für ein dickes Ei.« Als er ihre Nase berühren wollte, stieß sie ihm mit einem zielsicheren Tritt ihr Knie zwischen die Beine.

»Himmel und Hölle, du Hundsfott!« Husen taumelte. »Was ist denn in dich gefahren?«

»Pfoten weg!«, fauchte Carla. »Hört endlich auf, an mir herumzufummeln ihr … ihr dämlichen …«, sie suchte nach einem Schimpfwort, das ihre Wut am besten zum Ausdruck brachte. »Männer!«

Die beiden fuhren zurück und sahen sich erstaunt an.

»Ihr braucht einen Arzt, Meister Weber«, stammelte Peter Heymanns.

»Alles was ich jetzt brauche, ist ein kalter Lappen und meine Ruhe«, zischte Carla. »Morgen sehen wir weiter.«

»Wie Ihr meint. Dann bringe ich Euch morgen zu Adalbert Fasshauer.«

»Fasshauer«, sagte Carla skeptisch. »Der Name weckt ja Vertrauen.«

»Er ist ein guter Arzt und hat bisher noch jedes Malheur wieder in den Griff bekommen.«

Carla stöhnte und befühlte vorsichtig ihre Verletzung mit den Fingerspitzen. Wie konnten Männer sich nur mit der bloßen Faust ins Gesicht schlagen? Allerdings wusste sie seit den Geschehnissen in Mühlberg, dass Männer zu weit mehr im Stande waren. Sie hatte jedenfalls für ihre Bedürfnisse genug Blut gesehen und geschmeckt.

»Ich will ins Bett«, murmelte sie.

»Ja, natürlich.« Augenblicklich spürte Carla Heymanns festen Griff unter ihrem Arm. »Husen, willst du dich nicht wenigstens bedanken? Immerhin hat Meister Weber deinen Hals gerettet.«

»Na dann«, murmelte Jacob und hob beschwichtigend die Hände. »Vielen Dank noch und eine gute Nacht.«

»Halb so schlimm«, winkte Carla in männlicher Manier ab, obwohl ihre Nase böse pulsierte und es wahrscheinlich die längste Nacht ihres Lebens werden würde. »Vergesst es nur nicht, und vielleicht vergeltet Ihr es mir beizeiten mit ähnlichem Einsatz.«

Der Wirker nickte und trollte sich langsam. Peter Heymanns fragte sich einen kurzen Augenblick, welcher der Kollegen seine Hilfe jetzt dringender brauchte. Dann wandte er sich kurz entschlossen Carla zu, der wieder Blut aus der Nase tropfte. Ihr rechtes Auge würde sich bis zum Morgen in ein ordentliches Veilchen verwandelt haben.

»Kommt, stützt Euch auf mich.«

Carla folgte seiner Führung und ließ sich von ihm nach

Hause bis in ihre Kammer bringen. Heymanns verschwand aus der Stube, und sie zog sich das blutgetränkte Wams aus. Als sie gerade erschöpft in ihr Bett sank, kehrte er mit einer Schüssel Wasser und einem Tee zurück. Schnell zog sie sich die Decke über die Brust. Skeptisch sah sie dem Wirkmeister entgegen.

»Keine Angst. Das wird Euch helfen«, sagte er.

Was immer auch in dem duftenden Tee war, er linderte Carlas Schmerzen auf das Beste. Kaum spürte sie noch Peter Heymanns feine Hände, die ihr malträtiertes Gesicht wuschen, da überkam sie bleierne Müdigkeit, und sie fiel in tiefen Schlaf.

Carla erwachte mit einem Ruck und dem Gefühl, keine Luft mehr zu bekommen. Verwirrt richtete sie sich auf, als auch schon der Schmerz in ihr Gesicht zurückschoss.

»Verflucht«, schimpfte sie und legte sich vorsichtig die Hand auf ihre Nase. Sie fühlte sich an wie eine Birne und schmerzte, als sei ein Pferd daraufgetreten. Zudem brummte ihr der Kopf, was einerseits vom Schlag herrühren mochte, andererseits sicher auch eine Folge des vielen Würzweins war, den sie davor getrunken hatte. Das Tageslicht fiel bereits in ihre Kammer, was im Dezember ein untrügliches Zeichen dafür war, dass der Morgen bereits fortgeschritten war. Aus der Werkstatt hörte sie das emsige Klappern der Webstühle, und Carla nahm an, dass außer ihr bereits alle Welt bei der Arbeit war.

Mühsam stieg sie aus dem Bett. Das Hemd, das sie trug war mitsamt der Brustbinde blutdurchtränkt. Seufzend entkleidete sie sich, um sich mit dem frischen Wasser aus ihrer Waschschüssel zu reinigen, für das Peter Heymanns am Vorabend noch gesorgt haben musste. Sie strich sich das widerspenstige, kurze Haar mit Wasser aus dem Gesicht und wünschte sich einen Spiegel, um das Ungetüm von Nase besser untersuchen zu können.

»Meister Weber, seid Ihr wach?«

Peter Heymanns Stimme vor der Tür ihrer Kammer ließ sie zusammenzucken. Instinktiv riss sie das nächstbeste Kleidungsstück an sich und hielt es sich vor die nackte Brust. Sie räusperte sich.

»Ja«, sagte sie mit betont tiefer Stimme, »ich bin gleich unten.«

»Gut. Adalbert Fasshauer erwartet uns bereits.«

Oh je, der Arzt! Carla bekam eine Gänsehaut. Die Untersuchung würde sicher nicht lustig werden.

Sie wickelte sich einen sauberen Streifen Stoff um die Brust und kleidete sich neu ein. Ein Blick auf ihre Garderobe sagte ihr, dass sie in den nächsten Tagen waschen musste.

Sie hüllte sich in ihren Mantel und zog sich das Barett tief ins Gesicht. Peter Heymanns schien sich bei ihrem Anblick sehr zusammenreißen zu müssen, um nicht laut loszulachen. Aber Spott hatte sie nicht verdient …

»Kommt«, sagte der Wirkmeister und hakte sich bei ihr unter. »Wir frühstücken später.«

»Aber nicht im *Frischen Fisch*«, erwiderte Carla trocken.

Jetzt lachte Heymanns herzlich auf. »Das ist gut, Meister Weber. Ihr macht schon wieder Späße. Ich habe schon befürchtet, Ihr würdet gleich Eure Koffer packen und nach Wittenberg zurückreisen.«

»In Wittenberg hätte mir das Gleiche passieren können«, näselte Carla. »Allerdings hätte ich dort einen Arzt meines Vertrauens gehabt.« Sie dachte an Markus, und ihr fiel ein, dass sie ihm noch immer keinen Brief über ihren Verbleib geschrieben hatte. Der Ärmste war sicher außer sich vor Sorge, auch ohne dass er ihr malträtiertes Konterfei zu sehen bekam.

Sie durchquerten gemeinsam die Gassen Stettins, die in der Nacht von einer dünnen Schicht Schnee bedeckt worden waren, was das Kopfsteinpflaster rutschig machte. Fürsorglich hielt Peter Heymanns Carla fest, damit sie ihm nicht noch zusätzlich auf der Straße ausglitt. Offenbar wollte er auf jeden Fall vermeiden, dass seinem wertvollen Kartonnier noch weitere Unbill zustieß. Carla bemerkt unwillkürlich die Wärme seines festen, trainierten Körpers, die durch die beiden Mäntel hindurchging. Ihr Puls beschleunigte sich wie von selbst, und sie konnte nicht verhindern, dass ihre Gedanken sich auf eigene Wege begaben. Als Heymanns abrupt abbog und sie durch einen Torbogen zu den Räumen von Adalbert Fasshauer führte, wurde sie herb auf den Boden der Tatsachen zurückgeholt. Die verfluchte Nase!

Der Arzt war ein beleibter, gemütlich wirkender Mann, der Heymanns freundlich begrüßte und eine gute Weile Höflichkeiten mit ihm austauschte, bis Carla sich schließlich ungeduldig räusperte.

»Ach ja«, sagte Fasshauer, »unser Patient. Wann sagtet Ihr, ist dieses Unglück geschehen?«

»Gestern Abend«, näselte Carla. »Ist sie gebrochen?«

Fasshauer sah sie mitleidig an. »Aber sicher. Dieser kleine, vorstehende Knochen bricht ja schon, wenn man ihn nur schief ansieht.«

Carla lief es kalt den Rücken herunter. »Werde ich entstellt sein?«, rutschte es ihr heraus.

Der Arzt hob erstaunt eine Augenbraue und musterte sie kritisch. »Nun, Ihr seid ein hübsches Kerlchen, schön wie ein Mädchen«, sagte er. »Ich werde sehen, was sich machen lässt.

Carla schluckte. Als sie die Hände des Arztes auf sich zukommen sah, griff sie energisch nach seinen Handgelenken. Fasshauer hielt in seiner Bewegung inne und sah Carla ungeduldig an.

»Weshalb seid Ihr gekommen, wenn ich Euch nicht behandeln darf?«

Zögernd ließ Carla seine Hände los. Der Arzt suchte etwas in seinen Tiegeln, dann wandte er sich ihr wieder zu.

»Legt Euch hier auf den Tisch«, befahl er, und Carla kam seiner Aufforderung nach. »Kaut dies, es betäubt ein wenig.«

Er hielt Carla einige Pillen hin, die sie gehorsam zwischen den Backenzähnen zermalmte und trotz ihres bitteren Geschmacks hinunterwürgte. Fasshauer beobachtete sie, während er ihr seltsame Schlaufen um die Handgelenke band. Die Pillen schienen alsbald ihre Wirkung zu tun, und Carla wurde seltsam leicht zumute. Sie spürte kaum, wie ihre Arme über ihren Kopf gehoben wurden und sich von dort nicht mehr herunterziehen ließen.

»Meister Heymanns«, murmelte der Arzt. »Die Füße.«

Feste Griffe fixierten Carlas Knöchel am Tisch. Irritiert versuchte sie, den Kopf zu heben, was ihr aufgrund der fixierten Arme nicht richtig gelang. Da nahmen die Hände des Arztes ihren Kopf so fest in den Griff, dass sie glaubte, der Schädel würde ihr zerspringen. Plötzlich wusste sie, was kommen würde. Aber es war zu spät. Die Hände des Arztes befühlten bereits ihre Nase. Das Tasten tat höllisch weh, war aber nichts im Vergleich zu dem Schmerz, der sie durchfuhr, als der Arzt das Nasenbein unvermittelt mit einem erneuten Knirschen richtete. Es war schlimmer als der Schlag selbst.

Carla schrie, ohne nach Luft zu schnappen, bis ihre Stimme in ein Krächzen überging. Fasshauer trat nach getaner Arbeit sofort einen Schritt zurück und betrachtete sein Werk. Heymanns verlor die Kontrolle über Carlas rechten Fuß und konnte ihrem Tritt gerade noch ausweichen.

»Teufel noch eins!«, schrie Carla heiser und schickte sämtliche Schimpfworte hinterher, die sie kannte. »Losmachen! Sofort!«

Fasshauer näherte sich ihrem Kopf. »Still halten! Ich muss erst die Blutung stoppen.«

Carla kniff die Augen zusammen, als ein Tuch in ihrem Blickfeld erschien. Vorsichtig reinigte der Arzt ihr Gesicht und lehnte sich dann erneut zurück. Er nickte zufrieden.

»Das wird schon wieder«, sagte er. »Heymanns, Ihr könnt ihn gleich losmachen und mitnehmen.«

Jetzt erschien der Wirkmeister in Carlas Blickwinkel. Mitleidig sah er auf sie hinunter und beugte sich dicht über ihr Gesicht.

»Alles in Ordnung?«

Carla, deren Arme noch immer über ihrem Kopf festgebunden waren, biss die Zähne zusammen und nickte.

»Das wird schon«, hörte sie Fasshauer wieder sagen. »Gebt ihm zwei bis drei Wochen.« Er häufte einen kühlen Brei auf Carlas Nase, und sie spürte die wohltuende Wirkung. Dann fixierte er das Ganze mit einem Verband, den er um Carlas Kopf herumführte. »Durch das Richten kann es etwas länger dauern. Die Mühe mache ich mir übrigens nur, wenn es sich lohnt. Bei einem hübschen Kerl wie Euch mache ich doch gerne mal eine Ausnahme.«

»Wie oft habt Ihr das schon gemacht, Doktor?«, fragte Carla skeptisch.

»So ein ums andere Mal.« Fasshauer grinste sie an. »Ich bin gespannt auf das Ergebnis.«

Am liebsten wäre Carla ihm mit gezückten Fingernägeln ins Gesicht gesprungen, aber ihr waren noch immer die Hände gebunden.

»Los-ma-chen!«, fordert sie wutentbrannt und betonte jede einzelne Silbe. Der Arzt hatte sich bereits abgewandt, also mühte sich Peter Heymanns mit den Fesseln ab.

»So haltet doch still«, sagte er tadelnd, während er sich so dicht über Carla beugte, dass sie seine Wärme auf ihrem Gesicht fühlen konnte.

Endlich war Carla wieder frei. Sofort richtete sie sich auf, doch mit einem Wimmern sank sie wieder auf den Tisch zurück. Ihre Nase schmerzte schlimmer als am Morgen. Der einzige Trost bestand darin, dass sie nun unter dem lindernden Verband verborgen und geschützt war.

»Kommt, Meister Weber«, sagte der Wirker. »Ich bringe Euch nach Hause, und Ihr ruht Euch erst einmal ein oder zwei Tage aus.«

Carla konnte förmlich hören, wie es in seinem Kopf arbeitete. Konnten sie sich eine weitere Verzögerung erlauben? Aber welche Wahl hatten sie denn?

Heymanns zog die erschöpfte Carla hoch, entlohnte den Arzt und machte sich mit ihr auf den Weg zur Werkstatt.

Ihre Gedanken drehten sich im Kreis. Der Himmel wusste, wie sie aussehen würde, wenn der Knochen geheilt war. Wahrscheinlich konnte sie sich dann einen Buckel polstern und als Kräuterhexe durch die Lande ziehen, dachte sie missmutig.

»Immerhin hat er sich Mühe mit Euch gegeben«, versuchte Peter Heymanns sie aufzumuntern.

»Mühe gegeben? Er hat mir das verdammte Ding noch einmal gebrochen!«

»Er hat die Nase gerade gemacht. Ich habe es doch gesehen! Er hätte Euch auch mit einem Knick darin herumlaufen lassen können, wie es Hunderte von Männern tun.«

Selbst schuld, dachte Carla und schalt ihre Vorwitzigkeit. Sie fühlte sich zutiefst verletzt und zweifelte zum ersten Mal an den Vorteilen ihrer Tarnung.

»Nur Euer hübsches Gesicht hat ihn dazu gebracht, Euch zu helfen.«

Carla sah zu ihm auf. Amüsiert ruhte sein Blick auf ihr, und Carla bemerkte ein Funkeln in seinen Augen, das sie nicht einzuschätzen wusste. Sie wandte sich ab und trottete neben ihm nach Hause. Schweigend erreichten sie die Werkstatt.

Carla leistete der Anweisung Peter Heymanns, sich einige Tage auszuruhen, keine Folge. Kaum waren sie zurückgekehrt, zog sie sich ihr letztes sauberes Hemd an. Die übrigen drückte sie einer Magd zum Waschen in die Hand. Dann setzte sie sich in ihre Malwerkstatt und blickte den Fürsten und Fürstinnen in die Augen, die sie auf den Karton bannen sollte. Dabei musste sie leicht den Kopf senken, um über ihren enormen Verband hinwegsehen zu können. Als der Schmerz in ihrer Nase zu groß wurde, kaute sie noch einige von den Pillen, die Adalbert Fasshauer ihr mitgegeben hatte. Ihre Laune stieg, und sie widmete sich beschwingt ihrer Aufgabe.

Beginnen würde sie ihr Werk mit der Verfeinerung der Skizze, die sie von Lucas Cranach dem Jüngeren erhalten hatte. Sie wollte herausfinden, welche Figuren vollständig und in ganzer Pracht zu sehen sein würden und ob die vorhandenen Porträts zur Ausarbeitung ausreichend waren. Danach erst würde sie sich des Problems der Beinstellung annehmen. Kurz überlegte sie schon, den Fürstenfamilien eine opulente Balustrade vor die Knie zu stellen, aber die hätte unter architektonischer Betrachtung lächerlich gewirkt.

Carla beschloss, sich die beiden Fürstenfamilien nacheinander vorzunehmen und mit den Sachsen zu beginnen. Vorsichtig stellte sie die pommerschen Herzöge zur Seite und verhüllte sie mit Leinentüchern. Ihrem Liebling Ernst Ludwig lächelte sie dabei noch einmal kurz auf der Leinwand zu. Sie erinnerte sich daran, dass sie ihm weitere Zeichnungen und Aufgaben versprochen hatte, anhand derer er seine Studien fortsetzen konnte. Der kleine Prinz war ein eifriger Lerner und forderte immer weitere Hürden. Carla griff zur Kreide. Die Vorlage Cranachs vor Augen begann sie, die Umrisse der Sachsen auf das Papier zu bringen. Den Umrissen folgten Arme, Schatten, Kleiderfalten und Gesichter. Gerade als sie festgestellt hatte, dass der beleibte Johann Friedrich schon allein durch seine mehr als imposante Statur alle Augen auf sich ziehen würde, klopfte es an der Tür.

Jacob Husen trat zögerlich in die Werkstatt ein. Verlegen drehte er sein abgenutztes Barett in den Händen.

»Wie ich sehe, arbeitet Ihr bereits wieder, Meister Weber.«

Carla sah ihn an, ohne die Miene zu verziehen; das würde ihr zu große Schmerzen bereiten. Sie nickte kurz. »Meister Heymanns möchte pünktlich im Frühjahr mit den Wirkarbeiten beginnen, und wir haben schon Dezember. Ich habe leider keine Zeit, mich ins Bett zu legen.« Ihre Stimme klang kälter, als sie beabsichtigt hatte.

»Ich … äh … ich wollte nur …«, Jacob Husen druckste herum. »Wie kann ich mich denn nur entschuldigen?«, platzte er schließlich heraus.

»Gar nicht.«

Fragend starrte Husen sie an.

»Ich hätte mich ja nicht einmischen müssen«, sagte Carla. »Dann würdet nämlich Ihr hier durch den Mund atmen wie ein alter Esel, nachdem Euch der Arzt die Nase ein zweites Mal gebrochen hätte. Dann würde Euch schwindelig vor Schmerz werden, wenn Ihr nur zu schnell den Kopf wendet. Und dann würde Euch jede Speise nur wie trockenes Stroh schmecken und jeder Schluck wie altes Wasser.«

Der Bildwirker schluckte. Seine zerknirschte Miene war vielsagend.

»Jacob Husen«, lenkte Carla schließlich beschwingt ein, denn sie spürte wieder die Wirkung der Pillen. »Ihr habt Euch wirklich wie der letzte Tölpel benommen, aber ich verzeihe Euch. Ich würde Euch auch freundlich anlächeln, wenn es nicht so fruchtbar wehtäte. Aber ich werde nie wieder mit Euch in ein Wirtshaus gehen. Nie wieder!«

Erleichtert grinste Husen. »Seid bedankt, Meister Weber, seid bedankt. Kann ich sonst irgendetwas für Euch tun?«

»Das könnt Ihr in der Tat.« Carla nahm ein Blatt und begann, eine lange Liste daraufzuschreiben. »Ich kenne mich in Stettin noch nicht so gut aus; Ihr könnt für mich diese Besorgungen hier machen.« Sie drückte Jacob die Liste in die Hand. »Das sind weitere Materialien, die ich für den Karton brauche. Einige der Sachen werden sicher schwer zu bekommen sein. Aber darum werdet Ihr Euch schon kümmern.«

Husen überflog die Liste, und auf seinem Gesicht machte sich Ratlosigkeit breit.

»Beginnt einfach in einer Apotheke und fragt Euch durch.« Carla lächelte unwillkürlich und musste dafür mit einem stechenden Schmerz büßen. »Und fragt Meister Heymanns vorher, wie Ihr dafür bezahlen sollt. Ich habe bisher nur mit dem Kämmerer über meine Entlohnung gesprochen, nicht über die Kosten, die bei meiner Arbeit anfallen.«

Husen seufzte. Damit, dass der kleine Malermeister ihn zum Laufburschen degradierte, hatte er nicht gerechnet. Aber es blieb ihm nichts anderes übrig, als die auferlegte Buße anzunehmen und gute Miene zum bösen Spiel zu machen. Schon wandte er sich zum Gehen, da fiel ihm noch etwas ein.

»Ihr hattet recht«, sagte er unvermittelt.

Carla sah überrascht auf. »Womit denn? Damit, dass ich mich mit diesem Kerl angelegt und Eure Hiebe eingesteckt habe?«

»Nein. Mit der Lene. Die Sache mit dem Antrag!«

»Ihr habt sie doch nicht in Eurem Zustand gestern Abend noch gefragt?«

»Doch.« Jacob Husen war sichtlich stolz auf sich.

»Und?«

»Sie hat angenommen. Und ich durfte gleich rein. Zuerst in ihre Kammer und dann in die Lene.« Jacob Husen lachte anzüglich.

»Wie bitte?« Carla blieb der Mund offen stehen. Der Ton, in dem Männer miteinander sprachen, wenn sie unter sich waren, brachte sie immer wieder aus der Fassung. Und hatte diese Lene denn keine Unze Verstand im Kopf? Keinen Funken Stolz im Herzen? Ach, ihr Weiber, dachte Carla resigniert. Wann werden aus euch Lämmern endlich schlaue Füchse?

»Na, da gratuliere ich aber«, sagte sie trocken. »Wann wird denn gefeiert?«

»Nach Neujahr«, verkündete Jacob. »Und ich wollte Euch einladen, zu dieser Gelegenheit mit uns zu essen.«

Carla dachte an ihren Vorsatz, nicht mehr mit dem Wirker ins Wirtshaus zu gehen, und zuckte mit den Schultern. »Was soll's! Natürlich, ich freue mich für Euch. Aber setzt mich bitte ans andere Ende der Tafel und neben eine Frau!«

Jacob Husen ergriff ihre Hand, und erneut staunte sie über die Pranke, die anscheinend eine so feine Arbeit wie die Bildwirkerei ausüben konnte.

»Könnt Ihr haben. Auch wenn Meister Heymanns zur Rechten der Braut sitzen wird.«

»Soll er nur, soll er nur«, winkte Carla ab, obwohl ihr das Bild von Peter Heymanns neben einer Braut nicht wirklich behagte. Aber sie schob den Gedanken beiseite und widmete sich wieder den sächsischen Fürsten, nachdem Jacob Husen mit einem zufriedenen Lächeln auf den Lippen und der anspruchsvollsten Einkaufsliste seines Lebens das Weite gesucht hatte.

Kapitel 26

Weihnachten stand vor der Tür. Klirrende Kälte hielt Stettin fest im Griff, und mit der Kälte kamen Schnee, Eis und Sturm. Die Menschen vermummten sich tief, wenn sie sich überhaupt aus ihren Häusern wagten, und im *Frischen Fisch* wurde längst nur noch Steckrübeneintopf und gelegentlich ein Braten vom Spieß serviert. Die Oder trug zu viel Eis.

Carla befeuerte den Kamin in ihrer Werkstatt großzügig, aber der breite Schornstein entließ einen Großteil der Wärme ungenutzt in die kalte Außenluft. Längst hatte sie sich Handschuhe machen lassen, die ihre Finger nur bis zum Mittelglied verhüllten und die Spitzen frei ließen, damit sie überhaupt die Kreide führen und den Pinsel halten konnte. Ein breiter Schal umfing ihren Kopf bis zur Nase, die mittlerweile von ihrem opulenten Verband befreit war und nur noch an der Bruchstelle durch eine kleine Auflage geschützt wurde. Die Schwellung war zurückgegangen, und die kalte, rote Nasenspitze krönte die blaugrünen Verfärbungen ringsum. Carla war hochzufrieden mit der Arbeit von Adalbert Fasshauer. Ihr Nasenrücken war gerade wie eh und je. Die Schwellung, die der Bruch hinterlassen hatte, würde sich nach Aussage des Arztes mit den Wochen weiter zurückbilden. Nur beim Niesen tat die Nase noch höllisch weh. Und es war kalt in der Werkstatt.

Nachdem Carla die Skizze größer und detailreicher nachgebildet hatte, war sie dazu übergegangen, sie auf den Karton zu übertragen. Damit ihr dieser anspruchsvolle

Vorgang auf Anhieb gelang, hatte sie sie mit einem Raster überzogen, das sie vergrößert auf den enormen Karton gezeichnet hatte. Nun übertrug sie Feld um Feld auf das teure Material. Erst vorsichtig in Umrissen und schließlich in festen Konturen. Den einzelnen Farbflächen würde sie sich später widmen. Eigentlich war der Winter dafür eine denkbar ungünstige Zeit, da die Lichtverhältnisse nicht optimal waren, aber Carla ging recht in der Annahme, dass weder Philipp noch Peter Heymanns gewillt waren, auf längere Tage zu warten. So blinzelte sie im Licht der Ölfunzeln, bis ihre Augen müde wurden, und stellte Fürst um Fürst in die Szenerie, wobei diese aufgrund der lebensechten Verhältnisse zum Teil größer waren als sie selbst.

Carla hatte den Karton in ein eigens gefertigtes hölzernes Gestell stecken lassen, und nun turnte sie in abenteuerlichen Verrenkungen auf einem Gerüst davor herum. Täglich musste sie sich deswegen eindringliche Warnungen von Peter Heymanns anhören, der wieder gebrochene Knochen fürchtete.

Und endlich hatte sie von Markus gehört. Inzwischen war sie sicher, dass ihr Brief aus Weimar ihn nie erreicht hatte, da auch Lucas Cranach noch immer keinen Abgesandten aus seiner Werkstatt nach Stettin geschickt hatte. Immerhin hatte sie Weimar schon im September verlassen. Also hatte sie ihrem Bruder erneut geschrieben und ausführlich über die Geschehnisse seit ihrer Abreise berichtet. Die Antwort hatte nicht lange auf sich warten lassen. Markus war bestürzt über den Tod des Vaters, über den er bereits durch Lucas Cranach den Jüngeren informiert worden war. Dieser hatte beim Begräbnis des eigenen Vaters von Thilmanns Tod und von Carlas einsamer Weiterreise erfahren. Da jedoch jede Spur von ihr fehlte, hatte Lucas einen Brief an den

Kämmerer zu Stettin geschickt. Dieser machte die Verwirrung komplett, indem er antwortete, alles sei in bester Ordnung, Meister Weber befände sich schon in Wolgast. Erst Carlas Brief brachte endgültig Licht in die Angelegenheit.

Markus' umgehende Antwort war per Eilbote in Stettin eingetroffen. Nach einer seitenlangen Moralpredigt über ihr unzuverlässiges Verhalten klang schließlich die ganze brüderliche Erleichterung über ihr Wohlbefinden aus seinen Worten. Er wünschte ihr alles Gute und erbat sich zukünftig regelmäßige Berichte. Carla lächelte, als sie die Zeilen gelesen hatte, und drückte einen Kuss darauf.

Dann öffnete sie das zweite Schreiben aus Wittenberg, das der Bote für sie gebracht hatte, da sie auch Lucas Cranach dem Jüngeren einen Brief hatte zukommen lassen. Er war kurz gewesen und hatte nur aus zwei Sätzen bestanden: »Lass es mich versuchen. Ich weiß, dass ich es kann.«

Lucas hatte ihr daraufhin ebenfalls mit nur zwei Sätzen geantwortet: »Ich weiß, dass du es kannst. Wenn man jedoch entdeckt, dass du eine Frau bist, werde ich dich nicht in Schutz nehmen.«

Keiner von beiden hatte dem anderen zum Tod des eigenen Vaters kondoliert.

Diesen Brief küsste Carla nicht.

Sie stürzte sich in die Arbeit, und die erste Hälfte des Kartons nahm langsam Gestalt an. Peter Heymanns sah täglich kurz vor der Mittagsstunde nach ihr und warf einen Blick auf das fortschreitende Werk. Zu Beginn fühlte Carla sich von seinen Besuchen in der Werkstatt gestört. Traute der Wirkmeister ihr nicht? Dann erinnerte sie sich aber daran, dass er außer den Porträts der Fürstenkinder noch nichts von ihrer Hand gesehen hatte, und sie schätzte sein Misstrauen als gesunde Wachsamkeit ein. Schließlich würden er und seine Wirker es auszubaden haben, wenn der Karton mangelhaft war oder gar zu spät geliefert wurde. Zudem erkundigte er sich immer höflich und fürsorglich nach ihrem Befinden und unterhielt sich mit ihr offen und interessiert über fachliche Themen. Einmal lud er sie zum Essen in seine Stube ein, bei dem auch andere Gäste zugegen war, und Carla genoss das ausgesprochen kultivierte Beisammensein und spielte ihre Rolle als Karl Weber gerne und überzeugend. Sie begann, sich langsam auf Heymanns Besuche zu freuen und erkannte bereits seinen herannahenden Tritt vor der Tür.

»Meister Weber?«

Sie drehte sich um und begrüßte den Wirkmeister von ihrem Gerüst herab mit einer höflichen Verbeugung.

»Ihr werdet Euch ganz sicher noch den Hals brechen auf diesem wackeligen Ding«, eröffnete Heymanns wie gewohnt das Gespräch.

»Ihr wisst selbst, dass dieses Ding eine Kuh tragen würde«, widersprach Carla und sah selbstbewusst auf ihn hinunter. »Und ich bleibe hier oben stehen, da es für mich die einzige Gelegenheit ist, einmal auf Euch herabsehen zu können.«

Peter Heymanns klopfte sich den Schnee vom Barett. »Ihr begegnet mir in jedem unserer Gespräche über die Kunst der Malerei aus einer erhabenen Pose, Meister Weber. Meister Cranach muss sehr stolz auf Euch gewesen sein.«

Carla hüstelte. »Sagen wir, es hat eine Weile gedauert, bis er volles Vertrauen in mein Talent gefasst hat.«

»So wie es bei mir der Fall war?«

»Habt Ihr denn Vertrauen?«

»Aber ja doch!«

»Das freut mich zu hören. Ich hoffe jedoch, dass Ihr deshalb nicht auf Eure täglichen Kontrollen verzichten werdet. Ich habe mich nämlich bereits daran gewöhnt.«

»Ihr fühlt Euch von mir kontrolliert? Das tut mir leid.«

»Das sollte es nicht.« Carla gelang es gerade noch, ihr Lächeln nicht zu strahlend werden zu lassen. »Es tut mir gut. Ich weiß, dass meine Arbeit Eurem kritischen Blick standhalten muss. Dieses Gefühl spornt mich zu guten Leistungen an.«

Peter Heymanns blickte sie skeptisch an. »Ist das nun ein Lob oder ein Vorwurf?«

»Euch würde ich doch nie Vorwürfe machen, Meister Heymanns!« Es lag mehr als ein Hauch Koketterie in ihrer Stimme, und der Wirkmeister sah sie irritiert an.

Lieber Himmel, dachte Carla, ich schäkere mit ihm! Bin ich denn verrückt geworden? Schnell senkte sie den Kopf und mischte eifrig auf der Palette, um die Röte in ihren Wangen zu verbergen.

Peter Heymanns räusperte sich. »Nun, eigentlich habe ich noch einen ganz anderen Grund, aus dem ich hier aufkreuze. Ich wollte Euch zum Weihnachtsessen einladen. Natürlich nur, wenn Ihr noch keine anderweitigen Verpflichtungen habt.«

Carla hatte sich mittlerweile wieder gefangen und stieg von ihrem Gerüst. Sorgsam legte sie Palette und Pinsel zur Seite. »Da ich nicht gedenke, im *Frischen Fisch* zu feiern, ist es mir eine große Ehre und außerordentliche Freude, Meister Heymanns. Ich schätze solche Männerrunden sehr.«

Zu ihrer Verwunderung wurde nun er verlegen. »Nun, äh, ich denke zum Weihnachtsfest wird es keine reine Männerrunde sein.«

Carla hob die Brauen. »Dann lasse ich mich von Eurer Gästeliste gern überraschen. Bringen andere Gäste ihre Frauen mit?«

»Das auch«, sagte Heymanns ausweichend. Dann richtete er seine Aufmerksamkeit auf den Karton und verwickelte sie in eine längere Diskussion über die Komposition der vielen Beine, die sie zu gestalten hatte, und wie vermieden werden konnte, dass die Figuren zu schweben schienen.

Carla hörte jedoch nicht richtig zu. Die letzte Bemerkung Heymanns klang ihr noch in den Ohren und weckte ein sonderbares Gefühl der Unruhe in ihr.

Es war Heiliger Abend. Carla sollte sich ankleiden, um rechtzeitig bei Heymanns zu erscheinen, aber sie saß lustlos, noch im dünnen Untergewand, auf ihrem Bett. Sie hatte sich noch nicht einmal die Brust gebunden und würde auf jeden Fall zu spät kommen, wenn sie sich nicht gleich ans Werk machte. Aber keine ihrer Hosen, keines ihrer Hemden und keines ihrer Wämser erschien ihr reizvoll. Zu ihrer eigenen Überraschung sehnte sie sich nach einem Kleid. Einem prachtvollen Kleid, vielleicht aus blauem Samt, mit bestickter Bordüre und einem Ausschnitt, der ihre Brust reizvoll betonen würde. Missmutig zog sie den Ausschnitt ihres Unterhemdes nach vorne und betrachtete ihre Brüste. Rund und fest waren sie, aber nicht besonders üppig. Da hatte sie schon ganz anders bestückte Frauen gesehen. Dennoch hatte sie das seltsame Bedürfnis, ihre Reize zu zeigen, statt sie zu verstecken. Schön zu sein. Weiblich zu sein.

Schäm dich, schimpfte sie mit sich selbst. Denk daran, warum du hier bist! Sicher nicht, um wieder das Spielzeug von irgendeinem Meister zu werden, der sich für höhergestellt hält, nur weil er ein Mann ist. Aber sie schämte sich nicht. Sie wünschte sich ein Kleid.

Schließlich stand sie auf und legte sich die Kleidung zurecht, die sie am liebsten hatte. Immerhin, der blaue Samt stimmte mit ihrer Vorstellung überein. Aber ansonsten war es Karl, der sich jetzt ankleidete, nicht Carla. Übellaunig setzte sie sich zuletzt ein reich verziertes und mit einer Pfauenfeder geschmücktes Barett auf die kurzen Locken und ging mit festen Schritten hinüber zu der bereits festlich erleuchteten Wohnstube von Peter Heymanns.

Das Erste, was ihr auffiel, war eine wunderschöne blonde Frau, die im Mittelpunkt der Gesellschaft stand. Sie trug ein blaues Samtkleid mit reich bestickter Bordüre, das ihre üppige Brust auf das Beste zur Geltung brachte. Carlas Mund wurde trocken.

»Meister Weber, wie schön!« Peter Heymanns trat in bester Stimmung auf sie zu. »Frohe Weihnachten!«

Carla nickte nur und beobachtete aus dem Augenwinkel, wie die Blonde lachend den Kopf in den Nacken legte. Sie schien sehr vertraut mit Jacob Husen, neben dem eine dralle Brünette stand, die schmale Lippen machte. Seine junge Verlobte, dachte Carla. Lene.

»Wie Ihr seht, wird es keine von Euren bevorzugten Männerrunden, Meister Weber«, stellte Heymanns folgerichtig fest. »Aber die Damen werden unserem Fest einen ganz besonderen Glanz verleihen.«

Carla runzelte skeptisch die Brauen, als die blonde Frau schon herangeschwebt kam und sich bei Heymanns unterhakte.

»Peter«, zwitscherte sie, »ist das etwa der begabte Schüler von Lucas Cranach? Der Liebling unserer Herzogin Maria?«

Bevor Heymanns sie vorstellen konnte, sprach Carla für sich selbst. »Mein Name ist Karl Weber«, sagte sie mit kühler Stimme. »Es stimmt, ich war Schüler von Cranach dem Jüngeren. Über das persönliche Urteil der Herzogin jedoch maße ich mir keine Aussage an.«

Die Dame zog erstaunt die feinen Brauen hoch. »Aber warum so korrekt?«, fragte sie. »Sind wir nicht hier, um die heiligste aller Nächte zu feiern?« Ihr Augenaufschlag verlieh dieser Bemerkung schon fast etwas Anzügliches.

»Das sind wir, meine Teuerste«, bekräftigte da Heymanns. »Meister Weber, darf ich Euch Charlotte Bredenbeck vorstellen? Ich hatte die Ehre, für ihren Vater einen ganzen Zyklus von Bildteppichen zu erstellen.«

»Die Tugenden«, fügte Charlotte hinzu. »Und ich habe persönlich für jede einzelne von ihnen Modell gestanden.« Sie nickte stolz. »Mein Vater hat sich den Herrn Hoftapetenmacher dafür beim Herzog ausgeliehen. Er ist ein sehr enger Freund von Herzog Barnim«, fügte sie hinzu. »Er war es sicherlich, der den Herzog darauf hingewiesen hat, dass man Euch wieder eine Herausforderung bieten müsste.«

Peter Heymanns zog die Brauen zusammen; offensichtlich schien ihm die Bemerkung Charlottes nicht zu gefallen.

»Es war an der Zeit, dass ich wieder an einem großen Werk arbeite«, sagte er mit fester Stimme. »Die Aufträge vom Herzog beschränkten sich zu lange auf Satteldecken und Standarten.« Dass ihm sein Talent dafür zu schade war, war ihm deutlich anzuhören.

»Seht Ihr, das habe ich meinem Vater auch gesagt«, plauderte Charlotte munter weiter.

»Die Entscheidung von Herzog Philipp, den Teppich hier in Stettin wirken zu lassen, war die einzig richtige und stammte von ihm«, widersprach Heymanns ihr. »In ganz Pommern hätte er keine bessere Adresse für seine Tapisserie finden können.« Sein Blick fiel auf Carla. »Und für kein anderes Werk hätte Lucas Cranach einen seiner besten Schüler hergeschickt.«

Auch Charlottes Aufmerksamkeit richtete sich nun wieder auf sie. Mit einem Funkeln in den Augen maß sie den auch in Blau gekleideten Gast Elle um Elle. Carla war kaum größer als sie selbst, aber sie schien Gefallen an ihrem Anblick zu finden.

»Erzählt mir von Wittenberg, Meister Weber«, bat sie nun und legte leicht eine Hand auf Carlas Arm. Diese war erstaunt, so schnell Ziel von Charlottes Koketterie geworden zu sein. Sie gab einige unverfängliche Floskeln von sich und sah Peter Heymanns nach, der sich entschuldigte und offenbar die Gelegenheit ergriff, sich anderen Gästen zu widmen.

Irgendwer drückte Carla einen Becher heißen Punsch in die Hand, und schon nach dem ersten Schluck spürte sie, wie der Alkohol ihr ins Blut ging. Sie hatte den ganzen Tag noch kaum etwas zu sich genommen.

»Und wie ist Lucas Cranach so?«, fragte Charlotte. »Ich kann mir gar nicht vorstellen, wie es ist, eine so berühmte und bekannte Persönlichkeit tatsächlich zu kennen.«

»Das kommt darauf an, welchen Lucas Cranach Ihr meint. Den Älteren habe ich selbst kaum zu Gesicht bekommen und jetzt nach seinem Tod werde ich auch keine Gelegenheit mehr dazu haben. Er war zweifelsfrei der Berühmtere.«

»Er ist tot?« Charlotte schien überrascht.

Carla nickte nur und ersparte es sich, noch eine Bemerkung über den jüngeren Cranach zu machen.

»Wie schade, das habe ich gar nicht gewusst«, fügte sie traurig hinzu und bestätigte damit Carlas Eindruck, dass sie mehr auf dem Kopf als in ihrem Kopf trug. »Peter hat mir gar nicht davon erzählt.«

»Es gehört vielleicht nicht zu den Themen, über die Meister Heymanns mit Euch zu sprechen pflegt«, sagte Carla und war sich der Bissigkeit ihrer Worte durchaus bewusst. Sie selbst hatte mehr als einmal mit dem Wirkmeister über das Werk von Lucas Cranach dem Älteren diskutiert.

Zu ihrer Überraschung war Charlotte errötet. »Nein, wir pflegen tatsächlich nicht sehr viel miteinander zu sprechen«, erklärte sie mit einem Unterton, der Carla wiederum gar nicht gefiel.

»Ihr seid vertraut mit ihm?«, rutschte es ihr heraus, und sogleich hätte sie sich am liebsten auf die Zunge gebissen.

Charlotte lächelte wissend. »Aber ja, das sind wir.« Dann beugte sie sich etwas nach vorne und präsentierte Carla einen feinen Einblick in ihr Dekolleté, nur um das Angebot gleich darauf mit ihren Worten wieder zu entkräften. »Ich denke, wir werden uns bald verloben, Meister Weber.«

Der Blick, den sie Carla daraufhin zuwarf, war einzig darauf aus, eine Begehrlichkeit für etwas zu wecken, das nicht zu haben war.

Luder, dachte Carla erbost. »Ist das denn auch in Meister Heymanns' Sinn?«, fragte sie mit Unschuldsmiene.

»Oh, wenn wir Frauen wüssten, was Männer so denken, erginge es uns besser«, sagte Charlotte und lächelte kokett. »Dann könnten wir sie nämlich schön an der Nase herumführen und würden uns ein feines Leben auf ihre Kosten machen.«

Carla zuckte mit den Schultern. »Lasst das bloß nicht Meister Heymanns hören! Solche Ansichten können die ehrlichsten Absichten eines Mannes erschüttern.«

»Ach was,« Charlotte winkte gut gelaunt ab, »Peter liebt mich. Außerdem bin ich die beste Partie weit und breit. Ich bin das einzige Kind eines wohlhabenden Vaters, und seht Ihr hier in der Runde eine schönere Frau?« Wieder beugte sie sich etwas vor.

»*Hier* sehe ich keine«, erwiderte Carla. »Aber Ihr solltet Euch nicht auf solch oberflächlichen Attribute wie Reichtum und Schönheit reduzieren.«

Charlotte blinzelte verständnislos. »Wieso? Was gibt es denn noch?«

Carla seufzte. Es war hoffnungslos. Wenn Peter Heymanns tatsächlich um Charlotte Bredenbeck anhielt, würde er sich nach ein, zwei feinen Jahren schrecklich mit ihr langweilen. Musste sie ihn nicht davor bewahren? Durfte sie ihn wirklich in die Arme dieses wohlhabenden Püppchens sinken lassen?

»Einen Heller für Eure Gedanken.« Carla zuckte zusammen und bemerkte, dass Charlotte sich abgewandt hatte und stattdessen Peter Heymanns vor ihr stand. Er sah sie belustigt aus seinen sehr blauen Augen an.

»Oh, das sind sie nicht wert.« Carla errötete.

»Und ich dachte schon, Ihr hättet eine Eingebung bezüglich der Komposition unseres Teppichs gehabt.«

»Die Eingebung hatten ja schon Philipp und Lucas Cranach«, konterte Carla. »Ich darf sie nur noch bunt anmalen.«

»Viele Männer würden dies für eine Ehre halten.«

»Mag sein.« Ihr Blick fiel auf Charlotte Bredenbeck, die jetzt die Gäste wie eine Hausherrin zu Tisch bat. Carla hob ihren Becher und deutete in ihre Richtung, bevor sie trank. »Eure Verlobte ist sehr charmant, Meister Heymanns.«

»Meine Verlobte?« Verblüfft starrte der Wirkmeister sie an. »Ich bin nicht verlobt.«

»Noch nicht. Aber wenn es nach Fräulein Bredenbeck geht, wird sich das bald ändern.«

»Darüber hat sie mit Euch gesprochen?« Jetzt war Peter Heymanns wirklich perplex. »Aber sie kennt Euch doch kaum.«

»Frauen schaffen gern Tatsachen, bevor sie geschehen sind«, sagte Carla und leerte ihren Becher. »Findet Ihr sie denn nicht begehrenswert?«

»Ich habe nicht die Absicht, Dinge zu überstürzen.« Peter Heymanns schien das Gespräch sichtlich unangenehm zu werden.

»Aber warum denn nicht? Viele Männer würden sie mit Kusshand nehmen.«

Peter Heymanns leerte seinen Becher. »Lasst uns jetzt lieber zu Tisch gehen und uns dem Braten widmen.«

»Wenn Euch stumme Gänse lieber sind.« Mit einem kleinen Lächeln schritt Carla neben Heymanns zur Tafel, die wirklich Verlockendes zu bieten hatte. Dabei sah sie aus dem Augenwinkel, wie ihr Gastgeber der blonden Kaufmannstochter einen finsteren Blick zuwarf. Die gute Charlotte würde einiges zu erklären haben, aber nichts, was sie sich nicht selbst zuzuschreiben hatte.

Carla beschloss, den Rest des Abend zu genießen, und sie war froh, nicht direkt neben Heymanns sitzen zu müssen. Mit ihren Tischnachbarn und Jacob Husen, der ihr gegenübersaß, trank sie noch den einen und anderen Becher Wein und sprach der knusprigen Gans zu, bis sie nicht mehr konnte. Beim scharfen Obstbrand, den es zum Mandelpudding gab, waren sie bei der Debatte angelangt, ob der Stern von Bethlehem wirklich ein Stern gewesen sei oder vielmehr eine Konjunktion, wie man sie auch heute noch sehen konnte, und ob der Messias jemals wieder auf die Erde zurückkehren würde.

Zu dieser Stunde und nach all dem Obstbrand ließ sich auf diese Fragen aber beim besten Willen keine Antwort mehr finden, und so begnügten die Männer sich damit, sich gegenseitig die eigene Meinung aufzutischen, bis die Damen sie drängten, sich allmählich zu verabschieden.

Pflichtbewusst standen die Männer auf, und im allgemeinen Aufbruchsdurcheinander sah Carla, wie Charlotte mit gerecktem Kinn und blanken Augen in einer Ecke stand, während Peter Heymanns eindringlich auf sie einredete. Als sie schließlich den Kopf sinken ließ und die schmalen Schultern erbebten, konnte Carla den Blick nicht von den beiden abwenden. Peters Hand legte sich prompt einen Moment lang behutsam auf Charlottes Rücken, dann verabschiedete er sich von seinen Gästen. Carla sah jedoch den kurzen, siegesbewussten Blick, den Charlotte Bredenbeck dem gut aussehenden Wirkmeister nachschickte, und begriff, dass die Kaufmannstochter das kleine Scharmützel unbeschadet überstanden hatte.

Sie spürte einen gewissen Unmut in sich aufsteigen und verabschiedete sich mit knappen Worten von Peter Heymanns und den übrigen Gästen. Dann ging Carla zu ihrer Kammer, wobei ihre Schritte weit weniger fest waren als auf dem Hinweg; sie musste sich fest konzentrieren, um nicht zu taumeln. Himmel, diese Sauferei war wirklich anstrengend! Als Frau hätte sie weit mehr Maß halten müssen. Carla legte sich ins Bett und zog sich die Decke über den Kopf, aber noch immer schien sich alles um sie zu drehen.

Schließlich stellte sie trotz der kühlen Luft in ihrem Zimmer einen Fuß auf den Boden, um der Schwankerei Einhalt zu gebieten. Dennoch fand sie keinen Schlaf.

Als bereits der Morgen graute und sie noch immer wach lag, blieb ihr nichts anderes übrig, als sich die bittere Wahrheit einzugestehen. Sie war bis ins Mark eifersüchtig auf Charlotte Bredenbeck.

Kapitel 27

Meister Weber? Meister Weber!«

Carla zuckte zusammen und wäre fast vom Gerüst gestürzt. Einen Moment rang sie um ihr Gleichgewicht, aber dann spürte sie einen festen Griff um die Hüften und zwei Hände, die sie stützten.

»Meister Heymanns, habt Ihr mich erschreckt! Wie könnt Ihr Euch so anschleichen?«

»Ich habe mich nicht angeschlichen«, verteidigte sich der Wirkmeister. »Ich hab Euch mehrmals beim Namen gerufen, aber Ihr habt mich nicht gehört.«

»Ich arbeite, und dabei muss ich meine gesamte Aufmerksamkeit auf das Werk richten.«

»Und was soll ich dann tun? Mich schriftlich anmelden?«

Carla schnaubte. Dann wurde ihr bewusst, dass Heymanns Hände noch immer ihre Hüften festhielten. Sie steckten zwar in Beinkleidern, aber diese verbargen ihre weibliche Rundung nicht zur Gänze. Sie wand sich aus seinem Griff und stieg zu ihm hinab. Dann besah sie sich aus einiger Entfernung den Karton.

»Seht Euch das nun an!« Vorwurfsvoll wies sie auf den Umhang Johann Friedrichs, an dem sie eben gearbeitet hatte. »Nun ist die Stelle ganz verwischt.«

Heymanns trat einen Schritt zurück. »Halb so schlimm. Das werdet Ihr mit wenigen Pinselstrichen wieder korrigieren. Dem Gesamteindruck kann das kaum schaden.«

Carla hob die Brauen. »So wie Ihr das sagt, könnte man

meinen, Ihr würdet wirklich etwas vom Malhandwerk verstehen«, sagte sie spitz.

»Tue ich ja auch.« Heymanns lächelte. »Ich weiß, dass wir Wirker die Verläufe und Schattierungen im Werk später ohnehin selbst erarbeiten müssen. Da hilft auch kein noch so guter Karton.«

»Dann reichen ja die Umrisse. Ich bin also fertig.«

»Aber, aber. Meister Weber. Warum könnt Ihr kein Lob annehmen?«

»Lob? Ich wurde gerade in meiner Arbeit auf die Stufe der Leute gestellt, die Euch den Webstuhl aufbauen.«

»Nicht ganz richtig. Ich habe nur davon gesprochen, dass die Wirker dem Motiv noch eine Menge hinzufügen. Und ich habe gesagt, dass Euer Karton gut ist.«

Carla seufzte. »Das habt Ihr aber sehr umständlich formuliert. Und wenn Euch meine Leistungen in der Komposition reichen, dann überlasse ich die Arbeit an den Beinen gerne auch Euch.«

Peter Heymanns betrachtete interessiert die unteren Körperhälften der dargestellten Männer, deren Beine alle mit modischen Strümpfen und weichem Schuhwerk bekleidet waren. Damit es kein Wald aus Beinen würde, verlangte die Darstellung Konturen und Struktur. Sonst würden sie wie starre, kleine Säulen aussehen.

»Sagt, Meister Weber, hat Johann Friedrich wirklich so stramme Waden?«

Carla sah verdutzt auf dessen Beine. Sie waren tatsächlich recht stark, aber trotz des Schuhwerkes wirkte erst eines bereits muskulös und fest. Carla hatte hier schon Schatten gesetzt, das andere war noch weich und rundlich.

»Ich habe keine Ahnung, Meister Heymanns. Die fürstlichen Beine sind mir nicht mehr in Erinnerung. Aber da der Mann mindestens so viel wiegt wie ein Esel, kann ich ihn nicht auf die Beine eines Storches stellen. Wie würde das denn aussehen? Außerdem bin ich meinem Fürsten eine gewisse Achtung schuldig.«

»Aber diese ausgeprägte muskulöse Struktur?«, fragte Heymanns zweifelnd.

»Männer lieben es nun mal, stark und mächtig zu sein. Und so wollen sie auch dargestellt werden. Und die Beine eines Mannes sind seine Verwurzelung mit der Erde. Wie ein Baum steht er da und nichts wirft ihn um. Immerhin ist er unser guter Johann Friedrich.«

Heymanns hob die Brauen, und sein Blick glitt unwillkürlich zu Carlas Beinen. Sie war froh, die hohen Stiefel zu tragen, die ihre zierlichen Knöchel verbargen.

»Mir scheint, das sind nicht Eure eigenen Worte, Meister Weber.«

Carla errötete. »Stimmt, es sind die meines Lehrers.«

»Meister Cranach wusste seinen Kunden schon immer zu schmeicheln«, sagte Heymanns. »Und wenn es sich lohnen würde, wären die Künstler der Wahrheit sicher treuer.«

»Seht Ihr, wir reihen uns mit diesen strammen Waden nur in eine Reihe mit anderen klugen Leuten … Aber weshalb haltet Ihr mich überhaupt von meiner Arbeit ab?«

Peter Heymanns straffte die Schultern. »Der Kämmerer des Herzogs wünscht den Karton zu begutachten.«

Carla rieb sich die Nase, auf der noch immer eine kleine Erhebung von ihrem Bruch zeugte. »Das ist sein gutes Recht. Wann will er kommen?«

»Er ist bereits da.«

»Wie bitte?«

»Er speist noch in meiner Stube, und ich habe mich nur kurz entschuldigt, um Euch vorzuwarnen.«

»Wobei hätte er mich denn erwischen können?«

Heymanns rollte mit den Augen. »Was weiß ich. Vielleicht macht Ihr gerade ein Schläfchen, vielleicht seid Ihr nicht bei der Arbeit, vielleicht habt Ihr sogar nette Gesellschaft?«

Carla stand einen kurzen Moment lang der Mund offen. »Habe ich Euch denn jemals Anlass dazu gegeben, so etwas anzunehmen?«

»Nein. Aber das hat nichts zu bedeuten, wie ich schmerzlich lernen musste.«

»Wie das?«

»Wenn Ihr es genau wissen wollt: Als einmal überraschend ein Kunde in der Werkstatt vorbeikam, der seine Tapisserie beim Meister zu begutachten beabsichtigte, ertappten wir diesen mit zwei drallen Mägden und heruntergelassenen Hosen.«

»Oh …«

»Ich habe damals nicht nur meine Lehrstelle verloren, sondern ich habe mir auch geschworen, dass mir das nie wieder passiert. Männern ist einfach nicht über den Weg zu trauen.«

»Der Satz könnte von meiner Kusine stammen«, murmelte Carla.

»Wie bitte?«

Carla winkte ab. »Ach nichts. Wie Ihr seht, könnt Ihr den Herrn Kämmerer ruhig hereinführen. Wir können dann ja noch seine Meinung bezüglich der fürstlichen Waden einholen.«

Heymanns verschwand, und kurz darauf trat Hieronymus Blankenfels dicht an den Karton.

»Aha«, machte er. »So, so.«

Carla und Peter Heymanns tauschten einen Blick.

»Ich verstehe ja nicht viel davon«, gab der Kämmerer immerhin zu. »Aber ich glaube nicht, dass all unsere erlauchten Herrschaften hier Platz haben werden.«

Carla biss sich auf die Lippe und überließ Peter Heymanns die Antwort.

»Das müssen sie auch nicht«, sagte dieser. »Meister Weber wird den Karton in mehreren Teilen erstellen, die dann auf dem Webstuhl zusammengefügt werden. Stellt Euch nur die Staffelei vor, wenn der Karton in einem Stück hier stehen würde.«

»Der erste Teil wird in Kürze fertig sein, und dann beginne ich mit der Familie der pommerschen Herzöge«, erklärte Carla weiter.

»Hätten uns natürlich gefreut, heute schon die Herzöge Philipp und Barnim zu sehen«, sagte der Kämmerer.

Carla lächelte so charmant, wie ein Kerl sich das erlauben konnte. »Sie werden umwerfend, glaubt mir.«

»Wohlan, die Sachsen sind ja auch schon recht stramm.« Blankenfels beugte sich noch einmal vor und begutachtete wie auf's Stichwort die Waden von Johann Friedrich. »Die Pommern sind da an dieser Stelle eher etwas hagerer.«

Ich muss mich bei Johann Friedrich wohl doch etwas zurückhalten, dachte Carla und warf Heymanns einen vielsagenden Blick zu.

»Und diese vielen freien Flächen?«, fragte Blankenfels weiter. »Die ganzen groben Linien? Ist denn das so gewünscht?«

Jetzt entstand eine steile Falte über Carlas gebrochener Nase. Wenn hier etwas ganz und gar nicht grob war, dann waren es ihre fein abgestimmten und perfekt nuancierten Flächen.

»Ihr dürft einen Karton nicht mit einem Gemälde vergleichen, werter Herr Blankenfels«, schaltete Peter Heymanns sich schnell ein, da er aus dem Augenwinkel sah, wie sie empört Luft holte. »Meister Weber gibt uns ja nur die Farbflächen vor. Diese müssen schließlich noch von uns gewirkt werden.«

»Aha«, machte Blankenfels wieder. »So, so.«

»Tretet einige Schritte zurück und lasst das Werk erneut auf Euch wirken. So erhaltet Ihr schon einen ersten Eindruck vom fertigen Teppich. Obwohl der Effekt, den wir durch die Verwendung von unterschiedlichen und sehr edlen Materialien erzielen können, natürlich noch fehlt.«

Hieronymus Blankenfels trippelte einige Schritte zur Tür und ließ wie geheißen den Gesamteindruck des Kartons auf sich wirken. Carla wusste, dass aus dieser Entfernung die Flächen als Ganzes wirkten und nicht mehr so kleinteilig aussahen.

Der Kämmerer nickte schließlich und machte sich einige Notizen in seine Unterlagen, was Carla und Peter Heymanns stillschweigend als Lob aufnahmen.

»Mangelt es noch an Material für den Karton, Meister Weber?«

»Nein. Dank der hervorragenden Hilfe, die Meister Heymanns und sein Mitarbeiter Jacob Husen mir angedeihen lassen, werde ich den Karton ohne Verzögerung fertigstellen können.«

Tatsächlich hatte sich Husen als gewiefter Einkäufer erwiesen und Carla beste Qualität zum guten Preis gebracht.

Blankenfels nickte zufrieden. »So, so. Dann werde ich also den Herzögen Bericht erstatten. Sind schon alle sehr gespannt. Die Herzogin Maria ist übrigens voll des Lobes über Euch, Meister Weber.«

Carla verbeugte sich geschmeichelt. Die Korrespondenz, die sie mit Maria und Ernst Ludwig unterhielt, erwies sich als ebenso anspruchsvoll wie unterhaltsam, und langsam konnte sie an den Zeichnungen des herzoglichen Nachwuchses ihren Einfluss erkennen. Wenn die Tage erst wieder länger wurden und die Motive zahlreicher, würde der Junge die Natur für sich entdecken, wie sie es einst in Wittenberg getan hatte.

Peter Heymanns begleitete den Kämmerer zur Tür. Sie standen noch eine Weile zusammen und besprachen einige Dinge bezüglich der Wirkerei; schließlich verabschiedete sich Hieronymus Blankenfels aus der Werkstatt.

»Diese Waden …«, hörte Carla ihn noch sagen, als er wieder seiner geschäftigen Wege ging.

Als die Tür ins Schloss fiel, sahen sie sich erleichtert an.

»Prüfung erfolgreich bestanden«, sagte der Wirkmeister und grinste.

»Wart Ihr etwa nervös?«, fragte Carla und hob die Brauen.

»Aber nein, aber nein. Ich vertraue Euch, Meister Weber. Ich habe Euch immer vertraut.«

Carla runzelte die Stirn. »Ihr macht Euch doch nicht über mich lustig?«

»Aber niemals!« Seine strahlenden blaue Augen blickten aufrichtig, wenn auch ein wenig unschuldig drein.

»Was ist noch, Meister Heymanns? Ihr habt doch noch etwas anderes auf dem Herzen.«

Heymanns biss sich auf die Unterlippe.

»Raus mit der Sprache«, sagte Carla und verschränkte abwartend die Arme vor der Brust.

»Meister Weber, würdet Ihr für mich wirken? Würdet Ihr als Wirker für die Dauer von zwei Jahren in meine Dienste treten? Ich weiß, dass ich Euch um etwas Ungeheuerliches bitte, denn Ihr seid ein begnadeter Malermeister. Und zudem ein Schüler Cranachs des Jüngeren. Aber ich werde mich von zwei meiner Leute trennen müssen, da sie den Ansprüchen, die dieser Bildteppich an einen Wirker stellt, nicht gerecht werden. Durch Euren Einsatz als bestmögliche Kraft könnte ich sie beide auf einen Schlag ersetzen. Ich zahle Euch somit auch den doppelten Lohn.«

Carla hatte verwundert innegehalten. Der Karton würde bis Ende Februar fertig werden, dann hatte sie eigentlich Stettin wieder verlassen wollen. Aber wohin sollte sie überhaupt gehen? Liebend gern würde sie an dem Teppich, dessen Pracht und Ruhm ihr heute schon vor Augen stand, bis zum Schluss weiterarbeiten. Aber etwas hielt sie zurück.

Peter Heymanns interpretierte ihr Zögern falsch.

»Verzeiht. Ich hätte Euch dieses Angebot niemals unterbreiten dürfen.«

»Ihr habt mich nie wirken sehen.«

»Ich habe Euch gesagt, dass ich Euch vertraue. Wenn Ihr sagt, dass Ihr dem Werk gewachsen seid, dann habe ich keinen Zweifel daran. Schließlich habt Ihr bei von der Hohemühl gelernt.«

Carla holte tief Luft. »Ich bin dem Werk wohl gewachsen. Aber weiß Jacob Husen von Eurem Plan?«

»Jacob weiß vor allem, dass er diesen Teppich nicht alleine wirken kann. Auch wenn ich mich mit an den Webstuhl setze, werden wir es nicht schaffen. Philipp wird keine fünf Jahre auf sein Werk warten wollen. Ich wage zu behaupten, dass er bei einer Entstehungszeit von drei Jahren schon ungeduldig wird.«

»Zwei Jahre also«, murmelte Carla. »Das ist doch kaum zu schaffen.«

»Es ist zumindest nicht unmöglich, wenn drei gute Wirker zur gleichen Zeit daran arbeiten.« Peter Heymanns lächelte sein gewinnendes Lächeln. »Meine Wenigkeit, Husen und Ihr, wenn Ihr denn wollt. Den Fritz ziehen wir uns für die einfachen Arbeiten heran.«

»Doppelter Lohn«, sagte Carla, »und zwei Jahre.«

Heymanns hielt ihr die Hand hin. »Abgemacht?«

»Abgemacht.«

Als Peter Heymanns sie wieder mit ihrem Karton alleingelassen hatte, fühlte Carla noch immer seinen festen, warmen Händedruck, mit dem sie ihren Vertrag beschlossen hatten. Mit leichtem Unbehagen jedoch dachte sie an den eigentlichen Grund für ihr Zögern. Sie würde wirklich liebend gern noch länger in Peter Heymanns Gesellschaft bleiben. Aber wollte sie es als Karl Weber?

Wenige Tage später feierte Jacob Husen seine Hochzeit. Carla stellte fest, dass die Braut nicht sehr fest geschnürt war und mutmaßte stillschweigend über zu erwartenden Nachwuchs. Immerhin wussten alle, dass die Ehe längst vollzogen war, auch wenn niemand an diesem Tag darüber sprach oder auch nur eine anzügliche Zote zum Besten gab.

Bei klirrender Kälte saßen die geladenen Gäste mit dem Brautpaar im gemütlich warmen *Frischen Fisch* und ließen sich Wildschweinbraten mit eingelegten Pflaumen und schweren Würzwein schmecken. Die Stimmung stieg in dem Maß, in dem draußen gegen Abend die Temperaturen fielen. Wieder und wieder ließ man die Frischvermählten hochleben, und schließlich wurden die Tische beiseitegeschoben, zwei Fideln, eine Flöte und eine Schalmei erklangen, und man schwang ausgelassen das Tanzbein.

Plötzlich stand Charlotte Bredenbeck vor ihr. »Wollt Ihr tanzen?« Carla wollte schon ablehnen, da griff die Blonde ihre Hand und zog sie glattweg auf die Tanzfläche.

»Meister Weber, bravo!« Jacob Husen klopfte ihr lautstark und mit schwerer Hand auf die Schulter, dass sie fast vornübergestolpert wäre, und Carla fand sich in der Reihe der tanzenden Männer wieder. Charlotte Bredenbeck neigte in der Reihe der Damen tief ihr Haupt vor Carla, die daraufhin feststellte, dass das weinrote Festkleid womöglich noch tiefer ausgeschnitten war als das blaue neulich an Weihnachten. Unauffällig schielte Carla nach links und rechts, um sich dann gemeinsam mit den Männern zu verneigen.

Die Musiker stimmten ein flotte Melodie an, und Carla wurde vom Reigen mitgerissen. Sie kannte zwar den Tanz, aber eben nur die Schritte der Damen. Immer wieder wandte sie sich falsch um oder griff ins Leere.

»Meister Weber«, rief Charlotte belustigt, »wendet Euch doch nicht andauernd von mir ab! Wie komme ich mir denn sonst vor?« Dabei warf sie Carla einen Blick zu, der jedem Mann unwillkürlich das Blut in die Lenden getrieben hätte.

»*Ihr* wolltet mit mir tanzen«, erwiderte Carla kühl. »Ich habe ganz bestimmt nicht darum gebeten.«

Als Carla bei der nächsten Drehung schließlich mit voller Wucht Peter Heymanns rammte, weil sie wieder die den Männern vorbestimmte Richtung nicht einhielt und Charlotte alleine mit zusammengepressten Lippen stehen ließ, brach der Bräutigam in lautes Gelächter aus.

»Meister Weber hat zwei linke Füße«, prustete er, und die gesamte Hochzeitsgesellschaft stimmte in das Lachen ein.

Carla errötete und ärgerte sich. Aber jetzt galt es, Haltung zu bewahren und zum Angriff zu blasen. Ihre Tarnung durfte auch in diesem Moment nicht auffliegen.

»Besser als zwei linke Hände«, rief sie zurück. »Sonst könntet Ihr den Teppich alleine wirken, Husen.«

Der Bräutigam erstarrte, und alle Farbe wich aus seinem geröteten Gesicht. Carla nahm aus dem Augenwinkel die erschrockene Miene von Peter Heymanns wahr, und sie begriff augenblicklich, dass Jacob noch nicht wusste, dass sie den Teppich mitwirken würde.

»Jacob«, rief Heymanns laut, »lass uns morgen darüber reden, wenn die Feier vorbei ist und du wieder nüchtern bist.«

Unwillkürlich dachte Carla daran, wie sie mit dem betrunkenen Jacob Husen im *Frischen Fisch* zusammengesessen hatten, und als sie sich in einer instinktiven Geste schützend an ihre Nase griff, baute sich der massige Wirker auch schon vor ihr auf.

»Was hat das zu bedeuten, Weber?«, grollte er.

»Frag Heymanns«, gab Carla wider alle Vernunft zurück, da sie doch wusste, dass man Betrunkene nicht reizen durfte. Aber auch sie selbst war nicht mehr nüchtern.

»Bleib du einfach bei deinem Karton und deinen Pinseln«, zischte Jacob Husen. »Und lass deine bekleckerten Finger von einem wahren Kunstwerk!«

»Meine bekleckerten Finger?«, fuhr Carla auf. »Wenn man dich ohne Karton arbeiten ließe, könnte man wahrscheinlich Männlein nicht mehr von Weiblein unterscheiden!«

»Genug!«, donnerte Heymanns. »Alle beide.«

»Machst du dich etwa lustig über meine Kunst?«, rief Jacob, als ob er seinen Meister nicht gehört hätte.

»Glaub bloß nicht, das wäre *deine* Kunst«, konterte Carla. »Es gibt viele große Wirker, und lass es dir gesagt sein, ich bin einer von ihnen!«

Charlotte Bredenbeck zerrte an ihrem Ärmel, ebenfalls bemüht, die beiden Kampfhähne voneinander loszubringen. Ärgerlich ruckte Carla mit der Schulter, um sich zu befreien, und Jacob Husen sah nur die abrupte Bewegung ihres Armes, um sich sogleich auf sie zu stürzen.

Carla schnappte erschrocken nach Luft, als Jacob und sie nach hinten fielen. Charlotte, die noch immer krampfhaft ihren Ärmel festgehalten hatte, verlor das Gleichgewicht und taumelte zu Boden. Dabei trat sie mit ihrem Schuh heftig auf Carlas Hand.

»Auuaa! In drei Teufels Namen noch eins«, fluchte Carla wie ein Fuhrknecht und riss ihren Arm hoch. Sie hatte das Gefühl, als hätte ihre Hand zwischen zwei Mühlsteinen gesteckt.

Während sich Charlotte Bredenbeck erstaunt die zerzausten Locken aus dem Gesicht strich, schauten Jacob Husen und Peter Heymanns schockiert drein.

»Oh, nein!« Entsetzt starrte Carla auf ihre rechte Hand, deren Daumen bereits sichtbar anschwoll. Der Karton! Plötzlich stand seine Bedeutung völlig außer Frage.

»Das … das war ich nicht«, setzte Jacob zur Verteidigung an.

»Ach, ich bin mir also selbst auf die Hand getreten?«, schimpfte Carla.

»Mund halten, alle beide«, fuhr Heymanns sie barsch an. Das durfte doch alles nicht wahr sein! Konnten die sich nicht einmal für ein paar Wochen zusammenreißen? Wie um alles in der Welt sollte er jemals den Teppich liefern, wenn das so weiterging?

»Jacob, heute ist dein Hochzeitstag«, sagte er bestimmt. »Du feierst hier weiter und rührst dich nicht aus dem *Frischen Fisch*, bis die Lene dich mit nach Hause nimmt. Weber, auf zum Fasshauer.«

»Nein, bitte nicht!« Carla wurde bleich bei der Erinnerung an ihren letzten Besuch bei dem Arzt.

»Keine Widerrede«, brummte Heymanns in einem Ton, der keine Widerrede duldete und die beiden Streithähne zum Verstummen brachte. »Sonst werde ich mir morgen zwei neue Wirker suchen.«

Kleinlaut folgte Carla dem Wirkmeister, und so fanden sie sich zu später Stunde erneut bei dem beleibten Arzt ein. Der Gang durch die kalte Nachtluft hatte sie ernüchtert und ihr schlechtes Gewissen geweckt. Vielleicht war ihre Tarnung einfach nur zu realistisch? In ihrer ganzen Zeit in Torgau war sich nicht in annähernd so viele Schwierigkeiten geraten wie hier in Stettin.

Adalbert Fasshauer begrüßte die beiden, tadelte Carla stumm mit strafend erhobenen Brauen und untersuchte dann ihre malträtierte Hand.

»Gebrochen scheint sie nicht zu sein«, murmelte er zu ihrer Erleichterung, und auch Peter Heymanns schnaufte hörbar aus, »aber sie hat ordentlich eins mitbekommen. Was um alles in der Welt hat das verursacht?«

»Ein Damenabsatz«, antwortete Heymanns trocken, während Carla verlegen ein wenig tiefer in ihren Kragen rutschte.

»Es ist nicht so, wie es sich anhört.« Sie fühlte sich gezwungen, ihre Ehre zu verteidigen. Daraufhin hoben sich die ärztlichen Brauen mitleidig.

»Aber natürlich nicht. Das ist es doch nie.«

»Aber …«

»Wie lange dauert es, bis er die Hand wieder normal einsetzen kann?«, unterbrach Heymanns sie.

Der Arzt neigte nachdenklich das Haupt. »Das dürfte nicht sehr lange dauern, denn wie gesagt, die Knochen scheinen nicht gebrochen zu sein. Aber wenn sie verletzt sind und feine Risse aufweisen, schmerzen sie ebenso wie ein Bruch und brauchen auch genauso lange, um wieder auszuheilen. Sonst kann es zu Versteifungen kommen.«

»Versteifungen?« Carla blieb entsetzt der Mund offen stehen. Ein Maler mit einer steifen Hand? Sie würde ihre Lebensgrundlage verlieren!

»Ja, die Gelenke können nicht mehr frei bewegt werden. Aber macht Euch keine Gedanken, junger Mann. Wie ich sehe, habt Ihr ausgezeichnetes Heilfleisch. Schaut Euch Eure Nase an! Haben wir die nicht wieder fein hinbekommen? Seid froh, dass der Damenabsatz nicht dort gelandet ist.«

Carla zweifelte daran, ob sie mit dieser Diagnose besser dran war.

»Solche stumpfen Verletzungen brauchen ihre Zeit bis zur völligen Ausheilung, aber die Besserung tritt immerhin meistens recht zügig ein. Und ein Pinsel ist ja schließlich kein Hammer, oder etwa nicht? Ihr solltet Euer Handwerk also schon recht bald wieder aufnehmen können.«

»Was muss noch gemacht werden?«, fragte sie vorsichtig, denn womöglich kam doch noch eine schmerzhafte Behandlung, die Fasshauer ihr bisher verschwiegen hatte. Aber der Arzt schüttelte den Kopf.

»Kühlen, verbinden, schonen«, riet er und verabschiedete seine Gäste, nachdem er Heymanns Börse erneut erheblich erleichtert hatte.

»Das ziehe ich Euch diesmal vom Lohn ab, Weber«, brummte der Wirkmeister, als sie ihren einsamen Heimweg über die nachtkalten Straßen antraten. »Wenn ich Euch überhaupt noch in meine Dienste nehme.«

Carla schwieg kleinlaut. Sie hielt ihre Hand fest, die Fasshauer ebenso kunstvoll verbunden hatte wie einst ihre Nase.

»Dann schont Eure Hand«, sagte Heymanns knapp, als sie die Werkstatt erreicht hatten, »wenn es Euch schon nicht mit meinen Nerven gelingt. In ein paar Tagen werden wir sehen, wie es mit dem Karton weitergehen soll.«

Kapitel 28

Carla saß auf ihrem Bett und betrachtete zerknirscht ihre geschwollene Hand. Ausgerechnet die rechte! Die Hand, mit der sie malte. Sie hatte ausprobiert, einen Pinsel zu halten, aber es war hoffnungslos, denn sie hatte einfach nicht die Präzision, die sie für ihre Arbeit brauchte. Zwar lag sie gut in der Zeit. Der erste Karton war bereits fertiggestellt, und der zweite war schon bis zu den Köpfen und Oberkörpern der pommerschen Herzöge gediehen. Aber das, was ihr nun wieder Kopfzerbrechen bereitete, waren die vermaledeiten Beine der Pommern! Morgen begann der Februar, und sie konnte nicht weiterarbeiten. Welche Fortschritte würde Hieronymus Blankenfels bei seinem nächsten Besuch zu sehen bekommen?

Zudem hatte Carla Schwierigkeiten gehabt, sich anzukleiden. Der Daumen schmerzte ungeheuer, und sie hatte es nicht geschafft, sich die Brust zu binden. So trug sie über ihrem weiten Hemd nur eine wattierte Weste. Missmutig ging sie in der Werkstatt auf und ab. Als es an der Tür klopfte, rechnete sie mit Peter Heymanns, der nach ihr sehen und sich selbst ein Bild über die vertrackte Situation verschaffen wollte. Stattdessen trat unvermittelt Charlotte Bredenbeck ein.

»Meister Weber«, flötete sie, »wie geht es Euch?«

»Nach der Bekanntschaft mit Eurem Absatz schlecht, verehrtes Fräulein Bredenbeck.« Carla hatte rasch die Arme vor der Brust verschränkt, um ihre weiblichen Rundungen zu verbergen, und wirkte so noch abweisender als durch ihre Worte allein. »Was führt Euch zu mir?«

»Die Sorge um Euer Wohlergehen.«

»Darum hättet Ihr Euch besser gestern kümmern sollen.«

»Aber ich bin Euch doch nicht mit Absicht auf die Hand getreten. Wenn Ihr mich nicht mitgerissen hättet, wäre überhaupt nichts passiert.«

»Das müsst Ihr Husen sagen. Wenn er mich nicht gestoßen hätte, dann …«

»Wenn Ihr ihn nicht provoziert hättet, dann …«

Plötzlich brach Charlotte in ein helles Lachen aus. »Aber, Meister Weber, was machen wir denn hier? Einigen wir uns einfach darauf, dass es eine Verkettung unglücklicher Umstände war?« Sie trat einige Schritte auf Carla zu und lächelte charmant.

»Ihr habt recht«, lenkte Carla ein. »Den dicken Daumen habe aber trotzdem ich.«

»Lasst einmal sehen.«

Und bevor Carla zurückweichen konnte, stand Charlotte schon dicht vor ihr und nahm behutsam ihre rechte Hand in die ihre. »Ach je.« Charlottes Seufzer wurde von einem tiefen Blick in Carlas Augen begleitet. »Wie wäre es mit einem Kuss? Dann heilt es sicher besser.«

Carla war zu perplex um zu reagieren, als Charlotte auch schon ihr spitzes Mündchen auf den Verband drückte. Als sie aber nach einem kurzen Augenaufschlag Carlas Hand umdrehte und die Innenseite ihres Handgelenks küsste, war es zu viel.

»Fräulein Bredenbeck«, sagte Carla eindringlich und presste die linke Hand hilflos vor die Brust, »lasst den Unfug.«

Charlotte sah schmollend auf und dachte gar nicht daran, die eroberte Hand wieder freizugeben. Dieser widerspenstige Maler war ausgesprochen reizvoll, dachte sie, auch wenn er so gar nicht ihrem üblichen Geschmack bei Männern entsprach.

»Habt Ihr denn gar kein Interesse an einer Verkettung glücklicher Umstände, Meister Weber?« Und schon beugte sie sich vor und küsste Carla mitten auf den Mund.

»Ah, nein! Was zum Teufel …?«

Entsetzt riss Carla sich los und sprang zwei, drei Schritte zurück. Damit hatte Charlotte Bredenbeck nicht gerechnet, denn Männer pflegten sonst ganz anders auf ihre Avancen zu reagieren. Missbilligend funkelte sie Carla an.

»Lasst mich gefälligst in Ruhe!«, fauchte diese. Charlottes Blick wurde misstrauisch.

»Gefallen Euch Frauen nicht, Meister Weber?«, fragte sie und warf herausfordernd den Kopf in den Nacken.

»Ihr seid so gut wie mit Heymanns verlobt«, wich Carla aus, die noch immer Charlottes Lippen auf den ihren fühlte. »Was erwartet Ihr denn?« Instinktiv wischte sie sich mit der linken Hand über den Mund. Das war zu viel für Charlotte Bredenbeck.

»Ihr seid ein überheblicher, eingebildeter Geck!«, fauchte sie Carla an. »Erst lockt Ihr ein Mädchen, um es dann zu demütigen!«

»Ich habe Euch gelockt?«

»Euch macht es wohl Spaß, mit einem unschuldigen Wesen zu spielen? Ihr seid ein ganz mieser Kerl und meiner bei Weitem nicht würdig«, ging die Tirade weiter. »Ich werde Meister Heymanns sagen, dass er Euch nicht weiter trauen darf. Ein so unziemliches Verhalten kann er nicht dulden!«

Carla schnaubte vor Wut auf. »Hier gibt es nur eine, die sich nicht benehmen kann! Ich jedenfalls würde Meister Heymanns an Eurer Stelle nicht zwischen seiner Kunst und einer flatterhaften Verlobten wählen lassen. Das könnte eine üble Enttäuschung werden, Fräulein Bredenbeck.«

»Arroganter Kerl!«

»Konkubine!«

Charlotte schnappte entsetzt nach Luft und griff sich an den Hals. »Das werde ich Peter erzählen.«

»Ich bitte darum«, sagte Carla und verschränkte die Arme wieder fest vor der Brust. »Wenn er es noch nicht weiß, sollte er es möglichst noch vor der Verlobung erfahren.«

Charlotte stampfte mit dem Fuß auf und machte auf dem Absatz kehrt. An der Tür wandte sie sich noch einmal theatralisch um. »Das wird Euch noch leidtun!«, rief sie.

»Wohl kaum«, sagte Carla und winkte ab. Aber tief in ihrem Inneren beschlich sie ein unsicheres Gefühl, das nur ein aufgebrachter Feind in einem auslösen kann. Wer wusste schon, welchen Ärger ihr dieses mannstolle Weib noch bereiten konnte? Und Ärger hatte sie wirklich genug.

Seufzend ging sie die Treppe hinunter und wandte sie sich ihrem Karton zu. Wenigstens konnte sie jetzt über die Komposition nachdenken. Sie würde den Pommern schon Beine machen!

Instinktiv griff sie nach der Palette und nahm einen kurzstieligen Pinsel in die Rechte. Unbeholfen tupfte sie auf dem Karton herum, bis ihr klar wurde, dass der Schaden größer sein würde als der Nutzen. Entmutigt ließ sie den Pinsel sinken, als ein erneutes Klopfen sie aufhorchen ließ. Wenn das wieder Charlotte sein sollte, ging sie wirklich zu weit. Sie ging zur Tür und riss sie auf.

»Mir tut überhaupt nichts leid!«

Peter Heymanns fuhr erschrocken zurück. »Aber ich … ich habe doch noch nicht einmal angefangen, Euch Vorwürfe zu machen!«, stammelte er verwirrt. »Ich wollte nur nach Euch sehen und mit Euch zusammen überlegen, was jetzt zu tun ist. Wie geht es Euch? Was macht die Hand?«

Ein Hoffnungsschimmer blitzte in seinem Blick auf, als er den Pinsel in Carlas verbundener Hand sah. Verlegen ob seiner falschen Vermutung ließ sie die verletzte Hand sinken.

»Es geht nicht.«

Peter Heymanns Gesichts zeigte seine ganze Enttäuschung. »Lasst mich sehen, wie weit Ihr gekommen seid.« Mit ausgreifenden Schritten trat er an Carla vorbei an den Karton.

Der fertiggestellte Teil stand etwas abseits. Vor dem Gerüst sahen Heymanns die Gesichter der pommerschen Herzöge entgegen; auch ein großer Teil der Kleidung war fertig. Es fehlten noch Wappen und Bordüren sowie die Inschriften. Und die Beine.

»Ihr könntet schon einmal mit dem ersten Teil beginnen«, schlug Carla vor.

Heymanns schüttelte den Kopf. »Die Herzöge Philipp und Barnim werden den gesamten Karton gemeinsam begutachten. Und nur wenn sie zufrieden sind, dürfen wir mit dem Wirken beginnen. Meister Weber, der Karton muss fertig werden!«

Carla biss sich auf die Lippe. »Meine Hand wird besser, Fasshauer hat es gesagt. Es wird nur ein paar Tage Verzögerung geben.«

»Der Herzog verabscheut es, wenn man zugesagte Absprachen nicht einhält. Ich riskiere, den Auftrag zu verlieren. Philipp kann sich auch für einen Wirker in Wolgast oder Greifswald entscheiden, wenn er zu dem Schluss kommt, dass wir die Sache hier nicht im Griff haben.«

»Nicht ohne Karton.«

Heymanns lächelte matt. »Da habt Ihr recht. Auch ein anderer Wirker braucht einen Karton. Aber eine Verzögerung der Fertigstellung wird er meiner mangelhaften Planung anrechnen. Eine solche Erfahrung will er beim Teppich nicht machen. Immerhin wartet sein berühmter Schwager auf das Geschenk. Ich befürchte, er wird mir den Auftrag entziehen.«

Carla kannte Philipp zwar nicht, aber der Vater Ernst Ludwigs hatte einem Künstler wie Lucas Cranach dem Jüngeren Vorschriften gemacht; er würde sich also gegenüber einem Wirker weit mehr herausnehmen, sei es auch der beste Wirker in der Gegend. Womöglich konnte dann auch Maria nicht mehr ihre schützende Hand über Peter Heymanns halten.

Der Wirkmeister trat einen Schritt vor und besah sich den Karton aus der Nähe. Auf einmal stutzte er. »Was ist das?«

»Linien.«

»Das sehe ich auch. Sind das Umrisse?«

»Nein, es sind die Flächen. Ich habe sie bereits angelegt.«

Heymanns sah sie überrascht an. »Und das über den ganzen Karton hinweg? Das heißt, es geht für uns nur noch darum, die Flächen auszufüllen?«

»Nein, es geht auch darum, die Nuancen festzulegen.«

»Farben mischen könnt Ihr auch mit der Linken, oder?«

Carla sah ihn erstaunt an. Dann begriff sie. »Ihr meint, jemand wird mir zuarbeiten?«

»Nicht jemand – ich.«

»Meister Heymanns, die Flächen sind vielleicht noch

nicht endgültig. Es kann sein, dass ich sie beim Einfärben noch verändern will.«

»Ihr steht ja neben mir.« Schon zog Peter Heymanns seinen Rock aus und krempelte sich die Ärmel seines Hemdes hoch. »Wo fangen wir an?«

»Ihr wollt wirklich selbst Hand anlegen?«

»Ich denke, wir haben kaum eine andere Wahl, oder?«

Carla sah Heymanns einen Moment zweifelnd an, dann lächelte sie überzeugt. Schließlich war Heymanns verantwortlich für den Teppich, und er würde seine Fähigkeiten schon richtig einschätzen.

Schon als er den Pinsel in die Hand nahm, erkannte Carla, dass er das nicht zum ersten Mal tat. Carla wies ihm die Fläche, an der sie gerade arbeitete, und Heymanns füllte sie vorsichtig mit Farbe. Konzentriert führte er den Pinsel in sachten Strichen über den Karton.

»Das macht Ihr nicht schlecht, Meister Heymanns.« Carla kam nicht umhin, ihm Respekt zu zollen.

»Seid bedankt, Meister Weber.« Heymanns freute sich sichtlich über das Lob. »Ich hatte in meiner Jugend das Glück, ein ums andere Mal an einem Karton auszuhelfen.«

»Ihr seid also ein heimlicher Kartonnier.«

Heymanns seufzte. »Leider nein. Ich sagte ja, ich durfte nur aushelfen. Anlegen könnte ich die Flächen und Nuancen nicht. Aber ich kann Euren Vorgaben folgen und sauber arbeiten.« Bei dem Gerede kam er in diesem Moment prompt mit dem Pinsel über den Rand der Fläche hinaus.

»Gebt Acht«, sagte Carla und stellte sich dicht neben ihn. Ihre verletzte Hand führte ganz leicht den Pinsel mit Heymanns. »Seht Ihr, mit einer feinen Drehung des Pinsels ergibt sich der Schwung der Fläche hier am Rand von ganz alleine. Es ist ganz einfach.«

»Oh je!«, Heymanns seufzte, als sich sein Pinsel wieder selbstständig machte, »vielleicht für jemanden, der darin mehr Übung hat als ich.«

Carla lachte. Sie stand ihm dicht zur Seite und beobachtete seine Bewegungen genau. Als es ihm gelang, die Fläche sauber auszukleiden, drehte er sich zu ihr um.

»Seht Ihr!«, sagte er stolz.

Carla sah zu ihm auf, als er plötzlich so nah vor ihr stand, dass sie seinen Geruch wahrnehmen konnte. Ihre Blicke hielten einander fest, und sie fühlte, wie ihr Puls sich beschleunigte. Peters Wärme lag auf ihrer Haut, und ihr Gesicht hob sich ihm entgegen. Auch Heymanns schien gebannt. Carlas Lippen spürten den Hauch seines Atems.

»Peter! Peter Heymanns!«, ertönte es da von der Türe her und Schritte kamen näher.

Carla und Peter fuhren auseinander und traten jeweils einen Schritt zurück. Fassungslos sah Peter Heymanns auf seinen Kartonnier. Hätte er eben beinahe einen Mann geküsst?

Die Tür wurde aufgerissen, und eine wutentbrannte Charlotte Bredenbeck kam hereingerauscht.

»Es ist ungeheuerlich!«, tobte sie.

Peter Heymanns fühlte sich ertappt und errötete; Carla sah verlegen auf ihre Schuhspitzen. In beiden klang noch immer der Zauber des sie so verwirrenden Augenblickes nach.

»Ungeheuerlich!«, wiederholte Charlotte, als so gar keine Reaktion von Peter Heymanns kam. »Meister Weber nimmt sich Frechheiten mir gegenüber heraus, die einfach nicht zu dulden sind.«

Verständnislos sah der Wirkmeister sie an. Er nahm wohl wahr, dass ihre Lippen sich bewegten, aber es wollte ihm einfach nicht gelingen, sich auf Charlottes Worte zu konzentrieren. Nur Karl Weber war in seinen Gedanken. Was in Gottes Namen war nur in ihn gefahren?

»Peter, er hat mich eine Konkubine genannt!«

»Wie bitte?« Heymanns versuchte seine Starre abzuschütteln und wandte sich Carla zu.

»Sie hat sich wie eine benommen«, sagte diese mit verschränkten Armen.

»Es ist so demütigend!« Charlotte brach in Tränen aus.

»Demütigend war nur, dass ich Euren Kuss nicht erwidert habe.« Carla sah Charlotte kühl an. Jetzt gab es nur noch eine Lösung, sagte sie sich. Peter Heymanns musste reiner Wein über seine potenzielle Verlobte eingeschenkt werden. »Eine Frau, die sich einem Mann, den sie kaum mehr als zweimal im Leben gesehen hat, an den Hals wirft, ist eine Konkubine.«

Himmel, dachte Carla im gleichen Augenblick, wie kann ich nur zu solchen Argumenten greifen? Jeder Mann darf sich ein Liebchen nehmen, wie es ihm passt. Aber wir Frauen kommen gleich in Verruf!

»Wer hat sich wem an den Hals geworfen?«, wollte Heymanns noch einmal wissen.

Carla schwieg und wartete auf Charlottes Antwort. Als der klar wurde, dass sie womöglich Schwierigkeiten haben würde, ihren Kopf aus der Schlinge zu ziehen, wurde sie böse. »Warum sollte ich Meister Weber küssen? Ich glaube kaum, dass er sich für Frauen interessiert.«

Nur weil sie Carla so wütend anfunkelte, konnte sie nicht sehen, wie Peter Heymanns puterrot wurde. Carla wusste, was der Wirkmeister jetzt denken musste. Und das konnte gefährlich werden.

»Nur weil ich Euren Kuss nicht mochte, heißt das noch

lange nicht, dass mir keine Frau gefällt«, konterte sie. »Erst erzählt Ihr mir, dass Ihr Meister Heymanns heiraten werdet, dann fallt Ihr mir um den Hals. So etwas tut man nicht!« Das zumindest konnte Carla guten Gewissens für Frauen und Männer festlegen.

»*Heiraten*?« Jetzt hatte Peter Heymanns wirklich genug. »Was soll die ganze Verwirrung? Ich will nichts mehr davon wissen. Charlotte, ich bitte Euch, die Werkstatt zu verlassen. Und Ihr«, er wandte sich zu Carla um und sah ihr in die Augen. »Ihr werdet so fortfahren, wie wir das besprochen haben. Ich werde Euch jemanden schicken, der Euch zuarbeitet. Der Karton kann nicht warten.«

Kaum war dieses Urteil ausgesprochen, scheuchte er Charlotte hinaus und verließ selbst die Werkstatt, ohne sich noch einmal nach ihr umzudrehen.

Carla ließ seufzend die Arme sinken und setzte sich auf einen Schemel. Sie sah auf den Karton und führte sich noch einmal den Moment vor Augen, in dem sie Peter Heymanns fast geküsst hätte. Was war nur in sie gefahren? Wie konnte sie ihre Anstellung in Stettin so gefährden? Und ihren Ruf als Maler?

Zaghaft hob sie die Fingerspitzen der linken Hand an die Lippen. Aber es hatte sich so gut angefühlt …

Kapitel 29

Carla beschloss, einfach so zu tun, als hätte es jenen Tag nie gegeben. Sie bereitete vorsichtig die Flächen vor, machte sich Gedanken darüber, welche Nuancen wo eingesetzt werden sollten, und arbeitete bereits an den Hintergründen. Sie wartete darauf, dass Heymanns ihr jemanden schickte, der ihr bei der Feinarbeit half.

Nach zwei Tagen, in denen nichts passiert war und in denen Carla mehr schlecht als recht selbst an dem Karton herumgewerkelt hatte, stand Peter Heymanns wieder in ihrer Werkstatt. Verlegen trat er von einem Fuß auf den anderen.

»Der Kämmerer und die Herzöge haben sich für den letzten Mittwoch im Februar angekündigt, um den Karton zu begutachten.«

Das waren kaum zwei Wochen bis dahin. Und noch immer waren die pommerschen Herzöge zwar nicht kopflos, so doch ohne Unterleib. Carla biss sich auf die Lippe.

»Das schaffe ich nicht«, sagte sie dann. »Ich kann mit meiner Hand die feinen Arbeiten an Kleidung, Bordüren, Schrift und Beinen nicht selbst ausführen. Wer soll mir helfen?«

Peter Heymanns holte tief Luft. »Ich.«

Carla zog belustigt die Brauen hoch. »Habt Ihr keine Angst mehr, dass ich über Euch herfalle?«

»Meister Weber!« Heymanns war das Thema sichtlich unangenehm. »Ich muss Euch jetzt diese Frage stellen: Bevorzugt Ihr Männer?«

Seine Direktheit überraschte Carla. Was sollte sie ihm nun antworten? Natürlich bevorzugte sie Männer! Eine Lüge war unmöglich.

»Ich werde Euch nicht zu nahe treten«, sagte sie ausweichend. »Wir werden diesen Karton gemeinsam fertigstellen und das Lob der Herzöge ernten.«

»Das … das wäre wunderbar.« Heymanns nestelte verlegen an seinem Barett, das er in den Händen hielt.

»Erlaubt auch mir nun eine Frage«, setzte Carla an, und der Wirkmeister nickte. »Werdet Ihr Charlotte Bredenbeck heiraten?«

Jetzt wurde Heymanns erst recht verlegen. Unschlüssig trat er von einem Fuß auf den anderen und schwieg.

»Ich weiß, dass ich mich nicht in diese Angelegenheit zu mischen habe«, gab Carla zu. »Und mir kann es ja auch ganz einerlei sein, mit wem Ihr Euch verehelicht.« Verdammt, das ist es mir aber nicht, dachte sie. »Aber über die Verbindung mit einer Frau, die sich so verhält wie Fräulein Bredenbeck, solltet Ihr sorgfältig nachdenken.« Carla hoffte, dass sie ihre Worte besonnen genug gewählt hatte.

»Ich bin Euch zu keinerlei Auskunft verpflichtet, Meister Weber«, sagte Heymanns knapp, und Carla befürchtete schon, zu weit gegangen zu sein. »Aber ich werte Eure Worte als den Rat eines Freundes.«

Erleichtert atmete sie auf. »Das ist alles, was ich wünschen konnte.« Sie deutete eine Verbeugung an. »Und nun lasst mich Euch zeigen, woran ich in den letzten Tagen gearbeitet habe.«

Gemeinsam stellten sie sich vor den Karton, und Carla erklärte Heymanns ihre Gedanken. Dabei achtete sie sorgsam darauf, dass sie sich nicht ein einziges Mal berührten.

»Die Pommern kommen aber recht spindelbeinig daher«, stellte der Wirkmeister fest und besah kritisch die skizzierten Formen.

»Nach Aussage des Herrn Kämmerers sind die Pommern hager. Da kann ich ihnen nicht die Waden eines Johann Friedrichs verpassen.«

»Aber so schlaff müssen sie doch nicht daherkommen! Könnt Ihr ihnen nicht ein wenig mehr Kontur geben?«

»Muskeln? Ja, natürlich.« Carla biss die Zähne aufeinander. Das war ja wieder typisch! Erst wollen die Männer alles herzeigen, und dann sind sie mit dem Auftritt nicht zufrieden. Es würde der Tag kommen, an dem die Mode die Beine der Männer ganz verhüllen würde. Wie das bezüglich der Damenwelt sein würde, wollte sie sich lieber nicht vorstellen …

»Ich stelle sie also mit den Beinen eines Boten dar. Stramm und durchtrainiert mit langen, schlanken Muskeln.«

»So in etwa«, stimmte Heymanns zu, der die Ironie in Carlas Worten nicht gehört hatte. »Hauptsache, die Herren fühlen sich geschmeichelt. Glaubt mir, ich weiß, wie wichtig das ist.«

Da hatte Peter Heymanns ihr tatsächlich etwas voraus. Carla hatte weder Herzog Philipp noch Herzog Barnim bisher persönlich kennengelernt. Dabei waren sie es, die letztendlich ihren Lohn bezahlten.

Immerhin standen die vier Knaben und das Mädchen direkt vor den Erwachsenen, dachte Carla. Das verdeckt einerseits die Hauptansicht auf deren Beine, andererseits waren die Waden der Kinder ja wirklich stramm. Carla machte sich vorsichtig daran, die Beinflächen des Herzogs zu verändern.

»Und dann lasst uns aber die eigentliche Arbeit tun«, sagte sie schließlich. »Hier, an der Gewandung, gibt es noch reichlich Arbeit. Ich habe die Farben bereits vorbereitet und rühre sie jetzt für Euch an. Erinnert Ihr Euch noch an die Pinselbewegung, die ich Euch gezeigt habe?«

Heymanns wurde rot und wandte sich schnell ab. »Aber natürlich.«

»Gut«, sagte Carla, und es gelang ihr, sachlich zu bleiben. »Dann lasst einmal sehen.«

Sie reichte Heymanns eine kleine Palette, auf der nur eine Nuance angerührt war, und wies auf die Fläche, die er damit bearbeiten sollte.

Der Wirkmeister führte beherzt den Pinsel in die Farbe und anschließend auf den Karton.

»Gar nicht schlecht«, stellte Carla fest und nickte zufrieden; Heymanns schien sich die Lektion tatsächlich trotz der Vorkommnisse gemerkt zu haben. »Hier müssen wir jedoch noch etwas feiner arbeiten, seht Ihr? Leider ist die Gewandung der pommerschen Herzöge und ihrer Kinder über und über mit Pelz verbrämt. Keine leichte Aufgabe für den Wirker.«

Heymanns fluchte, als ihm die Arbeit nicht gelingen wollte. »Wie habt Ihr es denn bei den Sachsen gemacht, Meister Weber? Sagt mir nicht, dass ein großer Jäger wie Johann Friedrich ohne Pelz dasteht.«

Carla lächelte. »Wenn Ihr Euch die Pelzverbrämung schon zu schaffen macht, seid froh, dass ich die Bärte der Herren bereits gefertigt habe. Das wäre sonst vielleicht kein schöner Anblick geworden.«

Heymanns rümpfte beleidigt die Nase, während Carla die Verhüllung vom ersten Teil des Kartons nahm. Interessiert studierte der Wirkmeister die Details und machte sich erneut ans Werk. So arbeiteten sie weiter, bis es dunkel wurde.

»Ich kann nicht mehr.«

Peter Heymanns warf den Pinsel auf die Palette und ließ sich auf einen Stuhl sinken. Missmutig betrachtete er den geringen Fortschritt, den er auch nur mit Carlas Hilfe geschafft hatte. »Wie könnt Ihr diese Arbeit nur so lange tun, ohne gänzlich von Muskelschmerz geplagt zu werden?«

»Ich bin daran gewöhnt. Und ich verkrampfe mich nicht über Stunden aus Angst, dass ich einen falschen Pinselstrich tue.«

»Habe ich das?«

Carla nickte. »Eure Schultern werden morgen höllisch wehtun.«

Unwillkürlich trat Carla hinter ihn und umgriff mit ihrer gesunden Hand fest den angespannten Nacken. Im gleichen Augenblick erinnerte sie sich daran, dass sie Abstand wahren wollte, und ließ Peter Heymanns los, als habe sie sich verbrannt. Der seufzte enttäuscht auf.

»Oh, wenn es Euch nichts ausmacht«, bat er. »Ich könnte eine kleine Lockerung gut gebrauchen.«

Carla hob die Brauen. »Nun, wenn es Euch wirklich nichts ausmacht …«

Sie sahen einander an und brachen beide in herzliches Gelächter aus.

»Was für ein Unsinn, Meister Weber! Ich weiß nicht, welchen Streich uns unsere Launen da gespielt haben, aber Ihr seid ein feiner Kerl. Und ich bin stolz darauf, mit Euch zu arbeiten.«

Tapfer lächelte Carla Heymanns an. »Dann nehmt die Lederweste ab, Meister, und ich zeige Euch einige Griffe, die bei uns in Wittenberg wahre Wunder gewirkt haben. Ich kann Euch zwar nur die eine Hand anbieten, aber die weiß, was sie tut.«

Dass Carla ihre anatomischen Kenntnisse nicht in der

Cranach'schen Werkstatt erworben hatte, sondern in der Leucorea bei der Sektion toter Menschen, musste der brave Flame ja nicht erfahren. Genussvoll stöhnte er auf, als sich Carlas Finger mit dem richtigen Druck zwischen seine verspannten Muskeln schoben. Zwischendurch zog er vor Schmerz scharf den Atem ein, nur um ihn erleichtert wieder fließen zu lassen, sobald sich der Effekt der Anwendung einstellte.

»Dass in Euren kleinen Händen solche Kraft steckt«, murmelte der Wirkmeister anerkennend.

»Seid froh, dass Ihr sie nicht beide zu spüren bekommt!« Carla lachte über die Unsicherheit hinweg, die sie immer befiel, wenn ihre weibliche Seite angesprochen wurde. »Ich bin eben von zierlichem Wuchs. Stellt Euch vor, ich hätte die Hände von Jacob Husen!«

Heymanns lachte laut auf. »Nein, Jacobs Hände würde ich niemals an meinen armen Nacken lassen.«

»Man würde nicht darauf kommen, dass er ein Bildwirker ist«, meinte Carla.

»Und ein begabter noch dazu.« Peter Heymanns hob die Arme und streckte sich noch einmal genüsslich. »Ihr solltet seine Werke einmal begutachten.«

Erst jetzt wurde Carla bewusst, dass sie noch kaum einen Fuß in die Arbeitsräume der Wirkerei gesetzt hatte. Wohl hatte sie dort gespeist, aber sie hatte noch keinen detaillierten Blick auf die Werke geworfen, die dort gerade auf den Webstühlen hingen.

»Aber jetzt wird getauscht«, unterbrach Heymanns ihre Gedanken. Schon stand er auf und drückte Carla auf den Stuhl, auf dem er eben noch gesessen hatte. Schon hatte er ihre Jacke abgestreift, und sie spürte seine Hände warm und breit auf ihren Schultern und dem schmalen Nacken.

»Ihr seid wirklich nicht gerade das, was man eine gute deutsche Eiche nennt, Meister Weber.« Heymanns griff fest zu. »Sogar manches Mädchen ist handfester als Ihr! Ich könnte Euch mit einer Hand anheben.«

Carla unterdrückte ihren Impuls, aufzuspringen und seinen Händen auszuweichen. Aber dadurch hätte sie sich nur noch verdächtiger gemacht. Zudem sandte Peters Berührung warme Schauer über ihre Haut, denen sie eigentlich nicht entkommen wollte.

»Das würde Euch so passen, Meister Heymanns«, bemerkte sie, so ruhig sie konnte, »aber wir wollen uns den Versuch ersparen. Wie sollen wir es Doktor Fasshauer erklären, wenn ich mir nun noch den Hals breche?«

Heymanns lachte schallend auf. »Der Mann würde schöne Augen machen! Aber Ihr habt recht. Schließlich brauche ich Euch, sobald Eure rechte Hand wieder so fest zugreifen kann wie die linke.« Seine Hände umfassten Carlas Schultern noch einmal so fest, dass es knackte. Erschrocken ließ Heymanns sie los.

»Mein Gott, habe ich Euch wehgetan?«

Carla nutzte die Gelegenheit, um schnell aufzustehen und sich ihre Jacke wieder überzustreifen. »Aber nein. Doch jetzt ist genug mit der Schmeichelei über meine zierlichen Knochen. Immerhin habe ich heute ja kaum Arbeit getan.«

Heymanns sah sie zerknirscht an. »Ich habe Euch gekränkt.«

»Nun, welcher Mann hört schon gerne, dass er sich anfühlt wie ein Mädchen?«, trieb Carla das Spiel noch ein wenig weiter.

»Verzeiht.«

Carla winkte ab. »Es ist ja nicht das erste Mal. Was meint

Ihr, was ich in Wittenberg alles zu hören bekommen habe!«

Heymanns zog sich seine Lederweste über, die sich weich an die breiten Schultern schmiegte. Noch einmal reckte er sich. »Was haltet Ihr von einem guten Abendessen, Weber?«

»Nicht im *Frischen Fisch*!«

»Also gut. Was schlagt Ihr vor?«

Carla zuckte mit den Schultern. »Ihr seid es, der sich auskennt.«

»Ich kenne nur den *Frischen Fisch*.«

»Dann gehen wir einfach los und sehen, was wir bekommen können.«

Heymanns stimmte zu. Gemeinsam gingen sie durch die Straßen und fanden eine kleine Schänke, in der Heymanns vorzügliches Wildschwein aß und Carla eine ganze Pfanne Ei mit getrockneten Pilzen. Satt und zufrieden bummelten sie nach Hause.

Als Peter Heymanns nur wenig später im Bett lag, wunderte er sich kurz vor dem Einschlafen noch einmal über seinen Kartonnier.

Es war nicht nur sein zierlicher Körperbau, auch seine Haut war weich und bar jeden Bartwuchses. Und welcher Mann verzichtete schon auf ein fettes Wildschwein und aß dafür Omelette mit Pilzen?

Nein, Peter, irgendetwas stimmt da ganz und gar nicht mit deinem Malermeister, sagte er sich. Den kleinen Weber werden wir uns mal etwas zur Brust nehmen …

Doch der Karton ging im Augenblick vor. Auch zwei Wochen später hatte es Peter Heymanns noch immer nicht zur Konfrontation mit seinem empfindlichen Kartonnier kommen lassen. Gemeinsam hatten sie unermüdlich gearbeitet, wobei Carla langsam selbst wieder Hand anlegen konnte. Immerhin standen die Herzöge ins Haus, und erst am Vortag beendeten die beiden Künstler mit umschatteten Augen und schweren Armen ihr Werk.

»Darauf einen guten Weinbrand«, sagte der Wirkmeister und zauberte eine Flasche hervor. »Aus meiner Heimat«, fügte er geheimnisvoll hinzu.

Carla schnupperte an dem Glas. Was sie noch vor wenigen Jahren naserümpfend beiseitegestellt hatte, wirkte jetzt viel einladender auf sie. Meine Tarnung hinterlässt Spuren, dachte Carla und rieb sich über das Nasenbein, auf dem sie noch immer die kleine Erhebung fühlte, die sie wohl ihr Leben lang behalten würde. Als Frau habe ich bei Weitem nicht so viel Alkohol getrunken.

Sie stießen an und ließen sich vor dem Karton nieder.

»Ich sehe ihn schon fertig vor mir«, sagte Heymanns, »schimmernd und plastisch in all der Herrlichkeit, die ich ihm verleihen werde. Wenn die Herzöge morgen hier stehen, werden sie nur den Karton sehen; ich aber sehe das Werk, als hätte ich es bereits vollbracht.«

»So ging es mir mit dem Karton«, sagte Carla und nippte am Glas.

»Und?«, fragte Heymanns. »Seid Ihr so stolz, wie Ihr es beabsichtigt habt?«

»Ja.«

»Das kam von Herzen«, befand Heymanns.

Carla nickte. Wie sollte sie ihm auch sagen, dass es ihr erstes eigenes großes Werk war? Abgesehen von den Porträts der Prinzen? Aber Bildnisse hatte sie zuvor schon bei Cranach gemacht. Sie wusste, dass sie gut darin war. Dieser Karton war eine ganz besondere Herausforderung gewesen.

Sie hatte sich bewiesen, dass sie auch auf unbekanntem Gebiet künstlerisch ihren Mann stehen konnte.

Zufrieden lehnte sie sich zurück. »Mein Vater wäre stolz auf mich gewesen.«

»Mit Sicherheit«, stimmte Heymanns zu. Doch dann hielt er inne. »Euer Vater?«

Carla zuckte zusammen. Oh welch verfluchter Augenblick der Unachtsamkeit! »Mein Onkel, natürlich, den meine ich. Thilmann Weber.«

Heymanns sah sie skeptisch von der Seite an; diese Wangenlinie war wirklich sehr zart. Carla wandte den Kopf und sah direkt in Heymanns tiefblaue Augen, in denen sich eine Mischung aus Mattigkeit, Leichtigkeit des Weinbrandes und einem neu entfachten Interesse spiegelte.

»Er und sein Bruder haben sich sehr nahegestanden«, ergänzte sie eilig.

»Seltsam,« Heymanns betrachtete sie noch immer eingehend, »mir gegenüber hat er nie etwas von einem Bruder erzählt. Mir hat er nur von seiner Frau erzählt, die eine …« er schien zu überlegen, »ach ja, die eine sehr gute Bildweberin gewesen sein soll.«

Carla schluckte. Ihr wurde heiß, und es kam nicht vom Weinbrand.

Carla lachte nervös auf. »Es sind oft seltsame Zufälle am Werk, Meister Heymanns. Stellt Euch vor, sonst wären wir uns hier nie begegnet.«

Sie stand auf. So angenehm der Moment der Freude über das vollendete Werk gewesen war, so eilig hatte sie es nun, aus der Werkstatt zu kommen. Wenn Heymanns entdecken würde, dass sie eine Frau war, wäre ihre Arbeit an dem *Teppich der Reformation*, wie sie das Werk für sich nannte, vorbei. Vielmehr würde der Name des Kartonniers für immer aus den Annalen verschwinden, denn Frauen fanden dort vor allem als Gemahlinnen und Mütter ihren Platz.

»Es ist Zeit für mich zu gehen«, verabschiedete sie sich hastig. »Ich sehe Euch morgen, wenn die Herzöge eintreffen. Ich halte mich bereit. Gute Nacht, Meister Heymanns.«

»Gute Nacht, Meister Weber.«

Nachdenklich sah er Carla nach, bis diese den Raum verlassen hatte, ohne sich auch nur ein weiteres Mal umzudrehen. Das also war es gewesen, was ihn die ganze Zeit über beschäftigt hatte, ohne dass er es hätte beim Namen nennen können. Sein Karton stammte nicht aus der Hand von Karl Weber. Er war das ausgezeichnete Werk der einzigen Schülerin, die Lucas Cranach der Jüngere je gehabt hatte.

Ein Lächeln glitt über Heymanns Gesicht. Was für eine beachtliche Frau sie doch war, die kleine Kratzbürste. Da hatte sie ihn wochenlang hinters Licht geführt und sich als ihr eigener Cousin ausgegeben, der wahrscheinlich gar nicht existierte. Und wenn sie sich nicht in ihren Geschichten verstrickt hätte, hätte es wahrscheinlich noch weitere Wochen gedauert, bis er darauf gekommen wäre.

Was bin ich doch für ein Tölpel, dachte Peter Heymanns amüsiert. Dann erinnerte er sich an den Tag, an dem sie sich so nahegekommen waren. Nein, bei ihm war nichts aus dem Lot geraten, wie er sich seither immer wieder gefragt hatte. Im Gegenteil. Alles war in feinster Ordnung. Denn er wollte Carla Weber küssen, seit er sie zum ersten Mal in Wittenberg gesehen hatte. Und er würde nicht mehr lange damit warten.

Kapitel 30

Der imposante Webstuhl lag in Einzelteilen vor der Werkstatt, in der der vollendete Karton auf die Besichtigung durch die Herzöge wartete. In einzelnen Büscheln, die später nicht mehr als eine Handbreit Teppich ergeben würden, wurde Elle um Elle der Kettfäden zurechtgeschnitten. Carla hatte diese ermüdende Fleißarbeit in der Werkstatt von Meister von der Hohemühl selbst oft genug getan, um sie fortan sorgfältig zu meiden. Ihre Mutter hatte sie bereits als Fünfjährige dazu ermuntert, ihr die Webstühle einzurichten, was sie mit kindlicher Begeisterung für das erworbene Erwachsenenwissen nur zu gern getan hatte. Aber jetzt genoss Carla den Moment, in dem sie sich an den fertigen Webstuhl setzen konnte.

Die Herzöge waren pünktlich erschienen, und zu Carlas großer Freude war auch der kleine Ernst Ludwig dabei.

»Ich habe so lange gebettelt, bis Papa es mir erlaubt hat«, sagte der Junge, der schon wieder ein ganzes Stück gewachsen war. »Aber seht, was ich auf der Fahrt hierher gemacht habe!« Ernst Ludwig händigte Carla einige Blätter aus. »Ich habe die Szenen aus dem Fenster der Kutsche gesehen, sie mir gemerkt und später gezeichnet«, erklärte er stolz.

Carla betrachtete eingehend die Skizzen, die ländliche Szenen mit Bauern auf den Feldern zeigten. Der Strich war etwas unsicher, aber in jedem Fall hatte der Prinz ein sehr feines Auge für Details, das musste sie ihm lassen. Sie würde ihm jedoch noch einiges zum Thema der Zentralperspektive zu sagen haben und fürchtete, dass ihm dieser Aspekt ebenso zu schaffen machen würde wie einst ihr. Aber im Augenblick musste sie sich mit einem ganz anderen Thema auseinandersetzen.

Die beiden Fürsten, Philipp und sein Onkel Barnim, hatten vor dem Karton, der die Grundlage für einen der größten Kunstaufträge ihres Landes sein sollte, wenn man vom ständigen Aus- und Umbau ihrer Residenzen einmal absah, Position bezogen. Hochgewachsen, hager und mit langen, gepflegten Bärten war ihre Erscheinung das Gegenteil von Johann Friedrich, dessen rundes Konterfei ihnen mit fein gestutztem Bart erhaben von der anderen Seite des Kartons entgegensah.

Carla beobachtete gespannt die Gesichter, während die Herzöge das Werk in Augenschein nahmen. Sie erkannte die große Ehre darin, dass beide Herzöge sich persönlich herbemüht hatten. Bei dem kunstsinnigen Philipp wunderte sie das nicht weiter. Er war einfach persönlich sehr an der Entstehungsgeschichte des Teppichs interessiert. Sein Onkel Barnim hingegen wollte wohl in erster Linie sichergehen, dass keine politischen Unkorrektheiten passierten. Nicht auszudenken, wenn auch nur eine der dargestellten Personen, die noch am Leben war, sich durch eine Kleinigkeit beleidigt fühlte. Aber Carla hatte Philipps grundlegende Komposition treu übernommen und ihr nur einige Feinheiten hinzugefügt.

»Seht«, wies sie die Herzöge nun auf die Darstellung Johann Friedrichs hin, für den der Teppich bestimmt war. »Der Fürst ist ganz in der Nähe einer Säule platziert; er ist sozusagen die Stütze, auf die sich der Protestantismus verlassen kann. Zudem ist er mit seinen Söhnen der Einzige, der barhäuptig erscheint. Er trägt sein Barett in der

Hand und zeigt damit Demut vor der Aufgabe, die er bewältigt hat.«

»Gut, gut«, murmelte Barnim beifällig. »Wird sein Wams auch reich mit Gold und Silber gearbeitet sein?«

»Durchlaucht wissen, dass der Vertrag mir die Menge des zu Verfügung stehenden Metalls sehr genau vorschreibt«, warf Peter Heymanns ein. »Meister Weber hat es gut verstanden, die Menge so zu verteilen, dass sie die richtigen Akzente setzt.«

Barnim nickte und ließ den Blick wieder hinüber zu den Pommern wandern. »Ein feines Seidengewand trägt mein Neffe hier.«

Carla senkte einen Moment lang demütig das Haupt. Im fertigen Werk würde die Kleidung von Philipp durch das verwendete Material noch bedeutsamer hervortreten. Dann räusperte sie sich. »Wie Ihr seht, musste ich das Greifengeschlecht ein wenig enger aneinanderrücken. Was sicherlich dem freundschaftlichen Verhältnis, das zwischen den Familien herrscht, sehr zuträglich ist. So kam es aber, dass Seine Durchlaucht Herzog Philipp nach Eurem Bruder Herzog Georg und Euch selbst plötzlich an dritter Stelle steht. Das ist nicht unpassend, da der Auftraggeber, wenn er selbst im Werk erscheint, lieber eine unscheinbare Position einnimmt. Aber wir greifen hier auf eine kleine Besonderheit zurück, um Eure Bedeutung«, dabei sah sie Herzog Philipp an, »innerhalb des Greifengeschlechtes und als Auftraggeber des Werkes wieder zu betonen. Während alle anderen reich mit Pelz verbrämte Schauben tragen, kleiden wir Euch in ein schimmerndes Seidengewand. So tretet Ihr optisch aus diesem notwendigen Hintergrund wieder hervor.«

Wirkmeister Heymanns war gebannt ihren gut gewählten Worten gefolgt, nun sah er interessiert zu den Herzögen hin. Wie sie die kleine Freiheit, die Carla sich herausgenommen hatte, wohl aufnehmen würden? Philipps augenblickliches Lächeln sprach Bände, und auch sein Onkel schien angetan.

»Gefällt mir«, tat Barnim sein Urteil kund. »Wann können wir mit dem Teppich rechnen?«

Carla biss die Zähne zusammen. Der Karton war bereits ein großes Werk, aber so viel Verständnis konnte sie wohl nicht voraussetzen.

»Die Wirkarbeiten können umgehend beginnen«, kam ihr Heymanns mit einer angedeuteten Verbeugung zuvor. »Der Webstuhl wird morgen aufgebaut und direkt beschickt. Die Kettfäden sind bereits vorbereitet, die Materiallager sind gut und erlesen gefüllt. Sobald Euer Durchlaucht und Herzog Philipp den Karton annehmen, werden wir sogleich fortfahren.«

»Gut.« Für Barnim schien die Sache damit erledigt zu sein, denn er war im Begriff zu gehen. Carla vermutete, dass noch ein weiterer Termin auf ihn wartete, der weitaus mehr Interesse in ihm weckte. Eine Jagd? Eine Mätresse? Ihr Kiefer knackte gefährlich, und sie rief sich zur Vernunft.

Philipp hingegen examinierte den Karton weitaus intensiver, als sein Onkel es getan hatte. Er trat dicht heran, dann wieder einige Schritte zurück. Schließlich sah er an sich herunter.

»Es ehrt mich, dass Ihr mich für einen solch wohlgeformten Menschen haltet, Meister Weber«, sagte er. »Vor allem angesichts der Tatsache, dass wir uns nie zuvor begegnet sind.« Er ließ sich zu einem freundschaftlichen Blick herab, der Carla ahnen ließ, warum Maria mit diesem Mann glücklich war.

»Aber wir sollten der Wahrheit doch ein wenig mehr

entsprechen, nicht wahr, Onkel? Nachdem Ihr Euch also von unserem Anblick überzeugen konntet, werter Meister, gestaltet unsere Beine doch getreu Eurem Eindruck. Mögen wir auch hinter meinem lieben und hoch verehrten Schwager Johann Friedrich zurückstehen. Immerhin war er der Reiter, Jäger und nicht zuletzt auch Krieger unter uns.«

Carla sah kurz hinüber zu Barnim, dessen Miene weder Zustimmung noch Ablehnung der Worte seines Neffen verriet. Heymanns hingegen warf sie heimlich einen triumphierenden Blick zu. Hatte sie nicht gleich gesagt, dass die Beine der Herren nicht in einem derartigen Gegensatz zu ihrer übrigen Statur stehen durften? Johann Friedrich war ein Baum von einem Mann; aber die Pommern waren es eben nicht. Sie enthielt sich vorsichtshalber einer Antwort und verbeugte sich nur tief. Der Wunsch des Herzogs verlangte ihr Respekt ab. Offenbar waren sie beide der Wahrheit verbunden.

»Dann wünsche ich«, sagte Philipp, »dass umgehend mit den Wirkarbeiten begonnen wird.« Er schwenkte zum verantwortlichen Wirkmeister, der sich erneut tief verbeugte. »Meister Heymanns, wir haben Euch ausgewählt, da wir eine wirklich exquisite Tapezerey erwarten, die Unser würdig ist.«

»Ihr werdet Euer Vertrauen nicht umsonst geschenkt haben«, erwiderte Heymanns. »Dafür verbürge ich mich mit meinem Namen, der in vielen Ländern ein Begriff für Wertigkeit und Kunstsinn ist.«

Beachtlich, dachte Carla und bewunderte wieder einmal, wie frei von Selbstzweifel sich Männer gegenüberstanden. Wann hatte sie ein solches Eigenlob jemals von einer Frau gehört? Wann ein so absolutes Vertrauen in die eigenen Fähigkeiten selbst gespürt? Nicht einmal sie mit ihrer hinreichenden Übung im männlichen Gebaren beherrschte diese Kunst auch nur annähernd. Sonst hätte sie diese beiden Herzöge, die ihren Namen womöglich bereits in der nächsten Woche vergessen haben mochten, einmal über die Geheimnisse und Kniffe eingeweiht, die ein Kartonnier beherrschen musste, damit ein Bildwirker dereinst seinen Ruhm ernten konnte.

So aber verbeugte sich Carla in Richtung der davoneilenden herzoglichen Rücken und schwieg. Sie würde sich also erneut den vermaledeiten Beinen der Fürsten widmen müssen. Nie wieder würde sie eine Person in ihrer Gänze darstellen, die nicht leibhaftig vor ihr gestanden hatte!

Da spürte sie eine kleine Hand, die die ihre fest drückte: Ernst Ludwig. Sie beugte sich zu ihm hinunter.

»Er ist ganz exquisit, Euer Karton«, sagte der Bub. »Ich werde ihn ganz genau meiner Mutter beschreiben.«

Carla erwiderte den Druck der Hand und ergänzte ihn um ein Lächeln. Dann war auch das Kind aus der Werkstatt verschwunden.

Morgen würde hier der enorme Basselisse-Stuhl aus Brüssel aufgestellt werden, der genau den Maßen des Teppichs entsprach. Und dann würde man sehen.

Die Herzöge waren in die Residenz zurückgekehrt und hatten Peter Heymanns mehr oder weniger in Beschlag genommen. Zumindest hatten sie ihn mit Einladungen überhäuft, dass der gute Mann kaum noch in seine Stube kam. Was würden sie erst tun, wenn er den Teppich geliefert hatte? Den Kartonnier, auch wenn er ein Schüler Cranachs war, hatte man tatsächlich schlichtweg vergessen. Es war ohnehin der falsche Cranach, bei dem er gelernt hatte, und was bitte war noch gleich ein Karton? Ihre Anwesenheit war für den Hofstaat einfach nicht attraktiv, und die Herzöge hatten ihre Anerkennung bereits durch ihr persönliches Erscheinen gezeigt.

Carla blieb in ihrer Kammer, schlief viel, bedauerte sich ein wenig und schrieb lange Briefe an ihren Bruder, den sie während der letzten Wochen vernachlässigt hatte.

Nach einer guten Weile schickte Jacob Husen einen Lehrling zu ihr hoch, der meldete, dass der Webstuhl fertig sei. Carla sprang auf und lief eifrig hinunter in die Werkstatt. Da stand das Prachtstück, mit einem Kettbaum, der gut und gerne an die sieben Ellen maß. Er war mit einem reinen Laken verhängt, damit die sorgfältig aufgezogenen Kettfäden nicht beschmutzt oder beschädigt wurden. Jacob Husen führte ein straffes Regiment und wusste aus Erfahrung Unfällen und Missgeschicken vorzubeugen.

Carla ging um den Webstuhl herum und studierte die Mechanik eingehend. »Hier können gut und gerne vier Wirker zur gleichen Zeit arbeiten«, stellte sie fest.

Jacob Husen hob eine Braue. »Wir werden also eng beieinander arbeiten. Seid Ihr sicher, dass Ihr das wollt?«

Carla wandte sich zu ihm um. Sie hatte nicht vergessen, wie überrascht der Bildwirker darüber gewesen war.

»Ja«, antwortete sie zaghaft. Immerhin waren sie das letzte Mal ordentlich aneinandergeraten, und nun befanden sie sich alleine in der Werkstatt.

»Ihr seht mir nicht aus wie ein Wirker.«

»Ihr mir aber auch nicht. Mit diesen Händen könntet Ihr Holz spalten. Und zwar ohne Beil.«

»Mit diesem Engelsgesicht werdet Ihr uns hier nur Schereien machen.«

Sie maßen einander mit Blicken. Carla erinnerte sich an ihre Regeln und wahrte die Fassung.

»Meint Ihr, Doktor Fasshauer hätte seine Sache weniger gut machen sollen?« Sie brachte sogar ein Lächeln zustande, das Husen schmallippig erwiderte.

»Ich gönne Euch die gerichtete Nase«, sagte er. »Aber die Vorarbeit an diesem Werk gönne ich Euch nicht. Ich bin hier der führende Wirker. Ich arbeite an den Gesichtern, den Federn, den Pelzen.«

»Meinethalben. Dann übernehme ich die freien Flächen.«

»Schlaumeier.« Jacob Husen schmunzelte. Er wusste, dass die unerkannte Herausforderung der Wirkerei in der ebenmäßigen Gestaltung einer einfarbigen Fläche war. Was jeder einfache Weber schnell beherrschte, wurde in der Wirkerei schnell zu einem unordentlichen Gefüllsel. Daher waren die Motive in der Regel kleinteilig und stark gemustert angelegt, damit die verschiedenen Garne der Flächen sich fest miteinander verbanden. Aber wenn der kleine Maler das wusste, dann wusste er wirklich etwas über die Wirkerei, dachte Husen.

»Ich ahne, was in Euch steckt«, sagte er anerkennend.

Mehr hatte Carla gar nicht hören wollen. Trotzdem hakte sie nach. »Und Meister Heymanns?«

»Wir werden sehen, wie viel Zeit der Meister tatsächlich am Webstuhl verbringt.«

»Er ist Hoftapezierer. Während eines solchen Werkes darf er keine anderen Aufträge annehmen.«

»Ich rede nicht von Aufträgen. Folgt mir.«

Jacob Husen ging hinüber in den anderen Werkraum, in dem die Hochwebstühle standen. Auf einem von ihnen hing ein fast vollendeter Teppich.

Das Werk zeigte Charlotte Bredenbeck zart beschleiert als Tugend. Carla kniff die Augen zusammen und versuchte herauszufinden, welche der sieben Tugenden sie wohl dargestellte.

»Eine weitere Bestellung von Herrn Bredenbeck«, erklärte Jacob Husen, und Carla sah, dass sein Bart nur mühsam ein Schmunzeln verbarg. »Es ist die Mäßigung!«

»Der Mann kennt seine Tochter wahrlich! Wahrscheinlich soll sie sich den Teppich ins Schlafzimmer hängen.«

Jetzt grinste Jacob Husen breit. »Wie ich sehe, habt Ihr die gute Charlotte schon richtig kennengelernt.«

»Sagen wir, was ich von ihr kenne, reicht mir.«

»Wie ich hörte, soll der Teppich ein Hochzeitsgeschenk werden.«

Carla sog scharf den Atem ein.

»Es ist zwar unüblich, dass der Bräutigam selbst den Auftrag für das Hochzeitsgeschenk annimmt, aber in diesem Fall ist es wohl so.«

»Meister Heymanns hat mir gegenüber nie erwähnt, dass er Fräulein Bredenbeck heiraten will«, unterbrach ihn Carla ungewollt scharf. »Sie sind doch noch nicht einmal offiziell verlobt.«

»Nun, verloben kann man sich über Nacht, wie wir beide aus meinem Fall wissen«, feixte Jacob Husen. »Und wie es bei mir war, so ist's auch beim Meister gelaufen. Charlotte lässt ihn nicht mehr rein.«

Carla wollte gar nicht mehr zu diesem Thema hören, aber Jacob Husen fuhr ungeniert fort.

»Ich bin mir sicher, dass die beiden eine kleine Liebschaft hatten. Vielleicht ist der alte Bredenbeck dahintergekommen und hat sein Töchterchen an die Leine gelegt. Und da der Liebhaber ein willkommener Schwiegersohn wäre, hat er ihm ganz schlau diesen Teppich in Auftrag gegeben. Die Mäßigung, stellt Euch das nur vor! Als Hochzeitsgeschenk für seine Tochter. Wie viele Hinweise braucht der Meister denn noch?«

Carla hätte sich am liebsten die Ohren zugehalten.

»Und eine schlechte Partie ist Charlotte auch nicht. Ordentlich was auf der hohen Kante und ordentlich was im Mieder. Findet man nicht oft.«

Dass ordentlich was im Kopf fehlte, schien Jacob Husen nicht bemerkt zu haben.

»Warum erzählt Ihr mir das?«, fragte Carla patzig. Jacob Husen hatte ihr ihre gute Laune gründlich verdorben.

»Um Euch zu zeigen, dass der Meister uns über den Frühling womöglich ein wenig abhandenkommt. Und wenn er nicht da ist, bin ich hier der Meister. Haben wir uns da verstanden, oder müssen noch weitere Knochen brechen?«

Perplex sah Carla zu Jacob Husen auf. Grimmig wie ein Wolf verteidigte er die Pfründe, die sie noch gar nicht angerührt hatte. Wenn er nur halb so gut wirken konnte wie bellen, schaffte er den Teppich im Alleingang. Sie seufzte und wollte schon klein beigeben.

»Wer bricht hier wem die Knochen?«, kam es da scharf von der Tür.

Carla und Jacob fuhren herum und starrten Heymanns an wie zwei Kaninchen einen herannahenden Otter.

Kapitel 31

Finster sah Peter Heymanns auf die beiden Streithähne. Er konnte es sich nicht leisten, dass unter seinen besten Wirkern Zwistigkeiten herrschten. Und dass Carla Weber Jacob Husen in diesem Handwerk das Wasser reichen konnte, war mehr als wahrscheinlich. Was das Mädchen anpackte, tat sie ordentlich. Jetzt kam es aber darauf an, wie er sie anpackte.

»Husen, draußen wartet eine Ladung Garne aus der Schönfärberei darauf, geprüft und einsortiert zu werden. Weber, mitkommen.«

Jacob Husen warf Carla noch einen letzten Blick zu, dann machte er sich an die aufgetragene Arbeit.

Carla folgte Peter Heymanns mit gesenktem Kopf zurück in ihre alte Werkstatt, in der sie den Karton angefertigt hatte und in der nun der vorbereitete Webstuhl stand.

Heymanns umrundete zuerst die Webmaschine, prüfte mit einigen Handgriffen seine Funktionen und überzeugte sich davon, dass der Stuhl allen Anforderungen entsprach, die das Werk an ihn stellen würde. War der Kettbaum ausreichend lang? War der Warenbaum fest genug montiert, um das schwere Werk zum Schluss auch wirklich tragen zu können?

Der Meister inspizierte sein Werkzeug so konzentriert, dass Carla schon glaubte, er habe sie vergessen. Daher zuckte sie zusammen, als sich Heymanns abrupt zu ihr umwandte.

»Meister Weber, ich kann es mir nicht leisten, dass an diesem Webstuhl Uneinigkeit herrscht.«

Carla verschränkte die Arme vor der Brust. Dann sollte er sich doch mit Jacob Husen unterhalten! Er war doch der Zankapfel, der keinen Wirker neben sich dulden wollte. Sollte er ruhig die ganze Arbeit alleine machen, wenn Heymanns ebenfalls abgelenkt war. Der Gedanke an die bevorstehende Verlobung weckte Wut und zweifelsohne Eifersucht in ihr. Sie wollte Peter sagen, dass er Charlotte Bredenbeck nicht heiraten durfte. Dass sie ihn liebte.

War es wirklich so? Ja, sie liebte ihn. Auf eine andere Art, als sie Lucas Cranach geliebt hatte. Peter war ihr Partner in der Kunst, nicht ihr Lehrer. Mit ihm konnte sie diskutieren, mit ihm konnte sie lachen. Bei ihm fühlte sie sich wohl, und seine Nähe tat ihr gut. Aber all das konnte sie ihm nicht sagen. Zum ersten Mal durfte sie in ihrer Aufmachung nicht aussprechen, was sie wirklich dachte. Sie fluchte innerlich.

Aber wollte sie denn, dass Peter die ganze Wahrheit über sie erfuhr? Für ihn war sie Karl. Wenn er es erfuhr, wie würde sich sein Verhalten ändern? Würde er sie ablehnen? Sie fortschicken? Charlotte für sie aufgeben? Darauf wollte sie es nicht ankommen lassen.

»Habt Ihr gehört? Ich kann es mir nicht leisten, dass an diesem Webstuhl Uneinigkeit herrscht.«

»Ich werde nicht für Euch wirken, Meister Heymanns.«

Er starrte sie an. »Wie bitte?«

»Ich werde nicht für Euch wirken. Ich verlasse Stettin. Mein Auftrag ist erfüllt.«

Peter Heymanns verschränkte die Arme vor der Brust. Dieses starrköpfige Ding! Welche Laus war ihr nun wieder über die Leber gelaufen? Dass sie sich so leicht von Jacob Husen abschrecken ließ, konnte Heymanns nicht glauben.

»Ich rechne mit Euch, Meister Weber.«

»Ihr wisst doch gar nicht, ob ich gut genug bin.«

»Doch, ich habe Erkundigungen über Euch bei von der Hohemühl eingezogen.«

Überrascht sah Carla auf. Auch sie hielt die Arme vor der Brust gekreuzt, und so standen sie sich distanziert gegenüber.

»Ich weiß, dass Karl Weber mit allen Ehren aus der Torgauer Werkstatt entlassen wurde. Man vermisst Euch beinahe ebenso schmerzlich wie mich.« Er grinste schief. Das Eigenlob war ihm sichtlich unangenehm.

Carla zeigte ebenfalls den Ansatz eines Lächelns. Nannte man den neu ankommenden Lehrlingen jetzt ihren Namen, wenn man sie eines Besseren belehren wollte?

»Ich brauche Euch«, sagte Peter Heymanns und etwas in seiner Stimme ließ Carla aufhorchen. »Ich brauche Euch wirklich. Wie soll ich dieses Werk sonst bewältigen?«

Ging es ihm tatsächlich nur um die Tapisserie? Es schwang so viel mehr in seinen Worten mit.

Peter Heymanns ließ die Arme von der Brust sinken und trat einen Schritt auf Carla zu. »Ich möchte nicht, dass Ihr geht. Bitte bleibt bei mir.«

Carla holte tief Luft. Seine Stimme war warm, beinahe zärtlich, und brachte ihr Herz zum Rasen. Bildete sie sich zu viel ein? Am liebsten würde sie ihm die Arme entgegenstrecken. Aber sie war doch Karl! Und er wollte eine andere heiraten …

»Ihr werdet schon über mich hinwegkommen«, sagte sie doppeldeutig, »wenn Ihr erst mit Charlotte verheiratet seid, werden ich und der Teppich weniger Bedeutung für Euch haben.«

Peter Heymanns starrte Carla sprachlos an. Daher also ihr Unmut! Sie war eifersüchtig! Die Erkenntnis machte ihn überglücklich. »Wer sagt das?«, fragte er vorsichtig. Er musste mit diesem Gerücht ein für alle Mal aufräumen, und zwar sofort.

»Jacob Husen. Herr Bredenbeck. Charlotte.«

»Hm«, machte Peter beeindruckt. »Eine Reihe imposanter Zeugen. Aber warum fragt Ihr nicht den Einzigen, der Euch tatsächlich die Wahrheit sagen kann?«

Carla schwieg verbissen. In welche Ecke hatte sie sich jetzt wieder manövriert?

»Dann lasst mich Euch eine Frage stellen.« Peter Heymanns spürte eine besondere Freude in sich aufsteigen. »Was stört es Euch, Karl Weber, Maler aus Wittenberg, wenn ich mich vorteilhaft vereheliche?«

Carla schluckte. Na wunderbar! Jetzt konnte sie gar nichts mehr antworten. Sie musste jetzt als Frau sprechen, als Carla. Aber die hatte gar nicht hier zu sein! Sie presste die Zähne zusammen.

»Würde es nicht vielmehr Eure Cousine stören?«

Carla zuckte zusammen und starrte Heymanns entsetzt an.

Dieser Blick nahm Peter die letzten Zweifel an seiner Vermutung. Mit zwei Schritten war er bei ihr und umfasste fest ihre Taille. Sanft aber unnachgiebig zog er sie an sich und küsste sie.

In Carlas Kopf wirbelten die Gedanken durcheinander, bis sie jeglichen Inhalt einbüßten. Nur noch ihr Gefühl lenkte sie, ließ sie die Arme heben, seinen Körper suchen und sich in Peters Kuss verlieren. Hungrig nahm sich Carla, was sie so lange als Karl entbehren musste. Da hob er sie auf und trug sie zu ihrer Kammer hinauf, die so nah über der Werkstatt gelegen war.

Peter streichelte ihren Arm und ließ sie nicht aus den Augen. Bloß lag sie neben ihm, bar jeglicher Tarnung. Peter hatte ihr Kleidungsstück um Kleidungsstück ausgezogen und Karl damit endgültig fortgeschickt, bis nur noch eine entzückende Carla neben ihm lag, die seine Küsse erwiderte und eine neue, ungeahnte Leidenschaft in ihm weckte. Sie liebten sich lange und zärtlich. Die Entdeckung, dass Carla keine Jungfrau mehr war, überraschte Peter Heymanns ebenso wenig, wie sie ihn störte. Was immer Carla bisher in ihrem Leben getan hatte, es hatte sie zu der Frau gemacht, in die er sich bedingungslos verliebt hatte. Die er nun behutsam und glücklich in seinen Armen hielt, als könne sie sich gleich einer Nymphe doch wieder verflüchtigen.

Beide schwiegen, keiner von beiden wollte den Bann durch ein Wort brechen. Schließlich war es Jacob Husens Stimme, die sie in die Gegenwart zurückholte.

»Meister Heymanns? Meister Heymanns!«, donnerte es unter ihnen in der Werkstatt. »Himmel noch eins, wo ist der denn hin? Die letzte Lieferung vom Färber taugt nicht für einen Heller! Da muss er sich selbst drum kümmern …«

»Er braucht dich«, flüsterte Carla und atmete erleichtert aus. Beide hatten unwillkürlich den Atem angehalten, als sie Husens Stimme so nah unter sich rufen hörten.

»Und ich brauche dich«, erwiderte Heymanns und küsste sie.

Als sie wieder zu Atem kam, lächelte sie. »Aber ich bin doch gar nicht hier.«

»Doch, Carla, da bin ich mir ganz sicher. Was gerade passiert ist, kann ich nicht geträumt haben.«

Seine Arme hielten sie ganz fest, und Carla bemerkte erneut, wie erstaunlich kräftig sie für seinen langen, schlanken Körper waren. Schließlich stützte er sich auf einen Ellenbogen und strich sich die dichten, dunkelblonden Locken aus der Stirn. Unwillkürlich zupfte Carla auch an ihrem Haar und lächelte. Sie hatten die gleiche Frisur.

»Ich meine, ich werde wieder fort sein, sobald ich durch die Tür dieser Kammer trete. Ich kann doch nicht plötzlich als Carla hier herumtanzen.«

Heymanns runzelte die Stirn. »Zu schade.«

Sie knuffte ihn in die Seite und stellte fest, dass er reizvoll kitzelig war.

»Aber ich kann abreisen, Peter. Ich kann die Stadt verlassen und dann als Carla wiederkehren.«

»Nein, es würde allen auffallen. Außerdem bist du in Neuburg verheiratet. Schon vergessen, Kratzbürste?«

»Verflixt, ja.« Es war ihre eigene Lügengeschichte.

»Wenn wir zusammenbleiben wollen, musst du als Karl in der Wirkerei bleiben.«

Carla nagte an ihrer Lippe. All diese Hindernisse! Sie würden sich nicht berühren, nicht küssen können. Es würde nur Heimlichkeiten geben, keiner würde von ihnen wissen. Wie damals mit Lucas …

»Was soll das?«, fragte Peter in gespielt strengem Tonfall und tippte auf ihre Stirn, genau auf die Stelle, an der die Erinnerung an Lucas Cranach eine steile Falte auf ihre Stirn gezeichnet hatte. »Ich dulde keine schlimmen Gedanken. Nicht jetzt, wo wir so glücklich sind.«

Er hielt inne. »Bist du glücklich, Carla Weber?«

»Ja.« Die Antwort kam spontan und tief aus ihrem Herzen. »Ja, ich bin glücklich. Und ich bin bereit, für dieses Glück sehr viel zu tun.«

Peter runzelte die Stirn. »Müsste es nicht heißen alles? Sagen Frauen an dieser Stelle nicht, dass sie alles dafür tun würden?«

»Ja, einige sind so unvorsichtig.«

»Du nicht?«

»Ich nicht. Ich bin kein kleines Mädchen mehr. Ich habe gelernt, mich zu schützen.«

»Vor mir?«

»Vielleicht. Wer weiß, ob es notwendig wird.«

»Carla Weber, ich bewundere deine Vernunft und deine Stärke. Aber ein wenig mehr Romantik und Schwärmerei würden dir sicher selbst gut an dir gefallen.«

Carla lachte über seine charmante Wortwahl. »Aber die Zeiten sind nicht romantisch, Peter. Ich bin eine alleinstehende Frau in einer fremden Stadt. Unsere Gesellschaft sieht so etwas nicht vor. Ich brauche meine Tarnung, um zu überleben. Aber leider brauche ich auch dich, um zu überleben. Ich liebe dich.« Sie schlang die Arme um seinen Hals und zog ihn zu ihren Lippen.

»Ich liebe dich auch, Carla. Und ich werde dich beschützen.« Er sah sie ernst an. »Wenn der Teppich fertig ist, gehen wir zusammen fort und fangen irgendwo neu an.«

Carla seufzte leise. Das konnten zwei bis drei Jahre sein. Und wenn er sein Versprechen nicht halten würde? Andererseits würde es sie heute ebenso schmerzen, ihn zu verlieren.

Peter Heymanns beobachtete das Mienenspiel auf dem Gesicht der jungen Frau und ahnte ihre Gedanken. Dann erinnerte er sich daran, was sie Jacob Husen damals im

Frischen Fisch geraten hatte. Er nahm sich das kleine Amulett ab, das er um den Hals trug, und sprang unvermittelt aus dem Bett. Dann kniete er davor nieder, beugte sich anmutig vor und präsentierte Carla das Schmuckstück.

»Carla Weber, willst du meine Frau werden?«

Überrascht hielt sie den Atem an und betrachtete ungläubig sein entschlossenes Gesicht. Er meinte es ernst.

Dann fiel ihr Blick auf das Amulett. Das persönliche Schmuckstück eines Mannes war sicher das seltsamste Verlobungsgeschenk, das je eine Frau erhalten hatte. Aber mehr konnte er jetzt nicht tun.

»Ja. Ja, Peter Heymanns. Ich werde deine Frau. Wenn der Teppich fertig ist …«

Strahlend legte Peter ihr das Amulett um den Hals. »Der heilige Christopherus, der Schutzpatron aller Reisenden«, sagte er. »Ich habe es von meiner Mutter bekommen, und nun trägt es meine Verlobte, bis ich sie vor Gott und der Welt mit einem goldenen Ring ehelichen kann.«

Dann glitt er zurück unter ihre Decke, um sie noch einmal zu lieben. Wie hatte er nur all die Zeit neben ihr sein können, ohne sie zu berühren?

Als Peter sich schließlich nach einigem Zögern und mit großem Bedauern aus der Kammer schlich, nahm Carla das Amulett noch einmal in die Hand.

Sie war verlobt, heimlich verlobt. Eine Sicherheit war das zwar nicht, aber es war immerhin mehr, als Lucas Cranach ihr je geboten hatte. Sie drückte einen Kuss auf das Amulett und schloss die Augen, um die gerade zusammen verbrachte Zeit mit Peter noch einmal in ihrer Erinnerung aufleben zu lassen. Ihr Herz wollte zerspringen vor Glück, und sie lächelte versonnen vor sich hin. Auch dieses

Gefühl war weit mehr, als Lucas Cranach ihr je geboten hatte.

Sie hatte die Liebe endlich gefunden.

Ehrfürchtig schlugen sie das Laken von den Kettfäden und sahen einander an. Carla war an der Seite von Peter Heymanns, Jacob Husen und Fritz dabei, das größte Wirkwerk ihrer Zeit zu beginnen. Ihre Flieten aus poliertem Hartholz waren gut bestückt, der Karton war direkt unter den Kettfäden in den Flachwebstuhl eingebracht. Sie nickten einander zu und machten sich schweigend ans Werk. Ein guter Wirker konnte, wenn er nicht vor besonderen Herausforderungen des Motivs stand, gut ein bis zwei Handflächen am Tag wirken. Das war unendlich wenig angesichts der riesigen Fläche, die es zu gestalten galt. Nun war der Flachwebstuhl aber so groß, dass die Wirker gleichzeitig nebeneinander wirken konnten. Das fertige Stück Bildteppich wurde gleich vom Warenbaum aufgerollt, sodass sie nie vor der ganzen Fläche des Werkes standen und sich auf genau das Ornament oder das Muster konzentrieren konnten, an dem sie gerade arbeiteten.

Der Teppich würde ringsum von einer opulenten Bordüre eingefasst sein. Während man die obere und die untere Bordüre an den langen Seiten des Teppichs getrennt wirken und später annähen würde, mussten der rechte und der linke verzierte Geweberand mitsamt dem Motivteil gewirkt werden. Da die Höhe kürzer war als die Länge, stellten der Kettbaum und der Warenbaum die Seiten des Teppichs dar. Ein Baum, der die ganze Breite des Teppichs hätte fassen können, hätte niemals in die Werkstatt gepasst. So wirkten die Handwerker das Werk vom linken Rand zum rechten hin, von den sächsischen Fürsten zu den pommerschen Herzögen. Zuerst aber befassten sie sich mit der linken Bordüre, die in sich recht einheitlich gemustert war und an alle Wirker die gleichen Anforderungen stellte.

Zu Beginn des Werkes jedoch mussten sich alle Wirker erst einmal in ihren Rhythmus hineinfinden. Während Fritz und Jacob Husen Blüte um Blüte und Ornament um Ornament abarbeiteten, wollte sich Carla schon an einzelnen Blüten mit komplizierten Verläufen zu schaffen machen. Zwar gab der Karton die Farben der einzelnen Flächen vor und platzierte hier und dort auch die Schatten, die der Plastizität des Werkes dienen sollte, aber es oblag den Wirkern, diese Vorgaben kreativ auszuarbeiten.

»Meister Weber«, sprach Husen sie spöttisch an, als Carla nach zwei Wochen bereits hinter den anderen Wirkern zurückblieb. »Lasst die Blumen Blumen sein und hebt Euch Euer Talent lieber für die Durchlauchten auf, die wir noch zu wirken haben. Niemand wird sich jemals auch nur eine Blüte dieser Bordüre aus der Nähe ansehen; und wenn doch, werden die Erwartungen bei Weitem nicht so hoch liegen. Spart Euch Eure Kunstfertigkeit für die Bereiche, in denen Ihr sie tatsächlich braucht. Mich müsst Ihr nicht beeindrucken.«

Überrascht hatte Carla aufgesehen. »Wie kommt Ihr darauf, dass ich Euch beeindrucken will? Vielleicht ist es ja auch Johann Friedrich persönlich, der eines Tages denken wird, ach, welch meisterhafte Blüte.«

»Mag sein, dass es so kommt«, gab Husen zurück, »aber er wird es im nächsten Augenblick auch schon wieder vergessen haben. Und dafür wollt Ihr uns andere hier aufhalten? Wir könnten den Warenbaum schon eine Stufe weiterdrehen, wenn Ihr Eure Blümchen hier fertig hättet.«

Carla prüfte die Weblinie und sah ein, dass Jacob recht hatte. Sie musste sich sputen.

»Hastet nicht, Meister Weber«, schaltete sich da Peter Heymanns ein, »aber seht zu, dass Ihr uns die Tage einholt. Dann stellen wir die Bäume neu ein. Fritz, Jacob, für heute ist Schluss. Ihr könnt die Flieten für morgen vorbereiten.«

Beide steckten ihre unzähligen kleinen Spindeln ordentlich fest, von denen jede eine eigene Farbe trug, und verließen zufrieden mit dem frühen Feierabend die Werkstatt.

Auch Carla war erschöpft und wollte es ihnen gleichtun.

»Ihr noch nicht, Meister Weber«, hielt Peter sie zurück. Dann wurde sein Blick zärtlich. »Ihr dürft noch Extraarbeit unter dem strengen Blick Eures Meisters leisten.«

»Ist denn mein Meister so streng?«, ging Carla lächelnd darauf ein.

»Zu Euch ganz besonders«, sagte Peter und setzte sich dicht hinter sie. Seine Hände ruhten auf ihren Hüften, während sie in aller Ruhe und mit viel Geschick die Flieten durch die Kettfäden tanzen ließ. Auch als Peters Hände um ihre Taille wanderten, ließ sie sich nicht beirren.

»Ich bewundere Eure handwerkliche Souveränität«, murmelte Peter Heymanns und küsste ihren Hals.

»Davon lebe ich, Meister Heymanns, davon lebe ich.« Carla bemühte sich, gelassen zu klingen, obwohl ihr Herz schon wieder zum Zerspringen schlug. Es wurde Frühling, sie war verliebt, und sie arbeitete an einem der großartigsten Werke ihrer Zeit. Das musste das Paradies auf Erden sein.

»Aber Ihr müsst darauf achten, Meister Heymanns, mir nicht mehr Aufmerksamkeit zuteilwerden zu lassen als Euren anderen Wirkern. Ihr wollt doch nicht etwa Zwistigkeiten unter uns schüren?«

»Nein, ich möchte etwas ganz anderes schüren«, murmelte Peter an ihrem Hals. »Immerhin beglückwünsche ich mich, die wahrscheinlich schönste Wirkerin des Landes in meiner Werkstatt verpflichtet zu haben.«

»Da sagt Ihr es schon: Verpflichtet bin ich. Erst kommt die Pflicht, dann das Vergnügen.«

»Diese urdeutsche Ansicht habe ich nie verstanden! Wir Flamen wissen Pflicht und Vergnügen auf das Unterhaltsamste zu verknüpfen. Außerdem können wir andere schnell von unserer Lebensweise überzeugen.«

»Ihr Flamen seid ein liederliches Volk, scheint mir«, erwiderte Carla, bevor sie sich umdrehte und Peters Kuss innig erwiderte.

Erst schwere Schritte vor der Tür riefen die beiden wieder zur Vernunft. Schnell lösten sie sich mit heißem Blut voneinander und griffen nach den Flieten.

»Meister Heymanns!« Jacob Husen trat eilig in die Werkstatt, in der die beiden Wirker jetzt brav und unschuldig nebeneinandersaßen und ihren komplizierten Aufgaben nachgingen. »Meister Heymanns, ein Bote aus dem Schloss ist da!«

Überrascht sah ihn Heymanns an. »Um diese Zeit?«

Es war Abend, bald Essenszeit.

»Es ist wohl dringend«, sagte von Husen. Carla und Peter tauschten einen Blick aus; meistens waren es schlechte Nachrichten, die nicht warten konnten.

Heymanns stand auf und strich sich seine Kleidung glatt. Seine soeben noch freudige Erregung wich einer nervösen Anspannung.

»Nun denn«, sagte er und verließ die Werkstatt.

»Worum mag es wohl gehen?«, fragte Carla, ohne wirklich mit einer Antwort zu rechnen. Und tatsächlich zuckte auch Jacob ratlos mit den Schultern. »Heymanns wird es uns schon berichten.«

Er wandte sich schon zum Gehen, da schien ihm noch etwas einzufallen. »Meister Weber?«

»Ja?«

»Ich wollte Euch nicht bloßstellen vorhin.« Verlegen knetete Jacob seine enormen Hände. »Ich schätze Eure Arbeit. Was ich bisher von Euch gesehen habe, ist ausgezeichnetes Handwerk.«

Carla war überrascht. »Ich danke Euch. Ich danke Euch sehr, Meister Husen.«

Der Wirker zeigte grinsend seine Zähne durch den schwarzen Bart. Er hatte ihre respektvolle Anrede wohl vermerkt. »Es ist mir eine Ehre, mit Euch zusammenzuarbeiten«, sagte er und streckte ihr die Hand entgegen.

Carla stand auf und ergriff etwas zögerlich die Pranke. Meinte er es ernst oder verfolgte Jacob Husen heimliche Absichten? »Auch mir ist es eine Ehre. Ich bin beflissen, Eure Ratschläge anzunehmen.«

»Dann lasst heute den Teppich Teppich sein und speist mit uns. Die Mägde haben einen mit den ersten frischen Kräutern zubereiteten Eintopf aufgetragen. Und Meister Heymanns ist vorerst beschäftigt.«

Carla steckte ihre Flieten fest und folgte ihm in den Speiseraum. Dort dampften bereits die Schüsseln, und die Wirker nahmen sich reichliche Portionen. Bei Heymanns gab es immer ausreichend gut zu essen.

Jacob und Carla setzten sich in die Runde und nahmen sich ebenfalls nicht zu knapp. Nur Heymanns' Platz war noch leer. Als sämtliche Teller bereits zur Hälfte geleert waren, trat er endlich ein. An seinem Gesicht erkannten alle sofort, dass er keine guten Nachrichten brachte.

Müde ließ er sich auf einen Stuhl fallen und nahm den Teller an, den Fritz ihm gefüllt reichte. Alle hatten ihre Löffel beiseitegelegt und warteten nun auf Peters Wort.

»Der erlauchte Kurfürst Johann Friedrich der Großmütige«, hob Peter Heymanns an, »Kämpfer der Protestanten und Empfänger unserer Tapisserie, ist am 3. März in Weimar verstorben, nur zwei Wochen nach dem Tod seiner Frau Sibylle. Die Herzöge von Pommern bitten uns, die Arbeit vorerst einzustellen, bis eine endgültige Entscheidung getroffen wird.«

Er nahm seinen Löffel in die leicht zitternde Hand und wünschte allseits einen guten Appetit.

Kapitel 32

Die ersten Kirschblütenblätter rieselten vereinzelt in die laue Aprilluft und hoben sich hübsch vor den frischen, grünen Wiesen ab. Wilde Bienen brummten eifrig in den Blüten. Die Sonne verwöhnte die Ostseeküste in diesem Frühjahr schon großzügig mit Wärme, und auch um Stettin frohlockten die Bauern ob des guten Starts in das landwirtschaftliche Jahr.

Carla und Peter lagen in seinen Mantel gekuschelt zwischen den Obstbäumen, einen guten Ritt von Stettin entfernt. Sie hatten sich in der abgeschiedenen Idylle geliebt, ohne befürchten zu müssen, dass ihr Geheimnis entdeckt wurde. Nun ruhten sie matt im Gras und hielten einander leicht umschlungen, denn sie hatten es nicht eilig, in die Hofwerkstatt zurückzukehren.

Noch vor Kurzem wäre ihnen beiden ein solcher Augenblick als paradiesisch und der Wirklichkeit fern erschienen. Doch nun lagen sie nebeneinander und überlegten, was aus der Tapisserie werden würde. Seit Wochen gingen die Boten zwischen Barnim und seinem Neffen Philipp in Wolgast hin und her, aber sie waren noch zu keiner Einigung gekommen.

»Ich kann mir nicht vorstellen, dass die Herzöge das Werk aufgeben«, sagte Carla. »Auch wenn es nun nicht mehr nach Sachsen verschenkt wird. Sollen sie es sich doch in ihre eigenen Schlösser hängen!«

Peter lächelte, aber seine Augen blieben ernst. »So viel

Geld hängt man sich nicht eben in sein eigenes Schloss.« Er vermutete, dass nur die Kosten der Grund für die Verzögerung waren.

»Besser ins eigene Schloss als in ein fremdes«, sagte Carla und streckte sich wohlig.

»Ein solches Budget muss auch einen Zweck erfüllen. Und für die Gunst der Sachsen wäre der Preis vergleichsweise niedrig gewesen.«

»Immerhin niedriger als das Silber, das sie seinerzeit an den Kaiser gezahlt haben.«

»Nun, man muss eben immer die richtige Pflanze zur richtigen Zeit gießen.«

»Und jetzt stehen sie da mit der gefüllten Kanne, und ihr Bäumchen ist verwelkt.«

»Fragt sich nur, ob sie nun über uns ausgegossen wird.« Peter nagte an seiner Oberlippe, die Carla besonders verführerisch fand. Peters Mund war voll, ohne weibisch zu wirken.

»Nun, das ganze Lager steckt voller Material«, sagte sie hingegen. »Wir sind alle da und müssen bezahlt werden. Warum sollen wir dann nicht auch arbeiten?«

»Oh, dass wir arbeiten werden, steht außer Frage. Die Frage ist vielmehr, an was. Philipp möchte den Teppich sicher so haben, wie er jetzt ist. Er ehrt die Kunst, die darin steckt, und immerhin gereicht er dem Greifengeschlecht ja auch zur Ehre. Barnim hingegen hat sicher schon wieder andere Ideen, wer mit einem Präsent milde gestimmt werden müsste. Ich denke, dass sie wohl darüber verhandeln. Ob der Teppich, nachdem sein Zweck leider hinfällig ist, nicht besser durch andere Werke ersetzt werden soll. Oder ob Barnim als Geldgeber zurücktritt und wer ihn dann überhaupt bekommt.«

»Das ist reichlich kompliziert.«

»Das denken die beiden sicher auch. Immerhin haben Onkel und Neffe ein sehr gutes Verhältnis zueinander. Ich hoffe, dass Philipp sich durchsetzen kann.«

»Oh, dafür wird Maria schon sorgen.«

»Die Herzogin?«

»Genau. Sie war damals ganz begeistert von dem Teppich, als ich in Wolgast weilte. Und sie war es doch, die all die sächsischen Künstler und Gelehrten in dieses Land bei den Sanddünen gelockt hat?«

»Sie ist eine bemerkenswerte Frau«, gab Peter Heymanns zu, schüttelte dann aber den Kopf. »Aber wenn die Kassen leer sind, sind die Kassen leer.«

»Dann können wir beide es aber auch nicht ändern.« Carla rollte sich auf den Rücken. Sie liebte den erwachenden Frühling; die Luft und das Licht erinnerten sie an ihre Kindheit in Venedig.

»Was wollen wir heute Abend machen?«, versuchte sie ihren Gefährten auf andere Gedanken zu bringen. »Zetteln wir eine Schlägerei im *Frischen Fisch* an?« Im Gasthaus gab es wieder Fisch in Hülle und Fülle, seit die Oder eisfrei war, und die Wirker aßen dort bevorzugt zu Abend.

Peter lächelte und beugte sich über sie. Sein Zeigefinger glitt sanft über ihre Nase, wo er noch immer die Stelle spüren konnte, an der sie einst gebrochen gewesen war. »Das kann ich nicht verantworten, meine Liebe«, flüsterte er. »Es wäre zu schade um Doktor Fasshauers mühsame Arbeit.«

Carla zog die Nase kraus, als sie sich an die Schmerzen erinnerte, die ihr die Prozedur bereitet hatte. Damals war sie Peter zum ersten Mal nahegekommen, auch wenn der Nähe der Reiz gefehlt hatte, den sie gerade jetzt wieder auf Carla ausübte.

»Stimmt, keine gute Idee. Hast du eine bessere?«

Peter gab keine Antwort, sondern beugte sich noch etwas tiefer und küsste sie. Beide genossen die Selbstverständlichkeit, mit der sie sich diese Zärtlichkeit nehmen konnten, und die Freiheit, die die abgeschiedene Obstwiese ihnen erlaubte.

Schließlich wickelte Peter Carla wieder die Binde um die Brust und reichte ihr Wams, Hosen und Stiefel. Fasziniert beobachtete er erneut, wie sie einmal tief Luft holte und dann ihre ganze Haltung und ihren ganzen Habitus änderte. Nun war es wirklich wieder ein junger Mann, der da vor ihm stand. Sie stiegen auf ihre Pferde und trabten gemeinsam zurück nach Stettin.

Als sie nur noch eine gute Meile von der Stadt entfernt waren, begegnete ihnen ein kleiner Trupp Reiter. Die prächtige bunte Kleidung ließ auf Ausflügler schließen, und als sie noch näher herankamen, erkannten sie Charlotte Bredenbeck in Begleitung zweier junger Herren.

Höflich begrüßten sie einander, und Charlotte ließ es sich nicht nehmen, sowohl Peter als auch Carla verstohlene, tiefe Blicke zu schenken.

Carla musterte die beiden Herren, die etwas zu modern für ihren Geschmack gekleidet waren, und die Charlotte ihnen als Melchior und Frederick Möller aus Stralsund vorstellte. Die beiden waren offenbar Brüder, Söhne eines Geschäftspartners von Herrn Bredenbeck und ganz offensichtlich beide bis über die Ohren in die schöne Charlotte verliebt.

Das Wissen, dass Konkurrenz abgeflautes Interesse wiederzubeleben versteht, ließ Charlotte auf recht offene Weise mit Peter Heymanns flirten.

»Meister Heymanns«, flötete sie nach der Vorstellung und dem Austausch höflicher Floskeln über Befindlichkeit und Ergehen. »So sehr es mir auch das Herz wärmt, Euch hier zu begegnen, ich frage mich doch, wie Ihr aus der Werkstatt fort könnt? Noch dazu in Begleitung eines Eurer Wirker? Ich hielt Euch für unabkömmlich.«

Peter Heymanns knirschte mit den Zähnen. »Ihr müsst wissen, liebe Charlotte, dass ich im Augenblick auf eine Entscheidung der Herzöge warte.«

»Welche Entscheidung?«

»Ob der Teppich nach dem Tod Johann Friedrichs überhaupt noch gewirkt wird. Falls die Herren sich dagegen entscheiden, habe ich wieder Zeit für Aufträge Eures Vaters.«

Charlotte lächelte. »Eure Tapisserie ist vorzüglich geworden. Ganz exquisit.« Sie drängte ihr Pferd ein wenig dichter an Peter heran, bis sich ihre Knie berührten. »Mein guter Vater hat mich dieses Geschenk zu meiner Hochzeit schon vorab sehen lassen.«

»Beabsichtigt Ihr denn zu heiraten?«, fragte Peter unschuldig.

Charlotte beugte sich ein wenig weiter zu ihm vor, und Carla spitzte die Ohren. »Das weißt du doch ganz genau, mein Lieber. Weshalb sonst hätte ich dich schon von all dem kosten lassen, was meinen Ehemann einst erwarten wird? Und behaupte nicht, es habe dir nicht gefallen.« Charlottes Lippen formten ein wohldosiertes, spöttisches Lächeln. »Ich zumindest bedauere unsere eingelegte Pause.«

Carla spürte Wut und Eifersucht in sich aufsteigen. Da schäkerte dieses leichtfertige Weibsbild vor ihren Augen mit dem Mann, mit dem sie heimlich verlobt war. Das konnte sie nicht so stehen lassen.

»Fräulein Bredenbeck scheint ja die Speisung der Fünftausend zu planen«, warf sie kühl ein. »Auch mir hat sie schon einen Happen angeboten.«

Charlotte fuhr zurück und sah sie giftig an. Sie hatte nicht damit gerechnet, dass Carla ihre Worte verstehen würde. Diese hingegen hatte so laut gesprochen, dass sicher auch Melchior und Frederick sie gehört haben mussten. Carla warf den Brüdern einen kurzen Blick zu.

»Wer von den beiden erhält wohl die nächste Portion?«

»Impertinenter Bursche«, zischte Charlotte böse. »Kümmert Euch gefälligst um Eure Angelegenheiten!«

»Aber Fräulein Bredenbeck, das Wohlergehen von Meister Heymanns ist meine Angelegenheit«, sagte Carla und erwiderte Charlottes erbosten Blick mit scheinbarem Gleichmut.

»Meister Heymanns geht es ausgezeichnet«, giftete Charlotte, »und er bedarf Eurer Aufmerksamkeit sicher nur am Webstuhl.«

»Oh, wenn Ihr Euch da nicht täuscht.« Es gelang Carla einfach nicht, sich diesem Weibsbild gegenüber zurückzuhalten.

Charlotte hielt inne und blickte zutiefst verunsichert drein. Plötzlich schien sie ein Gedanke zu durchzucken, der ihr die Schamesröte ins Gesicht trieb. Fassungslos sah sie von einem zum anderen.

»Nein!«, rief sie empört.

Peter war der Wortwechsel zwischen seiner einstigen Geliebten und seiner heimlichen Verlobten in Männerkleidung peinlich bis in die Haarspitzen. Daher dauerte es auch eine Weile, bis ihm klar wurde, was Charlotte denken musste.

Aber da trieb die temperamentvolle Kaufmannstochter ihr Pferd schon zurück zu ihren Stralsunder Verehrern. Kühl musterte sie den Flamen aus einiger Entfernung. »Dann wünsche ich noch eine kreative Zusammenarbeit«, sagte sie knapp und setzte zu einem Galopp in Richtung Stadt an, mühsam verfolgt von den beiden jungen Männern, die sich gerade noch höflich, aber zutiefst verwundert verabschieden konnten.

Peter atmete tief durch und sah sich dann mit strenger Miene nach Carla um. Die saß vergnügt auf ihrem Pferd und sah der vertriebenen Konkurrentin zufrieden nach.

»Was, bitte schön, versprichst du dir davon, meinen Ruf zu ruinieren?«, fragte Peter, nicht frei von Sorge. »Und den deinen noch dazu?«

Unschuldig hob Carla die Brauen. »Wie, bitte schön, sollte ich das denn getan haben?«

»Indem du sie in den Glauben versetzt hast, ich würde mit einem meiner Wirker Unzucht treiben.«

»Tust du das denn nicht?« Carla schien die ganze Sache weit weniger eng zu sehen.

»Oh nein, ich liebe einzig meine Verlobte«, korrigierte sie Peter.

»Auch nicht erlaubt. Denn ohne den Segen der Kirche …«

»Die Kirche wird sich über das Gerücht der Männerliebe sehr viel mehr aufregen, und zwar die katholische ebenso wie die protestantische.«

»Die Kirche wird ebenso wie ganz Stettin den säuerlichen Anschuldigungen einer abgelegten Mätresse kaum Beachtung schenken.«

Peter errötete erneut. »Aber davon wusste doch niemand.«

Carla lächelte, auch wenn ihr nicht wirklich danach zumute war. »Oh doch, mein Liebster. Sie reden zwar nicht darüber, weil sie dich gerne mögen, aber sie wissen es alle. Sorge nur dafür, dass du bei ihnen nicht in Ungnade fällst. Denn dann werden sie es dich spüren lassen.«

Peter sah sie verblüfft an. Er öffnete den Mund, um etwas zu erwidern, aber als ihm klar wurde, dass Carla recht hatte, schloss er ihn wieder. Die Gesellschaft konnte erbarmungslos sein, wenn man ihre Gunst verlor.

»Und um Fräulein Bredenbeck brauchst du dich auch nicht mehr lange zu sorgen. Sie wird schon recht bald heiraten. Ob Melchior oder Frederick kann ich leider nicht sagen. Wahrscheinlich weiß sie es auch selbst noch nicht.«

»Aber dennoch weißt du schon, dass es einer der beiden sein wird.«

»Nun, sie braucht einen Vater für ihr Kind.«

Jetzt stand Peter der Mund wirklich offen. »Wie bitte?«

»Meiner Meinung nach ist die gute Charlotte schwanger, was ihr locker geschnürtes Mieder verrät. Die kleine Wölbung ihres Bauches fällt mir sogar schon in der Reitkleidung auf.«

Peter starrte sie noch immer an, ohne ein Wort zu sagen. Carla erwiderte unverwandt seinen Blick. Dann holte sie tief Luft. Sie musste ihn einfach fragen, auch wenn die Antwort wehtun konnte.

»Kann es dein Kind sein, Peter?«

»Nein.« Die Antwort kam schnell und sicher. »Nein. Denn dann würde man ihr die Schwangerschaft schon deutlicher ansehen. Es ist eine ganze Weile her.«

Carla hob das Kinn und sah zum Horizont, an dem sich einige graue Wolken ballten. Es gefiel ihr nicht, dass Peter Charlotte geliebt hatte. Sie war so schön und reizvoll im

Gegensatz zu ihr in Männerkleidung. Aber sie war vernünftig genug zu wissen, dass sie ihre Vorgängerin nicht zu fürchten hatte.

»Ich liebe dich, Peter Heymanns«, sagte sie zum Horizont. »Und ich würde mich freuen, eines Tages dein Kind zu tragen.«

Sie spürte, wie Peter neben sie kam und ihr Kinn sanft zu sich drehte. »Das wirst du auch tun. Als meine Ehefrau.«

Dann küsste er sie. Carla erwiderte seinen Kuss, aber sie dachte an Marthes Tee, den sie sich hier in Stettin selbst mischte, um die Empfängnis eines unehelichen Kindes zu verhindern. Und dass sie sich als Carla Weber noch so lange verstecken musste, bis der Teppich fertig war.

Als sie zurückkehrten, fanden sie einen aufgeregten Jacob Husen in großen Schritten vor der Werkstatt auf und ab gehen.

»Endlich, da seid Ihr ja!«

Sie stiegen ab. »Was gibt es, Jacob?«

»Der Herzog lässt nach Euch fragen.«

»Philipp?« Es klang Hoffnung aus Peters Stimme.

»Nein. Barnim.«

Augenblicklich verdüsterte sich sein Gesicht. Bei Philipp hätte er sich eine Zusage erhofft, bei Barnim konnte es ebenso gut auch eine Absage sein. Er atmete tief durch und wechselte einen Blick mit Carla.

»Ganz gleich was der Herzog mitzuteilen hat«, sagte sie. »Hauptsache es geht weiter.«

Jacob nickte. »Die Ungewissheit ist das Schlimmste.«

Peter senkte den Kopf. Er wollte diese Tapisserie fertigbringen; sie würde seinen Namen unsterblich machen. Satteldecken und Teppiche für Patrizier wie Bredenbeck gerieten ihm nicht zur Ehre. Auch die anderen Werke für die herzogliche Familie würden verblassen gegenüber diesem geschichtsträchtigen Werk. Der Teppich der Reformation! Ja, doch, es gab etwas, das schlimmer war, als die Ungewissheit. Wenn Barnim ihm nun eine Absage erteilte.

Der Wirkmeister straffte seine Schaube und rückte das Barett zurecht. Dann drückte er Jacob seine Zügel in die Hand. »Ich mache mich gleich auf den Weg.«

Jacob und Carla sahen seiner aufrechten Gestalt nach, die im Schloss verschwand. Dann blickten sie einander an.

»Was meint Ihr, Weber?«

»Sie lassen uns weiterarbeiten. Und Ihr?«

»Sie sagen ab. Geld wächst nicht auf Bäumen.«

»Ruhm auch nicht. Weshalb wird man sich später an die Herzöge erinnern? Weil sie sich beim Kaiser mit Silber freigekauft haben? Gewiss nicht. Johann Friedrich hat die Schlacht geschlagen; sie müssen ihm ein Denkmal setzen. Und weil der Held nun tot ist, dürfen sie es sogar behalten. Eigentlich machen sie jetzt ein besseres Geschäft als vorher.«

»Ihr seid mir zu berechnend, Meister Weber.« Husen schlug den Weg zum Stall ein, um Peters Pferd dem Knecht zu übergeben. Carla folgte ihm mit ihrer Stute.

»Wie steht es mit Euch selbst?«, rief sie ihm hinterher. »Wollt Ihr nicht auch an dem Werk weiterarbeiten? So viele erlauchte Gesichter. Und all die Federn erst!« Carla packte Jacob neckisch an der Künstlerehre.

»Und die Schauben«, brummte der Wirker. »All die pelzbesetzten Schauben. Wisst Ihr, ich habe da so eine Idee, wie man sie noch wirklicher gestalten kann. Man muss einfach den Schuss ein-, zweimal häufiger über die Kette … Aber was fantasiere ich da?«

»Die Rosetten«, ergänzte Carla unbeirrt, als sei der Wirker sich nicht eben selbst ins Wort gefallen. »So viele Kreise. Das wird auf dem Webstuhl nicht leicht werden. Schließlich können wir keine Kurven weben.«

»Die Schrift, Meister Weber. All diese Banner.«

»Das wird nicht so schwierig. Ich habe die Schrift auf den Kartons selbstverständlich spiegelverkehrt angelegt.«

»Dann lassen wir das den Fritz machen«, sagte Jacob.

»Also wollt Ihr diesen Teppich auch.«

»Natürlich. Ihr doch auch! Weshalb seid Ihr sonst noch in Stettin und nicht längst nach Wittenberg zurückgekehrt?«

Sie übergaben die Pferde den Stallknechten, und Carla nickte lächelnd. Was sollte sie dem Wirker darauf auch antworten? Dann fiel ihr ein, dass es wieder höchste Zeit für einen Brief an Markus war. Ihr Bruder würde sich langsam auch fragen, wann er sie wieder zu Gesicht bekommen würde. Die letzte Mitteilung von ihr war, dass die Arbeit am Teppich gestoppt war. Sobald Peter die Entscheidung der Herzöge überbracht hatte, würde sie Markus informieren.

Sie warteten den Moment gemeinsam ab, ohne sich abgesprochen zu haben. Jacob setzte sich auf einen Stapel Brennholz und begann, verschlungene Muster mit einem Stock in den Sand zu malen. Carla betrachtete die feinteiligen Ornamente erstaunt und zollte dem Wirker im Stillen erneut Respekt. So grob und handfest er schien, in seinen Händen und seinen Gedanken schlummerte eine weit feinere Seele.

Sie selbst lehnte sich gegen einen Haufen leerer Säcke und sah in den Himmel. Sie versuchte, sich den Vormittag auf der Obstwiese wieder in ihre Gedanken und ihr Herz zu rufen, aber immer wieder sah sie das gereckte Kinn von

Charlotte Bredenbeck vor sich. So heftig ihre Abneigung gegenüber der hübschen Stettinerin auch war, so musste sie sich eingestehen, dass sie sie auch ein wenig bewunderte. Nahm sie sich als Frau doch Freiheiten, die man nur einem Mann zugestand. Carla seufzte. Wie scheinheilig sie alle waren! Dass die Männer sich eine Mätresse nahmen, war ganz selbstverständlich. Warum fragte sich eigentlich niemand, mit wem all diese Männer schliefen, wenn sie nicht bei ihren Ehefrauen waren? So zahlreich waren die Huren schließlich in keiner Stadt.

Wie mochte Charlotte ihren Vater dazu gebracht haben, ihre Eskapaden zu dulden? Wie verzauberte sie die Stettiner, damit sie sie nicht aus ihren Reihen ausschlossen? Carlas Mutter hatte man einst in Donauwörth schon aufgrund des bloßen Verdachtes auf eine voreheliche Liaison verurteilt. Wenn sich kein Mann findet, die Frau zu heiraten, dachte Carla, gerät sie in zweifelhaften Ruf. Findet sich aber ein redlicher Ehemann, wäscht er sie von diesem Makel rein. Sollte Charlotte wirklich schwanger sein, musste sie schnell handeln. Ein uneheliches Kind würde man ihr nicht verzeihen. Nicht einmal die Ehe mit einem angesehenen Mitglied der Gesellschaft wie dem Hoftapezierer oder einem Patriziersöhnchen konnte sie dann noch retten. Unwillkürlich legte sich Carla die Hand auf ihren Bauch. War das der Preis für die Freiheit? Dass sie kein Kind haben konnte?

Sie dachte an Peter, der jetzt vor dem Herzog stand. Der jetzt vielleicht hörte, dass es den Teppich, das große Werk, nie geben würde. Was würde er dann tun? Würde er seinen Vertrag auflösen? Würde er mit ihr fortgehen? Vielleicht könnten sie dann schon im nächsten Monat heiraten. Und vielleicht kam dann auch das Kind …

Das Gefühl, das Carla unvermittelt durchströmte, war so großartig, dass es sie fast schmerzte. In diesem Augenblick wusste sie, dass sie sich nichts mehr wünschte als genau das. Und wenn es sie und Peter den Teppich kostete. Was war schon das errungene Ansehen, wenn sie dafür einander bekamen und ihre Liebe offen leben konnten?

Aber würde Peter ebenso denken? Würde er den Verzicht als Beginn eines anderen Glückes sehen? Würde ihre Liebe stark genug sein?

»Da kommt er!«, rief Jacob, und Carla schreckte aus ihrer Grübelei hoch. Peter Heymanns kam mit festem Schritt über den Hof. Gespannt versuchten sie in seiner Miene zu lesen, die starr und undurchdringlich war. Er wirkte nicht glücklich.

Eine kleine Hoffnung keimte in Carla auf. Hatten die Herzöge den Auftrag zurückgezogen?

»Meister?« Auch Jacobs Stimme klang zaghaft.

Peter Heymanns sprach nicht, bis er direkt vor ihnen stand. Ernst sah er von einem zum anderen, während Carla innerlich zu jubilieren begann.

»Wir werden morgen mit den Arbeiten am Teppich fortfahren«, sagte Peter, und ein verhaltenes Lächeln erhellte sein Miene. »Zusammen mit dem Fritz. Es werden lange Tage werden, denn wir haben viel Arbeit aufzuholen.«

»Jawohl«, freute sich Jacob in Anbetracht der zwei kommenden gut bezahlten Jahre. »Jawohl, jawohl, jawohl! Habe ich's doch gewusst.« Daran, dass er eben noch gegenüber Meister Weber ganz anderer Meinung gewesen war, erinnerte er sich nicht. Gelöst klopfte er Heymanns kräftig auf die Schulter. »Ich muss heim. Da wird die Lene aber froh sein!«

Carla und Peter sahen ihm nach, wie er in großen Sprüngen davonlief.

»Wie wunderbar«, sagte Carla schließlich, und ihre Stimme wollte nicht so recht fröhlich klingen. »Ich freue mich so für dich.«

Peter schwieg, und Carla spürte, dass der Wirkmeister nicht halb so glücklich war wie Jacob. »War es nicht das, was du dir gewünscht hast?«

Noch immer kam keine Antwort. Peter betrachtete seine Stiefelspitzen, die mitten in Jacobs gezogenen Mustern standen. »Ja, als ich mich auf den Weg zum Herzog machte. Als ich seine Worte hörte. Als ich sein Versprechen bekam. Ja, da war es Triumph, Freude, Stolz.«

»Und jetzt?«

»Jetzt?« Peter sah Carla lange an, und seine blauen Augen wirkten dunkler als sonst. »Jetzt sehe ich Karl Weber vor mir, der noch auf weitere Jahre dieser bleiben wird. Der noch lange nicht mit mir fortgeht, um meine Frau zu werden.«

»Du hast auch daran gedacht?«

»Sobald ich dich hier stehen sah.« Er seufzte. »Man soll eben vorsichtig mit seinen Wünschen sein. Sie könnten in Erfüllung gehen.«

Carla lächelte, und ihr Herz machte einen Sprung. Peter dachte wie sie! Er wäre mit ihr gegangen ohne Wehmut. Ohne das Gefühl, etwas verloren zu haben. In diesem Moment liebte sie ihn mehr als je zuvor.

»Ich wünschte, ich könnte dich zukünftig immer küssen, wann und wo ich wollte.« Peter sah sie gequält an.

Carla lächelte matt. »Sei vorsichtig mit deinen Wünschen, Peter.«

»Dieser soll aber in Erfüllung gehen. Je früher, desto besser.«

»Dann lass uns wirken, Elle um Elle. Auch dieses Werk

wird irgendwann beendet sein. Und es wird uns mit Stolz erfüllen.«

Peter schob Carla durch das Tor in die Werkstatt. Wie üblich überzeugte er sich mit einem schnellen Blick ringsum, dass sie allein waren.

Dann küsste er sie endlich. Sehr lange.

Kapitel 33

Carla saß im Garten und schrieb. Nebenher naschte sie reife Erdbeeren, deren roter Saft die Schwielen an ihren Fingerkuppen langsam verfärbte. Vier Monate täglichen Wirkens und der Umgang mit den vielen Goldfäden in der Robe Johann Friedrichs hatten sie abgehärtet. Dennoch taten ihr auch an freien Tagen wie dem heutigen Sonntag die Finger weh, wenn sie einer Tätigkeit nachging, die Fingerspitzengefühl erforderte. Der Brief an ihren Bruder Markus wurde lang, denn sie hatte vieles nachzuholen. So wollte sie ihm zum Beispiel darüber berichten, wie ihr Respekt vor Jacob Husen stark angewachsen war. Der Mann hatte sich als Wirker allererster Güte erwiesen.

»Du kannst Dir nicht vorstellen, wie täuschend echt diese Pranken den Pelz auf der Schaube des Kurfürsten wirken! Er legt den Schuss in einfacher Bindung über einige Kettfäden, sodass tatsächlich kleine Härchen hochzustehen scheinen. Oder wie er die Federn auf den Baretten der Männer und am Kopfputz der Frauen wirkt. Nur ein Hauch von Silber hier, ein dunkles Fädchen dort, und schon scheinen sie tatsächlich im Wind zu wippen, der natürlich gar nicht weht, denn sie stehen ja alle in einer Kirche. Der Fritz hingegen macht uns alle schier wahnsinnig. Da hat er doch tatsächlich im Banner der sächsischen Kurfürstin Sibylle ein N spiegelverkehrt gewirkt. Das heißt, man sieht es von der Rückseite richtig herum und von vorne daher falsch. Und das obwohl ich es auf dem Karton richtig angelegt hatte! Aber Meister Heymanns hat uns alle vier gescholten, weil keiner es zu einem Zeitpunkt gemerkt hat, an dem wir den Fehler noch hätten erreichen und verbessern können. Nun bleibt er wohl für die Ewigkeit im Werk.«

Die Anerkennung, die Carla in gewisser Weise Charlotte Bredenbeck gezollt hatte, war nun gänzlich verloren gegangen. Sie hatte Markus schon in früheren Briefen gut unterhalten, indem sie die Annäherungsversuche der Kaufmannstochter mit spitzer Feder bis ins Detail beschrieb. Allein die Vorstellung, dass Carlas Tarnung so perfekt war, dass sie sogar die Frauen verführte, hatte den Bruder in Wittenberg nicht nur amüsiert, sondern auch in seiner Sorge um die waghalsige Schwester ein wenig beruhigt. Dass Carla ihren Aufenthalt in Stettin nicht wie geplant nach Erstellung des Kartons beendet und wieder nach Wittenberg zurückgekehrt war, war allerdings ganz und gar nicht auf seine Zustimmung gestoßen. Durch ihre Anstellung als Wirker war ihr nächstes Wiedersehen auf Jahre ungewiss. Mehr als ein Mal hatte er sich schon gefragt, was wohl der Grund dafür war. Außerdem war er der Meinung, dass man sein Glück nicht über Gebühr strapazieren durfte und dass alleine die lange Zeitdauer schließlich irgendwann ihre wahre Identität auffliegen lassen würde.

Carla kannte seine Bedenken. Sie füllten einige Seiten seines letzten Briefes, in dem er ihr zudem von seiner gut laufenden Praxis und Max' stetig wachsender Kinderschar schrieb. Natürlich verstand sie ihren Bruder und war mehr als einmal kurz davor, ihm von Peter Heymanns und ihren Gefühlen für ihn zu berichten. Wenn er wüsste, dass sie einen Verbündeten in Stettin hätte, würde er sich besser fühlen. Oder würde sich erst dann seine Sorge verstärken, und er käme womöglich nach Stettin, um sie zu holen? Auch heute verharrte ihre Hand mit der Feder schwebend und unschlüssig über dem Papier. Carla atmete tief durch.

Peter wusste, dass sie eine Frau war. Sollte ihr Geheimnis entdeckt werden, würde er sie vor dem Zorn der hintergangenen Herzöge schützen. Er würde auch mit ihr fortgehen. Oder, das würde er doch? Vor allem, nachdem Charlotte Bredenbeck keine Verlockung mehr für ihn darstellte.

Die Feder senkte sich aufs Blatt und ließ auch heute wieder das Wichtigste in ihrem Leben ungeschrieben.

»Die gute Charlotte hat inzwischen nach Stralsund geheiratet«, schrieb sie stattdessen. »Ich glaube, es war letztendlich Melchior, dem sie ewige Treue geschworen hat. Der Ärmste! Und da er auch noch sehr frühzeitig Vater wird, mag er schon ins Grübeln kommen. Aber jetzt ist es zu spät. Und Charlotte wird ihm schon den einen oder anderen Grund geben, gute Miene zum bösen Spiel zu machen. Vielleicht hat er sich ja auch von Anfang an darauf eingelassen, um sie zu bekommen. Ich bin nur froh, dass Charlotte Stettin verlassen hat und weder Meister Heymanns noch mir länger nachstellt.«

Carla ließ die Feder sinken. Nur zu gut erinnerte sie sich an einen Tag knapp zwei Wochen nach dem Ausritt, bei dem sie Charlotte und ihre Stralsunder Begleiter getroffen hatten. Heymanns war in seinem Kontor bei der Abrechnung, und sie hatte mit Jacob und Fritz gewirkt. Sie hatten gute Fortschritte gemacht, so gute, dass sie die wertvollen Silberfäden für das Barett von Johann Friedrichs Vater, Johann des Beständigen, schon früher benötigten als geplant. Carla sah eine Chance, einige ungestörte Momente mit Peter verbringen zu können, und erbot sich eilfertig, beim Meister den Schlüssel für die schwere Eichentruhe zu holen, in der die kostbaren Materialien aufbewahrt wurden.

Während Jacob und Fritz aufstanden und die Glieder reckten, lief Carla in Vorfreude auf Peter über den Hof. Sie dachte gar nicht daran, an seine Tür zu klopfen, sondern platzte mit einem spitzbübischem Lächeln hinein, das ihr jedoch einen Augenblick später auf den Lippen gefror. Peter Heymanns stand mitten im Raum und hielt Charlotte Bredenbeck in einem innigen Kuss umschlungen. So stellte es sich zumindest für Carla da, die jegliche Tarnung fahren ließ und Peter wütend anfunkelte. Zum Glück drehte ihr Charlotte gerade den Rücken zu und sah nicht die glühende Eifersucht in ihren Augen. Peter schob Charlotte energisch von sich.

»Fräulein Bredenbeck wollte sich nur verabschieden«, sagte er trocken. »Und das ist ihr wohl etwas überschwänglich geraten.«

Charlotte sah den Störenfried aus schmalen Augen an.

»Meister Weber.« Die feinen Brauen hoben sich ärgerlich. »Wie immer im falschen Moment.«

Carla biss sich noch immer auf die Zunge, um der Konkurrentin nicht mit gezückten Fingernägeln ins Gesicht zu fahren, und schluckte mühsam ihren Ärger hinunter. Sie konzentrierte sich auf die eine Nachricht, die Peter gerade verlauten hatte lassen.

»Ach, Ihr verlasst uns?«

Charlotte lächelte kalt. »In der Tat. Ich verheirate mich nach Stralsund.«

»Die Haltung eben war aber wieder einmal nicht die einer verlobten Frau.«

»Was geht es Euch an? Stört Euch mein gutes Verhältnis zu Meister Heymanns?«

»Aber nicht doch.« Zu ihm nicht, dachte Carla. Mit ihm schon. Dann zog sie es vor, das Gespräch möglichst schnell zu beenden. »Ich kann jedoch bald einen Haken unter die Angelegenheit setzen. Könnt Ihr es auch?«

Die beiden Frauen, eine davon in Männerkleidung, taxierten sich kühl. Heymanns sah unruhig von einer zu anderen.

»Meister Weber, Charlotte heiratet Melchior ... Wie war noch sein Name?«

»Möller«, sagte Charlotte.

»Möl-ler«, wiederholte Carla gedehnt und stellte schadenfroh fest, dass der neue Name weit weniger klangvoll war als der alte. »Charlotte Möller.«

»Peter! Entferne dieses ungehobelte Subjekt auf der Stelle aus meiner Gegenwart.«

»Du brauchst nur durch die Tür zu gehen, verehrte Charlotte, und schon bist du ihn los.«

Charlotte Bredenbeck bedachte Peter Heymanns mit einem eisigen Blick, der so gar nichts mit dem feurigen Kuss, den sie beabsichtigt hatte, zu tun hatte.

»Ist das alles?«

»Ja, das ist alles.«

Charlotte raffte die Röcke und verließ wutschnaubend das Kontor.

Drei Tage später reiste sie mitsamt der wertvollen Tapisserie, der *Mäßigung*, die sie bis an ihr Lebensende an Peter Heymanns erinnern sollte, nach Stralsund ab.

Als sie fort war, trat Carla auf Peter zu und schmiegte sich an ihn.

»Ich weiß gar nicht, was sie hat«, murmelte sie. »Mir gefiel deine Antwort.«

Peter küsste ihren Scheitel. »Was hätte ich denn anderes

sagen sollen, wo die Vielehe doch verboten ist und ich bereits meine Verlobte anbete?«

»Du hast genau das Richtige getan«, sagte Carla. »Du hast deiner einstigen Mätresse einen Abschiedskuss gegeben.«

»Nicht ganz. Eigentlich hat sie mir einen gegeben.«

Carla sah ihn einen Augenblick streng an und entschloss sich dann dagegen, einen Streit vom Zaun zu brechen. Denn er hätte nur dem Zweck gedient, ihre Wut über Charlotte auf Peter abzuwälzen. Und das hatte er nicht verdient. Sie riss sich zusammen und lächelte.

»Gut. Dann gib mir jetzt ein wenig Silber. Das ist es doch, was wir Frauen immer wollen.«

Heymanns atmete erleichtert auf. Was war sie für eine feine Frau! »Das Silber sollst du haben. Weiß ich doch, dass du es für einen guten Zweck verwendest. Aber was bekomme ich dafür?«

Carla nagte an ihrer Feder, als sie sich die Szene in Erinnerung rief. Sie war damals reichlich spät mit dem Material zu Jacob und Fritz zurückgekehrt, die ihr sofort einen schnellen Abstecher in die Küche unterstellt hatten. Noch wurde ihre Tarnung nicht angezweifelt.

Markus ahnte nicht, dass sie sich heimlich mit Peter Heymanns verlobt hatte und er ihre wahre Identität kannte. Sie brachte es einfach nicht über sich, ihm davon zu schreiben. Zum einen wusste sie, welche Bedenken sie in ihm wecken würde, zum anderen wollte sie ihr Glück nicht schriftlich festhalten. Es schien ihr, als würde sie es dadurch angreifbar machen.

Außerdem würde sie von Markus nur die Worte hören, die er ihr schon vor Jahren über Lucas Cranach gesagt hatte. Er würde nicht verstehen, dass es dieses Mal anders war.

Dass sie verlobt waren und sich wirklich liebten. Dass sie einander für ihre Kunst bewunderten. Also wechselte sie erneut das Thema ihres Briefes.

»Der Teppich macht gute Fortschritte. In der letzten Woche hat uns die Herzogin Maria besucht. Sie hat die Qualität unserer Arbeit bewundert und hoch gelobt. Auch ihr Sohn, der kleine Ernst Ludwig, war dabei. Er hat uns hingegen beschämt, indem er meinte, die Füße der Herren sähen aus wie Entenlatschen und würden in der Luft schweben. In der Tat hat Fritz die auf dem Karton angedeuteten Schatten nicht dunkel genug ausgearbeitet, sodass die erlauchten Herren jetzt tatsächlich ein wenig zu schweben scheinen. Sogar der dicke Johann Friedrich, stell Dir vor! Aber Meister Heymanns sagte, dass wir die Gewänder prächtig genug gestaltet hätten, um den Blick des Betrachters von diesem Makel abzulenken. Nun, nur eben nicht den tiefgründigen Blick von Ernst Ludwig. Das habe ich nun davon, dass ich ihn so gut ausgebildet habe!

Seit etlichen Monaten schon schreiben wir uns häufig, und ich stelle ihm Aufgaben oder sende kleine Skizzen, an denen er sein Talent, das zweifelsohne groß ist, schärfen kann. Ich wünschte, ich könnte ihn Meister Cranach empfehlen, aber als gebürtiger Herzog ist ihm eine solche Ausbildung verwehrt. Vielleicht reicht es doch nicht, einfach nur ein Mann zu sein … Lass mich abschließend noch hinzufügen, lieber Bruder, da ich Deine missbilligend erhobenen Brauen fast vor mir sehe, dass ich auch Dir in Zukunft häufiger schreiben werde, und nicht nur meinem kleinen Schüler. Auch wenn mir die Inhalte für seine Briefe viel leichter aus der Feder fließen.«

Carla hielt wieder inne und dachte an den Besuch der Herzogin und ihres Sohnes. Ernst Ludwig hatte Carla nach

Besichtigung des Teppich sofort beiseitegezogen und mit ihr über seine neuesten Werke gesprochen. Sogar in Öl hatte er sich schon versucht, wobei er aber zugab, dass er die Farben nicht selbst angerührt hatte.

»Ich weiß, was Ihr sagen wollt, Meister Weber. Aber ich habe doch so wenig Zeit. Neben Geschichte, Diplomatie, Handel und Recht lerne ich vier Sprachen sowie Violine und Cembalo. Ich würde viel lieber nur Farben mischen und Leinwände grundieren, aber Mama erlaubt es mir nun einmal nicht.«

Carla seufzte. Er wünscht sich das, was ich damals als Last empfunden habe, dachte sie. Er wünscht sich das, was Lucas Cranach der Jüngere einst als Schikane durch seinen Vater empfunden hat. Wie unterschiedlich ein und dieselbe Tätigkeit von drei Malern doch beurteilt werden konnte!

»Lasst Euch dennoch auf diese Arbeit ein, Prinz«, riet sie dem Kind. »Denn auch die Malerei ist ein Handwerk, in dem die eine Fertigkeit auf der anderen aufbaut. Wenn Ihr als Zimmermann keine Wand bauen könnt, wie wollt Ihr dann Euer Dach erstellen?«

Der Knabe dachte kurz nach und seufzte dann. »Ihr habt recht, Meister Weber. Die Malerei ist mir von allem das Liebste, außer dem Reiten vielleicht. Gerade sie verdient eine besondere Sorgfalt.«

»Ihr seid noch so jung, Ernst Ludwig. Weit jünger als ich zu Beginn meiner Ausbildung. Ich bin recht zuversichtlich, dass Euch ausreichend Zeit für diese Sorgfalt bleiben wird. Vorerst widmen wir uns Euren Zeichnungen, die schon wieder besser geworden sind.«

Als Carla sich wieder der Herzogin und dem Wirkmeister zuwandte, stockte ihr der Atem. Sehr vertraut standen die beiden vor dem Teppich und unterhielten sich angeregt.

Marias Lächeln war sehr warm, und auch aus Peters Körperhaltung sprach viel Zuneigung für die Fürstin. Carla schluckte und gesellte sich beiläufig zu den beiden.

»Euer Sohn macht erstaunliche Fortschritte«, unterbrach sie das Gespräch auf beinahe unhöfliche Weise. »Die neuen Zeichnungen sind ganz hervorragend.«

Marias Lächeln wurde nun auch Carla zuteil. »Nun, es liegt an Eurem guten Unterricht, Meister Weber. Ich werde Eure Entlohnung dafür übrigens erhöhen. Wir sind Meister Heymanns sehr zu Dank verpflichtet, dass er Euch für die Arbeit an der Tapisserie gewinnen konnte. In Wittenberg, zurück bei Cranach, wäre Euch die Muße für die brieflichen Lektionen sicher nicht geblieben.«

»Ich würde nicht gerade behaupten, dass ich viel Zeit hätte«, widersprach Carla. »Die Arbeit unter Meister Heymanns ist sicher ebenso anspruchsvoll wie die unter Meister Cranach. Nur ist es eben keine Malerei. So erhole ich mich bei der Korrespondenz mit Eurem Sohn eher, als dass sie mich anstrengt.«

»Fein gesprochen, Meister Weber. Ihr seid sehr weise für Eure jungen Jahre.« Ein Glitzern trat in Marias Augen. »Vielleicht könnt Ihr Euren Rat in einer ganz anderen Sache gewähren, über die Meister Heymanns und ich gerade sprachen.«

Carla sah vorsichtig zu Peter auf, der zu ihrer Überraschung leicht errötete.

»Ich sprach Meister Heymanns darauf an, dass es für ihn doch an der Zeit sei, sich in Stettin häuslich niederzulassen. Eine Frau zu finden, eine Familie zu gründen.«

Sprachlos sah Carla die Herzogin an. Was führte sie im Schilde?

»Eine Weile dachte ich ja, dass dieses Fräulein Bredenbeck eine gute Partie für ihn wäre.« Sieh an, die Herzogin war gut unterrichtet, dachte Carla. »Aber man trug mir zu, die Dame habe sich nach Stralsund verheiratet.«

»Einem Frauenherzen kann man nicht befehlen«, warf Peter etwas linkisch ein.

Maria hob die Brauen. »Ihr, Meister Heymanns, könnt mit Eurem Ansehen und mit Eurem Aussehen jedem Frauenherzen Befehl erteilen.«

Peter Heymanns räusperte sich verlegen.

»Was meint Ihr, Meister Weber?« Marias klare Augen ruhten auf Carla. »Man munkelt in Stettin, dass Ihr *sehr* vertraut mit Meister Heymanns seid.«

Die Weise, in der Maria das kleine Wörtchen betonte, ließ Peter und Carla unmerklich zusammenzucken. War das der Erfolg von Charlottes böswilligem Gerede?

»Natürlich bin ich vertraut mit allen Wirkern, mit denen ich tagein, tagaus an einem Webstuhl sitze«, rechtfertigte sich Peter Heymanns eine Spur zu schnell. »Dazu gehören auch Jacob Husen und der Fritz.«

»Natürlich.« Maria hob beschwichtigend die Hand, aber ihr Blick blieb ernst. »Ihr müsst es ja auch sein, das weiß jeder. Aber Ihr versteht mich falsch.« Ihr Lächeln wurde noch herzlicher. »Ich bin Euch persönlich sehr zugetan, Meister Heymanns. Und Euch, Meister Weber, mindestens ebenso. Ich schätze Euch als Künstler und würde viel geben, um Euch dauerhaft mit dem Greifengeschlecht verbunden zu sehen. Stellt Euch vor, Meister Heymanns, Ihr beendet den Teppich und verlasst Stettin! Ich bliebe in dieser künstlerischen Einöde zurück. Es würde mich zu sehr betrüben. Daher würde ich mir wünschen, dass Ihr Euer Leben hier einrichtet, mir ein Landsmann in der Fremde werden würdet. Ist das denn so schwer zu verstehen?«

Die beiden Wirker schwiegen beharrlich.

»Und da Meister Weber Euch so gut kennt, würde ich ihn um Rat bitten, welche Frau wir denn finden müssen, um Euer Herz zu erwärmen.«

Carla schluckte. Das war ja eine schöne Bitte!

»Ich denke, wir werden einander in Kürze wiedersehen, um die Fortschritte an Eurem herrlichen Werk zu betrachten. Vielleicht gibt es bis dahin ein wenig Hoffnung für unseren verehrten Hoftapezierer.« Maria von Sachsen verabschiedete sich und rief ihren Sohn mit sich.

Carla und Peter blieben wie vom Donner gerührt in der Werkstatt zurück.

»Sie will, dass du heiratest?«, fragte Carla verblüfft.

Peter betrachtete düster den Teppich. »Sie will mich schützen. Uns schützen.«

»Wovor?«

»Vor Charlottes üblen Gerüchten. Natürlich glaubt ihr niemand offiziell. Aber die Herzogin ließ uns soeben wissen, dass man hinter vorgehaltener Hand doch darüber spekuliert. Und es gibt nur einen Weg, diesen Gerüchten endgültig Einhalt zu gebieten.«

»Du musst heiraten.«

»Oder du.«

Sprachlos sah Carla ihn an. »Das kann nicht dein Ernst sein.«

»Nein, aber der Herzogin ist es ernst damit. Lass dich nicht vom freundschaftlichen Ton des Gespräches täuschen. Maria hat uns recht klar zu verstehen gegeben, was sie erwartet. Und sie hat ihre Präferenz gesetzt. Ich soll bleiben. Und du kannst nur bleiben, wenn ich mich verheirate.«

»Aber …«, Carlas Einwand erstarb auf ihren Lippen. Peter hatte recht.

»So hart es klingt, Maria hat uns eben einen Freundschaftsdienst erwiesen, wie es nur wenige derart hochgestellte Personen tun würden. Wer weiß, wie die Herzöge bereits über uns denken. Sie sind im Stande, mich fortzujagen.«

»Aber du hast einen Vertrag.«

Peter lächelte matt. »Und bei wem sollte ich ihn einklagen, wenn Barnim darauf verzichtet, mir meine fünfundzwanzig Gulden im Jahr, meinen Ochsen, meine zwei Schweine, meine zwölf Scheffel Roggen, meine vier Gulden Holz und meine drei Steine Wolle zu zahlen? Mein Vertrag dient dem Herzog doch zuerst dazu, mir vorzuschreiben, in welcher Qualität ich zu arbeiten habe. Wie viel Metall verwendet, dass nicht mit Farbe nachgearbeitet wird. Wirkqualität, die ihresgleichen sucht.«

»Aber wer soll denn deinen Platz einnehmen, wenn sich nichts ändert?«

»Jacob Husen.«

»Nein, das wird er nicht tun«, sagte Carla. »Nicht freiwillig.«

»Freiwillig tun wir hier alle nichts. Wir dienen in aller Eintracht dem Herzog.« Peter seufzte. »Die Lene ist schwanger. Was soll er tun, der Jacob, wenn es der Wunsch des Herzogs ist?«

»Aber noch ist es das nicht«, beharrte Carla.

»Maria hat mich nicht umsonst gewarnt. Sie will mich gerne hier halten.«

Carla nagte an ihrer Lippe. »Was sollen wir tun?«

»Schade, dass deine Cousine Carla angeblich schon verheiratet ist«, sagte er und musste schmunzeln. »Sie wäre die ideale Lösung für unser Dilemma.« Er legte den Arm um Carla und zog sie fest an sich.

In Carla jedoch begann eine zarte Hoffnung zu keimen. Vielleicht, vielleicht konnte sie noch alles zum Guten wenden. Wenn sie es richtig anstellte … Es war nur eine Frage der Zeit.

»Liebster Bruder«, beendete sie also ihren Brief an Markus. »Ich weiß, wie sehr Deine Patienten Dich brauchen. Aber auch ich bin hier unabkömmlich, und die Aussicht, Dich auf Jahre nicht zu sehen, macht mich ganz krank. Ich bitte Dich also, mich in Stettin zu besuchen. Du wirst sehen, im Sommer ist Pommern ganz zauberhaft und die Luft frisch und salzig von der Ostsee. Ich brauche Dich.«

Und so schickte sie den Brief ab.

Der Teppich gedieh, und nach einem halben Jahr der Arbeit hatten die Wirker schon ein gutes Fünftel geschafft. Woche um Woche drehten sie an Waren- und Kettbalken und rollten das fertige Werk auf, während neue, blanke Kettfäden vor ihnen erschienen. Für Carla war dieser Vorgang immer ernüchternd. Gerade hatte man das Gefühl, vorangekommen zu sein, da verschwand das Geschaffte unter dem festen Leinen, mit dem der Warenbaum geschützt war.

Carla liebte es, dicht neben Peter zu sitzen und mit ihm zu arbeiten. Sie war gespannt gewesen, welche der anstehenden Aufgaben er für sich beanspruchen würde. Nachdem er von Husen die komplizierten Arbeiten an den Federn und den Gesichtern überlassen hatte, denen der Wirker durch gekonntes Setzen von Kanten und Lücken in der Bindung Ausdruck und Ähnlichkeit verliehen hatte, und sie selbst die Flächen und Rosetten bearbeitete, schien für Peter Heymanns kaum mehr eine Herausforderung bestehen zu bleiben. Der Meister widmete sein Augenmerk auch verstärkt dem Lehrling Fritz, den er anwies, die Bodenfliesen samt ihrer Muster entlang der Zentralperspektive auszurichten. Bis sie zur ersten Säule im Hintergrund kamen. Carla hatte die farbliche Gestaltung der Säule auf dem Karton lediglich angedeutet, um eine gewisse Tiefe zu erzielen. Als sie Peters Vorbereitungen für die Fläche sah, runzelte sie die Stirn.

»Was habt Ihr vor, Meister?«, fragte sie förmlich, denn Jacob und Fritz waren Zeugen ihrer Worte.

Peter Heymanns lächelte geheimnisvoll und bereitete seine Flieten vor.

»Wozu all die Farben?«, bohrte Carla weiter. »Es ist nur eine Säule.«

Peter sah sie an. »Irrtum. Wir sind in einer prächtigen Kirche. Es ist eine Marmorsäule. Polierter Marmor. Das heißt, das Licht wird sich auf ihrer Oberfläche spiegeln, da sie zudem kreisrund ist.«

Jacob ließ seine Spindel ruhen. »Das wird lange dauern, Meister«, gab er zu bedenken. »Die Säule steht weit im Hintergrund, und die Schwestersäule auf der anderen Seite ist zudem zum Teil von Luthers Kanzel verdeckt. Meint Ihr nicht, es ist vergebene Liebesmüh?«

Peter sah seinen Wirker streng an. »Ihr vergesst, dass wir noch eine dritte Säule haben, die direkt hinter Luther aufragt und seinen Hintergrund bildet. Soll ich ihn vor Sandstein setzen? Nein, das muss schon edel wirken.«

Jacob schwieg. Seiner Meinung nach hatten sie schon zu Beginn der Arbeit zu viel Zeit verloren, als dass sie sich jetzt mit solchen Nebensächlichkeiten aufhalten konnten. Aber der Meister zerstreute seine Bedenken mit einem charmanten Lächeln.

»Husen, wer glaubst du, wird die einzelnen Härchen

deiner Pelze sehen? Wer glaubst du, wird die feine Schraffung im Brokatwams von Johann dem Beständigen sehen, die du so fein gewirkt hast? Ich sage es dir: Niemand. Niemand wird diese Details je bemerken, der nicht unser Handwerk von Grund auf versteht oder darauf aufmerksam gemacht wird. Alles was sie sehen, sind die Gesichter und wer wo platziert ist.« Er warf einen Blick auf eine von Fritz missglückt gewirkte Bodenfliese. »Und manchmal ist das auch ganz recht so.«

»Und warum geben wir uns dann diese Mühe?«, fragte Jacob leicht verstimmt.

»Weil wir Qualität liefern, Husen, höchste Qualität. Und Qualität kann sich nicht auf die zentralen Punkte eines Werkes begrenzen. Wir müssen auch die Umgebung hochwertig gestalten und unsere Kunst bis ins Detail einbringen. Nur dann werden unsere unwissenden Kunden das Werk als Ganzes mit einem warmen Gefühl der Zufriedenheit betrachten. Und dazu gehören eben auch die Marmorsäulen.«

»Aber sie werden uns viel Zeit kosten«, wandte Jacob noch einmal ein.

»Stimmt. Wenn *du* sie wirken würdest.«

»Wie meint Ihr das, Meister?«

»Lass mich nur machen, Husen. Siehst du, ich würde an deinen Federn und Pelzen verzweifeln, ich würde die feinen Bartlocken des Kurfürsten verfluchen. Aber ich werde diese Säule binnen weniger Tage so plastisch entstehen lassen, dass du meinst, du könntest sie umarmen.«

Jacob Husen runzelte die Stirn und griff schweigend nach seinen Flieten. Carla, die unwillkürlich ihre Spindeln für die Rotunde neben dem Herzog fester gefasst hatte, entspannte sich und griff den Faden wieder auf.

Peter warf noch einen Blick auf die Arbeit, die der Lehrling am untersten Rand des Teppichs ausführte, und seufzte. »Fritz«, sagte er, »wenn die Ränder der Fliese in der Perspektive kippen, muss es auch das Muster tun.«

Der Lehrling besah sich den Fehler und wurde rot.

»Leg den Winkel hier an«, deutete Heymanns, »und führe ihn dort weiter. Das wird zwar schief, aber vielleicht können wir das untere Spruchband etwas höher annähen. Pass ab jetzt besser auf, Junge.«

Fritz beugte sich mit glühenden Ohren über seine Fliese, und schon einen Augenblick später war der Raum wieder von beflissener Stille erfüllt. Mit bestechender Sicherheit jonglierte der Wirkmeister mit seinen vielfarbigen Flieten und setzte das Reinweiß für die Spiegeleffekte ein, als habe Carla sie bereits auf dem Karton vorgegeben. Und schon bald entstand ein fast lebensecht gefärbter glänzender Marmor unter seinen Händen.

So gut kann man sein, dachte Carla, die immer wieder zu seiner Arbeit hinübergeschielt hatte. So viel Kreativität kann man einbringen, um eine ganze Fläche ohne genaue Vorlage als plastisches Element erscheinen zu lassen. Sie wechselte einen Blick mit Jacob Husen, aus dem die gleiche Anerkennung sprach. Peter Heymanns war nicht umsonst zum Hoftapezierer aufgestiegen.

Carla wartete auf den Besuch ihres Bruders. Markus hatte ihr geantwortet, dass es ihm erst zum Ende des Sommers hin möglich sein würde, nach Stettin zu reisen. Und seit dem Gespräch mit Maria hatten Peter und Carla nicht mehr über das dräuende Unheil gesprochen; aber es stand wie eine Gewitterwolke über ihnen.

Die Herzogin war längst nach Wolgast zurückgereist,

und auch sonst nahmen die landespolitischen Geschäfte das Greifengeschlecht so in Anspruch, dass sowohl Peter als auch Carla nicht damit rechneten, dass ihnen weitere Aufmerksamkeit zuteilwurde. Vielleicht würden die Gerüchte auch über die Zeit in Vergessenheit geraten. Vielleicht aber auch nicht.

Carla bemühte sich darum, dass sie nicht mehr so oft in der Gesellschaft des Wirkmeisters gesehen wurde. Sie betrachtete es sogar als besondere Herausforderung, mit den jungen Mädchen Stettins zu schäkern, obwohl sie wusste, dass dieses Verhalten auch Verdacht wecken konnte. Wenn es bei bloßen Worten blieb, würde man dem Wittenberger Maler bald noch weit mehr misstrauen. Und von der Liebe enttäuschte Backfische waren nicht zu unterschätzen, wie Carla aus eigenen Erfahrungen wusste. Nein, sie musste als Karl Stettin verlassen, um Heymanns von allen Verdächtigungen reinzuwaschen. Aber noch war die Zeit dazu nicht gekommen.

Noch beharrlicher als sonst wachte sie über die wenigen ungestörten Momente, in denen sie mit Peter alleine war, und wenn in einsamen Augenblicken die Sehnsucht nach ihm besonders stark wurde, berührte sie das Amulett um ihren Hals. Oft reichte es schon, wenn es bei der Arbeit aus ihrem Wams versehentlich hervorbaumelte, um ihr Blut in Wallung zu bringen, und sie wusste, dass Peter ähnliche Gefühle hegte.

Die Sehnsucht machte sie mit der Zeit unvorsichtig. Einmal war Carla Peter in das Materiallager gefolgt, mit der Absicht, ihn heimlich zu küssen. Eng umschlungen standen sie beieinander, als plötzlich die Tür aufgerissen wurde und Jacob Husen hereinpolterte. Verwirrt blieb er stehen, bis Carla geistgegenwärtig reagierte.

»Nicht bewegen, Meister, gleich habe ich Euch befreit!«, rief sie und gab vor, Peters Wams von einem Nagel zu befreien. »Es wäre doch schade um den guten Stoff. Seht Ihr, jetzt könnt Ihr wieder vortreten.«

Jacob Husen verzog keine Miene, sondern griff nach den gesuchten Garnen und kehrte schweigend an seinen Platz am Webstuhl zurück. Carla folgte ihm unverzüglich, nachdem Peter ihr zugeraunt hatte, dass dies wirklich der letzte Kuss innerhalb der Werkstattmauern gewesen sein musste.

Als Peter Heymanns sich ebenfalls wieder an seinen Platz setzte, spürte Carla Jacobs prüfenden Blick von der Seite. Fest richtete sie die Augen auf ihre Arbeit, bis Jacob sich ebenfalls wieder seinen Flieten widmete. Das war knapp gewesen.

Kapitel 34

Es war schon später Sommer, und die vergangenen Wochen waren von einer drückenden Hitze gewesen. Das Land, das den Sommer über gut beregnet worden war, trocknete langsam aus. Die Bauern konnten in aller Ruhe die zweite gute Ernte in Folge einfahren, und die Stimmung war beschwingt. Die Mädchen hatten frische Wangen und die Jungen ein fröhliches Lied auf ihren Lippen.

Carla erwachte an einem dieser strahlenden Morgen und fühlte sich dennoch nicht wohl. Unruhig wälzte sie sich von einer Seite ihres schmalen Junggesellenlagers auf die andere und sehnte sich nach Peter, der keinen Steinwurf von ihr entfernt in seinem Schlafzimmer schlief und dennoch unerreichbar war. Carla drehte sich auf den Rücken, aber das flaue Gefühl wollte nicht von ihr weichen. Sie überlegte, was sie am Abend vorher im *Frischen Fisch* gegessen hatte. Aber daran konnte es nicht liegen, befand sie. Übellaunig stand sie auf und trat ans Fenster. Fast augenblicklich befiel sie Schwindel, und sie lief mit schnellen Schritten zu ihrer Waschschüssel, in die sie sich gallig erbrach.

Teufel noch eins, dachte sie. Womit habe ich mir nur den Magen verdorben?

Sie fand einen alten Kanten Brot und begann, daran zu kauen. Dann legte sie sich wieder ins Bett und ließ sich von der harten, mechanischen Arbeit ihrer Zähne ablenken. Ein Tee wäre jetzt wundervoll. Ein frischer Tee aus Minze oder Melisse. Mit einem Hauch Salbei? Oder Beifuß. Weidenrinde. Diese Zutaten halfen ihr sonst bei den Beschwerden ihrer monatlichen Blutung. Ein Rezept, das sie nicht der alten Marthe verdankte, sondern Markus, der sein Wissen wiederum von den Huren hatte. Aber hier war niemand, der Carla einen Tee gebracht hätte. Und sie verspürte keine Lust, sich selbst zu helfen. Alles, was sie fand, war wilde Minze, die sie in einem kleinen Tontöpfchen mit Erde auf ihrem Fensterbrett hielt und die den Raum angenehm erfrischte. Carla pflegte morgens und abends erst mit Branntwein zu gurgeln und anschließend mit frischem Wasser. Danach kaute sie die wilde Minze. Das erfrischte den Atem und erhielt die Zähne. Auch ein Tipp der Huren.

Aber heute war ihr nicht nach Branntwein zumute. Der kleine Krug, den sie zu diesem Zweck hinter ihrem Waschtisch aufbewahrte, widerte sie an. Carla rollte sich auf die Seite und zog die Knie an. Fest kuschelte sie sich in ihre Decke und grübelte weiter. Was machte sie so krank? Nicht einmal das Gebräu, das sie täglich zu sich nahm, seit Peter und sie ihre Liebe füreinander entdeckt hatten und diese auslebten, wollte sie heute zu sich nehmen. Und plötzlich wusste sie Bescheid.

Die Erkenntnis fuhr ihr wie flüssiges Blei durch die Adern, und fast hätte sie sich wieder übergeben. Nein! Das konnte nicht wahr sein. Das durfte nicht wahr sein!

Mit einem Satz war sie wieder auf den Beinen und begann, sich trotz ihrer Übelkeit anzuziehen. Ihre Brüste schmerzten empfindlich, als sie ihnen Karls Brustbinde aufzwängte. Sie schlüpfte in Beinkleider, Hemd und Wams, bevor sie hastig die Stiege ihrer Kammer hinuntereilte. Durch das Werkstattfenster sah sie den Teppich und hielt kurz inne. Sie waren so weit gekommen! Und jetzt wäre sie nicht dabei, um das große Werk zu beenden. Sie fluchte leise vor sich hin und trat ins Freie, wo sie im grellen Sonnenlicht orientierungslos innehielt.

Wieder überkamen sie Schwindel und Übelkeit, und dieses Mal traf sie statt der Waschschüssel eine duftende Heckenrose. Aber es war kaum mehr als grüne Galle, die sich aus ihrem Magen hob.

»Meister Weber?« Es war Fritz, der sie hinter dem Busch kniend vorfand. »Ist Euch nicht gut?«

Carlas Blick verhakte sich mit dem des armen Lehrlings, der sofort das Gefühl hatte, zur falschen Zeit am falschen Ort aufgetaucht zu sein.

»Begleite mich zu Meister Heymanns«, bat ihn Carla. »Ich muss ihm sagen, dass ich krank bin.«

Mitleidig sah Fritz auf das Häuflein Elend zu seinen Füßen. Der schmächtige Maler würde es seiner Meinung nach kaum mehr die eigene Stiege hinaufschaffen. »Setzt Euch doch hier in die Sonne, Meister Weber. Ich hole Hilfe.«

»Ich will keine Hilfe«, knurrte Carla, raffte sich auf und packte Fritz mit erstaunlich fester Hand am Kragen. »Ich will Meister Heymanns.«

»Also gut.« Der Lehrling zuckte mit den Schultern und rückte sich den Kragen zurecht, als sie von ihm abließ. »Ich hole ihn, Meister Weber. Aber bitte, bitte rührt Euch nicht von der Stelle. Ihr seht aus wie eine ausgespuckte Runkelrübe, wie meine Großmutter, Gott hab sie selig, sagen würde.«

»Verschwinde.« Carla ließ sich an der schattigen Wand der Werkstatt herabsinken und atmete tief ein. Die noch frische Morgenluft verschaffte ihr Erleichterung.

Ein Kind! Peters Kind! Wie konnte das sein? Sie hatte immer ihren Tee getrunken. Damals, bei Cranach, hatte er sie doch auch vor einer Schwangerschaft bewahrt. Und jetzt?

Jetzt soll es eben sein, dachte Carla unwillkürlich. Ich bin schon recht alt für das erste Kind. Hat der Herrgott mir einen Fingerzeig gegeben? Sie schnaubte kurz und ärgerlich auf. Er hatte sie eher mit seiner allmächtigen Faust im Genick gepackt und beutelte sie jetzt wie einen Feldhasen. Aber würde er ihr auch das Fell über die Ohren ziehen?

Sie schloss die Augen und bewunderte die orangefarbenen Schatten, die die Sonne auf ihre Lider zauberte.

Ein Kind. Langsam fühlte sich der Gedanke zärtlicher an. Sie hatte sich so sehr eines gewünscht. War der Tee vielleicht gegen einen so mächtigen Wunsch machtlos? Hatte sie sich selbst durch ihr Sehnen in diese Falle gebracht?

Sei vorsichtig damit, was du dir wünschst. Du könntest es bekommen. Hatte Peter es nicht so ausgedrückt? Ja, sie hatte bekommen, was sie sich so sehnlichst gewünscht hatte. Aber wie hätte sie damit aufhören können, es sich zu wünschen? Vorsichtig legte sie beide Hände auf ihren Bauch.

»Meister Weber!« Peters besorgte Stimme riss sie aus ihren Gedanken. »Was fehlt Euch?«

»Peter!« Als gleich hinter ihm Fritz' Gesicht auftauchte, wurde Carla wieder förmlich. »Meister Heymanns, leider bin ich krank. Ich fürchte, ich werde Euch auf einige Zeit nicht am Webstuhl zur Verfügung stehen.«

Peter kniete vor ihr nieder und nahm ihre Hand. »Eure Hand ist eiskalt.«

»Er hat hinter den Busch gekotzt«, ergänzte Fritz die Diagnose.

»Geh und lauf nach Doktor Fasshauer«, befahl ihm Peter.

»Nein!«, rief Carla, um den Lehrling zurückzuhalten.

Verdutzt sah der sich nach ihr um. »Geh erst in die Küche und bring mir heißes Wasser. Ich werde mir in meiner Stube einen Tee machen, der mir hilft.«

»Tu, was Meister Weber sagt«, bekräftigte Peter Carlas Worte und schalt sich, dass er so dumm gewesen war. Er konnte keinen Arzt zu Carla rufen, denn niemand durfte sie untersuchen. »Ich helfe Meister Weber derweil zurück in seine Kammer.«

Er sah dem entschwindenden Lehrling kurz nach und zog dann Carla auf die Füße. »Was ist mit dir? Kannst du gehen?«

Sie nickte und griff fest um Peters Arm. »Bring mich nach oben.«

»Hast du dir den Magen verdorben?«

Sie lachte bitter auf. »Etwas in der Art.«

»Wie bitte? Könntest du mir vielleicht …«

»Nicht hier.« Carlas Stimme ließ keinen Widerspruch zu. Also stützte Peter sie vorsichtig und brachte sie in ihre Kammer.

Dort kippte sie die stinkende Waschschüssel, die sofort neuen Brechreiz bei ihr auslöste, kurzerhand aus dem Fenster und ließ sich angezogen auf ihr Bett sinken. Fürsorglich schüttelte Peter das magere Kissen auf und stopfte es ihr hinter den Rücken.

»Carla, was ist los mir dir?«, fragte er besorgt.

»Ich bin schwanger.«

»Was?« Alle Farbe wich aus Peters Gesicht. Entsetzt starrte er sie an. Für einen kurzen Moment dachte sie, dass sie sich die Verkündigung einer solchen Nachricht immer ganz anders vorgestellt hatte.

»Wie kann das sein?«

»Wie das sein kann?«, fragte Carla erbost. »Was meinst du

denn, wie das sein kann? Wir lieben uns seit einem halben Jahr. Hast du dich noch nie gefragt, warum ich nicht schwanger werde?«

Peters betroffener Gesichtsausdruck war Antwort genug.

»Männer«, sagte Carla verächtlicher als gewollt. »Über was denkt ihr eigentlich den ganzen Tag nach, wenn euch solche Dinge nicht einfallen wollen?«

Peter schwieg noch immer.

»Wahrscheinlich war Charlottes Kind doch von dir.« Sie wusste sofort, dass sie zu weit gegangen war.

Verletzt verschränkte Peter die Arme vor der Brust. »Das ist ungerecht«, sagte er und schwieg.

Die knappe Antwort verriet ihr, wie sehr sie ihn getroffen hatte. Carla seufzte. »Aber dieses Kind ist von dir, Peter Heymanns«, sagte sie nun weitaus sanfter. »Es ist *unser* Kind.«

Er sah sie gequält an, und Carla konnte die Gedanken, die ihm durch den Kopf gingen und er nicht auszusprechen wagte, beinahe hören: Warum jetzt? Warum während der Arbeit am Teppich? Warum von einem Mädchen, das alle nur als Mann kennen?

»Du wirst dich entscheiden müssen«, sagte sie. »Ich werde fortgehen. Karls Zeit in Stettin ist abgelaufen. Du musst dich entscheiden, ob du mit mir kommen willst. Der Teppich oder die Familie.« Sie zuckte mit den Achseln.

Peter vergrub das Gesicht in den Händen. »Ich … ich kann es nicht«, flüsterte er tonlos. »Nicht jetzt.« Er sprang auf und warf dabei den Stuhl um. »Wie soll ich denn wählen zwischen den beiden Dingen, die mir am wertvollsten sind auf der Welt? Mein Talent und meine Liebe.«

Carlas Mund wurde schmal. *Sie* hätte gewusst, was sie wählen sollte.

Peter lief wie ein eingesperrter Wolf im Zimmer auf und ab. Dann hielt er inne, als habe er das Gefühl, keine Luft mehr zu bekommen. Das Zimmer war ihm zu eng, Carlas Blick schränkte ihn ein. »Ich muss hier raus.«

Mit großen Schritten war er an der Tür, und schon vernahm sie seine polternden Schritte die Treppe hinuntereilen. Sie hörte einen kleinen Aufschrei, der sie davor warnte, dass gleich Fritz eintreten würde.

»Was ist mit dem Meister los?«, fragte der Lehrling verwirrt und rieb sich die Hand, auf die bei dem Zusammenstoß etwas heißes Wasser geschwappt war.

»Er ist nicht erfreut«, sagte Carla matt. »Ich werde einige Zeit nicht arbeiten können.«

Fritz stellte das Wasser und einen Becher auf den kleinen Tisch neben Carlas Bett. »Aber das ist doch nicht Eure Schuld, Meister Weber. Holt er denn jetzt einen Arzt?«

»Nein, ich werde es zuerst mit meinen Mitteln versuchen«, sagte Carla. »Doktor Fasshauer kann später noch nach mir sehen.« Wenn ich nicht mehr in Stettin bin, dachte sie.

»Wie Ihr meint.« Fritz wirkte ratlos und ließ die langen Arme hängen. »Dann gehe ich jetzt nach unten und sehe nach den Garnen. Dann können wenigstens wir anderen tüchtig arbeiten.«

Carla hob nur müde die Hand und nickte stumm. Als der Lehrling gegangen war, brühte sie sich aus ihren Vorräten eine Tee auf, der den üblen Geschmack aus ihrem Mund verdrängte. Das bittere Gefühl aus ihrem Herzen vermochte er jedoch nicht zu mildern. Aber er beruhigte Carla, und schließlich zog sie sich die Decke über den Kopf und schlief ein.

Sie ahnte nicht, dass in diesem Augenblick eine nachlässige Magd im Schloss ihr Plätteisen mit frischer Glut füllte. Da sie übellaunig war und ihre Arbeit ungern tat, fiel ihr ein Stück auf die Hand. Sie schrie schrill auf und ließ das Eisen fallen. Es kippte zur Seite, wobei einige der Kohlen herausrollten. Die Magd tauchte ihre verbrannte Hand in kaltes Wasser und sah sich dann erst nach dem Eisen um. Als sie es am Boden liegen sah, schrie sie erneut auf, dieses Mal vor Schreck. Die Kohlen lagen glühend neben einem Weidenkorb voll Wäsche. Schnell nahm die Magd die Schaufel und schubste die Kohlen wieder zurück in ihr Plätteisen. Das letzte Stück Glut aber, das direkt an den Weidenkorb gerollt war, übersah sie. Es lag dicht an den trockenen Ruten, die in der Hitze sogleich zu schmirgeln begannen, bis die erste kleine Flamme emporschlug.

Der Wagen ratterte über das Kopfsteinpflaster Stettins. Obwohl die Straßen in der Stadt vergleichsweise besser waren als die staubigen, ausgewaschenen Wege über Land, wurden seine Knochen noch durchgeschüttelt. Nach bald zweiwöchiger Reise hatte er das Gefühl, dass kein Gelenk mehr ordentlich in seiner Pfanne saß. Die Nächte in durchgelegenen Gastbetten taten ihr Übriges dazu.

Aber jetzt war er am Ziel. Er hatte dem Kutscher die Adresse genannt und freute sich nur noch darauf, endlich anzukommen. Was ihn in Stettin erwartete, stand auf einem anderen Blatt. Mit den Schwierigkeiten, die er zu bewältigen haben würde, konnte er sich auch noch morgen auseinandersetzen. Nach einer ordentlichen Mahlzeit, nach einem ordentlichen Bad. Nach ausgiebigem, erholsamem Schlaf. Als der Wagen hielt, rieb er sich voller Vorfreude die Augen.

Doch mit einem Blick nach draußen stellte er fest, dass er doch noch nicht bei der angegebenen Adresse angekommen war. Der Wagen stand mitten auf der Straße. Er öffnete das Fenster und rief den Kutscher an.

»Heda, was gibt es?«

»Es geht nicht weiter.«

»Warum nicht?«

Der Kutscher gab keine Antwort.

Er reckte den Hals und sah, dass die Straße vor ihnen von Karren, Kutschen und Menschen verstopft war. Alle liefen durcheinander und versuchten, sich ihren Weg zu bahnen.

»Sind wir schon am Schloss?«

»Nein, noch zwei Kreuzungen.«

Der Mann griff nach seiner Tasche. Zum Glück reiste er mit leichtem Gepäck. »Ich gehe zu Fuß weiter«, rief er und reichte einige Münzen zum Kutschbock hinauf.

Der Kutscher brummte etwas Unverständliches, aus dem der Missmut darüber herauszuhören war, dass dieser Entschluss ruhig hätte fallen können, bevor der Wagen gänzlich eingekeilt war.

Aber der Reisende ließ sich davon nicht beeinflussen. Ruhig schob er sich, die Tasche wie einen Schutzschild vor seine Brust haltend, durch die Menge.

Als er die nächste Kreuzung erreichte, nahm er Rauch wahr. Das Gedränge nahm weiter zu, Rufe erklangen. Vereinzelte Rauchschwaden hingen in der Luft. Schließlich wurde ihm klar, was hier passierte. Es brannte.

»Feuer!«, hörte er auch schon die ersten Rufe. »Feuer am Schloss!«

Er beschleunigte seine Schritte oder versuchte es zumindest. Aber er kam immer langsamer voran. Schließlich bog er um die Ecke und konnte es selbst sehen: Hohe Flammen schlugen in den Himmel. Aber es war nicht das Schloss, das brannte, es war eines der Nebengebäude. Ein Stall? Das Zeughaus?

»Die Wäscherei brennt!«

»Ja! Und wenn's der Herrgott nicht verhindert, greift das Feuer auf die Remise und die Werkstatt vom Heymanns über.«

Er zuckte zusammen. Heymanns? War das Gebäude, das direkt an den Brand grenzte, die Wirkerei von Peter Heymanns? Er brüllte die Frage dem Nächstbesten ins Gesicht.

»Heymanns liegt eins weiter neben der Remise. Ist aber alles knochentrockenes Holz dort. Kein Regen seit Wochen. Haben einen teuren Teppich da drin auf dem Webstuhl. Den kriegen sie nicht raus. Entweder sie löschen vorher, oder sie müssen von vorne anfangen.«

Mein Gott, hilf! Lass sie nicht in Gefahr sein! Aber er wusste, dass die Wirker mit allen Mitteln versuchen würden, das Werk zu retten. Jetzt stürzte auch schon ein Teil des brennenden Gebäudes ein. Entsetzt ließ der Ankömmling seine Tasche fallen und drängte sich ins Gewühl.

Kapitel 35

Als Carla erwachte, wusste sie zunächst nicht, was sie geweckt hatte. Sie fühlte sich leidlich erfrischt und hatte kein Gefühl dafür, wie weit der Tag schon vorangeschritten war. Dann fiel ihr wieder Peters Gesicht ein, als er sagte, er könne sich nicht entscheiden. Als er sich abwandte und ihr Zimmer verließ.

Sie drehte sich seufzend auf den Rücken und legte ihre Hände flach auf den Bauch. Ein Kind. Sie hatte sich immer eines gewünscht, und jetzt sollte sie es bekommen. Ein warmes Gefühl regte sich in ihr. War es nicht ein Segen? Wenn Gott beschlossen hatte, dass sie dieses Kind gegen alle Chancen empfangen sollte, dann hatte er sich etwas dabei gedacht. Und ihre Aufgabe war es nun, sich um dieses Kind zu kümmern. Auch wenn sie Stettin und Peter dafür verlassen musste. Sie stellte sich das Kind mit drei oder vier Jahren vor und lächelte. Blond würde es werden, ganz blond. Aber würden seine Augen braun oder blau sein? Würde es ein Junge oder ein Mädchen werden?

Einerlei, es würde ihr Kind sein, und sie würde es beschützen und ihm zeigen, dass das Leben trotz seiner Widrigkeiten zu meistern war. Dass man jeden Weg gehen konnte, den man einmal gewählt hatte.

Carla setzte sich langsam auf und stellte zufrieden fest, dass Schwindel und Übelkeit ausblieben. Dann kam wieder das unbestimmte Gefühl, dass etwas nicht stimmte. Dass etwas sie geweckt hatte. Sie hörte Rufe von draußen. Alarmierte Stimmen. Vorsichtig ging sie zum Fenster und sah hinaus.

Dunkle Rauchschwaden zogen vorüber, brenzliger Geruch drang durch die Ritzen. Aufgeregte Menschen eilten mit allen möglichen Gefäßen umher, in denen sie Wasser transportierten. Plötzlich wurde Carla die Situation bewusst. Feuer, ganz in der Nähe. Der Teppich! Peter!

Sie warf sich ein grobes Wams über und zog sich in Windeseile Hosen, Stiefel, Kappe an. Und schon war sie zur Tür hinaus.

Im Hof herrschte unglaubliches Gewimmel. Carla schlug sich durch die wild durcheinanderlaufende Menschenmenge und sah sich nach dem Brandherd um. Die Wäscherei! Flammen schlugen aus den Fenstern, aber der Dachstuhl war noch unversehrt. Es konnte jedoch nicht mehr lange dauern; das Gebäude war alt, und die letzten Tage waren heiß und trocken gewesen. Carlas Blick wanderte an der Fassade entlang. Neben der Wäscherei lag noch eine hölzerne Remise, deren Dachboden als Heuschober diente. Daran grenzte die Weberei.

Carla wurde flau. Er würde verbrennen … Der Teppich würde verbrennen!

Wo war Peter? Sie stürzte sich ins Gewühl und strebte auf die Weberei zu. Kurz vor der Tür traf sie auf Jacob Husen. Sein Gesicht war rußig, und seine Augen funkelten wild darin.

»Wo ist Peter?«, schrie sie ihm zu.

Jacob sah sich suchend um und zuckte dann mit den Schultern. »Er wird versuchen, das Feuer zu löschen. He da,

Fritz! Schleppt die ganze Truhe raus. Wir haben die Schlüssel nicht hier.«

Carla sah, wie der Lehrling und einige Männer die Truhen, Beutel und Säcke holten, die im Materiallager standen. Sie retteten, was zu retten war.

»Bringt alles in Heymanns Stube. Sonst stiehlt uns der Mob noch das Gold unter den Fingern weg!«

Carla griff nach Jacobs Arm. »Was ist mit dem Teppich?«

»Wir werden die Kettfäden kappen.«

»Was?«

»Wir werden die Kettfäden kappen! Befehl vom Meister. Wenn das Feuer durch die Remise ist, nehmen wir den Teppich vom Stuhl.«

»Aber das könnt ihr nicht tun! Wir werden ihn nicht wieder auf einen Webstuhl bekommen.«

»Darum geht es auch nicht. Es geht nur darum, das Material zu retten. Von vorne anfangen müssen wir ohnehin.«

Carla sah ihn sprachlos an. »Aber wir werden nicht wieder von vorne beginnen! Die Herzöge werden uns den Auftrag entziehen. Sie werden den Teppich aufgeben!«

»Dann ist es eben so!«, blaffte Jacob. »Was können wir daran ändern? Wenn der rote Hahn auf dem Nachbarhaus sitzt, schneide ich den Teppich los.«

Sie sahen einander an, und Carla wusste, es tat auch ihm weh. Aber es gab keinen anderen Weg.

»Wo ist Meister Heymanns?«

»Er löscht. Er gibt sein Werk nicht auf.«

Carla sah zum Feuer hinüber. In diesem Moment entlud sich eine geballte Feuerwand durch eines der Fenster. Schreie erklangen. Der entsetzliche Geruch nach verbranntem Fleisch erfüllte die Luft.

Ein Schauder überlief Carla. Peter würde sein Werk tatsächlich nicht aufgeben. Und wenn es ihn sein Leben kosten würde. Sie rannte los.

Der Rauch war beißend, sie hustete und riss sich ein Stück von ihrem Hemdsärmel ab, das sie in den Wassereimer eines vorbeieilenden Mannes tauchte, um es sich vor den Mund zu binden. Ein schreiender Mann, an dessen rechter Seite verbrannte Gewebefetzen mit der blasigen Haut verklebt waren, wurde von zwei Frauen gestützt. Carla fragte jeden, der ihr begegnete, nach dem Wirkmeister, aber entweder verstand man sie nicht oder man hob nur ratlos die Schultern. Die Menschen kippten ihre Wassermengen auf die lodernden Flammen, und es war, als spucke man in ein Kaminfeuer; die Wirkung des Wasser verpuffte zischend in den heißen Flammen. Die Wäscherei war nicht mehr zu retten, denn das Feuer hatte zwei gute Verbündete: das heiße Wetter und das unglaubliche Chaos, das ringsum herrschte.

Carlas Blick fiel auf die Remise. Der letzte Schutz, bevor das Feuer den Teppich erreichte. Es war nur eine Frage der Zeit, bis die Flammen auf die Weberei übergriffen. Plötzlich kam ihr eine Idee. Sie rief zehn Männer zu sich, die mit ihren Eimern auf dem Weg zur Wäscherei waren.

»Ihr da, kommt mit. Ich bin Meister Weber und Meister Heymanns direkt unterstellt«, betonte sie ihre Kompetenz. »Folgt meinem Befehl.«

Die Männer sahen einander kurz an, dann gehorchten sie ihr. Carla öffnete die Remise. Einige Wagen standen darin, dazu etliche Eimer, Besen, Rechen und andere Gerätschaften. Sie lief zur Leiter, kletterte hinauf und sah auf den Boden. Er war nicht so voll, wie sie befürchtet hatte. Die neue Strohernte des Jahres war zum Glück noch nicht eingelagert.

»Zwei von euch kommen hoch«, rief sie und zerrte an der Bodenluke, die sich in der Mitte des Speichers befand, »und werfen das Stroh hinunter auf die Wagen.«

Wieder unten befahl wandte sie sich den Übrigen zu. »Ihr zwei stellt die leeren Wagen unter die Luke und schafft das Stroh und die Gerätschaften hier weg. Und ihr sechs kommt mit mir nach hinten.«

Sie führte ihre Helfer durch die Tür auf der Rückseite des Gebäudes; auch hier wälzten sich ihnen bereits dichte Rauchschwaden entgegen. Die großen Waschzuber, an die Carla sich erinnert hatte, standen noch immer unter einem Baum.

»Jeweils zu zweit einen Zuber«, ordnete Carla an. »Mit Wasser füllen und dann rauf auf den Boden.«

»Auf den Boden?«

»Ja, wir müssen das Dach der Remise befeuchten, damit die Funken des Feuers es nicht in Brand stecken. Danach machen wir innen weiter. Die Remise darf nicht abbrennen, verstanden!«

Die Männer warfen sich zweifelnde Blicke zu.

»Wir kriegen die vollen Zuber nie aufs Dach«, sagte einer.

»Dann macht sie nur halb voll. Hauptsache, es sind Mengen, die in der Hitze nicht sofort verdunsten.«

Die Männer grummelten in ihre Bärte, aber sie folgten Carla. Als sie die schweren Zuber auf den Boden der Remise befördert hatten, waren bereits drei Wagen voll Stroh hinausgeschafft worden. Carla sah sich um.

»Das reicht. Holt jetzt Wasser und spritzt es an die Wand, die an die Wäscherei grenzt. Aber seid vorsichtig, sicher ist sie schon heiß.«

Als sie die Fensterluke erneut in Augenschein nahm,

wurde ihr bewusst, dass sie viel zu klein war, um die großen Zuber hindurchzuwuchten. Daran hatte sie nicht gedacht. Sie überlegte fieberhaft.

»Ich werde aufs Dach klettern«, sagte sie dann. »Ihr holt die Eimer und bildet eine Kette. Reicht mir die vollen Eimer so schnell wie möglich hinauf. Und sagt den anderen, sie sollen die Zuber nachfüllen, sobald das Zeug aus der Remise ist.«

Die Männer zögerten nicht lange und hoben Carla durch die Luke. Die Höhe verursachte ihr Schwindel, aber sie biss die Zähne zusammen und kletterte nach oben, bis sie rittlings auf dem Dachfirst saß. Der Rauch war dicht. Die ersten Flammen züngelten bereits auf dem Dach der Remise, und der Qualm biss sich durch jede Ritze der Wäscherei. Jeden Augenblick würde das Feuer die Seitenwand der Wäscherei durchbrechen.

»Her mit dem Wasser!«

Ihre Helfer hatten mitgedacht und den Weg von den Zubern bis zu ihr in kurzen Abständen besetzt. Als der erste Eimer Carla erreichte, goss sie das kostbare Wasser über das Dach der Remise. Zischend lief es über die Flammen.

»Weiter, weiter!«

Der nächste Eimer kam und wurde ausgegossen. Und weitere folgten. Zufrieden stellte Carla fest, dass die kleinen Feuerherde auf der Remise langsam erloschen. Die neuen Funken, die auf das Dach herabfielen, verlöschten ebenfalls zischend. Es schien zu funktionieren.

Inzwischen waren umstehende Menschen auf die Löschversuche der Remise aufmerksam geworden und hatten den Sinn darin erkannt. Weitere Helfer strömten herbei und begannen, das Gebäude von außen mit Wasser zu begießen. Carla sah auch Jacob Husen und Fritz mit mächtigen Eimern auf das Gebäude zulaufen. Plötzlich hielten sie inne.

»Meister Weber!«, rief Husen zu ihr hinauf. »Ihr werdet Euch den Hals brechen!«

Den Hals oder das Herz, dachte Carla, denn beides überlebe ich nicht.

Wo war Peter? War er verletzt? Lebte er noch? Oder hatte er sich so tollkühn den Flammen entgegengeworfen, dass sie ihn verschlungen hatten? Einen Moment taumelte sie. Dann klemmte sie die Beine fester um den breiten First und griff nach dem nächsten schweren Eimer. Langsam war das Dach durchnässt, und die niederprasselnden Funken verpufften in kleinen Pfützen.

Plötzlich roch es nach verbranntem Haar, und ein sengender Schmerz fuhr ihr an den Hals. Carla zuckte zusammen. Sie brannte! Ihr Wams hatte an der Schulter Feuer gefangen, und die Flammen nagten bereits an ihrem Haar. Geistesgegenwärtig kippte sie sich den nächsten Eimer über den Kopf. Es wurde Zeit, das Dach zu verlassen …

»Genug hier«, rief sie nach unten. »Zwei Mann müssen durch die andere Luke und von dort das Dach weiterbewässern!«

Vorsichtig glitt sie die nasse Dachfläche hinunter. Plötzlich rutschte ihr Fuß ab, und sie schlitterte über das Dach. Ihre Hände griffen ins Leere, fanden keinen Halt auf den glatten Ziegeln. Mit einem Aufschrei rutschte sie an der Luke vorbei auf die Dachkante zu.

Mit einem plötzlichen Ruck hielt sie an, nur noch einen Handbreit von der Dachkante entfernt. Sie hatte das Gefühl, als habe sie ein Riese im Genick gepackt, und als sie aufsah, begegneten ihr die blitzenden Augen von Jacob Husen.

»Hab ich es mir doch gedacht, dass es eine gute Idee ist, hier oben nach Euch zu schauen.«

Carla atmete erleichtert aus. »Wolltet Ihr nicht unseren Teppich vom Webstuhl schneiden?«

»Erst wenn der rote Hahn auf diesem Dach sitzt«, erwiderte der Wirker. »Aber dem hat ein kleiner Wittenberger Kampfhahn offensichtlich ordentlich in die Augen gepickt.«

Jacobs Pranke zog Carla scheinbar mühelos durch die Luke zurück auf den Boden der Remise. Außer Atem sahen sie einander an.

»Gute Idee, die Remise zu schützen, Weber.«

»Guter Zeitpunkt, nach mir zu schauen, Husen.«

»Ich war Euch was schuldig«, sagte Jacob und rieb sich über das Nasenbein. »Erinnert Ihr Euch?«

Carla gelang ein schiefes Grinsen. »Wie sollte ich das vergessen? Wo ist Heymanns?«

Jacobs Blick wurde finster. »Keiner weiß es.«

Carla sah plötzlich intuitiv zu der Wand hin, die an die Wäscherei grenzte. »Er ist da drin«, flüsterte sie. »Er kämpft für seinen Teppich.« Und schon stürzte sie los.

»Weber!«, brüllte Jacob ihr hinterher. »Weber! Das hat doch keinen Sinn! Ihr könnt ihn da nicht rausholen!«

Aber Carla hörte ihn nicht. Sie eilte aus der Remise und rannte über den Hof zur brennenden Wäscherei.

»Heymanns? Meister Heymanns?«, fragte sie jeden, der ihr entgegenkam. Aber die Leute liefen nur hustend an ihr vorbei. Der Dachstuhl der Wäscherei brannte jetzt lichterloh. Das ganze Gebäude sah aus wie ein morbides Gerippe. Es war verloren.

Auch auf den umliegenden Häuser begannen jetzt die Menschen, die Dächer zu befeuchten, wie sie es auf der

Remise gesehen hatten. Jacob holte Carla ein, die ihre Frage unbeirrt in alle Richtungen rief.

»Eben war er noch drin«, sagte endlich hustend ein Mann mit rußgeschwärztem Gesicht. »Er will die tragenden Balken absägen, damit das Haus schneller einstürzt.«

Carla sah ihn sprachlos an. Zweifelsohne hatte auch Peter die Idee, das Feuer von der Wirkerei abzuhalten. Wenn die Wäscherei einstürzte, würden die Flammen bei Weitem nicht mehr so hochschlagen. Und jetzt, wo die Wände nicht mehr trugen, lastete das Haus auf einigen wenigen Balken.

Der Gedanke war brillant. Aber Peter würde es niemals lebend hinausschaffen … In diesem Augenblick sackte die rechte Hälfte der Wäscherei weg.

»Peter!«, schrie Carla entsetzt auf und riss sich von Jacob los. Sie rannte in die Wäscherei, dicht gefolgt von ihrem Kollegen.

Der Rauch biss ihr in den Augen, und sie zog sich wieder das inzwischen getrocknete Tuch vor Mund und Nase. Aber das Atmen fiel ihr dennoch unglaublich schwer.

»Peter! Peter!«

Das höhnische Knistern der Flammen war die einzige Antwort.

»Wir können nichts sehen und hören«, brüllte Husen. »Wir haben keine Chance! Wir werden sterben, Weber.« Er versuchte, sie zu packen und nach draußen zu zerren, aber Carla duckte sich unter seinem Arm durch. Auf einmal spürte sie, wo er war.

»Dort!«, schrie sie und stob fast blind in eine Ecke.

Sie sah sein Hemd, sein Haar. Er lag auf dem Bauch. Im Nu war auch Husen bei ihm. Er zog ihn hoch und schlug ihm auf die Wange. Peter blinzelte erschrocken.

»Gott sei Dank …« Carla zitterte trotz der Hitze am ganzen Leib.

»Wir müssen hier raus«, brüllte Husen. »Wir ersticken sonst! Könnt Ihr stehen?«

Peter sah ihn benommen an. Dann entdeckte er Carla.

»Was machst du hier?«, rief er entsetzt. »Raus! Raus! Auf der Stelle!«

»Nicht ohne dich!«

»Ich komme gleich, ich muss noch etwas erledigen. Husen, bring sie hier raus!«

»Ich bleibe bei dir«, schrie Carla, bevor Husen Peters Befehl Folge leisten konnte. Die Balken über ihnen knackten. Carla sah sich um und erkannte, dass nur noch einer der großen Balken aufrecht stand. Schwelend trotzte er der Hitze und trug unbeirrt seine Last. »Zu dritt können wir ihn stürzen!«

»Du gehst sofort raus!«

»Wir haben keine Zeit zu streiten!« Carla lief entschlossen an Peter vorbei. Es war eine Sache von wenigen Augenblicken, bis die schlechte Luft ihnen die Sinne rauben würde.

»Carla! Nein!«

»*Carla*?« Husens Verwirrung wuchs ins Grenzenlose. Aber er sah, was sie vorhatte. Kurz entschlossen nahm er Heymanns die Axt, mit der dieser gearbeitet hatte, aus der Hand und hieb auf den Balken ein. Carla sah sich um und begann, mit dem Fuß brennendes Holz an den Balken zu schieben.

Bis Peter sie an der Schulter packte und zurückriss. »Raus hier!«

»Wir schwächen den Balken und brennen ihn dann durch«, schrie Carla zurück.

»Nein, es ist zu spät. Das Haus brennt auch so nieder. Husen!« Er griff an den Stiel der Axt. »Raus hier!«

Jacob Husen sah nach oben und nickte; jeden Augenblick kam der Dachstuhl herunter. Mit großen Schritten lief er voran nach draußen. Peter hielt Carlas Hand fest umklammert und zog sie Richtung Ausgang. Als sie bereits das Licht des Tages sahen, bemerkte Carla den sich lösenden Balken, der aus der Decke über der Tür herabstürzte. Mit einem Satz sprang sie vor und stieß Peter durch die Tür ins Freie. Der Schlag, der sie an Schulter und Nacken traf, war fürchterlich, ebenso der brennende Schmerz. Auf der Schwelle der Wäscherei sank sie auf die Knie und kippte vornüber.

Bevor Peter begriff, was geschehen war, stürzte das Haus hinter ihnen ein. Qualm, Staub, Funken und Flammen stoben um sie herum. Er drehte sich um und griff nach Carlas Händen. Er zog sie in seine Arme und schützte sie mit seinem Körper vor der sengenden Hitze, die sich gierig nach ihnen ausstreckte.

Dann beruhigte sich der Feuersturm wieder. Es fielen noch vereinzelt Balken ins Feuer, das nun kaum höher schlug als bis zu der Stelle, wo das erste Stockwerk einst angesiedelt war. Husen zog Peter hoch, und gemeinsam schleppten sie die bewusstlose Carla aus der Hitze durch die aufgebrachte Menge.

»In meine Stube, schnell!«

»Ich hole Doktor Fasshauer«, rief Jacob.

»Nein!«

Verwirrt sah der Wirker auf seinen Meister. »Nein? Wie meint Ihr das?«

»Frag nicht. Geh weiter!«

»Aber wir müssen einen Arzt holen!«, beharrte Husen und blieb stehen.

»Unmöglich.« Peter sah ihn verzweifelt an. Wie konnte er ihm nur begreiflich machen, dass es für Carla keinen Arzt geben konnte?

»Heymanns«, erwiderte Jacob Husen eindringlich. »Was sollen wir denn machen? Sie stirbt sonst womöglich!«

Peter starrte ihn mit aufgerissenen Augen an. »*Sie*?«

»Ihr habt vorhin ihren Namen gerufen«, erklärte der Wirker. »Wahrscheinlich habt Ihr es selbst nicht gemerkt. Aber mir ist da plötzlich einiges klar geworden. Grundgütiger, ein Mädchen! Ein Mädchen hat sich für mich geprügelt!« Jacob Husen schüttelte fassungslos den Kopf.

»Husen, ich ...«

»Spart Euren Atem und bringt sie in ein Bett. Ich werde mich um einen Arzt kümmern. Wir werden schon einen auftreiben, der sich nicht verplappert. Das bin ich ihr schuldig.«

»Ich werde sie behandeln«, hörten sie plötzlich eine fremde Stimme, und die beiden Wirker hielten mit ihrer Last inne. Überrascht sahen sie auf den Fremden, der sich wie aus dem Nichts vor ihnen aufgebaut hatte.

»Wer seid Ihr?«, fragten Peter und Jacob fast gleichzeitig.

»Ich bin Arzt. Und jetzt schnell. Wir haben keine Zeit mehr zu verlieren.« Er griff nach Carla und schickte Jacob Husen voraus. »Zeigt den Weg.«

Als sie an seiner Stube ankamen, warf der Wirkmeister noch schnell einen Blick zurück auf das chaotische Szenario. Die unmittelbare Gefahr für den Teppich war zwar gebannt; dennoch musste der Brand beaufsichtigt werden.

»Husen, seht draußen nach dem Rechten.«

Der Wirker nickte, und gemeinsam mit dem fremden Arzt schleppte Peter Carla nach oben. Sie betteten sie vorsichtig auf Peters Kissen.

»Schickt nach frischem Leinen, heißem Wasser und einem guten Branntwein. Am Torbogen gegenüber muss zudem noch meine Tasche stehen. Ich hoffe, in dem allgemeinen Durcheinander ist sie allzu neugierigen Blicken verborgen geblieben.«

Peter nickte knapp und verließ das Zimmer, um die Anordnungen auszuführen. Etwas gab ihm das Gefühl, dass Carla bei diesem Arzt in den besten Händen war.

Kapitel 36

Mädchen, Mädchen«, murmelte Markus, als er seine ohnmächtige Schwester vorsichtig untersuchte. »Was um alles in der Welt machst du nur für Sachen?«

Langsam zog er ihr das angesengte Wams aus. Glücklicherweise hatte sich die gute Qualität aus Ueckermünde bewährt. Die extra starke Wattierung hatte Carla vor Hitze und Glut geschützt. Ihre Hände wiesen heftige Brandblasen auf, an Wange und Ohren war die Haut gerötet. Aber schwere Verbrennungen schien sie nicht erlitten zu haben. Sorgen machte Markus jedoch, dass sie offenbar einen schweren Schlag abbekommen hatte. Er hatte Schultern und Kopf getroffen und ihr eine ordentliche Beule hinter dem rechten Ohr verpasst.

Vorsichtig begann er, ihr Hemd aufzuschneiden. Die Schere, die er dafür von Heymanns Schreibtisch geholt hatte, war für diesen Zweck wenig geeignet. Er wünschte sich seine Tasche mit den Instrumenten und fluchte, weil er die wertvollen Utensilien einfach auf der Straße hatte fallen gelassen.

In diesem Augenblick wurde die Tür geöffnet. Sofort stellte Markus sich schützend vor seine entblößte Schwester. Es war der blonde Mann von vorhin, der mit seiner Tasche in der Hand wieder eintrat.

»Ihr seid Peter Heymanns, nehme ich an.«

Der Mann nickte und reichte ihm die Utensilien.

»Markus Weber«, stellte sich der Arzt vor.

»Seid Ihr mit Carla verwandt?«, fragte Peter.

»Ich bin ihr Bruder.«

Peter wurde rot. »Ihr wisst Bescheid?«

»Über Karl? Ja.«

»Und über uns?«

Markus seufzte. »Ich nahm es an. Carla pflegt die Leute immer nur das wissen zu lassen, was sie selbst für notwendig hält.«

»Ich liebe sie«, brach es aus Peter heraus. »Mehr als alles andere. Bitte gebt sie mir zurück. Bitte.«

Das letzte Wort war fast zu leise gewesen, als dass Markus es noch verstanden hätte. Peter sackte auf einen zierlichen Stuhl, der unter seiner großen Gestalt lächerlich klein wirkte.

»Das liegt auch in meinem Interesse«, sagte Markus und deckte Carlas geschundenen Körper wieder auf, den er vor neugierigen Blicken hatte verbergen wollen. Mit ernster Miene machte er sich an die Arbeit.

Zoll um Zoll tasteten seine Finger behutsam die verletzten Stellen ab. Er konnte Carla nicht bitten, sich zu bewegen oder ihm zu sagen, was ihr Schmerzen bereitete. So musste er sich auf das fachkundige Fühlen seiner Hände verlassen. Der Schädel, der ihm am meisten Sorgen bereitet hatte, schien unversehrt zu sein; die Beule war mittlerweile zu einem kapitalen Ei angeschwollen. Er strich ihre kurzen Locken zu Seite und trug eine Salbe auf, deren medizinischer Geruch Peter beruhigend in die Nase stach. Endlich wurde Carla behandelt! Markus konnte auch in der Schulter keine Brüche feststellen. So ließ er ihr die gleiche Behandlung angedeihen wie der Verletzung am Kopf. Im Anschluss reinigte und versorgte er die Brandwunden.

»Ich brauche ein frisches Hemd«, sagte er schließlich,

und Peter sprang auf, um sogleich eines aus seiner Truhe zu holen.

»Wie geht es ihr?«, fragte er zaghaft, während Markus seine Schwester vorsichtig in das Männerhemd kleidete.

»Helft mir lieber, sie umzudrehen.«

Als Carla schließlich still und blass, aber mit frischen Verbänden im Bett lag, wiederholte Peter seine Frage.

»Ich habe keine schweren äußerlichen Verletzungen gefunden«, sagte Markus. »Der Schlag auf den Kopf macht mir jedoch Sorge. Immerhin hat er ihr das Bewusstsein geraubt.«

»Oder war es der Rauch in der Wäscherei? Wir haben kaum Luft bekommen in dieser Hölle.«

Markus sah Peter scharf an. »Wieso habt Ihr sie nicht sofort nach draußen geschickt?«, fragte er bissiger als beabsichtigt.

»Das wollte ich ja, aber kennt Ihr nicht den Dickschädel, den sie hat?«

»Oh, doch«, Markus nickte, »das kommt mir bekannt vor.«

Die beiden Männer wechselten einen Blick, und Markus stellte fest, dass er den Flamen mochte. Er kannte seine Schwester besser, als es Cranach je getan hatte.

»Was geschieht nun?« Peter setzte sich neben Carla auf das Bett und nahm ihre bandagierte Hand.

»Wir müssen warten, bis sie aufwacht.«

»Wann wird das sein?«

Markus seufzte. »Wenn sie bis übermorgen nicht die Augen öffnet, wissen wir, dass ihr Kopf innerlich verletzt ist. Dann kann ihr nur noch ein Wunder helfen.«

Peter wurde blass. »Aber …«

»Was?«

»Sie ist schwanger.«

Markus seufzte und ließ sich nun seinerseits auf den kleinen Stuhl sinken. »Ich dachte, ich hätte sie davor gewarnt«, murmelte er. »Wie habt Ihr Euch das denn vorgestellt? Wie soll das gehen, ein Mann in anderen Umständen? Manche Leute glauben noch nicht einmal an die jungfräuliche Empfängnis.«

»Ich weiß es selbst erst seit heute Morgen.« Peter ließ die Schultern hängen. »Carla sagte, nun müsse ich mich wohl entscheiden. Zwischen ihr und dem Teppich.«

Markus nickte. Immerhin war seiner Schwester bewusst gewesen, dass sie aus Stettin fortmusste. »Und wie habt Ihr Euch entschieden?«

Die Lippen des Wirkmeisters wurden schmal. »Ich konnte mich nicht entscheiden. Ich hatte ja gar keine Zeit, darüber nachzudenken. Es kam so überraschend.«

»Was gibt es da nachzudenken?«

»Sehr viel!«, rief Peter heftig und sprang auf. »Sehr viel. Ich habe schon einmal meine gesamte Familie verloren; ich möchte das nicht noch einmal erleben.«

Markus verstand. Er erinnerte sich an seinen Zwillingsbruder und den besonderen Schmerz über dessen Tod, der ihn bis heute nicht verlassen hatte. Und nun stand dieser Mann vor ihm und kämpfte mit seiner Vergangenheit. Noch ein Peter, dachte er, und fand etwas Tröstliches darin.

»Und jetzt kommt es vielleicht doch dazu«, rief Heymanns aus. »Schaut hin! Hier liegt die Frau, die ich liebe. Sie trägt sogar mein Kind. Und vielleicht verliere ich sie beide!«

»Das heißt, dass es gar keine Wahl zu treffen gab«, stellte Markus fest. »Sie war längst entschieden. Ihr musstet sie nur akzeptieren.«

Peter setzte sich auf das Bett und vergrub das Gesicht in den Händen. »Wahrscheinlich habt Ihr recht. Ob man jemanden liebt, sucht man sich nicht aus. Die Liebe wählt uns, nicht umgekehrt.« Er sah das schmale, blasse Gesicht zärtlich an. »Wie sollte ich nur ohne sie leben können?«, murmelte er und strich sanft über ihre Wange.

Markus beobachtete die Geste und atmete tief aus. »Ich bete, dass Ihr es nicht müsst.«

Carla schlief noch immer. Die beiden erschöpften Männer warteten schweigend an ihrem Bett. Markus saß die lange Reise in den Knochen und die plötzliche Sorge um seine Schwester; Peter hatte stundenlang wie besessen gegen das Feuer gekämpft. Irgendwann zeigte Jacob Husen sein rußverschmiertes Gesicht und meldete, dass der Brand unter Kontrolle sei. Die Anwohner hätten nach Carlas Vorbild ihre Dächer geschützt und ließen dem Wittenberger Maler ihren Dank übermitteln.

»Wie geht es ihr denn?«, fragte Husen zaghaft. Peters Kopf fuhr hoch. Er war nicht daran gewöhnt, dass jemand Carlas lang gehütetes Geheimnis kannte.

»Noch besteht kein Grund, sich ernsthaft zu beunruhigen«, sagte Markus. »Ihre äußeren Verletzungen sind nicht lebensbedrohlich.«

»Wer seid Ihr, Doktor? Wie kommt es, dass Ihr genau in dem Moment vor uns standet, in dem wir Euch gebraucht haben?«

»Ich bin Carlas Bruder. Sie bat mich in ihrem letzten Brief zu kommen. Dass ich just in dem Augenblick eintraf, in dem hier ein Feuer ausbrach, war purer Zufall. Ich hätte ebenso gut einen Tag vorher ankommen können. Oder einen Tag später.«

Peter schauderte, als er sich die Folgen ausmalte. Er hätte Carlas Geheimnis preisgeben müssen und einen Fremden einweihen. Aber inzwischen wusste ja auch Jacob Bescheid.

Als habe er die Gedanken des Wirkmeisters geahnt, nickte Jacob dem Arzt nun zu. »Von mir erfährt es keiner. Dass der Karl kein Kerl ist, meine ich. Ich habe ihr zu viel zu verdanken. Wegen mir hat sie einen Nasenbruch erlitten.«

»Wie bitte?« Markus starrte den Mann entgeistert an.

»Und sie hat mir den Weg zum Glück gewiesen«, fügte dieser hinzu. »Ohne sie hätte ich die Lene wohl nie gefragt.«

»Lass gut sein, Jacob«, winkte Peter ab, der die zunehmende Verwirrung auf dem Gesicht seines zukünftigen Schwagers sah. »Sie hat uns beide lange genug an der Nase herumgeführt, um ihren Karton malen zu dürfen. Aber nun wissen wir um ihr Geheimnis.«

»Wird sie denn wieder gesund?«

»Wir hoffen es, Jacob, wir hoffen es.«

»Ich auch. Hab sie doch extra aufgefangen, als sie vom Dach gerutscht ist.«

Jetzt war es an Peter, den Wirker entsetzt anzusehen. Wie viele Schutzengel hatten Carla denn heute noch beigestanden?

»Wir geben Euch dann Nachricht«, brachte Markus schließlich hervor, dem die Neuigkeiten langsam zu viel wurden. Wie hatte seine Schwester überhaupt eine Woche in Stettin überleben können?

Jacob Husen setzte sich seine rußige Mütze wieder aufs Haupt und verabschiedete sich.

Prüfend beugte sich Markus über Carla und stellte fest,

dass ihr Atem nach wie vor ruhig und gleichmäßig ging. Sie schien in einen erholsamen Schlaf gefallen zu sein und nicht gegen innere Blutungen anzukämpfen. Er warf einen Blick auf Peter Heymanns.

»Ruht Euch ein wenig aus. Nehmt ein Bad. Ihr könnt es brauchen. Ich schicke sofort nach Euch, wenn sie aufwacht.«

Es dauerte eine Weile, bis er den Wirkmeister von der Vernunft seines Vorschlags überzeugt hatte. Dann rückte er das Stühlchen neben das Kopfende des Bettes und schnarchte bald selbst.

Noch immer flimmerte es orangefarben vor ihren Augen, und sie meinte, die sengende Hitze des Feuers zu spüren. Wieder sah sie den Balken fallen und wollte schreien, um Peter zu warnen, aber kein Laut kam über ihre Lippen. Stattdessen riss sie die Augen auf und stellte fest, dass ihr Gesicht statt von den Flammen von der Sonne beschienen wurde, die schon hoch am Himmel stand. Vorsichtig hob sie den Kopf, nur um ihn gleich darauf wieder auf das Kissen sinken zu lassen und die Augen zu schließen. Verdammt, das tat weh! Sie erinnerte sich an den Schlag, den sie abbekommen hatte, und kam zu dem Schluss, dass der Balken sie selbst getroffen haben musste, und nicht Peter. Der Gedanke an ihren Verlobten ließ sie die Augen erneut aufreißen. Himmel! Wo war er? Ging es ihm gut?

Langsam wandte sie den Kopf, der dabei höllisch schmerzte, und erstarrte. Neben ihrem Bett saßen zwei Männer auf kleinen Stühlen, die Füße auf das Bett gestützt und schliefen mit verschränkten Armen und vorgebeugten Oberkörpern. Jeden Moment schien einer von ihnen zu kippen. Aber es war nicht dieser an sich schon komische

Anblick, der sie mit Freude erfüllte. Es waren die beiden Männer selbst. Peter, er schien gesund zu sein, war sauber und frisch gekleidet. Und daneben Markus, ihr Bruder. Noch etwas rußig, mager und mit dunklen Schatten unter den Augen. Er war also angekommen, endlich angekommen. Erleichterung durchflutete sie, und ihre Hand legte sich auf ihren Bauch. Nun würde sie einen Ausweg finden.

Der Anblick der beiden schlafenden Männer erfreute sie so sehr, dass sie still auf der Seite liegen blieb und die beiden betrachtete. Nach einer guten Weile zuckte Peter plötzlich zusammen und öffnete die Augen. Blau waren sie, wie der Sommerhimmel, der sich draußen über Stettin zeigte.

»Mein Gott! Carla!«

Mit einem Satz war er bei ihr und griff nach ihrer Hand. Seine Lippen fanden ihre. Noch nie hatte ein Kuss so süß geschmeckt.

»Wie geht es dir? Hast du Schmerzen?«, fragte der Wirkmeister ungeduldig. Seine Stimme weckte Markus, der sich ebenfalls aufrichtete und zu der Kranken hinunterbeugte.

»Selbstverständlich habe ich Schmerzen«, erwiderte Carla. »Mir ist ein brennender Balken auf den Kopf gefallen. Weißt du, wie weh das tut? Markus, wie schön, dass du da bist …

Ihr Bruder lächelte sie an. »Wo tut es weh, Carla?«, fragte er.

Carla hob den Arm und zeigte auf ihren Kopf. »Hier.«

Die Bewegung verriet Markus, dass die Schulter nicht ernsthaft verletzt war.

»Meine Hände!« Carla sah auf ihre bandagierten Hände.

»Du hast Verbrennungen erlitten«, erklärte Markus. »Wahrscheinlich hast du den Balken mit bloßen Händen abgewehrt und dich dabei verbrannt.«

»Werde ich wieder malen können?«

Markus lächelte über ihre Frage. Anscheinend wusste seine Schwester noch sehr gut, wer sie war und was sie getan hatte. Das beruhigte ihn hinsichtlich des Schlages auf den Kopf.

»Ich denke schon«, sagte er. »Aber die Haut ist stark verbrannt. Ich fürchte, es werden Narben zurückbleiben.«

Carla sah nachdenklich auf ihre bandagierten Hände. »Wie bei Mutter.«

Markus nickte. Auch er hatte schon an Sophie gedacht, der einst eine Verbrühung lebenslange Narben auf die Hände gezeichnet hatten. »Warte«, sagte er. »Hier, trink das. Das wird die Schmerzen lindern.«

Carla schnupperte an der stark riechenden Tinktur und zog die Nase kraus. Aber dann trank sie das bittere Wässerchen bis zur Neige leer.

»Was meinst du, Markus? Jetzt wird sie doch wieder gesund!« Peters Blick lag auf ihm wie auf einem Propheten.

»Mein Eindruck ist gut«, sagte der Arzt. »Sie wird sich allerdings noch eine Weile erholen müssen.«

»Und das Kind?«

Carla sah Peter entsetzt an. Hatte er das Geheimnis etwa schon verraten? Ihr Blick wanderte zum Bruder. Die Standpauke würde es in sich haben, dachte sie, aber Markus winkte ab.

»Die Schwangerschaft ist noch in einem frühen Stadium, und das Kind liegt noch ganz geschützt in ihrem Bauch. Wenn der Körper es bis jetzt nicht aufgrund der Strapazen abgestoßen hat, dann wird es sicher überleben. Scheint ein zähes Kerlchen zu sein.«

»Oder ein starkes Mädchen«, fiel Carla ihm ins Wort.

»Sag mal, Carla«, sagte Markus und setzte eine strenge Miene auf, »was hast du dir eigentlich bei all dem gedacht?«

Schuldbewusst rutschte sie ein wenig tiefer in ihre Kissen.

»Ich habe ja schon einiges erlebt mit dir. Aber jetzt bist du eindeutig zu weit gegangen.«

»Ich habe plötzlich entsetzlichen Durst«, versuchte sie abzulenken. »Und Hunger.«

»Ich lasse dir etwas bringen.« Peter sprang eilfertig auf. »Ich denke, wir können alle eine Stärkung vertragen.«

Carla sah kleinlaut zu ihrem Bruder auf. »Bitte nicht schimpfen, Markus. Jedes Wort, das du sagen könntest, habe ich mir schon selbst tausendmal gesagt. Jeden Vorwurf selbst gemacht. Aber es ist nun mal geschehen.«

»Zweifelsohne. Und was hast du jetzt vor?«

»Das ist doch ganz offensichtlich.«

Peter hielt auf seinem Weg zur Tür inne und drehte sich zu den beiden um.

»Dann erkläre es uns bitte, denn wir sind offenbar mit deiner Logik überfordert«, sagte Markus.

Carla zog die Decke über ihr Kinn. »Es gibt nur eine Lösung: Karl wird sterben.«

Kapitel 37

Es goss in Strömen, als sich der kleine Trauerzug auf den Weg zum Friedhof machte. Markus war der Meinung, dass der Himmel über ihr lästerliches Vorgehen weinen würde. Peter schwieg sich dazu lieber aus. Carla biss die Zähne zusammen und versuchte, ihr schlechtes Gewissen in einen möglichst entlegenen Winkel ihres Herzens zu schieben. Sie zog ihre schwarzen Röcke zurecht und versuchte, nicht wieder über den ungewohnten Saum zu stolpern. Diese Länge war einfach unpraktisch!

Als ihr der Regen auf den Hut fiel und kleine Perlen in ihren dichten schwarzen Schleier zauberte, zögerte sie einen Moment. Vielleicht war sie wirklich zu weit gegangen. Aber wenn ja, dann nicht mit diesem Begräbnis. Dann war sie bereits vor Jahren zu weit gegangen, als Karl ihr zur zweiten Haut geworden war, in die sie hineinschlüpfen konnte, wann immer sie seinen Schutz brauchte. Nun verabschiedete sie sich von ihm, und tief in ihrem Herzen tat es ihr leid. Karl Weber war tot. Ein Opfer der Feuersbrunst, die beinahe den wertvollen Teppich der Herzöge gefordert hätte.

Carla atmete tief durch und folgte an der Seite ihres Verlobten und ihres Bruders dem niederen Karren mit dem Sarg, in dem nichts als ein paar Sandsäcke lagen. Sie hatten sich entschieden. Nun galt es, das unangenehme Ereignis schnell hinter sich zu bringen. Sie musste von ihrem zweiten Ich endgültig Abschied nehmen, um für ihre neue Zukunft bereit zu sein.

Jacob Husen ging mit aufgesetzt trauriger Miene neben ihr, und Fritz, der Lehrling, weinte so heftig, dass es Carla das Herz zerriss. Der arme Junge trauerte wirklich. Das hatte sie nicht gewollt.

Sie hatten einen abgelegenen Weg durch die Stadt gewählt, ein Grab außerhalb der Mauern. Auch eine Trauerfeier würde es nicht geben. Sie würden im kleinsten Kreis in der Stube des Wirkmeisters speisen. Auf alles, was besondere Aufmerksamkeit erregt hätte, hatten sie verzichtet.

Umso erstaunter war Carla nun, als ein junges Mädchen mit verweinten Augen neben dem Wagen auftauchte und eine Blume auf den Sarg legte. Ebenso schnell wie sie gekommen war, verschwand sie wieder. An der nächsten Ecke taten dasselbe zwei weitere Mädchen. Carla hätte schwören können, sie noch nie gesehen zu haben. Markus warf ihr einen fragenden Blick zu, und sie hob kaum merklich die Schultern. Dass sie selbst ratlos war, konnte er durch den dichten Schleier nicht erkennen. Der Schweiß lief ihr trotz des kühlen Wetters über den Rücken, so schämte sie sich. Was hatte sie nur angerichtet?

So kam nach und nach Blume um Blume zusammen, bis der einfache Sarg wie von einem lose dahingeworfenen Strauß geschmückt war. Sogar Doktor Fasshauer stand am Straßenrand und schüttelte betrübt sein graues Haupt. Für einen Moment suchte Carla nach einer Blume in seinen Händen, doch die waren leer, und sie atmete erleichtert aus, als der Doktor mit einem letzten Gruß wieder seiner Wege zog.

Endlich hatten sie die Stadt verlassen. Wie hatte sie sich als Karl Weber nur in die Herzen all dieser Menschen geschlichen?

Das Begräbnis selbst hatten sie schnell erledigt. Als die erste Schaufel Erde auf den Sarg fiel und eine Tafel mit dem Namen des Wittenberger Malers aufgestellt wurde, fühlte sich Carla seltsam erleichtert. Es war vorbei. Endgültig vorbei. Die Gefahr war gebannt. Langsam hob sie ein Tuch an die Lippen, das ihr die letzten Jahre als Brustbinde gedient hatte, und küsste es zum Abschied, bevor sie es ins Grab warf. Karl Weber existierte nicht mehr; sie hatten ihn buchstäblich zu Grabe getragen.

»Wie furchtbar!«, rief Markus, als sie die Heymanns'sche Stube betraten, und lockerte seinen Kragen. »All diese trauernden Menschen. Carla, was hast du nur in Stettin getrieben?«

»Gar nichts«, verteidigte sich Carla wütend, da das schlechte Gewissen böse in ihr nagte. »Ich habe hier nur tagein, tagaus gearbeitet und kaum eine Menschenseele kennengelernt.«

»Und woher dann all die Mädchen mit den Blumen?«

Carla zuckte mit den Schultern. Was konnte sie dafür, dass sie rein durch nette Worte und freundliche Blicke dem Wunschdenken der Stettiner Backfische Raum gegeben hatte? Immerhin galt es, den Verdacht abzuwenden, Karl sei dem Wirkmeister zugetan.

»Ich habe mir schon so etwas gedacht«, murmelte Jacob, und Carla sah, dass auch Peter zustimmend nickte.

»Du warst sehr beliebt«, erklärte er. »Keine Schankmagd, die dir nicht wenigstens einmal tief in die Augen geschaut hätte.«

»Mir? Das hätte ich ja wohl merken müssen!«

»Wohl kaum, Ihr hattet ja nur Augen für den Meister.«

»Ach was, das ist doch übertrieben.«

»Als ich mich dann ebenfalls zu dir hingezogen fühlte«, sagte Peter, »kam mir irgendwann der Verdacht, dass du eine Frau bist.«

»Tatsächlich? Und wann genau war das?«

»Viel zu spät.« Peter küsste Carla die Hand. »Da sprach schon halb Stettin über uns, wie uns die Herzogin dann ja auch freundlich, aber bestimmt wissen ließ.«

»Das waren ja recht umtriebige Zeiten«, stellte Markus fest und nahm dankbar den Branntwein an, den Peter ihm reichte. »Ich bin heilfroh, dass man euch beide nicht schandvoll durch die Gassen getrieben hat.«

»Tja«, sinnierte Jacob weiter, »diese Unnahbarkeit und die Möglichkeit, dass Ihr aufgrund Eurer Neigung für Männer womöglich gar nicht zu erreichen wärt, haben eben einen ganz besonderen Zauber auf die Mädchenwelt gesponnen. Nicht zuletzt ist ihm auch unsere gute Charlotte verfallen.«

»Darf ich bitten, Frau Charlotte Möller.«

Sie zuckten zusammen, als der Name plötzlich von der Tür her ertönte, und Peters Diener die Besucherin meldete.

Gleich darauf rauschte Charlotte Möller, geborene Bredenbeck, in die Heymanns'sche Stube. Schlank und rank wie ehemals nach anscheinend erfolgter Geburt, war sie in ein schlichtes, aber kostbares Trauergewand gekleidet. Sie kam auf Peter zu und umarmte ihn überschwänglich.

»Mein Ärmster!«, rief sie. »Welch ein Verlust!«

Markus warf seiner Schwester einen fragenden Blick zu. Die zog nur die Brauen zusammen und verschränkte die Arme vor der Brust.

»Welch ein Verlust an Talent und Unterstützung«, sagte Charlotte in die Runde, nachdem sie der Fremden im

Raum gewahr wurde. »Ich bin sofort aus Stralsund aufgebrochen, als ich von Karls Ableben gehört habe!«

Und so ein Kleid hattest du zufällig im Schrank hängen, dachte Carla säuerlich. Gib doch zu, dass du dir ein paar nette Stunden mit deinem Verflossenen machen wolltest, unter dem Deckmäntelchen der Trauer …

»Werte Frau Möller«, begrüßte Peter den Überraschungsgast, und Carla stellte noch einmal fest, dass das einzige Unvorteilhafte an Charlottes Ehe wohl der neue Nachname war. Die Juwelen, die an ihr funkelten, waren es sicher nicht.

»Liebe Charlotte, du findest mich betrübt, aber gefasst«, fuhr der Wirkmeister fort. »Karls Familie ist eigens zur Beisetzung angereist. Darf ich vorstellen: Doktor Weber aus Wittenberg und seine Schwester Carla. Ihnen gebührt dein Beileid weit mehr.«

»Oh.« Charlotte wandte sich den beiden zu und ließ Jacob Husen dabei außer Acht.

»Es tut mir so leid. Welch furchtbares Unglück!« Während Charlottes Blick erst wohlgefällig über Markus glitt, blieb er schließlich an Carla haften. Für einen Moment wurden Charlottes Augen ganz schmal, dann zwang sie sich wieder zu einem gemäßigten Lächeln. »Fräulein Weber? Es ist verblüffend, Ihr kommt mir so bekannt vor.«

»Das mag daran liegen, dass sie Karls Schwester war«, warf Peter schnell ein, und Carla war froh, die Lüge nicht selbst aussprechen zu müssen. Unter Charlottes forschendem Blick wäre sie sicherlich ins Stocken geraten. »Seine Zwillingsschwester genau gesagt.«

»Tatsächlich?«, fragte Charlotte erstaunt und musterte sie eingehend.

Endlich stand Carla der Rivalin Auge in Auge als Frau

gegenüber. Endlich konnte sie eine Herausforderung in ihren Blick legen, die ihre weibliche Erscheinung ihr erlaubte. Das blonde Haar hatte sie mit Hilfe etlicher Haarteile zu einer fülligen Frisur aufgesteckt; das einfache schwarze Kleid ließ ihr Gesicht leuchten, und ihr Mienenspiel zeichnete eine charmante Selbstsicherheit aus, die einst auch Karls Erscheinung geprägt hatte.

»Welch verblüffende Ähnlichkeit«, stellte Charlotte trocken fest und warf einen Blick hin zu Peter. »Würde man sie sich in Männerkleidung vorstellen …«

»Mein Bruder ist nicht mehr«, fiel Carla ihr ins Wort. »Wir werden ihn nie wiedersehen. Ich hingegen bin gerade erst in Stettin angekommen.«

Da ging Charlotte ein Licht auf. Das also war der Grund gewesen, aus dem der Wittenberger Maler ihr hatte widerstehen können! Nur deshalb hatte er so kühl und unnahbar bleiben können. Es war eine Frau gewesen, und Charlotte musste anerkennen, dass sie ihre Rolle wirklich perfekt gespielt hatte. Bewundernswert perfekt.

Plötzlich spielte ein Lächeln um Charlottes hübsch angemalte Lippen, und eine Wärme lag in ihren Augen, die Carla bisher nicht an ihr kannte.

»Dann heiße ich Euch herzlich willkommen, Carla Weber. Ihr scheint mir eine starke Frau zu sein, die ihren Weg unbeirrt geht. Auch in schwierigen Zeiten. Ich bewundere das. Sehr sogar.«

Sie meint es ehrlich, dachte Carla. Sie hat mich durchschaut, und sie zollt mir Respekt dafür. Ihr Lächeln, das sie Charlotte schenkte, war erst zaghaft, dann aufrichtig. Sie hielt der anderen die Hand hin. »Ich danke Euch sehr.«

Die beiden Frauen hielten sich die Hand für einen Augenblick länger fest als notwendig. Dann wandte sich Charlotte abrupt ab.

»Ich möchte die Familie in ihrer Trauer nicht länger stören«, sagte sie eine Spur zu munter. »Meister Heymanns, ich würde mich freuen, wenn wir uns auch in Zukunft sehen könnten. Ich denke, dass wir über eine Freundschaft verfügen, die der Pflege wert ist.«

»Ich auch«, erwiderte Peter. »Und diese Besuche werden sicher im Kreise unserer Lieben stattfinden.«

Charlottes Brauen hoben sich leicht, und ihr Blick glitt noch einmal zu Carla. »Ach, so ist das?«, stellte sie fest und lächelte dann erfreut. »So fügt sich alles zum Guten. Ich wünsche es dir von ganzem Herzen, Peter. Und ich freue mich darauf, Fräulein Weber noch viel besser kennenzulernen.«

»Ganz meinerseits.« Carla meinte es aufrichtig. So übel Charlotte auch als Feindin war, als Freundinnen würden sie sich sicher gut miteinander verstehen.

Der Wirkmeister verabschiedete schließlich Charlotte, und Jacob Husen brach ebenfalls auf. Gerade als sich die Geschwister und der Wirkmeister entspannt zurücklehnten, trat der Diener erneut ein.

»Ihre Durchlaucht, die Herzogin Maria von Pommern-Wolgast«, kündigte er an.

Das war ungeheuerlich! Die Herzogin persönlich suchte den Hoftapezierer ohne Ankündigung in seinen privaten Wohnräumen auf! Carla lief es kalt über den Rücken, als ihr der Grund für den Besuch klar wurde. Aber da rauschte Maria auch schon in den Raum. Zu Carlas großem Bedauern folgte ihr Ernst Ludwig mit blassem Gesicht und geröteten Augen. Die Schuld, die sie erneut überfiel, war groß.

Die Anwesenden versanken in ihre Referenzen und wurden von Maria mit einer Geste gebeten, sich zu setzen.

»Meister Heymanns, wie unvorstellbar!«, rief sie. »Die Nachricht ließ mich sofort von Wolgast aufbrechen. Was ist nur geschehen? Wie fand Meister Weber den Tod?«

Ihre Stimme klang sehr aufgeregt, und Carla stellte betroffen fest, dass die Herzogin über alle Maßen berührt war.

»Durchlaucht, es gab ein Feuer«, setzte Peter zur Erklärung an.

»Ich weiß, ich weiß.« Maria winkte ungeduldig ab. »Meister Weber wollte den Teppich retten.«

»Wie wir alle.«

»Aber hat er denn die ärztliche Behandlung erfahren, die er brauchte? Konnte denn nichts mehr für ihn getan werden?«

»Natürlich … natürlich haben wir alles versucht«, stotterte Peter.

»Welcher Arzt hat den Meister untersucht?«

»Das war ich, Durchlaucht.« Markus trat einen Schritt vor, und die Herzogin schaute ihn fragend an.

»Wer seid Ihr?«

»Markus Weber, Doktor zu Wittenberg«, stellte Peter den Fremden vor. »Er ist … Er war Karls Bruder. Und das ist Carla Weber, seine Zwillingsschwester.«

»Seine *Zwillingsschwester*?«

In diesem Moment verstand Carla, dass die Herzogin ihre Maskerade schon in Wolgast durchschaut hatte. Sie war die Erste gewesen, die sich nicht von der Verkleidung hatte täuschen lassen. Aber sie hatte zum Wohle der Kunst den Weg geschützt, den das talentierte Mädchen gefunden hatte, um zur Arbeit zugelassen zu werden. Sie hatte sie sogar ihren Sohn unterrichten lassen! Umso entsetzter musste sie über ihren vermeintlichen Tod gewesen sein.

»Durchlaucht«, entfuhr es ihr, und sie sank auf die Knie. »Wie soll ich Euch danken?«

Die Herzogin sah überrascht auf die blonde Frau. Aber als sie ihr Gesicht hob und Karls Augen sie anblickten, fiel ihr ein Stein vom Herzen. Sie begriff sofort, wen sie hier vor sich hatte. Maria nahm Carlas Hand und bat sie auf die Beine.

»Indem es Euch gut geht«, sagte sie warmherzig. »Indem Ihr auf Euch achtet und dafür sorgt, dass Euch nichts zustößt.« Sie sah in die Runde. »Nun, dann drücke ich Euch zusätzlich zu meinem Beileid meine grenzenlose Freude darüber aus, dass Euer und unser Verlust nicht so groß ist, wie ich befürchtet hatte.«

»Ihr wusstet es?«, fragte Peter und wurde blass.

»Ich ahnte es«, korrigierte ihn die Herzogin. »Daher habe ich auch das Geschwätz der Stettiner für dummes Zeug gehalten. Andererseits, was hätten sie sonst glauben sollen? Nun, Meister Heymanns, ich gehe davon aus, dass Ihr meinen gut gemeinten Rat nun befolgt und Euch endlich verehelichen werdet, nicht wahr? Es wird Zeit, dass Ruhe in der Hoftapezerey von Stettin einkehrt und der Teppich der Herzöge endlich beendet werden kann.«

Peter wurde rot. »Ja, Euer Durchlaucht, so wird es geschehen. Carla und ich werden schon in Kürze heiraten.«

»Ist denn der Herr Bruder ebenfalls damit einverstanden?« Die Herzogin wandte sich Markus zu, der sich noch immer nicht von allen Überraschungen des Tages erholt hatte. Nun verbeugte er sich knapp vor der Herzogin.

»Ich kann mir für meine Schwester keine bessere Partie

vorstellen«, sagte er. »Ob wiederum Meister Heymanns nicht ein sanftmütigeres und häuslicheres Weib verdient hätte, bleibt dahingestellt. Sollen die Geschehnisse und Euer Wille nur ihren Lauf nehmen.«

»Ja«, rief die Herzogin vergnügt. »Sollen sie.«

Peters Hand fand Carlas und drückte sie. Mit der Protektion der Herzogin würden sie schnell und allseits geachtet die Ehe schließen können.

Maria wandte sich zum Gehen. »Ernst Ludwig?«

Sie hatten die Anwesenheit des Kindes ganz vergessen.

Der kleine Prinz stand am Schreibtisch und besah sich einen Stapel Papiere. Er hielt eine kleine Zeichnung in Händen, die Carla für Peter gemacht hatte. Traurig starrte der Junge darauf, denn er erkannte wohl die künstlerische Handschrift seines einstigen Lehrers.

Carla wechselte einen Blick mit der Herzogin, und diese gab durch ein Nicken ihre stille Zustimmung. Sie setzte sich zu ihm an den Schreibtisch.

»Gefällt Euch die Zeichnung?«

Ernst Ludwig nickte und schluckte tapfer die Tränen hinunter. »Sie ist von Meister Weber«, sagte er erstickt.

»Das stimmt.« Carla unterdrückte den Impuls, dem Kind über das Haar zu streichen.

»Er wird nicht wieder für mich zeichnen. Und ich werde nicht mehr von ihm lernen. Nie mehr!«, brach es plötzlich aus dem Buben heraus, und die Tränen liefen ihm über die Wangen.

»Das stimmt so nicht«, sagte Carla. Der Prinz blinzelte sie ungläubig durch die Tränen hindurch an. »Schaut her.«

Sie nahm einen Griffel und begann, der Zeichnung weitere Details hinzuzufügen. Mit jedem Strich, den sie tat, weiteten sich die Augen des Jungen. Ungläubig sah er die hübsche Frau neben sich an. Sie zeichnete, wie es Meister Weber getan hatte. Sie zeichnete ganz genauso!

»Und jetzt«, sagte Carla so leise, dass nur Ernst Ludwig sie verstehen konnte, »jetzt zeichnen wir hier auf die Weide noch den Ferdinand beim Fressen dazu. Das tut das Pony doch so gerne, nicht wahr?«

Jetzt schauten sie die Augen des Kindes groß und blank an. »Meister Weber …«, flüsterte er tonlos.

Carla lächelte den Prinzen an und legte leicht einen Finger an ihre Lippen. Endlich zeigte sich auch ein Lächeln auf dem Kindergesicht. Mit strahlenden Augen legte auch der Prinz den Finger an seine Lippen. »Unser Geheimnis«, sagte er stolz.

»Und jetzt nehmt diese Zeichnung mit, Euer Durchlaucht, und versucht es selbst einmal. Ihr seht ja, wie sich hier im Hintergrund durch die Zentralperspektive die Dinge verändern. Vielleicht möchtet Ihr mir Eure Versuche ja eines Tages zeigen.«

Die Augen des Prinzen leuchteten. »Gleich nächste Woche schicke ich es«, sagte er eifrig.

Und da konnte Carla nicht mehr anders und strich ihm liebevoll über das feine Haar.

Kapitel 38

Endlich erklang Geschrei zum Himmel. Aber Markus erschien immer noch nicht auf der Schwelle. Mit gerunzelter Stirn und klopfenden Fingern wartete Peter darauf, seinen Schwager zu erblicken. Schon wollte er mit großen Schritten zu Tür, da hielt ihn Jacob Husen kopfschüttelnd fest.

»Abwarten, Meister.«

Die Augenblicke verrannen, ohne dass etwas geschah. Das Gebrüll aus dem Zimmer klang nach wie vor empört, dann riss es ab.

»Ich gehe jetzt hinein!«, rief Peter ungeduldig, aber Jacob Husen positionierte sich unerbittlich vor der geschlossenen Tür.

»Du kannst mich nicht einfach aufhalten«, beschwerte sich Peter und wollte den Wirker schon beiseiteschieben. Da erklang neuerliches Schreien aus dem dahinter gelegenen Zimmer, in ähnlichem Tonfall wie das zuvor.

Überrascht sahen sich die beiden Männer an. Dann stieß Peter Jacob zur Seite und riss die Tür auf.

»Na, na«, tadelte ihn die Amme, die bereits ein kleines Bündel im Steckkissen auf dem Arm hielt. »Hier habt Ihr eigentlich nichts zu suchen. Aber wenn Ihr schon mal da seid, haltet doch gleich mal das erste Püppchen.«

»Das … das *erste*?«, stammelte Peter.

»Kannst du nicht bis zwei zählen?«, fragte Markus vergnügt und legte der Amme ein weiteres Neugeborenes in die Arme.

»Zwillinge?!«, rief Peter und wusste nicht, was er denken sollte.

»Ja, Gratulation!« Markus klopfte dem sprachlosen Vater mit der Hand auf die Schulter. »Mutter und Kinder wohlauf.«

Peter ließ sich vorsichtig mit dem Säugling im Arm auf die Bettkante sinken, während die Amme Carla das zweite Bündel reichte. Dann machte sie sich mit den verschmutzten Laken aus dem Zimmer.

»Unsere Zwillinge«, sagte Carla erschöpft, aber glücklich.

»Ein Junge und ein Mädchen«, rief Markus. »Ihr habt es nicht anders verdient.« Er überzeugte sich mit einem letzten Blick davon, dass seine Schwester jetzt einige Zeit ohne seine Hilfe auskommen würde. Dann ließ er die junge Familie alleine.

»Ich danke dir«, flüsterte Peter ergriffen, der sich noch nicht von der Überraschung erholt hatte. »Ich danke dir von ganzem Herzen, Carla Heymanns.«

Er küsste sie und legte ihr auch das erste Bündel in die Arme. Ein blaues Band verriet, dass es ihr Sohn war.

»Wollen wir hoffen, dass sie weniger unternehmungslustig sind als ihre Mutter«, sagte Carla und drückte die beiden Kinder an sich. Sie dachte kurz an all die Streiche, die ihre Brüder Markus und Peter als Kinder ausgeheckt hatten. Aber noch lagen sie unschuldig und warm in ihren Armen und brauchten Schutz und Fürsorge.

»Nein«, widersprach Peter. »Sie sollen genauso werden wie ihre Mutter. Klug, schön und begabt.«

»Und was haben sie von dir?«

»Das Glück, einen solchen Schatz wie dich gefunden zu haben.«

Carla lächelte. »Und wie nennen wir sie?«

»Karl natürlich. Und Klara«, schlug Peter vor, und Carla konnte nicht anders, als zustimmend zu nicken. »Auf dass ich für den Rest meines Lebens die Namen meiner Lieben durcheinanderbringe.« Er küsste die Stirn seiner Frau, dann die seiner beiden Kinder.

Carla drückte die beiden Bündel zart an sich und freute sich über das neu erweckte liebevolle Gefühl, dass sie durchströmte. *Ihre Kinder.* So hatte sich ihr Wunsch endlich erfüllt. Was würde sie ihnen alles zeigen und beibringen!

»Was meinst du, wann sie einen Pinsel halten können?«

Peter runzelte die Stirn. »Nicht, bevor sie begreifen, was genau sie anmalen dürfen! Ich habe keine Lust, hier ständig die Wände neu zu tünchen. Vielleicht«, sagte er und betrachtete zärtlich die beiden Gesichtchen, »möchten sie ja auch lieber bei ihrem Vater am Webstuhl sitzen.«

»Schon möglich, aber ich denke, dass unser Teppich bis dahin beendet sein wird. Schließlich gedenke ich, sobald wie möglich an den Webstuhl zurückzukehren und den Teppich der Reformation mit euch zum Abschluss zu bringen. Du kannst Husen unmöglich eine weitere Rosette wirken lassen. Sie würde mehr Zacken als eine Kastanie bekommen.«

»Wir können es kaum erwarten«, sagte Peter lächelnd. Er hatte sich ebenso wie Carla darüber gefreut, dass sie unter Marias Schutz zur offiziellen Wirkerin der Hoftapezerey wurde.

»Und wenn der Teppich beendet ist?«, fragte Carla und war der Zeit schon wieder etliche Schritte voraus. »Welchem Werk wollen wir uns dann widmen? Warten wir auf einen neuen Auftrag von höchsten Gnaden?«

Peter runzelte die Stirn. Auch er hatte schon darüber nachgedacht. »Was meinst du, wann die beiden auf Reisen gehen können?«, fragte er schließlich.

Carla hob erstaunt die Brauen.

»Die Kinder werden uns begleiten.«

»Wohin gehen wir?«

»Nach Flandern. Ins Land der Wirker und Maler. Mit unserer Reputation werden wir dort eine eigene Werkstatt gründen, ohne auf die Gunst eines Fürsten angewiesen zu sein. Na, wie klingt das in deinen Ohren?«

Carla hielt den Atem an. Die Verlockung war groß und in greifbare Nähe gerückt. Sie wären ihre eigenen Herren und damit so unabhängig wie ihre Mutter einst gewesen war. Und sie könnte endlich unter ihrem Namen malen!

Ihr Lächeln war Peter Antwort genug. »Und Stettin? Der Ruf an den Hof?« Der Einwand klang nur halbherzig.

»Jacob wird es schon richten. Und Herzogin Maria wird darüber hinwegkommen, auch wenn sie der einzige Grund wäre hierzubleiben.«

»Aber Peter, du bist auf deinem künstlerischen Zenit!«

»Eben. Wie heißt es noch? Man muss gehen, wenn es am schönsten ist.« Peter rieb sich das Kinn. »Was soll uns Stettin nach diesem Teppich noch bieten? Soll ich warten, bis man mir keine großen Werke mehr zutraut? Nein, ich möchte nach Flandern zurückkehren. Mit dir und den Kindern.«

»Trotz allem, was du dort erlebt hast?«, fragte Carla vorsichtig.

Peter atmete tief durch. »Eben deshalb. Die Zeiten ändern sich, und ich werde meinen Teil dazu beitragen. Und es wird ja erst in ein paar Jahren so weit sein.«

Carla sah auf die friedlich dahinschlummernden Säuglinge.

»Flandern«, murmelte sie, und ihre Stimme versprach Zuversicht. Sie küsste ihre Kinder und war in Gedanken schon auf der Reise.

Nachwort

Peter Heymanns' »Teppich der Reformation« gibt es tatsächlich. Die heute als Croy-Teppich bekannte Tapisserie misst über dreißig Quadratmeter hochfeinster Wirkarbeit und zählt zu den bedeutendsten Kunstschätzen unseres Landes. Bereits 1553 teilte Philipp I. seinem Schwager Johann Friedrich seine Pläne mit: »Wir mögen E.L. freuntlich nicht verhelen, das wir bedacht sind, in einer tapet E.L. und vnnd vnser geschlecht wirkenn zu lassen.« Peter Heymanns hat schließlich an diesem Werk vom Frühjahr 1554 bis in den späten Herbst 1556 mit seinen Gehilfen, u. a. Jacob Husen, gearbeitet.

Wandteppiche erfüllten an den damaligen Fürstenhöfen repräsentative Zwecke und dienten dazu, Räume und Säle, die nicht ständig benutzt wurden, schnell wohnlich zu machen. Die ungewöhnliche Größe des Croy-Teppichs und sein geschichtliches Thema lassen aber auf ganz spezielle Gründe für seine Herstellung, die im Buch skizziert wurden, schließen. Philipp I. beabsichtigte, politische Wogen mit einem ganz besonderen Geschenk zu glätten. Nach dem Tod Johann Friedrichs wurde der Teppich zwar fertiggestellt, aber Philipp I. fühlte sich dessen Söhnen offenbar weniger verpflichtet als dem einstigen Kurfürsten selbst. Der Teppich verblieb in Wolgast, zuerst bei Ernst Ludwig, der 1569 Herzog von Pommern-Wolgast wurde, dann bei seinem kunstsinnigen Sohn Philipp Julius, bis ihn der letzte pommersche Herzog Bogislaw XIV. seiner Schwester Anna von Croy schenkte. Heute ist die Tapisserie im Besitz der Universität Greifswald; im dortigen Landesmuseum kann der Teppich im Croy-Saal besichtigt werden. Er wird aufgestellt mit Rundumsicht präsentiert, was feine Einblicke auf die Rückseite des Teppichs und die Besonderheiten der Wirkarbeit erlaubt.

Wer den Karton für den Croy-Teppich tatsächlich gestaltete, ist nicht überliefert. Dies ließ Raum für die künstlerische Freiheit, ihn der Romanprotagonistin Carla Weber zuzuschreiben. Der Karton wird ursprünglich auch mit der Cranach-Werkstatt in Verbindung gebracht. Dass jedoch Lucas Cranach der Jüngere jemals eine Schülerin gehabt hat, ist nicht belegt. Carla Weber steht als fiktive Figur für all jene Frauen, die aufgrund der damaligen gesellschaftlichen Normen nicht ihren eigentlichen Wünschen und Talenten folgen konnten. Trotz der durch die Reformation geweckten modernen Ansichten, blieben den Frauen nur begrenzte Möglichkeiten, und sie gelangten meist nur als Gattinnen oder Mütter in die Annalen.

Dass Carla sich über die Konventionen hinwegsetzt, erfordert sehr viel Mut und eine natürliche Selbstsicherheit. War ihre Verkleidung in Kindertagen eher als Spiel gedacht, wurde sie in späteren Jahren Mittel zum Zweck, um ihre Fähigkeiten auszuleben. Sich dabei stets treu zu bleiben, wäre sie fast teuer zu stehen gekommen. Ihre ungewöhnlichen Erfahrungen und ihre künstlerischen Erfolge haben sie zu der Frau gemacht, in die ein namhafter Künstler wie Peter Heymanns sich wohl aufrichtig verliebt hätte. Und genau für diesen einen Partner, der sie mit all ihren Facetten kennt, konnte sich Carla auch letztendlich entscheiden. Ein ungewöhnliches Paar in ungewöhnlichen Zeiten.